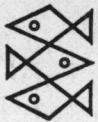

*Über dieses Buch*   Die 3146 Meilen von Los Angeles nach New York bilden die Grundlinie in McNabs packendem Läufer-Roman. Während der schlimmsten Depressionsphase (1931) laufen arme Schlucker, aber auch Profis der Langstrecke, buchstäblich dem Dollar nach: Ein Jahr vor den Olympischen Spielen von Los Angeles soll dieser par-force-Lauf menschliches Leistungsvermögen demonstrieren und obendrein die damals schon recht fragwürdigen olympischen Amateurstatuten ad absurdum führen, denn im Trans-America-Super-Marathon sind insgesamt 360 000 Dollar – allein 150 000 Dollar für den Sieger – zu gewinnen. Und hinter den Kulissen geht es um noch viel höhere Beträge. Mit dem ›Rennen‹ gelang dem Autor ein großer zeitkritischer Roman, der die Forderung zeitgeschichtlicher Genauigkeit ebenso erfüllt wie alle Erwartungen spannender Unterhaltung.

*Der Autor*   Tom McNab wurde 1933 in Glasgow geboren; Ausbildung zum Diplom-Sportlehrer; hielt sechs Jahre lang den schottischen Rekord im Dreisprung und war von 1966 bis 1977 Trainer der britischen Leichtathletik-Nationalmannschaft; Sportkommentator für das britische Fernsehen. McNab ist Autor zahlreicher sporttechnischer Bücher und Fachpublikationen. In Großbritannien turnen Millionen Schulkinder nach der Didaktik von McNab. Tom McNab lebt in St. Albans bei London.

# Tom McNab

## *Das Rennen*

Roman

Aus dem Englischen von
Alexander Schmitz

Fischer Taschenbuch Verlag

Veröffentlicht im Fischer Taschenbuch Verlag GmbH,
Frankfurt am Main, Februar 1986

Lizenzausgabe mit freundlicher Genehmigung des
S. Fischer Verlags GmbH, Frankfurt am Main
Deutschsprachige Erstpublikation im
Wolfgang Krüger Verlag, Frankfurt am Main
© 1983 S. Fischer Verlag GmbH, Frankfurt am Main
Die englische Originalausgabe erschien 1982 unter dem Titel ›Flanagan's Run‹
im Verlag Hodder and Stoughton Ltd., London/Sidney/Auckland/Toronto
Umschlaggestaltung: Atelier Rambow, Lienemeyer, van de Sand
Umschlagillustration: Brian Sanders
Gesamtherstellung: Clausen & Bosse, Leck
Printed in Germany
1280-ISBN-3-596-28179-2

# Inhalt

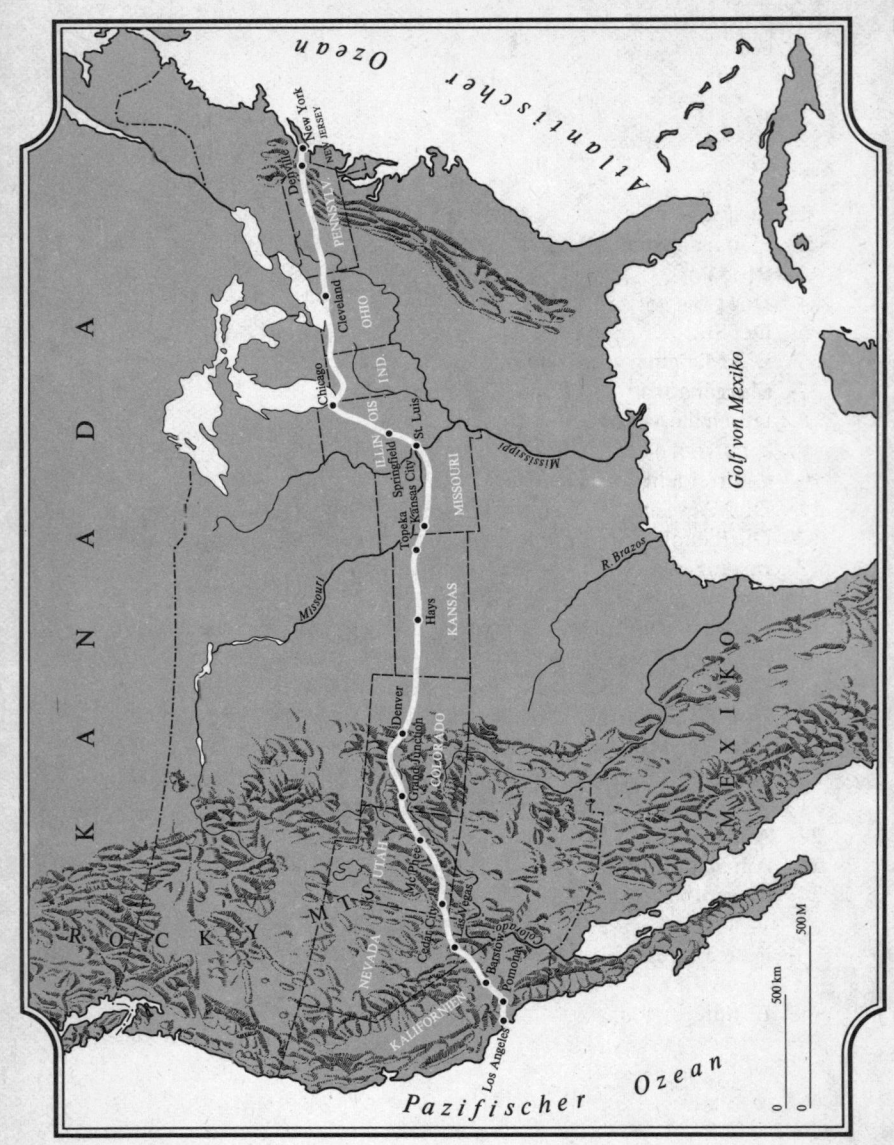

# 1

## Los Angeles

Hugh McPhail streifte die staubige Cordhose ab, legte sie zusammen, stopfte sie in seinen Rucksack und begann zu laufen.

Als seine Füße ihren Rhythmus fanden, sah er nur noch den Schlußwagen des Eisenbahnzuges, der sich klickernd und mit einer wirbelnd schwarzen Rauchfahne im Genick davonmachte. Der alte »Superchief« hatte ihn quer durch halb Amerika geschaukelt. Zum ersten Mal war er mit einem gültigen Ticket und bar aller Angst in einem geschlossenen Waggon gefahren und hatte dabei ein deutliches Gefühl der Sicherheit empfunden. Unmittelbar bevor er den Zug verließ, hatte er seine Fahrkarte dem alten Mann in der Ecke zugeworfen, der die gesamte Tausendmeilenstrecke über stumm und teilnahmslos gewesen war. »Damit ersparn Sie sichne Tracht, alter Meister«, hatte er gesagt und war abgesprungen.

Über ihm verhieß das große Hinweisschild: LOS ANGELES SECHS MEILEN. Zu Fuß also knapp vierzig Minuten. McPhail lief entspannt, über die Fersen, mit wenig Einsatz und sparsamen Schritten, so daß seine Füße kaum den Boden zu verlassen schienen. Er trug einen Rucksack mit dickgepolsterten Tragriemen, um seine Schultern zu schützen, und eine flache, buntkarierte Mütze. Sein Oberkörper war eigentlich nicht der des typischen Läufers, denn er war stark muskulös, besonders Schultern und Rücken. Monatelanges Langstreckentraining hatte den letzten Rest Fett aus seinem Körper getrieben. Als er lief, begannen salzige Rinnsale tränengleich über seine gebräunten Wangen hinunterzulaufen; sie flossen zusammen und bildeten auf Rücken und Brust ganze Ströme. Schweiß sickerte ihm in die Augen und ließ sie schmerzen. Mit dem Handrücken wischte Hugh McPhail ihn weg und sah hinauf zur Sonne. Mittag: Eine höllische Zeit zum Laufen.

Eine Meile lang gab es nichts als den weichen schmutzigen Weg, der sich vor ihm über die braune Ebene ausspann wie ein Band, das ein Kind achtlos weggeworfen hatte. Der Boden hatte pockennarbige

Löcher, die seinen Rhythmus zerstörten, seine Konzentration jedoch nicht aus der Bahn zu werfen vermochten.

Dies hier war fruchtbares Land, und die Erde völlig anders als die jenes verschlossenen öden Gebietes, aus dem er gekommen war: nordwärts Moor und Heide, Kohle und Schiffbau in seiner Mitte, im Süden wiederum Moor. Hier aber steckte alles voller heißen, kraftvollen Lebens, und das Land dampfte förmlich vor innerer Bewegung; es war fremd und dennoch großzügig, und McPhail empfand keinerlei Furcht vor den 3000 Meilen, die er schon bald auf dieser neuen Erde würde zurücklegen müssen.

Seine Augen registrierten das bebaute Erdband zu beiden Seiten des Weges. Er überlegte kurz und mußte grinsen. Noch nie hatte er sich vorzustellen versucht, wie Orangen tatsächlich wuchsen: Stets waren sie etwas gewesen, das irgendwie am Ende der Straße beim Gemüsemann ankam, ohne daß sie ihm jemals eine Idee ihrer Herkunft eingegeben hätten. Hier nun sah er sie leibhaftig an Bäumen hängen, säuberlich in Reihen, die sich in der schlierigen Hitzeluft zum Horizont hin ausdehnten. Pflanzliches Leben und heißwehender Sonnenglast verliehen der Luft einen seltsamen Geschmack, und McPhail sog den Duft in seine Lungen, derweil das ständige Summen und Brummen der Insekten seine Ohren betäubte.

Alte Männer in blauem Drillichzeug stützten die Ellenbogen auf die Stiele ihrer Hacken, als er an ihnen vorbeilief, kauten auf Strohhalmen herum und musterten ihn mit furchtlosen Augen in braunen, furchigen Gesichtern; kein Erstaunen lag darin, als würden alle Tage Männer in buntkarierten Shorts mit langen Schritten an ihren Häusern vorbeitraben. Möglich, daß McPhail nicht der erste war; möglich sogar, daß sie bereits einen stetigen Läuferstrom zu ›C. C. Flanagans Trans-America-Super-Marathon‹ gesehen hatten; Männer, die von überall in der Welt herbeigelaufen kamen, um schon bald Teil eines zunächst den Staat Kalifornien durchquerenden menschlichen Tausendfüßlers zu sein.

McPhail, dessen Kopf randvoll war mit den silbrig glänzenden Träumen des Glasgower Electric Picture Palace, hatte wirklich geglaubt, daß alle Amerikaner sorgenfrei und in Luxus leben müßten. Aber diese Menschen hier bewohnten bescheidene Holzhütten, mit kleinen eingezäunten Gemüsegärten davor. Und nicht ein einziges Anzeichen von Wohlstand! Auf geheimnisvolle Weise jedoch schien ihre Armut durch die Hitze und den Reichtum dieser Erde gedämpft. Gewiß, die Kinder liefen barfuß durch die Gegend, doch der Boden unter ihren Füßen war warm, ihre Leiber wurden von der Sonne massiert und nicht gepeinigt, wie das die durchfrosteten Hügel rings um das winterliche Glasgow taten. Als er durch die Barackenstadt lief, versuchte hin und wieder ein buntes Hundegemisch nach seinen Fersen zu schnappen, um sogleich von auf den Gehsteigen hockenden Männern zurückgepfiffen zu werden; ähnlich zahlreich auch die Kinder, die ihn eine Weile begleiteten und mit hochgezogenen Knien tänzelnd seinen Lauf auf groteske Weise parodierten. Die Männer betrachteten die Posse voller Milde und belächelten die Schar, die McPhail umkreiste und »Hepp! Zwei-drei-vier!« brüllte.

McPhail sah sich um und mußte wieder grinsen. Diese Kinder hier unterschieden sich in nichts von jenen, die er sechstausend Meilen weiter östlich angetroffen hatte. Denn aus unerfindlichem Grund schien der einsame Läufer immer wieder und überall eine regelrechte Witzfigur abzugeben. Er war ein Eindringling, ein Mann, dessen einsame und unerbittliche Laufrhythmen die tagtäglichen Lebensmuster all derer durcheinanderbrachten, denen er begegnete; ob sie nun in die Straßenschluchten zwischen den Glasgower Mietskasernen gehörten, oder in eine Hüttenstadt in Südkalifornien. Er schien andauernd herausgefordert werden zu müssen – herausgefordert und gejagt. Ein harmloser Spaß zwar, und trotzdem spürte McPhail ständig einen Anflug echter Bedrohung. Jeder Läufer, wo immer seine Qualitäten auch liegen mochten, gab vor allem dann, wenn er gerade lief, etwas von sich selbst preis. *Da bin ich*, sagte er sich. *Das tu ich nun mal. Ich laufe. Dadurch bin ich anders als die anderen.*

Jetzt, da die Muskeln, noch knotig von den Tagen auf dem harten Holzboden des Waggons, aus seinem kräftigen Blut den Sauerstoff zu trinken begannen, schien es ihm fast, als flöge er. Die Sonne erwärmte und lockerte das Gewebe, und McPhail wußte nur zu gut, daß sie auf die Dauer sehr wohl peinsam werden könnte. Freilich barg eine kurze Strecke von sechs Meilen solche Gefahren nicht, und er genoß das Gefühl der Gelöstheit und des Gleitens, das die Hitze seinen Gliedern vermittelte.

An einer Kreuzung traf er plötzlich auf einen anderen Läufer, der direkt von Süden her kam; ein kleiner gebräunter Mann, der in Straßenkleidung lief und einen ausgebeulten Pappkoffer auf seinen Rücken geschnallt hatte. Er bog scharf nach links ein, schloß ohne ein Wort des Grußes zu McPhail auf und heftete sich an dessen linke Seite. Der kleine Mann trug weiße Flanellhosen, die jäh fünfzehn Zentimeter über dem Boden endeten. Die bloßen Füße steckten in schweren schwarzen Lederstiefeln. Den Oberkörper umspannte ein strenges schwarzes Nadelstreifenjackett, und den Kopf beschattete eine Armeemütze. McPhail erkannte auch einen dünnen schwarzen Oberlippenbart und schätzte, daß sein Mitläufer kaum älter als Anfang Zwanzig sein konnte.

Nur noch drei Meilen bis Los Angeles. McPhail zog das Tempo leicht an, um den kleinen Mann zu testen, der die schnellere Gangart allerdings nicht bemerkt zu haben schien und stur an McPhails linker Schulter klebte. Dieser legte noch etwas zu und lief nun einen Rhythmus von etwa sechs Minuten pro Meile; sein Nebenmann, keineswegs nachlassend, fiel – sehr kontrastreich zu McPhails kontrollierter Beinarbeit – in einen eher anspruchsvollen Ponytrab. Mit nur noch einer Meile vor sich steigerte der Schotte das Tempo beträchtlich, aber noch immer konnte er den fremden Atem zu seiner Linken spüren, der leicht und ruhig mitging.

Der kleine Mann schaute kurz über die rechte Schulter zu McPhail herüber. »Martínez«, sagte er und zog seine Mütze. »Juan Martínez aus Mexiko«, und spurtete los.

Die plötzliche Beschleunigung schockierte McPhail nicht wenig, denn der kleine Mexikaner preschte davon, die staubige Strecke hinunter, war schon bald über zwanzig Yards voraus, und Staub stob hinter ihm auf. McPhail ließ ihn gewähren. Er war zwar nach Amerika gekommen, um dort um die Wette zu laufen, aber nicht jetzt. Und wenig später konnte er von Martínez nichts anderes mehr sehen als dessen Mütze, die in der Ferne auf und ab hüpfte.

Ein Ford, ein T-Modell, kam ihm spuckend und stöhnend entgegengeknattert. McPhail erinnerte sich, daß man stets auf der linken Straßenseite zu laufen hatte, und wechselte hinüber. Der Autofahrer, ein junger Farmer, hielt an und schaute aus dem Seitenfenster. »Kumpel«, sagte er grinsend, »bist ja ganz schön auf der Verliererstraße. Hab gradnen kleinen Typen gesehen. Beine so flink wien Fiedlerellenbogen. Ist schon n ganzes Stück weiter als du.«

McPhail lächelte ihm zu, nickte und schaute nach vorn. War er bisher einen weichsandigen Weg entlang getrabt, so stand er nun an einer zweispurig ausgebauten Straße, und vorbeifahrende Autos schleuderten ihm dicke Staubwolken entgegen. Er hatte die Vororte von Los Angeles erreicht, deren Häuser wieder ganz anders aussahen: weiße Ziegelmauern, Palmen, fein säuberlich gemähte Rasenflächen; Gärtner hier und da. In McPhails Augen wirkten die Häuser von Los Angeles eher spanisch als typisch nordamerikanisch.

Ungefähr hundert Yards vor ihm spannte sich ein Spruchband quer über die Straße: LOS ANGELES BEGRÜSST DIE TRANS-AME-RICA-SUPER-MARATHON-LÄUFER. Direkt darunter, auf der linken Straßenseite, stand eine kleine Bude. QUER DURCH AME-RIKA MIT COCA COLA verhieß das Schild an ihrem Dach. McPhail hielt an und wühlte in seinem Rucksack.

»Ne Coca, Freund?« fragte ihn der weißbekittelte Standbesitzer.

»Umsonst?« erkundigte sich der Schotte vorsichtig.

»Also gut, wenn du zum Trans-America gehörst.«

McPhail ergriff die Flasche, setzte sie an und nahm große, hastige Schlucke. Das Zeug war kalt und süß. Er hatte ganz vergessen, daß – in Amerika – warme Getränke offenbar überhaupt nicht existierten. McPhail hustete, wischte sich Tränen und Schweiß von den Augenlidern und trank aus.

»Müssn schon so Stücker tausend Leute hiersein«, bemerkte der Kittelmann. »Von überall. Auch Japse, Türken, Injaner. Hab sogar ein gesehn, der hatte n Rock an.« Interessiert musterte er McPhails Karoshorts. »Also, wenn einige von dene richtige Läufer sin, dann bin ich Alice Craig McAllister.«

Doch der Name der Evangelistin sagte McPhail überhaupt nichts; er sog den letzten Tropfen aus seiner Flasche und stellte sie auf den kleinen Tresen zurück. »Danke. Wo mußn man sich melden?«

»In fünf Hotels. Sin ganz nahbei: das Grand, das Imperial, das Ambassador, das Gateway und das Eldorado. C. C. Flanagan hat sich für euch Jungs weiß Gott ins Zeug gelegt.«

McPhail trabte weiter, mitten in das Zentrum von Los Angeles hinein, und die kalte Brühe schwappte bei jedem Schritt in seinem Magen. Und tatsächlich, die Stadt platzte fast aus den Nähten. Läufer aller Herren Länder schlenderten in kleinen Gruppen die Gehwege entlang, plauderten oder redeten mit Händen und Füßen. Manche liefen auf der breiten Hauptstraße im Pulk und wurden von zornig hupenden Autos nur um weniges verfehlt. Andere wieder saßen in Liegestühlen vor Cafés und ließen sich von ihren Betreuern massieren und umsorgen. Die ganze Stadt schien läufig geworden.

Die dreitausend Meilen Zugfahrt über und später die sechs Meilen zu Fuß stadteinwärts hatte sich Hugh McPhail in Amerika wie ein Fremder gefühlt, doch schlagartig war die Beklemmung vorbei: Hier war eine Läuferstadt, eine Stadt mit seinesgleichen. Ganz Los Angeles schien ein einziges Trans-America-Super-Marathon-Camp, und das Trans-America war Los Angeles. Sogar die Straßenbahnen hielten klingelnd und rasselnd an, um die Läufer, die zwischen ihnen herumsprangen, nicht zu zerquetschen. Bullige Polizisten ersetzten die Verkehrsampeln, damit die Athleten ungehindert weiterlaufen konnten. Andere wieder standen herum und gaben Kindern, Frauen und Männern Autogramme, um dann, ein jeder für sich und nach eigener Methode, weiterzutrainieren.

McPhail fühlte wieder den vertrauten Druck in der Magengegend. Würde er auch wirklich seinen Platz finden, hier in Los Angeles, wo es von den großartigsten Langstreckenläufern der ganzen Welt geradezu wimmelte? Womöglich würde er sich schon nach ein paar lumpigen Meilen als das entlarven, was er war, als ein verdammter Spieler, dessen Chance, ans Ziel zu kommen, denkbar gering war – von einem Sieg erst gar nicht zu reden. Er mußte an den kleinen Mexikaner in der weißen Flanellhose denken, wie schnell der ihm die Hacken gezeigt hatte.

Und McPhail spürte die gleiche eisige Beklemmung, die ihn bisher jeden Winter hatte doppelt zittern lassen – ein deutliches Mißtrauen gegenüber seinem Körper und dessen Fähigkeit, Leistung zu entwickeln, jeden Sommer aufs neue nicht nur so gut wie die Saison zuvor auf der Strecke zu sein, sondern sogar noch besser. Dieses Gefühl glich der bangen Zuversicht des Bauern, der den Samen in seine Felder gelegt hat und nun davorsteht und sich um eine gute Ernte sorgt. Es war der Zweifel, der McPhail wieder und wieder ansprang, den er aber, zumindest bis zu diesem Zeitpunkt, noch immer hatte besiegen können.

Gewiß, er mußte gegen die weltbesten Läufer anrennen; nur hatte es in der Geschichte des Laufens noch keinen Menschen gegeben, der dreitausend Meilen zurückgelegt hatte, Tag für Tag fünfzig Meilen. Es gab darum auch keine Möglichkeit, in Erfahrung zu bringen, wie ein auch noch so durchtrainierter Körper auf diese Selbstquälerei wohl reagieren mochte. Kurzum, das Trans-America-Rennen war ein wahnwitziger Wettlauf mit dem Glück.

Er entschloß sich für das Grand, ein weißes Hotel mit einer Säulenfront, das seine besten Tage bestimmt schon hinter sich hatte. Davor, an der Straße, war eine Reihe hölzerner Tische aufgeschlagen, hinter denen Frauen die Personalien der Läufer aufnahmen.

»Ihr Name, Mister?« fragte ein hübscher Blondschopf und blickte vom Tisch hoch, auf dem ein kleines Pappschild stand, das ihn als *Miss Dixie Williams* auswies. McPhail schätzte sie auf achtzehn, neunzehn

Jahre; das Haar trug sie im fast schon klassisch gewordenen Mary-Pickford-Stil, ihre vollen Lippen konturierte hellroter Lippenstift.

»Ihr Name?« fragte die junge Frau noch einmal.

»Hugh McPhail.«

»Land?«

»Schottland.«

Miss Williams musterte die karierten Shorts und dann die kräftigen, hageren Beine.

»Ziemlich langer Weg bis hierher.«

»Stimmt. Sechstausend Meilen.«

Miss Williams lächelte. »Ist es kalt in Schottland?«

»Jämmerlich.«

Das Geschiebe und Gedränge hinter ihm nahm merklich zu.

Die junge Frau reichte McPhail eine weiße Karte mit einer Nummer darauf.

»So, das ist Ihre Zimmernummer und das Ihre Startnummer.« Sie gab ihm zwei Stoffrechtecke und acht Sicherheitsnadeln. »Sie müssen Ihre Nummer hinten und vorne tragen, und zwar jedesmal, wenn gelaufen wird. Mister Flanagan wird Sie heute abend um sechs Uhr hier im Grand nochmal in alle Regeln einweisen. Inzwischen melden Sie sich im Speisesaal zum Mittagessen an. Hier, Ihre Essenmarke. Und viel Glück.«

Langsam stieg McPhail die Stufen zur Hotelhalle hinauf; überall sah er Läufer und Betreuer. Zur Linken befand sich eine Telefontheke, an der sich zahlreiche Journalisten drängelten und neueste Nachrichten an die Heimatredaktionen kabelten.

»Ja, Doc Cole ist auch hier«, brüllte gerade einer. »Versucht bloß, ihn da rauszuhalten. Jaja, groß in Form; gibtne Pressekonferenz in einigen Tagen. Die Deutschen? Grade angekommen. Was zum Teufel sind bloß Nazis? Klar, so nennen die sich selber, N-A-Z-I-S...« McPhail blieb etwas verwirrt stehen. »Lord wer? Ach, Thurleigh. Wenn er wirklich kommt, gibt dasne Bombenstory. Gute Bilder, klar, auch. Woher zum Henker soll ich wissen, ob ern Monokel trägt? Nein, noch keine Nachricht übern Mexikaner. M-A-R-T-I-N-E-Z. Okay, ich kümmer mich drum. Schon gut, ich krieg das Zitat von Flanagan – ist hier das geringste Problem...« Der Journalist hielt inne, kritzelte etwas in sein Notizbuch und meldete weiter.

»Morgan? Mike Morgan, mitnem Gewerkschaftsärger in Pennsylvania am Hals? Jou, n Mike Morgan ist auf der Läuferliste. Von Paavo

Nurmi nichts Neues. Aber Hugo Quist ist hier draußen, sein Manager. Nennt sich ›technischer Berater‹, aber von Nurmi selbst keinen Schimmer. Gäbne heiße Story, wenn der auch mitlaufen würd!«

McPhail hatte genug gehört und schlenderte träge weiter. Zu seiner Rechten war die Hotel-Rezeption und dahinter die Empfangsdame, ringsum von Athleten belagert. Das Restaurant befand sich geradeaus. Und wie er so im Überlegen war, ob er auch hineingehen solle, drängte ihn schon eine Läuferschar nach vorn und in den Raum hinein.

Drinnen herrschte Babel. Eine Sportlergruppe in strahlend blauen Trainingsanzügen aus Seide mit Sternenbanneraufnähern saß nicht weit vom Eingang. Für McPhail war es das erste Mal, daß er so etwas zu Gesicht bekam, und er dachte zunächst an Schlafanzüge. Die Rückenteile der Jacken waren mit dem Schriftzug *Williams' All-Americans* kunstvoll bestickt. Am Ende des Tisches stand der Teamleiter, ein korpulenter, braungebrannter Mann mit Bürstenfrisur, der sich mit beiden Händen aufstützte und rotgesichtig herumbrüllte. Irgendwo in einer Ecke lief ein Mann auf einem Tisch auf der Stelle. In einer anderen bot ein sonnenverbrannter älterer Läufer irgendeine patente Medizin feil, wobei er beständig vor sich hinschwatzte. Auf einem Tisch, weit hinten, demonstrierte jemand seine braunen, lederartigen Füße einem erstaunten Publikum. An den meisten Tischen aber waren Männer beim Essen, das heißt, sie hatten die Münder dicht über ihre Teller gehängt und schaufelten in sich hinein, was drauf war, und unterbrachen diese Tätigkeit nur, um becherweise Kaffee hinterherzuschütten.

Schweißgebadete Kellnerinnen in schwarzen Uniformen pendelten ohne Unterlaß hin und her und knallten den Läufern die Mahlzeit vor die Nase, die sie sogleich gabelbewehrt in Angriff nahmen. Einige verdrückten Nachschlag auf Nachschlag. Ungeduldig nahm Hugh Platz und bekam im Handumdrehen einen randvollen Teller vorgesetzt. Es schmeckte besser als alles, was er seit Monaten gegessen hatte. Man reichte große, dicke Hamburgers und Bohnen, dann ein Stück Apfelkuchen und dazu so viel Kaffee, wie man trinken konnte. Hugh aß bedächtig; noch schlug sein Puls allzu heftig, Schweiß rann ihm noch über Wangen und Nacken. Welch ein Ort!

Mindestens zweihundert Mitläufer saßen im Speisesaal, mit zwei menschlichen Grundtätigkeiten aufs intensivste beschäftigt, dem Reden und dem Essen. Die meisten taten entweder das eine oder das andere, einige aber versuchten mit gebeulten Mäulern beides auf einmal und versprühten dabei Hamburgers und Apfelkuchen in jede nur denkbare Richtung. McPhail schaute flüchtig zu dem kleinen glatzköpfigen Mann in der Ecke hinüber, der gerade eine Flasche hochhielt, derweil er einer etwa dutzendköpfigen Zuhörerschaft, in der Mehrzahl Chinesen, einen Vortrag zu Ohren brachte. McPhail konnte zwar nicht alles verstehen, doch das Wort *Chickamauga* wehte häufiger zu ihm herüber. Der kleine Mann schien nicht weiter berührt durch den Mangel an Reaktion seitens seines Publikums. Eifrig setzte er seinen deklamatorischen Wortschwall fort, wobei seine Gesten zunehmend wilder wurden. Schließlich beschloß er seine Rede, indem er den Flascheninhalt – Medizin wohl – in seinen eigenen Rachen schüttete und dann einen Handstand machte. Die Chinesen applaudierten höflich.

Sein Apfelkuchen war gebracht worden und Kaffee. Das Essen hatte McPhail, der sich noch immer etwas in der Fremde fühlte, neue Zuversicht gegeben. Als er aufsah, bemerkte er Martínez, seinen mexikanischen Rivalen, der gerade den Raum verließ, die Jackentaschen mit Brötchen und Äpfeln vollgestopft. Wenig später fühlte sich McPhail selbst bis zum Platzen gefüllt, stand auf und bahnte sich mühsam seinen Weg durch das Gewühl hinaus zur Treppe.

Zimmer Nr. 262 hatte zwei Betten. Auf dem zur Linken lag der kleine Martínez, angekleidet, die Hände über dem Bauch gefaltet und von Brötchen und Äpfeln umgeben, die Augen geschlossen, und schnarchte. Hugh stellte seinen Rucksack ab, ging zum Waschbecken, drehte den Hahn auf und sah zu, wie es sich mit rostigem, lauwarmem Wasser füllte.

Er wusch sich von Kopf bis Fuß, trocknete sich ab und legte sich auf sein Bett, verschränkte die Hände unter dem Nacken und starrte zur Decke. Wenn dies der Vorgeschmack von Flanagans Trans-America-Super-Marathon war, nun gut, dann hätte wenigstens sein Magen ausgesorgt. Hugh McPhail streckte sich zufrieden und schloß, den Kopf in beiden Händen, die Augen.

# 2

## *Flanagan vor der Presse*

Drei Telefone klingelten um die Wette. Charles C. Flanagan hob das zunächst stehende ab und rammte sich den Hörer hinters Ohr. »Schinkenbrot! Vollkorn!« rief er hinein. »Ich sagte, zwei Schinken auf Vollkornbrot!« Er knallte den Hörer auf die Gabel und warf sich in seinen Sessel zurück.

Das Schlafzimmer durchwucherte ein Dschungel aus Telefonen samt Strippen, Zeitungsausschnitten, Fernschreiberstreifen, angebissenen Sandwiches und jede Menge Tassen kaltgewordenen Kaffees. Flanagan saß in seinem geblümten Seidenhausmantel einen Augenblick ganz ruhig da, die gepflegten Hände in die Hüften gestemmt; seine langen dünnen Zehen drängten sich aus den vorne offenen Hausslippers. Er war Mitte Vierzig, hatte dünnes Haar, das bereits zu ergrauen begann und sich ständig fächerförmig über seiner Stirn breitmachte; doch es waren seine Zähne, große, weiße Grabsteine, weiß und glänzend, die sein Gesicht beherrschten. Und wieder schrillte ein Telefon. Flanagan hob ab. »Willard!« dröhnte er in Richtung Badezimmer. »Willard! Nein, nicht Sie, Ma'am«, gurrte er beschwichtigend in die Sprechmuschel. Wortgeflatter einer weiblichen Stimme drang wohltönend aus dem Hörer. Flanagan dämpfte seinen Ton. »Jawoll, Ma'am«, fuhr er fort, » *Milwaukee Ladies Home Journal*? Jawoll, haben wir« – stand auf, bückte sich und wühlte in einem Papierwust auf dem Boden – »nach der letzten Zählung laufen einhunderteinundzwanzig Damen in unserem Trans-America-Super-Marathon... Wie bitte? Anstandsdamen?« Er deckte die Sprechmuschel ab und wirbelte zu Willard Clay herum, einem kleinen rundlichen, bebrillten Mann, der soeben im rotgestreiften Schlafanzug aus dem Bad gekommen war und sein Gesicht mit Rasierseife einschäumte.

»Sie fragt nach Anstandsdamen für die Mädchen«, zischte Flanagan.

Er nahm seine Hand wieder vom unteren Ende des Hörers und sprach mit großen weißblitzenden Zähnen weiter.

»Selbstverständlich, Miss... Miss McGregor.« Flanagans Gesicht verzog sich in Willards Richtung zur Grimasse, der gänzlich ungerührt mit einem Rasierapparat an seinem Kinn herumkratzte. »Drei Damen des San Francisco Ladies Seminary haben uns freundlicherweise ihre Anstandsdienste zur Verfügung gestellt. Jawoll, San Francisco Ladies Seminary.« Er artikulierte die Wörter im Mitschreibtempo, nickte dabei und lächelte gewinnend in den Hörer hinein. »Ja, das kann ich garantieren. Jeden Sonntag gibt es einen ökumenischen Gottesdienst. Herzlichen Dank, Ma'am.«

Flanagan hängte ein und glotzte seinen Assistenten an. »Warum hast du eigentlich nicht an Anstandswauwaus gedacht?« schnappte er.

Willard begann, sich die Schaumreste unterm Kinn abzutupfen, säuberte die Klinge und schüttelte heftigst den Kopf; weiße Seifenflocken gingen zu Boden. »Wir wußten ja noch nicht mal, daß einje von denen richtje Frauen warn«, räsonierte Willard. »Und sowieso – lange bringen dies eh nicht.«

Flanagan warf sich wieder in seinen Sessel, den Fernschreiberstreifen fest umschlungen hatten. Wütend zerriß er das Papiergeschlinge und warf es zu Boden. »Woher willst du denn das wissen? Könnte doch genauso gut sein, daß sich unter all den fetten Weibsen da draußen ein weiblicher Nurmi versteckt hält, oder?«

»Klar, gäbne dolle Story, wenns so wär«, kicherte Willard und ging zurück ins Bad, um seine Rasierschale abzustellen und noch im selben Atemzug über seine Schulter hämisch grinsend hinzuzufügen: »Miss America – die Herausforderin der besten Läufer der Welt!«

Flanagan rieb sich das unrasierte Kinn. »Willardchen, du hast hundertprozentig recht.« Er streckte beide Hände aus, als wollte er eine Schlagzeile dick unterstreichen. »Miss America im Trans-America-Super-Marathon... Wir könnten ihrn Sternenbanner anziehn und sie nach dem Rennen auf Tournee durchs ganze Land schicken.« Er lehnte sich zurück, seine Augen liefen leer ins Weite.

Zwei Telefone schlugen an. Flanagan riß sich aus seinen Gedanken und griff nach dem, das um Haaresbreite auf den Boden gefallen wäre. »Charles C. Flanagan«, meldete er sich zurückhaltend, und setzte sich dann, als er vernahm, wer der Anrufer war, (»Paramount Pictures!«) rasch auf wie eine Eins und winkte den halbrasierten Willard nah ans Telefon heran, legte die Hand über die Sprechmuschel und lauschte andächtig mehrere Minuten. »Paramount«, flüsterte er. »Die wollen, daß wir den Start des Rennens ins Coliseum-Stadion verlegen.«

Seine Stimme fiel um eine Oktave, als er das Gespräch wieder aufnahm. »Sie dürfen nur die Schwierigkeiten nicht unterschätzen, Mister Schenck. Wir haben zweitausend Läufer am Start, das größte Teilnehmerfeld in der Geschichte des Profisports. Diese Viertelmeilenaschenbahn ist wohl kaum eine angemessene Startrampe für ein Rennen dieser Dimension.«

Willards Rasierseife hatte die Sprechmuschel des Telefons verschmiert. Flanagan wischte sie ab und warf Clay einen grollenden Blick zu.

»Und wie soll die finanzielle Vergütung aussehen?« fragte er, und seine Augen bekamen einen hellen Schein. Hartnäckig drängelte Willard sein Seifenschaumkinn aufs neue eng an den Telefonhörer.

»Zehntausend Dollar? Absolut unmöglich. Fünfzehn? Nein, nein, ich will und kann den Start des Trans-America-Super-Marathons nie und nimmer gefährden, verstehn Sie mich . . .« verklang seine Stimme, und wieder deckte er die Sprechmuschel ab, als Willard ihn am Ärmel zog.

»Nehmen Sie an, Chef«, flüsterte Willard. »Um Gottes willen, nehmen Sies an!«

Flanagan wandte sich wieder dem Gespräch zu, das Gesicht vollkommen teilnahmslos. »Ja, ich weiß schon, daß wir ein Übereinkommen haben, Sir; da steht aber nichts davon drin, daß wir den Lauf im Coliseum starten müssen. Fünfundzwanzigtausend? Sagen wir dreißig, und ich denke, wir können zusammenkommen.« Willard konnte die gesteigerte Tonlage am anderen Ende der Leitung hören. Flanagan machte eine dramatische Pause.

»Dreißigtausend? Machen Sies schriftlich, einen Vertrag, und zwar bis Mittag im Plaza Hotel, und das Geschäft ist gebongt. Ja, ohne Frage ein Vergnügen und ein Vorzug, mit Ihnen Geschäfte machen zu dürfen, Mister Schenck.«

Flanagan hängte ein, lehnte sich in seinem Sessel zurück und faltete die Hände über dem Bauch.

»Willard«, sagte er dann. »Jetzt glaub ichs wirklich. Wir sitzen auf einem Topf voller Gold.«

»Aber das Coliseum, Chef? Zweitausend Leute aufner Viertelmeilenstrecke?!«

»Ach was, kein Problem«, sagte Flanagan. »Wir können die meisten außerhalb des Stadions starten lassen, dann laufen sie ein paar Runden im Coliseum, und dann gehts ab die Post in die Berge Richtung Pomona. Du mußt das mal eben so sehn. Es ist einfach besser, als sie irgendwo auf der Straße loslaufen zu lassen. Für diesen Start können wir Eintritt nehmen. Und denk nur mal an die Verpflegungskonzessionen – Hot Dogs, Coke, Popcorn... Warum hab ich da bloß nicht früher dran gedacht?! Und auch du, Willard, warum gerade du nicht?«

Der Angeraunzte zuckte die Achseln und watschelte zurück ins Badezimmer.

Wieder klingelte ein Telefon. »Stadtpolizei?« Flanagans Miene verdüsterte sich. Angespannt hörte er eine Zeitlang zu und antwortete dann: »Lassen Sie mich das bitte erst mal auf die Rolle kriegen, Comissioner Flaherty. Sie wollen mir also allen Ernstes sagen, daß meine chinesischen Läufer auf Ihre Straßen urinieren? Irgendwelche besondere Straßen? Oh, verstehe, irgendwelche Straßen. Commissioner, ich verspreche Ihnen, daß ich das knallhart unterbinden werde. Unter uns gesagt, ich halte es durchaus für möglich, daß das irgendein uralter religiöser Potenzbrauch ist; nur, damit ich nicht aus Versehen ins Fettnäpfchen trete. Wenn ich Sie schon grade dranhab – ich würde mich außerordentlich geehrt fühlen, wenn Sie und Ihre verehrte Frau Gemahlin zu den Eröffnungsfeierlichkeiten begrüßen dürfte. Nicht unerwähnt lassen möchte ich, daß Miss Mary Pickford und Mister Douglas Fairbanks ihrem besonderen Wunsch Ausdruck verliehen haben, Sie beide kennenzulernen. Ich wäre entzückt, wenn Sie zusagen könnten.«

Flanagan hängte ein. »Sind wie Verrückte«, stöhnte er, als Willard durch das Fernschreiberstreifenchaos pflügte und sich After-shave in sein weiches, rundes Gesicht klopfte. »Dieser Oberbulle da hat fünfzig unserer chinesischen Jungs in der ersten Woche eingebuchtet, angeblich wegen fäkalischer Heimsuchung öffentlicher Hauptstraßen. Hat mich hundert Dollar gekostet, um sie wieder loszueisen.«

Flanagan schaute müde um sich, klaubte einen Wust Fernschreiberstreifen auf und hielt ihn angewidert in die Luft. »Willard, müssen wir eigentlich in diesem Dreck hier leben? Heilige Mutter Gottes, schließlich zahlen wir fünfzig Dollar pro Tag.« Rasch griff er sich das Haustelefon. »Zimmerservice? Zum Donnerwetter, schicken Sie mal jemanden, der hier endlich saubermacht. Aber ein bißchen dalli!«

Ein anderes Telefon, ganz in der hintersten Ecke, läutete zaghaft. Diesmal nahm Willard ab, hörte eine Weile zu, hängte dann ein und blickte verstört zu Flanagan.

»Chef«, brachte er heraus. »Ein Mister Seidlitz sagt, ich soll ausrichten, die Zwerge seien gebucht. Einhundert Zwerge. Was solln wir aber, bitteschön, mit einhundert Zwergen?«

Flanagan nahm seinen Assistenten spöttisch ins Visier. »Wir beenden den Lauf am sechsten Juni neunzehnhunderteinunddreißig im Madison Square Garden. Und bevor die Läufer eintrudeln, gibts eine kleine Schau, verstehst du, Akrobaten, starke Typen und so. Hab einen Türken angeheuert, dern Elefanten heben kann. Ist nicht gradn indischer Schwergewichtsdickhäuter, aber was soll's, Elefant ist Elefant. Undn Rüssel hat er jedenfalls. Im großen Finale dann, kurz bevor die Kerls einlaufen, sollen Zwerge auf Ponys herumreiten. Sowas hats noch nie gegeben, ist einmalig in der Geschichte des Sports.«

Bevor seine Rede sich noch weiter entfalten konnte, wurde Flanagan durch ein Klopfen unterbrochen; der Kopf eines Pagen erschien an der Tür.

»Mister Flanagan, Sir. Ich sollte Sie erinnern, Ihre Pressekonferenz im Coolidge-Room – in einer Stunde.«

Flanagan winkte ihm über die Schulter hinweg zu. »Danke. – Willard«, sagte er dann, »ich möchte noch mal einen Blick auf die Presseliste werfen, bevor du alles klarmachst. Immerhin treffen wir in einer Stunde die Damen und Herren der Weltpresse.«

Flanagan prüfte die Liste, die Willard ihm gab, und blickte finster drein. Einhundertachtzig Journalisten aus der ganzen Welt, darunter viele, die von Anfang an bei allen Olympischen Spielen seit Athen 1896, bei jeder Baseball-Saison dabei gewesen waren. Und seit jener Pressekonferenz im Jahre 1930, auf der er den Trans-America-Super-Marathon vorgeschlagen hatte, umschrieben die Zeitungsreaktionen die gesamte Bandbreite öffentlicher Meinungsvielfalt; sie reichte von bewunderndem Unglauben bis zu beißendem Hohn und Spott. Natürlich würden das Ereignis auch jene harmlosen Soldschreiber kommentieren, die den Trans-America-Super-Marathon als das nahmen, was er auch war, als ein sportliches Dreimonatsgeschäft, ein Job, dessen Honorar sie mit saftigen Spesenrechnungen nachbessern würden. Mit denen käme er schon zu Rande. Aber da waren noch andere, hartgesottene, ausgefuchste Journalisten, und keine rekordtrunkenen Sportreporter, ernstzunehmende Hintergrundheinis, die dieses Superrennen als ein weiteres, zeittypisches Brot-und-Spiele-Unternehmen ansahen und in dieselbe Schublade wie die Bronx-Boxereien, den Marathontanz oder Unterwasserbaseball steckten. Solche Männer freilich mußten mit besonderer Umsicht behandelt werden.

Die Presse war für den Trans-America-Super-Marathon lebenswichtig. Sie mußte benutzt, sie mußte interessiert und amüsiert werden, und zwar über die gesamte Strecke von Los Angeles bis New York. Flanagan zerknüllte die Journalistenliste, zielte auf den Papierkorb und schnippte sie quer durchs Zimmer. Sie traf den Korbrand und sprang zu dem Telefon in der Ecke, das leise zu klagen begann.

Um genau vierzehn Uhr dreißig legte Charles C. Flanagan letzte Hand an seine perlenverzierte Krawattennadel, glättete das Ziertuch in der Brusttasche seines untadeligen grauen Zweireihers und schaute auf die Journalisten, die einen halben Meter unter ihm heftig diskutierten oder sich Notizen machten. Wieder einmal war der Calvin-Coolidge-Room zum Völkerbundsplenum für die Welt des Sportjournalismus geworden. Der Trans-America-Super-Marathon hatte Reporter aus der ganzen Welt anreisen lassen und zusammengebracht, die sich zumeist auf den Olympischen Spielen, aber sonst praktisch nie sahen. Und hier bufften und knufften und begrüßten sie sich nun, bekritzelten ihre Schreibblocks und plauschten miteinander, derweil sie allesamt auf den Augenblick warteten, in dem das Trans-America-Rennen seinen ersten Riesenschritt machen würde. Der Raum selbst war nüchtern und gediegen: Die Stühle waren mit braunem Leder überzogen; die mit Eichenfurnier verkleideten Wände schmückten Ölporträts ehemaliger Präsidenten. An der Wand hinter der Plattform, auf der Flanagan thronte, hing ein Porträt des mittlerweile 30. Präsidenten der Vereinigten Staaten, der über einem mächtigen Wälzer zu brüten schien – der bei genauerem Hinsehen wohl eher ein Telefonbuch war: Calvin Coolidge.

Flanagan zur Linken saß Willard und neben ihm die blonde Dixie Williams, Bleistift und Schreibblock eilfertig gezückt. Rechts von ihm saß ein älterer, braungebrannter kahlköpfiger Mann im Nadelstreifenanzug.

Flanagan kannte eine Menge der anwesenden Journalisten ziemlich gut, und sie kannten ihn auch. Er plazierte beide Hände in einem nach unten ausgebogenen Dreifuß auf der Tischplatte, stand auf, trat etwas zurück und streckte sich zu voller Größe. Blitzlichtlampen explodierten, Kameras schwirrten zu ihm herum. »Schauen Sie mal dahin, Mister Flanagan«, forderte ihn eine Gruppe von Fotografen auf; Flanagan drehte sich nach rechts und ließ seine weißen Zähne in einem gefrorenen Grinsen schimmern. Dann, einer Bitte von der linken Seite folgend, wandte er sich um und erhob, im Interesse der Abwechslung, seine Arme zur Seite, die Handflächen nach oben: Flanagan, das menschgewordene Füllhorn, der Quell aller guten Dinge.

»Meine Damen, meine Herren«, begann er, wedelte sich die Fotografen vom Leib und nahm Platz. »Kommen wir zur Sache«, drängte er und hieb den schweren hölzernen Auktionshammer auf den Tisch, daß es knallte. Dennoch dauerte es eine volle Minute, bis die Hektik sich gelegt hatte. »Die erste Frage, bitte.«

»Wie lang genau ist die Rennstrecke?« meldete sich ein Journalist ziemlich vorne im Raum.

»Dreitausendeinhundertsechsundvierzig Meilen und zweihundertundzwanzig Yards«, erwiderte Flanagan glattzüngig.

»Echt sicher mit den Yards?« erkundigte sich ein Mann, den Flanagan als Frank Pollard vom *St. Louis Star* erkannte, einen alten Federkielkämpfer des amerikanischen Sportjournalismus.

»Nicht lupenrein sicher, Frank. Aber falls Sie da noch gewisse Zweifel haben sollten, unser amtlicher Entfernungsspezialist wird sich drum kümmern, um jeden Yard einzeln und morgen früh gleich als erstes.« Durch das Gelächter hindurch zeigte Flanagan auf einen anderen Fragesteller in der Mitte des Raumes.

»Charles Rae von der *Washington Post*«, stellte dieser sich vor. »Was gibts denn als Ersten Preis?«

»Einhundertundfünfzig Golddollar, von der National Bank of America garantiert«, sagte Flanagan.

»Und die anderen Preise?« fragte Rae, der mittlerweile aufgestanden war.

»Fünfzigtausend Dollar für den Zweiten bis runter auf zweihundert Dollar für den hundertsten Platz. Alles zusammen macht das dann dreihundertsechzigtausend Dollar.«

Sofort entstand ein heftiges Diskussionsdurcheinander: Lautstark wurde das Preisgeld von den Auslandspresseleuten in Pfund, Mark, Francs und andere Währungen umgerechnet.

Und wieder knallte Flanagan mit dem Hammer um Ruhe.

»Dürfen wir annehmen, daß dies der lukrativste Laufwettbewerb aller Zeiten wird?« fuhr Rae fort.

»So sicher wie das Amen in der Kirche«, bekräftigte Flanagan und grinste. »Ich bestehe sogar darauf!«

»Wie hoch ist die Teilnahmegebühr?« fragte Pollard.

»Zweihundert Dollar pro Doppelbein.«

Pollard zielte mit seinem Bleistift auf Flanagan. »Ist das in der derzeitigen wirtschaftlichen Situation nicht ein bißchen happig?« Flanagan legte beide Hände flach auf den Tisch. »Wir haben harte Zeiten, meine Herrn. Sie dürfen nicht vergessen, daß wir knapp drei Monate lang jeden Tag drei volle Mahlzeiten ausgeben. Jungs, ihr werdet schon bald merken, daß es sich allein schon wegen der Verpflegung lohnt, da mitzumischen!«

Er hob eine Hand, um des Stimmenwirrwarrs Herr zu werden.

»Im Ernst, Herrschaften, ich mußte mich irgendwie der guten Absichten auf seiten jedes Teilnehmers versichern. Die meisten werden ja von Staaten oder Nationen gesponsort, und die zweihundert Dollar liefern natürlich die beste Versicherung dafür. Nächste Frage, bitte.«

Er zeigte in den Wald erhobener Hände hinein.

»Wieviel Meilen werden sie pro Tag zurücklegen?« rief jemand aus der Tiefe des riesigen Raums.

»Durchschnittlich fünfzig, die gewöhnlich in zwei Etappen gelaufen werden. Das Minimum sind dreißig, das Maximum sind einundsechzig Meilen. Ich darf Sie doch bitten, Namen und Zeitung zu nennen, meine Herren? Bewahren wir doch bitte den Rahmen.«

»James Ferris von *The Times*, London. Hat ein Mann schon jemals solche Tagesentfernungen absolviert?«

Flanagan hatte die Frage erwartet und erhob sich sogleich. »Ich denke, hier gibt es einen, der sitzt neben mir und ist für eine Antwort weit besser qualifiziert als ich: Doc Cole, der Vater des amerikanischen Langstreckenlaufs. Alle, die die Jahre über am Ball geblieben sind, werden Doc sicherlich noch kennen. Er ist für Onkel Sam in den Olympischen Spielen von 1904 und 1908 die Marathonstrecke gelaufen und danach nur noch als Profi. Können Sie was zu der Frage sagen, Doc?«

›Doc‹ Cole erhob sich langsam. Die Deckenlampen spiegelten sich auf seinem kahlen Schädel. In dem eleganten Nadelstreifenanzug sah er allerdings eher aus wie ein Bankangestellter, kaum jedenfalls wie ein Athlet. »Könnten Sie die Frage wiederholen?« fragte er mit leichtem Mittelwestakzent.

»Hat schon mal jemand fünfzig Meilen am Tag geschafft, Doc?«

»Nicht lange«, antwortete jener. Leises Gelächter. »Mein alter Herr hat mir mal von einem Typen erzählt, einem Yankee namens Edward Payson Weston, so etwa um 1880. Er konnte fünf Meilen pro Stunde gehn, und zwar von jetzt bis zum Sanktnimmerleinstag. Konnte aber nicht schneller, wohlgemerkt. Einmal ist er um die dreitausend Meilen quer durch Amerika gewackelt, so um die vierzig Meilen pro Tag; das war etwa um 1910. Dann gab es, als ich noch ein Junge war, die Sechstagegeher, drüben im Osten. Die besten von denen schafften so an die hundert Meilen pro Tag, und zwar aufner Holzbahn in Turnhallen, sechs Tage hintereinander.«

»Hundert Meilen pro Tag?« fragte ein Reporter zurück und machte sich hektisch Notizen.

»Jawoll. Die nannten damals diese Sechstageläufe auch ›Wobbles‹, und zwar deshalb, weil die meisten von den Jungs da mehr herumgewobbelt, das heißt hin- und hergewackelt, als gegangen sind.«

»Dann wäre es also richtig, wenn man sagt, daß noch kein Mensch fünfzig Meilen quer durch Amerika gelaufen ist?« fragte der Journalist beharrlich.

»Jedenfalls hab ich davon noch nie was gehört«, erwiderte Doc.

Hin und her diskutierten die Journalisten und verglichen papierraschelnd ihre Notizen.

»Danke, Doc«, sagte Flanagan und nutzte sogleich die Fragepause für sich. »Vielleicht darf ich noch sagen, daß Doc aufgrund seines einmaligen Fachwissens zum Thema Langsteckenlauf morgen seine eigene Pressekonferenz geben wird. Nächste Frage, bitte.«

»Forrest, von der *Chicago Tribune*.« Der Mann, der die Frage zuvor gestellt hatte, stand auf.

»Und wie ist die ärztliche Versorgung der Läufer?«

»Zehn bestens qualifizierte Ärzte unter Leitung von Doktor Maurice Falconer vom Los Angeles City Hospital, plus zwanzig Masseure. Außerdem bedenken Sie bitte, meine Herren, daß viele Teilnehmer mit ihren eigenen Ärzten und Masseuren kommen werden.«

»Was passiert, wenn irgend jemand auf der Strecke bleibt? Wie kommt son armer Teufel dann wieder nach Hause?« fragte Forrest weiter.

»So gut ers halt kann«, antwortete Flanagan. »Meine Herren, wir leben im Land der unbegrenzten Möglichkeiten. Und Almosen gibt es im Trans-America-Super-Marathon demnach nicht. Unsere Athleten kommen aus einundsechzig Nationen, sie kommen hierher von überall in der Welt. Einige sind ohne Arbeit, andere haben ihre Häuser verkauft, wieder andere haben ihre Frauen oder Freundinnen im Stich gelassen, um zum Lauf ihres Lebens anzutreten. Das sind noch Männer, meine Herren. Alle wissen, daß dies hier ein Wettlauf mit dem Glück ist, weil eben noch niemand dreitausend Meilen gelaufen ist, und das auch noch durch die Vereinigten Staaten von Amerika. Diese Männer sind Sportler – aber sie sind auch Glücksritter, die gegen ihre Körper kämpfen und sich an ihrer Leistungsgrenze versuchen: Drei Monate lang laufen sie fünfzig Meilen pro Tag.«

»Und wie ist es mit Ihnen, Flanagan? Kämpfen Sie nicht auch um Ihr Glück?« fragte eine Stimme aus der Mitte des Saals.

»Ich kämpfe, und ob – und zwar darum, daß am Ende überhaupt noch jemand auf den Beinen sein wird!«

»Campbell, vom *Glasgow Herald*. In meinem Land wissen wir so allerhand über das professionelle Laufen, und unsere Erfahrungen haben uns gezeigt, daß solche Veranstaltungen normalerweise korrumpiert sind. Wie verhindern Sie Betrügereien?«

Flanagan schürzte die Lippen. »Ein Dutzend offizieller Beobachter wird jede Etappe des Rennens überwachen. Jeder, der dabei erwischt wird, wie er auf Lastwagen oder andere Autos aufspringen will oder sich sonstwie mitnehmen läßt, wird umgehend disqualifiziert.«

»Glenda Farrell, vom *Woman's Home Journal*. Sie reden immer nur von Männern! Wie viele Frauen sind im Rennen, Mister Flanagan?«

»Einhunderteinundzwanzig.«

»Gibt es für die Frauen irgendwelche Extrapreise?«

»Nein«, sagte Flanagan. »Ich gehe davon aus, daß Frauen immerzu versuchen, zu beweisen, daß sie den Männern ebenbürtig sind. Und hier haben sie endlich die Gelegenheit, das zu beweisen.«

»Was ist die größte Entfernung, die eine Frau je zurückgelegt hat, Mister Flanagan?«

Flanagan warf einen Blick auf seine Unterlagen. »Die längste olympische Distanz betrug achthundert Meter. Entspricht etwa der halben Meile.«

»Und hat es 1928, nach den Neunten Olympischen Spielen in Amsterdam, nicht Proteste gegeben wegen der gräßlichen Endkampfbedingungen für die Achthundertmeterteilnehmerinnen?«

Flanagan schaute verdutzt drein und tuschelte einen Moment lang mit Willard. Dann antwortete er: »Wir sind überzeugt, daß unsere Läuferinnen sich gründlich auf den Trans-America-Super-Marathon vorbereitet haben. Doch erst die Zeit wird erweisen, ob es auch genug war. Die nächste Frage.«

»Werden den Läuferinnen wenigstens Anstandsdamen zur Seite gegeben?« fragte Miss Farrell.

»Fünf Damen einer wohlbekannten Ausbildungsstätte werden in

dieser Funktion tätig sein, und zwar unter der Leitung von Miss Dixie Williams.« Er nickte nach links der jungen Frau zu, die Hugh McPhail am Vormittag im Anmeldungszentrum getroffen hatte.

»Und wer paßt auf *Sie* auf, Flanagan?« erkundigte sich eine Stimme.

»Ich strafe diese Frage mit aller Verachtung, die sie verdient, Mister Grose«, schmollte Flanagan, grinste dabei und fuhr den Raum mit Blicken nach weiteren Fragen ab.

»Howard, vom *Chicago Star*.« Der beste Baseballreporter der gesamten Ostküste erhob sich vorn im Saal und nuckelte an seinem Bleistift. »Ich habe mir die Strecke einmal genauer angesehn, Mister Flanagan, und kann keinen vernünftigen Sinn und Zweck darin erkennen, daß ein solcher Zickzackkurs festgelegt worden ist. Warum haben Sie es nicht fertiggebracht, eine direkte Route durch den Kontinent abzustecken?«

»Aus zwei Gründen, Sir. Der erste ist, daß es mein Wunsch war, daß die internationalen Teilnehmer alle Seiten unseres schönen Landes zu Gesicht kriegen sollen; und der zweite, daß verschiedene Städte den heißen Wunsch geäußert haben, als Gastgeber für die Läufer im Trans-America-Super-Marathon ins Bild zu kommen.«

»Gibt es nicht noch einen Grund, Flanagan?« fragte Howard. »Entspricht es nicht den Tatsachen, daß jede größere Stadt auf der Strecke etwas zahlen muß, das Sie so schön mit ›Veranstaltungszuschlag‹ benennen?«

Flanagan errötete leicht. »Wenn Sie damit meinen, daß bestimmte Städte bestimmte Summen zahlen, damit das Trans-America-Rennen durch ihre Straßen verläuft, dann ist das absolut korrekt. Die Bürgermeister glauben nämlich, daß das Trans-America dem städtischen Handel und Wandel ungemein förderlich sein wird, und somit habe ich ihnen auch völlig freie Hand bei der Gestaltung von Wettprogrammen gegeben. Das bedeutet, daß das Rennen hin und wieder weniger direkt im Mittelpunkt des Interesses stehen wird, aber so kommt für die Etappenpreise eben mehr Geld in den Pott.«

»Erzählen Sie uns doch etwas mehr über diese Preise, Flanagan«, verlangte Howard.

Flanagan entspannte sich merklich. Einen Augenblick lang hatten seine Nerven ziemlich geflattert. »Für bestimmte Strecken sind Etappenpreise zwischen dreihundert und eintausend Dollar angeboten worden; von Coca-Cola beispielsweise ein Dreihundertdollaretappenpreis für die Mojave und von General Motors ein Preis von eintausend Dollar für den King of the Mountains in den Rockies.

Aber denken Sie bitte daran, meine Damen und Herren, der Gewinn des Trans-America-Super-Marathons setzt die niedrigste Gesamtzeit über die volle Distanz voraus, wie in jedem Tour-de-France-Rennen ja auch.«

Carl Liebnitz von der *New York Times* erhob sich. Liebnitz, hager, gebräunt und weißhaarig, gründete seinen Journalistenruf auf die Unbestechlichkeit seiner Berichterstattung. Er war eigentlich kein Sportreporter, sondern genoß seitens des Verlegers die seltene Freiheit, alles kommentieren zu dürfen, was er an nationalem oder internationalem Geschehen in seiner wöchentlichen Kolumne für behandelnswert hielt. »Stimmt es, daß Sie auch einen Zirkus aufbieten, zu dem« – er nahm eine Pressenotiz zur Hand – »Madame La Zonga, die Schlangenfrau aus Samoa, Fritz, der sprechende Esel, und der mumifizierte Kopf des mexikanischen Banditen Emiliano Zapata gehören?«

»Richtig«, sagte Flanagan. »Und erwähnen können Sie dann auch noch die Jungle Dodgers, die ersten baseballspielenden Schimpansen.«

Liebnitz konnte ein breites Grinsen nicht unterdrücken. »Darf ich Sie mit allem Respekt ersuchen, mir zu erklären, wieso in Dreiteufelsnamen dieses Panoptikum einen ernsthaften Laufwettbewerb begleiten. soll?«

»Was wir von hier bis nach New York mitnehmen, ist Unterhaltung«, antwortete Flanagan ruhig. »Wo immer wir auch hinkommen, in jeder einzelnen Minute auf der ganzen Strecke möchte ich eine Show bieten. Wenn die Läufer ermattet sind, dann bringt Madame La Zonga die Zuschauer auf die Beine. Wir bieten schließlich keine College-Leichtathletikveranstaltung; das ist Profisport, also hartkalkuliertes Entertainment.«

Liebnitz nahm kopfschüttelnd wieder Platz.

Albert Kowalski vom *Philadelphia Globe* erhob sich. »Sir, in einem Jahr, 1932, wird Los Angeles die Zehnten Olympischen Spiele ausrichten, deren Teilnehmer bekanntlich dem Amateurstatus unterliegen. Wird Ihr professioneller Trans-America-Super-Marathon dann nicht die Vereinigten Staaten möglicher olympischer Goldmedaillenchancen berauben?«

Flanagan stemmte die Knöchel beider Hände auf die Tischplatte, und wieder explodierten die Kameras. »Eine gute Frage«, antwortete er gelassen und ließ seine herrlichen Zähne blitzen. »Zunächst mal, wir leben in der Freien Welt. Und mit olympischem Metall kann man leider keine Miete bezahlen. Wenn sich also ein amerikanischer Junge dafür entscheidet, mit seiner Chance Schritt zu halten und sich selbständig zu machen, indem er im Trans-America läuft statt olympischem Gold hinterherzuhecheln, dann ist das ganz gewiß seine eigene Angelegenheit. Zweitens, wann war Amerika zum letzten Mal Erster in einem olympischen Marathon?«

Alles schwieg.

»Dann sag ichs Ihnen. 1908 war das, als Johnny Hayes in London Dorando schlug. Das istne verdammt lange Wartezeit, meine Herrn. So müssen wir das sehn. Hier in den USA haben wir Sprinter, Springer und Werfer, aber keine Marathonläufer. Ich sehe also nicht ein, wieso ein Dreitausendmeilenrennen uns um irgendwelche gottverdammten Sprinter oder Kugelstoßer bringen sollte. Sie etwa?«

Betretenes Schweigen. Flanagans Argument hatte gezogen. Doch Liebnitz war schon wieder auf den Beinen. »Carl Liebnitz. Ich sehe hier, Sie haben die Anmeldung eines neunzehnjährigen Mexikaners, Juan Martínez. Irgendwelche sportlichen Referenzen für Mister Martínez haben wir nicht. Gibt es Hintergrundmaterial?«

Flanagan beugte sich nach rechts und flüsterte Willard schnell etwas zu.

»Tut mir leid, aber da kann ich Ihnen auch nicht helfen, Carl. Wir wissen nur, daß er der einzige Mexikaner ist, der teilnimmt, und daß er von seinem Dorf Quanto gesponsort wurde.«

»Hier Pollard. Ich kann Ihnen da wohl etwas auf die Sprünge helfen, Flanagan, obwohl...«, er wandte sich um und sah seine Reporterkollegen an, »... ich nicht ganz sicher bin, warum ich meinen ehrenwerten Mitschreibern helfen sollte. Also, Quanto liegt genau in der Mitte eines Hungerleidergebiets. Ich habe mich schon mit dem jungen Martínez unterhalten. Nach meinen Informationen läuft er im Trans-America, um mit der Siegerprämie sein Dorf vor dem Hungertod zu retten.«

Flanagan blickte schnell durch den ganzen Saal. »Na, da haben Sie doch Ihre Story, meine Herren«, sagte er und lächelte.

»Nochmal Kowalski. Wie sieht es mit Unterkünften für die Läufer aus?«

»Die nächsten paar Tage wohnen sie noch hübsch nobel in Hotels. En route werden sie dann in zwanzig speziell konstruierten Zelten leben, immer mit hundert Feldbetten pro Zelt.«

»Und wie wird uns die Arbeit erleichtert?« wollte Kowalski wissen.

»Sechs dreißigsitzige Pressebusse werden zur Verfügung gestellt, dank Ford Motors. Ich weiß, daß Ihr Jungs in den Städten sowieso eure eigenen Räumlichkeiten reserviert habt.«

Flanagan spürte, daß die Fragen inzwischen langsamer kamen. Schon kämpften sich einige Reporter zum hinteren Ende des überfüllten Saales durch, da ihre Manuskriptabgabezeiten näherrückten. Aber noch ein Frager hob die Hand und stellte sich vor.

»Rae. Welche Vorbereitungen sind für die Teilnehmer in Bezug auf ihre Verpflegung getroffen worden?«

Flanagan wühlte in einem Papierstoß und zog ein Blatt hervor. »Die kulinarischen Arrangements liegen ganz in den Händen der international renommierten Verpflegungsfirma De Luxe Catering«, erklärte er. »Doktor Maurice Falconer, unser leitender Mediziner und einer der führenden Ernährungsexperten, wird außerdem noch als Berater fungieren.«

»Was ist mit Getränken?« fragte Liebnitz.

»Keine Frage, daß ausreichende Mengen an Flüssigkeit während des Wettbewerbs das A und O sind, ganz besonders natürlich in den Wüstengebieten«, begann Flanagan. »Maxwell House stellt alle warmen und heißen Getränke, und die ganze Strecke bis nach New York wird uns ein speziell entwickelter Caravan folgen, der Maxwell-House-Coffee-Pot. Kalte Getränke werden von Sport Ade gestellt.«

»Wissen Sie irgend etwas über die Williams' All-Americans?«

Flanagan hielt ein Blatt Papier hoch und verkündete: »Die All-Americans sind eines von insgesamt fünfzehn Teams. Die meisten sind Vereinsmannschaften oder bilden eine Staatenauswahl. Zum Beispiel haben Oklahoma und Arizona sehr starke Teams angemeldet.«

»Aber welchen Sinn sollen Teams denn haben, Mister Flanagan? Sie veranstalten doch kein Gruppenwettrennen«, fragte Ferris, der *Times*-Reporter, kämpferisch.

»Das ist richtig«, erwiderte Flanagan. »Sinn und Zweck der Teams ist der Prestigezuwachs für die Organisationen, die sie sponsorn. Jedes Mitglied verdient seinen Lohn, und es gibt Sonderprämien, wenn sie auf den ersten Plätzen ankommen.«

»Was ist Ihnen über das deutsche Team bekannt?« fragte Liebnitz.

Flanagan durchwühlte aufs neue seinen Blätterstapel.

»Das Team ist jung«, sagte er dann. »Ausgewählt aus einer Gruppierung, die sich seit neustem Hitlerjugend nennt. Ein fünfköpfiges

Team junger Männer im Alter von neunzehn bis einundzwanzig. Dazu gehört der Team-Manager, Herr von Moltke, und ein betreuender Arzt, Doktor Eric Nett.«

»Gibt es über sie irgendwelche sportliche Informationen?« fragte Ferris.

»Ermittelt wurden die Team-Mitglieder in einer Einhundertkilometerausscheidung – das entspricht etwa zweiundsechzig Meilen.«

»Kann man es als deutsches Nationalteam bezeichnen, Flanagan?«

»Eigentlich nicht. Mister Hitler ist ein aufstrebender Politiker. Die nach ihm benannte Jugend ist Bestandteil seiner politischen Pläne.«

»Noch mal Rae. Wie viele Olympiamedaillengewinner haben Sie auf der Meldeliste?«

Flanagan wühlte heftig in seinen Papieren.

»Nach der letzten Zählung: zwanzig.«

»Das ist nur angemessen. Aber für wieviel Läufer können Sie garantieren, die auch wirklich an den Start gehen werden?« fragte Howard aus der Tiefe des Raumes.

»Für alle, die sich ihre Chance erlaufen möchten«, konterte Flanagan und lehnte sich gereizt nach vorn. »Betrachten Sie es doch mal von dieser Seite: Dieser Amateurstatus ist wie eine Dose voller Würmer. Der Grund, daß einige der sogenannten Amateure Angst davor haben, im Trans-America-Super-Marathon mitzulaufen, ist doch der, daß sie als Amateure zwei- oder dreitausend Dollar pro Jahr einstreichen dürfen, steuerfrei natürlich. Und das kriegen sie, zum Teufel nochmal, nicht, damit sie gewinnen, sondern damit sie erscheinen! Aber hier, im Trans-America, müssen sie schon wacker die Beine heben beim Laufen, und zwar für jeden einzelnen Dollar, den sie kassieren wollen. Kein Mitmachen – kein Geld.«

»Munaur, vom *Paris Match*. Ist irgend etwas dran an dem Gerücht, daß Paavo Nurmi, der ›Fliegende Finne‹, im Trans-America mitlaufen wird?«

Flanagan schürzte wieder die Lippen. »Jungs, das einzige, was ich sagen kann, ist, daß Mister Nurmi zur Zeit mit seinem Manager, Mister Quist, in San Francisco ist und die Möglichkeit einer Teilnahme auslotet. Er hat gerade eine anstrengende Amerika-Tournee hinter sich und ist außerdem im Begriff, mit den Vorbereitungen für die Olympischen Spiele 1932 zu beginnen. Was im Moment gesagt werden kann, ist, daß er sich die Sache gründlich durch den Kopf gehen läßt.«

»Wollen Sie damit sagen, Flanagan, daß Nurmi als Amateur es sich womöglich nicht leisten kann, am Trans-America teilzunehmen?« rief ein Reporter dazwischen.

Flanagan grinste. »Kein Kommentar.«

»Kevin Maguire, von der *Irish Times*.« Ein untersetzter Mann im Tweedanzug erhob sich. Der markante irische Akzent veranlaßte viele der dem Ausgang zustrebenden Reporter, sich noch einmal umzudrehen und zuzuhören. »Mister Flanagan, entspricht es den Tatsachen, daß Lord Peter Thurleigh, der britische Olympionike, seine Teilnahme am Trans-America-Rennen avisiert hat?«

Totenstille im Saal. Flanagan ließ sich Zeit für seine Antwort, um die Bedeutung dieser Frage auszukosten.

»Gestern«, sagte er endlich, »hatte ich das große Vergnügen, die Bekanntschaft Lord Peter Thurleighs zu machen, des britischen Olympiateilnehmers von 1924 und 1928. Lord Peter ist das spezielle Vorrecht eingeräumt worden, in der Obhut des britischen Konsuls zu verbleiben, anstatt schon jetzt der Öffentlichkeit ausgesetzt zu werden, der er sich ohnehin schon bald, im letzten Trainingslager, wird stellen müssen.«

Liebnitz erhob sich. »Flanagan, können Sie uns irgendeinen einleuchtenden Grund nennen, warum ein englischer Aristokrat bereit ist, seinen Amateurstatus zu verlieren, nur um sich drei Monate lang mit einigen tausend Tramps und einer Schießbudenmonstershow quer durch Amerika zu placken?«

Flanagan zögerte. »Soweit ich informiert bin«, antwortete er, »hat Lord Peter zusammen mit einer Gruppe britischer Aristokraten hunderttausend Pfund gesetzt, daß er unter den ersten sechs ins Ziel gehen wird.«

»Hunderttausend Pfund? Wieviel ist das in US-Dollars?« fragte Kowalski aufgeregt.

»Nach dem gestrigen Kurs nehme ich an, so etwas um die vierhunderttausend Dollar«, antwortete Flanagan. »Der größte Wetteinsatz in der Geschichte des Laufsports.«

Damit hatten die Reporter endlich doch noch ihre Spitzenstory. Ein allgemeiner Sturm auf die Telefone in der Hotelhalle setzte ein; eine Schneise umgeworfener Stühle zeugte von seiner Heftigkeit.

Flanagan biß das Ende seiner Zigarre ab und spuckte es in Richtung des Papierkorbs. Diesmal traf er das Behältnis – und zwar genau in der Mitte. Dann beugte er sich vor, ließ seinen Blick über das Chaos unten im Saal schweifen und strahlte. Er hatte den ›Vorlauf‹ gewonnen und dazu noch durchaus mit Stil.

Carl Liebnitz saß auf seinem Bett, den Oberkörper gegen einen Stapel Kissen gelehnt. Er trug einen rotgepunkteten Seidenpyjama, hatte die Beine gekreuzt, seinen Trans-America-Bericht am Klammerbrett auf den Knien, und sog intensiv am Ende seines Bleistifts.

Liebnitz hatte mit Clarence Darrow am Scopeschen Affenprozeß teilgenommen, war bei Lindbergh in Paris gewesen und in Washington, als Douglas MacArthur die Aufständischen von Hooverville in die Flucht geschlagen hatte. Von seinem Chefredakteur war er angewiesen worden, den Trans-America-Super-Marathon als ein aufgeblasenes 3000-Meilen-Supertingeltangel abzuhandeln, und dies bedeutete zweimal pro Woche je dreihundert Wörter, knapp im Stil und immer genau auf den Punkt. Flanagan allerdings vermochte er noch nicht recht einzuordnen. Daß dieser Ire ein ausgebuffter Schickimickityp war, daran gab es keinen Zweifel; wie die Chancen des Oberdompteurs standen, daß er seine kunterbunte Truppe auf die andere Seite Amerikas bringen würde, das konnte Liebnitz freilich nicht voraussagen, aber die Wahrscheinlichkeit stand ziemlich dagegen. Und genau das würde er nun der amerikanischen Öffentlichkeit mitteilen. Er rückte seine Kissen zurecht, winkelte die Knie an und begann langsam zu schreiben.

### Americana, Los Angeles, 19. März 1931

*Der Autor dieses Berichts kennt Charles C. Flanagan bereits seit geraumer Zeit; seine Qualifikation, ein solch komplexes Unternehmen wie den Trans-America-Super-Marathon auf die Beine zu stellen, ist ihm freilich noch etwas schleierhaft. Flanagan ist ein irisch-amerikanischer Fünfundvierziger, dessen Vater dreißig Jahre lang auf New Yorks East Side Streife ging. Zum ersten Mal fiel uns Mr. Flanagan 1919 auf, zur Zeit des Red-Sox-Skandals, als er nach eigener Aussage versuchte, ›dem Baseball endlich wieder zu etwas mehr Würde zu verhelfen‹, indem er ein Frauenteam auf die Beine stellte, die Tallahassee Tigerbelles. Nur schade, daß viele seiner getigerten Schönheiten mehr Talent zum Kinderkriegen als für das Ballfangen an den Tag legten, so daß sich 1921 das Baseballteam auflöste – Mr. Flanagan hatte dabei mindestens zwei Vaterschaftsklagen am Hals.*

*1923 tauchte Mr. Flanagan erneut auf, diesmal in New Orleans, zusammen mit einem Team schlammringender Liliputaner, das er schließlich an einen Zirkus weiterverkaufte. Kurzzeitig managte er* einen Box-Champion, der sich des Namens ›Young John L. Sullivan‹ erfreute; weniger erfreulich jedoch waren die Talente seines Schützlings: ›Young John L.‹ ging bereits nach dem ersten kräftigen Schwinger seines Gegners, eines ehemaligen Bankangestellten aus Milwaukee, zu Boden; und zuletzt sah man Sullivan im Ensemble einer männlichen Varieté-Show mit dem Titel ›Schwanenteich‹.

Mr. Flanagans Schicksal wendete sich 1927 langsam zum besseren, als er für einige Monate den reizenden Tennisstar Miss Suzanne Lamarr managte. Doch wieder scheiterte er, als er danach versuchte, Europas Fußballspiel auf amerikanischen Rasen zu verpflanzen. Fußball! Doch unbeeindruckt von den Katastrophen der Vergangenheit ist Charles C. Flanagan jetzt wieder da, mit seinem Trans-America-Super-Marathon, bei dem zweitausend Läufer und einige Frauen versuchen werden, von Los Angeles nach New York zu laufen, angelockt von Preisgeldern über insgesamt 360 000 Dollar.

Gewiß, er hat ein buntscheckiges Läuferheer, das sich aus allen Ecken der Welt rekrutiert, aufstellen können. Tatsache ist auch, daß zu seinem Viertausendfußverein einige der weltbesten Langstreckenläufer gehören. Dazu kommen noch hunderteinundzwanzig Frauen, ein Hindu-Fakir, sechzehn Blinde, drei Männer ohne Arme, zwanzig Großväter, einundsechzig Vegetarier, sowie ein Spiritist, der angibt, in der Lehre des schon etwas länger verstorbenen indianischen Läufers Deerfoot gewesen zu sein – gar nicht zu reden von Madame La Zonga, Fritz, dem sprechenden Esel, und einem Baseballteam, das durchweg, wie uns berichtet wurde, aus Schimpansen besteht: Sie alle sollen die Läufer auf ihrem Weg nach New York begleiten.

Deshalb läßt sich mit Fug und Recht behaupten, daß es seit Peter dem Eremiten und seinem abscheulichen Kinderkreuzzug von 1212 nichts mehr dieser Art gegeben hat. Bleibt nur zu hoffen, daß Mr. Flanagan wenigstens am Ende etwas mehr Reue an den Tag legt als sein illustrer Vorgänger.

Carl C. Liebnitz

# 3

## *Broo Park*

Hugh McPhail hatte zum ersten Mal vom Trans-America-Super-Marathon in der Halbzeitpause eines Sixpence-pro-Mann-Fußball-spiels auf dem Glasgow Green, einem rauhen Stück Land, das lokal als der ›Broo Park‹ bekannt war, gehört. *Broo* war die heimatliche Bezeichnung für das Arbeitsamt, bei dem sich alle zweiundzwanzig Spieler pflichtbewußt an einem jeden Dienstag meldeten. Dort sammelten sie die wenigen Schillinge ein, die die Regierung ausgab, um sie und ihre Familien eine weitere Woche lang knapp, aber am Leben zu halten.

Für die Arbeitslosen dieses öden Winters im Glasgow des Jahres 1930 gab es nur wenig Möglichkeiten des Zeittotschlagens: die städtische Bibliothek, die Parkbank, die Straßenecke, das Wettbüro, die Kneipe. Das war alles. Einer der wenigen geheizten Plätze in der Stadt war die Bibliothek, und in ihrer schon antiseptisch zu nennenden Stille hielten die Arbeitslosen sich auf; von morgens um neun, wenn sie öffnete, bis abends um sieben, wenn die Bibliothek zumachte und die Besucher von Lektüre und Wärme ausschloß. Drei grundsätzliche Aktivitäten gab es hier. Die erste war das Studium der Pferdewettangebote auf den Seiten der Sportpresse. Früchte solcher ernsthaften Studien konnten die billigen ›Zweier‹ oder ›Dreier‹ sein, die staatlicherseits eingerichtet worden waren, um den Arbeitslosen wenn schon nicht zu Reichtümern, so doch wenigstens zu etwas mehr Kleingeld zu verhelfen. Bedauerlicherweise aber hatte die Bibliothek gerade jene spezialisierten Wettblätter nicht abonniert, denen die große Liebe aller Wettfreunde galt, wie etwa die *Sporting Life*. Einst hatte Hughs Vater seinen Sohn mit dem letzten Sixpence zum Kiosk geschickt, wo er die Zeitung holen sollte. Doch da es keine mehr gab, hatte der Junge einfach die *Comic Cuts* erstanden, in der seine Helden Wearie Willie und Tired Tim wacker Seite auf Seite bestritten. Die anschließende gehörige Tracht Prügel wurde jedoch später am Abend mehr als wettgemacht, als Hugh eine beachtliche Tüte Bonbons sein eigen nennen konnte, weil der Aintree-Zweier seines

Vaters auf ›Wearie Willie‹ und ›Tired Tim‹ eine Quote von 100 : 1 gebracht hatte.

Die zweite Hauptaktivität in der Bücherei war Schlafen. Den ganzen Tag über saßen Männer, die die Bildungsmöglichkeiten der Tagespresse und der *Encyclopædia Britannica* erschöpfend genutzt hatten, die Köpfe auf die verschränkten Arme gelegt, an den Glastischen. Kein ungefährliches Tun freilich, denn es lieferte den Bibliotheksangestellten den hochwillkommenen Anlaß, durch sofortigen Saalverweis etwas mehr Platz im Lesesaal zu schaffen. Und darum war es noch bei weitem das Beste, so zu tun, als brüte man zum Beispiel über einem riesigen medizinischen Wörterbuch, um wenigstens ein paar Mützen heimlichen, zwischen Buchdeckeln geschützten Schlafes nehmen zu können – sofern das überhaupt möglich war.

Die letzte Hauptaktivität war das Studium – das Studium aufs Geratewohl dieses oder jenes Gebiets, das die Bücherei bestandsmäßig zu bieten hatte –, und nicht wenige Männer wurden auf diese Weise regelrechte Experten auf Fachgebieten, die während jener langen, leeren Stunden in den stillen Büchereien Glasgows von der Astrologie bis zur Kunst der Honigbienenhaltung reichen konnten.

Die Parkbank bot solchen Trost freilich nicht. Der Westen Schottlands, von der See her gewärmt, ist zwar selten wirklich bitterkalt, dafür aber durchnäßt die winterliche Feuchtigkeit die Menschen dort bis auf die Knochen. Und so gab es auf den schwieligen Holzplanken zwar gute Kameradschaft, aber genauso wenig Wärme und Trost wie für all die anderen, die sich grüppchenweise an den Straßenecken zusammendrängten, überall in der rußig-schmuddeligen Stadt, und frierend von einem Fuß auf den anderen traten.

Das Wettbüro bot ähnlich wie die Kneipe Wärme, Geselligkeit und Hoffnung. Denn wer fast am Ende ist, ganz unten also, der kennt nur den Weg nach oben. So jedenfalls ging das in der Theorie, wenn diese Männer ihre Sixpences und Schillinge auf gedopte Windhunde setzten, und zwar mit massiven Gewinnchancen, oder aber auf Pferde aus wohlhabenden Ställen in Südengland mit nur wenig Gewinnaussichten. Die Regelmäßigkeit, mit der sie verloren, schreckte sie indes nicht ab, denn es blieb schließlich noch immer die Hoffnung auf den ›Höchstgewinn‹, der ihr Schicksal von Grund auf ändern würde.

Glasgow war wüst, leer und ausgepowert. Der Schiffbau lag praktisch am Boden, und damit auch die kleinen Nebenindustrien, die ihm zulieferten. Die Kräne verharrten reglos, hingekauert wie Urwelttiere in Erwartung eines zweiten Lebenshauchs. Die gewaltigen Stahlwerke von Dixons Blazes standen still.

Hugh McPhail war einer von Tausenden in dieser Legion der Verlorenen, die einige der Begabtesten der Welt in ihren Reihen hatte, Männer und Frauen, denen jedoch die Möglichkeit verwehrt wurde, ihre einmaligen und feinen Fähigkeiten zur Geltung zu bringen. Anfangs noch hatte man geglaubt, die Entlassungswelle würde schnell an Gefährlichkeit verlieren, doch dann, als die Arbeitslosenzahl immer höher stieg und mehr und mehr Zeit darüber ins Land ging, verfielen vor allem die Männer zusehends. Ihrer Arbeit beraubt, war ihrem Leben das Rückgrat gebrochen und damit der Kern ihres Glaubens an sich selbst zerstört. Diese Männer waren das, was sie in ihrer Arbeit verwirklichten. Und nichts anderes konnte auch nur im geringsten einen Ausgleich schaffen oder dauerhaft Ersatz sein.

Hugh hatte als Nieter auf der Werft angefangen; zehn Stunden täglich auf einem schmalen Gerüst fünftausend Löcher bohren. Sogar noch an den Wochenenden zitterten ihm die Hände. 1927 entlassen, malochte er zwei harte Jahre untertage in Shotts, im Süden Glasgows.

Doch dort nutzte ihm sein kräftiger Körper nun auch nichts mehr. Jeden Tag, nachdem er durch die frühen Morgennebel zur Arbeit gestolpert und eingefahren war, mußte er mit den Kumpels zwei Meilen weit bis vor die Kohle kriechen. Meist war ihm sterbenselend, weil sich seine Beine, durch die schmalen und niedrigen Stollen zu kniender Bewegung gezwungen, ständig hart verkrampften. Sogar seinem besten Freund, Stevie McFarlane, der bisher kaum Sport getrieben hatte, war dieses Maulwurfsleben leichter gefallen. Die anderen Kumpels hatten Hugh jedoch nicht im Stich gelassen. Sie warteten auf ihn und kneteten seine Beine weich, bis er weitermachen konnte.

Und dann die Arbeit; im Halbdunkel zehn Stunden unentwegtes Kohlehauen. Fast immer schufteten die Männer nackt, und Schweiß strömte in glitzernden Bächen an ihren staubschwarzen Leibern hinab. Mahlzeiten wurden vor Ort eingenommen – Brote und kalter Tee, wofür man in Felsspalten zusammenkam, um wenigstens einmal kurz den Rücken zu strecken; und zwischen den Beinen hasteten Mäuse umher. Später der Rückweg, drei kreuzquälende Meilen zurück zum Fahrkorb.

Hugh fürchtete sich vor jedem neuen Morgen. Seine einzige Hilfe waren die Kumpels, von Geburt an bestimmt, sich fürs Leben zu bücken, gezacktes Gestein und genarbte Rücken zu ertragen, in einer Haut zu stecken, die blau geädert war wie Stilton Cheese, und lähmende Verletzungen oder den Tod zu erleiden. Dennoch achteten sie Hugh und nahmen ihn, wie er war, weil sie wußten, daß er nie eins werden könnte mit dieser Arbeit, und respektierten seine zähen, schmerzhaften Annäherungsversuche. Sein Arbeitspensum war entsprechend trübe und das Gedinge ebenfalls, aber am Ende lernte er doch, die Pein anzunehmen, sich seinem Beruf anzupassen.

Doch nicht nur Hugh fühlte sich durch die Mitmaloche des kleinwüchsigen Stevie ermuntert. Auch die Kumpels mochten das Kerlchen vom ersten Augenblick an, dessen flinker und stets bereiter Humor selbst in den schlimmsten Zeiten seine belebende Wirkung nicht verlor. Aufgewachsen in den übelsten Slums von Glasgow, hatte Stevie es irgendwie geschafft, sich über den stinkenden Dreck der ›Sackgasse‹ ins Freie zu rackern, die seine Heimat und die Englische Krankheit gewesen waren, die seine Beine in Eisen zwangen, bis etwa zu seinem zehnten Lebensjahr. Gerade ihn kam es besonders hart an, tief unten in der Kohle zu kauern. Aber Stevie McFarlane war unbeugsam. Längst hatte er das Schlimmste gesehen, und selbst das war so schlimm auch wieder nicht, wie er dann lächelnd einschränkte.

Hugh hatte bereits zwei Jahre lang gerackert, als die Zeche hohen Besuch bekam. Im Winter des Jahres 1928 wurde das Shotts-Bergwerk von Lord Featherstone besichtigt, Mitglied des Parlaments und des britischen Olympiateams für Amsterdam. McPhail hatte unverzüglich vor dem Bergwerksdirektor Fallon zu erscheinen.

»Wir haben gehört, daß Sie früher so allerlei gelaufen sind«, begann Fallon das Gespräch.

»Ja, n bißchen«, erwiderte Hugh vorsichtig.

»Dann kennen Sie auch Lord Featherstone?«

»Sie meinen den Olympiateilnehmer?«

»Also, mein Junge, die Grube kricht hohen Besuch zur Eröffnung der neuen Waschkaue. Die übliche Delegation – aber Lord Featherstone, der kommt von der Scottish Amateur Athletic Association und ist schön dicke mit den kommunalen hohen Viechern, verstehn Sie, McPhail? Die Tories jedenfalls ham gehört, Sie wärn bei den großen Profirennen in Powderhall mitgelaufen, und nu meinen die, das wär dochn hübscher Zug, wenn Sie und Lord Featherstone gegenander antreten, son ganz klitzekleines Rennen. Was mein Sie dazu?«

Einen Moment lang schaute Hugh kerzengerade vor sich hin. Dann antwortete er:

»Featherstone isn Viertelmeiler. Meine Stärke sind die hundertdreißig Yards, ne Distanz, die wir beim Powderhall-Handicap laufen.«

»Wirklich?«

»Gut, also ich lauf gegen ihn, aber dann schon über hundert Yards.«

Fallon nickte und rollte sich davon, um seinen Herrschaften Hughs Angebot darzulegen. Zwei Tage später machte die Nachricht die Runde, daß gelaufen werden sollte.

Der Wettlauf wurde Tagesthema in Shotts. Lord Featherstone mußte sich, da McPhail bereits seit drei Jahren als Profi galt, erst von der SAAA grünes Licht für seinen Start gegen den Bergmann geben lassen. Und so wurde denn auch verlangt, das Rennen als ›Schaulauf‹ zu deklarieren, um eine Karambolage mit dem Amateurstatut zu vermeiden.

An jenem Abend brachte Lang, der Vertrauensmann, in der verqualmten Miner's Arms das Thema recht rasch auf die Theke, nachdem er dem Wirt zwei weitere Biere angezeigt hatte.

»Wie stehn deine Chancen?« fragte Lang geradeheraus.

Hugh zuckte die Achseln. »Noch sechs Wochen. Schätze, die Maloche hat mir bestimmt sechs Yards aus den Beinen gezogen. Das drückt mich wieder auf zehnsechs. Featherstone läuft so was um die zehneins. Also hab ich genau sechs Wochen, um mir sechs Yards wiederzuholen.«

»Jessesmaria! Einige von den Jungs setzen schon ihren ganzen Lohn auf dich. Die pokern mit enormen Quoten.«

»Überrascht mich gar nicht. Die Buchmacher machens richtig, wie gewöhnlich. Wie meine Aktien stehn, ist meine Chance kleiner alsn Stecknadelkopf. Mann, Featherstone frißt siebenmal die Woche Steaks! Hat ne eigne Bahn auf den Ländereien seines alten Herrn und nen festangestellten persönlichen Trainer. Seine Laufschuhe macht ihm irgendson Typ an der Bond Street von Hand. Und ich? Ich mach mich zwei Meilen unter der Erde krumm und dumm, trink kalten Tee und freß Brot mit Butterschmalz. Wer zum Henker ist denn nun der Amateur?«

Lang legte Hugh beide Hände auf die Schultern. »Also, da ist schon noch was drin für dich, Sohni«, sagte er. »Es steht nämlich bald ne Wahl ins Haus. · Featherstone hat nur ein paar tausend Stimmen an der Hand. Und McNair, der Labourmann, meint, daß ein Sieg im

Sprint durchaus drin ist. Mann, die Landespresse will die Sache covern!«

Hugh explodierte. »Was ist das denn nun, son dämlicher Zirkus vielleicht? Ich hab gesagt, okay, ich mach das kleine Rennen mit, ja. Aber ich hab nicht gedacht, daß das raufgeht bis in die verdammte Politik.«

»Nu beruhige dich, Jungchen«, begütigte Lang. Gedankenverloren preßte er die Lippen zusammen, nippte dann an seinem Bier. »Du sagst, sechs Yards. Jesses, wir hier wissen schließlich auch, was Profiläufer machen müssen – wenn überhaupt wer, dann wir. Du sagst Steaks. Na gut, dann kriste Steaks, die besten. Wir haben zwar keinen Trainer, aber Dad McPherson hat die besten Hände im ganzen Pott. Wir haben zwar keine Bahn, aber unten bei den Gleisen mindestens hundertfünfzig Yards Asche. Die werden planiert, dann sind sie so flach und hart wie Powderhall. Was sachste nu?«

»Gefällt mir nicht«, antwortete Hugh. »Täglich vier Trainingsmeilen im Stollen runterreißen und dann noch zehn Stunden Kohlen hauen, ist als Vorbereitung fürn Sprint-Match doch kaum der wahre Jakob.«

»Wir schicken dich nach oben«, versprach Lang. »Die Jungs packen zusammen, damit du deinen Lohn krist.«

»Also gut. Dann mal los«, sagte Hugh und nickte.

Am nächsten Abend nach der Arbeit hockten sich Hugh und Stevie im Pub zusammen und hielten Kriegsrat.

»Sechs Yards«, sagte der Kleine, trank sein McEwans auf einen Sitz und ließ die Blume an seinen Lippen.

»Sechs Wochen«, sagte Hugh.

»Was istn dein Gewicht?«

»Knapp hundertsiebzig.«

»Viel zu leicht.«

»Hab da unten verdammt viel Muskelschmalz verlorn«, erklärte Hugh.

»Und deine Beine?«

Hugh verzog das Gesicht. »Auch die Grube – immer dieses gekrümmte Gehn. Ich krieg ja schon ne Zerrung, wenn ich bloß ans Sprinten denke.«

Stevie machte sich ein paar Notizen. »Die Steaks werden sich schon um dein Gewicht kümmern. Und deine Beine, die kriegt Dad McPherson in den Griff. Und täglich mußte Streckübungen machen.

Wenn du jetzt nach oben versetzt wirst, werden deine Muskeln sich ohnehin wieder dehnen.«

»Woher hast du denn die Weisheit des Experten?« fragte Hugh.

»Ich kann lesen«, antwortete Stevie leicht lächelnd und hielt dem Kumpel ein dickes rotes Buch vor die Nase. »Steht alles in *The Complete Athletic Trainer* von Sam Mussabini. Betreut irgendson Universitätstypen namens Abrahams. Ich habs von vorn bis hinten durchgeackert. Und jetzt ist alles da drin.« Er tippte sich an den Kopf.

»Soso, dann paß bloß auf, daß auch alles wieder rauskommt«, sagte Hugh säuerlich.

Stevie erwies sich keineswegs als Sprücheklopfer, sondern beaufsichtigte sachkundig Hughs Vorbereitungen. Und täglich massierte der alte McPherson die Beine des Grubenläufers.

»Alles hart«, sagte Dad am ersten Tag. »Auf denen kannste jetzt noch nicht laufen.«

McPherson, dem ein Grubenunglück das Augenlicht zerstört hatte, besaß geschmeidige Hände, höchst empfindsam geworden durch jahrelanges Massieren, zumeist von Rennhunden.

»Steif«, stellte Dad fest, als er Hughs Waden zu kneten begann. »Aber es ist alles da – will nur wieder rauskommen.«

Andere leisteten ihren Anteil mit der gleichen Hingabe. Wie er versprochen hatte, hatte Lang einhundertfünfzig Yards Asche neben der Bahnstrecke planieren und glätten lassen, den Bereich, der für den Schaulauf vorgesehen war. Zehn Kumpel hatten knapp zwei Tage gebraucht, um die Aschenbahnoberfläche von Vertiefungen und Hubbeln zu befreien; am Ende aber war sie gut und schnell.

»Ne Powderhall, tatsächlich«, hatte Hugh bewundernd bei der Inspektion gesagt.

Für einige Wochen würde dieser kahle, schwarzgraue Erdstreifen zwischen den Kohlehalden eines rußbedeckten Bergwerks in Zentralschottland zum Brennpunkt seines Lebens werden und sechs Wochen später in eine Arena verwandelt, in der er den Vertreter einer anderen Klasse – nein, einer anderen Welt herausfordern sollte. Hugh spürte, wie sich seine Nackenhaare sträubten, und er erschauderte. Bisher war er nur einmal für hartes Geld im Rücken gelaufen, und zwar beim Neujahrs-Handicap-Rennen in Powderhall. Hugh kannte sehr wohl die Qualen des Selbstzweifels, die Tag um Tag und mit jeder Steigerung der Fitness immer höllischer wurden, bis das Bewußtsein nur noch auf einer Rasierklinge zu balancieren schien.

Und wieder schaute er die ausgebrannte Aschenbahn hinunter und dachte glühend an das bessere Leben, das ihm seine Füße geben könnten.

Das Training – oder ›prep‹, wie in der altehrwürdigen Tradition des schottischen Profi-Laufsports die spezialisierten Vorbereitungen genannt wurden – kam gut voran. ›Prep‹ war die Methode von Edelfüßlern, die seit den großartigen Wettkämpfen professioneller Sprinter im neunzehnten Jahrhundert ihre Körper auf Messerschärfe gewetzt hatten für Zwei-Mann-Matches oder eben für jene zwölf brennenden Sekunden, welche die Bedeutung der jährlichen Powderhall-Kurzstrecken jeweils am Neujahrstag in Edinburgh ausmachten.

Die Trainingsmethode war ein Ritual, dessen Geheimnisse so streng gehütet wurden wie die einer uralten Priesterschaft. Früh morgens, nach einem reichlichen Frühstück, wurde Hugh von Dad McPherson zunächst leicht massiert; danach ging es auf die Bahn zu sechs Läufen – Zwanzig-Yard-Sprints mit besonderer Berücksichtigung entspannter Lauftechnik; es folgte eine Stunde Schlaf, an die sich, um ein Uhr, das Steakessen anschloß; einen solchen Lunch genoß ansonsten kein anderer Bergmann in Shotts.

Nach einer weiteren Stunde Schlaf ging es wieder zurück auf die Bahn zu sechs Läufen über einhundertzwanzig Yards mit halber Kraft, immer peinlich genau kontrolliert von Stevie, der auf Entspanntheit und Laufform pochte. Dann rackerte Hugh in einer leerstehenden Hütte neben der Bahn, die Stevie zu einer primitiven Turnhalle umgestaltet hatte, eine halbe Stunde lang am Punchingball, und der Schweiß durchtränkte seine dicke Jerseyjacke, als er das Leder rhythmisch beschlug. Die nächsten dreißig Minuten galten Übungen für den Unterkörper, und zwar so viele, bis sein Magen sich in Krämpfen wand.

»Mussabini sagt, das Geheimnis des Sprinters liegt im Unterleib«, kommentierte Stevie mit großem Ernst und immer wieder und tätschelte liebevoll den Buchrücken des *Athletic Trainer*, derweil Hugh auf dem Boden der Hütte lag und sich vor Schmerzen krümmte.

Hugh hatte manchmal den Wunsch, Mussabini hätte sein verdammtes Geheimnis lieber für sich behalten.

Das Trainingsritual endete schließlich mit einem Spaziergang durch die einfallende Dämmerung zurück zur Häuslerkate McPhersons, wo ihn die letzte Massage und ein kaltes Abendbrot mit Tee erwartete.

Hugh legte danach noch eine leichte Übertageschicht ein und ging um halb zehn schlafen.

Nach und nach schlug das Training an. Von Tag zu Tag erholte Hugh sich nach Läufen schneller, und nach und nach begann ihn das Laufen zu durchströmen und ihm zur Natur zu werden. Unter Dads geschickten, suchenden Fingern wurden seine Muskeln weich und geschmeidig, die Härte während der Monate in der Kohle wurde ihnen sanft genommen.

Wichtiger aber war, daß Hugh sich wieder wie ein Wettkämpfer zu fühlen begann. Je kräftiger seine Muskeln wurden, je mehr sie sich wieder streckten und dehnten, desto deutlicher konnte er spüren, wie auch sein Geist beflügelt und geschärft wurde, wie der eines feinnervigen, ungezähmten Tieres, das lernt, sich selbst seinen Weg durch eine Welt der Gefahr zu suchen.

Kein Tag verging, an dem nicht irgendein Kumpel zu ihm kam und ihn fragte, wie er sich fühle. »Na, wie gehts?« hieß es dann immer. »Läuft das Training? Kriste auch genug Steaks?«

In diesem Fragen steckte kein Neid. Hugh war nun einmal ihr Mann, auf den sie ihre Hoffnung geladen hatten, und es war nur recht und billig, daß ihm ein Anrecht auf Vergünstigungen zukam. Die Erfahrung mit Rennhunden und Tauben hatte die Bergleute gelehrt, daß ein Diamant eben nicht wie Quarz zu behandeln war. Sie wußten, daß ein professioneller Sprinter, ein ›Ped‹, wie sie das nannten, behutsam aufgebaut werden mußte, genau wie das Whippet, auf das sie wöchentlich wetteten.

Natürlich – jede Frage, jede Erkundigung nach seinem Befinden und dem Training erhöhte auch das Gewicht der Verantwortung, die Hugh auf sich lasten fühlte. Was nämlich als ›mal son lüttes Läufchen‹ angefangen hatte, würde, ganz wie es Lord Featherstone beliebte, für Hugh unter Umständen ein Rennen auf Leben und Tod werden. Die Männer hatten ihre Monatslöhne, manche gar ihre ganzen Ersparnisse auf ihn gesetzt, denn die anfänglichen Wetten, die die Buchmacher angeboten hatten, waren großzügig gewesen. Schließlich – immerhin war Featherstone ehemaliger Olympiateilnehmer, der seine 400 Meter in 47,8 Sekunden gelaufen war, eine der schnellsten Zeiten der Welt. Hugh begriff also durchaus, daß es nicht nur das Geld war, obschon das weiß Gott durchaus genug Grund ergab, worum es sich zu sorgen galt. Es war dieses ›die‹ gegen ›uns‹, Tory gegen Labour, Arbeiter gegen Arbeitgeber.

Das Abschlußtraining verlief ermutigend. Zwei Wochen vor dem Start wurde Hugh in einem Probelauf mit zehndrei gestoppt, nur noch zwei Yards von der Zielzeit weg. Stevie hatte jedoch das Gefühl, daß sein Mann in der letzten Woche vor dem Lauf sich innerlich mehr und mehr verkrampfte.

»Komm, gehn wir ins Kino«, sagte er eines Nachmittags beim Tee zu Hugh.

Das Roxy in Shotts war zwar eine plüschausgeschlagene Flohkiste, aber dennoch ein warmer und vergnüglicher Ort. Der Charlie-Chaplin-Film *Goldrausch* paßte ideal in die Gesamtsituation, und Stevie wußte, daß er die richtige Entscheidung getroffen hatte.

Dann kamen die Pathé-Nachrichten. Ein paar politische Ereignisse, dann *Oxford gegen Cambridge, Queen's Club, London*, wie der Titel auswies, der alljährliche große Wettkampf der Athleten. Und da war er auch schon auf der Leinwand, Featherstone, sein Kontrahent, Hose und weißer Sweater in Oxfords Farben, den wollenen Schal lässig um den Hals geschlungen.

*Lord Featherstone, dreifacher Gewinner,* machten die Untertitel deutlich. *440 Yards in 48,2 Sekunden. 220 Yards in 21,9 Sekunden.*

»Jetzt kommts...«, sagte Hugh und umkrallte die Armlehnen mit beiden Händen.

*100 Yards in 9,9 Sekunden.*

»Jessesmaria!« stöhnte er auf.

Als die Lichter angingen, spürten beide die dicke Luft im Raum. Wild fuchtelnd bewegte sich eine Menge schwerhändig diskutierender Kumpel auf den Ausgang zu.

»Schätze, jetzt wissen sie, wies ausgeht«, sagte Hugh leise.

»Möglicherweise wars rückenwindbegünstigt«, grantelte Stevie auf dem Heimweg. »Uhrmacher warn das, keine Zeitnehmer.«

Es dauerte denn auch nicht lange, bis die Menschen von Shotts wußten, daß ihr Mann irgendwie noch vier Yards mehr herausholen mußte, wenn er am Wettkampftag reelle Chancen haben wollte. Am Montag herrschte auf der Zeche Grabesstimmung.

»Was meinstn?« fragte an diesem Abend Lang, als sie bei Dad McPherson waren.

Hugh schüttelte den Kopf.

»Ich werd keine Neunkommaneun schaffen, selbst wenn ihr mir ein Brandeisen auf die Hinterhand drücken würdet«, sagte er und fügte dann hinzu: »Trotzdem, wir haben noch zwei Wochen, und außerdem ist unsere Aschenbahn nicht gerade Queen's Club.«

Langs Augenbrauen hoben sich. »Wie meinstn das?«

»Ich mein, daß die Neunneun in Queen's Club bei uns höchstens zehn Sekunden wert sein könnten. Jetzt lauf ich zehndrei und hab noch zwei Wochen. Ich muß also noch zwei Zehntel aus den Beinchen rauskitzeln. Naja, was solls. Für Featherstone ist es ja sowieso nichts andres als n Schaulauf. Für mich bedeutets, ihn schlagen oder die Papiere abholen.«

Bei seinem letzten Trainingslauf zwei Tage vor dem Rennduell schaffte Hugh zehnkommazwei Sekunden. Und jeder in der Zeche wußte das, denn mindestens zehn Uhren waren mitgelaufen. Aber noch immer fehlten zwei Yards, vielleicht sogar drei.

»Ich möcht dich mit jemand bekanntmachen«, sagte Stevie am Abend, als sie sich bei Dad McPherson über das vorangegangene Training unterhielten. »Vielleicht hilfts was.«

»Hilfts?« rief Hugh. »Ich hab schon genug Hilfe gehabt. Steaks, Massagen, meine eigne Bahn, handgefertigte Spikes aus London. Ich werd dir sagen, was fürne Hilfe ich brauch. 'N verdammtes Wunder brauch ich.«

»Immer schön ruhig«, sagte sein Freund scharf, als es an der Tür klopfte.

»Hier«, fügte er hinzu, »ich möcht dich mit Jock Wallace bekanntmachen.«

Stevie führte einen großen, schweren, graubärtigen Mann Mitte Fünfzig ins Wohnzimmer. Der Mann, seine Mütze in der Hand, schaute beklommen drein und spürte augenblicklich Hughs Gegnerschaft; letzterer lag bäuchlings auf dem Bett, Dads weiche Finger kneteten seine Waden durch.

»Entschuldigen Sie die Störung . . . grade jetzt«, sagte der Mann mit der Mütze verlegen, holte noch einmal tief Luft, dann sprudelte es aus ihm heraus: »Nur einen Tip. Sie vergessen einfach alles, was Featherstone betrifft. Sie laufen nicht gegen ihn. Sie laufen gegen sich selbst, da Sie halt nun mal das große Geld auf dem Buckel haben. Halten Sie vier Fuß Abstand. Das ist schon alles. Laufen Sie einfach in vier Fuß Abstand.«

Er setzte seine Mütze auf, nickte Stevie zu und wurde von McPherson wieder aus dem Zimmer geleitet.

Hugh schaute finster drein und sah dann Stevie an.

»Was meint der denn mit vier Fuß Abstand?«

»Er meint, du sollst dein Rennen laufen. Wenns gut läuft, wirst du gewinnen, wenn nicht, verlierst du eben. Also bohr dich durch deine vier Fuß Luft. Das ist nun mal das A und O beim Sprinten. Mit Scheuklappen laufen.«

»Versteht der was davon?«

»Willste wissen, wer das war? Wallace aus Perth. Hat 1888 den Powderhall-Sprint gewonnen. Der Alte da draußen ist damals mit fünftausend Pfund aufm Hals gelaufen. Und hats gebracht. Der Mann blickt durch.«

Wallace aus Perth. Hugh hatte von ihm gehört. Zwölfsieben bei zwei Yards Handicap auf hartgefrorenem Schnee. Wallace, schon damals eine Legende, war ein Schotte, der einige der weltbesten Profisprinter herausgefordert und sie geschlagen hatte. Und nun war er plötzlich dagewesen, ein großer, sanfter alter Mann, der einfach sagte, daß man in vier Fuß Abstand zu laufen hätte, wenn man siegen wollte. Und wie Hugh weiter darüber nachgrübelte, ging ihm auf, daß der Wallace wirklich recht hatte. Man lief die hundert Yards sozusagen im eigenen Tunnel, und Sieger war der, der aus seinem als erster am Ziel wieder herauskam. Dieser Tunnel hatte vier Fuß breit zu sein und war genau der Raum, den er zu durchdringen hatte, ohne an Featherstone auch nur ein einziges Mal zu denken.

Während der Nacht vor dem Wettlauf konnte Hugh nicht schlafen. In Wachträumen rannte er Rennen auf Rennen und quälte sich mit bleischweren Beinen endlose Bahnen entlang, Runde um Runde, in Schweiß gebadet.

Die Arbeitgeber hatten versucht, den Schaulauf herunterzuspielen und ihn abzutun als den unwichtigsten Programmteil eines Tages des Händeschüttelns, der Feierlichkeiten und großen Ansprachen. Kein Zweifel aber konnte darüber bestehen, wie die Kumpel das Rennen sahen: Den ganzen Morgen über dampfte die Zeche vor gespannter Erwartung.

»Ganz ruhig«, mahnte Stevie, als Hugh in der Hütte auf dem Massagetisch lag. »Um Gottes willen, bleib ruhig.« Hugh konnte die Anspannung in Stevies Stimme spüren, und wieder wurde ihm bewußt, wie viel der kleine dackelbeinige Freund (und alle anderen) in ihn investiert hatten, nicht nur Geld, sondern auch Wissen, Zeit und Geduld. Während der vergangenen sechs Wochen hatte Stevie sein Leben als Sportler durch Hugh gelebt. Und beide wußten nur zu genau, wie zerbrechlich eine Sprintleistung letztlich war. Beim Training nur einen Hauch zuviel, und ein Muskel konnte reißen wie eine Violinensaite. Zu wenig Training, und man ging träge und schwer wie ein Sack an den Start. Im Rennen selbst war der kleinste Irrtum tödlich: Über einhundert Yards blieb keine Zeit, einen Fehler zu korrigieren.

An diesem Nachmittag, eine Stunde vor dem Start, geriet sogar Dad McPherson ins Schwitzen, als er Hughs Beine sanft bearbeitete. All seine Ersparnisse hatte der alte Mann auf Hugh gesetzt – fünfzig Pfund, zehn Schillinge und Sixpence, bei zehn zu eins. Für Dad war der Wettkampf die Möglichkeit, fünf weiteren Jahren in der Grube den Rücken zu kehren und noch vor der Rente ein beschauliches Leben mit seinen über alles geliebten Tauben und Rennhunden zu führen. McPherson wußte, wie stürmisch seine Hunde aus dem Startverschlag zu springen pflegten, um den Hasen zu hetzen, und betete inständig darum, daß seine Finger etwas von dieser Kraft Hugh McPhails Beinen eingeknetet haben mochten.

Eine halbe Stunde später, den schwarzen, von den Kumpels eigens hierfür gekauften Seidenmantel um die Schultern, ging Hugh über den Zechenplatz zum Wettkampfgelände hinüber, flankiert von Stevie, fast verschlungen von der Menge, die jeden Yard entlang der Aschenbahn mindestens zehnfach säumte. Hugh fühlte die Schwäche in seiner Magengegend. Das hier hatte er nicht erwartet. Ein solch fragiles Laufgebilde wie ein Sprint war wirklich nicht geeignet, dem Druck der Erwartungen standzuhalten, und erst recht nicht dieser Mensch, den seine Beine kaum noch tragen konnten. Hugh fühlte sich wie ein Holzpfeiler tief im Stollen, der sich stöhnend krümmte und bog unter der Last der schwarzen Erde. Diese Bergleute hier, seine Kumpel, hatten ihn unter all ihren Hoffnungen lebendig begraben.

Beim Aufwärmen fühlte er sich müde und ohne Luft in den Lungen. Alles würde in einen kurzen Beinwirbel von zehn entsetzlichen Sekunden Dauer zusammenlaufen. Seine Mundhöhle wurde trocken, als er daran dachte.

Lord Featherstone war ein hochgewachsener blonder Mann; seine Haut ein Sonnenergebnis aus Cannes und Chamonix. Sein Händedruck war nicht fest.

»Erfreut, Sie kennenzulernen, McPhail«, sagte er zu Hugh.

Trotz seines leicht blasierten Auftretens war sich Featherstone durchaus bewußt, was für ihn auf dem Spiel stand. Die hechelnde Menge der Männer mit den verschwitzten Gesichtern und verrußten Lungen, in Arbeitskitteln und Grubenstiefeln, die Schiebermützen ins Genick geschoben, drängelten sich an den Absperrseilen zu beiden Seiten der Aschenbahn und machten das allzu deutlich. Der Lord prüfte seine eigene Bahn. Die Kohlenkerle hier hatten weiß Gott gute Arbeit geleistet. Die Aschenbahn konnte Queen's Club durchaus das Wasser reichen. Er schaute zu Hugh hinüber. Dieser McPhail sah wirklich wie ein Sprinter aus. Volle, kräftige Oberschenkel, leichte Waden, starke Schultern. Nun, bald würde man sehen.

Beide legten ihre Mäntel und Überkleidung ab. Featherstone trug eine knielange seidene Oxfordhose mit dunkelblauen Rändern und eine halbärmlige Jacke. Ein Wispern ging durch die Menge. Der Mann hatte eine superbe Läuferfigur, so ganz anders als die McPhails; vollkommen ausgeglichen war sie und ohne jede Überproportion der Muskeln. Featherstone erschien den Leuten wie ein zum Laufen geborenes großes Tier.

Hugh sah den Lord noch nicht einmal aus den Augenwinkeln an, sondern konzentrierte sich auf seinen Teil der Bahn. Vier Fuß Abstand, hatte der alte Wallace gesagt... Allmählich wurde der Bereich außerhalb seiner Spur schmaler und auch das Stimmengewirr schrumpfte zusammen und verklang.

»Auf die Plätze!« Der Starter stand nur zehn Yards hinter ihnen, aber seine Stimme schien von weither zu kommen.

Wieder sah Hugh die Strecke hinunter. Seine Bahn war jetzt wie ein Lichtstrahl, zu beiden Seiten von Dunkelheit gesäumt. Er preßte seine Füße in die Startlöcher und fühlte den leichten Druck im rechten Knie auf der Asche.

»Fertig!«

Er hob die Hüften an und spürte sein Gewicht auf den Fingerspitzen.

Dann der befreiende Pistolenknall, und Hugh kam herausgeschossen wie Wasser, das ein Loch im Staudamm nutzt, durchbohrte den freien Raum, und seine Beine fraßen den Boden unter sich. Dann, plötzlich, war alles gleitend, aber nicht träge; ein Gleiten, wie es Leichtigkeit vorgaukelt, gleitende Langsamkeit, die dem Gefühl entspringt, daß für jede Bewegung ausreichend Zeit zur Verfügung steht, genug Zeit für die hohe Beschleunigungskraft der Oberschenkel, genug Zeit für den kräftigen Rückschlag aus den Ellenbogen. Hugh spürte, wie das Laufen aus ihm strömte, den schmalen Vier-Fuß-Streifen entlangrann, der ihm nur für seine Bewegungen gemacht schien. Er lief wie mit Flügeln an den Füßen, sich nur undeutlich des Lärms bewußt, der zu beiden Seiten seiner Bahn aufbrandete, und wünschte, dieses sollte ewig währen. Dann war alles vorbei.

Hughs Beine flogen über die letzten Yards der Strecke. Das Tauch-

Finish, mit dem seine Brust nach dem Zielband schnappte, war ein einziger Reflex.

Featherstone streckte ihm seine Hand entgegen; ihr Druck war jetzt fest.

»Glückwunsch«, sagte der Lord. »Sie sind gelaufen, als wären Sie allein gewesen.«

»War ich auch«, gab Hugh zurück.

Als die offizielle Ansage kam, wurde sie von den Beifallsrufen der Menge fast ertränkt. »Erster, McPhail, Shotts. Zehn Komma Null Sekunden.« Vor Freude begannen die Bergleute auf und nieder zu tanzen und umschlangen sich. Kinder kamen auf die Bahn gelaufen, um den Sieger zu berühren. Stevie und McPherson standen am Ziel, Tränen strömten ihnen die Wangen herab. Auf dem speziell für die Unternehmensleitung und ihre Gäste errichteten Podest herrschte betroffenes Schweigen.

Obwohl jede Zeitung des Landes mindestens einen Reporter geschickt hatte, tauchte das Ende des Rennens auch nicht in einem einzigen Artikel auf. Es war, als wäre ein Wettlauf, den sechstausend Menschen mit eigenen Augen gesehen hatten, niemals geschehen.

Eine Woche später wurden Hugh und Stevie fristlos gefeuert. Kein Grund wurde angegeben und keiner verlangt. Hugh hatte zwar Lord Featherstone besiegt, sein Fehler aber war gewesen, daß er den Lauf zu ernst genommen hatte – indem er die Kumpel in seinen Körper investieren ließ auf eine Weise, die für Featherstones Klasse schon seit jeher eine Selbstverständlichkeit darstellte. Das Schlimmste aber war – Hugh und die Bergleute hatten für Lang gewonnen, die Gewerkschaft also, und für das Volk. Für Lord Featherstone dagegen war das Rennen nichts weiter als eine ›Laufeinlage‹ gewesen im Rahmen einer ansonsten erfolgreichen Kampagne, und darum wurde ihm von Hughs Kündigung auch nicht das geringste berichtet.

Lang aber ließ Hugh und Stevie nicht im Stich. Über gute Kontakte nach Glasgow hatte der Gewerkschaftsmann dort für Hugh und Stevie Arbeit als Tellerwäscher in einem Hotel mitten in der Stadt beschafft. Zehn Stunden am Tag die Hände durch heißes, fettiges Wasser zu bewegen war wirklich etwas anderes als das leichtfüßige Rennstalldasein eines laufbesessenen Profisportlers. Hugh war es jedoch zufrieden. Jene zehn Sekunden im Shotts-Sprint hatten ihn eine Menge über sich selbst gelehrt. Er war auf die Probe gestellt worden und hatte nicht versagt. Doch einen vollen Bauch machte dieses Wissen trotzdem nicht. Die Wascharbeit war lediglich ein kurzes Sichimkreisedrehen vor dem Absturz in die Arbeitslosigkeit des Jahres 1930, und bald hieß es für Hugh und Stevie wieder zurück zu den alten Freunden in der Bibliothek, an der Straßenecke und im Broo Park, zurück zu den armseligen Vergnügungen der Arbeitslosen.

McPhail hatte sie alle ausprobiert, diese Vergnügungen der Armen, und dabei entdeckt, daß die ›Sechser-pro-Nase‹-Matches auf Glasgow Green noch immer seinen Neigungen am meisten entsprachen. Die Regeln waren denkbar einfach: Gewinnst du, gibt der Gegner dir Sixpence; hast du verloren, gibst du ihm den gleichen Betrag.
Der Name Glasgow Green freilich war irreführend, denn auf seinen Fußballgründen war denkbar wenig Grün übriggeblieben. Vor langer Zeit war die Gegend um das Green herum recht elegant gewesen, mit säulengetragenen Häusern im King-George-Stil, den Heimstätten der Tabakbarone des achtzehnten, neunzehnten Jahrhunderts, die jedoch zusehends verfielen, als nachrückende Generationen aus der Arbeiterschaft und neue Fabriken ihnen immer näher rückten und sie vertrieben, so daß die Reichen nach Süden oder Westen zogen, um dem Qualm zu entgehen und den Arbeitern, die ihn produzierten. Das verbliebene ›Grün‹ war seither auf die wohlgepflegten Rasenflächen beschränkt, die vorausdenkende viktorianische Ratsherren hatten anlegen lassen, während die Fußballfelder aus rauher Industrieasche zurechtplaniert worden waren. Und jetzt, im Winter, aufgeplatzt, furchig und gefroren, konnten sie das Fleisch eines zu Fall kommenden Spielers mühelos in Fetzen reißen.
Die ›Sechser-pro-Nase‹-Spiele waren verzweifelte Geschäfte, denn nur wenige Männer hier konnten es sich überhaupt leisten, auch nur einen einzigen Sixpence zu verlieren. Zur Halbzeit stand es eins zu eins; McPhail und seine Mannschaft hockten gerade am Spielfeldrand, als der kleine Stevie quer über das Feld gespurtet kam und ihm mitteilte, er hätte in einer Zeitung über einen Trans-America-Super-Marathon gelesen. »Neunzigtausend Pfund«, keuchte Stevie. »Aber die Bastarde werdens schon einnehmen. Dreitausend Meilen quer durch Amerika. Arme Schweine.« Stevies Nachricht war in einer Zeitungstüte gestanden, in der er seine Fish'n'chips gekauft hatte, so daß McPhail der Ansicht sein mußte, der Lauf hätte bereits stattgefunden. Trotzdem rammte er sich die Angelegenheit tief in seinen Kopf, bevor er wieder auf das Spielfeld trottete.
Einer der winterlichen Balltreter, McGowan, in jungen Jahren

Profispieler für Partick Thistle, war ein hervorragender Techniker gewesen und ein flinker Dribbler, dessen Karriere jedoch eine Beinverletzung schlagartig beendet hatte. Mittlerweile ein Mittvierziger und tuberkulös, tat er sich so gut wie nie mit Solos vor dem gegnerischen Strafraum hervor, sondern blieb diesseits der Mittellinie, wo er sich kaum in riskante Zweikämpfe verwickeln ließ, weil McGowan jede Situation schon im Ansatz erkannte, dann geschickt in der Abwehr parierte und trotzdem noch akkurate Pässe zu seinen Stürmerkameraden schlagen konnte. Das Spiel stand gerade zwei zu zwei, als McGowan schwer hustend niederstürzte. Er preßte seine Hand an den Mund. Dunkles Blut rann zwischen seinen Fingern hindurch. McPhail ging zu ihm.

»Mach, daßde vom Feld kommst, Alter«, sagte er. »Ich zahl, wenn wir verlieren.«

McGowan wurde gegen seinen Protest vom Feld gebracht; am Spielfeldrand spuckte er immer noch Blut. Zehn Minuten später schlug McPhail einen weiten Querpaß zu seinem Mittelstürmer, der das Leder in die rechte obere Ecke des gegnerischen Tores setzte.

»Du hast dirn Halben verdient«, sagte McGowan, als McPhail in die Kabine humpelte.

Seit zwei Stunden war das Spiel vorbei. Nach einem kurzen Besuch der ›lieben Leseratten‹ in der Stadtbibliothek, wie er die Kumpels dort nannte, hatte Hugh sich in der hintersten Ecke eines Pub niedergelassen, um sein Bier mit McGowan zu trinken und sich die Zeitungsseite anzusehen, die er aus dem Büchereiexemplar herausgerissen hatte – die gleiche Seite, die um Stevies Fish'n'chips gewickelt war. Donnerwetter! Es war noch nicht gelaufen. Der Trans-America-Super-Marathon sollte erst in einigen Monaten losgehen, im März 1931. Aber wo zum Henker lag dieses Kalifornien? Er leerte sein Bier, verabschiedete sich von McGowan und wanderte zur Bibliothek zurück, um sich einen Atlas zu angeln. Aha! Westküste der USA. Konnte es, bitte sehr, nicht nochn bißchen weiter weg sein? Völlig illusorisch, auch nur übern Teich zu kommen, geschweige denn auf die Sonnenseite der Vereinigten Staaten von Amerika.

»Du solltest deinen Brägen benutzen«, riet Stevie, als Hugh ihm davon erzählte.

»Was meinsten damit?« gab Hugh gereizt zurück.

»Na, denk doch mal nach«, antwortete Stevie. »Erstens, du bistn Sprinter; bist noch nie hundert Meilen gelaufen, erst recht keine dreitausend. Zweitens, du hast null Münze, um dahin zu kommen. Warum also nicht zwei Fliegen mit einer Klappe schlagen?« Hugh sagte nichts, also redete Stevie weiter. »Versuch jemand aufzutun, der ne schottische Ausscheidung auf die Beine stellt. Irgendne Zeitung meinetwegen, *The Times* oder den *Citizen*. Auf die Weise wirst du schon rausfinden, ob du gut genug für son Wahnsinnsmarathon bist. Wenn nicht, dann hats weder dich noch sonstwen was gekostet, und dann gehts eben nicht rüber nach Kalifornien.« Hugh dachte einen Moment nach. »Recht hast du, Stevie. Und der richtige Mann dafür ist Jimmy G. Miller.«

›Jimmy G.‹, wie er allgemein genannt wurde, ein Bridgetoner Buchmacher im Pferderennsport von etwas zweifelhaftem Ruf, war zunächst nicht gerade begeistert von der Idee, 500 Pfund als Preisgeld auszusetzen für ein Ereignis, das es noch gar nicht gab. »Was hab ich denn davon?« fragte er Hugh mißtrauisch.
»Erst mal«, sagte Hugh, »das Prestige. Sie haben Bares hingelegt, damitn Schotte nach Amerika gehen kann, um gegen die Besten der Welt anzutreten. Zweitens, die Wette. Egal, wie die Ausscheidung ausfällt, Sie machen den großen Reibach. Und drittens – mich.«
»Sie?« explodierte Jimmy G. »Herr im Himmel, du bistn verdammter Sprinter, McPhail. Wo solln da das große Geld rausspringen?«
»Geben Sie mir sechs Monate Vorbereitungszeit, nen guten Trainer und n paar Steaks, und ich gewinn Ihnen das Ding. Sie kriegen auf mich ne Riesenquote und streichen ne schöne Stange Geld ein.«
Jimmy G. nahm den nassen Zigarrenstummel aus dem Mund und fixierte Hugh quer über den Tisch. »Kannste mir garantieren, daß du gewinnst?«
»Nein, kann ich nicht. Es ist ja schließlich Ihr Spiel. Sind doch sowieson Spieler, oder?«
»Eigentlich nicht«, erwiderte Jimmy G. »Ich bin Buchmacher.« Aber er lächelte.
Danach ging alles sehr schnell. Das 500-Pfund-Preisgeld, das James G. Miller aus Bridgeton für die schottische Trans-America-Super-Marathon-Ausscheidung ausgesetzt hatte, war eine Sensation, und der Buchmacher und sein Rennen wurden landesweit Gesprächsthema Nummer eins, genau wie McPhail prophezeit hatte. Jimmy G. war es höchst zufrieden, denn über Nacht, für bloß 500 Pfund, hatte er sich aus der relativen Anonymität eines Bridgetoner Buchmachers ins Rampenlicht einer nationalen Berühmtheit hinaufkatapultiert.

Die Zeiten waren bitter, der Winter war fürchterlich kalt und freudlos, und zu alledem hatte Schottlands Fußballnationalmannschaft auch noch das Spiel gegen England verloren. Jimmy G. hatte dem Land etwas gegeben, worüber sich heiß diskutieren ließ, etwas, auf das die Leute sich freuen konnten. Einziger Haken bei dieser Sache war, daß Jimmy G. noch nie einen Wettlauf organisiert hatte. Kurzentschlossen ging er Murdoch um Rat an, den Organisator des Powderhall-Marathons von 1909.

»Koin Probläm«, konstatierte der alte Mann, setzte sich auf den Hosenboden und tüftelte eine Strecke von Aberdeen nach Glasgow aus.

In der Zwischenzeit hatte Jimmy G. auch den letzten Teil seiner Abmachung erfüllt und McPhail unter dem gestrengen Auge des Profitrainers ›Ducky‹ Duckworth in die Highlands geschickt. Zwar hatte der Buchmacher wenig Hoffnung, auch nur einen Pence seiner Investitionen in McPhail wiederzusehen, aber er rechnete dennoch damit, daß er bald an den Duckworth-Trainingsergebnissen würde ablesen können, ob der Mann aus Glasgow überhaupt eine Chance haben würde, den Trans-America-Super-Marathon zu überleben oder, wer weiß, ihn sogar zu gewinnen. Duckworth war wenig optimistisch. Zwar waren die Trainingsläufe professioneller Sprinter gute Maßstäbe für die tatsächliche Laufkondition, aber im Grunde genommen gab es keine echte Möglichkeit zu testen, ob ein Mann überhaupt hundert Meilen laufen konnte, ohne sich einem Kräfteverschleiß auszusetzen, der derart massiv war, daß keine Zeit mehr zur Regeneration blieb. Bis dato hatte es noch kein Training für ein solches Langstreckenrennen gegeben, an dem man sich orientieren konnte; und es bestand die durchaus ernste Gefahr, daß man seinen Schützling in Grund und Boden laufen lassen würde, noch ehe das Rennen überhaupt angefangen hatte. Deshalb beschloß Duckworth, den letzten Trainingslauf auf vierzehn Tage vor dem Wettbewerb zu legen, zwei Fünfzigmeilenetappen mit drei Stunden Ruhe dazwischen.

McPhails Highland-Training war wirklich erschöpfend. Zunächst kochte Duckworth ihn auf ›Laufgewicht‹ herunter, indem er Hugh von seinen normalen 180 Pfund in den ersten vierzehn Tagen acht Pfund abspecken ließ. In den ersten zwei Wochen lief oder ging McPhail nur etwa acht Meilen täglich, zumeist auf weichem Gras und in Etappen zu je drei, vier oder fünf Meilen. Anfangs fiel ihm das sehr schwer, vor allem deshalb, weil Duckworth ihn einen Teil der jeweiligen Distanz in Straßenstiefeln und schwerer Kleidung absolvieren ließ. Nach und nach aber fühlte Hugh, wie seine Oberschenkel wieder fest wurden, seine Atmung wieder leichter.

Nach etwa einem Monat verordnete Duckworth seinem Schützling einen Lauf über zehn Meilen hügeliges Gelände. »Bleib unter einer Stunde«, sagte er, »wenns nicht klappt, fahren wir sofort nach Hause.«

Hugh schaffte die ersten fünf Meilen bequem in weniger als dreißig Minuten; Duckworth auf seinem Fahrrad immer hinter sich. Sogar noch nach siebeneinhalb Meilen blieb er wacker unter seiner Zeit und wars zufrieden. Plötzlich, nach der achten Meile, verspannten sich seine Beinmuskeln, und sein schwungvoller Lauf verkam zum jämmerlichen Tröpfelschritt, als hätte jemand im Innern seines Körpers einen Hahn abgedreht. Duckworth sah es sofort, hielt an und stellte die Uhr zurück.

Noch nie hatte Hugh etwas Ähnliches erlebt. Gut, er hatte sich bei Sprints auch schon verspannt, das war aber fast schmerzfrei und blitzschnell wieder vorüber gewesen. Jetzt aber schrien seine Schenkel vor Schmerz, und die innere Leistengegend drohte zu zerfallen. Dennoch ging Hugh nicht in langsameres Laufen über, wagte auch nicht zu gehen, wohl wissend, daß er dann zu einem Tempoanzug nicht mehr fähig sein würde.

Und genau wie die Chemie seines Körpers sich plötzlich gewandelt hatte, so veränderten sich auch die Wahrnehmungsmöglichkeiten seines Geistes. Wissenschaftlern wäre es möglich, dieses innere Geschehen anhand der Darstellung von Molekülveränderungen zu analysieren, die verzweifelt einer wahnsinnigen Kollision entgegenwirbelten. In der Außenschau erlebte es Hugh wie ein Verschwimmen von Bildern: die schmirgelpapierartigen, ewigen Aschefelder vom ›Sechser-pro-Nase-Kick‹ auf dem Glasgow Green; die endlose Reihe dampfender Tassen voll mit dünnem Stadtküchentee an endlos blassen Winternachmittagen im Broo; die Chance – wahrscheinlich nicht viel mehr als ein winziges Zipfelchen davon –, einen Geldpreis zu gewinnen und damit eine Reise in die Sonne auf der anderen Seite der Welt. Vor allem aber die Chance, sich freizukämpfen, dem harten Leben die Fersen zu zeigen, ganz neu anzufangen. Der stechende Schmerz und die Gewißheit seines Scheiterns, seine Hoffnungen und seine Träume trafen aufeinander.

Hugh begann zu stöhnen. Es war aber kein bewußtes Klagen, sondern eines, das ganz tief aus dem Körperinneren kam und im

Rhythmus seiner nun kurzen und zerschlissenen Schritte pulsierte. Auf gewisse Weise half ihm das Stöhnen, wirkte wie ein Metronom, gegen die Schritte gesetzt, an dem seine Schmerzen gemessen werden konnten. Hin und wieder wurde es von einem Laut übertönt, der aus größerer Tiefe heraufzukommen schien, ein winziger Aufschrei, der das Stöhnen durchbohrte und dann wieder erstarb...

Duckworth hatte eine halbe Stunde später alle Hände voll zu tun, seinen Schützling wieder zu sich zu bringen. Hugh bog seinen Kopf zur Seite, um dem ätzenden Geruch des Riechsalzes zu entgehen.

»Hab ichs noch geschafft?« fragte er und richtete sich mühsam auf.

»Ja«, sagte Duckworth. »Die zehn Meilen biste gelaufen.«

»Aber die Zeit! Hab ichs unter ner Stunde geschafft?«

»Nein. Eine Stunde und zwei Minuten!«

McPhail weinte, die salzigen Tränen tropften auf seine schweißdurchtränkte Jacke. Er heulte und schluchzte wie ein Kind.

Duckworth beugte sich hinunter, bis seine Augen mit denen Hughs auf gleicher Höhe waren. »Du hastes zwar nicht inner Stunde geschafft, bin aber trotzdem zufrieden mit dir. Mein Vada, wenner mir erzählt hat von die großen Läufer, denn hatter das immer ›Basis‹ genannt. Und die Großn hattense. Kannste nenn, wies willst – Mut, Kraft, Ausdauer. Er hats jehnfalls ›Basis‹ genannt. Hast du auch, Jung.«

»Du meinst, wir trainieren weiter?«

»Mein ich. Kommt jetz ehmt nur drauf an, dasse Meilen unter deine Sohlen krißt. Wissen ja jetz, dasse durchhältz, wennste Schwierigkeiten hast.«

Drei Monate später gewann Hugh die schottische Trans-America-Ausscheidung mit Leichtigkeit. Er war der einzige trainierte Mann in einem Rennen, in dem die ausgemergelten Männer aus den schottischen Broo Parks gegeneinander antraten.

Vom Start weg führte Hugh, baute seinen Vorsprung auf den schwarzen, schlammigen Straßen von Glasgow noch weiter aus und ging vor vierzigtausend Zuschauern im Ibrox-Stadion als erster durchs Ziel.

Noch den ganzen Tag über taumelten verzerrtgesichtige Männer über das aufgeweichte Aschenrund und schleppten sich mit erlöschender Kraft ins Ziel. Hugh beobachtete den Trauerzug von der Tribüne aus und fragte sich, warum die da unten noch immer weitermachten. Monate später, Tausende von Meilen weit weg von daheim, sollte er die Antwort erhalten.

# 4

## *Doc Cole vor der Presse*

Doc stand auf, stützte sich, die Knöchel nach unten, auf beide Hände und rief laut über den Tisch hinweg: »Okay, Jungs, schießt los.« In seinem ausgeblichenen 1908er Olympia-Blazer erschien Alexander Doc Cole noch winziger, älter, noch weniger athletisch als auf Flanagans Pressekonferenz am Tag zuvor. Klein, kahlköpfig und braun, wirkte er fast wie ein Zwerg, als er hinter dem Tisch auf dem Podium vor der versammelten Pressemeute stand.

In der Tat schien Doc für den Trans-America-Super-Marathon wie maßgeschneidert und bestens trainiert zu sein. Er hatte sich von zu Hause in Montgomery, Alabama, auf den Weg gemacht, war die ersten zweitausend Meilen getrampt und die letzten fünfhundert gelaufen. Die Strecke nach Los Angeles hatte seine Beine wieder richtig in Form gebracht, denn er wußte, daß der Trans-America auch für jemanden mit seiner Erfahrung eine riesige Herausforderung darstellte. Für Doc war er selbst der erfahrenste Läufer im ganzen Rennen; mit einer Herzfrequenz von vierunddreißig Schlägen pro Minute und über hunderttausend Meilen in jeder Faser seiner hageren, festen Beine. Aber er würde auch, mit seinen vierundfünfzig Jahren, einer der ältesten im Trans-America sein. Doch in einem Rennen wie diesem war das Alter nicht notwendigerweise ein Nachteil. Gewiß, die Jungen würden zähe, leistungsstarke und belastbare Körper haben, und das Trans-America würde sehr wohl einiges an Anpassung erfordern. Aber sie waren alle noch nie da gewesen, wo er sich schon längst herumgequält hatte: im bitteren Zwischenland, wo der Körper sich von einem Schritt zum nächsten schleppt, während der Geist, noch immer frisch und verzweifelt zugleich, seine eigenen Kämpfe ausficht. Auf solchen inneren Strecken eines Laufes wurden Rennen gewonnen oder verloren. Und Doc hatte nur bei wenigen aufgegeben.

Aus seinen tausend Reisemeilen hatte er wirklich das Bestmögliche herausgeholt. Die ersten vier Tage waren nämlich dem Verkauf von etwa hundert Flaschen seines Häuptling-Chickamauga-Schlangenwurzel-Allheilmittels vorbehalten gewesen. Ins Land der Farmer gekommen, hatte er es an den ersten beiden Tagen als Einreibemittel an den Mann gebracht, weil man dort traditionell ein Faible für alles und jedes hat, das Schmerzen und Wehwehchen heilen könnte. Außerdem war es ihm gelungen, zehn von Dr. Pulvermachers Magnetischen Gürteln zu verscherbeln (die ersten Verkäufe nach sechs Jahren!). Der Zauber und das Geheimnisvolle von Elektrizität und Magnetismus hatten sich bis 1931 ziemlich verflüchtigt. Doch Doc hatte Zeiten erlebt, in denen er nicht genug Magnetische Gürtel verkaufen konnte, das einzige Mittel gegen alle Probleme von heilloser Verstopfung bis zur Impotenz. Das Merkwürdige daran war nur, daß sie hin und wieder tatsächlich funktionierten. Bei mehr als einer Gelegenheit mußte dann ein mit Obstipation gestrafter Cowboy nur Sekunden, nachdem Dr. Pulvermachers Gürtel um seinen Bauch herum zu zischen und zu blitzen begonnen hatte, im Eiltempo aufs Klo. Informationen hinsichtlich umgürteter Impotenz hatte Doc lieber nicht weitergeben wollen, was aber den guten Verkauf an verlassene Liebhaber nie hatte schmälern können.

An den nächsten zwei Tagen hatte er sein Mittel als Tonikum verkauft, und das mit gleich guten Resultaten. Diese Änderung der Taktik hatte auch eine Änderung der Formel bedingt, indem er den Alkoholgehalt auf dreißig Prozent erhöhte. Diese Darreichungsform hatte besonders in ›alkoholfreien‹ Städten einen hervorragenden Abverkauf, und so manche alte aufrechte Baptisten-Jungfer, die frömmstens den Versprechungen geglaubt hatte, schwor Stein und Bein auf des Häuptlings liquiden Bann aller Krankheiten, von Blähungen bis zum morgendlichen Erbrechen bei Schwangerschaft. Auf die Herren der Schöpfung übte das Mittel die gleiche Anziehungskraft aus, insbesondere dann, wenn Doc seine ›virilisierenden‹ Qualitäten pries. Und so ging des Wundertäters Publikum jedesmal heim mit einer Tasche voll Hoffnung für einen Dollar; die schier königliche Unterhaltung war kostenlos gewesen.

Doch leider stellte Doc fest, so wie in den guten alten Tagen lief es denn doch nicht mehr. Denn sonst wäre Doc Cole vermutlich wie der wütende Rächer nach Los Angeles gefegt und hätte das ganze Gebiet mit Häuptling-Chickamauga-Mitteln und Dr. Pulvermachers Magnetischen Gürteln überschwemmt, gar nicht zu reden von Simmons Leber-Regulator, Dr. Kilmers Sumpfwurzeln und Perry Davis' Schmerzkiller. Bundesweite Medikamentenkontrollen hatten schuld am endgültigen Verschwinden von Dr. Hercules Sanche, Doc Mc-

Bride (dem Großkönig des Schmerzes), Doc Ennis und seinem Universalbalsam... Sie und Tausende ähnlicher Leute waren früher durch den Westen gehüpft wie ein Heuschreckenheer. Ohne sie war kein Jahrmarkt vollkommen, wie sie dastanden in ihren verrückten Westen und schwarzen Bowlerhüten, neben sich ihre schnatternden ›Frauen‹ als Königin Nookamookee, ihre Söhne als Prinz Achmed, der erst kürzlich vor Kannibalen auf den Trobriand-Inseln errettet worden war. Dennoch, sollten sie Schufte gewesen sein, dann jedenfalls verdammt lustige, und nachhaltig zu Schaden ist durch sie bestimmt niemand gekommen...

Jene Zeiten waren für immer vorbei. Und Doc hatte die letzten zehn Jahre hinter dem Ladentisch von Bernstein's Drug Store in Montgomery, Alabama, verbracht, über den hinweg er für fünf Dollars die Woche Milchshakes und selbstgebastelte Moralpredigten an höhere Schüler verkaufte. Mit seiner Lauferei allerdings war nie Schluß gewesen. Die Olympiade von 1908 hatte einen vier Jahre während den Boom im professionellen Marathonlauf ausgelöst, und überall zwischen Kairo und Yukon wurden die magischen sechsundzwanzig Meilen und dreihundertundfünfundachtzig Yards gelaufen. Es war zwar eine relativ kurze Zeit, und Doc gehörte durchaus zu den besseren Kämpfern, wenn er auch für den Indianer Longboat, den Engländer Shrubb oder den stämmigen kleinen Italiener Dorando Pietri, dessen Lauf in der Londoner Olympiade der eigentliche Auslöser für die Marathonmode gewesen war, keine ernsthafte Konkurrenz dargestellt hatte. Bis zu zehn Marathons wurden von jedem jährlich gelaufen. Aber sogar den Besten wurde es schließlich zuviel. Ausfälle durch Krankheit und Verletzung ermöglichten auch der zweiten Läufergarnitur gute Placierungschancen, und zu ihr hatte Doc gehört. 1913 war alles vorbei. Die ›Laufmaschinen‹ kehrten zurück in ihre Heimatländer, und viele lieferten ihre trainierten, hartnäckigen Körper den Kugeln und Schrapnells des Ersten Weltkriegs aus oder ließen sich von satter Häuslichkeit umsorgen. Ihnen blieb die Welt des Amateursports verschlossen, während die des Profisports nur in den Industriestädten Nordenglands und in Teilen des ländlichen Schottland existieren konnte. So kam es dann, daß einige der größten Laufwunder, die die Welt je erlebt hatte, zerbrochen, abgerissen und verstört in Vergessenheit dahindämmerten.

Nach Kriegsende gewann der Laufsport nur zögernd wieder an Boden. Mancher Großstadtjahrmarkt oder Dorfrummel, von Kenntnissen der Amateurregeln gänzlich unberührt, brachte sogenannte

›Picknick‹-Spiele mit Laufwettbewerben und Preisgeldern auf die Beine. Die längsten üblichen Distanzen betrugen drei Meilen, für Docs Füße nicht mehr als ein Sprint, und solche Läufe gewann er denn auch federleicht, indem er in jeweils etwa sechzehn Minuten über die rauhe Grasbahn trottete, seinen Herausforderern – Collegejünglingen oder Farmern – unerreichbar weit voraus. Gelegentlich, ein schwaches Echo alter Zeiten, mochte es vorkommen, daß irgendeine Stadt einen Marathon ausschrieb, für gewöhnlich über nur zehn oder zwölf Meilen, und wieder lief Doc in seinem Element und rannte die schlecht trainierten Lokalmatadore in Grund und Boden.

In den frühen Zwanzigern dann, als der Amateursport breiter zu werden begann, hatte Doc immer weniger Gelegenheit gefunden, mitzulaufen; aber trotzdem war gerade diese Periode in mancherlei Hinsicht seine goldene Zeit. Schon früh, kaum Anfang Vierzig, hatte er eine Glatze bekommen. Und in seinen Road-Shows pflegte er als wichtigsten Bestandteil seines Chickamauga-Anpreis-Sermons sich selbst als Herausforderer des besten Läufers der jeweiligen Stadt darzustellen. »Wer ist euer bester Läufer?« rief er dann ungeduldig, zog sein Jackett aus und entkorkte eine Flasche Chickamauga mit den Zähnen. »Gütiger Gott, ich bin zwar fümmunfümfzig« (er war zehn Jahre jünger damals), »aber nen ordentlichen Schub Chickamauga in die Adern, und ich pack ihn.« Und jede Stadt hatte ihren Starläufer, mal einen Collegestudenten, der seine besten Tage bereits hinter sich hatte, mal einen trainierten Farmer. Der Kamerad wurde dann nach vorne geschubst, zuerst noch errötend und unsicher, dann aber zunehmend ermutigt durch das Rückenklopfen und die Rufe der Menge, bis er vorne an der Bühne Auge in Auge mit Doc seine Selbstsicherheit wieder vollends beieinander hatte. »Wenn dieser junge Kollege hier so freundlich wäre und mir ne Vorgabe geben würd…«, fing Doc dann immer an und wurde sogleich abgeblockt von Spottrufen und schrillen Pfiffen. »Na gut«, lenkte er ein, wie üblich, »wir fangen gleichauf an. Aber erstmal wolln wirn bißchen was setzen, wie?« Nach wenigen Minuten ließen die Farmer einen wahren Dollarregen auf die unparteiische Einsatzverwalterin, Docs ›Tochter‹ Alice, niedergehen und setzten fünf zu eins auf ihren Champion.

»Einen Moment noch«, pflegte Doc dann das Gewühl zu überbrüllen. »Sollte – sollte mir irgendwas passieren, dann, dann hoff ich doch, daß ihr mich in ein christliches Grab legt.« Zufrieden mit den heiseren Versicherungen aus der Menge, legte Doc einen Kurs von mindestens drei Meilen fest und schwang sich noch zu einer ausgedehnten Predigt über die ausgezeichneten Qualitäten seiner Arznei auf. Verkaufte er sie als Einreibmittel, massierte er sich mächtig damit ein. Wenn sie als Tonikum an den Mann gebracht werden sollte, probierte Doc sie erst mal in winzigen Schlucken, wie einen guten Wein, bevor er sie vollends durch seine Kehle rinnen ließ.

Dann begann der Wettlauf. Für gewöhnlich ließ Doc seinen Herausforderer auf den ersten paar Meilen auf gleicher Höhe bleiben, wobei er die Atemfolge seines Gegners genauestens kontrollierte. Wenn der Lokalheld keuchte, verlangsamte Doc, so daß der Bursche die Strecke in guter Haltung durchlaufen konnte, das heißt, damit die Sache wie ein Wettlauf aussah. Andererseits, wenn der lokale Champion mühelos lief, beschleunigte Doc, weil er keine Lust verspürte, einen jungen Mann im Sprint durchs Ziel gehen zu sehen.

Und ab und zu, wenn die Strecke wieder durch die von Menschen überfüllte Stadt führte, stieß Doc ein Stöhnen aus und hielt sich die Seite, als schmerzte ihn höllisches Seitenstechen. Das mochte die Menge so recht von Herzen gern; da konnte sie sehen, wie ihr Champion diesen Klugscheißer und Salbader hemmungslos zur asthmatischen Schnecke machte. Dann, noch eine halbe Meile vor dem Ziel, wälzte sich Doc, offensichtlich von heftigen Krämpfen gepackt, heftig zuckend am Boden, und seine ›Tochter‹ mußte ihm mit einer Flasche Chickamauga zu Hilfe kommen. Auf wundersame Weise wiederbelebt, sprang Doc hoch, setzte zum erbarmungslosen Endspurt an und gewann haushoch. Jedesmal schien er dann freilich immer noch genügend Luft zu haben, um seine völlig vernarrte Zuhörerschaft eine weitere volle Stunde feierlich über die Vorteile von Chickamauga und eines Lebens aus Laufen und Mäßigung aufzuklären.

Die späten zwanziger Jahre hatten ein Revival aller möglichen marathonorientierten Aktivitäten erlebt, nur nicht des eigentlichen Marathons. Marathontänze, Dauerpfahlsitzen, Dauerseilspringen und Dauerradfahren waren populär geworden, alles dies aber keine Folge der Marathonverrücktheit von 1908. Der professionelle Langstreckenlauf allerdings kam langsam wieder in Schwung, und Doc, obwohl inzwischen schon Anfang Fünfzig, hatte wenig Mühe mit seinen jüngeren Herausforderern.

Es war eine neue und völlig andere Generation von Männern als die ›Zirkusathleten‹ der Vorkriegsjahre. Die Arbeitslosigkeit stieg rapide an, und Baseball, Football und Boxen waren die einzigen Sportarten, die der darbenden Arbeiterschaft ein Ausgleichsventil boten. Die Ghettos von New York hatten endlos boxende Neger hervorgebracht, Football und Baseball aber waren nur Weißen zugänglich. Das wiederum galt nicht für den Laufsport, aber nur wenige Farbige hatten überhaupt irgendwelche Erfahrung mit dem Langstreckenlauf, und so kam es, daß die meisten von ihnen schon nach wenigen Meilen außer Atem am Boden lagen. Aus ganz anderen Gründen war es mit den meisten der arbeitslosen Weißen das gleiche, weil sie aus lauter Verzweiflung bei lokalen Wettläufen mitmachten, ohne Training und richtige Ernährung, die sie befähigt hätten, diese Distanzen zu Ende zu laufen, geschweige denn, ein Rennen zu gewinnen.

In diesem Mini-Boom jedenfalls blühte Doc so richtig auf. Mit dreißig Jahren Lauferfahrung in den Beinen hatte er kaum ernsthafte Konkurrenten. Gefährlich wurde es immer nur dann, wenn Amateurlangstreckler ins Profilager gewechselt hatten. Da machten dann junge Männer mit, die so schnell liefen wie Doc zwanzig Jahre zuvor, und es gab für ihn keine Möglichkeit, sie auf Distanzen unter zehn Meilen abzuhängen. Doch das Läuferblattgold der späten Zwanziger war zu dünn und reichte nicht aus für eine zweite Karriere als Fulltime-Athlet, zumal die Wettkämpfe überall in den Staaten stattfanden. So war Doc hinter dem Ladentisch bei Bernstein geblieben, zufrieden mit seinen regelmäßigen fünf Dollar die Woche, und nahm gelegentlich an Läufen in angrenzenden Bundesstaaten teil.

Doch kaum hatte er von Flanagans Trans-America-Super-Marathon erfahren, wußte er, daß dieser Lauf seine letzte Chance war, Doc Cole's Drug Store oder Sport Emporium zu eröffnen und seinen Lebensabend angemessen zu verbringen. Die anderen Kandidaten machten ihm kein Kopfzerbrechen. Doc wußte, daß ihm, würde er die gesamte Distanz gesund überstehen, im Finish gute Chancen winkten. Diese einhundertfünfzigtausend Dollar waren ein Haufen Geld, aber sie wollten erst noch erlaufen sein; von Alexander ›Doc‹ Cole natürlich. Also kündigte er bei Bernstein und machte sich auf den Weg nach Los Angeles.

Doc hatte die geschäftige Stadt zwei Tage vor der festgesetzten Sammelzeit erreicht, und zwar auf Flanagans Bitte hin, und hatte den Promoter in dessen Hauptquartier wenige Stunden nach seiner Ankunft im Imperial Hotel aufgesucht.

»Sie kennen mich zwar nicht, aber dafür kenne ich Sie um so besser«, begrüßte ihn Flanagan. »In meiner Jugendzeit habe ich mich für sämtliche Marathonprofis interessiert – Longboat, Johnny Hayes,

Dorando. Ich hab Sie sogar mal bei einem Hallenmarathon im Garden gesehen.«

»Das war 1911«, sagte Doc.

»Genau. Sie wurden von Shrubb und Dorando geschlagen.«

»Richtig«, stimmte Doc zu und nahm ein Glas Orangensaft entgegen.

»Nun, Doc, ich brauche Ihre Hilfe«, sagte Flanagan. »Ich hab den Lauf ins Leben gerufen, hab das Ganze bis runter zum allerletzten Zelthering durchgecheckt. In ein paar Tagen geb ich die erste Pressekonferenz. Aber verdammt, ich bin noch nien Marathon gelaufen, und die Jungs von der Presse werden schon ein bißchen mehr haben wollen alsn Blatt Papier, das ich denen in die Hand drück. Und da kommt der Punkt, wo ich jemand von Ihrem Kaliber brauche.«

»Und wie?«

»Sie geben einen Tag nach mir Ihre eigene Konferenz«, erklärte Flanagan. »Sie füttern die Leute mit dem ganzen harten technischen Kram, den ich nicht kenne. Die Brüder von der Presse können son Marathon wahrscheinlich kaum von nem Glückskeks unterscheiden – also, geben Sies ihnen löffelweise.«

Doc schwieg einen Augenblick.

»Na, was meinen Sie?« fragte Flanagan.

»Werden die andern Läufer dann nicht mißtrauisch und glauben, ich krieg hier den großen Starbonus zugeschoben?«

»Doc, Sie sind ein Star – Himmel noch mal. Sie sind mehr Marathons gelaufen als die meisten von denen je in die Schule. Und darum werd ich mich ganz bestimmt bei niemandem entschuldigen, und Sie werdens auch nicht machen. Na, was ist?« fragte Flanagan drängend.

»Also gut«, sagte Doc leise.


»Carl Liebnitz.« Der dünne, panamabehütete Journalist erhob sich, nahm die Brille ab und putzte sie mit seinem Taschentuch. »Doc, vielleicht erinnern Sie sich noch, daß wir uns das erste Mal 1904 beim olympischen Marathon in St. Louis getroffen haben. War das damals Ihr erster Marathonlauf?«

»Jou«, sagte Doc und lächelte, als er Liebnitz wiedererkannte. »Der erste und mieseste. Hatte schon seit zwei Monaten bei der St. Louis Expedition Schlangenwurz verkauft. Na, und da war die Form dann auch nicht mehr die beste.«

»Ich meine, mich zu erinnern, daß es ganz schön heiß in St. Louis war«, sagte Liebnitz.

Doc blies seine Backen auf und wischte sich über die Stirn. »Höllisch heiß sogar! In der Sonne reichlich über dreißig Grad; manche sind wie die Fliegen umgekippt.«

»Haben Sie den Kubaner, Felix Carjaval, kennengelernt?« fragte Liebnitz.

»Felix?« Doc lächelte. »Ja, ich kannte Felix ganz gut. Warn Postbote, hatte noch nien Marathon mitgemacht. Hat sich sein Geld für St. Louis beschafft, indem er zu Hause in Havanna einige Stunden lang immer um den Hauptplatz marschiert ist. Als er genug Pesos in der Tasche hatte, ist er damit wie der Blitz nach St. Louis gerast. Aber Felix verlor das ganze Geld bei irgendsonem lausigen Spiel und mußte sich zur Olympiade regelrecht durchbetteln. Jaja, den Felix kannt ich. Ne tolle Marke! Aber kam als vierter rein, volle zehn Minuten nach mir.«

»Hier Rae, von der *Washington Post.* Sind Sie dann für Onkel Sam bei den Spielen in London 1908 nicht noch mal auf die Strecke?«

Doc legte die Nasenwurzel in Falten.

»Ja, in dem Dorando-Marathon. Junge, Junge! Nach zwanzig Meilen war ich am Ende und mußte mir den Rest vonnem billigen Sitzplatz aus ansehn.«

»Forrest, von der *Chicago Tribune.* Sind Sie der Meinung, daß das Teilnehmerfeld im Trans-America-Super-Marathon zu groß ist?«

Doc legte bedächtig seine kleinen braunen Hände zusammen. »Das wird sich schon bald gesundschrumpfen. Meiner Schätzung nach wirds sich in der ersten Woche halbieren und dann vierzehn Tage später nochmals halbiert haben. Ich seh nicht mehr als etwa fünfhundert Läufer in New York.«

»Auch Frauen dabei?«

Doc mußte lachen. »Jede Dame, die die letzten fünfhundert Meilen nach New York noch bringt, kriegt ne Flasche eisgekühlten Champagner, bester Jahrgang, mit freundlichen Empfehlungen von Alexander Cole.«

»Wie wärs mit ner Buddel Chickamauga-Saft, Doc?« flachste Forrest.

»Die wird sie schon vorher genommen haben, um überhaupt bis hin zu kommen.«

Gelächter überall. Das war der Stoff, den ihre Verleger wollten, deshalb waren sie hier.

James Ferris von der *Times* erhob sich. »Doc, wie sind Sie eigentlich an Ihren Doktortitel geraten?«

Cole grinste und legte das ganze ledrige Gesicht in Falten. »Ich sags euch ehrlich, daß ich nie wirklich nen College-Grad erworben hab. Aber ihr Jungs wißt doch, wie das so geht. Da wo ich herkomm, da gabs ja so was wie Harvard-Doktoren und Krankenhäuser nicht. Da wurde jeder Blödmann wie ich, der in Nadelstreifenhosen mit n paar Pullen Roßkur ankam und mit ner Zweidollaruhr rumfuchtelte, in den Rang medizinischer Profession erhoben. Ich, ich hab das eigentlich immer mehr so alsn Ehrentitel gesehn.«

Albert Kowalski stand auf. »Doc«, sagte er, nachdem Namen und Zeitung genannt waren, »Sie scheinen ja nun schon seit Adam und Eva auf der Aschenbahn zu sein. Macht es Ihnen was aus, uns zu verraten, wie alt Sie sind?«

Doc lächelte. »Einhunderttausend Meilen alt«, erwiderte er. »Nein, im Ernst, Jungs, ich bin viernfümfzig.«

»Halten Sie es nicht für möglich, daß das Trans-America-Rennen ein bißchen spät für Sie kommt?« fuhr Kowalski fort.

Das Lächeln verschwand aus Docs Gesicht. »Möglich«, sagte er. »Aber ich kanns mir kaum leisten, solche Überlegungen anzustellen. Aber wie auch immer, ne Glatze kann in sonem Riesenrennen durchaus von Vorteil sein. Alter bedeutet Erfahrung. Das heißt, Erfahrung von Schmerz, von Verletzung, von Tagen, an denen die Beine sich verweigern. Diese Art von Erfahrung ist bares Geld.«

»Trans-America-Geld?« bohrte Kowalski nach.

»Im Moment ja«, sagte Doc und lächelte wieder.

»Was war die größte Distanz, die Sie je gelaufen sind?« fragte Forrest.

»In einem Non-Stop-Rennen einhundert Meilen, damals 1912 in Berlin. Vor zwei Jahren bin ich hundertachtzig Meilen in drei Tagen zu je sechzig Meilen pro Tag gelaufen, auf Schneeschuhn, in Alaska.«

»Heißt das, daß der Trans-America-Super-Marathon sogar für jemanden wie Sie eine vollkommen einmalige Herausforderung ist?« fragte Kowalski.

»Würd ich schon sagen. Fünfzig Meilen pro Tag über drei Monate hinweg, durch alle möglichen Gebiete. Kein Läufer ist solche Distanzen jemals gelaufen.«

»Was ist das längste, was Sie im Training gelaufen sind?« fragte Forrest.

»In einer Woche zweihundert Meilen.«

»Also werden Sie sogar in der ersten Woche auf unbekanntem Territorium laufen?« hakte Forrest nach und schrieb wie ein Besessener.

»Sie könnens ansehn, wie Sie wollen, es ist immer einmalig«, sagte Doc. »Das ist eben die Herausforderung. Sogar so alte Hasen wie ich laufen im Trans-America noch mal von vorne los. Das macht das Ganze erst richtig zum Wettlauf. Darum hats ja wohl auch mehr als zweitausend Läufer von überallher angezogen, dieses Rennen gegen die Zeit und ums Glück.«

»Trevor Grove, vom *New York Herald*. Doc, würde es zutreffen zu sagen, daß Sie der erfahrenste Läufer im ganzen Rennen sind?«

Doc zuckte die Achseln. »Ja und nein. Ja, weil ich mehr Langstreckenrennen gelaufen bin als die meisten Männer hier, außer vielleicht der Engländer Charles Fox. Und nein, weil es hier keinen einzigen gibt, der schon Erfahrungen hat mit einem Dreitausendundnochwasmeilenlauf quer durch Amerika.«

»Pollard, vom *St. Louis Star*. Doc, halten Sie es bei dem Rennen mit irgendeiner besonderen Ernährungsweise?«

»Das Geheimnis liegt darin, weiterzumachen wie normal – nimm nie was zu dir, was du nicht auch normalerweise essen würdest«, antwortete Doc. Er hielt ein Glas Wasser in die Luft. »Das große Problem wirds Trinken sein, besonders in der Wüste. Wenn dir das Wasser ausgeht, denn überhitzt du. Was dann kommt, ist der schwarze Vorhang.«

Forrest war als nächster auf den Beinen. »Was ist mit den Gehern? Wie sehen Sie deren Chancen?«

Doc spitzte die Lippen. »Nicht sehr gut«, antwortete er. »Über Distanzen in der Größenordnung von zwanzig bis fünfundzwanzig Meilen können Geher nicht mehr herausholen als zehn oder zwölf Minuten pro Meile. Nach meiner Rechnung wird ein durchschnittliches Tempo von unter zehn Minuten pro Meile nötig sein, um im Trans-America mitzuhalten. Ich glaube, daß Mister Flanagan für die ersten Etappen einige Sollzeiten, also Limits, vorschlagen wird, um das Feld zu reduzieren. Ich glaube einfach nicht, daß viele Geher diese Zeitschikanen schaffen werden.«

»Doc, dreitausend Meilen sindn verflucht weiter Weg fürn Läufer. Was macht währenddessen Ihr Kopf?« fragte Grove.

Docs Unterlippe zog sich leicht schmollend zusammen. »Für mich wird das Trans-America erst etwa fünfhundert Meilen vor New York zu nem richtigen Rennen. Jeder, der da draußen alle Tage auf Renntempo macht, wird noch im ersten Monat bös zusammenklatschen. Mein Ziel ists, so zu laufen, als wär der Supermarathon nur für mich ausgeschrieben. Wenn ich anfang, bei jeder Etappe gegen irgendwelche Leute anzurennen, kann ich sofort einpacken, weil ich automatisch in ihrem Tempo lauf und nicht in meinem eigenen.«

»Was meinen Sie damit, daß erst die letzten fünfhundert Meilen für Sie ein Rennen werden?« wollte Ferris wissen.

»Ich mein, daß bis dahin das Trans-America-Rennen die Männer von den Jungs ausgesondert hat. Bis dahin wissen wir auch, wer was laufen kann. Wahrscheinlich wird sich das Läuferfeld in drei Gruppen teilen. Erstens die ›Sprinter‹ – diese Jungs werden kurze Etappen bis zu fünfzehn Meilen gewinnen. Am andern Ende der Skala werden die beständigen Beinarbeiter sein, die Typen, die bis zum Sanktnimmerleinstag über fünfzig Meilen ihren Zehnminutenpromeileschnitt trappeln. In der Mitte sind die Marathonleute. Sie laufen unter zehn Minuten die Meile. Wenn nur noch fünfhundert Meilen fehlen, dann werd ich wissen, was getan werden muß. Ich schätz, daß ich, wenn ich weniger als eine Stunde hinter der Spitze zurückhäng, das noch ausgleichen kann.«

»Doc, welche Qualitäten muß der Gewinner des Trans-America aufweisen?«

Doc hielt einen Moment inne. »Der Trans-America-Gewinner«, sagte er dann, »mußn Paar Beine mit nem Kopf obendrauf sein. Der Mann mußn erstklassiges Herz haben, das genug Blut rumpumpen kann, um ihm seinen Zehnminutenpromeileschnitt zu garantieren, tagaus, tagein, drei Monate lang. Dieses Herz wird seine hundert Schläge pro Minute machen, auf jeder Straße, durch jedes Gebiet, auf rauhem Boden, in Tiefebenen und auf hohen Sierras.«

Doc saß jetzt auf der Tischkante und ließ die Beine baumeln.

»Der Gewinner wird zähe, harte Füße haben, Füße, deren Haut nicht aufspringt und keine Blasen kriegt. Schließlich ist ein Trans-America-Läufer immer nur so gut wie sein Kontaktpunkt, also die Füße. Sechs Millionen Bodenkontakte von hier bis zum Big Apple, denken Sie daran.«

»Aber wo bleibt der Verstand, Doc«, fragte Ferris.

Doc stellte sich hin und schlug sich gegen die Stirn. »Da oben werden die Rennen gewonnen und verloren«, sagte er. »Der Gewinner wird immer weitermachen müssen, auch wenn ihm sein Körper tausendmal zwischen hier und New York die Hölle heiß machen wird, daß er endlich aufhören soll. Der Gewinner darf nie an dreitausend Meilen denken, sondern immer nur an eine einzige – die nächste. Er muß in seinem eigenen Kopf leben und pro Tag immer nur einen einzigen Mann schlagen. Ständig. Immer denselben Mann – sich selbst.«

»Martin Howard, vom *Chicago Star*. Gibt es noch andere Faktoren?«

»Zum Beispiel Gesundheit«, sagte Doc. »Wenn man sich schlecht oder krank fühlt, Sehnen- oder Muskelschmerzen hat, dann muß man genug Courage aufbringen können, das Tempo zu senken und zu gehen. Tut man das nicht, dann wird aus der schmerzenden Stelle eine Verletzung, und die Verletzung wird schon bald zu einer Lähmung. In einem Rennen über diese Distanz steht genug Zeit zur Verfügung, Verletzungen ausheilen zu lassen – aber nur, wenn man seinem Körper auch eine Chance gibt.«

»Werden Sie irgendwelche spezielle Kleidung tragen?« fragte Howard.

Doc grinste. »So horcht man Leute aus«, sagte er. »Die Hauptsache ist, daß man den Körper atmen läßt. Drum lauf ich auch mit diesem Ding, das aussieht wien Kettenhemd.« Er hob vom Tisch eine völlig durchlöcherte Jacke auf. »So kann der Körper Hitze loswerden. Davon abgesehen muß man Reibung vermeiden – und das bedeutet Shorts mit weiten Beinen, sechs Paar gut getragener Schuhe – und sich gegen die Sonne schützen. Das sind die Essentials. Sonnenbrand kann in wenigen Stunden rohes Fleisch aus einem machen.«

»Doc, von Mister Flanagan hören wir, daß Paavo Nurmi möglicherweise mitläuft. Wie denken Sie darüber?« sagte Pollard.

Doc runzelte die Augenbrauen. »Quark«, gab er zur Antwort. »Ich staun sowieso schon, daß Paavo es sich überhaupt leisten kann, Profi zu werden.« Noch mehr Gelächter. »Nein, im Ernst. Nurmi ist der größte Läufer aller Zeiten, und wenn er mitmacht, dann muß er auch n starker Kämpfer sein. Meine Philosophie ist die: Man gewinnt Rennen nicht, weil man sich den Kopf über andere Mitläufer zerbrochen hat. Man respektiert sie, klar. Man hält n Auge auf sie, auch klar. Aber Kopfzerbrechen, du lieber Himmel, nein. Wenn Nurmi also seine Schuhe ebenfalls fürn Trans-America schnürt, na gut, dann solls eben so sein.«

»Was ist mit Sex, Doc?« rief ein schwitzender Reporter aus der Tiefe des Raumes.

»Hm«, machte Doc. »Was soll damit sein?«

Lachen.

»Ich weiß schon, worauf Sie hinauswollen«, fuhr er fort, als das

Lachen abebbte. »Sex ist so wichtig wie Essen – man sollte seine Gewohnheiten auch in nem Langstreckenrennen nicht ändern. Ich hab jedenfalls nicht vor, bei mir was zu ändern, aber ich werd n Deibel tun und euch erzählen, wie das aussieht!«

»Pop Warner läßt vor nem Match keinen seiner Spieler auch nur in die Nähe einer Frau, und Dempsey hält sich vor einem Kampf drei Monate seine Frau vom Leib«, klärte Ferris auf.

»Himmel, Mister Ferris, wir haben eigentlich nicht vor, im Trans-America viel Football zu spielen oder gar zu boxen«, sagte Doc augenzwinkernd.

»Wissen Sie was über die Konditionen der anderen Läufer?« gab Ferris zurück.

Doc schüttelte den Kopf. »Eigentlich nicht. Ich weiß n bißchen was über Hannes Kolehmainen – ich bin nach dem 1908er Marathon eine Menge gegen ihn gelaufen –, hab ihn sogar mal in Mexico besiegt. Der Engländer Charles Fox ist einer der ganz Großen aller Zeiten, aber Charles ist nun auch schon bald siebzig.«

»Campbell, vom *Glasgow Herald*. Wissen Sie was über den Schotten Hugh McPhail?«

Docs Augenbrauen hoben sich. »Hab gehört, er wärn Sprinter! Wie ich weiß, ist der Trans-America aber ganz sicher kein Sprinterunternehmen.«

»Maguire, von der *Irish Times*. Was wissen Sie über Lord Thurleigh?«

»Hab gehört, er wär bei den Amsterdamer Spielen die fünftausend Meter gelaufen.« Doc lächelte. »Stimmt. Aber ich muß Ihnen ja wohl nicht noch erklären, daß ein himmelweiter Unterschied besteht zwischen drei Meilen und dreitausend Meilen.«

»Noch mal·Ferris. Was ist mit den organisierten Mannschaften wie die der Deutschen und den All-Americans? Haben die nicht enorme Vorteile gegenüber Einzelkämpfern wie Ihnen?«

»Jou«, sagte Doc und nickte. »Sie werden auf jeder Etappe der Strecke von Trainern und Betreuern begleitet, die immerzu schon vorausdenken können. Der Rest von uns muß selber denken. Klar, die haben nen Vorteil, wenn auch sonst alles gleich ist.«

»Liebnitz. Doc, finden Sie nicht, daß da was nicht stimmt, wenn überall in den Vereinigten Staaten Männer stempeln gehen müssen und wir hier tausend Leute haben, die zu Fuß durch Amerika wetzen, dreihundertfünfzigtausend Dollar vor der Nase?«

Doc schüttelte den Kopf. »Im ersten Punkt geb ich Ihnen völlig recht. Es istne Scheißsituation, daß überall in den USA arbeitswillige

Männer keine Arbeit kriegen – übrigens überall in der Welt. Aber ich kann beim besten Willen nichts Verkehrtes dran finden, wenn ein paar tausend Leute sich fürnen Geldpreis den Arsch abrennen, genausowenig wie es falsch ist, daß Douglas Fairbanks dafür bezahlt wird, daß er im Kino seine Muskeln und sein Lächeln zeigt. Natürlich tun mir die armen Kerle leid, die nur für dreimal satt sein am Tag diesen Supermarathon mitlaufen. Mir tun auch die leid, die sich ins Abseits rennen fürnen Etappenpreis, obwohl sie eigentlich nicht den kleinsten Klacks Hoffnung haben dürften, ihn zu gewinnen. Aber wenigstens kommen sie, ums zu probieren, und das ist mehr als das, was sie in der Volksküche kriegen können – Hoffnung nämlich!«

»Was schätzen Sie, Doc, wieviel Trainingsmeilen haben Sie bisher runtergeschrubbt«, fragte Rae.

»So was um die hunderttausend«, sagte Doc. »Etwa eine Meile für jeden Dollar, den ich zu gewinnen hoffe. Trotzdem, wir sollten uns über eines klar sein. Training ist Sache des Körpers, der Wettlauf istne emotionale Angelegenheit. Morgen werden einige tausend Jungs da draußen stehen, und sie werden bereit sein, sich Herz und Lunge aus dem Körper zu rennen. Aber einige dieser Männer werden sich zwischen hier und New York entdecken. Sie werden herausfinden, daß sie körperliche und geistige Qualitäten haben, von denen sie sich nie hätten etwas träumen lassen, als sie gestartet sind. Diese Jungs werden erst im Rennen fit – und das sind Leute, die zu fürchten sein werden.«

Carl Liebnitz erhob sich noch einmal. »Korrigieren Sie mich, wenn ich was Falsches sage, Doc. Sie sind bei den Olympischen Spielen von 1904 und 1908 gelaufen und haben keine Medaille geholt. Danach, wenn ich mich recht erinnere, sind Sie bis 1914 als Profi auf der Strecke gewesen, aber das wirklich große Geld haben Sie auch da nicht geholt. Ist das hier nun Ihre letzte Chance? Die ganz große?«

Doc biß sich auf die Oberlippe. »Ich schätz, Sie habens getroffen, Carl. Das ist die ganz große Chance und meine allerletzte.«

# 5

## Der Start

»Meine Damen und Herren!« Charles C. Flanagan räusperte sich
und umgriff das Mikrofon. Das Stimmgedröhn ließ eine Schar
graublauer Tauben erschreckt aufflattern, hoch über die romanischen
Säulen des Coliseum von Los Angeles. Er stand auf einem Podium,
vorne an der Rampe der Tribüne in der Zielgeraden. Unter ihm in der
hellen Frühlingssonne streckten und dehnten sich über zweitausend
Läufer auf dem gesamten Bahnoval und bis weit hinaus auf den
Parkplatz des Stadions. Das Coliseum, während der letzten Stunde
Schauplatz einer schier endlosen Folge von Akrobaten, Clowns und
Blaskapellen, war jetzt brechend voll.

»Meine Damen und Herren«, röhrte Flanagan noch einmal. »Dies ist
wahrlich ein historischer Augenblick.« Er schaute hinüber zur Sta-
dionuhr. »In zehn Minuten wird sich die größte professionelle
Langstreckenläuferschlange der Menschheitsgeschichte in Bewegung setzen zu einem Super-Marathon, bei dem die Crème der
Athleten aus der ganzen Welt sich auf die Füße machen wird,
Amerika zu durchqueren. Jeder von ihnen ist ein Kolumbus, denn ein
jeder tritt hinaus in Unbekanntes und wird den Versuch wagen, gegen
das Land, die Zeit und sich selbst zu kämpfen, also eine Eroberung zu
vollbringen, wie sie noch von keinem Athleten angestrebt wurde. Ich
wünsche euch allen, jedem Mann und jeder Frau unter euch, viel, viel
Glück. Meine Aufgabe wird sein, für die Durchführung eines ehrlichen und fairen Wettlaufs Sorge zu tragen. Dies ist mein ganzes
Bestreben.« Flanagan drehte sich etwas um zu den Ehrengästen, die
hinter ihm auf der Empore saßen. »Viele unter euch werden unsere
berühmten Gäste schon erkannt haben, die sich dankenswerterweise
bereit erklärten, uns zu diesem Anlaß die Ehre zu geben...
Mister Buster Keaton!« Alle Augen wandten sich einem verdrießlich
dreinblickenden kleinen Mann zur Rechten Flanagans zu.
»Miss Mary Pickford!« Applaus rauschte auf, als Flanagan zur Seite
trat, um Amerikas Leinwandliebling den Blicken freizugeben.
»Der großartige Sportler, der schnellste Mann der Welt, Mister

Charley Paddock!« Paddock, mittlerweile ein beleibter, mondgesichtiger Herr, stand auf und nickte den Läufern zu.

»Unser Weltmeister im Schwergewicht, Mister Jack Dempsey!« Der Boxer, hager und mit Bronzeteint, erhob sich, ergriff beide Hände über dem Kopf, ganz wie im Ring, und wandte sich nach allen Seiten.

»Und schließlich ein Mann, den ich mit Stolz einen Freund nennen kann, ein Mann, der sowohl ein großer Schauspieler als auch ein großer Athlet ist, jener Mann, der euch heute höchstpersönlich auf den Weg quer durch Amerika schicken wird... Mister Douglas Fairbanks!« Wellen heftigsten Applauses brandeten hoch von allen Seiten, denn Fairbanks war ein berühmter Fitness-Fanatiker, ein Schauspieler, der darauf zu bestehen pflegte, seine eigenen Stunts selbst auszuführen. Obwohl der aufkommende Tonfilm seinen Stern hatte langsam sinken lassen, war er immer noch außerordentlich populär: ein Mister Amerika, der der ganzen Welt gehörte.

Hugh McPhail schaute hinauf zur Empore und dachte, daß Fairbanks viel kleiner war, als er erwartet hatte; auch dicker. Der Schauspieler zeigte bereits Doppelkinn, und sein Zweireiher spannte an den perlenverzierten Knöpfen. Und dennoch – wie er so dastand, beide Arme ausgestreckt, die blitzenden Zähne breitlächelnd entblößt, strömte er durchaus glühende, fast animalische Fitness aus.

»Meine Freunde«, sagte Fairbanks und beendete den Beifall mit einer wischenden Bewegung seiner Rechten. »Als ich das erste Mal von Mister Flanagans Rennen gehört habe, war mein allererster Gedanke gewesen, selbst mitzulaufen.« Fröhliches Gelächter folgte. Fairbanks wartete, bis es im Stadion wieder still geworden war. »Glücklicherweise siegte dann doch die Vernunft. Gewiß, auch ich bin Sportler, wirklich, ich liebe sportliches Treiben, doch Langstreckenlaufen hat noch nie zu meinen starken Seiten gehört. Weite und hohe Sprünge machen, Piratenschiffe kapern, junge Frauen aus jeglicher Gefahr erretten« – er schenkte Mary Pickford einen verstohlenen Seitenblick – »das ist meine Profession. Zum Beispiel bin ich diese Woche mit den Dreharbeiten zu *In achtzig Minuten um die Welt* fertiggeworden. Allerdings möchte ich stark annehmen, daß ihr fußwärts bis New York doch ein bißchen länger brauchen dürftet!« Wieder allseitige Erheiterung, und abermals erhob Fairbanks seine Hände, schüttelte den Kopf und wischte mit der Rechten die Luft. »Aber mal im Ernst. Ich fühle mich zutiefst geehrt, dabeisein zu dürfen – beim Start. Irgendwie glaube ich, daß dieser Wettlauf auch in gewisser Weise dem *Great American Dream* entgegeneilt. Sicher, so mancher unter euch, ob Mann oder Frau, hat harte Zeiten durchgemacht. Aber mit dem Glück zur Seite – denn Füße haben nun mal keine Flügel – könnt ihr hier, im Trans-America-Super-Marathon, alles ändern.

Wie Mister Flanagan eben schon gesagt hat – dies wird der gewaltigste Profi-Langstreckenlauf aller Zeiten werden, und es ist mir ein Vergnügen und eine Ehre, dazu den Startschuß geben zu dürfen.«

Vom Tisch vor sich nahm er eine großkalibrige doppelläufige Flinte auf. »Also dann: Meine Damen und Herren, auf die Plätze...«

Jede Muskelfaser der Läufer unter ihm war gespannt, alles im Coliseum verhielt den Atem, nur die schrillen Schreie der pazifischen Möwen, die mit gewandtem Flügelschlag durch die römischen Säulen glitten, zerhieben die Luft. Fairbanks schaute auf die Aschenbahn hinunter, hinüber zu den Läufern, die in Reihe auf Reihe halbkreisförmig im grünen Innenfeld lauerten. Wie stumme, reißende Tiere, die darauf warteten, losgekettet zu werden, dachte Fairbanks.

Unten auf der Bahn schaute sich Doc Cole ebenfalls um. Zweitausend Männer und Frauen warteten, bis zum Zerreißen gespannt, auf das Zeichen, einen Kontinent zu Fuß zu durcheilen... Direkt hinter ihm waren der braungebrannte Schotte McPhail, der seltsame Engländer Lord Thurleigh und der hagere, teilnahmslos aussehende Finne Eskola. Wenige Reihen dahinter warteten vier von Williams' All-Americans in ihren weißen seidenen Sternenbanner-Jacken, und direkt vor ihnen vier kurzgeschorene, sonnenverbrannte junge Deutsche. In derselben Reihe stand tief geduckt der britische Langstreckenveteran Charles Fox, faltig und weiß, die Augen fest geschlossen, bereit, sich dem Startschuß entgegenzuwerfen.

Neben ihm verharrte eine schlanke junge Frau, die weiße Jacke um die Schultern geschlungen, auf deren Vorder- und Rückseite in schwarzen Lettern die Wörter NEW YORK zu lesen waren. Sie sah ausgeglichen und selbstsicher aus, und Doc fragte sich, wie viele Frauen wohl sonst noch über das ganze Feld verstreut waren. Wie groß auch immer ihre Zahl sein mochte – für ihn würde es nicht eine bis Las Vegas schaffen, von New York erst gar nicht zu reden.

»Fertig...« Fairbanks dehnte die Spannung bis zum äußersten, genoß die deutlich spürbare Erregung. Sein Finger legte sich fester um den Abzug der Winchester und faßte Druckpunkt.

»...Los!« Das Aufpeitschen des Schusses, der tobende Lärm der Massen und das einsetzende Blechblasgetöse der Musikkapellen in der Mitte des Feldes schienen alle zugleich und wie eine akustische

Einheit das Stadion zu erfüllen. Augenblicklich begannen die Läufer sich in Bewegung zu setzen, wie glühende Lava, die die Flanken des Vulkans hinabläuft. Einige sprinteten wie wild durch das Gewühl hindurch, rutschten, stolperten und fielen, als sie in langsamere, bedächtigere Läufer hineinprallten. Andere blieben einfach stehen und warteten darauf, bis sich der Raum vor ihnen öffnete. Wieder andere starteten in einem flotten, hüftschwingenden Gehstil, der rauhen Spott in der Menge auslöste. Dreißig Minuten lang wirbelte das Läuferfeld im Kreis durch das Stadion, winkte, rief den Zuschauern Scherze zu und drehte drei Runden auf der Aschenbahn. Dann wurde es hinaus auf den Parkplatz geschleust, mitten durch das Gewirr von Flanagans zirzensischen Attraktionen hindurch, und ergoß sich dann über die von Menschen und Autos gesäumten Straßen von Los Angeles.

Doc wartete, bis die Gruppe vor ihm etwas Distanz gewonnen hatte, und legte sich dann in einen krummbeinigen Trab. Er sah auf die Uhr. Noch neunundzwanzig Meilen: also noch etwa fünf Stunden kontinuierliche Beinarbeit. Er trug keine Socken, lediglich Laufschuhe, und seine Shorts waren kurz und weit. Auf seinem Kopf saß eine weiße Schildmütze, und um die Stirn war ein Schweißband geschlungen. In seiner Rechten hielt er ein weißes Taschentuch, das er sich um das Handgelenk gebunden hatte. Im Hosenbund eingehakt hing eine kleine Wasserflasche. Es war ein langer, langer Weg nach New York, und es würde noch viel Zeit vergehen, bis er auch nur einen einzigen Gedanken auf Spurts würde verschwenden können. Jetzt ging es erst einmal darum, aus L. A. herauszukommen und heute und Tag für Tag ein sauberes Zehn-Minuten-Meilen-Tempo zu laufen. Wenn er es würde durchhalten können, könnte er bestimmt beim Endspurt in New York mitmischen.

Vor ihm, daneben und dahinter liefen Finnen, Schotten, Amerikaner und Engländer, deren Atem sich vermischte, um dann mit dem von Türken, Afrikanern, Chinesen und Samoanern zu konkurrieren. Bärtige, langbeinige Sikhs stoben raumgreifend nach vorn; neben flink trippelnden Japanern rannten schlankwüchsige, braungebrannte kalifornische Frauen und grobknochige Arbeiter aus den Industriestädten Nordenglands. Auf den Jacken prangten die Symbole ihrer Herkunft: Kalkutta, Tokio, San Francisco, Hull, Budapest oder Edinburgh. Manche liefen in zeitgemäßen Shorts und Trikots, andere wiederum in Aufzügen, die seit der Jahrhundertwende keinen

Sportwettbewerb mehr erlebt haben mochten. Andere rannten in Trainingsanzügen, machten in gewöhnlicher Straßenkleidung mit oder trugen Spazierstöcke bei sich. Doc sah sogar einen Blinden und zwei Männer ohne Arme.

Die Verschiedenartigkeit des individuellen Tempos war bemerkenswert; sie reichte vom »Wobbeln« der Geher, die mit konstanten vier Meilen pro Stunde aus der Hüfte einherwackelten, bis zu den wirbelnden Schrittfolgen der trainierten Sprinter, die zunächst doppelt so schnell liefen. Keiner von denen würde das durchhalten können, dachte Doc; nicht über sechzehn Meilen, geschweige denn über neunundzwanzig. Er selbst schien sich kaum zu bewegen, als er, mit den Fersen zuerst aufsetzend, einen stetigen Rhythmus lief, und die nußbraunen Krummbeine die ausgefahrene, staubige Straße entlangpulsten. Nicht lange, und schon begannen ringsum Leute zurückzufallen oder zu gehen. Einige, die in ihrem Leben noch nie mehr als fünf Meilen gelaufen waren, setzten sich einfach an den Straßenrand, schluchzten vor Erschöpfung und blickten mit großen Augen dem Strom der Läufer nach, der sich durch die total verstopften Ausfallstraßen der Stadt westwärts wälzte.

Doc hatte weder mit dem dichten Verkehr noch mit diesen Zuschauermassen gerechnet. Während der ersten zehn Meilen hielten die Autos, immer noch in Zweier- und Dreierreihen nebeneinander geparkt, mit chromblitzenden Kühlergrills und großen, runden Scheinwerfern Maulaffen feil, und Tausende beifallklatschender und jubelnder Schaulustiger säumten die Strecke und ließen den Läufern lediglich eine schmale Schneise. Ihnen voraus, Räumfahrzeugen gleich, fuhren Flanagans Trans-America-Bus, dahinter der Maxwell-House-Coffee-Pot, ein grotesker kannenförmiger Erfrischungswagen, und die knallvolle Kavalkade der Pressebusse.

Hugh McPhail hatte sich vom hohen Anfangstempo der Spitzengruppe mitziehen lassen, war schon nach acht Meilen direkt hinter dem rollenden Coffee-Pot und erkannte, daß er viel zu schnell lief. Er ließ sich zurückfallen und heftete sich an die Fersen eines hageren, gebräunten Läufers, der eine Jacke und Shorts aus Seide trug.

»Wie geht's?« fragte er ihn.

Gleichmäßige, ruhige Atemzüge waren die Antwort.

»Passen Sie sich an«, riet Hugh und lief im selben Rhythmus weiter, und beide Männer trieben in stummer Zweisamkeit stetig voran. Hinter ihnen glitten die vier jungen deutschen Läufer wie vier geölte und geschmierte Teile einer Maschine dahin. Keiner, alle waren sonnengebräunt und muskulös, konnte viel älter als einundzwanzig sein. Ihnen zur Seite, auf einem Motorrad, fuhr ihr Trainer, ein stiernackiger, lederkombibekleideter Mensch mit einer Stoppuhr, die ihm an einer Schnur um den Hals hing. »Langsam«, rief er. »Langsam, verdammt noch mal!« Und gehorsam drosselten die Beine der Deutschen ihr Tempo.

Nicht weit dahinter kamen Williams' All-Americans. Wie die Deutschen liefen auch sie als Mannschaft, ihren fetten Coach hinter sich im Fond eines offenen Ford; das Megafon zwischen den aufgeblasenen Backen, brüllte er seinen Boys Anweisungen zu. »Entspannt euch endlich«, heulte er, als sie in eine leicht abschüssige Strecke eintauchten. »Locker bleiben, zum Teufel!«

Den All-Americans dicht auf den Fersen war der kleine Martínez, hatte diesmal knappgeschnittene Shorts und eine weiße Jacke an und glitt mühelos, mit federnden Schritten über den Boden; er schien dabei kaum zu atmen. Direkt vor ihm lief der Mann aus Pennsylvania, Mike Morgan.

Für einen Langstreckenläufer war Morgan mit seinen etwas über hundertsiebzig Pfund reichlich schwer. Er hatte einen dunkeltonigen, kupferfarbenen Körper, dessen Muskeln sichtbar arbeiteten. Martínez konnte sehen, wie Morgans Rückenmuskeln bebten und pulsierten, sich bogen und wieder entspannten, Schritt um Schritt. Der Pennsylvanier lief, als würde ihn das Ganze nicht das geringste angehen, und ohne irgendeine Anstrengung im Gesicht, allenfalls der dünnflüssige Schweiß, der in kleinen Rinnsalen auch Brust und Rücken überzog, mochte darauf hindeuten. Morgan sah auf seine Armbanduhr. Zwanzig Meilen noch. Für ihn kein Problem.

Inzwischen war man schon draußen auf dem freien Land, zwischen Montebello und La Puente. Die Läuferkette hatte sich mittlerweile weit auseinandergezogen. Das einzig wirkliche Problem waren zu dieser Zeit die Autos, die im Vorbeifahren Staub und Auspuffgase hochwirbelten und einem das Atmen zur Hölle machten. Doc wischte sich mit seinem Taschentuch über das Gesicht. Und immer mehr Männer gaben auf. Er passierte einen Läufer, der wimmernd, mit aufgerissenen und blutigen nackten Füßen am Straßenrand kauerte.

Das Feld hatte sich schon bald in vier deutlich erkennbare Gruppen geteilt; weit voraus die trainierten Langstreckler, Männer mit mehreren tausend Meilen in den Beinen, die gehorsam den Befehlen der sie begleitenden Trainer Folge leisteten – oder dem Metronom ihrer eigenen Erfahrung – und unerschütterlich und stetig ihren Neunundzwanzigmeilenweg nach Pomona zurücklegten. Hinter und zwischen ihnen liefen fähige, ausdauernde Männer, die allerdings noch wenig Erfahrung im Laufen, geschweige denn auf der langen Strecke hatten, aber Kämpfernaturen waren, die hofften, von Woche zu Woche zur großen Form aufzulaufen und »richtige« Athleten zu werden. Im hinteren Feld zertraten sich zwei weitere Gruppen die Füße. In beiden liefen Neulinge; vorwärtsgetrieben von Verzweiflung und Willenskraft, vermochten sich die einen noch von Meile zu Meile der ersten Etappe zu schleppen, die anderen aber waren schon zerbrochen, als das Feld noch nicht einmal Los Angeles' Vorstädte durchlaufen hatte.

Der Trans-America-Super-Marathon hatte sich schon über das östliche Weichbild von Los Angeles hinaus mächtig in die Länge gezogen. Aus der Luft, von den brummenden Pathé- und March-of-Time-Wochenschauflugzeugen aus, konnte man erkennen, wie sich das Läuferfeld – und dies wohlgemerkt bereits nach fünfzehn Meilen – über eine Strecke von sechs Meilen ausdehnte, schlangenartig fast, und es schien, als ob sich nichts daran bewegte.

Für Doc war das Rennen leicht zu laufen. Neunundzwanzig Meilen, keine schwierigen Steigungen, keine wirklichen Anforderungen. Nach etwa zehn Meilen zog er an den Deutschen und den All-Americans vorbei und nahm Morgan mit, den breitschultrigen, flachnasigen Mann, der ihm tags zuvor im Hotel aufgefallen war. Nach achtundzwanzig Meilen hatte Doc alle überholt, alle, bis auf einen Läufer in Schottenmustershorts und den Engländer Lord Peter Thurleigh. Kurz vor dem Ziel der ersten Etappe forcierten Doc und Morgan das Tempo.

Vom weitgezackten Hügelkamm aus konnten sie, ausgebreitet auf der trockenen, schrundigen Ebene, das weitläufige Camp erkennen, das Flanagan in der spröden Niederung hatte errichten lassen: zwanzig Zeltunterkünfte für je einhundert Läufer, und in der Mitte ein riesiges Verpflegungszelt. Doc und Morgan stießen staubwirbelnd den Hügel hinab, glücklich und zufrieden, nur etwa eine halbe Minute hinter den beiden anderen zu liegen.

Doc sah auf seine Armbanduhr, als sie durchs Ziel liefen.

»Schätze, wir habens in rund fünf Stunden gebracht«, meinte er und wurde langsamer, als sie die Reihen schwarzüberpinselter Bretter passierten, auf denen die jeweilige Zeltbelegung angeschlagen war. Doc und Morgan inspizierten sie gemeinsam und entdeckten schließlich ihre Namen.

»Sieht so aus, als pennen wir im selben Stall«, sagte Doc. Suchend schritten sie die Zeltreihen ab und fanden das ihnen zugeteilte Segeltuchhaus. Ein Zelt weiter waren Waschgelegenheiten: etwa ein Dutzend Eimer mit kaltem Wasser und ein Stapel rauher blauer Handtücher. Doc schaute sich um und schüttelte den Kopf.

»Hab ganz in der Nähe nen kleinen Fluß entdeckt«, sagte er zu Morgan und nahm sein Handtuch auf. Jener nickte, und wenig später schritten beide über die felsige Ebene dem Wasserlauf entgegen. An der niedrigen Uferböschung setzte sich Doc auf einen Felsblock, schlang sich das Handtuch um den Hals und hing die Füße ins Wasser. Dann schaute er Morgan an und streckte ihm die Hand entgegen.

»Heiß Alexander Cole«, stellte er sich etwas förmlich vor und fügte hinzu: »Die Leute nenn mich aber meistens Doc.«

Morgan drückte die angebotene Rechte fest und freundlich. »Mike Morgan«, sagte er, kniete sich hin und schlabberte das klare Wasser aus der hohlen Hand. Ihre heißen Leiber waren schweißüberströmt, und das frische Wasser verdampfte ihnen förmlich im Rachen.

»Schon früher Langstrecke gelaufen?« fragte Doc Morgan nach einer Weile.

»Nicht oft.«

»Also, ich bin auf irgendne Weise fast mein ganzes Leben lang gelaufen«, bekannte Doc. Er nahm einen Fuß in beide Hände und verdrehte das Gelenk so, daß die Sohle nach oben zeigte. »Schätze, diese Haut hier hat gut und gerne einhunderttausend Meilen drauf.«

Dann saßen sie schweigend nebeneinander und ließen ihre Beine das kalte Wasser genießen. Ihre Handtücher über den Schultern, machten sich beide etwas später wieder auf den Rückweg. Doc fühlte sich in Morgans Gesellschaft nicht recht wohl. Direkt unfreundlich war sein Mitläufer zwar nicht, aber irgendwie gab es an diesem Kerl rein gar nichts, was man als Kommunikationsbereitschaft benennen konnte. Doc gehörte zu den Menschen, die sich in sprachloser Gesellschaft nicht recht wohl fühlten und – wenn auch nicht stets und ständig – eine verdammte innere Verpflichtung verspürten, diese Schweigsamkeit mit Reden auszufüllen.

Er schaute zum Hügel hinauf, den die Läufer des Hauptfeldes heuschreckenartig überschwärmten um sich dann, letzte Luftreserven pumpend, auf das Camp hinunter zu stürzen.

»Arme Teufel«, kommentierte Doc bedauernd. »Für die meisten der erste und der letzte Tag.«

Mittlerweile hatten sich die beiden Männer dem Läuferlager bis auf etwa fünfzig Meter genähert und vermochten die Ankömmlinge genauer in Augenschein zu nehmen. Einige, die durchtrainierten Dauerläufer, hatten keinerlei Schwierigkeiten mit der Strecke gehabt und standen trinkend und plaudernd am Maxwell-House-Coffee-Pot zusammen. Schweiß dampfte aus ihren hageren Körpern; viele aber sanken auf alle viere oder hockten ausgepumpt am Boden und keuchten; andere hatten sich niedergeworfen, lagen im Staub wie sterbende Tiere, stöhnten und schluchzten; einige wurden auf Tragbahren sofort ins Sanitätszelt gebracht; nicht wenige humpelten einfach auf irgendwelche Zelte zu.

»Wie 1861/62 am Bull Run«, meinte Doc trocken. Und tatsächlich nahm sich die Szenerie fast wirklich wie ein Schlachtfeld aus. Noch immer kamen Läufer wie Versprengte den Hügel herab, Hunderte waren es, Geschlagene und Gezeichnete. Sie hinkten, humpelten oder torkelten heran; einige wurden von Lastwagen oder PKWs abgeliefert und augenblicklich disqualifiziert.

»Eintausendachthundertdreiundzwanzig«, dröhnte Flanagan durchs Megafon. »Fehlen noch einhundertundneunundachtzig!«

Flanagans Zwischenbilanzbrüllerei erfüllte weithin die Abendluft. Das gesamte Areal hinter dem fähnchengeschmückten Ziel war nun voller Männer und Frauen, die die ersten dreißig Meilen von C. C. Flanagans Trans-America-Super-Marathon regelrecht hinter sich gebracht hatten. Doc schlängelte sich behutsam zwischen den Schluchzenden hindurch und ging auf das Zelt mit der Aufschrift »Fizz« zu, dem Namen der Brauerei, die es zur Verfügung gestellt hatte. Als er dort ankam, gewahrte er einen von einem Seil abgeteilten Bereich, vor dem ein Plakat mit einer Liste von Namen aufgestellt war. Interessiert begann er zu lesen.

»Cole, Morgan – das sind wir. McPhail, Martínez, Lord Thurleigh«, las er laut weiter. Dann ging er noch ein paar Schritte nach vorn, um das Papier aus allernächster Nähe zu studieren. »Jessesmaria, was um Gottes willen soll denn bittschön ein Lord Thurleigh sein?« Von einem Bett im Innern des Zeltes erhob sich träge ein Arm. »Peter Thurleigh. Ich glaube nicht, daß wir uns schon bekannt gemacht haben.«

Ein Mann in seidener Turnhose und Weste setzte sich auf und streckte Doc die Rechte entgegen. Der Mitläufer war blond und sonnengebräunt und hatte stechend blaue Augen.

»Alexander Augustus Cole«, stellte Doc sich vor.

Thurleighs Händedruck war merkwürdig lasch. Er schüttelte die

Hand nicht, ließ es eher zu, daß man die seine drückte. Morgan ignorierte er völlig, nahm dann wieder seinen Platz ein, legte sich zurück und verschränkte die Hände hinter dem Kopf.

»Sie haben doch letzte Woche vor der Presse gesprochen«, begann der Lord. »Sind Sie nicht irgend so ein Doktor?«

Doc nickte säuerlich. »Irgend so einer, wie Sie meinen.«

»Schön«, machte Thurleigh affektiert. »Könnte sich vielleicht irgendwann als sinnvoll erweisen.«

Der britische Läuferlord drehte sich auf seinem Lager um, zeigte Doc seinen Rücken und somit auch das Ende der Unterhaltung an. Doc schüttelte den Kopf und steuerte auf seine Schlafstatt zu, ein roh gezimmertes Campingbett. Auf der Pritsche zu seiner Linken schnarchte Martínez mit weit offenem Mund; auf der zu seiner Rechten saß McPhail und zog gerade seine Schuhe aus.

»N Abend«, grüßte Doc. »Cole, Alexander Cole.« McPhail drehte sich um und gab Cole die Hand. »Hugh McPhail.« Dann stand er auf, um Morgan zu begrüßen. Der Pennsylvanier stellte sich ebenfalls vor und schlenderte zu seinem Feldbett hinüber.

Doc schaute um sich. »Sieht ganz so aus, als wären wir während der nächsten dreitausend Meilen zumindest unterm Zeltdach zusammen. So Gott will, jedenfalls.«

»Und was hat Gott damit zu schaffen?« fragte Morgan grantig.

»Mit Sicherheit hat Gott den menschlichen Fuß nicht dafür gemacht, daß man in drei Monaten den Boden sechsmillionenmal damit betritt«, erwiderte Doc. »Man kann also getrost annehmen, daß wir seine Hilfe brauchen, wenn wir New York erreichen wollen.«

Morgan gab keine Antwort.

»Zeit fürn Futtertrog«, erklärte Doc schließlich und erhob sich. Morgan und McPhail standen ebenfalls auf, und Martínez, der sich in die Vertikale katapultiert hatte, als wäre er gerade aus einem Hypnoseschlaf gerissen worden, galoppierte hinterdrein. Lord Peter Thurleigh lag noch immer regungslos da, in sich versunken, als hätte er kein einziges Wort gehört.

Das Zelt begann zu dünsten. Ein die Nasenflügel vibrieren lassender Geruch nach Schweiß, Urin, Gras und Erbrochenem lastete in der Luft.

Im riesigen Verpflegungszelt saßen an die tausend Männer und Frauen beim Essen. Die Bestecke scharrten geräuschvoll über die Blechteller. Man hockte auf Bänken an hölzernen Tischgestellen, die in langen Reihen aufgestellt waren.

»Ist zwar nicht gerade das Ritz, aber gehen wirds auch«, ulkte Doc, als er sich, Morgan und McPhail zur Seite, niedersetzte.

Klar, die Kost war nicht gerade königlich. Hamburger und Bohnen, in der Folge gejagt vom obligatorischen Apfelkuchen und weidlich umspült mit jeder Menge heißen Kaffees.

Morgan sagte nichts; statt dessen nahm er den jeweiligen Inhalt seines Tellers mit beinahe kalter Wut in Angriff. Gierig verschlang McPhail die Mahlzeit. Martínez hielt das Gesicht dicht über seinen Teller gebeugt und führte die Gabel, als wäre sie eine Schaufel. Den Mund noch halbvoll, schüttete er riesenschluckweise Kaffee hinein und vermengte Festes und Flüssiges zu Brei, den sein Mundwerk gierig verschlang.

Stumm beobachtete Doc seine Kameraden, für die, das hatte er bald gemerkt, sogar eine Mahlzeit wie diese noch Seltenheitswert besaß, und wischte sich mit dem Handrücken über den Mund. »Sieht aus, als wärs unser Abendbrot«, stellte er fest und schaute sich um. Die Männer aßen zu Ende, stemmten sich dann vom Tisch hoch und schlenderten dem Zeltausgang zu.

Sie blinzelten, als sie aus dem Schummerlicht in die dünne Abendsonne hinaustraten. »Jessesmaria!« entfuhr es Doc, der stehen blieb, die Hände in die Hüften gestemmt. »Jetzt soll mich doch der Teufel holen.«

Auf einem freien Rasenstück parkte ein schwarzglänzender Rolls-Royce. Direkt daneben stand ein Holztisch. Auf ihm glänzten ein Silbertablett und Teller. Daneben glitzerte das Besteck. In einem Eisbehälter verkühlte sich eine Flasche Champagner. An der Schmalseite des Tisches wartete ein Butler, stocksteif und tipptopp im schwarzen Dienstanzug und über dem rechten Arm eine schneeweiße Serviette. Auf einem hölzernen Campingstuhl saß Lord Thurleigh, angetan mit einer dunklen Club-Kombination, nippte ab und zu am Glas und zerlegte in aller Seelenruhe ehemals Geflügeltes. Doc Cole erschnupperte gebratene Truthahnbrust.

Dixie Williams stand neben Flanagans gewaltigem, grell bemalten Trans-America-Caravan und beobachtete den Einlauf. Seit fast zwei Stunden schaute sie sich nun schon die Augen aus dem Kopf, denn so etwas hätte sie sich beim besten Willen nicht träumen lassen. Nicht nur das; irgendwelche Gedanken, was es nun eigentlich mit dem Trans-America-Super-Marathon auf sich habe, hatte sie im Grund erst dann verschwendet, als sie den Ersten Preis in der »Miss-Trans-

America«-Konkurrenz gewonnen und herausgefunden hatte, daß sie damit so etwas wie eine »Berater«-Funktion in diesem Wettlaufereignis erwartete. Wenn sie sich überhaupt etwas vorgestellt hatte, dann höchstens, daß der Trans-America vermutlich so etwas sein mußte wie ein High-School-Tohuwabohu, in dem die Teilnehmer zwar nach jeder Etappe völlig außer Atem ankommen, aber schon wenige Minuten danach mit den Mädchen am Soda-Brunnen ihre Coke schnabulieren. Aber nichts davon entsprach den Trans-America-Tatsachen. Gut, einige Läufer kamen nach dem Dreißig-Meilen-Pensum frisch herein, und Dixie war überrascht, wie alt einige dieser Männer bereits waren; sie schienen fast nur aus Haut und Knochen zu bestehen, und die Muskelstränge ihrer Schenkel traten genauso vor, wie es in Anatomiebüchern gezeichnet war. Unerklärlich war ihr auch, wo diese hageren, sehnigen Körper ihren Schweiß hernehmen mochten, als sie die naßgeschwitzten Männer sah, die beisammenstanden und miteinander plauderten, dort drüben am Coffee-Pot, und Pappbecher um Pappbecher eisgekühlten Kaffees tranken.

Seltsam genug war es schon, daß sie sich so ganz und gar nicht wie Wettkämpfer benahmen, sondern eher wie Freunde, Gefährten, die draußen auf der Straße bei einem langen Lauf zusammengewesen waren. Da standen sie nun in der zaghaften Abendsonne, plauderten angeregt, nackt bis zur Hüfte, die Bäuche muskelgewellt wie Waschbretter, die Haut noch winterweiß, während die anderen Mitläufer noch immer den Hügel herabströmten, hinein nach Flanagansville.

Dixie Williams ließ ihre Blicke weiterwandern und erschaute die schiere Verzweiflung. Viele kamen ins Ziel getorkelt oder herangewankt, die Hemden klitschnaß und salzverkrustet, Jacken oder Turnhemden um Schultern oder Hals geschlungen. Einige hatten ihre Schuhe auf der Strecke gelassen und waren die letzten Meilen barfuß oder in Strümpfen gegangen, gehumpelt oder gekrochen, und ihre blasenbedeckten Füße starrten vor Dreck und Blut. Ringsum lagen Läufer auf dem Rücken wie Käfer, mit angezogenen Beinen und pumpenden Leibern oder wie waidwunde Tiere des Waldes, hechelnd, hustend und speiend auf allen vieren. Dixie spürte, wie ihr Tränen in die Augen schossen. Sich abwendend, sah sie neben sich den Journalisten Carl Liebnitz; er nahm soeben seine Stahlrandbrille ab, putzte daran und setzte sie sich wieder auf die Nase.

»Ich frage mich, ob Ihr Chef Charles Flanagan wirklich weiß, was er da eigentlich anrichtet«, redete er sie an. »Einige von diesen armen Teufeln sind direkt von den Töpfen der Volksküche hierher gekommen. Die schaffens jedenfalls kaum bis Barstow, von New York erst gar nicht zu reden.«

Dixie wußte im Augenblick nicht, wie sie – es schien ihr ein Angriff – reagieren sollte. »Wenigstens kriegen sie hier was Besseres zwischen die Zähne«, sagte sie verteidigend und trocknete sich mit ihrem Taschentuch die Tränen. »Mag sein«, entgegnete Liebnitz. »Möglich ist es.« Er starrte eine Weile wortlos vor sich hin, empfahl sich dann und bahnte sich zwischen den entkräfteten Leibern erschöpfter Läufer hindurch seinen Weg zum Pressezelt.

Dixie schaute um sich. Zu ihrer Rechten ragten die zwanzig mächtigen weißen Zelte empor, die die Trans-America-Läufer drei Monate hindurch beherbergen sollten. Ziellos ging sie zwischen ihnen hin und her und gewahrte undeutlich im schummrigen Abendlicht nackte Männer, die sich eimerweise mit kaltem Wasser begossen.

Sie kam an zwei weinenden Frauen vorbei, die von Betreuerinnen beruhigt wurden, und sah wenig später, daß sie den Wohnwagenbereich der Zirkusleute erreicht hatte. Madame La Zonga stand vor ihrer Behausung und wand sich in aller Ruhe eine Schlange vom Hals. Keinen Blick schenkte sie den Läufern, die sich zum Erste-Hilfe-Zelt schleppten. Flanagans Laufopfer waren für Madame nichts Ungewöhnliches; ihr ganzes Leben hatte sie unter den Seltsamen und Geschlagenen verbracht; und die Fußkranken reihten sich lediglich ein. Dicht neben ihr kaute Fritz, das sprechende Maultier, vergnügt an seinem Gras. »Hi«, grüßte Dixie.

Fritz schaute auf, entblößte sein Gebiß und wandte sich wieder seiner Mahlzeit zu. Sprechzeit hatte er wohl nur nach Vereinbarung.

Direkt neben Fritzens Gehege jonglierte ein älterer Mann in weißen Strumpfhosen mit fünf goldenen Schwingkeulen, während hinter ihm zwei junge Männer, gefährlich zitternd, der eine auf des anderen Händen balancierte. Rechts von ihnen grunzte ein bulliger Mann im Gladiatorenkostüm, während er zentnerschwere Hanteln stemmte.

Ein kleinerer Mann mittleren Alters – jener, der auf Flanagans Pressekonferenz gesprochen hatte – kam aus entgegengesetzter Richtung in Begleitung eines hageren, dunkelhäutigen Läufers an ihr vorbei. Beide hatten Handtücher über ihren Schultern: Der kleinere ältere nickte Dixie im Vorbeigehen fröhlich zu, der jüngere Läufer schien sie überhaupt nicht bemerkt zu haben.

Kurz musterte Dixie die beiden. Der Körper des jungen Mannes war gebräunt und stark, und die Konturen schienen wie gemeißelt: klar gezeichnete Schultern, scharf abgehobene Muskelstränge quer über der Brust und darunter das Fleisch auf den Rippen, flackernd wie winzige Fische. Dixie konnte nicht begreifen, wie ein so kleiner alter Herr wie Doc Cole überhaupt auf die Idee kommen konnte, gegen solch einen Athleten anzutreten. Aber Cole, das hatte sie gelesen und gehört, war der erfahrenste Läufer des ganzen Rennens. Dixie schüttelte den Kopf und ging zurück zu ihrem Wohnwagen.

Carl Liebnitz saß auf einem Klappstuhl im Pressezelt, umtönt vom aufreizenden Geklapper zahlreicher Schreibmaschinen.
»Toller Tag«, sagte Frank Pollard und schlug mit zwei Fingern seinen Bericht in die Tasten. »Klar«, brummte Liebnitz. »Riesig.« In Wahrheit wußte er keineswegs so ganz genau, wie er auf all das, was er bisher gesehen hatte, eigentlich reagieren sollte.
Gewiß, er hatte den 1908er Dorando-Marathon während der Olympischen Spiele in London gesehen und die betäubende Langeweile der ersten Tanzmarathons in den zwanziger Jahren über sich ergehen lassen. Nur – die Lauferei war innerhalb des Stadions kontrolliert und begrenzt gewesen und die Tanzerei nichts weiter als eine nervtötende Verrücktheit jener Tage im Vergleich zu diesem Wettlauf, dessen menschliche Trümmer, die sich da draußen gerade bis an den Rand der Mojave schoben, eine Tragödie anderer Dimension darstellten.
Die meisten Menschen, die auf dem Boden draußen vor dem Pressezelt herumlagen, waren alles andere als trainierte Läufer. Liebnitz hatte ihresgleichen bei Streiks oft genug gesehen, in den Volksküchen und den Herbergen der Heilsarmee, überall im ganzen Land. Sie hatten kaum eine wirkliche Chance, die Wahnsinnsstrecke bis nach New York zu schaffen. Nein, der Trans-America-Super-Marathon war für ihn ein ebenso betrübliches Zeitgeistunternehmen wie die Dauerstangensitzereien und Marathontanzereien und all die anderen Brot-durch-Spiele-Mutationen der zwanziger Jahre. Alles wiederholte sich. »Toller Tag heute«, brummelte auch er und klemmte ein frisches Blatt unter die Walze seiner Schreibmaschine.


## Americana, Flanagansville, 21. März 1931

*Charles C. Flanagans Zweitausend-Mann-Karawane befindet sich zur Zeit auf ihrem steinigen Weg nach San Bernadino.*
*Ein hoffnungslos überfülltes Coliseum erlebte nach einigen Stunden munterster Ausgelassenheit Douglas Fairbanks, den immer stattlicher*

werdenden und gleichwohl springlebendigen Tausendsassa des Silver Screen: Er feuerte die Winchester ab, die Flanagans Horde gen New York losstürmen ließ. Bedauerlicherweise gab es die ersten Stürze, verstauchten Knöchel und andere Blessuren für zahlreiche Teilnehmer, noch bevor sie den Ausgang des Coliseum erreicht hatten, da Hunderte von Trans-Americans, die sich bei der Einschätzung der Entfernung zwischen Los Angeles und New York um einige dreitausend Meilen geirrt zu haben schienen, fast zugleich aus dem Stadion hinausdrängten, um als erste anzukommen. An ihnen vorbei oder über sie hinweg stoben die Anführer weiter und weiter, ihrem fernen Ziel entgegen...

Erst zehn Meilen waren bewältigt – man hatte die Gegend um San Gabriel erreicht –, und schon waren die Gehwege mit den traurigen Relikten der Flanaganschen Fußtruppe übersät. Als der Pressebus gerade Montebello erreicht hatte, sah der Verfasser dieser Zeilen mindestens vierzig Frauen völlig am Boden zerstört in der Gosse hocken, die wegen der Auspuffgase vorbeifahrender Automobile kaum atmen konnten. Andere Teilnehmer schleppten sich noch ungefähr sechs Meilen weiter auf Pomona zu, bevor sie von Mr. Flanagans nachfolgenden Lastwagen eingesammelt wurden und auf der Pritsche zusammenbrachen. Knapp zweihundert scheiterten am letzten Teilstück der ersten Etappe bis Pomona Hill direkt vor den Toren der Stadt Pomona, wo ein Lager, das von seinen erschöpften Bewohnern spontan »Flanagansville« getauft wurde, errichtet worden war.

Viel Wettkämpferisches über die laufenden Ereignisse während dieser ersten Etappe gibt es nicht zu berichten. Der schottische Läufer Hugh McPhail ging, gemeinsam mit dem englischen Aristokraten Lord Peter Thurleigh, als Erster durchs Ziel, gefolgt von Alexander ›Doc‹ Cole, einem vierundfünfzig Jahre alten ehemaligen Jahrmarktshöker, und dem Pennsylvanier Michael Morgan. Dicht hinter ihnen folgten das deutsche Team und die All-Americans.

Flanagansville ähnelt eher einem Verbandsplatz nach der Schlacht von Gettysburg als dem Läuferlager eines Super-Marathons, bedenkt man allein die Sanitätszelte, die mit verletztem Fußvolk überfüllt sind. Bleibt mithin abzuwarten, ob Mr. Flanagans Unternehmung sich als ein echter sportlicher Wettkampf erweisen wird oder nur als eine weitere traurige Massenverdummung unserer Tage. Profit hat daraus bisher nur Mr. Flanagan geschlagen, der 40000 Dollar zusätzlich verbuchen kann durch die Aufgabe von gut zweihundert Siegesprämienanwärtern.

Carl C. Liebnitz

## Pomona Hill (29 Meilen/46,7 km)

| | | | Std. | Min. | Sek. |
|---|---|---|---|---|---|
| 1. | H. McPhail | (Schottland) | 4 | 43 | 12 |
| | P. Thurleigh | (Großbritannien) | | | |
| 3. | A. Cole | (USA) | 4 | 46 | 50 |
| | M. Morgan | | | | |
| 5. | Williams' | (USA) | 4 | 48 | 10 |
| | All-Americans | | | | |
| | (Brix, Hall, Capaldi, Flynn) | | | | |
| 9. | Hitlerjugend-Team | (Deutschland) | 4 | 49 | 30 |
| | (Müller, Stock, | | | | |
| | Woellke, Strattmann) | | | | |
| 13. | J. Martínez | (Mexiko) | 4 | 51 | 35 |
| 14. | P. Eskola | (Finnland) | 4 | 51 | 55 |
| 15. | J. Bouin | (Frankreich) | 4 | 51 | 56 |
| 16. | P. Dasriaux | (Frankreich) | 4 | 52 | 10 |
| | P. O'Grady | (Irland) | | | |
| 18. | C. Charles | (Australien) | 4 | 52 | 30 |
| 19. | K. Lutz | (USA) | 4 | 54 | 10 |
| 20. | L. Swoboda | (Österreich) | 4 | 54 | 20 |
| 21. | C. Montez | (Kuba) | 4 | 55 | 40 |
| 22. | P. Maffei | (Italien) | 5 | 06 | 05 |
| 23. | R. Desruelles | (Belgien) | 5 | 07 | 01 |
| 24. | P. Coghlan | (Neuseeland) | 5 | 08 | 40 |
| 25. | J. Schmidt | (Polen) | 5 | 09 | 01 |

Damenerste: (729.) K. Sheridan (USA)

Insgesamt eingelaufen: 1821

Durchschnittstempo des Ersten: 9 Min. 46 Sek. pro Meile

# 6

## Das Mädchen vom Minsky's

Vom Fenster seines Wohnwagens aus hatte Flanagan den Einlauf mit gemischten Gefühlen verfolgt. Schon richtig, jeder Tramp, der aus dem Rennen kippte, machte ihn zwar zweihundert Dollar reicher, von höchster Wichtigkeit war aber, daß niemand von seinen »Stars« verletzt wurde und daß er seine Zahlen in vernünftig hohen Dimensionen hielt. Es hatte ihn gefreut, daß Cole und Morgan gemeinsam durchs Ziel gegangen waren, aber auch, daß Lord Thurleigh und McPhail vor Williams' All-Americans und dem deutschen Team ankamen. Thurleighs Teilnahme war zwar ein riesiger Pluspunkt, aber auch ein Problem; ein Riesenplus, weil Thurleigh dem Wettlauf einen einzigartigen Schlagzeilenwert verlieh, und ein Problem, weil Flanagan keine einzige vernünftige Idee hatte, wie er mit dem Engländer umgehen sollte. Tagelang hatte er nun schon geübt, und zwar auf der Grundlage eines Theaterstücks von Noel Coward, das er früher am Broadway gesehen hatte, sowie einem Anflug von Kenntnis der Bourgeoisie Neu-Englands. Nur – das brachte nichts. Flanagan war eben ein New Yorker Ire, wie er in vielen Büchern steht.

Ebensowenig war ihm klar, wie Thurleigh nun eigentlich anzureden war. »Ihre Hoheit« oder »Euer Hochwohlgeboren« klang ihm dann doch etwas zu steif. Und so legte er sich auf »Eure Lordschaft« fest, dabei die stille Hoffnung hegend, solchen Unsinn nicht allzu oft sagen zu müssen.

Die Frage von Thurleighs Verköstigung und Unterbringung bekam da schon weit komplexere Dimensionen. Thurleigh hatte Flanagan ersucht, ihm separate Essens- und Unterbringungsarrangements zu besorgen und dann tatsächlich angeboten, auch im eigenen Wohnwagen zu kommen. War Flanagan noch mit Thurleigh's Selbstverpflegung einverstanden – er meinte, die Ernährung sei ja schließlich jedermanns persönliche Angelegenheit –, so mußte er »Seiner Lordschaft« die separate Wohnungsnahme verweigern, denn wenn der Engländer einen Wohnwagen für sich in Anspruch nehmen konnte, würden Dutzende von »Firmen-Athleten«, die es sich leisten konnten, sogleich nachziehen und es ihm gleichtun, und schon sehr bald würde sich der Trans-America-Super-Marathon in einen riesenhaften, trägen Läuferlindwurm verwandeln, der sich mit schneckenhafter Geschwindigkeit voranmühte.

Flanagan wandte sich wieder vom Fenster ab. Seine eigene mobile Wohnstatt war von der Ford Corporation großzügig ausgestattet worden und enthielt nicht nur Bad und Dusche, Radio und Telefon, sondern auch ein erstklassiges Bechstein-Klavier. Wichtiger waren aber, in einer Ecke, gleich rechts neben dem Kühlschrank, drei große schwarze Blechtrommeln mit der sinnigen Aufschrift »Sirup«. Sie enthielten neun Gallonen schwarzgebrannten Whiskeys, die Flanagan und Willard Clay über die 3000 Meilen hinweg problemlos aufrecht halten würden. Sie waren auf einem Fischerboot aus Kuba gekommen und hatten im New Yorker Hennessey-Lagerhaus Zwischenstation gemacht, wo sie den Millionen Gallonen Bootleg-Schnaps Gesellschaft leisteten, mit dem das Land seit 1921 unrechtmäßigerweise den Körper von innen badete. Das kubanische Zeug war Spitzenqualität, dem japanischen Gebräu namens Queen James Scotch Whiskey weit überlegen, das sie früher in Los Angeles mit mulmigen Gefühlen konsumiert hatten.

Willard Clay bearbeitete die Schreibmaschine wie ein Wilder, hielt plötzlich inne und schaute zu seinem Brötchengeber auf.

»Der Anfang is doch schoma doll«, konstatierte er. »Paramount will den Film einsatzfertig haben, wenn wir aufm Weg nach Vegas sind. Doc Cole, dieser Schottentyp McPhail, Lord Thurleigh, Eskola, der Finne, der kleine Mex Martínez, die Mannschaft der Germans, die All-Americans – die sind doch alle gut reingekommen. Und die kleine Puppe da, Sheridan oder so, die warn echter Bonus...«

»Puppe?« fragte Flanagan.

Willard fuhr mit seinem Finger die Einlaufliste entlang. »Kate Sheridan aus New York. Sie kam als Siebenhundertneunundzwanzigste rein, frisch die Farbe und hübsch wien Bild.«

»Hübsch?« fragte Flanagan. »So richtig gutaussehend?«

»Überzeugen Sie sich doch selber«, sagte Willard und zeigte aus dem Wohnwagenfenster. Eine barfüßige Brünette kam gerade in Begleitung von Pollard und Kowalski aus dem Pressezelt.

Flanagan nahm die junge Frau sorgfältig unter die Lupe. Wie die meisten sportlichen Frauen hatte auch sie kleine Brüste; die Knospen zeichneten sich hart und deutlich unter ihrem Trikot ab. Zu ihrer schmalhüftigen Sportlichkeit verhalfen ihr die athletisch langen Schenkel, gebräunt und muskulös, sowie die schmalen, zierlichen und wohlgeformten Fesseln ihrer Beine. Dennoch: Diese Vorzüge allein waren es nicht, die Kate Sheridan so anziehend machten. Diese Läuferin strahlte eine vitale, glühende Sexualität aus, die einer vollkommenen Gewißheit darüber entsprang, wer und was sie war. Flanagan drehte sich um und sah Willard an.

»Sage Miss Sheridan, ob sie nicht reinkommen und mir Guten Tag sagen will«, wies er ihn an.

Er musterte Kate Sheridan intensiv, während sie noch draußen stand, direkt vor seinem Wohnwagen, und sich mit einem Journalisten unterhielt. Sie lächelte, als Willard auf sie zuging, und Flanagan bemerkte sogleich, daß es ein warmes, frauliches Lächeln war. Als Promoter hatte er schon eine reichliche Anzahl verschiedenster Athletinnen zu Gesicht bekommen, und die meisten waren großfüßige, fettschenklige, deftige Weibsbilder gewesen. Diese Sheridan aber war eine richtige Frauensperson – womöglich gar ein Star? Zusammen mit Willard kam sie zum Wohnwagen.

Als Kate Sheridan eintrat, bedeutete Flanagan Willard, schleunigst die Mücke zu machen, doch sein Stellvertreter klebte ungerührt an der Tür.

»Nehmen Sie doch Platz, Miss...?« begann Flanagan.

»Sheridan«, sagte Kate, »Kate Sheridan.«

»Irgendeine Erfrischung gefällig?«

Kate nickte und schaute sich das üppige Mobiliar an. Schließlich ließ sie sich in einen weichen Sessel sinken. Flanagan reichte ihr ein Glas Limonade.

»Na, was meinen Sie?« sagte er und ging zum hinteren Ende des Caravans. »Piekfein, was?«

Das Mädchen sah sich um und nickte. Flanagan errötete leicht, als er ein Stück ihrer zierlichen Füße und der sorgfältig lackierten Zehennägel erhaschte, und fragte sich verwundert, wie solche makellose Füßchen wohl der ersten Etappe hatten standhalten können. Sie ertappte seinen Blick.

»Ihre Füße...«, stotterte Flanagan.

»Denen gehts bestens«, sagte das Mädchen und genoß seine Verlegenheit. »Ich habe immerhin ein Jahr für diesen Super-Marathon trainiert. Die halten das schon durch.«

»Haben Sie auf dem College Leichtathletik gemacht?«

»Nein«, sagte Kate. »War nicht mal aufm College. Bin auch nicht gelaufen. Ist doch nur was für weibliche Kraftprotze.« Womit sie sich wieder ihrer Limonade zuwandte.

»Nun ja, aber – ich mein, was hat Sie dann hierhergetrieben?«

»Sonnenklar: Geld. Heut vor einem Jahr hab ich noch getingelt und bei Minsky's getanzt. Drei Shows pro Abend, zwanzig Dollar die Woche. Dann hab ich vom Trans-America gelesen und über Sie, daß Sie zweihundertfünfzig Dollar reinstecken, daß ich mich drei Monate lang auf diesen Füßen hier halte.«

»Ja, aber nur, wenn Sie auch in der Zeit bleiben«, unterbrach sie Flanagan.

»Ich weiß, nur, wenn ich gewinne«, sagte Kate und schlug ihre Beine übereinander. »Ganz am Anfang, da konnt ich noch nicht mal von einer Querstraße bis zur nächsten laufen, aber schon nach nur einem Monat Training schaffte ich acht Meilen ohne Unterbrechung. Zwar nicht auf Tempo, verstehn Sie mich recht, aber schließlich solln beim Trans-America ja auch keine Geschwindigkeitsrekorde aufgestellt oder gebrochen werden. Nach neun Monaten lief ich dann schon mehr als fünfzehn Meilen in zwei Stunden. Und so seh ich die Sache eben. Auch kein Mann rennt mehr als fünfzehn Meilen im Training oder mehr als sechsundzwanzig Meilen im Wettkampf, also warum sollte ich dann nicht auchne reelle Chance haben?«

»Aber...«, fing Flanagan wieder an.

»Aber was?« fragte Kate zurück. »Aber ich bin ja nur ein Mädchen; das wars doch, was Sie eigentlich sagen wollten, stimmts, Mister Flanagan? Lassen Sie mich mal dazu eines klipp und klar sagen, Sir. Ich hab mir ganz schön was ans Bein gebunden, um in das Rennen hier reinzukommen. Ich bin in die Bibliothek marschiert und hab mir alle Anatomiebücher vorgenommen, und es gibt tatsächlich keinen physischen Grund, warumne Frau über eine Distanz von dreitausend Meilen nicht so gut sein sollte wie die meisten Männer. Mister Flanagan, was das Thema Schmerzen angeht, da muß ich Ihnen sagen, da haben wir Frauen so allerhand Praxis.«

»Wir wollen Sie doch nicht vor den Kopf stoßen, Miss Sheridan«, warf Willard ein. »Es ist doch nur so, daß wir uns nicht daran erinnern können, jemals von einer Lady gehört zu haben, die Langstreckenläufe absolviert hat.«

»Nun ja, jetzt haben Sies halt«, sagte Kate, erhob sich und wandte sich zum Gehen. »Sonst noch was, Mister Flanagan?« Flanagan schüttelte den Kopf. Kate schenkte Willard noch ein versöhnliches Blinzeln und trat hinaus.

Flanagan fiel in den mit rotem Samt bezogenen Schaukelstuhl und griff auf seinem Schreibtisch nach einer Zigarre.

»Was, zum Donner, war das denn eben?« fragte er und spuckte das abgebissene Zigarrenende in den Papierkorb.

»Ich sag Ihnen, was ich glaub«, erwiderte Willard. »Ich schätz, wir haben einen echten Star, Boß. Sie braucht sich nur auf ihren Füßen zu halten.«

»Wir müssen eben alles dransetzen, daß sie sich drauf hält, Willard«, sagte Flanagan und zündete sich die Havanna an. »Sie ist bares Geld, Mann, bares Geld. So ist das nun mal mit jedem gutaussehenden Weibsbild: Vermarktung. Schau also bloß zu, daß für diese Ladies auch wirklich bestens gesorgt wird.«

»Okay, Boß«, sagte Willard. »Zurück zum Geschäft. Die Ordner sind mit der ersten Tagesbilanz durch.«

»Wie viele sind ins Ziel gekommen?«

Willard nuckelte an seinem Bleistift. »Bei der letzten Zählung eintausendachthunderteinundzwanzig«, antwortete er. »Einhunderteinundachtzig von den LKWs aufgenommen oder disqualifiziert, dreißig noch immer irgendwo draußen auf Achse.«

»Diese Kröten!« stöhnte Flanagan und schaute durch das Fenster hinaus in die einfallende Abenddämmerung...

»Das muß ja alles gar nicht so schlimm sein«, sagte Willard. »Die sind vielleicht schon in L. A. durchgerasselt. Meine Güte, da gabs Leute, die haben schon nach ungefähr drei Meilen die Schuhe wieder ausgezogen. Unsere Lumpensammler waren da schon fünf Meilen vom Coliseum weg, also jeder, der schon vorher ausgestiegen ist...« Er schüttelte den Kopf.

»Kröten«, wiederholte Flanagan und kaute auf seiner Zigarre herum.

»Aber was ist mit den andern Jungs, denen, die nicht weitermachen können?« fragte Willard.

»Wie meinst du das?«

»Na ja, was solln wir mit denen machen? Wie kriegen wir die wieder zurück?«

»Woher soll ich denn das wissen?« explodierte Flanagan und warf seine Arme zurück. »Die kannten alle die Regeln, als sie am Start warn. Ertrink oder schwimm, töte oder laß dich töten, so und nicht anders heißt unser Spiel hier. Wenn du im Stadion auf der Aschenbahn schlappmachst, dann erwartest du schließlich vom Zielrichter ja auch nicht, daß er dich bis nach Hause bringt.«

»Aber hier sind wir nicht auf der Aschenbahn«, beharrte Willard.
»Einige von diesen Leuten hats ganz schön happig erwischt; hängen irgendwo da hinten bei den Ärzten fest; sind sterbenskrank.«
»Nein!« sagte Flanagan. »Ich will nix davon hören. Die habens geschafft, bis hierher zu kommen, also schaffen sies auch wieder zurück, und damit basta.«
Es klopfte an die Wohnwagentür. Willard öffnete. Einer der Läufer, ein fast kahlschädeliger Mann Ende Vierzig, trat verschüchtert ein. Flanagan fluchte lautlos vor sich hin.
Die Füße des Mannes waren fürchterlich zerlaufen, ein Zehennagel war ausgerissen, ein anderer hing gerade noch an einer Faser fest. Der Mann mußte mehr als einmal gestürzt sein, denn beide Ellenbogen und die Brust wiesen böse Schürfungen auf. Die rechte Schläfenseite blutete, und seine rechte Wange sah aus, als wäre sie mit Sandpapier bearbeitet worden. Er glich mehr einem geschlagenen Preisboxer denn einem Langstreckenläufer.
»Ich heiß McCoy«, begann der Verletzte. »Aus Limerick County. Die Jungs, die von die Laster aufgenomm wurdn, habn mich gebetn, in ihrm Nam zu sprechn.«
»Ja, bitte, Mister McCoy«, sagte Flanagan leise.
»Einige von die Jungs im Zelt hats ganz schön bös erwischt. Wir ham uns gefrägt, wie daß wir zurückkomm nach Los Angeles.«
»Von woher stammen Sie genau, Mister McCoy?« fragte Flanagan, gab dem verunsicherten Sportsmann ein Zeichen, Platz zu nehmen, und entkorkte mit den Zähnen eine Flasche Whiskey.
»Habn bestimmt davon noch nix gehört, Mister Flanagan«, antwortete McCoy. »Aus nem klein Ort – Kilmoy im Limerick County.«
»Und ob«, sagte Flanagan, »hab ich.« Er reichte dem Iren ein Glas Whiskey hinüber. »Und wie haben Sie es geschafft, den ganzen Weg bis hierher nach Los Angeles?«
McCoys Züge entspannten sich, und er leerte das Glas auf einen Sitz. Der rohe Whiskeygeschmack trieb ihm Tränen in die Augen. Er schnüffelte. »März letztes Jahr. Der *Limerick Star* hat da n Ausscheidungsrenn über fuffzehn Meiln gemacht.« Er schnüffelte erneut, stellte dann sein Glas ab. »Der Gewinner durft für umme zum Trans-America.«
Langsam schenkte Flanagan die beiden Gläser aufs neue voll und zog das seine an die Lippen.
»Da sind Sie also den ganzen langen Weg hierhergekommen, und nun ist für Sie schon am ersten Tag alles aus?«

McCoy nickte, nahm sein Glas wieder in die Hand, warf prüfende Blicke hinein und schluckte dann hinunter, was darinnen war. »Trotzdem«, sagte er, »zu Haus in Kilmoy, da ham wir ja nich grad viel, nä. So hab ich wenigstens Kalifornien ma gesehn. Mann, man lebt doch nur einmal, da muß man seine Chance bei den Hörnern packn, oder?«

»Ja, Mister McCoy«, sagte Flanagan. »Seine Chance, die muß man schon packen.«

Flanagan nippte an seinem Glas. »Wie viele, schätzen Sie, müßten nach Los Angeles zurückbefördert werden?«

McCoy schüttelte den Kopf. »Schwer zu sagen, Mister Flanagan. Müssn sowas über die hundert sein. Der Rest hat Freunde und Verwandte, die sie aufsammeln und mit zurücknehmn.«

Flanagan nickte und polkte sich eine aufdringliche Tabakflocke von der Zungenspitze.

»Ich möchte Ihnen eine letzte Frage stellen, Mister McCoy«, sagte er dann und sah dem Iren in die Augen. »Erst den ganzen Weg, dann aus dem Rennen, gleich am ersten Tag – wars das denn wirklich wert?«

»Aber ja, türlich«, antwortete McCoy und stand auf, während er den letzten Tropfen seines Getränks aus dem Glas befreite. »Wenn ich nochmal sone Chance kriegn würd, ich würds wiedermachn, nur denn besser.«

Flanagan lächelte und sah zu Willard hinüber, der ausdruckslos zurückschaute.

»Die LKWs werden euch morgen früh nach L. A. zurückbringen«, verkündete Flanagan. »Jeder von euch, der auf ärztliche Versorgung angewiesen ist, kann das die ersten sieben Tage komplett auf meine Kosten machen. Beantwortet das Ihre Frage?«

Endlich verlor McCoy seine Schüchternheit vollkommen und lächelte. »Ich hab den Jungs ja auch schon längs gesacht, daß Sie uns nicht hängn lassn, Mister Flanagan.«

»Aber...«, stotterte Willard. »Eben haben Sie doch noch...«

»Willard«, mahnte Flanagan. »Du hast doch gerade gehört, was ich sagte. Also, kümmere dich drum!«

Am nächsten Morgen wurden die ersten Verlierer im Trans-America per Lastwagen zurück nach Los Angeles gebracht, während die übrigen Läufer ihren Weg nach San Bernadino in zwei Vierundzwanzigmeilenetappen bewältigten, bis hin an den Rand der Mojave-Wüste; hundertzehn Wettläufer blieben hier liegen und wurden wiederum nach Los Angeles zurückgeschafft. Das Trans-America-Rennen dünnte recht schnell aus.

*7.30 Uhr. 24. März 1931.* Einhundertsechsundzwanzig Meilen weiter. Die Zeltstadt, die Flanagan hatte bauen lassen, wurde zum dritten Mal abgebrochen.
Die Schlafzelte waren bereits um sieben Uhr abgebaut worden, nur das mächtige Verpflegungszelt stand noch. Der letzte der Lastwagen, die die Fußkranken und Laufunfähigen nach Los Angeles zurückbringen sollten, verschwand soeben hinter dem Hügel. Madame La Zonga und ihre Kollegen waren schon zeitig aufgebrochen und bereits zehn Meilen auf der Strecke voraus. Sie näherten sich der Mojave, auf Barstow zu. Viele Läufer beendeten gerade ihr Frühstück, einige wuschen sich noch im Fluß, manche standen in kleinen Gruppen zusammen und plauderten.
Das deutsche Team hatte sich etwas separiert, stand in einem engen Halbkreis beieinander und lauschte Volkner, dem Trainer.
Einige hundert Meter weiter, auf einem Baumstamm, saßen Williams' All Americans. Die Ermahnungen ihres sich ereifernden Trainers waren über das gesamte flache, von Kakteen überwucherte Feld hin deutlich zu hören.
Nur mit ihren Unterhosen bekleidet, standen einige Läufer am Fluß und wuschen sich. »Zur Hölle auch«, sagte Doc, machte seine Hose auf und goß sich Wasser hinein. »Bringt auch nix, wenn man sich hier zum Mimosenheini macht.«
Kate Sheridan kam gerade an Docs Gruppe vorüber, und McPhail wie auch Morgan machten verzweifelte Versuche, durch das kieselsteinreiche Rinnsal zu ihren Hemden zu flüchten. Doc blieb, wie er war, hielt sich weiter seine Shorts auf und fuhr gelassen fort, sich Wasser zwischen die Beine zu sprenkeln.
»Wegen mir braucht ihr nicht ins Zittern zu kommen«, spottete Kate, die Hände in die Hüften gestemmt. »Da drin habt ihr Kerls wohl kaum ne Überraschung für mich.« Einen kurzen Moment ruhten ihre Augen auf Morgan, dessen Körper naß war und in der schwachen Morgensonne glänzte.
»Ich heiß Doc Cole«, sagte dieser und streckte ihr seine Hand entgegen. Dann zeigte er in die Richtung der anderen. »Das ist Hugh McPhail, ein Schotte. Der Lütte da ist Juan Martínez – aus Mexiko. Und dieser Dauerredner«, er hatte Kates Interesse für Morgan wohl bemerkt, »nennt sich Morgan.«

Die junge Frau nickte und stellte sich ebenfalls vor.

»Die letzte Lady im Rennen?« fragte Doc.

»Nein. Nach mir sind gestern abend nochn paar reingekommen. Obwohl, ich hab keine Ahnung, ob sies durchziehn.«

»Gesponsort?«

»Nein, New York City hat zwei Männer unterstützt; aber aufne Frau würden die nicht einen müden Cent setzen. Die beiden haben gestern im Laster ihre letzte Strecke gesehn, kann also gut sein, daß ich den letzten Lacher behalte.«

»Was warn das Weiteste, was Sie an einem Stück gelaufen sind?« fragte Doc, wobei er sich heftig mit einem großen rauhen Handtuch abrubbelte.

»Fünfzehn Meilen.«

»Dann rechnen wir zweieinhalbmal Ihre Trainingsdistanz, dann klappts, wenn nicht, gute Nacht, Marie«, sagte Doc.

»Wie meinen Sie das?« fragte Hugh, der nun auch aus dem Bach geklettert kam und sein Handtuch von der Spitze eines Yuccabäumchens zerrte.

»Das ist ganz einfach sone Faustregel, an die wir uns im Marathon halten«, erklärte Doc. »Nehmen wir an, Ihre normale Trainingsdistanz ist, sagnmal, zwölf Meilen, dann sollten Sie in der Lage sein, ne Marathonstrecke von sechsundzwanzig Meilen zu schaffen. Das kann über die letzten sechs Meilen ganz schön happig werden, aber man sollte es schaffen, wenn man immer in schön gleichmäßigem Tempo läuft. Also, wenn Sie fünfzehn Meilen Durchschnitt gelaufen sind, dann müßten Sies auch auf dreißig bringen, und zwar mitner maximalen Distanzchance von fümmunvierzig Meilen. Ob Sie das nun tagaus, tagein immerzu bringen können und dann noch über drei Monate – naja, das ist nun ne andre Kiste.«

»Ist denn irgend jemand von Ihnen sicher, daß ers bringt?« fragte Kate und schaute von Doc zu den anderen hinüber.

»Ne gute Frage«, sagte Doc, der sich gerade seinen Rücken abtrocknete. »Und meine Antwort heißt ›nein‹ – nein, nein und nochmals nein! Aber grad das ists ja, was die Sache so interessant macht. Was meinen Sie, Juan?«

Der kleine Mexikaner breitete beide Hände aus und entblößte in einem fast kindlichen Lächeln seine weißen Zähne. »Sie recht ham, Mister Doc. Ich niemals laufen keine funfzehn Meiln an eine Tag, nicht in sechs Tage die Woche.«

»Na, das beruhigt ja kolossal«, sagte Kate und fühlte sich plötzlich verlegen. Die Männer konnten einfach nicht anders, als sie ständig anglotzen, sie, einen feingliedrigen weiblichen Eindringling in eine laufversessene Männerriege.

»Naja«, sagte Doc schließlich, »immerhin haben Sie ja zweifellos genau die richtigen Beine dafür.« Geschickt nutzte er den Mantel seines Alters, um in Worte zu kleiden, was die anderen Männer empfanden. Morgan und McPhail standen reichlich verklemmt dabei und trockneten sich mit Inbrunst ab.

»Ja«, sagte sie. »Sechs Stunden pro Tag in Minsky's Schau.«

»Sie haben tatsächlich bei Minsky's getanzt?« fragte Doc, während er Kate zum Verpflegungszelt zurückbegleitete. Die drei anderen Männer folgten ihnen.

»Wenn Sies tanzen nennen wolln«, antwortete Kate. »Am Tag fünfzig Meilen laufen kann eigentlich nicht viel schlimmer sein.«

»Es kann«, sagte Doc leise. »Sie können drauf wetten.«

»Wollen Sie damit andeuten, ich werds nicht bringen?« fragte Kate scharf.

»Verstehen Sie mich bitte nicht falsch«, sagte Doc und hob begütigend die Hände. »Sie haben fast dreißig Meilen am ersten Tag in weniger als sieben Stunden geschafft, Ma'am. Das nenn ich nach meiner Erfahrung schon ganz prächtiges Gelaufe. Jeder Tag, den man in diesem Rennen durchhält, ist schon sone Art Sieg. Aber, junge Frau, noch sind wir mitten am Anfang. Keiner von uns weiß, wer im Juni den Madison Square Garden zu Gesicht kriegen wird.«

»Sorry, daß ich Sie angepfiffen hab«, entschuldigte sich Kate und wurde sich wieder ihres gelegentlichen Mangels an Selbstbeherrschung bewußt.

»Alles in Ordnung«, sagte Doc und lächelte. »Sieht mir ganz so aus, als werden wir nochn ganzes Stück gemeinsam reisen. Wir laufen schließlich alle dieselbe Strecke. Dann können wir uns auch ebensogut mit Sympathie begegnen.«

Inzwischen waren sie nur noch einige Meter vor Morgan und den anderen. Kate neigte ihren Kopf leicht zurück.

»Wo kommt dieser Morgan eigentlich her?« fragte sie dann und bemühte sich, gleichgültig zu wirken.

Doc zuckte die Achseln. »Weiß nicht genau«, sagte er. »Trotzdem, beim Laufen greift er ganz schön aus. Im Trainingslager, da haben ihn die andern Typen den ›Eisernen‹ genannt. Kein Gramm Fett am Leib. Morgan ist fürs Laufen gemacht. Wird schwer sein, ihm eins auszuwischen.«

»Nstorysprudelnder Erzähler ist er aber nicht gerade«, sagte Kate.
»Absolut nicht«, pflichtete Doc ihr bei. »Naja, aber das hier ist ja
schließlich auch kein Debattierwettbewerb. Trotzdem – wir haben
immerhin noch etwas über zehn Wochen Streckenzeit vor uns. Mag
sein, wies will, aber auf den nächsten dreitausend Meilen werden wir
irgendwie näher zusammenkommen.«

Kate hoffte das auch. Sie schaute sich um und sah McPhail und
Martínez in ein ernstes Gespräch vertieft, Morgan wenige Meter
hinter ihnen. Sie fragte sich, ob diese Männer wohl ebenso empfanden wie sie selbst. Alle sahen sie so hager und zugleich so stark aus.
Für Kate Sheridan waren schon die ersten hundertzwanzig Meilen
eine beachtliche Herausforderung gewesen, und nun stand sie kurz
vor dem Start zur vierten Etappe, direkt an der Grenze zu über
zweihundert Meilen Wüstenland: eine endlose Weite aus holperigen
Wegen, Bergen, Kakteen, Josuabäumen und braunem Sandstaub.
Unter den wenigen im Rennen verbliebenen Frauen schien Kate die
stärkste zu sein, denn sie hatte nicht mehr viele Konkurrentinnen
ausmachen können, heute früh, von ihrem Zelt aus, wohin sie
wieder zurückkehrte, um noch einmal vierzig Meilen härtester
Tortur auf sich zu nehmen. Schon früh am Morgen hatte sie über
den Hügel hinweg lange nach Osten geblickt. Beinahe topfeben war
die Wüste und dehnte sich schier endlos vor fernen bräunlichen
Bergen aus. Und wieder fühlte Kate die Schmetterlinge in ihrem
Magen herumflattern wie damals in ihrer ersten Nacht bei Minsky's,
flitterübersät und halbnackt, als sie sich Tausenden fremder Blicke
auslieferte. Sie biß sich auf die Unterlippe. Damit war sie schließlich
fertiggeworden. Und mit diesem Lauf ihres Lebens würde sie auch
fertigwerden.

Langsam saugte das Rennleitungszentrum die Wettkämpfer auf,
angezogen von Willards elektrisch verstärkter Stimme. Wenig später
hatten die rund achtzehnhundert Läufer auf dem rauhen, schrundigen Boden vor den Lautsprechern Platz genommen.

»Könnt ihr mich auch alle hörn?« fragte Willard.

»Yeah, aber ich hätts am liebsten, ich wär irgendwo, wo ichs nicht
könnte«, rief ein dünner weißbärtiger Mann zurück. Vereinzelte
Lacher hier und da.

Flanagan stand neben Willard an einem Mikrofon vor dem Trans-
America-Wohnwagen und zeigte seine heißgeliebte Tom-Mix-Montur.

»Hier spricht wieder Charles C. Flanagan. Meine herzlichen Glückwünsche euch allen, die ihr euch für die nächste Etappe qualifiziert habt.« Er pausierte und ließ seine Blicke über die Menge wandern.

»Darf ich meine besondere Hochachtung unserer führenden Läuferin aussprechen – Miss Kate Sheridan, aus New York. Würden Sie bitte mal aufstehn, Miss Sheridan?«

Kate Sheridan erhob sich und wurde mit mäßigem Applaus und schrillen Balzpfiffen begrüßt.

Flanagans erhobene Hände baten um Ruhe, dann fuhr der Promoter fort:

»Ebenso möchte ich Miss Jane Connolly aus Nebraska erwähnen, Miss Kathy McGuire aus Kansas City und Missis Patricia Paish aus San Francisco, die beim Etappeneinlauf alle in der ersten Hälfte waren. Könnten Sie bitte mal aufstehn, meine Damen?«

Eine nach der anderen sprangen die Läuferinnen auf die Füße und wurden mit ähnlichem Jubel, Anfeuerungsgelärm und schrill lockenden Zweifingerpfiffen begrüßt.

»Und nun zu unserem jüngsten Wettläufer«, kündigte Flanagan an. »Es ist Jim Pierce, siebzehn Jahre alt, von der San Bernadino High School, auf Position siebenhundert. Wenn mich mein Gedächtnis nicht trügt, hat noch kein Oberschüler über solche Distanzen vergleichbare Leistungen erzielt. Also, zeig dich, Jim.« Ein schmaler blonder Junge erhob sich schüchtern und wurde mit anerkennenden Zurufen und Applaus bedacht.

»Und schließlich«, posaunte Flanagan, »zu unserem ältesten Teilnehmer aus dem neblig-fernen Southampton in Old England, Mister Charles C. Fox auf Position vierhunderteins. Wird morgen sechsundsechzig Jahre alt!« Ein schlohbärtiger Mann stand auf und wurde mit begeistertem Beifall begrüßt; einige ältere Läufer erhoben sich voller Respekt und klatschten mächtig in die Hände. Der Jubel dauerte minutenlang.

»Gut, gut, Leute, Ruhe jetzt.« Flanagan erhob die Hände. »Jetzt zum Hauptgeschäft. Heute haben wir zwei Etappen zu je zwanzig Meilen. Die Firma Coca Cola hat freundlicherweise Preise von 500, von 300, 100 und 50 Dollar für die ersten vier der ersten Etappe ausgesetzt; von Ford Motors kam das gleiche für die zweite Etappe. Wir haben heute auch das erste ›Stechen‹, das heißt, jeder Teilnehmer, dessen Gesamtzeit für die vierzig Meilen über acht Stunden liegt, ist aus dem Rennen. Also aufgepaßt: Nötig ist ein Durchschnittstempo von etwa zwölf Minuten pro Meile. Noch Fragen?«

»Wenn Sie bitte freundlichst, Mister Flanagan . . .«, begann Volkner, der deutsche Trainer, und erhob sich. »Ich meine ... gibt es eine Ruhezeit zwischen den beiden Etappen?«

»Ja, vier Stunden, damit wir der Mittagssonne aus dem Weg sind.«

»Und wie ist es mit den Wasser- und Verpflegungsposten?«

»Zehn pro Etappe.«

Ein graubärtiger Texaner, McGraw, erhob sich als nächster. »Zelten wir schon wieder draußen?« fragte er.

»Ja«, sagte Flanagan.

»Jä, kann ich denn nochne Decke habn?«

Zum ersten Mal hatte es Flanagan die Sprache verschlagen; er wandte sich ab vom Mikrofon und Willard zu und lächelte dabei. Als er seine Fassung wiedergefunden hatte, zeigte er dem lachenden Läuferpublikum seine herrlichen Zähne. »Mein Assistent, Mister Clay, wird sich Ihres Problems annehmen, Mister McGraw«, erklärte er. »Ich hab schon Verständnis, wenn ihr Texaner hierne mächtig dünne Haut kriegt.«

Ein ganzer Schwung von Fragen schallte noch zu Flanagan hoch, zur Verpflegung und medizinischen Betreuung nicht zuletzt, doch eine Viertelstunde später war das Info-Treffen beendet.

Morgan schritt aus der Menge, ging bis zum Rand des Läufercamps und setzte sich nachdenklich auf einen Felsblock. Fünfhundert Dollar: Donner nochmal, das mußten seine werden.

Nochne Zwanzigmeilenschicht, und er konnte das Geld seinem Sohn in Bethel schicken. Bethel, Pennsylvania. Dort lag Michael, der Brennpunkt seines Lebens, glücklich in seinem Bett und wußte nicht, daß sein Vater, dreitausend Meilen weiter weg, für ihn nicht nur durch die Mojave-Wüste laufen würde, sondern auch bis ans Ende der Welt.

# 7

## *Morgans Story*

Der Winter des Jahres 1929 war auch in Bethel eine schlimme Zeit. Drei Monate lang hatten die düster blickenden Walzwerke stillgestanden, die sonst weithin dröhnenden Hochöfen verbissen geschwiegen. Die große dunkle Stadt duckte sich unter dem harten Zugriff des Frosts und litt, lag stöhnend unter der schwarzen Schneedecke, die rußigen Häuserfronten ebenso verdrießlich wie die streikenden Stahlarbeiter, die mit ihren Familien dahinter lebten. Einmütig war es beschlossen worden. Italiener, Schotten, Polen, Iren: Alle waren sie Stämme oder Äste eines Walds aus Armen gewesen, dessen Wipfel sich entschlossen in die Winterluft gereckt hatten, als Morgan schließlich über Streik abstimmen ließ und der Antrag auf Ausstand angenommen wurde. Sie hatten um nichts Bedeutenderes gekämpft als um fünf Cents die Stunde mehr, und dennoch war ihre Forderung ohne viel Federlesens abgeschmettert worden. Morgan hatte an den Verhandlungen teilgenommen, seinen Platz mitten unter den beleibten Herren mit den weißen Westen und den weichen Händen gehabt, die niemals hinter einer Schaufel zu schwitzen hatten, mit der die gefräßigen, glutrülpsenden Schmelzöfen gespeist wurden.

Immer und immer wieder hatte er seine Argumente vorgebracht: zum Krankengeld, zur Rentenversicherung, zu den Unfällen, die es an den Öfen ständig gab, zu der entsetzlichen Kindersterblichkeit in der Stadt. Aber alles war sinnlos gewesen. Diese Männer rührte nichts. Zwar taten sie so, als hörten sie ihm zu, doch Morgan spürte genau die Luft, die er für sie war, und seine eigene Ohnmacht, während er über all das sprach. Der Streik schien ihm die einzig mögliche Reaktion, auf die hin die feinen Herren sich würden rühren müssen.

Morgan hatte den Protest seiner Männer wie einen Feldzug geplant. Verpflegung war bereits Monate vorher beschafft und im Missionshaus gelagert worden. Einen Streikfonds hatte man bereits in guten Zeiten angelegt, aus dem besonders bedürftige Familien Unterstützung bekommen sollten. Einige Telefone und Meldeketten – Kinder flitzten von Haus zu Haus –, hielten dreitausend Familien in ständiger Verbindung.

Nur – mit einem solch strengen Winter hatte niemand gerechnet, und die Arbeitgeber wußten das. Als der Januar kam, waren zahlreiche Kinder erkrankt; als der Februar kam, waren sechs von ihnen gestorben, und im März begannen auch schon manche Mütter, die sich um der Kinder willen selbst die Nahrung versagt hatten, dahinzuschwinden.

Morgan sah, wie seine Männer verfielen, erst in ihren Muskeln, am Ende auch unter der Schädeldecke. Tag für Tag betrachtete er sich kurz im Spiegel und sah einen Körper, den lange Jahre harter Arbeit gestählt hatten und der nun mehr und mehr an Substanz verlor. Dieser Körper brauchte sich selbst auf, indem er an seine letzten Eigenreserven ging, und Morgan konnte geradezu fühlen, wie seine Entschlußkraft immer schwächer wurde. Sei es drum – auch ohne die fünf Cents mehr Lohn –, sie hatten gelebt; zwar nicht gerade üppig, aber immerhin, sie hatten eben gelebt.

Ruth, seine Frau, am Anfang des Streiks bereits die ersten Monate schwanger, hatte zu ihm gestanden. Jene dunklen Tage hatten sie enger aneinandergeschmiedet als all die glücklichen Zeiten, die sie gemeinsam erlebt hatten. Als dann die Streikbrecher – von den Fabrikherren aus den Slums der New Yorker East Side herbeigeholt – etwa hundert – schließlich das Missionshaus angriffen, hatte Ruth sich, wie alle anderen Frauen auch, gerade dort aufgehalten. Und die Männer hatten in Viererreihe im gefrorenen, runzligen Matsch davor gestanden, mit nichts in den nackten Fäusten als Zaunpfählen und eine grenzenlose Wut. Knappe hundert Meter ihnen gegenüber, vor den Bussen postiert, die sie herangekarrt hatten, standen die Gedungenen. Jeder der Judasse war mit einem Polizeiknüppel ausgerüstet.

Das Scharmützel war kurz und blutig gewesen. Der erste Sturm auf die Linien der Gewerkschafter ließ zwanzig der gekauften Strolche auf dem harten Eisboden zwischen den Bussen und den Streikenden zurück. Aber die Front der Verteidiger war aufgebrochen, und nicht wenige Stahlarbeiter waren bewußtlos geschlagen.

Morgan sah sich um und saugte an seinen blutenden Knöcheln. Ein Stück die Straße hinauf hatten die Truppen der Lohnräuber sich neu formiert und von Lastwagen drei schwere Holzkisten abgeladen. Anfangs war es unmöglich gewesen zu erkennen, was sie wohl ent-

hielten, und Morgan fühlte, wie ihm die Übelkeit vom Magen her hochstieg. Die nächste Runde würde nicht nach den Boxregeln des 8. Marquis of Queensbury ausgetragen werden, dachte er.
Ein gewaltiger Schotte, Cameron, dessen roter Bart noch röter war als sonst, schloß zu ihm auf. »Mann, den ham wa man schön die Nasn blutig gebufft. Wennse noch mal...«
Und schon fiel er schwer hintenüber, seine rechte Schulter von einer Gewehrkugel zerschlagen. Die Frauen schrien auf und flehten ihre Männer an, sich schleunigst zurückzuziehen. Schon knieten die organisierten Strolche wieder in Schützenlinie und feuerten eine zweite Salve auf den Gegner. Morgans Männer wankten, und im Nu waren die geordneten Reihen der Streikenden zu einem wirren Knäuel blutiger Leiber geworden.
Morgan sammelte seine Leute und rief sie zurück; er und die anderen Überlebenden zerrten die verwundeten Kameraden hastig über den gefrorenen Erdboden aus der Schußlinie.
Weinend zogen die Stahlarbeiter ab. Ihre Tränen gefroren in den furchigen, stoppelbärtigen Gesichtern, während die Gegner hinter ihnen her zum Missionshaus vorrückten, es in wenigen Minuten niederbrannten und die Verpflegungsvorräte der Streikenden restlos zerstörten. Der Arbeitskampf war vorüber, verloren und vorbei, und Morgan wußte das genau. Der Rest des Streikfonds war bald für Krankenhausrechnungen aufgebraucht, und nach vierzehn Tagen hingen die Männer wieder in den Sielen – mit fünf Cents weniger, als sie zuvor gehabt hatten.
Die Unternehmer hatten die Macht auf ihrer Seite gehabt; aber auch ohne diesen Überraschungsangriff hätte sich die Lage zu ihren Gunsten gewandelt: Sie hätten abgewartet. Für sie bedeutete Zeit zwar Geld, jedoch nie wirkliche Entbehrung; für die Stahlarbeiter aber bedeutete das Warten Hunger und Tod. Und nun war alles umsonst gewesen.
Nein, hatte Ruth zu ihm gesagt. So etwas geschehe nie umsonst. Auch dann nicht, wenn man selbst der Geschlagene sei. Jedesmal, wenn man kämpfe, gewönne man an Kraft; auch in der Niederlage. Gewiß würde es irgendwo bessere Wege geben.
Für Morgan aber wurden sie immer schlechter. Er wurde nicht mehr eingestellt. Für ihn gab es keine Arbeit mehr. Jeden Tag hatte er sich, seine Hände in die Taschen der dünnen Jacke vergraben, aufs neue vor die schwarzen Eisentore gestellt, und Tag für Tag hatte man ihn hohnlachend wieder fortgeschickt.

Doch dann, eines Wintermorgens, als er gerade wieder gehen wollte, fühlte er eine Hand auf seiner Schulter. Morgan drehte sich um und erblickte einen kleinen, listig dreinschauenden Mann in einem teuren Pelzmantel.

»Sharpe«, stellte jener sich vor und bot dem Arbeitslosen die behandschuhte Rechte, die Morgan widerstrebend ergriff. »Hab Sie in ein paar kniffligen Situationen gesehn, lieber Freund. Sind echt munter. Mag die Art, wie Sie sich im Griff haben.«

Sharpe erkannte, daß Morgan nicht so recht verstand. »Ums kurz zu machen, hätten Sie Lust, gute Kohle zu machen – ich mein, so richtig Scheine?«

»Was muß ich dafür leisten?« fragte Morgan mißtrauisch.

»Zulangen – wie Sies vor ein paar Wochen vorm Missionshaus gemacht haben.«

»Reden Sie weiter«, sagte Morgan und versenkte seine Hände wieder in den Tiefen seiner Jackentaschen. Beide entfernten sich jetzt von den Werkstoren, ihr Atem dampfte und hüllte sie ein in der schneidenden, stillen Luft.

»Fights«, erklärte der kleinere Mann und schnipste sich geschickt eine Zigarette in den Mund. »Kämpfe ohne Boxhandschuhe. Alles ist erlaubt, außer mit den Füßen.«

Morgan schüttelte den Kopf. »Ich hab nie gekämpft, um zu verletzen«, sagte er, »nur, um zu beschützen.«

»Schon, aber was ist dabei für Sie herausgesprungen?« fragte Sharpe und zündete die Zigarette an. »Ihre Kollegen – Sie haben für sie gekämpft – haben wieder Arbeit, und Sie, Sie frieren sich hier draußen den Arsch ab. Also, was haben Sie noch groß davon, Sie Gewerkschaftsherzchen?«

»Reden Sie ruhig weiter«, sagte Morgan nochmals, aber ohne jeden Groll.

»McGrath's Lagerhaus, Salem. Wir haben dort drei Kämpfe pro Abend, das große Geld steckt in Zusatzwetten. Wenn Sie gut rauskommen, machen wir die Runde durch den ganzen Staat. Ergo: traumhafte Einnahmen.«

»Und wieviel?«

»Zehn Dollar, auf Sieg oder Niederlage. Hundert Dollar, wenn Sie gewinnen. So oder so gibts Bares.« Sharpe blies den Rauch in die eisige Luft.

»Aber wie kommen Sie drauf, daß gerade ich so was bringe?« fragte Morgan unsicher.

»Ich hab Sie gesehn und studiert«, sagte Sharpe und drückte seinen Arm. »Sie schlagen hart, Sie schlagen genau. Geht ja hier nicht um den Goldenen Handschuh, verstehn Sie!«

»Und wie soll ich anfangen?«

»Erst mal gehn wir zu Clancy«, sagte der Kleine. »Sitzt in Milligans Flüsterkneipe.«

Morgan kannte Milligan genau, aber keinen Clancy.

»Dieser Clancy – was macht der?«

»Er macht Fighter, wenn Sie so wollen«, sagte Sharpe in erklärendem Tonfall. »Hat früher einen festen Job bei Stillman's in New York gehabt. Wenn er Sie mag, haben Sie gewonnen.«

Langsam gingen sie durch den Morgennebel zu Milligan's.

Eamonn Clancy stieß den Siebener in das mittlere Loch, legte das Queue zur Seite und nahm die Zigarette aus dem Mund. Wie Sharpe war auch er ein kleiner, untersetzter Mann, jedoch mit einer flachen, fleischigen Boxernase.

»Zeijnma Ihre Hände«, war das erste, was er sagte.

Er drückte Morgans Hände in die seinen und drehte sie herum, wobei er sich immer wieder sehr aufmerksam jeden Knöchel besah, als wären sie erlesene Porzellanstücke. Die Knöchel waren flach, die Hände hart und fest.

»Machnmane Faust«, befahl Clancy. Er schaute schnell zu Morgan auf. »Schoma damit aufn Polackendeetz jehaun?«

»Nein«, sagte Morgan scharf.

Clancy wandte sich ab und nahm seinen Billardstock wieder zur Hand. »Kuckn keine Knochen raus – in Ordnung, hat also Hände zum Knüppeln. Aba hatta Herz?« Er lehnte sich auf der Tischkante nach vorn, machte eine Stütze, zog langsam das Queue zurück und stieß Schwarz in das mittlere Loch.

»Hab ihn mit der Walzwerkbande kämpfen sehn«, sagte Sharpe, kam näher und stützte sich mit beiden Händen auf den Spieltisch. »Hab ihn für dich ausgeguckt, Clancy.«

Der andere Mann legte seinen Billardstock wieder hin. »Haste mir schon erzehlt. Meinst also, jetzt haste mirn neun Dempsey anjeschleppt. Was willste, daß ich mach, Tex Rickard anrufn? Ich nehm ihn n Monat innie Berje mit, dann probieren wa ihn im Lagerhaus aus; in Ordnung?«

Sharpe tat einen Seufzer der Erleichterung und sah zu Morgan hinüber, der im Dunkel jenseits des Pooltischs stand.

»Also, was ist nun?« fragte er ihn. »Machen wir das Geschäft?«
Morgan nickte lächelnd.

»Noch was«, sagte Clancy. »Isern Aufschneider?«
Sharpe schaute zu Morgan hinüber.

»Weiß ich doch nicht«, antwortete Morgan. »Mich hat ja noch keiner
geschlagen.«

Clancy zog eine Grimasse. »Werdn wa ja sehn.« Er nickte zu Sharpe
hinüber. »Den letzten Jung, den Sharpe an;eschleppt hat, hat Fogartys Linke aufgeschnitten wie wenne Tomate aufn Bowiemesser
plumst.« Morgan biß sich auf die Zähne. Clancy ging an ihm vorbei
und stellte sein Queue wieder in den Wandständer zurück. Dann
drehte er sich um, lächelte und streckte die Hand aus.

Als dieser Tag zur Neige ging, hatten sie für Morgan einen ganzen
Satz nagelneuer Garderobe gekauft, ein Paar Trainingsschuhe und
einen hellgrauen Trainingsanzug. Eine Woche später machten er und
Clancy sich in einem alten Ford auf den Weg zu einer Blockhütte in
den Tuscarora-Bergen nordwestlich von Harrisburg.

Der Trainingsmonat mit Clancy in den Tuscaroras war das Härteste,
was Morgan je erlebt hatte. Ruth hatte er von seiner Absicht nichts
erzählt. Sie hatte eingesehen, daß er Bethel verlassen mußte, um sich
woanders nach Arbeit umzuschauen, und Sharpe hatte ihm einen
Vorschuß von zwanzig Dollar gegeben, damit er ihr etwas Geld
heimschicken konnte. Während der ersten Tage fern von zu Hause
fühlte er sich ziemlich verlassen, doch schon sehr bald verschlangen
die Strapazen des Trainings mit Clancy jeden Anflug von Heimweh.
Täglich lief Morgan seine fünf Meilen quer durch die Berge. Sein
Atem schäumte vor ihm auf, Schweiß gefror ihm im Gesicht, Eis
verklumpte seine Haare, während sein Körper unter dem dicken, mit
Vlies wattierten Trainingsanzug kochte.

»Du mußt erstma sterm, damitte leben kannß«, dozierte Clancy und
zog mit seinen Zähnen den Korken aus einer Whiskeyflasche, als sie
nach einem harten Trainingstag vor dem knisternden Kaminfeuer
saßen. »Sharpe hat recht, du has wirklich was aufm Kastn, Morgan.
Wern bald sehn, obste auchn Schlach abkannß.«

Schließlich, nach einem Monat des lungenweitenden Laufens und
unermüdlichen Rackerns, fuhr Clancy mit Morgan zu einer nahe
gelegenen Farm. »Jetzt isses soweit, jetzt gibs Dresche«, konstatierte
er ohne jede weitere Erklärung.

Die letzten Meter trotteten beide nebeneinander durch weichen

Schlamm und Schnee zu einem hölzernen Schuppen. Innen war der Boden braun und elastisch, eine Mischung aus Dreck und Sägemehl. Clancy öffnete einen braunen Handkoffer und gab Morgan ein Paar leichte lederne Boxhandschuhe. »Zieh dir die mal über«, sagte er. »Mußt dir ja schließlich nicht gleich deine Hände kaputtmachn.« Morgan zwängte seine Fäuste in die engen, weichgepolsterten Handschuhe. Clancy besorgte die Verschnürarbeit und zog die Bänder ganz fest. »Und wie fühlt sichs nu jetz an?« fragte er. Morgans Antwort erstickte im Gequietsche von Autobremsen vor dem Schuppen.

»Das wird Fogarty sein«, meinte Clancy, der sich immer noch jegliche Erklärung verkniff.

Ein Mann im dicken wollenen Rollkragensweater betrat den Schuppen, über der Schulter ein Paar Boxhandschuhe, die genauso aussahen wie die, die Clancy ihm verpaßt hatte. Er war älter als Morgan, ungefähr Mitte Dreißig, aber genauso groß, wenn auch an Schultern und Brustkorb um etliche Muskeln breiter. »Das is der Knabe, mit dem du kämpfn wirß«, sagte Clancy. »Chuck Fogarty.«

Fogartys Plattgesicht zerknitterte zu einem Lächeln.

»Haste nichn andern Jungn für mich, Clancy?« fragte er mit heller Stimme. Dann beugte er sich hinunter, schlüpfte mit großer Routine in seine Handschuhe und streckte einen Arm aus, um Morgan damit zu begrüßen. »Freut mich echt, dich kennenzulern«, sagte er und stubste an Morgans rechten Handschuh. Im selben Augenblick beschrieb Fogartys linke Faust einen weiten Bogen und drosch Morgan mit aller Wucht auf die rechte Gesichtshälfte.

Morgan fiel schwer zu Boden und spuckte Blut aus aufgeplatzten, schwellenden Lippen, als hätte ihn ein Ziegelstein getroffen.

Mühsam blickte er zu Clancy auf und sah, daß er ihn gespannt musterte. Morgans Kopf dröhnte wie ein Dampfhammer, und zwischen seinen Zähnen hatte er einen bitteren, schießpulverartigen Geschmack.

Nur noch Instinkte hielten seine Sinne kampffähig in den bitteren, quälenden Augenblicken, die jetzt auf ihn zukamen. Zunächst blieb er noch, keuchend und auf allen vieren, am Boden und gewann wertvolle Sekunden, in denen sein Kopf wieder klarer wurde. Dann war er soweit. Morgan kam auf die Füße, schüttelte den Kopf, erkannte, daß Fogarty nun die kürzere Distanz suchen würde, den alles entscheidenden Treffer zu landen. Fogarty lächelte, beide Handschuhe lässig vor dem Gesicht, und wartete auf seine Chance. Morgan versuchte einen angetäuschten Haken mit der Linken.

Fogarty wehrte ihn mit seiner Rechten problemlos ab und ging auf kurze Distanz. In diesem Augenblick kam Morgans Rechte herausgeschossen wie eine Peitsche und knallte auf Fogartys Nasenbein. Ein kleines knackendes Geräusch, und der Mann ging zu Boden, stöhnte, spuckte Blut, und sein Kinn grub sich tief in den Staub des Bodens. Mühsam kam Fogarty auf die Knie, dann brach er zusammen. Clancy warf eine Zehn-Dollar-Note auf den Boden neben den gefällten Miet-Boxer und ging zur Tür.

»Danke Champ«, sagte er. »Ich ruf dich an, wenn ich mal wieder son Jungen da hab.« Er legte einen dicken Jersey um Morgans Schultern und betupfte sorgsam Nase und Mund seines Schützlings mit einem Handtuch. Durch Schnee und Schlamm stapften sie gemeinsam zurück zum Wagen. Als sie im Ford saßen, legte Clancy vorsichtig den Gang ein und schaute vor sich auf die glasig gefrorene Straße.

»Sharpe sagte mir schon, daßde haun kannß. Und du has ja auch gezeigt, daßde dich da draußen beim Laufn durchde Berge mächtig ins Zeug lejn kannß. Aber die große Frare bleibt imma die, wassis, wennste nu selbst getroffn wirß. Und um das rausse kriejn, da muß denn imma Fogarty komm.«

Dann legte er plötzlich den schnellsten Gang ein und schaute nach rechts zu Morgan herüber. »Vastehste, so ergibt sich das normalerweise. Neun von ßehn Jungs schmeißn die Brockn hin, wennse eine abkriejn. Die kriejn die Hosen randvoll, wennse plötzlich ihr eijent Blut sehn. Drum wollnse denn so schnell wie möchlich abhaun, raus, wech. Versteh ma nich falsch: Feichlinge sindes nich. Keiner von die Jungs, die ßwölf Stunn am Tach inne Fabrike oder unten inne Bergwerke malochen, sind Angsthasen. Is ehm bloß, sind keine Kämpfa. Du biß eina, ja. Woher ich das weiß? Erßns, du biß wieda hochjekomm. Zweitens, du biß hochjekomm und haß jekämpf! Drittens, du biß hochjekomm und haß nachgedacht. Und viertens, du kannß zuschlagn.«

Er nahm seine rechte Hand vom Steuer und legte sie um Morgans Schultern. »Laß man ersma dein Mund wieda heilwern, Morgan. Zwei Wochen noch, denn nächste Staßjon, Lagerhaus Salem.«

Eine letzte Woche blieben sie noch in der Blockhütte, um dort in den Bergen Morgans Lippen ausheilen zu lassen. Erst dann begann Clancy endgültig aufzutauen, ihm zu eröffnen, was es mit diesen Straßen- und Hallenkämpfen eigentlich auf sich hatte. Und das war ziemlich verwandt mit jener Einzelkämpferei, die Morgan bisher praktiziert hatte, um überleben zu können. Clancy spann sein

Boxergarn und erzählte, daß dieser Sport seit dem achtzehnten Jahrhundert bekannt und beliebt wäre, als ein Engländer namens Jack Broughton zum ersten Mal Regeln für das Preisboxen entwickelt hatte. Morgan nahm jedes Wort von Clancys Ratschlägen in sich auf und speicherte es in seinem Gedächtnis, und die Woche in der einsamen Hütte verging wie im Flug. Bald schon wurde es Zeit, nach Bethel zurückzukehren, Zeit, sich auf seinen ersten Kampf vorzubereiten.

Das Salemer Lagerhaus Clairton hatte jahrelang leergestanden. Sogar die Ratten, die sich anfangs noch von dem Obst ernährten, das dort vergammelte, waren zu anderen Freßplätzen geflüchtet. Als Morgan sich umschaute, erschauderte er leicht. Das Lagerhaus war riesig, still und kalt. In der Dunkelheit, in der Mitte des Betonfußbodens, unter einem Tümpel erbarmungslosen Lichtes, war ein dichtes Geviert von Männern zu erkennen und der Nebel ihres Atems, der wolkengleich über ihnen hing, während sie sich Wetteinsätze zubrüllten.

In der Morgan gegenüberliegenden Ecke stand sein erster Gegner, den Oberkörper nackt, mit dem Rücken zu ihm und die Hände auf den Schultern seiner Betreuer. Er trug schwarze Shorts über einer schwarzwollenen Trainingsstrumpfhose. Als sich der Mann ihm zuwandte, gewahrte Morgan, daß dessen kantiges, plattnasiges Gesicht dem Fogartys auffallend glich, und war erleichtert. Mitleid war hier also nicht angesagt. Der weiße, muskulöse Körper des Mannes dampfte in der kalten, dumpfigen Luft des Lagerhauses. Er preßte seine Fäuste zusammen, als wollte er sie für den Kampf schärfen, wandte sich um und sank auf seinen Hocker nieder. Über ihm bearbeiteten streichelnd und knetend seine Betreuer Nacken und Brustpartie und flüsterten ihm mundwinkelkurze allerletzte Tips zu.

Der Ringrichter, in Pelzmütze und dicker Karojacke, erbat sich Ruhe. Seine Stimme brach sich hoch oben im stählernen Dachwerk. Die Männer verstummten. Erwartungsvolles Schweigen lastete über der Kampfstatt. Der Ringrichter wandte sich zu Morgans Gegner. »McGuin, Chicago, gegen...«, dann zu Clancys Schützling »Chuck Petrack, aus der Bronx.« Es war das erste Mal, daß Morgan seinen Boxernamen vor allen Leuten ausgesprochen hörte. Er half ihm, sich von dem zu distanzieren, womit er ab heute sein Geld verdienen würde. Noch einmal schaute er unter sich in die angespannten, erwartungsvollen Gesichter, denn nie zuvor hatte er solche Männer

gesehen. Gut, diese Kerle waren zum Wetten und Gewinnen hergekommen, aber was sie wirklich wollten, war, zu erleben, wie die
Starken geschlagen, verprügelt, bestraft wurden, Männer, die, besser
als sie, danach zerbrochen und gedemütigt im Staub lagen, wie sie
selbst, die Schwachen, Tag für Tag.

Jetzt war Morgan mittendrin in der Halbwelt des Sports, Lichtjahre
vom Olympischen Gedanken entfernt, durch das Gesetz sogar getrennt von der zwar schattenreichen, doch legalen Welt des professionellen Boxsports.

Clancy massierte die Nackenmuskulatur Morgans, der auf einem
Hocker in seiner Ecke saß.

»Entspannen«, beschwor ihn Clancy. »Entspann dich!« Morgan sah
zu ihm hinüber. Eine stumme Kälte klammerte sich an ihn.

Einen Gong hatte man hier nicht; statt dessen ließ irgend jemand in
der unparteiischen Ecke eine Trillerpfeife schrillen und eröffnete den
Kampf. Morgan sprang auf die Beine, startete langsam, fast geduckt,
genau wie McGuin. Eine ganze Minute lang umkreisten sich beide;
nur ihr stoßender Atem durchdrang die gespannte Stille.

Und dann ging alles sehr schnell. Wie bei Fogarty, so schlug Morgan
auch jetzt einen angetäuschten linken Haken und schmetterte
McGuin die scharfgestochene Rechte an die Nase. Sein Gegner ging
blitzartig zu Boden und blieb eine kleine Ewigkeit lang liegen. Aus
seiner Nase rann Blut. Genau wie vor ihm Fogarty stützte sich der
Geschlagene wenig später mit schmerzverzerrtem Gesicht auf beide
Hände, kam dann auf die Knie und brach im selben Augenblick
endgültig auf dem Betonboden zusammen.

Schweigen umschloß die Menge. Morgan wandte sich Clancy zu und
ließ sich seinen Mantel geben.

»Bloß raus hier«, verlangte er zitternd.

Auf der Heimfahrt fühlte er sich hundsmiserabel. In seiner Tasche
brannten einhundert Dollar, und als er zu Hause angekommen war,
legte er das ganze Geld Schein für Schein vor Ruth auf den Tisch. »Da
haste, Schatz«, sagte er nur.

Er sah ihr gewaltiges Erstaunen.

»Willste wissen, wie ichs gekricht hab?« Morgan erhob die rechte
Faust, bespuckte sie und hieb sie auf den Tisch.

»Nen Kerl vertrimmt«, sagte er, und Tränen rannen ihm über das
Gesicht. »Irgendsonen armen Typ verhaun. So hab ichs gekricht. Und
genauso werd ich mich von jetzt ab auch weiter um dich und das Baby
kümmern.«

Als er an diesem Abend seinen Bericht über seinen ›neuen‹ Beruf und wie es dazu gekommen war beendet hatte, nahm Ruth Morgans Kopf in beide Hände und schaute ihm tief in die Augen. »Morg«, sagte sie, »du bist der tapferste Mann, den ich kenne. Wenn die Preisboxerei das ist, was du fürs Leben tun mußt, dann tus. Aber tus auch gut.«

Und er tat es. Unter dem Namen Petrack, der Bronx-Bomber, absolvierte er sechs weitere Kämpfe im Salem-Lagerhaus. Dann, zwei Monate später, war die Zeit reif für den Umzug in den Haupt-Eastcoast-Bezirk, ein wahres Preisboxveranstaltungsnetzwerk, das alle industriellen Zentren dieser Gegend umspannte.

Das oft entsetzliche Dorado der Dollar-Kämpferei war eine unterirdische Welt ausgestorbener Lagerhäuser, uralter Exerzierhallen und mitternächtlicher Rangierbahnhofsarsenale aus Düsternis und Blut. Manchmal dauerten die Kämpfe lange, doch Morgan verlor nicht ein einziges Mal. Clancy half ihm, eine immer bessere Taktik zu entwickeln, brachte ihm bei, wie man den Körper traf. »Kill den Magn, und der Kopf krepiert«, erklärte er. Und wie Morgan siegte, so strömte vom Ringrand Dollar auf Dollar herein.

Während des folgenden Jahres wurde das Band zwischen Morgan und Clancy sehr stark, obwohl beide Männer wußten, daß es in der Welt draußen nicht eine Sekunde würde halten können. Es war eine Freundschaft, die dem gegenseitigen Respekt für des anderen Geschick und Wissen entsprang. Clancys Augen vermochten die Rauchwand um den Ring zu durchdringen und den einzigen schwachen Punkt des Gegners zu entdecken, der für den Unterschied zwischen Erfolg und Scheitern verantwortlich war. Und Morgan hatte die Aufgabe, diese Instinkte und Einsichten in explosiv schlagende Aktion umzusetzen; durch Clancys Augen geleitet, gewalttätig zu werden.

Doch während sie als Team hervorragende Geschäfte machten, mußte Clancy begreifen lernen, daß Morgan in Wirklichkeit fürs Preisboxen noch nicht mal einen Cent übrig hatte.

»Na gut, hier is nich Madison Square Garden«, sagte Clancy immer mal wieder. »Aber schließlich vaprügeln wir ja auch keine alten Muttis, und Kämpfe valiern tun wir auch nich, also wer valiert denn schon was dabei? N paa Jungs fang sich ne rote Nase ein, naja, oder ma ne anjeknackste Rippe – aber die könntn ja nun nochn ganzn Sack mehr Pech ham. N Unfall inne Walzwerke odern Steinschlag im Schacht oder so. Also, wer valiert denn nu wirklich was dabei, wie?«

Morgan pflegte nichts darauf zu antworten. Er brachte es einfach nicht fertig, das, was er tun mußte, zu lieben, dennoch – Ruths Satz tönte immer wieder in ihm nach – war es besser, diese Sache gut als schlecht zu tun. Wie Clancy immer sagte, »möcht jeder gewinn oder sachtes wenixtns. Aba worums eijntlich jeht, daßis, nich valieren zu wolln.«

Dann kam der Abend, an dem Morgans Mann reglos liegenblieb und aus dem Ring getragen werden mußte. Morgan wurde zurückgezerrt und schaute über seine rechte Schulter auf den Kämpfer, solange er konnte, während Clancy ihn hastig durch das Gedränge schob und im Ford verstaute. Eine Woche später erfuhr Morgan, daß sein Gegner gestorben war. Von Stund an trieb er sich an der Ostküste umher, rauf und runter, voller Schmerz und sprachlos; kehrte nur gelegentlich auf einen Sprung nach Bethel zurück, um Ruth und Michael zu sehen, nahm jede Arbeit an, die er bekommen konnte, und wußte, daß seine Tage als Preisboxer endgültig gezählt waren.

In New York, wo er als Docker jobbte, erfuhr er dann von Ruths Tod. Sie war schon eine Woche zuvor gestorben, doch der Brief war sechs Tage unterwegs gewesen, bis er ihn erreicht hatte. Eigentlich hatte sich Morgan nie so richtig Gedanken über den Tod und das Sterben gemacht, obwohl eine unscharfe, eher kindliche Vorstellung in ihm lebte, wie er und Ruth sich Hand in Hand durchs Leben auf den Tod zubewegten.

In Bethel konnte er, nach vier Tagen Bahnfahrt von New York aus, nur einen Tag bleiben; länger hätte ihm gefährlich werden können. Er stand vor ihrem Grab, als in der Stadt die Fabriksirenen das Signal für das Arbeitsende herausheulten. Die Stadt hatte sie umgebracht. Die Fabrik hatte sie umgebracht. Er hatte sie umgebracht, in gewisser Weise, mit seiner verbissenen Idee, immer weiter zu kämpfen. Und dennoch wußte er, daß Ruth, würde sie noch einmal leben, alles wieder so machen würde mit ihm zusammen und mit all den anderen Verlierern. Alles, was er je gewonnen hatte, hatte er mit seinem Körper und mit ihr gewonnen.

Und an dem Tag, als er New York verlassen wollte, hatte er von einem Wettlauf gehört, einem Super-Marathon, irgendwo drüben im Westen, von einem Langstreckenlauf quer durch Amerika. In seinem Kummer hatte er nicht weiter daran gedacht, aber später kehrten ihre Worte zu ihm zurück – »Du bist der tapferste Mann, den ich kenne. Wenn es das ist, was du fürs Leben tun mußt, dann tus. Aber tus auch gut.«

Und genau das war es: Laufen. Leicht würde es zwar nicht sein, aber ihm blieb ein reichliches Jahr, sich darauf vorzubereiten.

Als nächstes brachte Morgan seinen einjährigen Sohn Michael zu seiner Mutter nach Elmira. Sie war Witwe und überglücklich, auf diese Weise noch einmal zu einem Sohn gekommen zu sein, den sie lieben und beschützen konnte. Morgan erzählte ihr, was er vorhatte, und eine Woche später brach er nach Westen auf.

Auf seinem Weg nach Los Angeles ließ er sich Zeit und verbrachte sogar einige Monate in Kansas als Rummelboxer. Dennoch hatte er von Anfang an sichergestellt, daß er jeden Tag mindestens zehn Meilen laufen würde, und Anfang Februar 1931, einen Monat vor dem Start des Trans-America-Super-Marathons, konnte er dreißig Meilen in etwas über drei Stunden laufen. Mike erkannte plötzlich, daß er das Laufen lieben lernte; denn anders als die Faustkämpferei verletzte das niemanden. Man mußte sich zwar langmachen und abschinden bis zum Gehtnichtmehr, aber das tat ihm gut und keinem weh. Und so kam es, daß Morgan sich vorgenommen hatte, den Trans-America dollarmäßig nach Strich und Faden auszuquetschen und schon früh einige der großen Etappenpreise einzuheimsen, zumal er sich nicht sicher war, ob er es überhaupt (und dann auch noch in der verlangten Zeit) bis New York schaffen würde, um den ganz großen Schnitt zu machen.

*8.30 Uhr, 24. März 1931.* Das riesige Läuferfeld – 1710 Männer und 40 Frauen – wartete startklar kurz vor der Einmündung zur Hauptstraße nach Barstow; der Abbau von Flanagansville war soeben beendet worden. Die Spannung von Los Angeles hatte sich mittlerweile gänzlich verflüchtigt. Am Tag zuvor hatte man die dritte Etappe abgeschlossen und war um gut hundert Läufer weniger geworden. Schon jetzt begann sich das Feld zu verfestigen. Echte, ernste Plazierungskämpfe hatte es im Grund bisher noch nicht gegeben, obwohl das Tempo der Spitzengruppe recht schnell gewesen war, etwas mehr als zehn Minuten pro Meile. Jetzt aber lag Geld hinter der Ziellinie, insgesamt über eintausend Dollar für jede der zwei Zwanzigmeilenetappen, und vor allem diejenigen, die kaum Hoffnung hatten, den Trans-America zu gewinnen, würden zweifelsohne allein auf diese Preise hinarbeiten, die für sie erlaufbar waren.

Morgan starrte in die Wüste hinaus. Fünfhundert Dollar; sie würden am Schluß der ersten Zwanzigmeilenetappe an seinen Füßen kleben. Todsicher.

# 8

## Durch die Mojave

Doc fluchte still vor sich hin. Müller, einer dieser Deutschen, war sofort in Führung gegangen und hatte ungefähr zwanzig Läufer mit sich gezogen. Morgan war ihm auf den Fersen geblieben, ebenso Martínez und Thurleigh. Als das Ende der Läuferschlange die Straße nach Barstow erreicht hatte, waren die vorne führenden Gruppen schon meilenweit voraus und wogten zielstrebig in die Wüste.

Doc schaute auf seine Uhr. Die ersten liefen fast neun Minuten die Meile, oder sogar noch darunter. Wahnsinn! Er verminderte das Tempo jetzt sogar noch etwas mehr und kümmerte sich nicht im geringsten um die Mitläufer, die ihn scharenweise überholten.

Plötzlich fand er sich Schulter an Schulter mit Kate Sheridan; ließ sich etwas zurückfallen, um ihr Geläuf zu prüfen und schloß dann wieder zu ihr auf.

»Gehn Sie schön runter auf Ihre Fersen, Lady. Halten Sie den Schritt niedrig. Das ist hiern Shuffle, kein Rennen.«

Sie antwortete nichts.

»Sorgen wegen des Schnitts?«

Diesmal nickte Kate.

Doc zeigte auf einen alten, weißhaarigen Läufer, der etwa zwanzig Yards vor ihnen voranruderte.

»Dann halten Sie sich an Charles Fox. War bis zum Krieg der größte Profi der Welt. Diese Etappe wird er unter vier Stunden laufen. Bleiben Sie bei ihm, solang Sie können, und dann schaffen Sies auch. Und, denken Sie dran, bleiben Sie flach am Boden – und trinken Sie an allen Wasserposten was.«

Noch bevor sie etwas antworten konnte, tippte Doc an seine Mütze und spurte sich seinen Weg durch das Hauptfeld. Er wollte nicht gerade auf Zeit machen, aber dennoch beim Einlauf unter den ersten zwanzig sein, um seine Gesamtzeit möglichst niedrig zu halten.

Doc schien es, als hätte der Völkerbund Wandertag. Er passierte ein Chinesen-Trio, das leichtfüßig in seltsamen Spaltzehschuhen dahinspurte, dieselben Männer, denen er sein Chickamauga-Mittelchen verhökert hatte, neulich im Hotel. Der Franzose Bouin lief gemeinsam mit dem finnischen Olympioniken Eskola, und beide unterhielten sich auf Deutsch. Jeder war ein erstklassiger Läufer mit Tausenden von Meilen in den Füßen. Auf sie würde man achten müssen.

Die drei Deutschen liefen wie bei einer Parade, fast im Gleichschritt. Doc fragte sich, warum der vierte, Müller, nur so weit nach vorne gegangen war. Gewiß, der Deutsche hatte wohl nicht allzu viel Erfahrung, aber es bestand kein Zweifel, daß der Kerl auf Anordnung lief. Vielleicht hatten die Deutschen irgendeine neue Läuferrasse gezüchtet, Männer, die in der Lage waren, über solche Distanzen den Neunminutenmeilenschnitt zu unterbieten...?

Einige hundert Yards weiter, an der Zehnmeilenmarke, kam Doc auf gleiche Höhe mit dem All-American-Team, das etwa an fünfzigster Stelle lag. Man lief in einem guten, gleichmäßigen Rhythmus, also blieb er bei ihnen, nahm sich am zweiten Wasserposten, zwölf Meilen nach dem Start, einen Becher mit Wasser und trank im Laufen. Er sah auf die Uhr: eine Stunde, achtundvierzig Minuten. Alles in allem bestens.

Zwei Meilen hinter Doc Cole lief Kate Sheridan immer noch neben Charles Fox. Der alte Mann sagte nichts, scharrte stur voran auf altersfleckigen, krampfaderdurchzogenen Beinen, mit gleichmäßigen fünf Meilen die Stunde. Vor zwanzig Jahren hatte es niemand mit Fox über solche Distanzen aufnehmen können. Er war der erste professionelle Langstreckenläufer, der zwölf Meilen pro Stunde schaffte, dreißig Meilen in drei Stunden und in zwölf Stunden hundert Meilen unter die Sohle bekam; der Trans-America-Super-Marathon war allerdings für ihn zu spät gekommen.

Jetzt, mit sechsundsechzig Jahren im Kreuz, mußte er sich damit zufriedengeben, das Tempo neben einer jungen Frau halten zu können!

Es war sicher besser, daß Kate ohne Kenntnis der Gefühle des alten Mannes vor sich hinlief; ihre Gedanken kehrten wieder in die Tage bei Minsky's zurück. Niemand, der die immer lächelnden, flitterübersäten Mädchen sah, wie sie mit militärischer Präzision die Beine warfen, wäre darauf gekommen, welche harte, erschöpfende Arbeit in drei Shows täglich lag. Die Schmerzen in ihren Beinen wurde sie praktisch nie los; aber sie hatte gelernt, mit ihnen zu leben, den Schmerz zu akzeptieren als den Preis, der fürs Leben gezahlt werden mußte. Im Trans-America aber war alles völlig anders. Stundenlanges

Laufen ohne weitertreibende Musik, nichts an Neuartigem, wie komplizierte Tanzschritte, und Stimulierendes, wie das Beifallsrauschen eines begeisterten Publikums. Einfach nur Meile um Meile öder Wüste, zusammen mit Hunderten hagerer, offenbar niemals erschöpfter Männer. Dieses Laufen hier war so weit vom Vaudeville entfernt, wie man es sich überhaupt vorstellen konnte.

Doc hatte recht gehabt, dachte Kate, als sie sich am Achtmeilenpunkt Wasser holte, dreiunddreißig Minuten unter ihrer normalen Stunde. Sie machte sich gut; es fiel ihr leicht. Doch die vordersten Läufer konnte sie nicht mehr sehen; sie waren zu dieser Zeit schon mehr als zwei Meilen weiter.

Schon von der ersten Meile an erschien Morgan das Tempo sehr schnell. Er war Müller auf der harten, holperigen Strecke hinaus zum Rand der Wüste gefolgt, doch der junge Deutsche ließ ihn nicht an sich heran. Er legte die ersten drei Meilen in vierundzwanzigeinhalb Minuten zurück, die ersten sechs noch unter zweiundfünfzig, hielt nicht am ersten Wasserposten, sondern nahm eine Meile weiter von seinem Trainer einen Becher Wasser zu sich, und trotzdem blieb Morgan Müller dicht auf den Fersen und heftete sich dann an die linke Schulter des Deutschen.

Im vorausfahrenden Pressebus wischte Pollard am staubigen Rückfenster herum und schüttelte den Kopf. »Werd einfach nicht draus schlau, was sich da draußen abspielt, Carl«, sagte er, sich Liebnitz zuwendend. »Dieser German da läuft, als wäre das Rennen in Barstow zu Ende und nicht in New York.«

Liebnitz kam zu Pollard nach hinten in den Bus und starrte durch das Fenster auf die Führungsgruppe der Läufer einige hundert Yards hinter ihnen.

»Bin auch platt«, brummelte er. »Trotzdem, ich kann schon verstehn, warum einige von den andern in der Zeit bleiben wollen für ein Etappengeld wie diesmal. Fünfhundert Dollar jetzt cash auf die Kralle sehen für manchen besser aus als hundertfünfzigtausend in New York nach dreitausend Meilen. Diese verdammten Etappenpreise machen womöglich noch einige gute Leute kaputt, noch ehe wir in Vegas sind.«

»Ich kann Doc Cole nirgends sehn«, konstatierte Pollard.

»Stimmt«, sagte Liebnitz und ging wieder auf seinen Platz zurück. »Doc ist ein gerissener alter Springbock. Noch in L. A. hat er gesagt, daß er so um die zehn Minuten pro Meile laufen will, und ich schätze schon, daß er bei seinem Plan bleibt. Aber er wird Müller und die andern garantiert immer schön im Auge behalten, glauben Sie mir.«

»Was ist mit dem Mädchen?«

»Der Sheridan?« sagte Liebnitz. »Ist schon ziemlich beeindruckend, die junge Frau, aber ich wette, sie wird das hier bestimmt einen ganzen Haufen schlimmer finden als die Beinewerferei bei Minsky's. Noch die nächsten beiden Etappen, und wir werden sehn, ob sie im Rennen irgendwelche reellen Chancen hat. Flanagans Zeiten sind ganz schön happig – ich schätze, er wird heute das Gros der Geher rauskippen, und das Feld wird bis Sonnenuntergang ziemlich nah auf eintausend runter sein. Obwohl ich nicht meine Hand dafür verwetten würde, daß Miss Sheridan zu den tausend gehören wird – oder irgendeine andere Frau.«

»Wärn Jammer«, nickte Pollard und griff nach seinem Bierglas. »Sie gibtne feine Story ab.«

»Nun«, sagte Liebnitz und rückte seine Brille zurecht. »Seien Sie lieber nicht zu sehr überrascht, wenn lediglich eine Short-Story dabei rauskommt.«

Die Läufer waren mittlerweile schon tief in der Mojave, in der knochentrockenen, braungebrannten, geborstenen Ebene, mit den schiefen Josuabäumen als einzigen Zeugen des Rennens; wie verkrüppelte Betrachter standen sie da, als die ersten den Weg in die Wüste unter die Füße nahmen, vor ihnen die Pressebusse, der scheppernde krugförmige Maxwell-House-Coffee-Pot und Flanagans Trans-America-Rennleitungsbus.

Sechzig Jahre zuvor hatte dieses Land schlimmen Tribut von den Siedlern gefordert, die sich mit Pferde- und Handwagen durch die Sonne kämpften, durch Sand und über Felsen, immer auf der Hut vor plündernden Indianern. Nun waren die Indianer fast ausgerottet, doch feindlich genug blieb die Natur den Menschen, die täglich gegen ihresgleichen und sich selbst zu kämpfen hatten.

Zehn Meilen voraus waren noch immer sechs Männer bei Müller, darunter Lord Thurleigh, Martínez und Morgan. Der sonnengebräunte junge Deutsche hatte zu schwitzen begonnen, sein treibender Rhythmus kam dennoch nicht ins Stocken. Bei zwölf Meilen stieß er weitausgreifend nach vorne und setzte sich gänzlich von den anderen ab.

Im Trans-America-Bus nuckelte Flanagan an seiner Zigarre, bemerkte, daß sie ausgegangen war und wühlte in seiner Tasche nach einer Schachtel Streichhölzer. »Wie läufts?« sagte er und wandte sich Willard zu, der gerade aus dem Fenster schaute.

»Schwer zu erkennen, Boß. Zuviel Staub. Aber es sieht ganz so aus, als würde dieser junge Deutsche, Müller, alle andern abhängen.«

»Na, ist doch prima«, sagte Flanagan, »dann haben Pollard und die ganzen Pressebengels schön was zu knabbern. Eine Story pro Tag macht einen Journalistentag, wie?«

»Yeah«, stimmte Willard zu. »Aber Müller hat heute ein paar wirklich gute Läufer abgehängt.«

Flanagan zog an seiner Zigarre.

»Vielleicht ist das der Grund, warum er da ist«, sagte er dunkel.


Fünfhundert Dollar oder dreihundert? Morgan mußte sich nicht erst lange entscheiden. Er nahm Müllers Verfolgung auf und zog Martínez und Lord Thurleigh mit sich. Das Führungskleeblatt klebte bald eng aneinander; jeder begann kürzer und heftiger zu atmen, das übliche Zeichen dafür, daß die eingeatmete Luftmenge nicht mehr dem erhöhten Bedarf des Körpers entsprach.

Morgan war zwei Jahre zuvor in genau diesem Zustand gewesen, in den Tuscarora-Bergen. Das jetzt war auch nicht schlimmer, schließlich war hier Flachland, aber immerhin lag noch mal eine Zwanzigmeilenetappe vor ihnen und dann noch mal mehr als dreitausend Meilen. Vielleicht hatte er sich doch zu der falschen Sache entschlossen – vielleicht. Aber er hatte sich darauf festgelegt, es gab keinen Weg mehr zurück.

Neben ihm, zu seiner Rechten, lief Martínez wie ein trotziges Kind, die Atmung sauber und schnell, seine weißen, leuchtenden Zähne entblößt. Thurleigh wischte sich eine Haarlocke aus dem Gesicht und legte etwas Tempo zu, ohne die anderen Läufer weiter zu beachten.

»Noch fünf Meilen«, dröhnte Willard über den Lautsprecher auf dem Dach des Rennleiterbusses einige hundert Meter vor der Spitzengruppe.

Müller, der mittlerweile heftig transpirierte, spurtete wieder. Morgan folgte gemeinsam mit Martínez, doch dieses Mal blieb Lord Thurleigh zurück.

Morgans Atmung war schwer geworden, und es tröstete ihn zu hören, wie Müller und Martínez im gleichen hektischen Rhythmus hechelten. Den letzten Wasserposten überlief er, genau wie die andern. Fünfhundert Dollar. Noch fünf Meilen.

Bei zehn Meilen hatte Doc die Americans abgehängt und die letzten acht Meilen bis zum Ziel konstant die sechzehnte Position gehalten. Eine Meile später schloß McPhail zu ihm auf, und gemeinsam überholten sie die Überreste des ersten Müllerschen Ausbruchs, niedergeschlagene Läufer, die in einen torkelnden Trott oder sogar ins Gehen gefallen waren. Doc lief im Schnitt knapp sieben Meilen die Stunde. Er und McPhail konnten Müller und die anderen eine Meile voraus erkennen und vor ihnen die Busse. Eine Meile war etwas über neun Minuten, dachte Doc und wischte sich mit seinem ums Handgelenk gebundenen Taschentuch über die Stirn. Er hätte es schon lieber gehabt, wenn er bereits näher am Ziel gewesen wäre, und wollte den Angriff versuchen, wenn er nicht allzu anstrengend sein würde.

Fast zwei Meilen hinter Doc und McPhail hatte Kate Sheridan die Zehnmeilenmarke passiert. Sie war noch immer bei Fox. Reichlich unter drei Stunden lagen sie an der Fünfzehnmeilenmarkierung, aber dann begann Fox, sich langsam aber stetig nach vorne zu arbeiten. Kate bemerkte schnell, daß es nicht etwa daran lag, daß der alte Mann beschleunigte, sondern daß sie anfing, langsamer zu werden. Sie spürte, wie ihre Beine ständig schwerer wurden, ihre Hüfte absackte. Hinzu kam, daß sie jetzt allein war, irgendwo in einer Grauzone zwischen irgendwelchen Gruppen hing. Noch fünf Meilen. Um den Schnitt zu schaffen, mußte sie unter fünfundsechzig Minuten laufen . . .

Noch eine halbe Meile. Die drei ersten konnten Flanagans Etappen-Camp in der hellen Wüstensonne sehen, das auf dem hügeligen Buschland neben der Strecke errichtet worden war. Sie liefen fast gleichauf, Müllers gebräunte Schultern nur wenig vor ihnen, und so hielt das Trio sich in einer seltsam hüpfenden Balance. Aber Morgan brach den Zauber, der sie miteinander verbunden hatte, und schob sich nach vorn. Weder Martínez noch Müller reagierten darauf und zogen nach. Er war in Führung!

Hundert Yards weiter hörte er schon wieder Müllers gebeuteltes Atmen rechts neben sich. Als der Deutsche auf gleiche Höhe kam, durchtobte Morgan eine kurze Welle der Verzweiflung. Sie liefen, als wären sie zusammengeschraubt. Ihr Atem raspelte in ihren Kehlen, jede Muskelfaser war bis zum äußersten gespannt. Unbewußt registrierten sie die Rufe aus der wartenden Menge und das Gehupe der

Wagen und Busse am Wüstenziel. Doch alles, was sie wirklich hörten, war das schreckliche Rasseln im bebenden Tunnel der Luftröhre. Sie liefen ganz flach, die Beine gebeugt und krumm, kaum fähig, die Last ihrer Körper noch weiterzutragen.

Fünfhundert Dollar. Fünfhundert Dollar... Morgan fühlte, wie sein ganzer Körper zur Lunge wurde; ein einziges luftpumpendes Gebilde, das seinen Sauerstoff in gewaltigen, verzweifelten Zügen einsaugte. Fünfhundert Dollar, noch hundert Yards... Er trieb sich zu einer letzten Steigerung seiner Kräfte an, doch nichts geschah. Er wurde einfach nicht mehr schneller. Und dann, als Morgan spürte, wie ihm die Beine plötzlich wegzuknicken drohten, verschwand plötzlich die bedrohliche Schulter zu seiner Linken; Müller röhrte hohl auf und fiel zurück. Morgan passierte den Trans-America-Bus noch gute zehn Yards vor ihm.

Eine halbe Meile vor dem Ziel holten Doc und McPhail den völlig erschöpften Martínez ein, der sich noch mit erlöschender Kraft ein müdes Lächeln abrang, das Gesicht schweißüberströmt.

Mit dem Zeigefinger deutete er sich leicht an die Stirn, als sie auf gleicher Höhe mit ihm waren. »Die varückt«, keuchte er, »die total varückt.«

Flanagan hatte für dieses Zwischencamp nur sechs Zelte errichten lassen, fünf als Ruhezelte, wo es Decken gab, auf denen sich die Läufer vier Stunden lang erholen konnten. Das sechste war das Sanitätszelt, in dem Dr. Falconer und sein Stab eine abnehmende Zahl von Verletzten versorgte.

Doc beobachtete die hundert ersten beim Einlauf und registrierte die Verfassung eines jeden einzelnen. Schon konzentrierte sich das Rennen, dessen harter Kern aus meilenerfahrenen Langstrecklern bestand, die sich auf den ersten dreihundert Positionen behaupteten. Die All-Americans und das deutsche Team sahen kräftig und gut vorbereitet aus, Escola war sehr stark, genau wie die Franzosen Dasriaux und Bouin. Doc war überrascht, wie entspannt dieser Lord Thurleigh ins Ziel gekommen war, obwohl er sich auf Müllers wahnsinnigen Ausbruch eingelassen hatte. Der Engländer war einige Minuten nach Martínez durchs Ziel getrabt und hatte ausgesehen, als hätte er gerade einen gemütlichen Spaziergang an der Themse gemacht.

Nach und nach strömten immer mehr Läufer ins Etappenziel und schnurstracks zum Maxwell-House-Coffee-Pot knapp hundert

Meter weiter. Nach einer Weile verließ Doc den Weg zum Camp und begab sich ins erste Ruhezelt. Martínez, Morgan und McPhail standen beisammen, die Oberkörper schweißgebadet, und ordneten ihre Decken.

»Warum?« sagte Doc, die Hände in den Hüften. »Warum?«

Alle drei Männer wußten, wonach Doc fragte.

Morgan hob fünf Finger in die Luft, und Schweiß rann ihm über Gesicht und Nacken. »Fünfhundert Dollar, darum.«

Martínez setzte sich hin und zog seine Schuhe aus. Er schüttelte den Kopf. »Fünfhundert sind eine Menge Geld, wo ich her bin. Wir pflanzen ganze Ernten für fünfhundert an.«

Doc schaute auf Morgan, der gerade sein Trikot über den Kopf zog. »Brauchen Sie die so dringend?«

»Ja.«

Doc zuckte die Achseln. »Sie müssens selbst wissen«, sagte er und fand für sich auf dem Boden rechts von Martínez ein geeignetes Plätzchen. »Aber es ist nochne verdammt große Menge Meilen zu laufen. Nochn paar solcher Sprints, und es reißt Ihnen die Eier ab.«

Zum ersten Mal sortierte sich Morgans Gesicht zu einem Lächeln.

»Was zum Teufel schert denn Sie das, Doc? Schließlich kämpfen wir gegeneinander, oder?«

Doc lachte zurück. »Ja und nein«, sagte er dann. »Ich bin nun schon dreißig Jahre undn paar zerkloppte auf der Piste. Bei den meisten Rennen sieht man die Leutchen gerade noch am Start, und dann heißts Gutentach, Gutenweech, Aufnimmawiedasehn. Klar, man lernt die Typen kennen, gegen die man antritt – man wird Freunde –, aber dieser Spaß hier, das istne völlig neue Welt. Hier tritt man nicht gegen die andern an, hier gehts gegen die Wüste, den Wind, die Sonne, den Schnee. Und wir berennen sie alle gemeinsam, fast so wien Team. Sogar diese Germans, diese verrückten Chinamänner, dieser ganze spinnerte läufige Völkerbund da draußen. Am Ende der nächsten Etappe haben wir auch den letzten Joker aussortiert, und was dann noch auf die Beine kommt, das sind echte Läufer. Und jedesmal, wenn einer von denen ausfällt, dann leiden die andern ein bißchen mit. Sie können drauf wetten.«

Morgan erinnerte sich an seine eigene Vergangenheit und wußte sehr wohl, was Doc meinte. Während des Arbeitskampfes in Bethel hatte er gesehen, wie seine Freunde um ihn herum wie die Fliegen zu Boden gegangen waren; und bei den ersten gewalttätigen Auseinandersetzungen hatte er jedesmal, wenn er einen Kontrahenten schlug, einen brennenden Schmerz verspürt, tief innen drin.

Hugh drehte sich um und nahm links von Doc Platz, so daß die vier Männer nun einen engen Halbkreis bildeten.

»Warum, glaubt ihr, hat Müller eigentlich so auf die Tube gedrückt?«

Doc schüttelte den Kopf und schnürte langsam seine Schuhe auf. »Ich werd da auch nicht schlau draus. Er muß die ersten acht Meilen in wenig mehr alsner Stunde geschafft haben. Irre.«

Er ließ sich auf den Rücken fallen. »Trotzdem, kein Grund, daß wir uns Sorgen machen deswegen. Vier Stunden Pause. Das heißt vier Stunden Fußpflege.«

Er rollte seine Decke auf und breitete sie auf dem Zeltboden aus. Dann nahm er zwei noch zusammengerollte Decken, plazierte beide ans Fußende der »Bettstatt« und legte seine Füße auf die unterste Deckenrolle.

»Der Kreislauf«, erklärte er. »Die Füße höher halten als den Kopf. Bedeutet, daß der Zinnober leichter zum Herzen zurückgepumpt werden kann. Probierts selber mal.«

Er streckte sich der Länge nach aus und schnarchte binnen weniger Minuten wie ein Holzfäller.

»Sind Sie wirklich als einzige Frau noch im Rennen?« fragte Dixie mit großen Augen. Sie stand mit Kate Sheridan zusammen vor ihrem Wohnwagen am Rand des Camps.

»An mir ist jedenfalls keine vorbeigekommen«, antwortete Kate, »aber vermutlich werde ich noch so an die zehn Konkurrentinnen haben. Sagen Sie, es scheint nurn Zelt für die Männer zu geben. Dürfte ich wohl mal in Ihren Wohnwagen rein und mich putzen?«

»Klar doch«, stimmte Dixie zu. »Ist auch mit Dusche. Wollen Sie duschen?«

Kate nickte dankbar, entledigte sich ihrer Laufschuhe und erklomm die Caravanstufen.

»Wir schlafen hier zu dritt«, sagte Dixie und kam hinter ihr her. »Ich, Mister Flanagans und Mister Willards Sekretärin; aber von denen krieg ich nicht viel zu sehen. Scheinen die meiste Zeit im Trans-America-Rennleiterbus zu verbringen.«

Kate nickte. »Bei Flanagan? Kann ich mir denken.« Sie zeigte zur hinteren Schmalseite des Wohnwagens. »Ist das die Dusche?«

Dixie nickte, öffnete einen Schrank und griff ein grobes weißes

Handtuch heraus. Der Wohnwagen war recht kärglich eingerichtet: drei Betten, ein Stuhl, ein einfacher kleiner Ofen, eine Duschecke, ein Waschbecken und drei kleine Schränke.

Kate zog sich schnell Hemd und Büstenhalter aus und ging zur Dusche hinüber. Sie knöpfte ihre Shorts auf, ließ sie fallen und schlüpfte aus dem dunklen Seidenslip.

Dixie hatte noch nie zuvor eine Frau nackt gesehen und hätte sich nie träumen lassen, daß irgend jemand sich mit solcher Arglosigkeit vor ihr auszog. Kate stand vor ihr. Von der Sonne gebräunt waren Gesicht, Schultern und Beine, und dazwischen lag das flaumige Dreieck, das Dixie kaum anzuschauen wagte.

Kate bemerkte ihre Verlegenheit.

»Wenn Sie mehrere Jahre in einer Burlesque-Show aufgetreten wären, hätten Sie nackte Frauen en masse gesehen. Da hat Schamhaftigkeit wahrlich nichts zu suchen.«

Die Dusche war eine einfache, kunstlose Sache, kaum mehr als ein durchlöcherter Eimer mit lauwarmem, brackigem Wasser, das heausträpfelte, wenn man an einer Kette zog.

Kate trat darunter und ließ die dunkle Wasserbrühe an sich herabrieseln. Der Trans-America-Super-Marathon trieb jedes überzählige Gramm Fett heraus. Auch schon als Tänzerin hatte sie einen zähen, festen Körper gehabt, aber diese Zähigkeit war neu und völlig anders. Ihre Schenkel waren sehnig und hart geworden, ihr Bauch flach und die Schultern muskulös und fest. Die eigentliche Härte wuchs aber in ihrem Innern. Dort spürte sie Kraftvolles heranreifen. Herz und Lunge begannen sich zu entwickeln, um für täglich fünfzig Meilen genügend Sauerstoff heranpumpen zu können.

Kate hatte sich nie darüber Gedanken gemacht, daß es auch Männer gab, die so waren, Hunderte von Männern, die fast sieben Meilen pro Stunde laufen konnten, und das, so schien es, tagaus, tagein. Immer. Zum Glück gab es nach dem Stechen einen Ruhetag, der ihr genügend Zeit zur Erholung lassen würde.

Auch als das Wasser sie überspülte und sie sich ihre Oberschenkel mit Seife massierte, fühlte Kate sich müde. Docs Rat war sehr wertvoll gewesen; dennoch hatte sie der erste Zwanzigmeilenetappenlauf hart rangenommen. Und der zweite würde mit Sicherheit noch härter werden. Bei der ersten Etappe war sie fünfzehn Minuten unter den maximal erforderlichen vier Stunden geblieben, so daß sie nun auf den nächsten zwanzig Meilen einen Fünfzehnminutenbonus hatte, der beim Stechen angerechnet wurde.

Aber schon bald würde sie wieder mit müden, bleischweren Beinen laufen müssen, und Kate begann, sich über das Ausmaß der Aufgabe, die sie während der nächsten drei Monate zu bewältigen hatte, klar zu werden.

»Alles in Ordnung?« rief Dixie ihr durch das Gezischel und Geplätscher der Dusche zu.

»Super«, sagte Kate, stieg aus der Dusche und griff nach dem Handtuch, das Dixie für sie bereitgelegt hatte.

Dixie wagte einen genaueren Blick. Bisher hatte sie immer gedacht, Sportlerinnen müßten maskuline Körper haben oder zumindest breithüftig gebaut sein, ähnlich den fettärschigen »Hockey-Hexen« vom College früher. Gewiß, Kate Sheridans Körper fehlte die Weichheit des ihren, aber trotzdem war sie deshalb nicht weniger Frau. Ihr Frausein drückte sich einfach in bebender, glühender Sportlichkeit aus.

»Wie fühlen Sie sich?« fragte Dixie.

»Tausendmal besser, wenn ich nicht noch mal zwanzig Meilen vor mir hätte«, gestand Kate und rubbelte sich ihr schwarzes Haar trocken. »Himmel, sind meine Beine steif.« Sie knetete ihre Waden.

»Wollen Sie... wollen Sie, daß ich Sie massiere?« fragte Dixie zaghaft.

»Wenn Sie Lust haben. Von den Jungs da draußen möcht ichs eigentlich keinen machen lassen – könnt auf dumme Gedanken kommen!«

Dixie lachte. »Wo soll ich was machen?«

»Ich habs mir bei den Kerls angesehn. Sie gehen dabei immer nach oben, in Richtung Herz.«

Kate zog die Hose wieder an und streckte sich behutsam und unter Schmerzen 'auf einer Liege aus.

Dixie begann mit Kates rechter Wade, wobei sie vorsichtig aufwärtspreßte bis zur Kniekehle hinauf. Sie hatte erwartet, daß Kates Muskeln hart sein würden, und war überrascht, daß sie unter ihrer Berührung weich, fast schlaff waren.

Und bald fand sie heraus, daß gute Muskeln im entspannten Zustand sich locker und geschmeidig anfühlten. Es war die untrainierte Muskulatur, die steif und hart war.

Kate ächzte, ihre Arme hingen über den Seiten der Liege herunter.

»Tu ich Ihnen weh?« fragte Dixie besorgt.

Kate hob den Kopf. »Aber nein. Die sind einfach nur so steif. Genieren Sie sich nicht, und packen Sie fest zu.«

Als Dixie mit den Waden fertig war, setzte Kate sich auf und zeigte auf ihre Oberschenkel. »Ich hab beobachtet, wie die Jungs sich gegenseitig bearbeiten. Sie walzen die Muskeln von einer Seite zur andern; die Knie sind angewinkelt. Dann walken sie die Rückseite durch, danach die Kniesehnen und hören schließlich mit den Schenkelvorderseiten auf; dabei sind die Beine aber ausgestreckt.«

Dixie wandte sich also Kates Oberschenkeln zu, wobei sie nun beide Hände benutzte. Die Muskeln veränderten sich bis zu fünfundvierzig Grad, sprangen dann zurück und vibrierten sanft unter der weichen, haarlosen Haut des Mädchens. Anschließend zwang Dixie sie in die andere Richtung und sah, wie die Muskeln wieder in ihre Ausgangslage zurückschnellten.

Als sie an der kräftigen Muskulatur von Kates Schenkeln aufwärtspreßte, konnte Dixie die Spannung in der schwellenden Wölbung der Kniesehnen spüren.

»Autsch!« heulte Kate auf.

Dann zu den Vorderseiten von Kates Oberschenkeln, die Dixie wiederum mit beiden Händen bearbeitete, indem sie aufwärts bis zu den Innenseiten der Leistengegend preßte. Wieder konnte sie die Muskeln sich unter ihren Händen bewegen sehen und fühlen.

»Tausend Dank«, sagte Kate und setzte sich auf. »Vielleicht werden es diese Beine jetzt schaffen, mich zwanzig Meilen weiterzutragen und das geforderte Limit zu halten.«

»Unter welcher Zeit müssen Sie denn bleiben?« fragte Dixie.

»Wenn ich auf Sicherheit geh, kann ich vier Stunden, fünf Minuten brauchen«, sagte Kate und zog sich ihr Trikot über den Kopf. »Das wär für michne Gesamtzeit von sieben Stunden, fünfzig Minuten, mit der ich mich für die nächste Etappe in die Mojave qualifiziert hätte.«

»Glauben Sie, daß Sies packen können?«

»Vor einem Jahr hätt ichs nicht mal umnen Häuserblock geschafft. Klar kann ich das, Tausende von jungen Frauen könnten das, wenn sie bloß von ihren Hintern hochkämen oder andere Schuhe anziehen und es probieren würden. Aber jetzt haben wir genug von mir gesprochen. Sind Sie Flanagans Mädchen?«

»Nein«, wehrte Dixie ab und errötete.

»Ich hab gesehn, wie er Sie angeschaut hat. Ich kenn diesen Blick. Macht er Ihnen Schwierigkeiten?«

»Nein«, antwortete Dixie verlegen.

»Sagen Sie mir ruhig, wenn ers tut. Ich kenn ne Menge Typen, die so sind wie er.«

»Überlassen Sie mir ruhig Mister Flanagan – Sie müssen sich immerhin mit mehr als tausend Männern rumärgern.« Dixie war überrascht, sich selbst so sprechen zu hören, und errötete aufs neue.

Kate lächelte und legte Dixies Handtuch über die Stuhllehne.

»Ich seh da eigentlich kein besonderes Problem«, sagte sie. »Fünfzig Meilen am Tag, das würd auchnen Valentino vorzeitig auf die Matratze hauen.«

Kate forkte mit ihren Händen durch ihr noch immer feuchtes Haar und ging zur Wohnwagentür.

»Nein«, sagte sie. »Ein paar tausend Männer sind nicht unbedingt das Schlimmste. Aber dreitausend Meilen . . .« Sie seufzte, schüttelte den Kopf und öffnete die Tür.

»Glauben Sie, Sie schaffens?« fragte Dixie noch einmal.

»Ich muß«, antwortete Kate und blickte hinaus in die Wüste. »Wo soll ich denn sonst hinlaufen?«

Sie drehte sich zu Dixie um und lächelte.

»Und überhaupt – können Sie sich vorstellen, daß es was Besseres zu tun gibt?«


Dixie saß an der Tür des Wohnwagens und blickte über das sonnen-ausgemergelte Buschland und schaute Kate nach, die sich auf den Weg zurück ins Camp machte. Kate Sheridan schien so sicher, voller Selbstvertrauen, so zäh. Doch Kates Zähigkeit kam aus angelebtem Zynismus, ihre eigene aber erwuchs aus Angst und Zweifeln. Vielleicht konnte man sich gegenseitig helfen während der 3000-Meilen-strecke zwischen hier und New York; obwohl Dixie nicht hätte sagen können, was sie der Freundin zu bieten hätte.

# 9

# Zum Tanzplatz des Teufels

*15.45 Uhr, 24. März 1931.* Eintausendvierhundertdreiundachtzig Männer und Frauen saßen schweigend vor der Rennleitung und erwarteten das nachmittägliche Briefing für die zweite Preisgeldetappe. Es waren knapp zwanzig Grad Celsius; die Sonne stand hinter leichter Bewölkung, nachdem sie den ganzen Morgen über dankbar geschienen hatte. Man befand sich jetzt inmitten der Mojave, und die ersten paar Wettkampftage hatten schon ihren Tribut gefordert. Mindestens dreihundert Teilnehmer würden Schwierigkeiten haben, den notwendigen Schnitt von sechs Stunden und zehn Minuten zu erreichen.

»Meine Herren«, begann Flanagan und korrigierte sich, »Verzeihung, und meine Damen«, indem er Kate und den andern Frauen freundlichst zunickte. »Die zweite Teilstrecke der letzten Etappe des heutigen Tages wird zwanzig Meilen ins Shot Gun Camp hineinführen, fünf Meilen vor dem Mojave-Indianerdorf. Das Land ist rauh, nur wenige langgestreckte Erhebungen.«

Er zeigte hinter sich auf eine Reihe von Ford-Lastwagen, von denen einige bereits auf dem Weg zur Wüstenstraße waren.

»Sechs LKWs werden eine halbe Stunde später hinter dem Feld herfahren und diejenigen aufnehmen, die es nicht bis zum Ziel schaffen werden. Die restlichen Laster rauschen jetzt ab, um das Camp rechtzeitig aufzubauen, aber der Maxwell-House-Coffee-Pot und ein Erste-Hilfe-LKW werden drei Meilen vom Start entfernt Stellung beziehen, und ein weiterer Erste-Hilfe-Punkt wird bei fünfzehn Meilen sein. Diesmal wird es drei zusätzliche Verpflegungs- und Wasserstationen geben – und zwar bei fünf, zehn und fünfzehn Meilen. Noch Fragen?«

»Ja«, rief der kleine dunkelhäutige Franzose Bouin und erhob sich. »M'sieur Flanagan: Keine Ihrer Erdnußbuttersandwiches an der Station, isch biete Sie.« Wieder das schon vertraute Sperrfeuer aus Spötteleien und schrillen Pfiffen.

»Abgehakt und akzeptiert«, sagte Flanagan, lächelte und warf über die Schulter hinweg Willard einen Blick zu, der verstehend nickte. »Und denken Sie daran, Sie alle: Morgen ist Ihr erster Ruhetag. Ich schätze, Sie haben ihn sich verdient.« Er sah auf die Uhr, schaute dann auf. »Noch dreißig Minuten bis zum Start.«

Die Trans-Americans erhoben sich und standen in kleinen Gruppen beisammen, während Flanagans Helfer letzte Hand an den Abbau des Lagers legten. Das deutsche Team verdrückte sich etwas in den Hintergrund, setzte sich in einem Halbrund um Trainer Volkner in den Sand und hörte sich mit gesenkten Köpfen besondere Anweisungen an. Einige hundert Meter weiter weg war O'Rourke, der dralle amerikanische Trainer, bei seiner unvermeidlichen Wettkampfansprache. Links von ihnen saßen die Finnen Pentti Eskola und Juouko Maki Seite an Seite auf einem Felsblock und starrten wortlos vor sich hin, während die Franzosen Dasriaux und Bouin nur wenige Meter daneben armschwenkend miteinander diskutierten. Die Trans-America-Lastwagen begannen ihre holperige Fahrt durch die Wüste, der Maxwell-House-Coffee-Pot ließ über Lautsprecher Rudy Vallees Whiffenpoof Song in der trockenen Wüstenluft verwehen, für jeden und niemanden im einzelnen.

Der Start war die deckungsgleiche Wiederholung des Beginns der Vormittagsetappe. Müller übernahm sofort die Führung und zog diesmal Bouin, Eskola, Martínez und den Mojave-Indianer Quomawahu sowie eine Vierergruppe noch nicht bekannt gewordener Läufer mit. Doc schüttelte wieder den Kopf, als er zusammen mit Lord Thurleigh, Morgan und McPhail losfußelte; sie blieben die ersten drei Meilen zusammen und durchliefen gleichmäßig das langgestreckte Feld der mittleren fünfzig Positionen.

»Dieser Typ da, dieser Müller, der müßte mal Montezumas Rache kriegen«, grummelte Doc und hängte sich an die All-Americans, die unter den ersten fünfzig waren, da sie verhaltener liefen als heute morgen.

Müller begann schon früh zu schwitzen; der Rhythmus des Deutschen war aber noch immer unnachgiebig eisern, und die ersten fünf Meilen waren in der schnellen Zeit von fünfundvierzig Minuten zurückgelegt. Wie am Vormittag tänzelte Martínez auch jetzt wieder neben dem Deutschen einher, von dem schnellen Tempo offensichtlich unbeeindruckt. Quomawahu, der als einundzwanzigster die erste Tagesstrecke bewältigt hatte, war eine kleine, hagere nußbraune Gestalt mit weißem Stirnband und seit vielen Jahren die dominierende Läufergestalt bei den Mojavewüstenmarathons. Die Schrittlänge des Indianers war ungewöhnlich kurz, aber dafür die Fußführung ungewöhnlich flach und ökonomisch; er hastete durch die sandige Wüste wie ein ortskundiger Wüstenfuchs.

Bouin war ebenfalls wieder unter den Vordersten. Struppig und schnurrbärtig, lief er mit der Geschmeidigkeit und Sicherheit des dreimaligen Olympiateilnehmers und schaute nur gelegentlich über seine linke Schulter, um Müller kurz zu kontrollieren. Die vier anderen Läufer, die am Anfang mit der Spitzengruppe noch wacker mitgehalten hatten, wurden nach etwa fünf Meilen langsamer und fielen dann ins Mittelfeld zurück.

Acht Meilen in nur etwas über einer Stunde und zehn Minuten, und von den vordersten Läufern pausierte nur Bouin, um etwas Wasser zu trinken. Müller drängte noch immer kraftvoll voran; einziges Zeichen für die höllische Anstrengung war ein konstantes Muskelzucken an seiner rechten Schläfe. Bouin sah nach vorn, auf den bebenden Rücken des Deutschen, zuckte die Achseln und lief weiter. Ihm war klar, daß Müllers Tempo über kurz oder mittellang nachlassen mußte.

Eine dreiviertel Meile hinter ihnen, an dreißigster Stelle, lief Doc; er deutete auf die Spitzengruppe, die gerade eine kurvige Steigung anging.

»Sieh mal«, sagte er zu Hugh, »die müssen schon fünf Minuten vor uns liegen und machen immer noch Dampf.«

Die All-Americans hatten ebenfalls die Position der führenden Läufer registriert und sich langsam von Docs Gruppe und dem deutschen Trio nach vorn abgesetzt. Doc ließ sie ziehen. Er würde sich innerhalb der nächsten drei Meilen entscheiden müssen, ob er Müller einholen wollte oder nicht.

Ein Stück weiter hinten hatte Kate Sheridan schon früh nach Charles Fox Ausschau gehalten und sich dann an der rechten Seite des alten Mannes festgesetzt.

»Tach, Ma'am«, begrüßte sie der alte Recke und hob seine rechte Hand an die Stirn. »Kanns sein, daß Sie nach mir gesucht habn, damit ich Sie unter drei Stunden nach Shot Gun bring?«

Kate nickte.

»Wenn Sie nichts dagegen haben, daß ich dranbleib, Mister Fox.«

»Überhaupt nicht«, sagte ihr Mitläufer. »Mal sehn, was wir für Sie tun könn, wenigstens im ersten Teil.«

Fox, so stellte sich heraus, hielt sein Wort und zog Kate durch die ersten sechs Meilen in knapp über einer Stunde. Überraschenderweise wurde der alte Mann richtig redselig, und während dieser ersten Stunde bekam Kate Fox' Lebensgeschichte als Profi-Läufer während der neunziger Jahre des neunzehnten Jahrhunderts anvertraut.

Fox erzählte ihr von den Sechs-Tage-Wobbles auf der berühmten Holzbahn der Londoner Agricultural Hall in Islington, wo viktorianisch gewandete Läufer sechs Tage ohne Pause die zweihundertzwanzig Yards lange Bahn entlanggetaumelt waren. Fox war der erste, der in diesem ›Schaukeln‹ einen Durchschnitt von hundert Meilen pro Tag schaffte und sechshundert und eine Meile im Jahre 1899 lief.

»Ich hab noch immer den ollen Astley-Gürtel für den da«, sagte er und wischte sich mit dem Handrücken das Wasser aus den Augen.

Internationale Beachtung fanden auch die großen, für Profis und Amateure gleichermaßen offenen Zeitrennen, an deren Ende das Zielband stets Fox als ersten umschlang. Und Fox war es, der die zwölf Meilen erstmals unter einer Stunde gelaufen war; auf dem alten Hackney-Wick-Field, der Wiege des Londoner Laufsports im neunzehnten Jahrhundert.

Dann gab es spektakuläre Läuferduelle, die oft von einträglichen Nebenwetten begleitet waren. Bis zu zwanzigtausend Viktorianer strömten in die naßkalten Stadien, um George gegen Myers, Hutchens gegen Gent zu sehen; oder auch Charles Fox gegen Cannon, Watkins, Strubb oder wen auch immer von jenem Dutzend berühmter Aschenbahnpassanten.

»Ich hab meiner Alten jede Menge Siege mit nach Haus gebracht«, sagte Fox. »Ich war der Beste, den es gab, in jenen Tagen jedenfalls, als noch Geld da war.«

Kate vergaß ihre zunehmende Ermüdung. »Aber wo haben Sie Ihr ganzes Geld gelassen, Mister Fox?« fragte sie ihn.

Fox zuckte die Achseln. »Trainingskosten. Glücksspiel. Kneipen. Auch mal Ladies. Hatte immerne Menge Freunde damals um mich rum.«

Er verminderte das Tempo, als sie sich dem zweiten Verpflegungsposten näherten.

»Essen fassen«, sagte er und zeigte nach vorn. »Vergessen Sie nicht, was zu trinken, Miss. Und essen Sie was. Aber nehmen Sie bloß keine von Mister Flanagans Erdnußbutterbroten.« Sie lächelten beide.

Als Fox vor ihr herlief, schaute Kate hinunter auf seine weißen Beine, die zwar noch immer muskulös, aber mittlerweile auch voller

Krampfadern und Altersflecken waren. Auf dem Rückenteil seines Trikots wuchs ein dunkler, weißgeränderter Fleck, und an seinem roten, faltigen Hals glänzten zahllose Wasserperlen. Kate empfand kein Mitleid, denn der alte Mann hatte auch keines mit sich selber. Er brachte hinter sich, was er schon vierzig Jahre lang getan hatte; und das als Bester.

Zwei Meilen vor den beiden beschloß Doc, daß es nun an der Zeit war, sich dichter an die Spitzengruppe heranzupirschen, weil sein Gesamtzeitkonto bereits nach Abschluß der dritten Tagesetappe mit zwanzig Minuten mehr über Gebühr belastet sein würde. Zwar lagen noch etwa gut fünfhundert Stunden Gesamtlaufzeit vor ihm, trotzdem konnte er es sich nicht leisten, kostbare Minuten einfach laufen zu lassen.

Morgan und Hugh bemerkten die Tempoänderung, verloren aber kein Wort darüber. Gleichmäßig entliefen sie den All-Americans, gleichmäßig drückten sie Yard auf Yard zwischen sie und sich.

Lord Peter Thurleigh, der in ihrem Windschatten lief, kam sich vor wie ein Außenseiter. Noch nie waren ihm Athleten wie diese hier begegnet; nur in Ansätzen vermochte er sich die Natur solcher Männer und ihre Lebensweise vorzustellen; von Männern, die von klein auf jeden Tag für das Erleben des nächsten zu kämpfen gehabt hatten. Sein Weg von Cambridge bis in die Mojavewüste war weit gewesen; vom 20. März 1930 an, als alles begann ...

Es waren die Meisterschaften Oxford gegen Cambridge. Märznebel hatten sich über das Stadion von Queen's Club gelegt und Hunderte der riesigen Zuschauermenge schon mit dem Aufbruch begonnen, als Peter Thurleigh in der ausgehängten *Times* die erste Ankündigung des Trans-America-Rennens studierte. Peter hatte die Hände noch tiefer in den Taschen seines Blazers vergraben und den Wollschal noch enger um den Hals geschlungen. Die Universitätsmeisterschaften gaben zwar einen Vorgeschmack auf die Leichtathletiksaison des Sommers, waren aber aufgrund der Jahreszeit nicht der richtige Rahmen für ein Stelldichein der besten Sportler an Britanniens führenden Universitäten gewesen. Indessen, Tradition war nun einmal Tradition, genauso wie Eton und Shrewsbury und all die anderen Standesschulen in jenen freudlosen Wintermonaten untrainierte Jungen in den Laufsport hineingezwungen hatten, bevor König Kricket seinen Thron erklomm.

Eton! Lieber Gott, im April 1920 war er für eine halbe Meile noch fast zwei Minuten auf dem durchgeweichten Rasen unterwegs gewesen. Eine halbe Stunde hatte es gedauert, bevor er sich wieder im Vollbesitz seiner Kräfte befand, und eine quälende Übelkeit suchte ihn noch den ganzen Tag heim. Eigentlich nicht weiter überraschend, zumal er direkt von der Rugby-Saison und ohne einen einzigen Yard Training in den Halbmeilenlauf gestolpert war. Peter Thurleigh hatte es stets verstanden, sich in vollkommenes Vergessen hineinzulaufen, eine Gabe, die ihm später durchaus zupaß kommen sollte.

Und wie er so in dem nebligen Stadion stand, sah er wieder seinen Trainer vor sich, den alten Sam White, der gerade die letzten Läufer für Cambridge von der Bahn geleitete. Dreißig Jahre lang waren die Studenten durch die Hände des knorrigen alten Trainers gegangen. Als er 1920 nach Cambridge gekommen war und die Erstsemestermeile gewonnen hatte, war Peter schon von Sam massiert worden. »Ich glaube wirklich, daß Sie alles haben, was man zum Laufen braucht, Sir«, hatte der alte Mann zu ihm gesagt und behutsam die Waden des Jungstudenten durchgeknetet.

Alles haben, was man braucht: Die ganzen nächsten drei Jahre über hatte Sam White feinfühlig und taktvoll jahrelanges Laufsportwissen in die Verstandestiefen des späteren Lords gesenkt; Erkenntnisse und Erfahrungen, die aus einer sepiadunklen Welt auf Sam gekommen waren, tief im Schoß des neunzehnten Jahrhunderts, und von Siegen stammten, von mutigen Männern erlaufen, die heute auf verblichenen Photographien immer noch und ewig an ihren Startlinien stehen. Anfangs hatten Namen wie W. G. George, William Cummings und Charlie Fox für Peter nicht das geringste bedeutet, und als Sam immer tiefer in das neunzehnte Jahrhundert eindrang und von Deerfoot, vom »Gateshead Clipper« und von »Crowcatcher« Lang sprach, da schien es Peter, als beschrieb der alte Mann eine längst untergegangene Welt.

In genau dieser Welt war Sam White seinen Weg gelaufen, hatte überlebt und triumphiert, und aus ihr zog er all sein Wissen, das seine Kraft und Stärke war und bei ihm blieb, als die Schnellkraft und Geschmeidigkeit seiner Glieder ihn schon längst verlassen hatten.

Drei Jahre unter Sams Obhut hatten aus einem staksigen, glotzäugigen Vier-Minuten-vierzig-Sekunden-Peter auf der Erstsemestermeile einen Wettkämpfer des Stade Colombes während der Olympischen Spiele von 1924 gemacht. Hunderte von Meilen auf winterlichen

Bahnen, Stunde um Stunde unter jenen alten Händen, die weich und geschmeidig geworden waren in den langen Jahren des kundigen Zupackens... Und doch, trotz dieser Nähe, nahegekommen waren sie sich nie. Thurleigh wußte weder. ob White verheiratet war, ob er Kinder hatte, noch wo er genau wohnte. Sam war einfach immerzu da. Für ihn war Sam wie ein Teil jenes nahtlosen Kontinuums, das einzig existierte, um zu dienen. Zu Hause die Diener und Gärtner, im Herbst die Jagdgehilfen im sauren schottischen Moor. Welches Leben diese Leute jenseits ihrer Dienstbarkeit führten, war für ihn nicht von Belang.

1924, in seinem Abschlußjahr, war er nach seiner Rückkehr von der Olympiade in Paris auf die Aschenbahn der Universität gegangen, um – vergeblich – nach Sam zu suchen; der Platzwart hatte ihn zur Behausung des alten Mannes geleitet, eine Hütte, etwa eine Meile vom Stadion entfernt. Als man hinkam, war die Tür unverschlossen und Sam nicht daheim. Thurleigh hatte die Tür aufgestoßen und sich ins Dunkel der Hütte gewagt. Es roch entsetzlich nach faulender Nahrung, Exkrementen und abgestandenem Schweiß.

In der Mitte des feuchtwandigen Hauptraums stand auf dem Steinfußboden ein roh gezimmerter Holztisch; darauf ein Blechgefäß und ein rissiger Teller, darin die letzten Reste einer Mahlzeit. Im offenen Kamin glomm schwach ein Holzfeuer, knapp davor stand eine Blechwanne, wohl zum Baden. Rechts hielt ein rostiges Bettgestell mühsam sein Gleichgewicht, aus der zerrissenen Drillichmatratze schaute dunkles Stroh.

Peter tastete sich unsicher weiter voran. Ein wurmstichiges Büfett machte sich zu seiner Linken breit; es barg die Wahrzeichen von Sam Whites Karriere: der 1890er All-Round-Championship-Gürtel, ein abgeschabtes metallenes Koppel, in das Siegermedaillen für eine, drei und sechs Meilen eingearbeitet waren; ein schwarz angelaufener Silberpokal für den Sieg in der Zehnmeilen-Weltmeisterschaft von 1895 sowie ein paar rostige und unentzifferbare Medaillen. Das war alles – ein Leben für das Laufen. Peter Thurleigh stand einen Augenblick lang sinnend da, fingerte am zerschlissenen Championship-Gürtel herum und versuchte, im Dämmerlicht der Hütte die Beschriftung einiger Medaillen zu deuten.

Irgend etwas – ein gedämpftes Geräusch vielleicht – ließ ihn sich umdrehen.

Vor ihm stand Sam White, blitzende Wut in den Augen, die sofort verschwand, als des Trainers Stimme wieder ihren altvertrauten ehrerbietigen Ton annahm. Danach war ihre Beziehung nie wieder wie früher. Lord Thurleigh war in eine andere, ihm schamhaft verwehrte Welt eingedrungen, in einen Lebenskreis, den Menschen um sich schlagen, die wissen, wie wenig sie wert sind.

Sechs Jahre später, er hatte sich entschlossen, am Trans-America-Super-Marathon teilzunehmen, kehrte Lord Peter Thurleigh nach Cambridge zurück, um sich von seinem alten Trainer beraten zu lassen. Sam war nicht auf dem Platz, und Peter ging wieder hinüber zur Hütte; doch alles, was er vorfand, war ein balkendurchspießter Haufen Steinschutt. Nachbarn erzählten, daß der Alte einige Monate zuvor gestorben war. Nein, einen Grabstein gab es nicht; Sam White war auf dem Armenfriedhof beigesetzt worden. Seinen Tränen hatte Peter Thurleigh freien Lauf gelassen.

Irgendwie war Doc dem alten Sam sehr ähnlich. Doch Doc Cole verfügte über mehr Kraft und Selbstsicherheit und – auf merkwürdige Weise – über eine Kultiviertheit, die Sam nie besessen hatte, dachte Thurleigh. Doc hatte zu ihm wie mit seinesgleichen gesprochen, aber noch wußte Lord Peter nicht, wie er darauf reagieren sollte.

Und Morgan? Dieser Amerikaner schien seine Existenz überhaupt nicht zur Kenntnis nehmen zu wollen. Dieser Morgan trieb sich durch jede Etappe, als würde er von einer rätselhaften inneren Leidenschaft gejagt, und der Schweiß sprudelte ihm aus den Poren seines mageren Körpers wie Blut aus tausend Wunden.

Den Schotten dagegen, McPhail, vermochte er einzuordnen, denn Männer wie ihn hatte er schon früher kennengelernt. Sein Vater hatte sie »Rote« genannt, das heißt, jeden als Kommunisten verketzert, der es gewagt hatte, gegen Entlohnung, Arbeitsbedingungen oder das Unten und Oben in der Gesellschaft aufzumucken. McPhails elementarer Haß auf die Oberen schien ihm fast greifbar; es stimmte schon, er war zweifelsohne ein »Roter«. Lord Peter wußte nicht, wie er es ertragen sollte, mit solchen Männern wie diesen zusammenzuleben, und das auch noch drei Monate.

Allmählich kamen sie der Spitzengruppe näher und liefen doch gleichmäßig und entspannt über den ausgedörrten und aufgeplatzten Wüstengrind. Auch Lord Peter hatte den Tempowechsel registriert, entschloß sich aber, Docs Erfahrung zu vertrauen, denn er selbst hatte noch keinerlei Vorstellungen davon, mit welchem Durchschnittstempo man am besten von Los Angeles bis nach New York kommen würde: Also zunächst einmal von Meile zu Meile leben, von Etappe zu Etappe, und sich auf seinen Körper verlassen; der würde ihm schon sagen, was zu tun wäre.

Vorn, an der Spitze, machte Müller keinerlei Anstalten, das Tempo zu drosseln, und nahm am letzten Verpflegungsposten, an der Fünfzehn-Meilen-Marke, im Laufen einen Becher Wasser zu sich. Eskola und Bouin hielten an, tranken hastig, hatten danach jedoch große Schwierigkeiten, ihren Laufrhythmus wiederzufinden, und waren bald mehrere hundert Yards zurückgefallen. Der Finne schüttelte resignierend den Kopf und fiel in leichtes Traben. Bouin versuchte weiterhin den Anschluß; Schweißbäche glänzten auf seinen dunkelbraungebrannten Beinen, doch auch er konnte die drei Spitzenläufer nicht mehr einholen und lief zwischen ihnen und Pentti Eskola allein gegen sich und die Zeit.

Drei Meilen weiter hinten hatte Charles Fox gute Arbeit geleistet und Kate in nur etwas über zwei Stunden und zwanzig Minuten durch zwölf Meilen »hindurchgeredet«. Dennoch entging ihm nicht, daß die Amerikanerin nach und nach schwächer wurde. Die Atmung machte Kate keine Schwierigkeiten, aber ihre Beine konnte sie zunehmend schwerer werden fühlen und spüren, wie ihre Hüfte absackte, die Muskeln immer weniger bereit waren, die gebrochenen Konturen des sandigen Weges abzufedern.

»Alles in Butter, Miss?« fragte Fox, der zusehen mußte, wie Läufer um Läufer an ihnen vorbeizog.

Kate nickte schwach, Schweiß brach ihr aus der Stirn und biß in die Augen.

»Es geht schon«, antwortete sie. »Ziehn Sie nur los, Mister Fox.«

»Wir sehn uns also im Shot Gun Camp«, verabschiedete sich dieser. »Halten Sie bloß das Tempo, denken Sie ja dran, Miss. Und laufen Sies zu Ende.«

Trotz ihrer Erschöpfung überraschte es Kate zu sehen, wie verquält langsam Fox zu laufen schien. Nur Gott wußte, wie sie selber aussah! Am Fünfzehnmeilenverpflegungspunkt hielt sie kurz an, stand mit einem Dutzend Läufern zusammen am Tisch, goß sich Wasser über Gesicht und Nacken und trank zwei Becher. Verzweifelt sah Kate auf ihre Uhr. Drei Stunden und zwei Minuten: Die letzten drei Meilen hatten sie fast neununddreißig Minuten gekostet; ein Durchschnitt von knapp dreizehn Minuten pro Meile. Und jetzt war sie am Ende. Erledigt. Ihr Rennen war gelaufen. Aus und vorbei.

An der Spitze, gleichauf, liefen Müller, Martínez und Quomawahu zu den rhythmischen Gesängen Hunderter von Mojave-Indianern, die sich auf den letzten Meilen der Route entlang zu beiden Seiten aufgestellt hatten und ihrem Champion zujubelten.

Müller kämpfte sich verbissen voran, Gesicht und Schultern schweißüberströmt. Sein Atem war noch immer gleichmäßig und ruhig. Anders Martínez, der laut japsend nach Luft schnappte, die Augen starr und geweitet, während Quomawahu sich seinen Weg fast gebückt erarbeitete und ab und zu erschöpft aufheulte. Doch jeder hielt das Tempo des anderen.

Noch eine halbe Meile, und der Singsang der Indianer zu beiden Seiten der Strecke steigerte sich zu einem aufpeitschenden Kampfgeschrei.

Kaum hatte er weit vorne die am Ziel geparkten Busse erblickt, stob Quomawahu davon und setzte sich mit zehn Yards in Führung, die er schon bald um dreißig ausbaute. Zum Ziel war es nur noch eine Viertelmeile.

Noch 220 Yards, eine Achtelmeile; Martínez versuchte noch verzweifelt, den Indianer abzufangen, doch das rauhe Raspeln seines Atems erstarb unter dem Siegesgebrüll der Mojaves. Martínez warf sich als zweiter durchs Ziel. Als dritter lief Müller ein, der sich nur Sekunden danach erbrach.

Doc und seine Gruppe kamen fünf Minuten später herein, dicht gefolgt von den Deutschen und den All-Americans.

Drei Meilen weiter zurück starben Kate Sheridans Füße einen langsamen Tod. Ununterbrochen war sie gelaufen, und ihr Wille war noch stark, nur der Körper schien ihr nicht mehr folgen zu wollen. Sie fühlte sich leer und ausgebrannt. Ihre Beine, allen Schwungs beraubt, hatten gänzlich den Rhythmus verloren. Sie hängte sich an jeden neuen Läufer, der an ihr vorbeizog, klemmte sich an dessen Schulter, gewann zwar durch den Vordermann zeitweilig etwas Kraft und Antrieb, um aber dann, sobald er sie zurückließ, weiter nach hinten und in einen verzweifelten Kampf gegen sich selbst zu fallen. Nichts hatte ihr bisher im Leben den inneren Bezugspunkt gegeben, mit dessen Hilfe sie eine Reaktion von Muskeln verlangen konnte, die nun offenkundig aller Energie entbehrten.

Kate schaute nach vorn, eine langgestreckte, sanfte Steigung entlang, die vor ihren Augen zu einem Riesenberg aufschwoll. Ihre Füße verließen jetzt kaum noch den Boden, und durch die schlierige Hitze hindurch sah sie die lange Reihe der Läufer, die scheinbar auf der

Stelle traten, um dann, auf dem Scheitelpunkt der Anhöhe, jäh zu verschwinden.

»Lauf, Kate, lauf!« mahnte eine Stimme in ihrem Kopf, als sie sich die Steigung entlangmühte, kleine Steine nach links und rechts davonspritzen ließ und ihre Füße durch den braunen Staub schob. »Lauf, Kate, lauf!« Sie hörte sich selbst antworten, mit trockenen, aufgesprungenen Lippen, während ihre Hüfte immer mehr absackte.

Oben, auf dem Hügel, blieb Kate Sheridan einen Augenblick lang stehen, die Arme in die Taille gestemmt, und stöhnte. Als sie sich wieder in Bewegung setzen wollte, verweigerten die Beine ihr den Dienst. Sie stürzte und schrammte sich Schultern und Ellenbogen auf, als sie über die rauhe Bankettbefestigung der Straße abwärts rollte. Keuchend drehte sie sich auf den Rücken, spie Staub aus blutenden Lippen und blieb einfach liegen. Für einen Moment lang glaubte sie, auch ihr Augenlicht verloren zu haben, denn alles verschwamm um sie herum, löste sich auf in wabernde Flecken und Konturen, zerfloß in glitzernde Weite. Salziger Schweiß brannte in ihren Augen und sickerte in ihren zerschundenen Mund. Zwei Schatten kamen plötzlich über sie. Zwei Männer sahen auf Kate herab mit denselben verschwitzten Gesichtern.

Beide lächelten und beugten sich über sie.

»Stehn Sie auf«, sagte eine Stimme.

Kate quälte sich ruckartig auf ihre Ellenbogen, schüttelte den Kopf und spuckte weiter Sand und Blut.

»Stehn Sie auf«, wiederholte die Stimme, diesmal drängender.

Kate schüttelte wieder den Kopf.

Morgan schlug ihr hart ins Gesicht. Die beiden Schatten verschmolzen deutlich zu einem.

»Sie verdammter Rohling!« rief sie aus, stieß sich mit einem Arm ab und kam unsicher auf die Beine.

»Laufen Sie, Lady«, sagte Morgan. »Sie haben noch fünfunddreißig Minuten für die letzten drei Meilen. Sie schaffens. Los jetzt!«

Kate Sheridan zwang sich zu einem schiefen, schwachen Lächeln, kletterte wieder hinauf auf die Straße und begann sich in Bewegung zu setzen. Sie liefen zusammen, langsam zuerst, so daß sich Kates Füße in Morgans Schrittfolge finden konnten. Aus dem rechten Augenwinkel konnte sie gerade noch die linke Schulter des Pennsylvaniers sehen und fühlte, wie sie von ihr angezogen wurde, wie von einem Magneten, der sie sicher zum Ziel zog.

134

Über ihnen machte ein Pathé-Presseflugzeug nichts weiter aus als einen Läufer neben einer Läuferin, die ziemlich angeschlagen durch die einfallende Dämmerung der Mojave torkelte. Der Pilot, der soeben auf dem Rückflug nach Los Angeles war mit Filmmaterial des bisher dramatischsten Einlaufs beim Trans-America, drückte die Maschine weit herunter, und der Kameramann drehte seine Wochenschau mit einer Sequenz über dieses einsame Läuferpaar zu Ende. Käte hatte das Dröhnen der Flugzeugmotoren über sich vernommen, schaute auf und versuchte ein gebrochenes Lächeln.

Etwa eine Stunde später blickte Flanagan aus dem Fenster seines Wohnwagens und beobachtete, wie die letzen Läufer ins Camp gehumpelt kamen.

»Wieviel haben das Stechen geschafft, Willard?« fragte er.

»Bei der letzten Zählung zwölfhundertachtzig«, antwortete Willard, stand von seinem Tisch auf und konsultierte sein Strichlistenbrett.

Flanagan fluchte laut und fürchterlich. »Fast tausend weniger in vier Tagen! Dieses Rennen ist fast ehern Massaker alsn Wettkampf. Was ist mit dem Mädchen?«

»Du meinst die Sheridan?« Willard fingerte sich durch die Ergebnisliste. »Sie hats geschafft. Alle andern Mädchen sind draußen.«

»N Jammer«, sagte Flanagan. »Das Interesse an den Weibern verkauft schließlichne Menge Zeitungen. Das heißt, wir brauchen ne neue Perspektive für das Sheridan-Thema, damits auch schön so bleibt. Kümmer dich drum, daß die Jungs von der Presse erfahren, daß Sheridan das einzige Mädel ist, das noch läuft. Vielleicht fällt denen dazu was ein.«

»Schon erledigt«, sagte Willard.

Ein Klopfen an der Tür. Willard öffnete sie, vor ihm stand der deutsche Mannschaftschef, Hans von Moltke. Einen Moment lang blieb der Deutsche stocksteif stehen, wie bei einer Parade, dann machte er eine formelle Verbeugung.

»Herr Flanagan, ich bedaure, aber ich muß protestieren.«

Flanagan bedeutete dem Deutschen, er möge Platz nehmen.

»Was gibt es, Mister von Moltke?«

»Was ich zu sagen habe, betrifft Fräulein Sheridan«, antwortete jener. »Die Amerikanerin. Das letzte Streckenstück wurde sie – wie sagt man? – illegal von einem anderen Läufer unterstützt.«

»Illegal unterstützt?« sagte Flanagan. »Können Sie bitte etwas deutlicher werden?«

Die Lippen des ungebetenen Besuchers spannten sich. »Herr Flanagan! Ein amerikanischer Läufer, Morgan, lief zurück und ging mit ihr gemeinsam durchs Ziel. Wir fordern, daß beide Läufer disqualifiziert werden.«

»Fordern?!« explodierte Flanagan. »Hab ich richtig verstanden, daß Sie hier etwas fordern?«

»Vielleicht ist das nicht richtig ausgedrückt«, räumte der Deutsche ein und duckte sich etwas. »Lassen Sie mich besser sagen: ›ersuchen‹.«

Flanagan winkte Willard, er solle sich Notizen machen.

»Lassen Sie mich mal eines ganz klarstellen, Mister von Moltke«, sagte er. »Hat Mister Morgan Miss Sheridan geholfen, sie hochgehoben oder gar getragen?«

Der deutsche Mannschaftsleiter zuckte zusammen. »Nein. Ich sage ja nur, daß er bei ihr gewesen ist und sie unterstützt hat, indem er – wie sagt man? – die letzten drei Meilen ihr Schrittmacher war.«

»Und das ist alles, worüber Sie sich beschweren?« fragte Flanagan.

»Ja.«

Flanagan schaute Willard an.

»Hast du alles?« fragte er. Willard nickte.

Flanagan erhob sich. »Dankeschön, Mister von Moltke. Ich denke, ich habe jetzt alle wichtigen Einzelheiten. Seien Sie versichert, daß ich Sie über meine Entscheidung so schnell wie möglich informieren werde.«

Der Deutsche öffnete seinen Mund zu einer Bemerkung, besann sich aber eines anderen, neigte den kurzgeschorenen grauen Schädel und verließ den Wohnwagen.

»Hol mir mal schnell Doc Cole«, sagte Flanagan zu Willard.

Fünf Minuten später hatte sich Cole in Flanagans Wohnwagen behaglich vor einem großen Glas Orangensaft mit Eis niedergelassen.

»Was gibts, Flanagan?« fragte er. Schweißperlen glitzerten noch auf seiner Stirn.

Flanagan schüttete seinen Kaffee in sich hinein.

»Ich schätze, wir haben ein kleines technisches Problem, Doc. Ich nehme an, Sie wissen bereits, daß Morgan losgezogen ist und Kate Sheridan mit durchs Ziel geschleppt hat?«

»Ja«, sagte Doc. »Und was ist damit?«

»Die Deutschen fordern, daß ich beide disqualifiziere.«

»Und mit welcher Begründung?«

»Weil er ihr geholfen habe, das Etappenziel zu erreichen.«

Doc nahm einen letzten Schluck Orangensaft und lutschte seelenruhig an seinem Eiswürfel. Er schaute auf.

»Hat er sie aufgesammelt, mitgeschleift, getragen?«

»Nein, nicht daß ich wüßte.«

»Flanagan, Sie wissen vielleicht, daß ich bei dem Dorando-Olympiamarathon von 1908 mitgelaufen bin. Sie haben sicher schon davon gehört. Dorando kam als erster im White City Stadion an, aber so benommen, daß er nicht mehr wußte, ob er in London, England, oder in Gary, Indiana, war. Er stürzte, n paar Offizielle hoben ihn wieder auf, er stürzte wieder und wurde schließlich von den Schiedsrichtern praktisch über die Ziellinie getragen.«

»Und ist er disqualifiziert worden?«

»Jou, aber bedenken Sie, daß er aufgehoben und über die Linie getragen worden ist. Kann ich wohl nochmaln Blick in Ihre Wettkampfregeln werfen?«

Willard reichte das schmale Reglementbüchlein quer durch den Wohnwagen an Doc weiter, der mit dem Finger langsam Seite auf Seite hinabfuhr. Dann schüttelte der Läufer den Kopf.

»Ich sehe zwar, daß Sie sich mit Ihren Trans-America-Regeln weitgehend an die Amateurstatuten gehalten haben, aber es gibt hier nichts, was sich gegen Morgans Verhalten anwenden ließe. Zur Hölle nochmal! Was glauben Sie wohl, wie diese Deutschen, die All-Americans und andere aussehen würden, wenn sie sich nicht jeden Tag der gottverdammten Woche gegenseitig mit Schrittmacherdiensten in die Hacken getreten hätten!«

»Was würden Sie also sagen, wenn ich beide disqualifiziere?« fragte Flanagan.

»Ich würde sagen, daß Sie Kate für etwas disqualifizieren, was sie gar nicht aktiv getan hat, und Morgan für puren Anstand und Freundlichkeit.«

Flanagan stellte seine Tasse ab.

»Danke, Doc. Sie haben mir sehr geholfen.«

Der Langstreckenläufer erhob sich und ging zur Tür. »Ach ja – darf ich erfahren, was Sie nun beschlossen haben?«

Flanagan strahlte ihm sein Zahnpastalächeln mitten ins Gesicht: »Na klar doch, ich laß die beiden laufen.«

»Kaffee?« fragte Dixie.

Einen Augenblick lang wußte Kate überhaupt nicht, wo sie war. Ihr schwarzes Haar wirr über dem sonnengebräunten Gesicht, schaute sie schläfrig um sich und hinauf zu einer glattweißen Decke. Sie spürte seidene Kühle auf ihren Armen und sah, daß sie einen rosa Pyjama trug und unter einem dünnen weißen Baumwoll-Laken lag, auf einem Bett in Dixies Wohnwagen.

»Wie...?«

Dixie nahm ihr die Frage aus dem Mund. »Wie Sie hierher gekommen sind?«

Kate nickte und schüttelte ihren zerzausten Schopf.

Dixie schenkte dampfenden heißen Kaffee in eine Tasse, fragte wegen Zucker und Milch und erklärte: »Morgan und McPhail haben Sie hergebracht. Die und Doc Cole. Aber machen Sie sich deswegen keine Sorgen – ich wars, die Sie saubergemacht und ausgezogen hat. Sie selber waren gestern abend jedenfalls nicht mehr so richtig beisammen. Wie fühlen Sie sich jetzt?«

Kate rieb sich ihre Waden. »Steif. Fühlt sich an, als hätt jemand meine Beine mit nem Preßlufthammer bearbeitet.« Sie schlürfte ihr Getränk. »Hat Ihnen schon mal jemand gesagt, daß Ihr Kaffee ne Wucht ist?«

Dixie lächelte.

Nachdenklich stellte Kate ihre Tasse ab. »Aus dem Kerl werd ich einfach nicht schlau, diesem Morgan. Himmel, das erste Mal, daß er überhaupt mit mir gesprochen hat, das war genau gestern – und dann hat er mir auch noch eine geschallert.«

Dixie starrte sie groß an.

»Morgan hat Sie geschlagen?«

Kate umgriff ihren Unterkiefer mit beiden Händen und bewegte ihn vorsichtig von einer Seite zur anderen.

»Nichts Schlimmes. Das mußt ich haben. Naja, und dann hab ichs ja auch geschafft. Jedenfalls, das einzige, was ich noch weiß, ist meine Zeit – sieben Stunden vierundfünfzig.«

»Also sind Sie im Limit geblieben?« fragte Dixie und goß sich eine zweite Tasse ein.

»Ja, mit über fünf Minuten plus. Ich hoff ja bloß, daß Flanagan in ein paar Tagen nicht schon wieder so was in petto hat.«

Dixie nahm ihr Klemmbrett mit den Terminen zur Hand und schüttelte den Kopf.

Kate lächelte. »Mehr brauch ich auch nicht. N paar Tage Ruhe undn bißchen was Lockeres zu laufen, und ich bin wieder tipptopp in Ordnung. Sie werdens selbst sehn.«

Dixie schaute aus dem Fenster und musterte die Zelte, die mit schweren Eisenkrampen im Wüstensand verankert waren. Sie erkannte Hugh McPhail, der in der Nähe ihres Wohnwagens vor sich hintrabte; sie winkte.

Er sah es und nickte ihr lächelnd zu. Keine zwei Minuten später saß er in Dixies kleinem fahrbaren Heim und nippte an dem kürzlich gepriesenen Gebräu. Beider Hände berührten sich, als sie ihm eine zweite Tasse entgegenhielt.

»Wie fühlen Sie sich?« fragte er Kate, die in ihrem Sportzeug auf Dixies Bett saß.

»Schon dieses Kaffees wegen viel besser«, erwiderte sie. »Und auf jeden Fall wollt ich Ihnen und den andern Jungs danken, daß Sie mich gestern abend hierher verfrachtet haben.«

Hugh errötete. »Das war eigentlich Morgan«, sagte er und starrte auf seine Tasse. Er mußte immer noch an Dixies Hand denken.

In die kurze Stille, die sich anschloß, platzte plötzlich eine neue Stimme. »Was ist denn das hier, zum Teufel, ein morgendliches Kaffeekränzchen?«

Sie drehten sich zur Tür und sahen Flanagan im Rahmen stehen. Er trug schon wieder die unvermeidliche Tom-Mix-Montur und hatte sein Klemmbrett dabei mit einem Wust Papiere dran.

Seine Hand wies auf Kate.

»Hab Neuigkeiten für Sie, die Ihnen gar nicht schmecken werden«, begann er. »Der deutsche Mannschaftskapitän, Mister Moltke, hat Protest eingelegt – weil Morgan Ihnen geholfen hat. Er will, daß Sie beide disqualifiziert werden.«

Kate schoß das Blut in den Kopf und sie schimpfte los. »Sie können dem Moltke sagen, wer immer das auch sein soll, daß er mich...«

»Nun behalten Sie mal das Hemd an, wenns geht!« sagte Flanagan schnell. »Seinen Protest hab ich gleich aus dem Stand abgeschmettert. Und außerdem hat er eigentlich Morgan im Auge gehabt und nicht Sie. Er denkt vermutlich, Morgan ist der einzige, der seine Bubis mit den himmelblauen Augen in die Schranken weisen kann. Aberne gute Nachricht hab ich Ihnen auch noch mitgebracht. Das *Woman's Home Journal* hat für Sie einen Zehntausend-Dollar-Preis parat, wenn Sie in New York unter den ersten zweihundert ankommen. Geht das rein ins Köpfchen?«

»Denk schon«, sagte Kate und grinste. »Auf welchem Platz bin ich jetzt?«

Flanagan durchforstete sein Klemmbrett.

»Siebenhundertneunundachtzigste sind Sie jetzt«, antwortete er. »Müssen also noch über fünfhundert Kerle ausstechen, damit Sie an Ihre zehn Riesen kommen. Nicht mal die berühmte Miss Lily Langtry höchstpersönlich hätte das geschafft.«

»Das nicht«, sagte Kate. »Aber schließlich hat Lily Langtry auch nicht in drei Shows pro Tag die Hufe geschmissen.«

Knapp zweihundert Meilen östlich von Los Angeles war der Trans-America-Super-Marathon schon längst nicht mehr ein Rennen jeder gegen jeden, sondern ein Wettlauf zwischen Mannschaften, zwischen Gruppen, die auf der Strecke gebildet wurden, vornehmlich von Läufern, die Sympathie, der gemeinsame Wunsch nach Erfolg und das sichere Wissen, daß es für den Einzelgänger äußerst schwierig sein würde, die Strapazen durchzuhalten, zusammenhielt. Die fünfzehn Staaten-Teams, die All-Americans, die Deutschen, die verschiedenen von Unternehmen gesponsorten Teams – diese Gruppierungen waren zwar schon zu Beginn des Rennens bekannt gewesen, inzwischen hatte sich aber der soziale Vektor im Trans-America-Rahmen gründlich verschoben, und im Rennen waren jetzt Dutzende sehr viel weniger formeller Allianzen. Einige kennzeichnete das gleiche Alter, andere vergleichbare Erfahrungen, wieder andere Rassen-, Religions- oder Hautfarbenverwandtschaften; aber die meisten Läufer überwanden so gut wie alle diese Schranken. Ähnlich wie noch fünfzig Jahre zuvor bunt zusammengewürfelte Familien von Osten her aufgebrochen waren, so setzte sich nun das Trans-America-Unternehmen aus Weggemeinschaften zusammen, die die Reise zurück antraten, und diesmal waren es Sportlerfamilien.

Kate Sheridan war sich all dessen bewußt, auch der tagtäglichen Notwendigkeit, über die rein persönlichen Ambitionen weit hinauszugehen. Es war ihr durchaus klar, daß sie eine einzigartige Position im Trans-America hatte. Sie war die letzte Frau im Rennen.

C. C. Flanagan war nicht der einzige Mann gewesen, der Interesse an ihr gezeigt hatte. Die bisherigen zweihundertundnochetwas Meilen im Trans-America hatten offenbar die sexuellen Energien einiger Teilnehmer keineswegs erschöpfen können; sie jedenfalls schienen aus ihrem Laufen von einer völlig anderen Quelle der Energie gespeist zu werden.

Der Zufall hatte Kate in Docs Gruppe hineingespielt, die, obwohl man keinerlei formelle Übereinkünfte getroffen hatte, sich im Camp jedenfalls wie ein Team bewegte. Im Mittelpunkt stand Doc selbst, der unversiegbare Quell allen Wissens um die Kunst des Laufens und noch mehr als das – jemand, in dessen Gegenwart Kate und die anderen sich vollkommen wohl fühlten.

Nach dem Tee am Ruhetag hatte Kate sich zu Docs Zelt aufgemacht; gemeinsam mit Martínez, Morgan und McPhail saß er vor dem Eingang.

Als sie näherkam, sah sie, wie Doc tief in seinen Rucksack hineingriff und ein kleines Stück Sandpapier zutage förderte. Er zog sich dann die Schuhe aus und inspizierte aufmerksam seine Füße. Hugh, Morgan und Kate sahen sich verwundert an.

»Möchtet wohl wissen, was das soll?« fragte Doc. Er rieb mit dem Papier über den Außenrist seines linken Fußes. »Hilft Reibung vermindern«, erklärte er. »Wir müssen wie auf Kugellagern laufen. Wer von euch hatne Ahnung, wie oft unsere Füße an einem Tag die Straße berühren? Ich sags euch: so an die siebzigtausendmal. Und darum wolln wir also nichts Rauhes an den Füßen oder in den Schuhn. Deswegen polier ich mir meine Füße glatt. Ich mach das jetzt jeden Tag.«

Ohne weiter auf Kate zu achten, bearbeitete Doc flink beide Füße, schnitt sich die Zehennägel kurz, stäubte sich die Achselhöhlen mit Talkumpuder ein und tat sich Vaseline auf Brustwarzen und in die Brustmitte. »Auch wieder Reibungsminderung«, sagte er. »Kriegte immer entzündete Brustwarzen; ist genau wie mitm Schritt.« Er knöpfte sich seine Shorts auf und schüttete üppig Puder hinein. »Man läuft schließlich nicht nur mit den Beinen«, erklärte er. »Man läuft mit buchstäblich allem, was man hat. Die Jungs, die bei Ford die Autos baun, die nennen das ›Zerreißprobe‹. Und was wir hier draußen machen, ist nichts andres. Belastung bis zum Zerreißen. Nur hab ich absolut keine Lust, mich zerreißen zu lassen.«

Hugh schaute mit großen runden Augen drein. Er mußte noch verdammt viel lernen, und zwar schnellstens, wenn er nicht schon bald aus dem Rennen kippen wollte, zerrissen und gestrandet in irgendeiner endlosen amerikanischen Wüste. Glücklicherweise hatten ihn seine Füße bisher nicht im Stich gelassen, obwohl er nicht viel menr für sie getan hatte, als ihnen Talkumpuder in die Schuhe zu streuen.

Als nächstes zog Doc ein Fußballtrikot mit langen Ärmeln aus seinem Rucksack. »Morgen gibtsne Knallsonne. Jeder Zentimeter eurer Haut unter der Nackenlinie sollte bedeckt sein, damit sie euch nicht bei lebendigem Leib die Haut abzieht. Stimmt zwar, daß ich in diesem

Ding hier schwitzen werde, aber dafür verbrenne ich mir nicht Arme und Schultern.« Er zog seine weiße Schirmmütze heraus. »Und das hier wird mein Gesicht schützen«, erklärte er. »Meine Beine sind braun genug, die laß ich nackt.«

Doc sah seine drei Gefährten an.

»Ich weiß eigentlich überhaupt nicht, warum ich euch Flöten das alles erzähl, weil einer von euch mich nächstens sowieso in Grund und Boden rennt.«

Er stand auf. »Schaut mal da hinten«, sagte er und zeigte in die Wüste. »Der Tanzplatz des Teufels; das gemeinste, trockenste Land, das Gott sich dafür ausgedacht hat. Ein fast urweltliches Wüstengebiet mit Yucca- und Josuabäumen und ausgetrockneten Seen. Jessesmaria, sechzig Jahre zuvor haben sie Kamele aus Arabien hierher gebracht, und nicht mal die habens lange durchgehalten.«

Er wandte sich wieder seinen Füßen zu, sprach aber weiter.

»Jeder von euch, der meint, er kommt da bei dreiundzwanzig oder mehr Grad leicht durch, der soll sich das noch mal schleunigst überlegen«, sagte er und schaute auf. »Nein, behandelt die Mojave ganz einfach mit Respekt; am besten, ihr lauft auf Zehenspitzen drüber, dann isses möglich, daß ihrs noch eben so schafft bis auf die andre Seite.«

Er zeigte irgendwo in die Ferne. »Für morgen hab ich mir vorgenommen, mit nicht mehr als sechs Meilen pro Stunde durch den Sand zu schrubben, eher noch weniger. Und wenn dieser hirnrissige junge Deutsche dann wieder den wilden Mann markieren will, dann soll er doch. Jeder, der jeden Tag mit ihm mithalten will, der braucht in Vegas nur nochn Griff zum Wegschmeißen.«

»Und was wird aus mir?« Es war Kate, die fragte.

Endlich nickte Doc ihr doch erkennend zu, griff sich vom Boden einen abgebrochenen Zweig und zog damit eine Linie in den Sand.

»Hier sind wir jetzt«, sagte er und markierte eine Stelle im Sand. »Gut hundert Meilen südlich von Las Vegas. Dann wieder Wüste, dann die Rockies. Wenn Sies schaffen, über die Rockies zu kommen, Miss Sheridan, dann schätz ich, dürften Sie Ihren Körper grade richtig eingelaufen haben. Kommt drauf an; wie schnell Sie sich anpassen können.«

»Sie haben von Kleidung gesprochen, Doc. Gilt das alles auch für mich?«

»Aber ja, genau. Bedecken Sie alle Haut, die noch hell ist. Besorgen Sie sich in Barstow nen Schlapphut; mit dem halten Sie sich die Sonne vom Kopf und Ihr Gesicht kühl. Sie sehn damit vielleicht nicht grad wahnsinnig toll aus, aber wir konkurrieren hier schließlich nicht in einem Schönheitswettbewerb.«

»Was ist mit Gesichts-Crèmes?«

»Himmel, nein, bloß nicht«, sagte Doc. »Es sei denn, Ihnen macht die Vorstellung Spaß, bald wie ein Spiegelei zu braten.«

Er sah sie genau an, bemerkte ihre Unsicherheit.

»Schaun Sie, Kate, Sie schaffen das schon. Sie habens ja beim letzten Stechen gezeigt. Nur – machen Sie langsam, und halten Sie an allen Wasserstellen. Und sein Sie nicht zu eitel, gehn Sie auch mal!«

»Gehn?« fragte Kate zurück.

»Ja, gehn. Bei dreiundzwanzig Grad im Schatten und noch mehr kann Ihr Körper seinen Temperaturhaushalt nicht mehr in Ordnung halten, da können Sie noch soviel schwitzen. In dieser Hitze dreht die Körperchemie schlicht durch. Und drum hören Sie genau auf Ihren Körper; tun Sie, was er Ihnen sagt. Hat keinen Sinn, da Rekorde brechen zu wollen.«

»Mein Gott, Sie kennen Ihr Metier aber«, sagte Kate voller Bewunderung.

»Hab ja auch dreißig Jahre Zeit dazu gehabt«, bemerkte Doc. »Vieles andere weiß ich aber dafür eben nicht.«

Kate, rot geworden, wandte sich dem Rest der Gruppe zu.

»Ich wollt . . . ich möcht euch danken wegen gestern, Jungs.«

»Mumpitz«, machte Doc. »Morgan war das, der zurückgegangen ist, wir haben nur noch son bißchen an der Krankentrage mitgehalten. Der Junge hat gemacht, was gemacht werden mußte. Danken Sie ihm.«

Doc stand auf und patschte mit der flachen Hand auf seinen Bauch.

»Naja, egal; mir sagt mein Magen jedenfalls, daß es Zeit fürs Abendbrot ist.« Er warf Morgan einen schnellen, frechen Blick von der Seite zu und entschwand in Richtung Verpflegungszelt, gefolgt von McPhail und Martínez. Der kleine Mexikaner hing aufgeregt an Hughs Arm und erzählte ihm etwas von lebenswichtigen Einkünften.

Kate schaute ihnen kurz nach und setzte sich dann auf den Felsblock, den Doc soeben verlassen hatte.

Die junge Frau stierte in den Sand zu ihren Füßen.

»Ich möcht Ihnen danken, Morgan«, begann sie. Plötzlich ging ihr auf, daß sie noch nicht einmal seinen Vornamen kannte.

Morgan sah Kate wortlos an.

»Warum sind Sie zu mir zurückgekommen?«

Mike Morgan sah ihr fest in die Augen und mümmelte auf einem Strohhalm herum. Dann holte er tief Luft und nahm den Strohhalm aus dem Mund. »Vielleicht, weil ich mal mit einem Preisboxer namens Clancy oben in den Tuscarora-Bergen trainiert hab, zu Haus in Pennsylvania. Das war die schlimmste Zeit meines Lebens. Da oben hat Clancy zu mir gesagt, ich hätt ›Mumm‹. Er hat das zu mir gesagt, als wär das sone Art Kompliment. ›Mumm‹. Also gut, den haben Sie, Miss Sheridan.«

»Mumm?« fragte Kate zurück und wurde schon wieder rot.

Sie schaute zu Morgan hinüber. Seinen Körper hatte die Abenddämmerung fast verschlungen. Für wenige Sekunden fühlte sie wieder die Kraft jenes Magneten, die sie gestern auf den letzten unseligen Meilen an seiner Schulter gehalten hatte.

»Ja«, sagte Morgan. »Und denken Sie nur nicht, daß, wenn ich nicht zu Ihnen gekommen wär, daß Sie einfach liegengeblieben wären und aufgegeben hätten. Nein, Sie hätten sich schon wieder aufgerappelt und hättens bis zum Ziel gepackt. Weil Sie genauson Typ sind, Ma'am. Sie haben nichtn einziges Aufgebegramm an sich, Lady.«

Und damit erhob sich Morgan und schlenderte hinter den anderen her.

›Mumm‹. War das alles, was dieser Mann ihr zu sagen hatte? Und dann einfach wegmarschieren? Normalerweise verfügte Kate über eine ganze Batterie recht smarter Schlagfertigkeiten, um einen Mann so lange damit einzudecken, bis sein Interesse an ihr in Flammen stand. Aber hier war das anders. Keinen Ton hatte sie herausgebracht und Morgan einfach in die Dämmerung hineinspazieren lassen. Da mußte doch mehr drin sein als ›Mumm‹ und drei, vier Sätze, oder? Vielleicht ein paar hundert Meilen weiter, jenseits dieser rauhen unfruchtbaren Wüstenei. Jetzt jedenfalls nicht. Irgendwann vielleicht.

# 10

## Querfeldein nach Las Vegas

*18.00 Uhr, 26. März 1931. Silver Lake, Nevada.* »Probe, Probe...
eins, zwo, drei«, belferte Willard in das Mikrofon. Vor dem Rennlei-
tungs-Caravan saßen genau eintausendzweihundertfünfzig Männer
und eine Frau, alle, die nach zweihundertdreißig Meilen im Trans-
America-Super-Marathon übriggeblieben waren. Sechs Tage unter
kalifornischer Sonne hatten ihre Haut fast goldbraun gefärbt. Durch
den Ruhetag hatten die Körper wieder neuen Glanz und Spann-
kraft.
Willard Clay fühlte sich in seinem Element. Sein Leben lang war er
ein Deichsler, ein Organisator gewesen. Mit seinen ein Meter zweiundsechzig und rund hundertfünfzig Pfund Lebendgewicht wußte er
selbst am besten, daß es keine Sportart gab, für die er gemacht war,
außer Sumo-Ringen vielleicht, aber dazu war er leider im falschen
Land geboren worden. Statt dessen hatte er bereits als Fünftkläßler
die Basketballspiele zwischen den Straßenmannschaften organisiert,
Geld für Pfarrer Murphys Kirchenfonds aufgetrieben und sogar
Leichtathletikwettkämpfe auf einem dreckigen, von hohen Miets-
häusern umstellten Sechzig-mal-vierzig-Yards-Platz angeleiert. Willard liebte die Herausforderung, Menschen und ihr Tun zu organisieren. Je mehr, desto besser.
Flanagan war ein Träumer, und in den zehn Jahren, seit sie sich
kennengelernt hatten, war es stets Willards Job gewesen, Flanagans
Visionen mit Fleisch und Knochen auszustatten. Flanagan war ein
Menschenkenner, der über die Gabe verfügte, das Vertrauen der
Menschen zu gewinnen, und Willard wiederum wußte, daß er das
selbst so niemals schaffen konnte. Wie auch immer, sobald Flanagan sich ein Projekt in den Schädel gesetzt hatte, war es Willards
Aufgabe, Stein auf Stein zu schichten, bis es stand, und das konnte
er erstklassig. Willard sorgte dafür, daß es genügend Leute für jede
x-beliebige Aufgabe gab, daß jeder seinen Platz und seine Rolle
kannte und beherrschte und, so bescheiden das auch sein mochte,
daß jedermann seine Anerkennung erfuhr. Mochte also Flanagan

noch so spinnert in seinem Hollywoodaufzug herumstelzen – es war Willard, der alles auf die Beine stellte und zum Laufen brachte.

Ihm war von Anfang an bewußt gewesen, daß der Trans-America-Super-Marathon seine heikelste Aufgabe würde. Ein Rennen quer durch einen Erdteil zu organisieren, war schon problematisch genug, aber zweitausend Läufer, einen ganzen Zirkus und dann noch das Pressecorps zu managen – das war schon ein Job für Leute mit fast göttlichen Fähigkeiten; doch selbst Willard dachte nicht daran, auf göttliche Unterstützung dieses Niveaus zu hoffen. Trotzdem, er ging in seiner Arbeit voll auf. Was aber noch mehr zählte, war, daß er sich von Anfang an zu den Läufern hingezogen gefühlt hatte. Alle waren ehrliche, anständige Kerle. Er achtete sie, und die Zeit würde kommen, daß auch sie lernten, ihn zu achten.

»Probe ... eins, zwo, drei«, rief Willard noch einmal. Mehrere Hände erhoben sich, um ihm anzuzeigen, daß man ihn hören konnte.

Flanagan übernahm das Mikrofon.

»Danke, Willard«, sagte er und musterte die Menge, die vor ihm saß, und leise fügte er hinzu: »Mann, ich komme mir vor wie Moses beim Auszug aus Ägypten.«

Ein Trans-Amerikaner, der zu seinen Füßen saß, reckte sich, und seine Stimme erschallte weithin durch die trockene Luft.

»Mister Flanagan, wenn Sie jetzt schon Moses sind, dann geben Sie mir um alles in der Welt bloß endlichn paar von den Pillen des Herrn – ich war seit Tagen nicht mehr aufm Pott!«

Die Sportler röhrten vor Lachen, das sich schnell in der Wüste verlor.

Flanagan grinste gutmütig und gebot mit erhobenen Händen Ruhe.

»Okay, Jungs. Kriegt auch wieder eine. Wollt nur eben schnell vom Programm der nächsten paar Tage erzählen. Morgen gehts erst mal vierzig Meilen durch die Wüste über die McCullough-Kette bis nach Las Vegas ...«

Jubel und Gelächter unterbrachen Flanagan, als der untersetzte Franzose Bouin sich zu Wort meldete. Bouin, im Ersten Weltkrieg Sergeant in der französischen Armee, war bei der gesamteuropäischen Gruppe bereits als der Kasernenstubenanwalt bekannt.

»Msieur Flanagan, was ist Ihr Las Vegas für ein Ort?«

Flanagans Augen gaben zwinkernd Antwort. Dann: »Ich denke, Sie werden damit vollkommen zufrieden sein, Mister Bouin«, meinte er.

»Hier nennen sie Las Vegas auch das Monte Carlo der USA. Da gibt es alles, was eines Mannes Herz begehren kann, undn Extraschlag dazu.«

Als nächster meldete sich Doc: »Was quakt der Wetterfrosch?« fragte er, längst schon auf den Füßen.

Flanagan sah zu dem neben ihm stehenden Willard hinüber, der sich hastig vors Mikrofon beugte. »Heiß«, sagte er. »Mindestens dreiundzwanzig Grad im Schatten, dreißig oder mehr in der Sonne.«

Doc blieb stehen.

»Dann müssen die Wasserstationen aber verdoppelt werden«, forderte er und wandte sich der Wüste zu. »Da liegt das bösartigste Land der ganzen Welt«, schimpfte er. »Man nennt das Gebiet hier den Tanzplatz des Teufels. Auf ihm sind in den Tagen des Goldrauschs die Leute gleich in Massen ausgetrocknet. Ihre Knochen liegen da immer noch irgendwo rum. Bei dem Tempo, das wir draufhaben, verdampfen wir Wasser, wien Rennwagen Sprit verbrennt.«

Flanagan sah wieder zu Willard hinüber; jener nickte.

»Geht in Ordnung«, stimmte Flanagan zu. »Sonst noch was?«

»Ja«, sagte Doc. »Kein Stechen mehr, bis wir aus diesem Friedhof wieder raus sind. Wenn nicht, haben einige von uns in Las Vegas schon das Totenhemd an und bestimmt keinen Spaß mehr im Bett.«

Beipflichtendes Gemurmel kam auf. Flanagan erfaßte sofort die allgemeine Stimmungslage der Läufer und nickte. »Einverstanden.«

Pentti Eskola erhob sich. »Was für eine Art Land ist das da draußen vor uns, Mister Flanagan?« fragte er. »Ein paar Erklärungen, bitte.«

»Naja, es gleicht dem, durch das ihr gerade erst gelaufen seid. Und wie Doc eben sagte, es ist heiß, und es ist knochentrocken. Es ist ein Land, das aus Wüsten besteht, aus ausgetrockneten Flußbetten und salzhaltigen Ebenen. Es ist voll mit Saguaro-Kakteen, Yuccas, Peyotes und *palo verde* – und Klapperschlangen. Und weiter draußen gibt es Berge, die bis über sechzehnhundert Meter hoch sind.«

»Noch Indianer, Mister Flanagan?« rief eine Cockneystimme.

»Ne Menge«, sagte Flanagan. »Aber die verkaufen Sandmalereien und Decken am Straßenrand oder zapfen Sprit an Tankstellen. Also, keine Hoffnung auf irgendwelche Tom-Mix-Happenings in dieser Gegend hier.«

Eskola stand auf. »Wie ist es mit dem Zeitplan?«

Flanagan sah auf seinen Klemmblock. »Morgen gehts um acht los, so daß wir die ersten zwanzig Meilen noch vor Mittag im Kasten haben.

Wir machen dann bis drei Pause und laufen die zweite Teilstrecke bis um sechs.«

»Was ist mit Preisen?« fragte eine andere Stimme. Flanagan lächelte. »Dachte mir schon, daß so was kommt, früher oder später.« Er nahm sein Klemmbrett auf. »Ihr lauft fürs bisher größte Geld. Sechs Firmen, die gerade Amerikas größten Staudamm bauen, bei Boulder, südlich von Vegas, haben happige Preise gestiftet. Sie reichen von zweitausend Dollar für Platz eins bis zu einhundert Dollar für Platz sechs.«

Jean Bouin kam auf die Beine. »Msieur Flanagan, unser Ziel – ist das mitten in Las Vegas?«

»Gute Frage«, sagte Flanagan. »Jawoll, ganz genau mitten auf der Hauptstraße, gleich am Golden Nugget Casino. Die ganze verdammte Stadt wird dasein – auch der Bürgermeister und der Stadtrat. Morgen abend werdet ihr alle Trinksprüche von Vegas sammeln, Jungs.«

»Und was ist damit?« Doc erhob sich erneut und hielt ein Trikot in die Luft, das vorn mit den Buchstaben »IWW« und auf dem Rücken mit dem Schriftzug »Vegas« versehen war. »Uns ist zu Ohren gekommen, daß wir alle diese Hemden tragen sollen, wenn wir in Vegas einlaufen. Warum denn das?«

Flanagan lächelte unbehaglich. »Höflichkeit, Höflichkeit. Wir demonstrieren ein bißchen Respekt für Las Vegas, und die demonstrieren ein bißchen Respekt für den Trans-America.«

»Na gut, das mit Las Vegas versteh ich ja noch«, hielt Doc dagegen: »Aber was zum Henker bedeutet dann dieses IWW?«

»Hätt nischt jejn, wenns füa Internationale Witwen-Wohlfahrt stehn würd«, spottete eine Miesepeterstimme von weit hinten aus der Menge. »Die sin sauba, und denn schlaren se glatt dein ollet YMCA-Hemde, ditte die janze letzte Woche getrarn hast.«

Doc wollte antworten, aber seine Worte gingen unter in Gebrüll und Gelächter. Er setzte sich wieder, schüttelte nur noch unsicher den Kopf, und wenig später war das Info-Treffen zu Ende; Docs Gruppe ging zum Zelt.

»Haut einem ja glatt die Eier weg«, entfuhr es Doc, ging runter auf alle viere, breitete eine Karte auf dem rauhen, sandigen Boden aus und strich sie glatt. »Schuldigung, Ma'am«, fügte er schnell hinzu und warf Kate einen prüfenden Blick zu.

Die junge Frau grinste und schüttelte den Kopf.

Docs Zeigefinger stieß auf einen bestimmten Punkt auf der Karte.

»Würd sagen, wir sind jetzt hier, gleich hinter den Soda Mountains, so runde zweihundertdreißig Meilen von Los Angeles weg. Die ganzen letzten drei Tage sind wir die meiste Zeit Steigungen gelaufen, obwohl sie nicht schlimm waren.«

»Wie hoch sind wir jetzt?« fragte Kate und ging neben Doc in die Knie.

»Müssen sowas an die tausend Meter sein – sogar die verdammten Deutschen fallen fast aufn Neunminutenmeilenschnitt zurück. Die Luft wird da oben schon ganz schön knapp.«

Sein Finger verfolgte eine kurze Linie auf der Karte. »Wir haben etwas über vierzig Meilen bis Vegas. Auf den ersten fünfzehn Meilen oder so verlassen wir die Wüste. Dann gehts nur noch ziemlich steil bergauf bis nach Vegas rein, durch die McCullough-Kette durch.«

»Wie hoch wirds da?« fragte Hugh.

»Über sechzehn-, siebzehnhundert Meter. In solcher Höhe ist sogar ein Zehnminutentempo nicht von Pappe, vor allem bei den extremen Steigungen. Die Beine hörn auf, die Atmung will nicht mehr, nichts läuft mehr richtig.«

»Bist du schon mal so hoch gelaufen, Doc?« fragte Morgan, kniete sich neben Kate und blickte konzentriert auf die Karte.

»Ja, einmal«, antwortete Doc. »In Mexiko City, neunzehnhundertzwölf. Irgend son ulkiger mexikanischer General hatte einige tausend Dollar als Preis fürn Marathon da unten ausgesetzt. Das warne gute Stange Geld damals, und wir sind von überall her angekrabbelt gekommen, ums zu kriegen. Kolehmainen, Shrubb, Appleby, Fox – all die großen Profis sind da aufgekreuzt.«

»Wie hoch liegt denn Mexico City?« fragte Kate.

»Irgendwas über zweitausendzweihundert Meter. Die Jungs hat das aber überhaupt nicht groß geschert. Alle sind mit ihrem üblichen Sechsminutenmeilentempo losgezogen, nur ich bin etwane halbe Minute pro Meile langsamer gelaufen, am Ende des Feldes. Zehn Meilen in der ersten Stunde schafften sie noch recht gut, aber bei fünfzehn gings völlig in die Hose. Sie fielen zurück und waren plötzlich wieder bei mir, als wollte ich sie alle aufner Perlenschnur aufreihen. All die Großen fielen auseinander. Kolehmainen kippte einfach um, weil die Beine nicht mehr mitmachten, und Alf Shrubbs Lauf endete inner Schubkarre. Nur der alte Charles Fox, der ging als Geher durchs Ziel.«

»Haben Sie es gewonnen?« fragte Kate.

»Ich hab nicht gewonnen – sie habens verloren. Bin einfach bei

meinem Stiefel geblieben, hielt mich locker, hab alles leichtgenom-
men, und um mich herum versanken die anderen im Staub wie
Ertrinkende. Das war einer der langsamsten Marathons, den ich je
gelaufen bin – weit über drei Stunden. Vierzehn Tage hab ich dann
gebraucht, um mich wieder zu erholen, um vieles länger als normal.
Kolehmainen und Shrubb mußten wochenlang in einem mexikanischen Krankenhaus liegen, und so erging es noch einem Dutzend
anderer. Und ich, ich saß Erster Klasse auf der *S. S. Marianna* mit
zweitausend Dollar im Sack und auf dem Weg nach Haus. Schöne
Zeiten...«

»Also müssen wir das Tempo niedrig halten?« sagte Hugh.

»Ganz genau«, sagte Doc. »Es ist immer nur das Tempo, das einen
erledigt, nie die Distanz.«

Flanagan legte den Hörer auf, das Gesicht gefroren und finster; warf
sich in seinem Sessel zurück, zog seinen Revolver aus dem Halfter
und ließ die Trommel klickend rotieren.

»Probleme in New York«, sagte er und sah auf. »Probleme für
Bürgermeister Jimmy Walker, und wenn sie Jimmy aushungern,
müssen wir verhungern.«

Willard harrte einer Erklärung.

»Dieser Sir Galahad Franklin Roosevelt, der Gouverneur dieses
Staates, hat eine Petition vom Komitee für Öffentlichkeitsarbeit ent-
gegengenommen, in der Jimmy Walkers Amtsenthebung gefordert
wird. ›Unregelmäßigkeiten im Amt‹ nennen die das.« Flanagan stand
auf, schenkte sich einen doppelten Whiskey ein und trank ihn mit
einem Schluck.

»Naja und?« sagte Willard. »Walker hat schriftlich bestätigt, daß uns
zwanzig Riesen zustehn.«

»Wenn dieser Schachzug klappt, dann könnte Walker einen ganzen
Monat eher aus New York raus sein, als wir drin. Zwanzig Riesen –
wir würden nicht mal zwanzig Cents zu sehen kriegen! Herrjesus
Christus, es kommt auch immer alles aufs Mal.«

Willard griff sich einen Stapel Papiere. »Ich weiß zwar, daß hierzu
wahrscheinlich nicht grade der richtige Augenblick ist, aber könntest
du dir mal diese Rechnungen ansehn? Ganz plötzlich kamen die alle
reingeschneit.«

»Komisch«, machte Flanagan, schenkte sich noch einen Drink ein
und blätterte in den Belegen.

»Die meisten dieser Firmen haben uns langfristige Kredite eingeräumt«, schnaubte Willard. »Aber jetzt siehts so aus, als wollten alle ihr Geld schon gestern haben. Der dickste Hammer ist der Verpflegungsvertrag mit De Luxe. Die wollen zwanzigtausend Dollar im voraus bis Ende nächster Woche, oder sie ziehen ihre Köche ab.«

»Und wieviel ist in der Kasse?«

»So was um die dreißig Riesen.«

»Dann zahl wenigstens die Rechnung«, sagte Flanagan und zeigte aus dem Fenster. »Geben wir denen nichts mehr fürn Bauch – dann geben ihre Beine auf. Geht denen die Puste aus – dann geht uns das Geschäft kaputt.«

Er lehnte sich wieder im Sessel zurück und schloß die Augen. »Los, Willard, munter mich maln bißchen auf«, sagte er. »Geh noch mal die ganzen Zahlen durch. Du weißt schon...«

Willard betete die Bilanz wie eine Litanei herunter.

»Ausgaben: Gehälter und Sozialleistungen, bis New York insgesamt 640 000 Dollar. Ausrüstung, Gerät, Material reine Kosten 25 000 Dollar. Publicity reine Kosten 15 500 Dollar. Sonstige Ausgaben 25 500 Dollar. Preisgelder, ausgezahlt durch die Trans-America Bank. Macht insgesamt 706 000 Dollar.

Einnahmen: Teilnahmegebühren 400 000 Dollar. Filmrechte 50 000 Dollar. Bewilligte Mittel von Städten 300 000 Dollar. Sonstige Einnahmen 140 000 Dollar. Macht insgesamt 890 000 Dollar.«

Flanagan ließ seine Augen geschlossen. »Und jetzt kommt das Beste«, sagte er.

Willards verhalten geführte Stimme schwang sich auf wie eine Lerche.

»Noch ohne die nach dem Rennen zu erwartenden Verträge bleibt ein Reingewinn von 185 000 Dollar.«

Flanagan stand wieder auf und streckte sich. »So, jetzt fühl ich mich wieder aufm Damm.«

»Aber was ist mit den Rechnungen?«

»Verbrenn sie«, sagte Flanagan. »Alle wie sie da rumliegen.«


Sich der Probleme und Sorgen Flanagans in keiner Weise bewußt, verglichen zur gleichen Zeit die Reporter Rae, Kowalski und Liebnitz emsig ihre Notizen.

»Was meinst du, wies bisher gelaufen ist, Carl?« fragte Rae. Liebnitz nahm wieder einmal seine Hornbrille ab und putzte sie bedächtig.

»Naja, ihr wißt ja, ich bin ja nun mal kein sensationsgeiler Sportreporter. Trotzdem hat Flanagan mich durchaus überrascht. Er hat es tatsächlich geschafft, zweitausend Männer und Frauen aus allen Ecken der Welt zusammenzukriegen, um sie hier in seinem verrückten Rennen laufen zu lassen.«

Er hielt inne und setzte die Brille auf seine schlanke, von der Sonne verbrannte Nase. »Vielleicht ist das angesichts der allgemeinen Arbeitslosigkeit und Rezession nicht mal das Überraschendste, wenn man den gegenwärtigen Zustand der Nation und der Welt betrachtet. Aber was mich wirklich überrascht, ist, daß dieser ganze gottverdammte Rennrummel so prächtig durchorganisiert ist. Als ich Flanagan das erste Mal sah, da wußte er nicht nur nicht, welchen Schritt er als nächsten tun sollte – sondern noch nicht einmal, welchen Schritt er gerade getan hatte!«

»Stimmt«, sagte Kowalski. »Das mußt du ihm wirklich lassen, Carl. Und beim Pressecorps ist er auch prima weggekommen. Jeden Tag n ganzes Paket guter Storys.«

Liebnitz nickte.

»Und auf wen würden Sie tippen, Mister Liebnitz?« Die Frage kam von Kevin Maguire, Reporter der *Irish Times*. Liebnitz lächelte, nahm die Brille ab und machte sich ans Polieren.

»Als ich gerade nach Los Angeles gekommen war, da hätte ich meinen letzten Dollar auf Doc Cole gesetzt«, antwortete er und prüfte die Gläser, sie gegen das Licht haltend. »Aber dieser junge Deutsche da, Müller . . .«

»Der könntn paar Konkurrenten ganz gut brauchen«, warf Kowalski ein.

»Und sein Kumpel Stock läuft auch noch ohne Probleme munter drauflos«, gab Rae zu bedenken.

»Vielleicht ist Müller so eine Art Wellenbrecher«, überlegte Liebnitz, »den sie nur einsetzen, damit er mögliche Konkurrenten auspowert und das Rennen für Stock freiräumt.«

»Abgeschüttelt hat der *mich* jedenfalls gestern mit Erfolg«, grummelte Kowalski. »Nach dem Einlauf kriegte ich nich ein Sterbenswörtchen aus ihm raus.«

»Chancen hätten aber auch Hugh McPhail und der Yankeeboy Morgan«, sagte Maguire.

»Na, und Ihr Lord Thurleigh ist ja nun auch nich gradne Schlapppfeife, wenn er auch in Barstow seinen Butler eingebüßt hat«, stichelte Kowalski.

»Von wegen mein Lord«, erwiderte Maguire. »Ich kann diese Scheiß-Royalisten nicht verknusen.«

Liebnitz setzte seine Brille wieder auf und rubbelte an seiner Nase, um die ausgetrocknete, sonnenverbrannte Haut zu lösen.

»Also, ich tippe auf McPhail oder Cole«, sagte er vorsichtig.

»Is ja alberig«, konterte Kowalski. »Müller wirds, und zwar zusammen mit Stock. Was meinst du, Kevin?«

Maguire stippte mit dem Finger seinen Hut in den Nacken und wischte sich über die Stirn.

»Ich rat lieber auf echt irisch«, sagte er. »Cole, Müller, Stock, Morgan, Thurleigh, Eskola, McPhail. Einer von denen wirds bestimmt... glaub ich wenigstens.«

*7.00 Uhr, 27. März 1931.* Die Läufer standen auf der Straße nach Las Vegas, wenige Meilen nördlich der Soda Mountains. Die Wüstenluft war schon unangenehm heiß, aber klar. Hinter ihnen räumten Flanagans Helfer das Lager ab. Vor ihnen warteten der Trans-America-Rennleitungscaravan, sechs Pressebusse, der Maxwell-House-Coffee-Pot und ein Pulk von gut hundert Autos und Motorrädern. Um sie herum standen still und stumm auf dem noch recht kühlen Wüstenboden Dreieckblätterpappeln, Kaktus und Yucca, die in Höhen zwischen tausend und sechzehnhundert Metern am besten gedeihen.

Genau wie Doc schon in Los Angeles prophezeit hatte, waren die Untrainierten und Schwachen, die Träumer und naiven Optimisten längst ausgeschieden und nur noch athletische Läufer im Rennen. Zum Glück war ihnen das Wetter wohlgesonnen; es hatte eine Folge ungewöhnlich milder Frühlingstage gegeben, wodurch die Wüste gar nicht erst dazu gekommen war, den Trans-America mit ihrer ganzen Kraft zu bedrängen. Einzig die Meilenanzahl bis nach Las Vegas – »der Wiese mit den vielen Strömen« – bot Schwierigkeiten.

Und wieder war es Müller, der schon nach einer Meile in der Spitzengruppe von etwa dreißig Läufern die Führung übernahm. Auch Doc, Hugh, Morgan, Martínez und Lord Peter Thurleigh waren dabei, gemeinsam mit Eskola, Bouin und Dasriaux, den All-Americans und dem Rest der deutschen Mannschaft.

Sie verfielen in einen schon fast automatisch gesteuerten Rhythmus der Beine, die konstant zwischen sechs und sieben Meilen pro Stunde erliefen, mittlerweile die Wirklichkeit ihrer Kraftreserven und die fordernde Natur des Trans-America akzeptierend. Uhrwerkartig spurten die Wettkämpfer durch den Sand und rückten in die Wüste vor.

Für Hugh McPhail war die Strecke zu einem Rausch geworden, und wie im Rausch empfand er keinen Schmerz. Sein Körper schien zu einer Maschine geworden, in deren Leitungen ohne Unterlaß Sauerstoff und Blut zirkulierten, wobei die Sauerstoffmenge genau seinen Bedürfnissen entsprach. Die taumelnden Stolpertage seiner Trainingsläufe lagen weit hinter ihm; er war kein Sprinter mehr, sondern ein *road-runner*, ein Erdkuckuck in Menschengestalt.

Früher hatte sich die Luft noch durch seine gierigen Lippen hindurchgeschlitzt und in seiner Kehle geraspelt wie rauhes Sandpapier. Heute war der leichtzügige Gang seiner Atmung im Gleichgewicht mit sich selbst, seine Schritte waren nie mehr auch nur einen Zoll länger oder kürzer als notwendig, wie immer auch der Boden beschaffen war. Er lief, als wären die Straßen und deren Verlauf gleichsam für seine Füße – und nur für die seinen – gemacht. Und wie eine Beichte läuterte und reinigte jeder Lauf seinen Kopf und brachte ihm einen täglichen Fluß von Erinnerungen, die unkontrolliert und ohne bestimmte Ordnung zu ihm kamen.

Hugh erinnerte sich, daß zwei Tage zuvor abends der trauernde Klageruf eines Dudelsacks ihn quer durch das Lager hindurch ins Zirkuscamp gelockt hatte. Es war nicht leicht gewesen, ihn in dem Durcheinander von Zelten, Wohnwagen und Käfigen ausfindig zu machen, aber schließlich entdeckte er, daß es Albert Koch war, der den Dudelsack spielte, jener dicke, glatzköpfige Herr von Fritz, dem sprechenden Esel.

Koch stand wenige Fuß vor dem Tier, und sein verschwitztes Gesicht wurde röter und röter, als er »The MacRimmon's Lament« spielte, während Fritz in aller Seelenruhe vor sich hin fraß und vernehmlich kaute. Albert Koch schaute entschuldigend auf, als Hugh nähertrat.

»Ich versuch, ihmn paar neue Wörter einzutrichtern«, erklärte er. »Dieser Dudelsack – der bringtn eichentlich immer in die richtche Stimmung; ich mein, hats sonst immer gebracht, aber das dämliche Biest...«

»Kennen Sie denn nicht noch irgendn andres Stück?« fragte Hugh.

»Na ebm nich«, erwiderte Koch. »Hab schon genuch Probleme gehabt, dies hier zu lern – vonnem Schotten, der mir den verdammichten Esel verkauft hat.«

»Hat er Ihnen den Dudelsack denn auch verkauft?«

»Na, so wahr ich hier steh, für zehn Dollar extra und denn nochn

Dollar fümfzig für daß er mir das Stück gelernt hat. Ein schottischer Schotte, meinta, wär er gewesn.«

»Hört sich auch ganz so an.« Hugh streckte Koch die Hände entgegen. »Darf ich mal?«

»Mit Vergnügen«, sagte Koch und gab ihm den Dudelsack.

Hugh wischte das Mundstück ab und füllte den Luftsack. Die Pfeifen waren nichts Großartiges, wahrscheinlich aus Aberdeen, Idaho, jedenfalls kaum aus Aberdeen, Schottland; trotzdem entrang er ihnen ein Stück. Als er zu Koch aufschaute, sah er, daß Dixie Williams herbeigeschlendert war und, auf einem Grashalm kauend, das Ganze belustigt betrachtete. Hugh errötete leicht, legte seine Finger aber korrekt auf die Diskantpfeife, um elegant in »Flora McDonald's Jig« einzuschwenken.

Beim Klang der flotten Weise hob Fritz den Kopf aus seinem Trog und sah McPhail ganz, ganz aufmerksam an.

»Hoooooond«, blökte er.

»Doll!« sagte Koch. »Mach schön weiter.«

Hugh spielte weiter und lief dabei rhythmisch, im Highland-Stil, auf der Stelle, direkt vor dem nun außergewöhnlich konzentrierten Eselstier.

»Kaaaatz«, blökte Fritz wieder mit nasalem Tenorjammern.

»Sie hamn Freund fürs Leben gefundn«, jubilierte Koch. »Ich hab schon den ganzn verdammtn Abend immerzu ›Kaaatze‹ zu ihm gesacht.«

Hugh spielte noch etwa zehn Minuten weiter und verhalf Fritzens Vokabular noch zu mehreren schwierigen Silben, von denen zwar keine für Hugh oder Dixie verständlich waren, dafür aber bei Koch um so intensivere Freudenreaktionen auslösten.

Hugh gab Koch das Instrument zurück, der ihm dankbar die Hand schüttelte, als wollte er sie ihm abreißen.

»Was meinstn, Schotte, was ich machn soll? Ich zieh morgn nach Vegas weiter, um da Station zu machn.«

»Also, Sie sollten noch ein paar Stücke dazulernen, Mister Koch«, riet Hugh. »Und lassen Sie die Finger von dem Trauermarschzeugs. Ihr Esel hat Sinn für Humor.«

»Genau wie Sie«, sagte jemand hinter ihm. Dixie. Wieder wurde Hugh rot vor Verlegenheit.

Beide überließen Koch samt Dudelsack und Esel sich selbst und schlenderten zurück, zwischen Zelten und Wohnwagen hindurch und an Lagerfeuern vorbei, an denen Hunde herumtollten.

»Wo haben Sie denn Dudelsackspielen gelernt?« fragte Dixie.

»Bei der Boys Brigade«, antwortete Hugh.

»Brigade? Ist das etwa Militär oder was?« fragte Dixie und kickte einen Kieselstein auf dem trockenen Boden vor sich her.

Hugh lächelte. »Nicht ganz«, antwortete er. »So was Ähnliches wie die Pfadfinder. Immer exerzieren und das Kirchspiel rauf und runter, marsch! Bin wegen Fußball eingetreten. Aber beigebracht haben sie mir Dudelsack.«

»Dann kann Ihnen eigentlich nichts mehr passieren. Bei Mister Koch kriegen Sie jederzeit einen Job«, sagte Dixie.

Sie hatten den Rand des Zirkusgeländes erreicht.

»Das ist immer nochne Möglichkeit«, bestätigte Hugh. »Naja, wir werdens in Las Vegas sehn, ob ›Flora McDonald's Jig‹ Fritz dazu bringen wird, noch ein paar Wörter mehr zu lernen. Ich denk, ich muß mir diesen Zirkus mal anschaun – hab noch niene Vorstellung gesehn.«

»Da müssen Sie wohl noch etwas warten«, belehrte ihn Dixie. »Die treten nur in den großen Städten auf. Mister Flanagan hat sie jedenfalls für alle Städte zwischen hier und New York gebucht.« Sie machte eine Pause. »Ach ja, wer war denn diese Flora McDonald?«

Hugh nickte ihr zu, sich zu setzen, und beide nahmen nebeneinander auf einem Felsblock Platz.

»Im Jahre siebzehnhundertfünfundvierzig«, begann er, »führte Bonnie Prince Charlie einen Aufstand der Jakobiten gegen Georg II. an. Er unterlag im Gefecht und wurde kreuz und quer durch Schottland gejagt.«

»Diese Jakobiter«, fragte Dixie, »waren die wie unsre Demokraten?«

»So ungefähr«, murmelte Hugh und lächelte. »Der König setzte zwar eine Riesenbelohnung auf seinen Kopf aus, aber nicht ein einziger Highländer verriet den Prinzen. Flora McDonald, war eine der maßgeblichen Personen, die sich um ihn gekümmert haben, indem sie ihm nämlich zur Flucht nach Frankreich verhalf.«

»Quer durch das ganze Land von einer Frau beschützt, obwohl er sogar noch ein Prinz war?« sann Dixie laut nach.

»Genau. Aber am Schluß schaffte er doch den Absprung«, sagte Hugh. »Er floh über den Kanal.«

»Haben die beiden sich je wiedergesehn?«

»Nein, nicht daß ich wüßte.«

»So gehts eben oft im Leben zu«, sagte Dixie und stand wieder auf.
»Menschen kommen von weither und begegnen sich. Und dann
sehen sie sich nachher nie mehr wieder.«
Hugh sah zu Boden. »Ja«, sagte er. »So gehts oft zu.« Er blickte Dixie
nach, wie sie vor ihm langsam fortging zu ihrer Unterkunft.
»Aber sein muß das nicht«, sagte er leise.

Ein dicker, schwerer, warmer Regentropfen traf Hugh genau auf die
Stirn und brachte ihn wieder in die Gegenwart zurück. Binnen
Sekunden wurde aus dem Tropfen ein richtiger Regen, der herab-
rauschte wie aus einem himmlischen Hahn und durch die stille
Wüstenluft zischte. Der schnelle, stetige Schritt der Läufer stockte
und schrumpfte zum Kriechen, als sie, durch den plötzlichen Wasser-
vorhang zunächst der Sicht beraubt, langsamer wurden, um den
rutschigen, matschigen Weg vor sich genau erkennen zu können.
Ganze Gruppen, die über die ersten zehn Meilen zusammengehalten
hatten, wurden von der blendenden Flut auseinandergerissen. Hughs
Trikot und Hose klebten klatschnaß am Leib.
Die Läufer, die bis dahin verhalten gelaufen waren, ihren Atem
der Schrittgeschwindigkeit genau angepaßt, mußten jetzt erleben,
wie ihr Rhythmus hoffnungslos zusammenbrach, da sie durch
Mund und Nase Regen einatmeten statt Sauerstoff. Als noch
schlimmer erwies sich, daß die Strecke bereits aufgebrochen war,
weil der Regen die weicheren Schichten weggeschwemmt, die Straße unterhöhlt und so ein ganzes Netzwerk winziger reißender
Rinnsale geschaffen hatte. Die Strecke war zu einem zerklüfteten
Terrain aus Dreck und strömendem Wasser geworden, und was wie
ein ordentlicher Straßenlauf begonnen hatte, gestaltete sich mittlerweile als schweres, gefährliches Querfeldeinrennen. Unvermin-
dert peitschte der Regen herab, und Kate war froh, sich die Haare
nach hinten gebunden zu haben. Sie war bis auf die Knochen
durchnäßt, und ihre Brustwarzen zeichneten sich unter ihrem
klitschnassen Büstenhalter deutlich ab. Gott sei dank, dachte Kate,
trug sie unter ihren Shorts noch einen schwarzen Slip. Es war
schon einigermaßen verblüffend für sie, wie standhaft doch ihre
Sorge um Sitte und Anstand sogar jetzt noch blieb, wo sie von
Regenschauern gepeitscht, umgeben von einem guten Tausend
schweißtriefender, durchnäßter Athleten auf einer ehemaligen Wüstenstraße entlangrutschte. Neben ihr hatte Charles Fox zunehmend mit dem Boden zu kämpfen, denn seine Beine konnten die

sich ständig verändernde Struktur des immer glitschiger werdenden Wegs nicht mehr verkraften. Sein Laufrhythmus war zerstört, seine Lunge arbeitete schwer und schwerer, und sein kurzer gleichmäßiger Schritt zerbrach in ein unsicher tastendes zielloses, schwankendes und stoßendes Schlingern.

»Los, weiter mit Ihnen, Mädel«, keuchte Fox. »Ich hol Sie schon wieder ein.«

Kate nickte ihm zu, und Fox blieb zurück.

An der Spitze des Feldes hatte Müller nach etwa fünfzehn Meilen seine Führung auf eine halbe Meile ausgebaut, und es war fast unmöglich, ihn jetzt noch im Auge zu behalten: Man tauchte mühsam durch nahezu undurchdringliche Regenwände. Plötzlich vernahm man Willard Clays Stimme über den Lautsprecher.

»Wildbach voraus!« warnte er. »Nach zwei Meilen Überschwemmung! Die Straße ist zerstört. Wiederhole: Straße zerstört. An der Bruchstelle zunächst alle nach Süden. Wiederhole: An der Bruchstelle alle nach Süden, fünf Meilen bis zu einer Brücke, von dort wieder nach Norden auf die Hauptstraße nach Vegas.«

Die Informationen wurden blitzschnell von Mund zu Ohr durch das ganze Feld nach hinten hindurchgeschrien, bis sie auch Doc und dessen Gruppe erreicht hatten.

»Verdammter Mist«, schimpfte Doc, das Gesicht regenüberströmt. »Das sind noch fast zwei Stunden zusätzliche Rennerei.«

Bald hatten Doc, McPhail, Morgan und der Rest ihrer Gruppe die Überschwemmung erreicht. Die Regenstürze hatten eine zehn Meter breite, zwei Meter tiefe Kluft freigeschwemmt, über der die Straße zusammengebrochen war. Doc hielt an, nahm seine Mütze ab und fingerte daran herum. Dann setzte er sich seine Mütze wieder auf, äugte seitlich zu Morgan, Hugh und Martínez hinüber und dann auf das flache, rundliche Ding in seiner Hand.

»Wißt ihr, was das ist?« fragte er.

Niemand redete.

»Dann sag ichs euch. Das issn Kompaß, und das könnt ne Meile für uns bedeuten, und diese eine Meile könnte tausend Dollar nach sich ziehn, für uns.«

Sie glitten und rutschten nach rechts, nach Süden in die Wüste hinein, der Schlamm verformte ihre ehemals festen Schuhe zu braunen, glitschigen Klumpen. Kaktus und Yucca rissen ihnen die Beine auf, während sie sich wankend und stolpernd durch den peitschenden Regen kämpften. Sie liefen nun parallel zu dem tosenden Wildbach

zu ihrer Linken, der die Straße nach Las Vegas von Westen her
unterspült hatte, und waren etwa eine halbe Meile stromabwärts
gelaufen, als Doc sich ihnen durch den prasselnden Regen hindurch
verständlich zu machen versuchte.

»Da!« schrie er und wies mit heftiger Geste auf die schmalste Stelle
im braungrauen, regengeschwollenen Wildwasser, das etwa knapp
zwölf Meter breit war. Docs Gruppe hielt an und versammelte sich
um ihn.

»Also, ich seh das so«, japste Doc, und der Regen peitschte ihm über
die Wangen und floß in seinen Mund. »Hier bilden wir ne Kette quer
durch diese Brühe hier; Mike geht als erster, dann Juan und ich, und
Hugh macht letzter Mann als Anker und hält sich an dem Yucca da
fest.« Er zeigte auf einen gedrungenen, seltsam geformten Baum an
der diesseitigen Uferböschung, dessen Wurzeln jedoch durch die Flut
noch nicht unterspült worden waren. »Sobald Mike den Yucca
drüben auf der anderen Seite schön fest packen kann, läßt Hugh los,
und wir können uns alle rüberziehn. Ich schätz, das ergibt alles
in allem die Spannweite von vier Leuten – etwas über zehn
Meter.«

Die anderen gaben keine Antwort; zu hören war nur das Rauschen
und Plätschern des Regens; nachdrängende Läufer schlidderten an
ihnen vorbei gegen Süden.

»Na, wirds bald«, schrie Doc. »Was, zum Teufel, istn los? N Glotzwettbewerb? Oder warum haltet ihr Maulaffen feil? Himmel noch
eins, so können wir diesen Deutschen umn paar Stunden überrennen,
kapiert ihr denn nicht?« Doc ging einige Meter nach vorn und wandte
sich wieder erwartungsvoll um.

Alle bewegten sich nun auf den Rand des frisch geschürften Bach-
betts zu und gaben sich die Hände; Hugh klammerte sich mit aller
Kraft an den Yucca. Er nickte Doc zu, der seinerseits Morgan auf die
Schulter klopfte.

»Hier gehts doch gar nicht«, zweifelte Morgan, der als erster in das
reißende Wasser hineinwatete, hinter sich Martínez und Doc; alle
hielten einander fest, umklammerten das Handgelenk des Neben-
manns. Morgan tastete sich vorsichtig vor, seine Füße fühlten nach
breiten Steinen, die ihnen festen Halt geben konnten. Er hatte Glück,
denn schon bei den ersten tastenden Schritten spürte er feste, kiesige
Oberflächen, und die Läuferkette spannte sich mühsam quer durch
den Sturzbach, während das warme, wild strömende Wasser sie
ständig zu zerreißen drohte.

»Nach rechts!« rief Morgan durch das Toben der Elemente. »Hab ihn!« Er hatte jenen Ast auf der anderen Seite des Wildwassers ergriffen. Gerade als Morgan rief, stürzte der Yuccabaum, an dem Hugh sich verkrallt hatte, zusammen mit dem von der Strömung schließlich doch weggefressenen Wurzelwerk in den Regenstrom und riß den Mann mit sich. Doc, zwischen zwei Felsbrocken eingeklemmt, hielt sich noch immer an Hugh fest, wurde dann aber doch aus Martínez' festem Griff gewunden und wirbelte hilflos stromabwärts; der Schotte hatte ihn immer noch fest gepackt.

»Jessesmaria!« klagte Morgan und zerrte Martínez aufs schlammige Ufer, der nach Luft schnappte wie ein angelandeter Fisch. »Gütiger Himmel!«

Morgan blickte verzweifelt um sich; stand auf, zog und zerrte wie wild an dem in sich verdrillten drahtartigen Ast des Yuccabaumes.

»Los, brech schon, du Aas«, knurrte er und würgte den Ast mit beiden Händen, der endlich aufgab und brach, Morgan im Bogen nach rückwärts reißend. Mike kam wieder auf die Beine und lief halb schliddernd, halb stolpernd an der glitschigen und zerklüfteten Uferböschung des Wildwassers entlang, das plötzlich in enger Kurve nach links weiterstrudelte, so daß Morgan und die davontreibenden Gefährten einander näher kamen.

Doc und Hugh waren wie toll stromabwärts gewirbelt worden und hatten himmelwärtigen Regen ebenso wie sandiges, schlammiges Wildwasser geschluckt. Der ältere Mann war mehrmals untergegangen, Hugh aber hatte ihn verbissen im Griff und versuchte verzweifelt, mit seinem freien Arm schwimmend, sich selbst über Wasser zu halten, denn Doc, des Schwimmens unkundig, war ihm zu einer schrecklich schweren Last geworden. Hugh spürte, wie er selbst schwächer und schwächer wurde.

Den Kopf mit Mühe über den schlammbraunen Wassermassen behauptend, sah er, knapp zehn Meter weiter, Morgan verschwommen am Uferrand.

»Hier«, schrie Mike und hielt den Yuccaast in das reißende Wasser. Hugh, noch immer auf Docs rechter Seite, mußte sich über des Halbertrunkenen Rücken hinwegdrehen, um noch näher heranzukommen.

Doch als er den rettenden Ast schon fast ergriffen hatte, zog ihn ein plötzlicher Strudel an sich und trieb ihn weiter den Wildbach hinunter, noch immer Docs Handgelenk umklammernd. Lästerlich fluchend hastete Morgan noch einmal knapp zwanzig Meter am

Wasser entlang bis zur nächsten Biegung und tauchte den Ast in die Fluten.

Hugh krallte die Finger fest um das Holz, doch die Wucht des Wassers und Docs Gewicht entwanden es ihm. Und wieder wurden beide weitergewälzt. Ihre Haut riß auf, als die Körper auf den steinigen Grund gestoßen wurden.

Hugh kam wieder hoch, zog Doc mit sich ans Licht und sah, schon über sich, den Yuccaast und Morgans verzerrte Züge. Er krallte nach dem Ast, und sein Griff ließ nicht locker, obwohl die Wasser sie wild gurgelnd umschlangen. Mike packte den anderen Arm des Schotten. Und Hugh, der Doc noch immer hielt, wurde langsam ans Ufer gezogen.

Der junge Schotte saß keuchend an einen Felsen gelehnt. Doc aber lag reglos rücklings am Ufer; Morgan brachte ihn schnell in Bauchlage, drehte Docs Kopf auf die linke Seite und begann, seinen Rücken kräftig mit beiden Handflächen zu bearbeiten, bis der Gefährte Wasser und Sand erbrach. Wenig später begann Doc zu stöhnen, hustete dann, und Morgan zog ihn roh in aufrechten Sitz.

»Biste in Ordnung?« fragte er. Doc spie immer noch schlammiges Wasser, kam unsicher hoch und stützte sich auf Hugh und Morgan.

»Na logisch bin ich in Ordnung«, knurrte er und schüttelte den Kopf. »Da muß schon noch ne Menge mehr Wasser kommen, bis ich den Bauch voll hab.«

»Mit vollem Magen läufts sich aber schlecht«, spöttelte Hugh und grinste.

Doc verzog den Mund und würgte immer noch Wasser heraus. »Was schätzt ihr, wieviel Zeit wir verloren haben?«

»Würd sagen, so um die zwanzig Minuten«, antwortete Morgan.

Doc hustete immer noch. »Na, denn haben wir ja doch noch ne ganze Stange Zeit gut«, krächzte er und hüpfte von einem Bein aufs andere. »Dann kriegen wir sie. Verdammt, wir kriegen sie!« kicherte er. »Der Müller und seine Jungs müssen gute zehn Meilen Umweg laufen, bevor sie wieder auf die Las-Vegas-Strecke kommen.«

Langsam gingen die drei zu Martínez zurück, der einige hundert Meter weiter oben auf sie gewartet hatte.

Doc hatte sich fast gänzlich erholt, spuckte aber noch immer sandiges Wasser.

»Du hast doch gesagt, wir sparen zwei Stunden, wenn wir hier kurz baden gehen«, stichelte Morgan.

»Is ja gut, is ja gut«, murrte Doc, »ich bin ja schließlich kein Jonny

Weissmüller. Aber ich wett hundert gegen fünfzig, daß von den andern nichtn einziger auf die Idee kommt, auch son Vollbad zu nehmen.«

Doc hatte recht. Kein anderer Läufer wagte sich durch das wilde, reißende Wasser; alle rutschten und stolperten lieber fünf Meilen stromabwärts bis zu einer kleinen Brücke, um dort wieder in entgegengesetzter Richtung fünf Meilen nach Norden durch die Wüste bis zur Hauptstraße nach Las Vegas zu laufen. Doc und seine Freunde aber hatten durch die waghalsige Durchquerung über eine Stunde Vorsprung gewonnen – alles innerhalb der Wettkampfregeln.

»Stimmt«, sagte Doc, als sie bibbernd im warmen Regen standen. »Es sind noch über zwanzig Meilen bis nach Vegas und zum Etappengeld. Wir können zwischen drei Möglichkeiten wählen. Erstens, wir rennen uns dumm und dösig. N paar holen sich die große Kohle, aber alle sind wir fix und fertig, noch vor den nächsten Wüstenetappen hinter Las Vegas.«

»Was gibts sonst noch?« fragte Hugh.

»Wir können ganz locker losgehn, sagen wir fünfzehn Meilen, und schön beieinander bleiben, und dann die letzten fünf Meilen jeder für sich ums große Geld laufen.«

»Und was wär die letzte Variante?« erkundigte sich Morgan vorsichtig.

»Daß wir alle zusammen nach Las Vegas rein laufen, ohne uns kaputtzumachen und uns dann den Preis teilen.«

»Ne Menge Leute kommen nach Vegas, um nen Wettkampf zu sehn«, wandte Hugh ein, »und kein vorher abgesprochenes Lauftheater.«

»Das ist schon n Argument«, nickte Doc. »Aber wir sind hier nicht die Regierung der Vereinigten Staaten. Wir müssen uns sofort entscheiden.«

Martínez zuckte die Achseln. Hugh sah Doc unsicher an.

»Kennt ihr das Fingerzeigespiel«, fragte Morgan plötzlich.

Niemand antwortete.

»Ihr kennt das sicher«, beharrte Morgan. »Man hält eine Hand hinterm Rücken, streckt sie aufn Zeichen nach vorne, um mit den Fingern seine Entscheidung zu zeigen. Jeder kann einen, zwei oder drei Finger zeigen. Die Mehrheit gewinnt.«

»Also, wenn wir die ganze Strecke auf Tempo machen wollen, dann einen Finger, zwei Finger für den letzten Fünf-Meilen-Speed, drei Finger für Aufteilen.«

»Genau«, sagte Morgan. »Also?«

Jetzt nickten sie alle.

Jeder verbarg eine Hand hinter dem Rücken.

»Jetzt«, rief Morgan plötzlich.

Gleichzeitig streckten die vier Gefährten ihre rechten Hände vor.

Alle zeigten zwei Finger.

Fröhlich lachend trotteten sie nacheinander hinauf zur Hauptstraße und nahmen gemeinsam die Strecke nach Las Vegas unter die Füße.

# 11

## Die Wiese mit den vielen Strömen

Als die erste Trans-America-Woche ihrem Ende zuging, hatte Flanagan allen Grund, höchst zufrieden zu sein. Gewiß, das Zweitausendmannfeld war inzwischen fast um die Hälfte kleiner geworden; doch so unerwartet das auch für ihn gewesen sein mochte, ein Segen war es jedenfalls. Flanagan hatte wirklich keine Lust, die Lahmen, Hinkefüße und Erschöpften auch noch durch die ganze Mojave bis nach Las Vegas und noch weiter mitzuschleppen. Die Spreu hatte sich vom Weizen getrennt. Vom Start weg war ihm klar gewesen, daß er in Doc Cole einen Starläufer hatte, daß aber Morgan wie auch McPhail ganz unerwartete Zugnummern waren. Auch Müller, obwohl ohne persönliche Ausstrahlung, hatte den Journalisten jede Menge Stoff geliefert, genau wie Martínez auch. Kate Sheridan war die eigentliche Überraschung gewesen. Flanagan hatte eigentlich erwartet, daß nicht eine einzige Teilnehmerin über die ersten Etappen hinauskommen würde; nun aber hatte er seinen ersten echten weiblichen Läuferstar, eine Sportlerin, die dem Trans-America-Super-Marathon solange einen Stammplatz auf den Titelseiten der Weltpresse hielt, wie sie im Rennen bleiben würde.

Flanagan wäre allerdings weniger euphorisch gewesen, hätte er von einem Vorfall gewußt, der sich nur wenige Tage zuvor fast dreitausend Meilen entfernt in Washington D. C. abgespielt hatte.

Dort, in einem beschaulichen Büro mit hoher Decke, war die friedliche Montagmorgenruhe von Präsidentenberater Gerald H. Gruber gröblichst gestört worden. Wie sonst immer um diese Zeit hatte er sich bereits am neusten Kreuzworträtsel der *Washington Post* versucht und sich den Kopf gefährlich wundgedacht. In zehn senkrecht wurde gefragt: *Von französischem Adligen begründetes internationales Sportfest mit neun Buchstaben.* Gruber, der nur wenige Meter neben dem berühmten Oval Room dahinbrütete, hatte sich nun schon geschlagene zehn Minuten mit dem in Frage stehenden Begriff abgemüht, als ihn ein Klingeln hochschreckte. Er ließ sofort den Bleistift fallen und griff zum Telefon des Weißen Hauses.

»Toffler«, meldete sich eine Stimme am anderen Ende der Leitung ohne jede weitere Erklärung.

Sekundenlang war Gerald H. Gruber absolut nicht im Bilde. »Mister Martin P. Toffler«, wiederholte der Anrufer und ließ das ›P‹ überlaut an Grubers Ohr zerplatzen, dessen Gehirn wieder zu arbeiten begonnen hatte und dann doch sehr schnell die dringliche Information zu liefern wußte: Toffler war einer der wichtigsten Parteihelfer im Mittelwesten. Und so lauschte Gerald H. Gruber aufmerksam ins Telefon, den frisch gespitzten Bleistift über seinem Schreibblock in Habàchtstellung.

Der Mann aus dem Mittelwesten quasselte, wie losgelassen, von einem Superrennen, kilometerlang und wahnsinnig gefährlich, doch Gruber konnte nicht heraushören, ob es sich dabei um ein Pferderennen, ein Autorennen, ein Windhundrennen oder, wer weiß, womöglich gar um ein Kopf-an-Kopf-Rennen irgendwelcher Senatoren handelte. Er hörte weiter geduldig zu und hoffte, daß Toffler sich schon von allein erklären würde.

Schließlich tat Martin P. Toffler das auch – zumindest bis zu einem gewissen Grad. Das Rennen nannte sich Trans-America, womit zumindest klargestellt war, daß es sich kaum um eine Senatorenwahl handeln konnte. Also gut. Aber was für ein Rennen dieses Trans-America nun war, und wer oder was da lief, und weshalb Mister Martin P. Toffler solch Aufhebens davon machte, das alles blieb Gruber zunächst noch verborgen.

»Lassen Sie mich das notieren, Mister Toffler«, versuchte er wenig später den Wortschwall des Anrufers einzudämmen und kritzelte auf seinem Block herum. »Das Trans-America. Was genau ist das für ein Rennen?«

Toffler sprudelte seine Antwort durch den Hörer.

»Ah, ja«, sagte Gruber verständig und notierte zügig. »Ein professioneller Dauerlauf von Los Angeles nach New York. Ein beachtliches Unternehmen. Und was, bitte, kann der Präsident in dieser Sache für Sie tun? Wollen Sie beispielsweise andeuten, daß diese Sportler bestimmte Bundesgesetze übertreten?«

Nein, Erkenntnisse dieser Art gäbe es wohl nicht. Mr. Toffler, so kristallisierte sich in der Folge heraus, sprach hier vor allem als Mitglied des Nationalen Olympischen Komitees der Vereinigten Staaten von Amerika, das für die Durchführung der Olympischen Sommerspiele 1932 in Los Angeles verantwortlich war. Und dieser verdammte Trans-America-Super-Marathon würde, falls er erfolgreich über die Bühne gehen sollte, sowohl dem olympischen Gedanken als auch den Olympischen Spielen des nächsten Jahres in Los Angeles schweren Schaden zufügen, sagte er.

Für Gerald H. Gruber begannen sich die Nebel zu heben.

»Und was meinen Sie, sollte Mister Präsident an Maßnahmen ergreifen?« fragte er höflich.

Mr. Tofflers Ansinnen war keines der Art, welches Gerald H. Gruber dem Präsidenten ohne erhebliche Modifikation auf den Tisch würde legen können; also: Wenn letzterer weiterhin noch Interesse an gottverdammten Spenden für die Parteikasse haben sollte, dann seien den Organisationsschwachköpfen dieses Fußkrankenderbys schleunigst alle nur erdenklichen Knüppel zwischen die Beine zu schleudern.

Gruber krakelte seine Notizen zu Ende, strich hier bestimmte Wörter aus und unterstrich dort andere.

»Ich danke Ihnen, Mister Toffler. Ich denke, ich bin jetzt genau im Bilde. Ich werde Ihre Nachricht an Präsident Hoover weiterleiten und bin sicher, daß er ihr alle Aufmerksamkeit schenken wird, die sie verdient.«

Gruber legte auf und ergriff den Hörer eines anderen Telefons, das rechts neben dem ersten stand.

»Carter, besorgen Sie mir alles, was Sie über den Von-Los-Angeles-nach-New-York-Trans-America-Super-Marathon auftreiben können. Bis heute nachmittag möchte ich den genauen Streckenverlauf auf meinem Tisch haben und die Namen jeder Stadt und jeder Gemeinde, durch die das Rennen geht.«

Gruber knallte den Hörer des Hausapparates auf die Gabel, lutschte an seinem Bleistift und sah auf sein Kreuzworträtsel. Er lächelte leicht und malte genüßlich OLYMPIADE in die neun Kästchen.

Danach entwickelte sich alles sehr schnell. Es währte keine Woche, schon stand das Büro des Präsidenten mit dem FBI-Direktor J. Edgar Hoover in Kontakt, und zum ersten Mal geriet das Trans-America unter die prüfenden Augen des Federal Bureau of Investigation.

Schon zwei Tage bevor Flanagans Läufer Las Vegas erreichen sollten, hatten sich bereits die ersten Häufchen Tofflerscher Wühlarbeit gezeigt. FBI-Agent Ernest Bullard, ein schlanker, sonnengebräunter Mann Ende Dreißig, saß seinem Vorgesetzten Charles Finley gegenüber. Ein schwerer Eichentisch trennte die beiden.

Bullard öffnete eine dicke graue Akte mit der Aufschrift *Trans-America*, die auf seinen Knien lag.

»Das meiste wußte ich schon vorher, Sir«, begann er seinen Rapport.
»Bin nämlich ein Leichtathletikfan, wissen Sie. Hab alles über das
Rennen verfolgt, seit dieser Flanagan im Januar zum ersten Mal die
Medien damit gefüttert hat. Zeitungen und Rundfunk sind voll
davon.«
Finley nickte, in seinem Gesicht zuckte kein einziger Muskel.
»Aber der Heuhaufen ist verdammt groß, Sir«, klagte Bullard und
schnallte seinen Gürtel ein Loch enger. »Mehr als tausend Läufer,
und höchstens einer von denen könnte der Killer sein.«
Charles Finley, ein dünner, humorloser Abteilungsleiter des Federal
Bureau of Investigation, musterte seinen Mitarbeiter über den Tisch
hinweg und legte die Stirn in Falten.
»Ein bißchen mehr steckt da nun ja doch noch drin, Bullard«, widersprach er. »Aber wolln wir erst mal sehen, was wir so über die haben.«
Er wühlte in einem Aktenstapel, fingerte sich ein Papier heraus, stand
auf und las laut vor.
»28. März 1929, Clairton, Pennsylvania. Preiskampf mit bloßen
Fäusten in Starr's Lagerhaus. Nick Wieck gegen Chuck Petrack, den
Bronx-Bomber. Wieck geht in der ersten Runde zu Boden. Stirbt
eine Woche später. Petrack verläßt fluchtartig die Stadt. Totschlag,
wahrscheinlich mehr. Wie auch immer, wir wollen Petrack.«
»Aber was haben wir denn schon, worauf wir eine Anklage stützen
können, Sir?« entgegnete Bullard. »Weiter nichts als einen anony-
men Anruf und noch nicht mal verwertbare Einzelheiten. Petrack
könnte im Rennen sein, muß aber nicht. Und – woher wissen wir
denn, daß Petrack auch sein richtiger Name ist?«
»Bestimmt nicht. Ist so sicher wie das Amen in der Kirche, daß
Petrack unter falschem Namen geboxt hat. Ist so Usus bei diesen
verdammten Preisfightern. Ist auch alles andre als klar, daß Wieck
wirklich an den Folgen dieses Kampfes gestorben ist. Immerhin
wissen wir soviel, daß er am Abend nach dem Kampf auf seinen
eignen zwei Beinen nach Hause gegangen ist, und wir wissen auch,
daß er Lungenentzündung hatte. Aber der Chef hat mich persönlich
beauftragt, diese Sache weiterzuverfolgen.«
»Muß ich jetzt zwei Monate lang quer durch Amerika rasen, bloß um
einen Typen zu krallen, der da seine Beine schwingt und *vielleicht*
auch Wieck getötet haben könnte? Haben Sie doch bitte ein Ein-
sehen, Sir.«
Finley lächelte und nahm eine dickleibige grüne Akte von seinem
Schreibtisch.

»Hab Ihnen eben schon gesagt, daß noch einiges mehr drinsteckt als nur das. Viel mehr sogar.« Er legte den Ordner wieder auf den Tisch zurück.

»Das kommt schließlich direkt von ganz oben. Der Direktor glaubt, daß der Trans-America-Super-Marathon nichts anderes ist als ein beweglicher Unterschlupf für Rote und Anarchisten. Er glaubt, daß es gar nicht zu verhindern ist, daß diese Typen in den depressionsgeschüttelten Städten, durch die das Rennen führt, Streiks und Tumulte vom Zaun brechen werden. Und das ist auch der eigentliche Grund für Ihre Reise: ein Auge auf potentielle aufrührerische Elemente zu werfen.«

Finley schaute hoch zur Landkarte und stupste seinen Finger auf eine Stelle wenige Zentimeter von Los Angeles entfernt. »Nach den letzten Berichten sind die jetzt auf dem Weg nach Las Vegas. Naja, Sie wissen ja selbst, daß unsere Agenten Vegas erst vor ein paar Monaten ratzekahl gesäubert haben – richtiggehend ausgemistet.« Er kicherte trocken. »Vegas wird jetzt ja wohl allmählich wieder zu einer normalen Stadt. Also, amüsieren Sie sich gut – und passen Sie ein bißchen auf Ihre Spesen auf.«

Bullard seufzte, erhob sich und schüttelte den Kopf.

»Noch was, Bullard«, sagte Finley.

»Jawohl, Sir?«

»Wie oft am Tag rasieren Sie sich eigentlich?«

Ernest Bullard unternahm alles, um seine Überraschtheit zu kaschieren und strich sich statt dessen einfach übers Kinn.

»Wie die meisten Leute, Sir. Einmal, vorm Frühstück.«

»Dann nehmen Sie meinen Rat an. Machen Sies zweimal, um acht Uhr morgens und um sechs Uhr abends. Mister Hoover schätzt glattrasierte Agenten. Ach, und noch was.«

»Jawohl, Sir?«

»Rasierapparat oder Klinge?«

»Klinge, Sir«, sagte Bullard. Seine Lider flatterten etwas.

Worauf Finley eine lederne Brieftasche aus seiner Innentasche zog, einen Dollarschein herausschälte und ihn auf den Tisch segeln ließ.

»Dann gehn Sie und vertraun Sie sich einem Rasierapparat an. Mister Hoover vertritt die Ansicht, daß Gilettes nur was für Himbeerbubis sind. Verstehn Sie, was ich meine?«

Bullard reagierte nicht weiter.

Finley ergriff die Dollarnote und hielt sie Bullard hin. »Das geht auf Rechnung der Agency. Aus lauter Sympathie für Mister Hoover.«

Bullard rang sich ein Lächeln ab, nahm den Schein, ging hinaus und schloß die schwere Tür ganz leise hinter sich. Auf dem Gang schüttelte er lange den Kopf. Was war wohl wahnsinniger, dieser Wettlauf oder diese Suche nach einem Killer und irgendwelchen Roten, beides quer durch einen ganzen Kontinent? Seine Frau würde ihm die Zweimonatstour nie im Leben glauben. Aber er müßte wirklich bekloppt sein, sich zweimal am Tag zu rasieren, J. Edgar Hoover hin oder her. Zärtlich betrachtete Bullard den Dollarschein, den Finley ihm gegeben hatte, und lächelte. Dafür würde er genug Hershey-Schokoriegel kriegen, um die Kinder für sein langes Fernbleiben wenigstens ein bißchen zu entschädigen.

*Las Vegas, 27. März 1931.* Einen Monat zuvor hatten Bullards Bundeskollegen die ›Austrocknung‹ der Wüstenstadt vollzogen, zweihundert Bürger, darunter nicht wenige hochgestellte Persönlichkeiten, verhaftet und den bunt zusammengewürfelten Haufen im Innenhof des Brown Derby Hotels zusammengetrieben, weil die Mauern des städtischen Gefängnisses mehr als zehn Insassen schlecht verkraften konnten.

Währenddessen hatte der Großteil der volljährigen Stadtbevölkerung auf schnellstem Wege soviel Trinkbares in sich hineingefüllt, wie das in verbleibender Zeit überhaupt noch möglich war. Andere hatten aus lauter Verzweiflung ihre Schnapsvorräte in Brand gesetzt, mit der ebenfalls entsetzlichen Folge, daß die Fahrzeuge der städtischen Feuerwehr die ganze Nacht zerlärmten. In den Straßen wimmelte es von Feuerwehrautos und von Leuten, die hektisch herumsprangen und nach Anwälten schrien oder irgend jemanden suchten, der eine Kaution stellen konnte.

Nach vierzehn Tagen waren die Bundesagenten wieder abgezogen, um anderswo das Alkoholübel an der Wurzel zu packen, und Las Vegas war tatsächlich wieder trocken und normal geworden. Danach wurde das erste große Casino, das Meadows, eröffnet; ein Gebäude im maurischen Stil aus blitzblank poliertem Stuck, entworfen und errichtet von dem fashionablen Architekten Paul Wagner. Die Spielbank stand unter der Leitung eines früheren Golfield-Spielers, H. H. Switzer, und hatte so illustre Gäste wie Mormonen Kid, Jimmy Lewis, W. H. Mitchel und Frank Morey. Das Meadows schlug ein wie eine Geldbombe und war vor allem an den Wochenenden mit Arbeitern vom Boulder-Damm, etwa vierzig Meilen südlich der Stadt, hoffnungsvoll überfüllt.

Früher waren die Boulder-Leute am sechsten und siebenten Tag sonst immer in Saloons wie Bull Pen Inn, Black Cat oder Blue Heaven geströmt. Die anderen fünf Wochentage über schufteten sie – etwa zwölfhundert Männer – für eines der gefährlichsten Projekte seit dem transkontinentalen Eisenbahnbau. Sechs Firmen hielten das Unternehmen in eisernem Griff; sogar die für die Arbeitssicherheit zuständigen staatlichen Bergbauinspektoren mußten vor ihrer Macht kapitulieren. Trotz ihres Einspruches waren benzingetriebene Förderkarren auch in engen Stollen eingesetzt worden. Es hatte zahlreiche Explosionen gegeben. Dem ganzen Bautrupp stand nur ein einziger Arzt zur Verfügung; Toiletten, Waschgelegenheiten und genügend Wasser waren bisher sonore Versprechungen geblieben.

Achthundert Staudammarbeiter, angeführt von Eamon Flaherty, dem Führer der *International Workers of the World*, waren vor drei Monaten für bessere Arbeitsbedingungen in den Ausstand getreten, hatten die Firmenleitung zur Unterbrechung der Arbeiten gezwungen und im Süden von Las Vegas ein provisorisches Lager errichtet. Die Boulder-Männer hatten es ›Solidaritätscamp‹ getauft, und dort hielten sie aus, derweil Geld und Verpflegung schrumpften.

Um ihr Ansehen in der Stadt etwas aufzupolieren, hatten die sechs Firmen 2000 Dollar für den ersten Trans-America-Läufer in Las Vegas ausgesetzt, 1000 Dollar für den zweiten, 500 Dollar für den dritten und 250 Dollar für den viertplazierten. Die Männer im Solidaritätscamp waren zurecht empört und voller Wut, und all ihr Haß konzentrierte sich auf einen Gegner, der für sie greifbarer war, als irgendwelche hoch oben thronenden Firmenbosse, der ihnen sogar selbst in die Arme laufen würde: die Trans-Americans, die schon bald auf ihrem mühevollen Weg durch die aufgeweichte Wüste in die Stadt gestampft kommen sollten. Doch nichts wies auf diese Katastrophe hin, als Flanagan zwei Stunden nach dem Start seiner Trans-Americans zu ihrer letzten Etappe nach Las Vegas im Hinterzimmer des Blue Heavens Platz nahm. Die Stadt strotzte vor Wettsüchtigen, die der Trans-America-Super-Marathon angesaugt hatte. Fast eine Viertelmillion Dollar waren bereits gesetzt; die meisten Quoten auf Müller, der als Favorit für alles von zwei zu eins aufwärts feststand.

»Glauben Sie wirklich, der junge Deutsche schafft das schon wieder?« fragte der Barmann den Trans-America-Promoter, entkorkte eine Flasche Whiskey und ließ die braune Flüssigkeit in einen Schwenker gluckern.

Flanagan, diesmal in einem strahlend weißen Tropenanzug steckend, sah zu, wie der Whiskey das Eis in seinem Glas umspülte, und registrierte zufrieden das Knacken der auftauenden Würfel. Flanagan fingerte eine Zigarre aus seiner Jackentasche, zündete sie an und nahm einen genüßlich langen Zug.

»So wie die Wetten stehen, gewinnt er jedenfalls«, antwortete er dann. »Dieser junge Deutsche ist schon eine Stunde unter der Gesamtlaufzeit.«

»Und Doc Cole?« fragte der Keeper. »Mein alter Herr hat mich nur mit Geschichten über Doc Cole großgezogen. Also warum gerbt der denn nicht diesem jungen Frechdachs das Fell?«

Flanagan hatte einen Riesenspaß an seiner neuen Rolle als Laufsportsachverständiger. Überlegen lächelnd blies er den Rauch aus seiner Nase.

»Doc ist ein raffinierter alter Fuchs«, dozierte er. »Wahrscheinlich rechnet er damit, daß dem jungen Müller spätestens bei den Rockies die Puste ausgeht. Naja, und darum macht sichs Doc erst mal schön gemütlich und wartet einfach ab, was der andre macht.«

»Klingt ganz schön schlau, find ich«, sagte der Barmann anerkennend und nickte, als er Flanagans Glas nachfüllte. »Sie haltens also für möglich, daß meine fünfzig Dollar auf Doc Cole, daß er das Trans-America-Rennen gewinnt, sicher sind?«

»Was ich zumindest glaube, ist, daß Sie Ihr Geld auf einen guten Mann gesetzt haben«, antwortete Flanagan vorsichtig. »Aber noch ist es viel zu früh.«

Hinter sich vernahm er plötzlich ein Geräusch, fuhr herum und sah mit Schrecken, daß noch jemand im Raum war. Zu seiner Linken stand ein kleiner, rothaariger Mann, mit Bartstoppeln im geröteten Gesicht, der einen zerknitterten grauen Fischgrätenanzug trug und einen Bowlerhut, tief in die Stirn gedrückt.

»Sind Sie Charles C. Flanagan, Chef des Trans-America-Super-Marathons?« fragte der Kleine.

»Aber ja doch«, strahlte Flanagan, schwang auf seinem Barhocker herum und streckte seine Hand aus. »Was kann ich für Sie tun, Sir?«

Als er sich wieder seinem Glas zuwenden wollte, sah Flanagan, daß zwei Männer direkt hinter ihm standen.

Der kleine rothaarige Mann hatte die angebotene Rechte vollkommen ignoriert und rührte sich, starren Blicks, nicht vom Fleck. »Mein

Name ist Eamon Flaherty – ich bin der hiesige Chef der IWW Gewerkschaft.«

Flanagan spürte, wie ihm das Blut in den Schädel schoß; Ärger lag in der Luft.

»Trinken Sie ein Glas mit mir, Mister Flaherty«, sagte Flanagan schräg grinsend und nickte dem Barkeeper zu.

Flaherty schüttelte den Kopf.

»Fällt mir nicht ein, mit sonem gelackten Kapitalistenliebling auch nochn Glas zu hebn«, grollte er.

»Wie meinen Sie das?« fragte Flanagan.

»Sie wissen das sehr genau, Mister«, donnerte Flaherty. »Die Sechs Firmen haben über fünf Riesen für das Rennen ausgesetzt – steht doch in jeder Pinkelzeitung. Diese Tortenärsche setzen auf jede gute Publicity, die sie in der Stadt kriegen könn. Die habn Ihr Rennen, Mister, einfach gekauft und denn auch nochne Viertelmillion Dollar nach Vegas geholt. Sogar meine eignen Söhne habn drauf gewettet.«

»Schauen Sie«, versuchte Flanagan zu beschwichtigen und griff, sich immer deutlicher der beiden Männer in seinem Rücken bewußt, nach seinem Glas. »Warum wollen Sie und Ihre Kollegen nicht nen Drink auf meine Rechnung haben, und wir setzen uns hin und reden darüber wie Gentlemen?«

»Weil wir keine Gentlemen sind«, knurrte Flaherty. »Alles, was wir wolln, ist, daß Sie Ihre Beinschwinger aus Vegas raushalten.«

»Aber das ist völlig unmöglich«, protestierte Flanagan. »Die sind ja längst auf dem Weg zur Stadt – ich kann sie nicht um Las Vegas herumlaufen lassen. Ich könnte sie nicht mal aufhalten, selbst wenn ichs wollte. Unser Camp steht auch schon längst. Meine Leute haben dann fast fünfzig Meilen hinter sich – es geht überhaupt nicht, daß ich sie jetzt noch umleite.«

»Dann finden Sie mal lieber noch schnellne Lösung«, drohte Flaherty. Trotz seiner geringen Länge langte er plötzlich nach oben und packte Flanagan an den Jackenaufschlägen. Der Promoter setzte sich nicht gleich zur Wehr, sondern kämpfte zunächst mit einem gewaltigen Lachen, als er den winzigen Gewerkschaftsführer an seiner Jacke hängen sah wie einen Mann, der sich verzweifelt an eine steile Klippe klammert.

Doch wenig später spürte Flanagan den heißen galligen Strom irischer Wut in sich aufsteigen. Er packte Flaherty, hob ihn hoch und donnerte ihn auf den Barhocker neben sich.

»Also, Mister Flaherty«, schnaubte Flanagan, »so langsam werd ich sauer.« Der Gewerkschaftsführer blickte stumm über die Schulter des Iren zu den beiden Männern hinüber und nickte ihnen zu. Flanagan wurde plötzlich von einem der rauhhändigen Gesinnungsgenossen am Kopf gepackt und spürte eine Hand auf seinem Mund. Flanagan schnappte nach den Fingern, biß zu und vernahm dann das weiche Knirschen von Knochen. Der Mann heulte auf, sprang mit einem Satz nach hinten weg und umklammerte seine Hand.

Flanagan drehte sich um, da traf ihn auch schon ein blitzschneller Schlag des zweiten Mannes ins Gesicht. Der Rennleiter fiel schwer nach hinten und riß mit seiner Schulter die Gläser vom Tresen. Als er sein eigenes Blut schmeckte, warf er sich wutentbrannt auf den IWW-Mann, der ihm den Schwinger versetzt hatte, rammte ihm beide Fäuste in die Brust und walzte ihn zu Boden.

»Hört auf, ihr Vogelscheuchen, aber sofort!« versuchte der Barmann die Keilerei verbal zu unterbinden und griff sich aus dem Fach hinter dem Tresen einen Gummiknüppel.

Doch Flanagan war nicht mehr zu bremsen. Wieder wuchtete er nach vorne. Sein rechtes Auge schwoll schnell zu. Flaherty, der sich bis dahin fein aus der Prügelei herausgehalten hatte, sprang Flanagan von hinten an und saß wie eine Klette an des Gegners Rücken, den er wie wild mit den Fäusten betrommelte. Flanagan versuchte, den lästigen Gewerkschafter abzuschütteln, als die beiden anderen schon wieder auf den Beinen waren, um ihn in die Zange zu nehmen.

»Drei gegen einen!« brüllte nun der Barmann. »Das ist aber feige!« Er beugte sich über den Tresen und führte einen guten, wohlgezielten Knüppelschlag auf Flanagans Nacken. Als hätte ihn der Blitz getroffen, erstarrte Flanagan, brach dann mit einem glasigen, matten Blick in die Knie und ging zu Boden.

Der Barmann verstaute das Schlichtungswerkzeug, kam um die Theke herum und schaute auf seinen niedergestreckten Gast hinunter.

»Was ich Ihnen jesacht hab, Mister Flanagan«, redete er ihn an. »Drei gegen ein is feige.« Dann sah er zu Flaherty und seinen Leuten.

»Wenns für euch hier nix mehr zu diskitieren gibt, denn macht, dassa rauskommt, abern bißgen dalli. Ich will, daß des hiern jemütliches Plätzjen bleibt. Und laßt euchs jesacht sein – ich hab fumfzich Runde auf Mista Flanagans Renn jesetzt, also Schluß mit lustich hier.«

Flaherty und seine Männer sahen sich an, sagten kein Wort und verschwanden.

Der Barkeeper griff Flanagan unter die Arme und zerrte ihn vorsichtig in ein Hinterzimmer, wo er ihn behutsam auf eine Couch schaffte. Dort verblieb der Rennleiter den ganzen Nachmittag über, ganz und gar unbehelligt von gewissen Vorbereitungen im Solidaritätscamp, dessen Bewohner die Ankunft der Trans-Americans auf besondere Weise zu feiern gedachten.

Eamon Flaherty, ein sturmerprobter Arbeitskämpfer und glänzender Organisator, hatte sichergestellt, daß seine wirkungsvollsten Waffen, einhundertfünfundzwanzig Spitzhacken, in die Hände seiner schlagkräftigsten Kollegen gelangten. Fünfundachtzig Zaunpfähle gingen an die jüngsten, wendigsten seiner Männer. Für den Rest seiner Mannschaft würde es wie sonst auch laufen, also mit dem klugen Einsatz von Fäusten und Stiefelspitzen. Zwanzig Spruchbänder, von *Raus mit Trans-America!* bis zu *Wir wollen keinen Streickbrecherlauf!*, wurden an Frauen und Kinder verteilt, die das Aufgebot vervollständigten. Um siebzehn Uhr verließ Flahertys Empfangskomitee per Auto, Eselskarren und zu Fuß das Solidaritätscamp und hatte gegen achtzehn Uhr seine Position entlang der Hauptstraße erreicht, gerade als die Nachricht die tausendköpfige Menge durcheilte, daß Flanagans Läufer die McCullough-Kette überwunden und schon bald die Stadtgrenze erreicht hätten.

Seit der Verwüstung des Streckenabschnitts nach Las Vegas durch das Unwetter hatte Willard Clay sich organisatorisch selbst übertroffen. An der Brücke – also fünf Meilen südlich – war eine Notverpflegungsstation errichtet und die Route von dort aus wieder zurück nach Norden durch die Wüste bis zur Hauptstraße nach Las Vegas übersichtlich ausgeflaggt worden. Der Regen, so plötzlich und dramatisch er Land und Leute überfallen hatte, war ebenso abrupt auch wieder zu Ende gewesen und das Wasser versickert, so daß die Läufer diagonal in nordwestlicher Richtung auf die Straße zulaufen konnten. Müller, der nicht die geringste Ahnung hatte, daß Doc und die anderen längst vor ihm lagen, schnurrte gleichmäßig und siegessicher durch den Sand auf die Hauptstraße zu, Bouin, Dasriaux, Lord Thurleigh und zwölf weitere Läufer im Gefolge.

Die Regenflut hatte das Rennen in zwei deutlich erkennbare Gruppen geteilt. Die erste bestand aus Doc und seinen Gefährten, aus vier Leuten also, die, mit gut einer Stunde Vorsprung und schon auf der Hauptstraße, sich von Nordwesten herkommend Las Vegas näherte. Die zweite war eine ziemlich langgestreckte tausendköpfige Läuferschlange, deren Glieder der Wüstenwolkenbruch aufgesplittert hatte und deren Spitze soeben jene Brücke fünf Meilen südlich der Stelle erreichte, an der die Regenflut den Weg weggeschwemmt hatte. Docs Spitzengruppe konnte es sich leisten, die Dinge etwas leichter anzugehen. Man trabte in einem lockeren Sechsmeilenprostundentempo voran und spürte bald die gleichmäßige Steigung der Strecke – später bis in die Höhe von über dreizehnhundert Metern: die McCullough-Kette.

Eine Zeitlang hatte Willard befürchtet, Docs Gruppe verloren zu haben, doch am improvisierten Verpflegungsposten berichteten ihm andere Läufer, daß sie den Wildbach gequert hätte; Willards Trans-America-Rennleiterbus wühlte sich mühsam seinen Weg durch die Wüste und versuchte, die Läufer einzuholen. Willard schaffte es schließlich kurz vor Jean, einem winzigen Nest, wo er Doc und die anderen mit Speis und Trank versorgte.

»Wo steckt denn Flanagan, Willard?« fragte Doc und nippte an seinem Orangensaft.

»Schon in Las Vegas. Baut das Camp auf«, gab Willard zurück.

Wie all die anderen war auch Kate Sheridan durch den peitschenden Regen südwärts durch das glitschige Wüstengebiet geschliddert, erfrischte sich an der Verpflegungsstation und schlug dann den Weg nordwärts zur Hauptstraße nach Las Vegas ein. Für sie war der Regen willkommener Balsam; wenig später nutzte sie das allgemein langsamere Tempo und überholte schnell noch ein Dutzend Männer, bevor sie wieder auf die Hauptstraße kam. Zu beiden Seiten der Läufer fraßen sich die Räder der Pressebusse, der Hilfsfahrzeuge und Motorräder durch den zähen Wüstenschlamm, kippten hin und wieder auf die Seite und mußten von Journalisten und Läufern wieder aufgerichtet werden. Defekte Wagen wurden einfach aus ihren Fahrspuren herausgestoßen und zurückgelassen.

Fünf Meilen vor Las Vegas begann Docs Gruppe mit ihrem Vorstoß zur Stadt. Niemand hatte dabei das Tempo schlagartig forciert; vielmehr steigerten sich die Männer fast unbewußt von gleichmäßigen sieben Minuten pro Meile auf handfeste sechs.

Normalerweise hätte Doc bei solch einem Tempo nie Probleme gehabt und bei dieser Geschwindigkeit noch gut zwanzig Meilen mehr durchziehen können. Dennoch, die nicht gänzlich abgebauten Auswirkungen des einwöchigen Laufens, die Höhenunterschiede, der Kampf gegen die Schlammwüste und sein turbulentes Bad im Wüstenwasserstrom – all das genügte, auch ihn zu erschöpfen, und für einen Augenblick fühlte auch Doc in sich den Zweifel aufkeimen, den alle Läufer haben, wenn sich das Tempo steigert und der Körper sich dagegen wehrt.

Sie liefen exakt auf gleicher Höhe, in Linie wie Soldaten in Marschformation, stachen durch die steilen, felsigen Pässe, die die Berge bis Las Vegas durchschnitten. Zum Glück gab es nur wenige wirklich hohe Berge; doch sobald solche Steigungen die Füße zu zermürben drohten, verminderte sich ihr Tempo, begannen sie bleibeinig zu kriechen, und alle vier Männer kämpften in der dünner gewordenen Luft um ihren Sauerstoff.

»Vegas«, keuchte Doc, als sie endlich den Bergrücken erklommen hatten.

Unter ihnen, blinkend im Halblicht des frühen Abends, lag L. V., nur noch vier Meilen entfernt *die Wiese mit den vielen Strömen*, wie die Indianer sie ursprünglich getauft hatten. Der Anblick der Stadt erfüllte Doc mit frischer Energie, doch wußte er genau, daß ein Sprint-Finish nicht zu riskieren war – nicht mit diesen jungen Männern. Er würde sie drängen müssen, sanft, aber stetig stärker. Sacht steigerte er nun das Tempo. Die Gefährten merkten es und hielten die nächste halbe Meile über mit. Wieder zog Doc das Tempo an und lächelte zufrieden, als er neben sich schwerfälliges Atmen vernahm. Doc legte noch etwas zu und pumpte sie aus.

Juan Martínez war der erste, der aufgab. Ein trockenes, hartes Schluchzen erschütterte ihn, weniger als eine Dreiviertelmeile vor dem Ziel, und er fiel zurück. Aber Hugh und Morgan hielten weiter mit, würgten und keuchten die Strecke entlang. Doch gegen Doc war einfach nicht anzukommen. Als sie den Stadtrand von Las Vegas erreicht hatten, lag er zwanzig Yards in Führung und baute seinen Vorsprung weiter aus. Tausende säumten inzwischen die Strecke und jubelten ihnen begeistert zu, noch eine halbe Meile war es bis zum Ziel – mitten im Zentrum der Stadt, direkt am Silver Dollar.

Die drei Läufer bewegten sich im abendlichen Las Vegas wie durch einen Lichtschleier. Saloons, Casinos und Flüsterkneipen hatten sich im Nu geleert, als ihre Kunden die rasch immer schmaler werdende Straße ins Stadtzentrum zu säumen begannen. Doc Cole arbeitete sich durch den Lärm und das Jubelgeschrei der Menge zu beiden Seiten der Strecke hindurch, Schweiß strömte über sein faltiges, gnomenhaftes Gesicht, dünne Blutfäden überzogen seine Beine, die Kaktusstacheln aufgerissen hatten. Und jetzt sah er das Ziel, die Wimpel und Fahnen, die gedeckten Tische.

Doch plötzlich, nur noch dreihundert Yards bis zum Zielband, wurde der Jubel von bösen, drohenden Rufen zerrissen und zerstört. Durch seine Erschöpfung hindurch nahm Doc die Veränderung wahr und warf irritiert den Kopf nach links und rechts. Es waren die IWW-Streikenden vom Boulder-Damm, die plötzlich die Zuschauerkette zersprengten.

Doc sah das Golden Nugget Casino rechts und das Trocadero links daneben, als er die letzte Achtelmeile unter die Füße nahm. Die Blaskapelle vor dem Casino legte ohrenbetäubend los. Zu beiden Seiten reckten und streckten sich Doc Hände entgegen, um ihn wenigstens einmal berührt zu haben; er konnte ihre frenetischen Finger fühlen, als er die letzten hundert Meter vor sich hatte. In einer einzigen Etappe hatte er den Rückstand auf Müller mehr als wettgemacht. Er verdrängte den Jubel aus seinem Kopf und konzentrierte sich mit allen Sinnen auf ebendiese letzten hundert Meter...

Da strauchelte er, sackte zusammen, zu Boden gezwungen von einem stämmigen IWW-Mann, der sich durch den schmalen Polizeikordon hatte drücken können. Einen Wimpernschlag lang lag Doc bewegungslos am Boden. Der erschöpfend lange Tageslauf hatte nun doch die letzte Kraft aus ihm herausgepreßt. Matter und matter werdend, versuchte er, sich freizumachen. Hin und her wälzten sich die beiden Männer auf dem rauhen Boden der schmalen Menschengasse. Die Buhrufe steigerten sich zum wütenden Gebrüll. Da erkannte Doc einen weiteren Läufer – es war McPhail –, der seinen Angreifer von ihm wegzerrte und wütend auf ihn einschlug. Doc kniete jetzt auf allen vieren, und Blut rann ihm von der aufgeplatzten Unterlippe.

Hugh McPhail und der Gewerkschafter grunzten streitwütig und rangen erbittert miteinander, mal war der eine mit den Schultern am Boden, mal der andere; ein weiterer IWW-Mann drängte sich heran und umschlang Hughs Hals von hinten; doch schon war auch Morgan in Sicht gekommen, war noch zwanzig Yards hinter Hugh und dann mitten im Kampfgewühl; die vier Männer prügelten sich, als ginge es um ihr Leben, begleitet vom schauerlichen Chor der Buhrufe und dem rhythmischen Geschepper der Blaskapelle… Mit glasigen Augen kam Doc gerade wieder auf die Beine, als sich schon wieder ein Mann durch die Menge zwängte, beide Hände beschwörend hoch erhoben. Es war Eamon Flaherty, der Streikführer.

»Um Himmels willen, hört endlich auf!« brüllte er und zerrte einen der beiden Männer von Morgan weg.

»Was zum Teufel haben die denn vorn auf ihren Hemden?« schrie er und stellte Doc auf die Füße, dann Morgan und schließlich Hugh. Auf jedem der schweißgetränkten gelben Trikots prangten groß und breit drei Buchstaben.

Flaherty warf die Arme in die Luft.

»IWW«, brüllte er. »IWW! Die sind ja für uns! Das sind unsere! Die sind ja auf unserer Seite!« Die Kunde trug sich schnell durch die Menge. Erst wurde alles still, ganz still, doch dann erscholl nicht Jubel wie zuvor, sondern begeisterter Beifall, der anschwoll und immer mächtiger wurde.

Morgan drückte Doc die Hand in den Rücken und zeigte auf das Ziel.

»Los, los, mach schon Doc, das is deine Kohle.«

Doc fuhr sich über die Lippe und lächelte. Jetzt endlich war ihm klar geworden, warum Flanagan auf den IWW-Hemden bestanden hatte. Kurz darauf trabte er, umtost von Wogen der Begeisterung, immer tiefer in die schmale Gasse hinein, welche die Zuschauer noch offengelassen hatten, und überlief die Ziellinie, als der Applaus seinen absoluten Höhepunkt erreichte. Flanagan stand direkt hinter der monströsen Musikkapelle, sein Gesicht war geschwollen und schimmerte in allen Regenbogenfarben.

Doc blinzelte ihm zu.

»Sieht ganz so aus, als hätten Sien paar Probleme gehabt, Flanagan«, sagte er. »Hätten man ruhig eines von Ihren eigenen Hemden tragen solln.«

Flanagan faßte sich ans Auge und grinste säuerlich.

Tags darauf betrat Eamon Flaherty den Trans-America-Rennleitungswagen, zog langsam das Papier von einem gewaltigen Steak und donnerte das Fleisch auf den Tisch.

»Mehr kann ich nicht tun«, sagte er. »Haun Sie sich das auf Ihr Auge drauf. Mitm bißchn Glück könnse in ein paar Tagn wieder richtig aus der Wäsche guckn.«

Willard nahm das Steak mit spitzen Fingern auf, trug es zum

Kühlschrank hinüber und legte es in das oberste Fach. Flanagan winkte dem IWW-Führer, sich zu setzen.

»Bier?« fragte er.

»Gerne«, sagte Flaherty. »Bin wirklich riesig froh, daß Sie die Sache so locker nehm. Sagte ja schon, s war nicht persönlich gemeint.«

»Ein blaues Auge hat immer was ganz Persönliches an sich«, stellte Flanagan fest und schenkte dem Gast ein schäumendes Bier ein. »Immerhin begreif ich trotzdem, was Sie bedrückt. Ihr IWWler seid im Streik. Die Staudammfirmen haben den Trans-America-Super-Marathon gesponsort. Ich hab das Geld von denen angenommen, also muß ich der Schundnickel sein.«

Flaherty wischte sich die Tränen aus den Augenwinkeln, als ihm das eiskalte Bier durch die Kehle rann.

»Ach Gottchen, von der Sache habn Sie noch nicht mal die Hälfte auf der Rolle«, wandte er ein. »Klar, die Jungs warn sauer, als sie erfuhrn, daß die Fettärsche auch noch Ihr Rennen unterstützen würdn. Wir sind nämlich schon seit über zwei Monatn draußn im Solidaritätscamp. Zwei runde Monate nichts als Eintopf und Zwieback. Ist langsam zum Kotzn, sag ich Ihnen ehrlich.«

»Aber warum sind Sie denn im Streik, Flaherty? Geld?« fragte Willard.

Flaherty nahm einen neuen Schluck Bier und schüttelte den Kopf.

»Nein, nein, die Kohle stimmt schon«, sagte er. »Stimmt haargenau, jedenfalls relativ zu den lausign Zeitn heute. Nein. Meine Jungs gehn am Damm kaputt. Drei Tote während der letzn sechs Monate. Und zweiundfünfzig gehn gesundheitlich den Bach runter. Keine Sicherheitsbestimmungn, wissn Sie, keine Versicherung, kein Krankngeld. Um nichts andres gehts der IWW.«

»Gibts denn keine gesetzlichen Sicherheitsbestimmungen?« fragte Flanagan.

Flaherty lachte rauh und warf ihm einen schrägen Blick zu. »Doch, dooooch, die gibts natürlich. N Riesenstapl sogar, mindestns zwei Kilometer hoch. Der staatliche Aufsichtsmensch, Malloy heißt er, hat die Firma immer wieder verwarnt, aber da unsre Regierung auf sie angewiesn ist, lachn die sichn Ast und gehn locker zur Tagesordnung über. Malloy ist selber schon zweimal verprügelt wordn. Verdammte Tat, wir habn benzingetriebne Fahrzeuge im Stolln laufn, was den Arbeitsstättenrichtlinien widerspricht, wir habn Jungs, die doppelt so lang malochn, wie sie eigntlich dürfn, wir müssn ungesicherte Sprengarbeitn ausführn, Herrgott noch mal!

Nenn Sie irgendwas – hier in Boulder habn wir alles, was Sie sich an Katastrophn denkn können. Unten im Stolln gehts manchmal zu wie beim Schlachtfest. Wenns nen Bohrrückschlag gibt, sind die Wände rot von Blut.«

Flanagan stieß einen vernehmlichen Fluch aus und schüttelte den Kopf.

»Und den Herrgott um Hilfe anrufn, das hat eigntlich auch kein Zweck. Is auch mit denen im Bunde«, stellte Flaherty fest. »Weil, wenn er wirklich gut wär, dann hätt er die Firmen schon längst verstaatlicht.«

»Sie haben doch gesagt, ich hätt was nicht ganz auf der Rolle«, fragte Flanagan und gab Willard einen Wink, Flahertys Glas neu zu füllen. »Wie meinten Sie das?«

»Ich mein, daß es ganz so aussieht, als kann Sie irgend jemand ganz obn nicht recht leidn«, antwortete Flaherty. »Obn mein ich, direkt in der Regierung. Zum Beispiel weiß ich, daß n paar von mein Leuten kleine Freundschaftsgabn gekricht habn, damit sie Ihren Läufern und damit Ihnen das Leben schwer machn solln.«

»Woher stammt das Geld?« fragte Flanagan besorgt.

»Die Bulln«, gab Flaherty zurück. »Habn Sie nicht gemerkt, daß die überhaupt nix gemacht habn, als diese Suffköppe auf Ihre Leute losgegangn sind? Das Geld kam direkt aus dem Büro des Bürgermeisters. Wir mein, daß es von irgendnem ganz hohen Regierungstier kam.«

»Aber der Bürgermeister hat uns doch selbst nach Las Vegas eingeladen«, warf Willard ein.

Flaherty zuckte die Achseln. »Konnt so früh noch nicht mit offnen Kartn spieln. Wollt sich schließlich nicht die vieln Spieler durch die Lappn gehn lassn, die Ihr Marathon hier reinziehn würd. Aber die da obn, die habn ihm dringend nahegelegt, Ihnen die Sache nicht zu leicht zu machn. Sie könn mir ruhig glaubn, Flanagan. Habn Schwein gehabt, daß Ihre Jungs die IWW-Hemdn getragn habn. Wenn nicht, hätts ganz schön Zunder gegeben.«

»Mit Glück hat das eigentlich wenig zu tun gehabt«, sagte Flanagan und zog sich an der Nase.

Flaherty blinzelte fragend zurück, da er aber keine Antwort erhielt, trank er sein Bier aus, wischte sich den Schaum vom Stoppelkinn und erhob sich. »Meine Jungs wolln son bißchn Wiedergutmachung betreibn, Flanagan; nehmen Sie sichn paar von Ihren Leutn mit und kommen Sie zu uns ins Solidaritätscamp. Kann Ihnen zwar kein

Fünfsterneessen servieren lassn, woher auch, aber wir tun, was wir können. Und Schwarzgebranntn gibts auch.«

»Dankend angenommen«, sagte Flanagan und erhob sich ebenfalls. »Wir brauchen aber noch ein paar Stunden. Muß hier erst mal alles klarkriegen.«

Als Flaherty gegangen war, machte Flanagan die Tür hinter ihm zu und lehnte sich mit dem Rücken schwer dagegen.

»Also«, sagte er. »Und was meinst du dazu, Willard?«

Willard Clay zuckte die Achseln.

»Werd nicht schlau draus«, antwortete er. »Wer kann uns denn stoppen wollen?«

Flanagan ging zu seinem Schreibtisch, setzte sich und machte sich noch eine Flasche Bier auf.

»Ich wüßt jedenfalls noch niemand bestimmtes«, bekannte er. »Aber so langsam kommt ein Steinchen zum andern. Diese ganzen verdammten Rechnungen, die immer mehr werden, dann diese Städte, die plötzlich nichts mehr von uns wissen wollen . . . Trotzdem, jedes Problem zu seiner Zeit. Und jetzt gehn wir erst mal los und schaun uns an, was Freund Flaherty sich für uns ausgedacht hat.«

Flanagan sah zur Landkarte hinauf und fuhr mit seinem Finger die Streckenführung von Las Vegas weiter nach Osten – immer noch Wüstengebiet – dann hinauf zu den Rockies und wieder hinunter. Würde schon schwer genug werden, das Rennen, auch ohne die anderen Schikanen. Aber jetzt wollte Flanagan nichts anderes als seinen Spaß bei Flaherty.


Vier Meilen südlich von Las Vegas lag das Solidaritätscamp, eine reichlich windschiefe und ausgeblichene Ansammlung von Zelten und merkwürdigen Anbauten, in denen siebenhundertdreiundsechzig Boulder-Damm-Arbeiter untergebracht waren – samt ihren Familien. Als Flanagan und seine Begleiter sich ihren Weg durch den schlammigen Erdboden zu Flahertys Zelt spurten, rannten Kinder barfuß zwischen den Zelten umher, von ausgemergelten, kläffenden Hunden verfolgt. Armselig gekleidete Frauen kochten in dampfenden schwarzen Eisenkesseln Wäsche oder rührten im braunen, blasenschlagenden Eintopf.

»Na, wie gefällt Ihnen meine Zentrale?« fragte Flaherty, als Flanagan, Willard, Dixie, ungefähr ein Dutzend Trans-America-Läufer und eine Handvoll Journalisten – unter die sich klammheimlich FBI-Agent Ernest Bullard gemischt hatte – unter der hochgeschlagenen

Vorderplane hindurch in das Hauptzelt getreten waren, »hier wird alles gedeichselt.«

Trotz des offensichtlichen Elends im Camp, die Stimmung im Zelt war alles andere als verzweifelt. Flaherty hatte die Gewerkschaftszentrale in eine Art Büffet-Bereich umfunktioniert, mit Tischen aus Holzböcken und Schalbrettern, auf denen Hühnchen, Salami und dampfende Pizza verteilt waren. Daneben standen Gläser mit schaumigem Bootleg-Bier.

Flanagan schüttelte verwundert den Kopf. »Sagen Sie mal, wie machen Sie denn das?« fragte er. »Hier kann man doch im Umkreis von hundert Meilen nicht mal ein Hühnchen am Leben erhalten.«

»Kommt ja aber auch nich alle Tage vor, daß wir Leutchn zu Gast habn, die zu Fuß bis nach New York renn«, grinste Flaherty. »Normalerweise gibts Pferde- oder Karnickeleintopf.«

»Ich kenn das Rezept noch von anno dunnemals«, lächelte Flanagan zurück. »Ein Pferd auf ein Kaninchen.«

Es war klar, daß Flahertys Speisekarte eine willkommene Abwechslung von der gewohnten Ernährung im Trans-America war. Die Läufer gingen denn auch mit Eifer ans Werk.

Noch nie im Leben hatte Hugh ein richtiges Hühnchen gegessen. Als McPhail sah, daß Dixie ihn beobachtete, wie er ganz vorsichtig-ehrfürchtig einen Schlegel in die Finger nahm, wurde sein Gesicht puterrot.

»Habs noch nie gegessen«, erklärte er entschuldigend.

»Gibts denn in Schottland kein Federvieh?« fragte Dixie und lächelte.

»Gewiß, schon, aber nicht für Leute wie mich. Ich wußt noch nicht mal, wie Kaffee schmeckt, bevor ich hierherkam.«

In gespieltem Unglauben schüttelte Dixie den Kopf und knabberte eifrig an ihrem Hühnerbein.

»Sie müssen es mal Southern style probieren«, riet sie. »Das ist was Feines.«

In einer anderen Ecke des Zeltes unterhielt sich währenddessen Flaherty mit Doc.

»Ich möcht Sie gern noch jemandem vorstelln«, sagte der Gewerkschafter und schleppte den Trans-American zu einem furchigen, bärtigen Mann. »Sie habn ihn gestern schon mal gesehn, nur unter etwas andern Umständn.«

Das hatte Doc in der Tat. Es war genau der Mann, der ihm am Tag zuvor in den Rücken gefallen war. Flahertys Kollege stand groß und breit wie ein Turm vor ihm und grinste verlegen. Dann streckte er Doc eine gewaltige Pranke entgegen.

»Kovak«, sagte er, »Mike Kovak. Wollt mich entschuldigen wegen gestern. War nicht...«

»Ich weiß«, unterbrach ihn Doc und lächelte säuerlich. »Nicht persönlich gemeint.« Er tat, als wollte er den riesigen Polen mit einem Schwinger niederstrecken, stupste ihn aber nur leicht am Kinn. »Okay, wir sind quitt«, sagte er. »N Bierchen?«

Flaherty lächelte und ging zu Flanagan hinüber, der bei Willard stand und sich mit ihm unterhielt. »Wer zur Gurke sind denn die da?« fragte er und zeigte auf die Deutschen, die in einer Zeltecke zusammenstanden und an ihrem Kräuterbier nippten.

»Deutsche sind das«, erklärte Flanagan. »Bleibn immer strikt unter sich. Sowieson Ding, daß die überhaupt hier sind. Aber die tun keinem was.«

»Ich hab sie mir mal vorgenommen«, sagte Willard. »Die gehörn einer Nationalsozialistischen Partei in Deutschland an.«

»Sozialistn?« Flaherty lächelte breit, ganz breit. »Dann sind das ja genau die richtign Leute für uns.« Munter spazierte er zu von Moltke hinüber und begann sofort, den deutschen Mannschaftskapitän und seine Gruppe in tiefsinnige Ausführungen zu verwickeln. Sie sahen ihn allerdings verständnislos aus ihren himmelblauen Augen an und reagierten höflich und ohne jeden Enthusiasmus, derweil Eamon Flaherty eifrig weiteragierte.

»Ich hab ein bestimmtes Gefühl, daß das nicht so ganz die Sozialisten sind, die sich unser Flaherty erhofft«, kicherte Flanagan.

»Nee, aber dafür sind sie kalt wiene Hundeschnauze«, ergänzte Willard, knabberte an einem Hühnerknöchelchen und blickte sich um.

Im weiten Zelt säßen überall IWW-Männer und Trans-Americans zusammen und unterhielten sich.

»Was erhoffen sich eigentlich Flaherty und seine IWWler von ihrem Streik?«

Morgan, der neben Kate stand, antwortete. »Faire Arbeitsbedingungen. Mehr wollnse nicht.«

»Hat er überhaupt eine Chance?« fragte Flanagan.

»Keine sehr große«, antwortete Morgan. »Der einzige Trumpf, den er auf der Hand hat, ist die Zeit, da mit jedem Tag, um den sich der Dammbau verzögert, immer mehr öffentliche Gelder den Jordan runtergehn. Sie sagen, das Ding soll dann mal ›Hoover-Damm‹

getauft werden. Kann also sein, daß der Präsident selber seine Taler reinbuttern wird.«

»Was, Hoover?« schnaubte Flanagan. »Ist doch genauso einer wie die andern. Setzt sich bequem in die Koje und guckt sich das alles ganz locker von außen an.«

Flaherty hatte die Deutschen wieder sich selbst überlassen und ging zu Docs Gruppe. »Völlig richtig«, sagte er einfach drauflos. »Wir erwartn jedenfalls nicht, daß aus Washington die Kavallerie angetrappelt kommt, um uns hier rauszuhaun. Wir sind ganz auf uns allein gestellt, und jeder von uns weiß das auch. Wenn wir verliern, gehts wieder los, wies vorher auch war. Drum müssn wir einfach so lang draußn bleibn, wie wir können, und zusehn, daß wir uns keine Streikbrecher in den Pelz setzn.«

»Iren wie Sie haben aus dem Verlieren eine regelrechte Kunstform gemacht«, stichelte Flanagan und lächelte.

»Wir können gar nicht verliern«, beharrte Flaherty, »jednfalls nicht auf lange Sicht. Die können all ihre Manager, ihre Verkaufsstrategn, ihre Aufsichtsräte zusammenpackn und sie mittn im Ozean versenkn, aber wir können dann immer noch diesn verdammtn Damm hier baun. Aber wehe, sie nehmen die Arbeiter weg, die Muskelkraft. Dann habn sie nämlich überhaupt nichts mehr.«

»Wollen bloß hoffen, daß die da oben das auch so sehn«, sagte Flanagan.

»Es geht einfach ums Stehvermögen«, mischte sich Morgan ein. »Wer am längsten aushält. Aber sagen Sie mir bitte nur eins, Flaherty: Wie oft hat der Arbeiter denn nun eigentlich schon gewonnen?«

Einen Augenblick lang war der Ire völlig sprachlos, auf seinem rötlichen Gesicht schillerte eine einzigartige Mischung aus Gutmütigkeit, Aggressivität und Zweifel.

»Ihr müßt eben dranbleiben, es immer wieder versuchen, genau wie wir das machen.« Hugh, hinter Flaherty stehend, hatte gesprochen. »Du bist in dem Moment verloren, in dem du aufsteckst. In dem Moment, in dem du aufsteckst, sterben andre hinter dir immer auch ein bißchen mit. Wenn du die Hoffnung tötest, tötest du das Leben.«

Die Worte kamen Hugh wie Atem aus dem Mund; ihre Leidenschaftlichkeit überraschte ihn selbst.

Er wurde rot und schloß reichlich lahm: »Naja, zumindest seh ichs so.«

Die Gruppe verfiel in Schweigen. Alle wußten, daß er recht hatte.

Recht, was den Trans-America-Super-Marathon anging, recht aber auch, was den Arbeitskampf der IWWler und ihr Solidaritätscamp anging.

Es war mehr eine Order als eine Bitte gewesen, als Mike Morgan und Kate Sheridan sich plötzlich in Willard Clays Gesellschaft wiederfanden, der sie zum Waisenhaus Sankt Marien fuhr, am Stadtrand von Las Vegas. Ausgerechnet am Ruhetag. Flanagans flunderartiges Buick Cabrio schleuderte kleine Staubwirbel auf, als Willard den Wagen bergan dem Ziel entgegensteuerte.
Der oberste Trans-America-Helfer warf Morgan und Kate rasch einen Blick zu, die in der hellen Morgensonne auf dem Rücksitz nebeneinander saßen.
»Ich denk mir, Sie versuchen sich gradn Reim drauf zu machen, warum Mister Flanagan Sie beide ausgesucht hat, stimmts?«
»Zumindest ist mir eingefallen«, antwortete Kate trocken, »daß ich keine Sonntagsschullehrerin bin.«
»Weil man um Sie beide gebeten hat – darum«, sagte Willard, seine Augen starr auf die Straße vor sich geheftet. »Es mag Ihnen bisher entgangen sein, aber Sie beide sind auf dem besten Weg, Berühmtheiten zu werden. Die Älteren in Sankt Marien wissen jedenfalls alles über Sie – verschlingen jeden Tag jeden Ton, der aus dem Radio über Sie kommt.«
Willard schaltete in einen niedrigeren Gang, als eine Haarnadelkurve in Sicht kam.
»Naja, egal, Flanagan hat jedenfalls gedacht, Sie beide wärn dafür sowieso die Besten. Und ich glaub das auch.«
Gemessenen Tempos fuhr der Buick die Auffahrt hoch und kam vor einem gediegenen Eingangstor aus Eiche zum Stehen. Sankt Marien verbreitete eine unerwartete Stille und Ruhe. Kate und Morgan stiegen aus dem Wagen und standen unter den hohen Mauern der Steinhäuser; hier und da war ein Kind zu sehen, das aus einem Fenster hoch oben neugierige Blicke auf sie warf, dann aber schnell, wie von einer unsichtbaren Hand gezogen, verschwand.
Eine große, schlanke Nonne in schwarz-weißer Ordenstracht löste sich aus dem Dunkel der Auffahrt zum eigentlichen Eingang und kam lächelnd zu den Besuchern herüber.
»Schwester Eileen O'Rourke«, stellte sie sich vor und streckte Kate die Hand entgegen. »Sie müssen Miss Sheridan sein, wenn ich nicht irre? Wir haben schon so viel von Ihnen gehört.«

Freundlich begrüßte sie auch die beiden Männer und bat die Besucher, ihr zu folgen.

Morgan erschien das Waisenhaus still wie eine Kirche. Auf den grauen Steinböden konnte er sogar den Widerhall seiner Sandalenschritte hören, als Schwester Eileen sie einen langen eichengetäfelten Korridor entlangführte. Von Kindern war nichts zu sehen und nichts zu hören.

Am Ende des Korridors klopfte Schwester Eileen zart an die Tür zum Zimmer der Schwester Oberin und trat ein.

In der Mitte des Raumes saß die Waisenhausleiterin in einem lederbezogenen Stuhl mit hoher Rückenlehne. Sie erhob sich und lächelte, als sie eintraten. Mutter Theresa McEwan war mindestens sechzig, doch ihr Gesicht mit seinen noch immer kräftigen, schönen Zügen machte sie um etliches jünger.

»Nehmen Sie Platz«, sagte sie und wies auf drei Stühle vor ihrem Schreibtisch. Schwester Eileen nahm schräg links hinter Mutter Theresa Platz.

»Der Herr segne Sie, daß Sie Zeit gefunden haben, doch noch zu kommen«, fuhr Mutter Theresa fort. »Sie müssen wissen, wir haben erst gestern Mister Flanagan gefragt, ob er Sie zu uns schicken kann wegen der Kinder, aber eigentlich haben wir nicht eine Minute daran gedacht, daß es wirklich möglich sein würde.«

Sie nahm Platz.

»Sicher sind Sie erschöpft und müde«, sagte sie. »Darf ich Ihnen etwas zu trinken anbieten?« Morgan und Kate schauten sich unsicher an.

»Orangensaft?« bot Schwester Theresa an.

»Wunderbar, gern«, stimmte Willard zu. »Ich trinke sowieso nichts anderes.«

Kate glaubte ein leichtes Lächeln in Mutter Theresas Augen erkannt zu haben, aber sicher war sie sich nicht.

»Gut, also Orangensaft«, wiederholte Mutter Theresa und nickte Schwester Eileen zu, die sich entschuldigte und das Zimmer verließ.

Die Waisenhausleiterin legte ihre sonnengebräunten Hände auf den Tisch.

»Nun denn«, sagte sie, »wir haben hier über hundert Kinder im Alter zwischen acht und vierzehn Jahren. Was meinen Sie, was man mit denen machen könnte? Ihnen vom Trans-America-Rennen erzählen?«

Wieder Stille, und wieder wurde sie von Willard gebrochen.

»Wenn ich einen Vorschlag machen dürfte, Ma'am...«, begann er etwas beklommen.

»Ja?«

»Die meisten Kinder wollen doch eigentlich gar nicht so gern still rumsitzen und zuhören, wenn die Erwachsenen ihnen was erzählen, ich mein, Sie verstehn, was ich meine? Die wollen doch was tun, irgendwas machen – laufen, springen, werfen – Dampf ablassen, sozusagen.«

Mutter Theresa nickte. »Ihre Idee ist nicht schlecht«, bekannte sie. »Ich weiß noch, früher, als ich in ihrem Alter war – bin ich wie ein Wildfang herumgehüpft.« Sie lächelte. »Wissen Sie, ich hielt mich immer für eine ganz große Weitspringerin.«

Sie schaute nach links hinüber zu Schwester Eileen, die gerade mit einem Tablett eintrat, auf dem eine Kanne mit eisgekühltem Orangensaft und fünf Gläser standen.

»Was haben wir zur Zeit an sportlichen Einrichtungen zur Verfügung, Schwester?« fragte sie.

»Ein Spielfeld, hundert mal sechzig Yards groß, und zwei Sprunggruben. Das ist eigentlich alles.«

»Und was stellen Sie sich vor, Mister Clay?« fragte ihn Mutter Theresa.

»Ein Sportfest«, antwortete Willard ohne zu zögern.

»Ein Sportfest?« prustete Morgan und verschüttete beinahe den goldgelben Inhalt seines Glases, das ihm gerade gereicht wurde.

»Klar«, sagte Willard. »Ich hab solche Feste für tausend Leute in der Bronx organisiert auf einem Platz, der um die Hälfte kleiner war als Ihrer! Und zwar machen wir das so – wenns Ihnen recht ist, Mutter Theresa?« sagte er und nickte der Prinzipalin ehrerbietig zu.

Willard nippte vorsichtig an seinem Saft und stellte das Glas auf den Schreibtisch.

»Wir bilden drei Gruppen zu je dreißigodernochwas Kindern. Ich übernehme die Läufer, Sie übernehmen die Werfer, Morgan, Kate übernimmt die Sprünge.«

»Werfen?« sagte Morgan. »Was sollen die denn werfen?«

»Nen Stein, nen Baseball, nen Medizinball, irgendwas. Wir veranstalten ja keine Olympischen Spiele.«

»Und was für Sprünge?« fragte Kate.

»Denken Sie sich was aus«, sagte Willard und würgte den Orangensaft hinunter. »Weitsprung für die Anfänger, Dreisprung, Springen mit kurzem Anlauf, Schlußsprung – wenn Ihnen die Ideen ausgehen sollten, kommen Sie rüber zu mir, und wir denken unsn paar neue Sachen aus.«

Streng sah er Kate und Morgan an, dann die beiden Nonnen.

»Kann Ihr Personal uns dabei helfen?« fragte er.

Mutter Theresa nickte. »Sicher, aber eine Bitte habe ich, Mister Clay«, gab sie zur Antwort.

»Ja?« sagte Willard.

Mutter Theresa lächelte. »Könnte ich die Weitsprünge messen? Ich glaube, ich bin da noch ganz gut drin.«

Eine Stunde später schob sich Carl Liebnitz seinen Panamahut ins Genick und stand, die Hände in die Hüften gestemmt, am Rande der Bodensenke, in der das ziemlich einfache »Stadion« des Waisenhauses Sankt Marien lag. Das struppige Gras des Sportfeldes war kaum noch zu sehen vor lauter Kindern, die liefen, sprangen und warfen. Am Morgen hatte er Willard Clay aufgesucht, um ihm das Spektakel mit den IWW-Arbeitern vom Vortag als Exklusivgeschichte herauszulocken, aber entdecken müssen, daß Willard zusammen mit Kate und Morgan in Richtung Waisenhaus gefahren war.

Liebnitz' schmales Gesicht legte sich in tiefe Lachfalten, als er gemächlich den Abhang zum Feld hinunterging. Ein Baseball, verfolgt von einem winzigen, rothaarigen Kerl, kam herangekullert und blieb gut einen Meter links von ihm liegen. Liebnitz blieb stehen, bückte sich, nahm den Ball auf und warf ihn unter seinem linken Arm hindurch dem Jungen zu.

Der Knirps dankte grinsend und eilte zu Mike Morgan zurück, den ein Dutzend mächtig aufgeregter Kinder umzingelt hatte. Liebnitz nickte Morgan zu und hob im Vorbeigehen beide Hände.

»Lassen Sie sich nicht unterbrechen, Morgan«, sagte er. »Sieht ganz so aus, als wäre der Job gerade das richtige für Sie.«

Morgan heuchelte einen finsteren Antwortblick, als Liebnitz weiterging und an einer Schwester vorbeikam, die inbrünstig mit der Leitung des Speerwurfwettbewerbs beschäftigt war – das heißt, den Sieger im Besenstielwerfen festzustellen. Eine andere Kindergruppe, gleich nebenan, machte mit Steinen Zielwerfen auf Papiervierecke, die am Abhang festgesteckt worden waren. Diesmal hatte eine weißhaarige Schwester die Aufsicht.

In der Mitte des Sportfeldes leitete Willard ein Handikaprennen auf einer fast kreisrunden Zweihundert-Yards-Strecke. Liebnitz verhielt erschrocken den Schritt, als ein winziger Kerl, die Beine in Stahlschienen, sich dem Zielband entgegenkämpfte, um das Rennen zu machen, aber dann auf die Knie fiel. Er eilte zu dem Jungen, griff ihm unter die Achseln und hob ihn wieder auf die Beine. Schweiß strömte dem Kleinen übers Gesicht, als er wieder aufrecht stand, mit bebender Brust, die Hände in den Hüften.

»Alles in Ordnung, Sonny?« fragte Liebnitz besorgt und beugte sich hinunter, um den Staub von der Turnhose des Jungen zu bürsten.

»Hab ich gewonnen?« fragte der Junge. »Hab ich doch, nicht wahr?«

Liebnitz ging in die Hocke, nahm den kleinen Kerl bei beiden Schultern und sah ihm in die Augen.

»Na klar hast du das, Sohnemann«, bekräftigte er. »Du hast ganz klar gewonnen.«

Er richtete sich wieder auf, als Willard Clay, eine Trillerpfeife zwischen den Zähnen, zu ihm herüberkam.

Willard pfiff gellend und machte einer Gruppe von Kindern durch Handzeichen klar, daß sie sich an den Start zu begeben hätte.

»Auf die Plätze«, rief er.

Willard wartete, bis jeder startbereit auf seinem Mal stand.

»Fertig«!«

Einen Augenblick später pfiff Willard wieder, und zehn Kinder hasteten über die runde Bahn, die älteren Kinder ganz am Ende, um den Kleineren einen guten Vorsprung zu lassen. Willard nahm die Trillerpfeife aus dem Mund, so daß sie vor seinem Bauch zu baumeln kam, und grinste fröhlich, als die Kinder an ihm vorüberrannten wie eine Meute junger Hunde und das Zielband ins Auge faßten.

»Enorme Handikaps«, krähte er und drehte zu Schwester Eileen hinüber beide Daumen in die Luft; sie hielt das eine Ende des zerrissenen Zielbandes. »Wer ist denn der Handikapper?«

»Na Sie doch, Mister Clay«, antwortete Schwester Eileen und lächelte etwas steif, als sie die Ergebnisse dieses Durchgangs notierte.

»Was um alles in der Welt ist das hier denn eigentlich?« fragte Liebnitz, nahm seinen Hut ab und fächelte sich Luft zu. »Die erste Kindergartenolympiade?«

»So was in der Richtung, Mister Liebnitz«, nickte Willard und ging mit dem Reporter zum hinteren Ende des Feldes, wo Kate Sheridan, Mutter Theresa und drei andere Nonnen ein buntes Springprogramm leiteten.

»Wie haben Sie uns denn eigentlich ausfindig gemacht, Mister Pfadfinder?«

Liebnitz grinste.

»Hab ich Flanagan aus dem Kreuz geleiert«, antwortete er schnippisch. »Ist schon ein komischer Kerl, Ihr Boß. Denkt offenbar, er würde als Weichling angesehen, wenn ihn jemand dabei ertappt, wie er was Gutes tut.«

Willard und Liebnitz blieben an der Weitsprunggrube stehen, wo Schwester Theresa gerade den Sprung eines langbeinigen Mädchens nachmaß, das, den Rock in die wadenlange Unterhose gestopft, nun neben der Prinzipalin stand.

Schwester Theresa schaute zu dem Mädchen hoch.

»Genau vierzehn Fuß, sechs Inches«, verkündete sie und lächelte.

Das Mädchen rannte vor Freude quiekend zu seinen Freundinnen zurück, die sich am Ende der Anlaufbahn versammelt hatten.

Ein paar Meter weiter, an einer zweiten Sprunggrube, näherte sich unter der Aufsicht Kate Sheridans ein Hochsprungwettkampf seiner fesselnden Schlußphase. Die Hochsprungständer hatte man aus zwei Besenstielen gefertigt, in die im gleichen Abstand von unten bis oben Nägel getrieben worden waren, auf denen die hölzerne Querstange zu liegen kam.

Bis auf zwei waren schon alle ausgeschieden, und die anderen Kinder, die um die Grube herumstanden, wurden still, als der erste Springer, ein vierzehnjähriger Mexikaner, mit langen Beinen sich der Latte näherte, die auf vier Fuß, acht Inches lag. Er sprang eine elegante Schere. Dennoch berührte das rechte Bein die Latte. Sie zitterte kurz und fiel zu Boden.

Dann kam der letzte Sprung des Rivalen, eines sommersprossigen Kerlchens von etwa zwölf Jahren. Der irische Junge sprintete auf die Latte zu, schleuderte sich knapp unter ihr förmlich in die Luft und rollte sich über das Hindernis. Wie der Mexikaner, so berührte auch er die Querlatte, und als der Junge im weichen Sand gelandet war, drehte er sich mit großen Augen um, als könnte das zitternde Holz durch seinen Blick gebannt werden. Es blieb oben.

Der Junge sprang aus der Grube und wurde von den anderen Kindern jubelnd umringt. Kate lächelte und sah Liebnitz an.

»Wissen Sie, wer der populärste Kerl hier ist?« fragte sie. »Der kleine Dicke da drüben, schauen Sie. Der hat drei Fuß, sechs Inches geschafft. Sie hätten mal die andern hören sollen, als der Lütte über die Latte gesegelt ist.«

Liebnitz stemmte seine Hände in die Hüften und schaute sich um.
Das Treiben ging langsam seinem Ende entgegen.
»Sie scheinen den Leutchen hier wirklich eine Menge Spaß bereitet
zu haben«, sagte er anerkennend. »Die anderen Trans-Americans
jedenfalls, die auch fünfzig Meilen durch die Wüste gerannt sind,
legen heute lieber die Beine hoch, statt son Kindersportfest zu
leiten.«
»Als Flanagan mich gefragt hatte, wußte ich auch noch nicht so recht,
was ich sollte«, sagte Kate. »Aber es hat sich gelohnt. War wirklich
schön hier. Ich hätts nicht missen mögen.«
Gemeinsam gingen sie zu einem Tisch in der Mitte des Sportplatzes.
Kinder und Personal hatten sich dort versammelt.
»Es ist so klar wien Bergbach«, sinnierte Liebnitz, »aber immer
neigen wir dazu, es zu vergessen: Wenn man Anstrengung, Mühe und
Leistung im Verhältnis zu den Möglichkeiten anerkennt, dann ist
jeder ein Gewinner. Und wenn man keine Verlierer hat, dann ist
jeder auf der Sonnenseite.«
Erwartungsvoll hockten die etwa einhundert Kinder in einem Halb-
kreis vor dem Tisch im Abendrot. Dahinter standen Mutter Theresa
und die Schwestern, neben ihnen Morgan, Kate und Liebnitz und
wenig später auch ein schwitzender Willard mit dem Hausmeister.
Beide hatten große Pappschachteln herangeschleppt.
»Zurück in eure Gruppen«, rief Morgan, und sofort hatten die
Kinder ihre drei ursprünglichen Gruppen gebildet.
Willard langte in eine Pappschachtel hinein, zog zwei große Tafeln
Schokolade hervor und hielt sie, von den Kindern umjubelt, hoch in
die Luft.
»Preisverleihung«, rief er. »Jeder hat gewonnen. Jeder hat sich eine
verdient. Mister Flanagan läßt herzlich grüßen.«

## Las Vegas, Nevada (270 Meilen/434,5 km)

|  |  |  | Std. | Min. | Sek. |
|---|---|---|---|---|---|
| 1. | A. Cole | (USA) | 41 | 37 | 30 |
| 2. | C. Müller | (Deutschland) | 42 | 13 | 15 |
| 3. | P. Stock | (Deutschland) | 42 | 17 | 20 |
| 4. | H. McPhail | (Großbritannien) | 42 | 26 | 16 |
| 5. | M. Morgan | (USA) | 42 | 28 | 18 |
| 6. | J. Martínez | (Mexiko) | 42 | 42 | 22 |
| 7. | P. Eskola | (Finnland) | 42 | 50 | 04 |
| 8. | A. Capaldi | (USA) | 42 | 52 | 06 |
| 9. | J. Bouin | (Frankreich) | 42 | 54 | 21 |
| 10. | P. Thurleigh | (Großbritannien) | 42 | 58 | 23 |
| 11. | F. Woellke | (Deutschland) | 43 | 09 | 55 |
| 12. | D. Quomawahu | (USA) | 43 | 21 | 57 |
| 13. | L. Hary | (Deutschland) | 43 | 24 | 01 |
| 14. | P. Dasriaux | (Frankreich) | 43 | 38 | 04 |
| 15. | L. Svoboda | (Österreich) | 43 | 40 | 20 |
| 16. | P. Flynn | (USA) | 43 | 45 | 20 |
| 17. | R. Mullins | (Australien) | 43 | 48 | 01 |
| 18. | P. Maki | (Finnland) | 43 | 52 | 06 |
| 19. | S. Hall | (USA) | 44 | 01 | 07 |
| 20. | P. Brix | (USA) | 44 | 06 | 09 |

Damenerste: (701.) K. Sheridan (USA)

Insgesamt eingelaufen: 1201

Durchschnittstempo des Ersten: 9 Min. 15 Sek. pro Meile

# 12

## Die Picknick-Spiele

»Gottverdammte Scheiße!« fluchte Flanagan und drosch den Hörer auf die Gabel. Willard Clay zog es vor, lieber nichts zu fragen und blieb im Trans-America-Rennleitungswohnwagen seinem Brötchengeber gegenüber abwartend sitzen, bis dieser sich etwas deutlicher erklären würde. Flanagan begann auf seiner kalten Zigarre grimmig herumzukauen. »Diese Flachpfeifen in Cedar City rücken einfach nicht mit ihren zehn Riesen raus«, murrte er schließlich. »Die wollen die Läufer umsonst.«

Der Promoter schüttelte den Kopf und schaute nach rechts auf eine Karte der Vereinigten Staaten von Amerika mit der Route des Trans-Amercia-Super-Marathons. Jede gebührenzahlende Stadt war mit einer kleinen amerikanischen Flagge markiert. Er zog die Cedar-City-Flagge heraus und warf sie wütend zu Boden.

»Wieso das denn?« fragte Willard, hob vorsichtig die Flagge auf und legte sie auf den Tisch.

Flanagan zuckte die Achseln und zündete sich die Zigarre an. »Denen muß das irgendwie gesteckt worden sein, daß der Bürgermeister von Las Vegas nichts berappt hat, weil unsre Jungs die IWW-Hemden getragen haben. Aber wer? Wen juckt das denn?«

Er wuchtete sich hoch, sah sich wieder die Karte an und fuhr mit dem Finger die Strecke zwischen Las Vegas und Cedar City nach.

»Ne andre Stadt, andre zehn Riesen«, dachte er laut. »Das ist, was wir brauchen. Außer Wüste und Bergen gibts sowieso nicht viel zwischen hier und Cedar City.«

»Was wäre denn mit McPhee?« fragte Willard und deutete auf eine bestimmte Stelle der Karte.

»McPhee? Diese lächerliche Geisterstadt? Ist doch fast schon zur selben Zeit krepiert wie Dodge City. Seit Wild Bill Hickock und Calamity Jane hat da keine Seele mehr gelebt.«

Flanagan drückte seine Zigarre auf der Eichentischplatte aus und schleuderte sie mit fast dreißig Zentimeter Zielabweichung in Richtung Papierkorb.

»Nicht ganz, Chef«, korrigierte ihn Willard, hob die weiche, nasse Tabakwurst mit spitzen Fingern auf und ließ sie in den Abfallbehälter fallen. »Im letzten Jahr sind sie oben in McPhee aufne nagelneue Silberader gestoßen. Ist zwar nicht geraden Klondike, aber in der Stadt ist wieder Betrieb. Sehn Sie, steht alles hier drin in den *Vegas News*. Die haben mehr als fünftausend Leute da oben, fast die Hälfte lebt in Zelten. Warum klopfen wir bei denen nicht mal an? Probieren ist besser als krepieren, oder?«

Flanagan zog sich an der Nase und sah noch einmal auf die Karte. »McPhee? Wo zum Henker liegt das denn? Ich finds nicht mal auf der Karte.«

Willard schaute ebenfalls auf die Karte. »Hier muß es sein, so um die fünfundzwanzig Meilen von der Bundesstraße 15 weg, nördlich von Cedar City und direkt am Rand der Escalante-Wüste.«

»Das bedeutet für die Jungs vierzig Meilen zusätzlich«, seufzte Flanagan. Trotzdem kehrte er zu seinem Schreibtisch zurück und griff nach dem Telephon.

»Ich möchte den Bürgermeister von McPhee, Utah, haben. MC-P-H-E-E. Natürlich gibts das Kaff – fünftausend Leute groß, zur Zeit wichtigste Bergarbeiterstadt in dem ganzen verdammten Staat.« Wieder flog der Hörer auf die Gabel. Dann lehnte sich Flanagan in seinem Sessel zurück und zündete sich eine neue Zigarre an.

Es dauerte volle zehn Minuten, bis das Telephon klingelte. Flanagan nahm blitzschnell den Hörer auf.

»Könnte ich bitte den Bürgermeister sprechen? Ah ja. Sehr schön. Bürgermeister McPhee? Guten Tag. Hier spricht Charles C. Flanagan, Direktor der Rennleitung des Trans-America-Super-Marathons. Haben sicher schon mal von mir gehört. Was? Nein?«

Flanagan nahm schmollend den Hörer ans rechte Ohr.

»Bürgermeister McPhee, ich betreue den größten professionellen Langstreckenwettlauf der Geschichte von Los Angeles nach New York. Über tausend Läufer sind noch im Rennen. Könnten wir am nächsten Donnerstag durch Ihr Cedar City kommen...«

Flanagan hielt einen Moment inne und deckte die Sprechmuschel mit der Hand ab.

»Der ist ein Schotte, ich wette drauf. Will wissen, wieviel wir dafür wollen.« Dann wandte er sich wieder seinem Telephonpartner zu.

»Für fünfzehntausend Dollar sind wir bei Ihnen«, bot er an. »Sir, wir haben einige der weltbesten Laufprofis bei uns; Alexander Cole,

Lord Peter Thurleigh... Wir könnten durch soviel Prominenz Ihre Stadt locker wieder auf die Landkarte zaubern.«

Wieder deckte Flanagan die Muschel ab. »Bietet nur drei Riesen, der Geizkragen«, knurrte er. »Meint, McPhee wäre schon längst auf der Karte. Sagt, Lord Peter Thurleigh intressiert ihn einen feuchten Schnulli.«

»Ein Schnulli – was zum Ergel ist denn ein Schnulli?« fragte Willard zerstreut.

»Ich fürchte, die Verbindung ist ziemlich schlecht, Bürgermeister«, klagte Flanagan und schüttelte das Telephon kräftig durch. »Hab Sie eben nicht richtig verstanden. Irgendwas mitnem Schnulli. Aber was, bitte, was ist das denn, ein Schnulli, Herr Bürgermeister?« Wieder bedeckte er die Sprechmuschel und sah Willard an wie der schwärzeste Finsterling.

»Meint, das wär irgendson ulkiges Tier oder was«, zischte er. Flanagan gab die Muschel wieder frei und fuhr fort: »Nein, Herr Bürgermeister. Ich fürchte, dreitausend Dollar sind ganz und gar unmöglich. Sir, ich glaube, Sie verstehen nicht so recht, daß ich hier nationale und olympische Champions habe – ein Athlet aus meinem Team hat sogar Ihre eigene Powderhall-Sprinter-Championship gewonnen.«

Er hörte abrupt auf und preßte den Hörer gegen seinen Bauch.

»Willard, das hat gesessen«, verkündete er munter. Und wieder ins Telephon: »Ja, genau, Hugh McPhail, Powderhall-Profi-Champion, vor einigen Jahren.«

Flanagan lauschte sehr aufmerksam in den Hörer hinein. »Also gut, Herr Bürgermeister«, sagte er dann, »zehntausend sind für mich gerade noch akzeptabel. Sofort nach unserer Ankunft. In bar.«

Flanagan lauschte weiter. »Ja, Sir«, bestätigte er. »Der Trans-America wird kommenden Freitagabend bei Ihnen eintreffen. Mein Assistent Mister Willard Clay wird morgen nachmittag bei Ihnen sein, um alle technischen Einzelheiten zu besprechen.«

Flanagans Ohr klebte noch immer am Hörer, und allmählich verwandelte sich seine Heiterkeit in eine gewisse Verwirrung. Dann legte er langsam den Hörer auf die Gabel, die Stirn in nachdenkliche Falten gelegt.

»Haben wir das Geld?« fragte Willard gespannt.

»Na klar doch«, sagte Flanagan. »Kein Problem. Er meinte, die Leutchen von McPhee würden sich freuen, unsere Läufer bei sich zu Hause betreuen zu dürfen. So sparen wir fast fünftausend Dollar.

Eine Bedingung stellt er allerdings. Er will, daß alle an irgendwas teilnehmen, das er Hochlandspiele nennt. Bloß was, zum Schnulli, sind nun wieder Hochlandspiele?«

Eine halbe Stunde später war Flanagan darüber im Bilde, nachdem er Hugh McPhail und Doc Cole zu sich in den Trans-America-Rennleitungscaravan gebeten hatte.

»McPhail, Sie sind doch Schotte«, begann er die Unterhaltung. »Wir alle sind zu einer Sache eingeladen, die sich Hochlandspiele nennt, und zwar in einer Stadt mit Namen McPhee, ungefähr zweihundert Meilen nordöstlich von hier. Was sind denn das für Spiele?«

»Das istne Art Sportfest«, erklärte Hugh. »Von überall her kommen Leute, um zu laufen, zu springen, zu werfen und zu ringen. Tanz- und Dudelsackausscheidungen gehören normalerweise auch dazu.«

»So eine Art künstlerisch veredeltes Leichtathletik-Turnier?« fragte Flanagan.

»Ich denke, so nennt man das hier, ja«, antwortete Hugh. »Aber es ist doch nochne ganze Ecke mehr dran. Das Ganze ist ein großer gesellschaftlicher Höhepunkt, n Anlaß für die Leute, aufn Dröhn undn Köhm zusammenzukommen.«

»N Dröhn undn Köhm?« fragte Willard und zog die Augenbrauen hoch.

Hugh grinste. »Naja, um sich zu unterhalten und was zusammen zu trinken.«

»Dann ist das also fastn freier Tag für unsre Jungs«, stellte Flanagan fest und lächelte. »Was meinen Sie dazu, Doc?«

Doc beugte sich in seinem Sessel vor. »Mein alter Herr hat mich 1890 zu meinen ersten Hochlandspielen mitgenommen, damals in New York. Die hießen damals die Kaledonischen Spiele, jedenfalls drüben im Osten. Das warn immer Sachen mit viel Geld drin – die meisten Würfe und Sprünge sackten immer die Schotten und Iren ein, und wir Yankees holten uns bei den Kurzstrecken- und Langstreckenläufen, was wir konnten. Das war regelrechtes Big Business in jenen Tagen – zwanzig- oder dreißigtausend Leute zahlten damals fürs Zusehen pro Nase einen Dollar.«

»Sind Sie da jemals mitgelaufen?« fragte Willard.

»Um meinen Amateurstatus zu verspielen? Himmel, nein!« Doc lehnte sich wieder im Sessel zurück. »Aber als ich 1908 Profi wurde, bin ich mal mitgelaufen und habn paar Dollar rausgeholt. Aber mit den Hochlandspielen ists dann recht schnell bergabgegangen – die große schottische Einwanderungswelle war verebbt, und die Söhne der ersten Einwanderergeneration liefen zu dieser Zeit in ihren Colleges schon als Amateure. Nein, ich denke schon, man kann sagen, daß die Schottenspiele« – er blinkerte Hugh zu – »so haben wir sie drüben im Osten auch genannt – durch den Krieg restlos durcheinanderkamen. Und 1920 wars dann endgültig vorbei.«

»Naja, und was für Spiele wirds da oben in McPhee geben? Ich hoffe, wir schliddern da nicht in irgend etwas rein und fallen aufn Bauch«, klagte Flanagan und zeigte auf die Karte. »Geisterstadtspiele vielleicht?«

»Ich schätz schon, daß man die McPhee-Spiele n Überbleibsel der guten alten Gründerzeit nennen kann«, sagte Doc. »Du lieber Himmel, die Leutchen aufm Land haben sich noch nien Pfifferling um Amateur oder Profi geschert – die wollten einfach ihren Spaß haben. Diese schottischen Bergleute oben in McPhee, die kümmern sichn Dreck um die Olympischen Spiele – haben wahrscheinlich auch noch nie was von Baron de Coubertin gehört.«

Flanagan lachte, und Doc fuhr fort.

»Früher, draußen am Arsch der Welt, da nannte man solche Hochlandspiele auch ›Picknick-Spiele‹. Also schätz ich schon, daß es was ähnliches sein wird, was uns in McPhee erwartet.«

Zwei Tage später, gleich nachdem Willard Clay aus McPhee zurückgekehrt war, versammelte Flanagan seine Trans-Americans im Verpflegungszelt und informierte sie über seine Absicht, die Strecke durch diese Stadt zu führen.

Dasriaux war der erste, der auf die Beine kam.

»M'sieur Flanagan«, sagte er. »Wir müssen doch nicht an diesen – diesen 'ochlandspielen teilnehmen, oder?«

»Nein«, antwortete Flanagan. »Sie müssen nicht, aber obligatorisch ist es schon.«

Höhnisches Gekicher, Lächeln bei Flanagan.

»Nein, im Ernst, meine Herrn. Ich möchte, daß Sie die McPhee-Spiele als Ruhetag ansehen. Ich möchte, daß jeder von Ihnen am nächsten Samstag mit zu den Spielen kommt und sich ein paar richtig schöne Stunden macht.«

»Aber das sind doch Sportwettkämpfe, oder?« beharrte Dasriaux.

»Handikap-Wettkämpfe«, korrigierte Flanagan.

»Und wer entscheidet über diese Handikaps?« rief Eskola aufgebracht, der weit hinten an der Zeltwand stand.

Flanagan sah etwas unsicher zu Willard hinüber, der unwissend mit den Achseln zuckte. »Ne gute Frage«, bekannte Flanagan. »Das ist wohl ein Punkt, den ich mit dem Bürgermeister noch abklären müßte. Aber keine Sorge, ich werde mich schon drum kümmern, daß ihr Jungs alle eure faire Chance habt.«

»Irgendwelche Geldpreise?« fragte Dasriaux.

Flanagan lachte und nahm vom Tisch neben sich ein Stück Papier zur Hand.

»Und ob«, sagte er. »Sogar ein paar ganz beachtliche darunter. Hört euch das an: dreihundert Dollar als ersten Preis für den Handikap-Sprint, zweihundert Dollar für die drei Meilen und in allen anderen Läufen je hundert Dollar.«

Sofort heftiges Diskussionsgesumme unter den Trans-America-Läufern. Das war in schlechten Zeiten gutes Geld.

Flanagan bat mit erhobener Hand um Ruhe. »Und denkt dran, daß das gute Geld bis runter zu den vierten Plätzen geht«, sagte er. »Aber die machen da noch mehr. Kugelstoßen, Hammerwerfen, Gewichtheben, Baumstammwerfen, und immer dreihundert Dollar für den Ersten. Hundert Dollar gibts sogar für irgendson verdammtes Sackhüpfen!«

Gelächter und Vorfreude, als Flanagans Angebot seinem Höhepunkt zustrebte. »Hochsprung, Weitsprung, Dreisprung, Stabspringen, Ziehen-und-Stoßen«, er hob die Augenbrauen und sah zu Willard hinüber. »Weiß hier jemand, was Ziehen-und-Stoßen sein soll?« rief er. Niemand antwortete. »Naja, ist ja auch egal. Jedenfalls gibts für alles und jedes zweihundert Dollar als ersten Preis, genau wie für all die andern Sprungdisziplinen.«

Flanagan reichte Willard das Veranstaltungsprogramm herüber. Dann wandte er sich wieder seinen Trans-Americans zu und bat um Ruhe.

»Jungs«, rief er, »das wird ein Zahltag. Zahltag, sag ich euch. Zum Teufel, wen habt ihr denn da oben in McPhee schon groß als Gegner? Leute, die zwölf Stunden am Tag und mehr in den Bergen rumschuften wie verdammte Maulwürfe. McPhail hat gesagt, daß manche von denen sogar Röcke dabei tragen! Wenn ihr Jungs es kommenden Sonnabend nicht schafft, mitn paar tausend Dollar vom Pott zu kommen, dann möcht ich Daniel Boone heißen.«

Schrille Pfiffe der Begeisterung.

Kane, der lange Texaner stand auf.

»Nochne Sache, Mister Flanagan«, sagte er mit seinem typischen

Akzent. »Habense nicht auch was für unsere Miss Sheridan auf Lager?«

Willard Clay fingerte sich eifrig durch die Wettspiel-Liste und schüttelte dann den Kopf.

»Schon mal so was wie Hochlandtanz gemacht, Miss Sheridan?« fragte er.

Kate, die in der ersten Reihe hockte, schüttelte bedauernd den Kopf. Kane sah auf sie hinunter.

»Nicht traurig sein, Honey«, sagte er mild. »Sie haben nochne fette Woche zum Lernen.«

Kate lächelte, als alle Trans-Americans pfiffen und lachten.

»Okay«, sagte Flanagan. »Hier ist also unser Programm. Wir haben noch etwa zweihundert Meilen bis McPhee, die wir in vier leichten Etappen zurücklegen werden. Wir kommen Freitagabend dort an und übernachten bei den Leuten zu Hause. Die Spiele beginnen Punkt neun am Samstagmorgen. Der Vormittag gilt fast ausschließlich dem sportlichen Treiben der Kleinen und anderem putzigen Krimskrams. Das Hauptprogramm läuft am Nachmittag und endet mit einem Finish gegen achtzehn Uhr. Dann machen wir uns frisch und haben dann ein« – er sah genau auf das Papier vor sich – »ob ich das richtig hinkrieg... ein *Keelid*.«

»*Ceilidh*«, rief Hugh aus der ersten Reihe.

»Danke«, sagte Flanagan. »Wenn ich das richtig kapiert habe, ist das eine Art Hootenanny, ein spezielles Fest oder so. Naja, eben sowas mit Singen und Tanzen und schön viel Gebrüll. Wir bleiben dann über Nacht in McPhee. Am nächsten Tag geht es dann fünfzig Meilen weiter bis Sevier – Richtung Bundesstraße siebzig östlich von Richfield, Utah. Noch Fragen?«

Niemand hatte welche. Die Trans-Americans waren zu dem Schluß gekommen, daß dieser Tag in McPhee für sie das Goldrichtige sein würde.

»Fein«, sagte Flanagan. »Dann hätte ich jetzt gern mal eine genauere Vorstellung davon, wer nun bei was mitmachen will.« Er nahm Willard das Wettspielprogramm wieder ab und sah es sich genau an.

»Zuerst mal die drei Kurzstrecken über hundert Yards, zweihundertzwanzig Yards und die Viertelmeile.«

Etwa fünfzig Läufer, darunter auch Hugh McPhail, hoben ihre Hände.

»Was ist mit der halben Meile und der Meile?« fragte Flanagan. Über zweihundert, darunter Lord Thurleigh und Morgan, hoben die Hände. Diese mittleren Distanzen lagen den Lauffähigkeiten der Trans-Americans offenkundig sehr viel mehr.

»So, und dann zu den drei Meilen und den sechs Meilen«, rief Flanagan.

Mehr als zweihundertfünfzig Läufer hoben jetzt ihre Hände, auch Doc, Bouin, Dasriaux und Martínez. Willard flüsterte auf Flanagan ein und zeigte auf die deutsche Mannschaft, die wieder einmal still und stumm bei ihrem Teamchef von Moltke stand. Die Deutschen hatten sich noch für keinen der Programmpunkte gemeldet. Flanagan zuckte nur die Achseln und machte dann weiter.

»So und jetzt – das Springen«, rief er. Sechs Hände kamen nach oben.

»Na los, Leute, nehmt euch ein Herz«, bat Flanagan. »Ist doch bloß ein Picknick-Spiel. Also hebt eure Hintern in die Höh und ran an die Springerei.« Noch drei Hände wurden erhoben. Flanagan schüttelte müde den Kopf. »Na wie ihr wollt«, sagte er resignierend. »Jetzt gehts ans große Geld, das Werfen. Dreihundert Kullerchens für den ersten, zweihundert für den zweiten und einhundert für den dritten Platz. Das ist leichter, als nen Eimer Wasser umzukippen.«

Nichts regte sich.

Flanagan spreizte seine Hände in gespielter Abscheu. »Wollt ihr Typen etwa damit deutlich machen, daß ihr euch über tausend Dollar durch die Lappen gehen lassen wollt? Wo ich her bin, da gibts Leute, die würden ihre eigne Großmutter aus dem Fenster schmeißen für soviel Kies.«

Er sah auf Morgan in der ersten Reihe.

»Was ist mit Ihnen, Morgan?« lockte er. »Sie sehn doch wirklich noch aus wie ein knackiger Kraftmeier.«

Morgan erhob sich und schüttelte den Kopf.

»Flanagan, ich hab mal solche schottischen Picknick-Spiele oben in den Bergen in Pennsylvania miterlebt. Ich konnt nicht mal eins von den Gewichten heben, geschweige denn werfen.« Mike schüttelte noch einmal bedauernd den Kopf und setzte sich wieder.

Kane, der sehnige Texaner, in derselben Reihe, stand auf. »Nu los, Mike«, rief er und sah zu Morgan hinunter. »Du machst mit, dann machs ich auch.« Bravorufe und zustimmendes Gemurmel kamen auf. Kate warf einen schnellen Seitenblick auf Morgan.

»Naja gut«, brummte er. »Schreibt mich auf fürn paar Würfe ... Aber unter einer Bedingung.«

»Und die wäre?« fragte Flanagan.

»Daß Sie sich auch fürnen Wurf eintragen, Mister Flanagan«, erwiderte Morgan. Sofort erhob sich ein gewaltiger Lärm, und viele Trans-Americans sprangen auf die Füße, schrien und klatschten. Es war das erste Mal, daß man Flanagan rotwerden sah. Der Rennleiter bat um Ruhe.

»Okay, okay«, sagte er. »Sie haben Ihren Kuhhandel. Ich mache mit.« Er wandte sich Willard zu, und seine Augen zwinkerten listig.

Er drehte sich wieder um zu seinen Läufern und ließ seinen spillerigen rechten Bizeps spielen.

»So, und was für ein Wurf darfs bittschön für mich sein, Jungs?«

Viele der Möglichkeiten, die von den Trans-Americans für Flanagan vorgeschlagen wurden, waren überhaupt nicht im Programm aufgeführt, weder in diesen noch in irgendeinem anderen Hochlandspielplan der Geschichte – Disziplinen wie Speerfangen oder Kugelköpfen. Flanagan mußte mehrere Male um Ruhe bitten.

»Immer mit der Ruhe, Jungs. Denkt daran, wir haben eine Dame unter uns«, rief er. »Fragen wir doch den Mister Scotch hier.« Er drehte seinen Kopf zu Hugh hinüber. »Was schlagen Sie also vor, Mister Hugh?«

Hugh stand auf und schaute feierlich in die Runde. »Den Baumstamm, Mister Flanagan«, sagte er. »Ich denke, den Baumstamm.«

Flanagan deutete dramatisch in eine Richtung, die er als östliche vermutete. »Jungs«, sagte er, »in vier Tagen laufen wir in McPhee ein. Die kriegen von uns die wahnsinnigsten Hochlandspiele, die sie je erlebt haben.«

Die zweihundert Meilen bis zur Stadt brachten wenig Aufregung. Docs schmaler Vorsprung vor Müller wurde von dem jungen Deutschen rasch reduziert, und als sie den Stadtrand von McPhee erreicht hatten, war Müller hautnah hinter Doc, dicht gefolgt von Morgan, Lord Thurleigh, Martínez und McPhail; auch Bouin, Eskola und Dasriaux waren in der Spitzengruppe. Müller spulte noch immer seinen bemerkenswerten Durchschnitt von über sechs Meilen pro Stunde herunter, und nur noch wenige Läufer versuchten sich an ihn zu hängen.

Am Freitagabend liefen die Trans-Americans gegen neunzehn Uhr durch McPhee, das Ziel lag eine halbe Meile außerhalb. Die Ortschaft sah noch genau wie vor vierzig Jahren aus; auf der schmutzigen, einzigen Straße der Stadt verkehrten geschäftig Bergleute, Maultiere, Planwagen und Handkarren. Hugh erschien das alles wie in einem Western, komplett mit Saloon, Barber-shop und Sheriff's Office. Es fehlte eigentlich nur noch William S. Hart oder Tom Mix und seinem Zehn-Gallonen-Cowboyhut, die beide im Galopp die Straße entlangfegten. Die Häuser waren fast gänzlich aus Holz. Auf die Stadt und die ›Hauptstraße‹ blickte finster der braune, pockennarbige Silberberg herab, in dessen Bauch nun wieder gearbeitet wurde. Ein neues Flöz war erschlossen worden, auf der Ostseite, und die meisten Miners rackerten dort; andere aber, die später gekommen waren, arbeiteten wieder in den alten Minen und stießen noch tiefer in die Bohrgänge vor, die vor über vierzig Jahren von Männern angelegt worden waren, die längst nicht mehr unter den Lebenden weilten. Außerhalb McPhees war eine Zeltstadt errichtet worden für all diejenigen, die die Holzstadt längst nicht mehr aufnehmen konnte. Und Tausende von Besuchern waren noch hinzugekommen, die in Wagen oder Zelten nächtigten, um die Spiele zu erleben.

Flanagans Läufer nisteten sich zur Nacht bei den guten Menschen von McPhee ein. Bürgermeister McPhee, der Sohn des Gründers dieser Stadt, in dessen Haus Flanagan Quartier bezogen hatte, hatte der Stadt nicht – wie viele andere – den Rücken gekehrt, als im Jahre 1902 die Silbermine erschöpft war. Gemeinsam mit seinem Vater und einem Dutzend anderer Landsleute hatte sich der Schotte mühsamst mit dem Abbau silberhaltigen Gesteins den kargen Lebensunterhalt verdient – dreißig lange Jahre hindurch, bis die Entdeckung von Bauxitvorkommen im Jahr 1928 ihn in die Lage versetzte, genügend Mittel freizumachen, um erneut nach Silber zu bohren. Das Ergebnis dieser Arbeiten war, 1930, die sensationelle Entdeckung eines neuen, reichhaltigen Lagers, und so waren noch einmal zahllose Miners in seine Stadt geströmt. Der Ort war mittlerweile vollständig im Besitz McPhees und seiner ausdauernden schottischen Freunde; und die Kosten für Land und Wasser an die Prospektoren lagen hoch. Jeder Kramladen gehörte McPhee und seinen Kumpels; und jede einzelne Wagenladung x-beliebiger Güter, die in die Stadt kommen wollte, erforderte einen speziellen Ortszuschlag.

Der Bürgermeister hatte natürlich vom Trans-America-Super-Marathon gewußt und sich auch seinen Reim darauf gemacht, daß die Strecke vierzig Meilen südlich von McPhee auf der Straße nach Osten zwischen Cedar City und Beaver leider an seiner Stadt vorbeiführen würde. Um so mehr überraschte ihn Flanagans Bereitschaft, die

Route zu ändern und für einen relativ günstigen Preis McPhee anzulaufen. Er hatte schnell begriffen, welchen Dollarstrom eine Umleitung des Trans-America-Rennens nach McPhee für seine Stadt zur Folge haben würde. Weitere fünftausend Autos auf der Gemarkung zu je 3 Dollar pro Automobil machte 15 000 Dollar. Zehntausend Besucher (1 Dollar pro Nase) brachte 10 000 Dollar, und mit den Erfrischungszelten mußten noch mal 10 000 Dollar reinzuholen sein, gar nicht groß zu reden von den verschiedenen kleinen Geschäften in der Stadt. Und dann gabs ja noch Flanagans Zirkus. Seit der Jahrhundertwende hatte McPhee so etwas wie Madame La Zonga und Fritz, den sprechenden Esel, nicht mehr erlebt. Für 10 000 Sponsor-Dollar an Flanagan war der Trans-America-Super-Marathon wirklich ein echter Kostenwitz. Und McPhee ging großzügig mit dem Whiskey um, den er dem Promoter ins Glas goß, als er ihn in seinem Wohnzimmer bewirtete.

»Danke, Herr Bürgermeister«, sagte Flanagan und sah sich in dem üppig möblierten Raum um. »Das erste Mal, daß ich Schottenmustervorhänge sehe.«

»McPhee-Muster«, sagte der kleinwüchsige Bürgermeister stolz.

»Wie lange haben Sie eigentlich diese Spiele schon?« fragte Flanagan.

»Von achtzehnhundertachtundachtzich bis neunzehnhundertunddrei«, sagte McPhee. »Achtzehnhundertachtundachtzich war ich allerdings nochn kleiner Junge – hab aber schon das Knabenrennen gewonnen. Dreitausend Leute hatten wir schon damals hier, fast alle aus der alten Heimat. Aye, da kamen immer einiche der besten Athleten her, manche sogar auf direktem Wege aus Schottland. Müssn wissn, wir haben immer gute Geldpreise ausgesetzt.«

Er nippte nachdenklich an seinem Whiskey. »Ich erinner mich besonders an ein Jahr, da hatten wir hier einen Iren. Ein Hüne von Mensch. Glaub, achtzehnhundertachtundneunzich war das. McGrath hieß er. Der hat sogar seinen eignen Wurfhammer mitgebracht, und der lange Griff war aus Weinranken.«

»Wie bitte, Weinranken?«

»Ja«, betonte McPhee. »Immer so rum und rumgewickelt, wien Seil. Sehr stark. Wir habens nachgemessen, weil wir die Länge wissen wollten, aber das Ding maß tatsächlich nur vier Fuß sechs, vorschriftsmäßige Länge. Mein Vater war immerhin oberster Schiedsrichter hier, und er hat ihn selber kontrolliert. Naja, im ersten Wurf wirft McGrath den Hammer hundertdreißich Fuß, zehn Fuß weiter als der hiesiche Rekord. Das bedeutete einen Bonus von hundert Dollar. Aber mein Alter war einfach nicht glücklich damit.«

»Warum denn nicht?«

»Naja, sehn Sie, als McGrath den Hammer schwang, da wurden die Ranken natürlich gedehnt, und je länger der Schaft des Hammers ist, desto weiter fliecht er eben. Also geht mein Pa hin zu dem großen irischen Walfisch, wie der da mit seinen knappen einsachzich in ner Pfütze an der Theke steht und sacht: ›Mister McGrath, ich denk, der Hammerschaft zieht sich mindestens sechs Fuß lang, wenn Sie ihn schwingen.‹

Und wollnse wissen, was der Riesenire drauf gesagt hat?«

»Na?« fragte Flanagan und lächelte erwartungsvoll.

»Er sagt, ›naja, Mister McPhee, ich schlach vor, Sie messn am bestn, wenn ich ihn schwing‹.« Der kleine Schotte explodierte fast vor Heiterkeit, und die Lachtränen kullerten ihm nur so aus den Augen. Er griff nach der Flasche an seiner Seite.

»Hier, Flanagan, nehmse nochn Schottenköhm«, sagte er.

»Danke sehr, Bürgermeister«, säuselte Flanagan und grinste. Dann wurde sein Gesicht wieder ernst. »Aber lassen Sie uns mal ans Geschäftliche gehn, McPhee. Mein Assistent hat Ihnen unsere Teilnehmerliste gegeben?«

»Ja«, sagte McPhee. »Und damit haben Sie uns auchn Mordspublikum verschafft.«

»Das einzige Problem für meine Läufer sind die Handikaps«, sagte Flanagan. »Verstehn Sie: Die Jungs, die für die Handikaps sorgen, müssen doch ziemlich genau wissen, wie jeder einzelne Läufer in Form ist, bevor er überhaupt die Handikaps einrichten kann. Ich meine, es geht doch immerhin auch umne ganze Stange Geld.«

»Das ist wahr, jaja«, sagte McPhee und nickte.

»Nehmen wir zum Beispiel nur mal das Einhundert-Yards-Handikap«, fuhr Flanagan fort. »Da gibts vielleicht einen, der hat eine Vorgabe von fünfzig Yards. Der braucht doch bloß lang hinzufallen, und schon gewinnt er.«

Das Gesicht des Bürgermeisters versteinerte sich. »Mister Flanagan, Sie reden von meinem Vater.«

»Oh«, sagte Flanagan und bekam einen hochroten Kopf. »Aber dürfte ich dann trotzdem fragen, wer für die Vorgaben bei den Läufen zuständig ist?«

»Hier, lesen Sie das Programm«, sagte McPhee und reichte Flanagan einen Packen Papiere.

Flanagan sah sich das erste Blatt genauer an. »Hier steht, daß für die Vorgabe ein Mister McPhee zuständig ıst«, sagte er.

»Genau, das bin ich«, sagte der Bürgermeister.

Für die Trans-Americans liefen die Dinge durchaus angenehmer. Bei Mrs. McDonald war Hugh McPhail gerade dabei, sich seit über einem Monat wieder einmal an einer Haferkuchenmahlzeit gütlich zu tun, derweil Juan Martínez' Gaumen erste Bekanntschaft mit Blutwurst machte. Zwei Querstraßen weiter starteten Lord Peter Thurleigh und Mike Morgan als Gäste der McLeods einen seelisch nicht ganz gefestigten Angriff auf schottische Schafswurst, und bei den Moncrieffs wurde Kate Sheridan mit den Grundschritten des Hochlandtanzens vertraut gemacht – unter der nicht mehr ganz akkuraten Aufsicht einer schon etwas weggetretenen Dixie.

Das deutsche Team hatte seine Zelte außerhalb der Stadt aufgeschlagen, weitab von allem gesellschaftlichen Treiben in McPhee; die All-Americans residierten im Caledonian Hotel. Die meisten Presseleute wohnten ebenfalls im Caledonian, auch Liebnitz, der sich interessiert die Geschichte der McPhee-Spiele anhörte, die ihm McPhee senior, des jetzigen Bürgermeisters Vater, ein winziger fünfundsiebzigjähriger früherer Sprinter, in allen Einzelheiten darlegte. Es war reichlich nach Mitternacht, als die letzten Lichter in McPhee verloschen.

Pünktlich um neun Uhr am nächsten Morgen begannen die Spiele. Die Dudelsäcke verströmten ihre ehrfurchterregenden Dauertöne, und auf dem Tanzpodium stolzierten kleine Mädchen jeweils zu dritt rhythmisch im Kreise. Ihre Füßchen beschrieben zarte, genau bemessene Muster, und ihre umgehängten Schmuckmedaillons klingelten sanft auf ihren samtenen Kleidchen, als sie sich vor den Augen regloser, pfeifeschmauchender Preisrichter maßen. Kinder jeglicher Altersstufe rannten auf dem holperigen Grasplatz Kurzstrecken oder Platzrunden in einer Folge nicht enden wollender Handikapläufe und Überraschungseinlagen, während im Innenfeld Männer an glitschigen Baumstämmen hochzuklettern versuchten oder, rittlings auf Pfählen sitzend, verbissen mit Federkissen aufeinander einschlugen. Andere wieder lieferten sich, zu zweit an jeweils einem Fußknöchel zusammengebunden, grotesk aussehende Dreibeinrennen oder krochen und stolperten über Bänke und durch Holzreifen hindurch.

Flanagan hatte so etwas noch nie gesehen. Es war erst halb zehn, als bereits etwa fünftausend Zuschauer in das Naturstadion unterhalb der Stadt geströmt waren; Autos aus Colorado und Utah kamen in endloser Folge in die Stadt und füllten den nahegelegenen Parkplatz. Aus dem holperigen, von Fingergras bestandenen Wüstenboden war eine Bahn herausgestampft worden; die Platzrunde betrug eine Fünftelmeile, und im Innenbereich hatte man sechs parallele Sprintbahnen geschaffen, durch Seile voneinander getrennt. Auf der Zielgeraden stand jetzt noch das Tanzpodium. Im Innenfeld befanden sich Baumstämme, Hochsprunganlagen, Wurfhämmer und Stemmgewichte aller nur erdenklicher Art, sogar Sprungstäbe aus Bambus. Genau in der Mitte des Feldes stand ein winziges Zelt, in dem Flanagan die Offiziellen vermutete. Was er freilich nicht wußte, war, daß ebendieses Zelt auch das exakte alkoholische Schwerkraftzentrum der McPhee-Spiele war.

Je weiter die Spiele in die Hitze dieses Tages in Utah hineinwuchsen, desto mehr nahmen sie für Flanagan die Qualität eines seltsamen Traumes an. Im Zentrum dieses Traumes stand Oberschiedsrichter und Bürgermeister McPhee, der mit leicht gespreizten Beinen das Wettkampfgebiet beherrschte, ein kilttragender o-beiniger Koloß. Ob er längst besiegte Dreibeinwettkämpfer antrieb, über verbissen geführte Kissenschlachten hemmungslos lachte oder in feierlichem Konflikt ineinander verhakten Ringern unbeachteten Ratschlag zugrummelte, McPhee schien überall zu sein.

Alles aber wurde durchdrungen vom schrillen Pfeifen der Dudelsäcke. Sogar während des Mittagessens, als der Vormittagssport vorüber war und die Spiele ihre wohlverdiente Pause hatten, konnte Flanagan noch immer ihr Wehklagen in den Ohren singen hören.

»Ich schätz, Ihre Jungs ham uns nochn paar hundert Zuschauer mehr rangelockt«, lobte McPhee junior und beobachtete zufrieden die Autoschlange, die sich unten über den staubigen Hügel quälte, als er mit Flanagan vor dem Erfrischungszelt stand.

»Ein paar tausend, das kommt wohl eher hin«, knurrte Flanagan.

»Erzählen Sie mir doch mal, wann Sie zuletzt solche Massen hier hatten.«

»Neunzehnhundertunddrei«, erwiderte McPhee. »Seitdem waren die Spiele eingemottet.«

Wenige Augenblicke später ging der Schotte zum Mikrofon in der Mitte des Sportfeldes.

»Hiermit erkläre ich die McPhee-Spiele des Jahres neunzehnhunderteinunddreißig offiziell für eröffnet.« Beifall brauste die Abhänge hinunter, an denen die Massen sich versammelt hatten. »Wir ham das große Vergnügn, in unserer schönen Stadt Mister Flanagans berühmte Transamericaläufer begrüßn zu dürfn, die unser Komitee dank beachtlicher Ausgaben hierherholn konnt« – er warf Flanagan einen Seitenblick zu – »um sie zur Teilnahme an unsren historischn Spieln zu bewegn.« McPhee machte eine Pause. Dann: »Besonders begrüßn wir Doctor Alexander Cole... ein führendes Mitglied der britischn Aristokratie, Lord Peter Thurleigh... und last not least, direkt aus Glasgow, den Powderhallprofisprintchampion, Hugh McPhail.« Die Zuschauermassen, zum allergrößten Teil waschechte Amerikaner, hatten zwar nicht den blassesten Schimmer einer Ahnung, was oder wo Glasgow oder Powderhall waren, aber sie zollten pflichtschuldigst ihren Beifall.

Hugh McPhail brachte es über sich, dem älteren McPhee, einem spillerigen Sportsmännlein, das knielange Turnhosen trug, einen Vorsprung von fünfzig Yards zu lassen und ihn im Hundert-Yards-Handikap zu besiegen. Der Altbürgermeister, mittlerweile recht schwerhörig geworden, war noch in seiner ›Fertig!‹-Position, als McPhail schon an ihm vorbeischoß – zu einem allerdings recht knappen Sieg über die anderen vier Finalisten.

»Sieger über hundert Yards, Weltrekordprofi Hugh McPhail aus Glasgow, Schottland«, verkündete der omnipotente Oberschiedsrichter durch den Donner des Applauses.

Soviel Glück war Mike Morgan nicht beschieden. Bei den Würfen sah er sich Bergleuten gegenüber, die viele Jahre härtester Arbeit in ihren Körpern und auch Erfahrung hatten, die er sich niemals hätte träumen lassen – zum Beispiel im Hammerwerfen. Das Gerät wog gut sechzehn Pfund und war im Grund genommen eine Eisenkugel, in der ein elastischer Bambusschaft verankert war. Der Wurf wurde aus dem Stand ausgeführt, und zwar über ein hölzernes Sperrbrett hinweg, und Morgan erdrosselte sich fast bei seinen vorbereitenden Schwungholversuchen, um dann den Hammer knappe sechzig Fuß weit zu schleudern, ganze vierzig Fuß kürzer als die Spitzenwerfer.

»Bei uns hier in McPhee gehts nach Weite, nicht nach Tiefe«, stichelte McPhee im Vorbeigehen, als Morgan die Kugel aus der Erde pulte.

Ein wahrer Alptraum war jedoch für Mike das Hochwerfen eines sechsundfünfzig Pfund schweren Ringgewichtes. Fünfhundert Meilen Wettlauf hatten ihn von klotzigen hundertsiebzig Pfund auf magere hundertfünfzig heruntergetrimmt, und in einer solchen Disziplin, in der Muskelmasse das Wesentliche war, sah er sich schwer benachteiligt. Das Gewicht ließ sich nicht mal bis zur Hüfte hochwuchten, geschweige denn über eine auf neun Fuß liegende Latte schleudern. Drei dieser Holzlatten hatte er schon beim Trainieren zerschmettert, als McPhee, heftig den Kopf schüttelnd, ihn zur Seite nahm: »Jungchen, wissense, daß Sie uns mit Ihrer Lattenzerdepperei ein Vermögen kosten? Hier«, fügte der Oberschiedsrichter versöhnlich hinzu und zog einen Flachmann aus seiner silberverzierten Ledertasche, »nehmse mal erstn Schlücksken.«

Doc Cole dagegen war mal wieder ganz in seinem Element und machte das Dreimeilenrennen zu einer willkommenen Gelegenheit, sein Chickamaugaindianermittelchen unter die Leute zu bringen. Gemeinsam mit seinem chinesischen Sportsfreund Ni Chi Chin hatte er bis drei Uhr morgens an der Vorabproduktion herumgedoktert. Diesmal hatte Doc beschlossen, das Mittel aus Gründen der Hitze verkaufsstrategisch als Tonikum einzusetzen und dementsprechend die Formel abgeändert. Von einer gaffenden Menge umringt, schluckte er schnell vor dem Start seine Spezialmixtur mit sichtlichem Behagen hinunter, sich danach standhaft weigernd, auch nur eine einzige Flasche zu verkaufen.

Um die Laufqualitäten der Miners machte er sich keinerlei Sorgen; dafür bereiteten ihm erfahrene Läufer wie Dasriaux, Bouin, Eskola und Martínez um so mehr Kummer, denn alle hatten bereits beste Tempoform demonstriert. Glücklicherweise war ihnen nur eine Vierzig-Yards-Vorgabe zugestanden worden, während die Miners ihm gegenüber Vorsprünge bis zu einer Viertelmeile erhalten hatten. Doch schon nach der ersten Meile, die Doc, der von McPhee zum »olympischen Marathonchampion« gekürt worden war, in fünfeinhalb Minuten zurücklegte, holte er zwanzig Bergleute und fast alle anderen Trans-Americans ein.

Eine halbe Meile später waren nur noch zehn schwer keuchende Miners auf der Bahn, etwa 150 Yards vor ihm, und er näherte sich ihnen mit jedem Schritt. Doc verlangsamte ein wenig, um das Laufdrama zu seinem ausgeklügelten Ende zu bringen. Nach fast zwei Meilen lag er nur noch vierzig Yards hinter dem Ersten und damit in zweiter Position; Bouin und Martínez waren ihm mit vierzig Yards Abstand auf den Fersen. Plötzlich seufzte Doc tief und schrecklich auf und stürzte zu Boden. Morgan, vorher entsprechend instruiert, eilte mit einer Flasche Chickamauga an seine Seite. Doc wand sich auf der Bahn in Krämpfen; Bouin und Martínez sprangen über ihn hinweg; dann griff er verzweifelt nach der angebotenen Flasche und leerte sie mit Riesenschlucken. Augenblicklich war er wieder auf den Beinen und sprintete los. Die riesige Menschenmenge brüllte vor Freude, denn jetzt war Doc auf Position fünf zurückgefallen, über hundertfünfzig Yards hinter den ersten.

Doc Cole beherrschte die Dramaturgie der laufenden Ereignisse mit der Gabe eines hinreißenden Schauspielers. Langsam und wie unter Schmerzen kämpfte er sich an die ersten heran, stöhnte bei jedem Schritt und überholte einen um den anderen. Männer riefen ihm Mut zu, Frauen flehten ihn an, sich zu schonen und aufzuhören. Die Arena war in hellem Aufruhr. Eine Runde war noch zu laufen, und Doc war etwas mehr als zehn Yards hinter den ersten, Martínez und Bouin, und sah recht schlecht aus. »Cole – Cole – Cole!« riefen die Zuschauer. Irgendwie schaffte es Doc, sich auf einen Yard an die Spitzenläufer heranzukämpfen. Noch eine Achtelmeile. Für die Menge war Doc mittlerweile erledigt, denn seine Versuche, die Läufer vor ihm in Bedrängnis zu bringen, waren erfolglos geblieben. Doch hundert Yards vor dem Ziel jagte Doc wie ein Windhund auf und davon und zerriß das Zielband gute fünf Schritte vor Martínez und Bouin, der auf Platz drei kam.

Vor dem Sportlerzelt wurde Morgan von Bergleuten fast erdrückt, die verrückt danach waren, zwei Dollar für den Vorzug auszugeben, Chickamaugas Wunderschluck erwerben zu dürfen. Binnen einer halben Stunde war er ausverkauft.

Für die Trans-Americans entwickelten sich die Dinge gut. Lord Peter Thurleigh, der im Einmeilenlauf ohne Vorgabe angetreten war, während andere Läufer Vorgaben von bis zu zweihundert Yards hatten, holte die Spitzengruppe nach einer Dreiviertelmeile ein und lieferte sich dann ein Laufduell mit Mike Morgan, dem er über die letzte Runde noch einen Vorsprung von zwanzig Yards zugestanden hatte. Die Menge der Zwanzigtausend schrie die beiden beinmüden Trans-Americans regelrecht um die letzte Runde herum, und Lord Thurleigh kam mit weniger als einem Yard Vorsprung ins Ziel.

Während der Nachmittagspause gab Kate Sheridan, die von ihrem vorabendlichen Hochlandtanztraining profitierte, eine Burlesque-Show ihrer neu erworbenen Kunst, die sie ›Kaledonische Kapriolen‹ nannte; eine abenteuerliche Schrittkombination, die zwar bei den regelgewieften Puristen der Schottischen Hochlandspiele nicht so recht, dafür aber um so besser beim amerikanischen Publikum ankam. Beim Springen hatten die Trans-Americans allerdings weniger Glück, da McPhee ihnen normale, sandgefüllte Sprunggruben verweigert hatte und sie sich deshalb eine fast vollständige Sammlung von Schrammen und Beulen einhandelten. Die wirklich sehr merkwürdige Ziehen-und-Stoßen-Disziplin, bei der man unter anderem an einer hochgehängten Schafsblase mit dem Sprungbein anzuschlagen hatte, endete fast immer mit einem Sieg der Längsten. Kane, der Texaner, der zwar die Blase mit dem Fuß erwischte, zu seinem Kummer aber vergessen hatte, mit demselben Fuß auch wieder zuerst auf dem Boden aufzukommen, landete auf seinem Hinterteil und mußte mit der Trage ins Erfrischungszelt gebracht werden.

Die letzte Disziplin war der Baumstamm. McPhee hatte es sich nicht nehmen lassen, anläßlich dieser sportlichen Darbietung für Flanagan einen Royal-Stewart-Kilt aufzutreiben, der offenkundig den Unterleib eines Riesen bedecken sollte, so daß Flanagan gezwungen war, ihn sich zweimal um die Hüfte zu wickeln. Darunter schauten seine weißen Beine hervor wie Weinranken an einer Gartenmauer. Der Trans-America-Rennleiter kam aus der Dunkelheit des Umkleidezeltes herausgeschritten und wurde zu dem gewaltigen Stamm geführt, wo die Wettkämpfer, ihre Ellenbogen in die Knie gestemmt, auf einer Bank daneben saßen.

Der Baumstamm wog gut über hundertzwanzig Pfund und war mindestens sechzehn Fuß lang. Die beiden größten Teilnehmer, die Schotten McCluskey und Anderson, standen auf und besahen sich das klobige Gerät kritisch von vorne bis hinten.

»Zu groß«, knurrte McCluskey, ein massiger, klobiger Mann, der die Hände in die Hüfte gestemmt hatte.

»Stimmt, Angus. Für die Länge zu lang«, sagte sein Landsmann.

Flanagan, obwohl unwissend und verwirrt, neigte zur Zustimmung.

McCluskey hob den Stamm am dickeren Ende an und ließ ihn mit einem dumpfen Krachen wieder zu Boden fallen.

»Krieg das Biest hier nie und nimmer auf zwölf Uhr hin, nicht inner Milljohn Jahrn.«

»Stimmt, Angus. Vollkommen unmöchlich«, stimmte Anderson zu, die gewaltigen Arme vor der Brust gekreuzt.

McPhee wurde herbeigerufen.

»Was gibs denn, Jungs?« fragte er aufgeräumt.

Die zwei Schotten erklärten es ihm.

»Was meint ihr damit – zu groß?« sagte McPhee irritiert. »Zu Haus in Schottland werfn sie Stämme, die sind doppelt so lang.«

»Möchlich, hier aber nicht«, entgegnete McCluskey.

»Und was soll ich eurer Meinung nach nun tun!« fragte McPhee, der sich immer noch bemühte, höflich zu sein.

»Da gibs nur eins, was wir machn könn«, antwortete Anderson und sah zu den anderen Werfern hinüber. »N Stück absägen.«

McPhee tanzte schon fast vor unbezähmbarer Wut.

»Wißt ihr, was euer Problem ist?« zischte er und sah zu McCluskey auf.

»Na?« knurrte der Riese mit gekreuzten Armen.

»Ihr seid gottverdammte Schwächlinge!« schimpfte McPhee und stampfte zum Zwecke weiterer hochprozentiger Schmierstoffaufnahme ins Schiedsrichterzelt hinüber.

Zwanzig Minuten später, nachdem ein beachtliches Stück des Ärgernisses abgesägt worden war, begann endlich der Wettkampf. Zwölf Teilnehmer waren angetreten, und Flanagan, der zwischen den anderen Werfern in der Mitte des sonnendurchbackenen Sportfeldes saß, war keineswegs überrascht zu sehen, daß Anderson und McCluskey wie die einzig wirklich geübten Baumstammwerfer der ganzen Gegend aussahen. Die anderen Mitstreiter waren schmale Miners oder junge Farmarbeiter aus der Umgebung und schauten genauso besorgt drein wie Flanagan. McCluskey, der erste Werfer, hievte den Stamm mit Leichtigkeit auf seine linke Schulter, hielt ihn dort eine Weile im Gleichgewicht, um dann mit seinem Anlauf zu beginnen, der vom Oberschiedsrichter genau beobachtet wurde. McCluskey blieb plötzlich stehen, beide Füße nebeneinander, beugte Beine und Rücken stark nach unten, um so dem Stamm eine Vorwärtsneigung zu verpassen, holte weit ausgreifend mit beiden Händen Schwung und stieß den Stamm nach vorne.

Es war zwar kein exakter Zwölf-Uhr-Wurf, da der Stamm leicht nach links in Fünf-vor-Zwölf-Richtung gefallen war, aber trotzdem schlenderte McCluskey augenscheinlich zufrieden zu seiner Bank zurück. Sein Landsmann Anderson erzielte ein vergleichbares Ergebnis, indem er seinen Baumstamm in leicht rechter Fünf-nach-Zwölf-Uhr-Position plazierte. So teilten die beiden Schotten sich den ersten Platz.

Flanagan tat sich schwer damit, sein Gesicht annähernd im Zaum zu halten, als er die anderen Wettkämpfer beobachtete. Einige wußten nicht mal, an welchem Ende der Stamm anzuheben war, und wurden schließlich auf das schmale Ende verwiesen. Doch jetzt kam ihr Problem erst richtig zum Tragen, zumal sie nicht die geringste Ahnung hatten, wie sie den Stamm auf ihre Schultern wuchten mußten. Als sie es schließlich, mit der schiedsrichterlichen Erlaubnis, sich von anderen helfen zu lassen, geschafft hatten, den Stamm in die korrekte Wurfposition zu bekommen, fiel er ihnen entweder wieder nach hinten herunter, oder die Gesetze der Schwerkraft zwangen sie zu einem grotesken Tanz mit dem unbändigen Baum, vor dem sie sich schließlich, ihn angstvoll loslassend, mit einem Riesensprung in Sicherheit brachten. Die Arena durchschüttelte ein einziges gewaltiges Lachen, und McPhee senior beobachtete finsteren Blicks das frevlerische Treiben von der schützenden Dunkelheit des Punktrichterzeltes aus.

Flanagans erster Wurf paßte bestens in die allgemeine Stimmung. Mit etwas Nachhilfe bekam er den Baumstamm zwar in exakte Wurfposition, fand dann aber, daß die Baumrinde sein linkes Schlüsselbein unangenehm blessierte, und spürte mit Schrecken, wie seine Knie unter dem Gewicht des Stammes weicher und weicher wurden. Als er endlich sein Gleichgewicht und das des Baumstamms wiedergefunden hatte, war er bereits schon so entkräftet, daß ihm nichts anderes übrig blieb, als den Stamm schleunigst fallenzulassen und dann erst – zum Spottgeheul der Menge – Anlauf zu nehmen.

In der nächsten Runde warfen Anderson und McCluskey perfekte Zwölfer. Flanagans zweiter Versuch endete genauso katastrophal wie sein erster, schlimmer noch, denn um ein Haar hätte er den Schiedsrichter hinter sich glattweg geköpft. Krebsrot im Gesicht und verdrossen ging er zur Bank zurück. Langsam aber sicher begann sein Blut zu kochen.

»Flanagan, letzter Wurf!« rief der Listenführer ihn auf.

Jahrhunderte irischer Dickköpfigkeit und Empörung durchpulsten Flanagans angeschlagene Kondition. Diesmal benötigte er niemanden, der ihm den Stamm in Wurfposition hob. McCluskey und Anderson sahen sich mit großen Augen an. Schnell bewegte sich Flanagan voran, wie von einer Woge neuer Kraft ergriffen. Da drohte der Stamm nach der Seite umzukippen. Beim Versuch, den Baum im Gleichgewicht zu halten, begann Flanagan wie wild im Zickzack zu laufen. Die Wettkampfkollegen spritzten entsetzt auseinander. Flanagan rannte, das Haupt hoch erhoben, den Blick krampfhaft auf den Baumstamm geheftet, schnurstracks aufs Tanzpodium zu und trieb die Tänzer in panische Flucht. Dann wechselte er die Richtung und schwankte baumschwer auf die Ringer zu, die erschrocken aufschauten, blitzartig voneinander abließen und sich fluchend in Sicherheit brachten.

Flanagan, immer noch um sein und des Baumstammes Gleichgewicht bemüht, spürte, wie ihn die Kräfte verließen. Nicht aufgeben! Nur nicht aufgeben! hallte es in seinem Schädel, und in einem letzten, verzweifelten Anspannen seiner Muskeln schleuderte er den verhaßten Stamm von sich. Es war der dritte Zwölf-Uhr-Wurf des Tages. Das meterlange Holz schoß direkt dem Punktrichterzelt in die Flanke, riß die Plane herunter und enthüllte einen Oberschiedsrichter McPhee, der seelenruhig dastand und seinen Whiskey direkt aus der Flasche trank.

Die Hochlandspiele in Schottland hießen früher ›Familientreffen‹, weil Hochländer, die während des Winters weit voneinander getrennt lebten, einmal im Jahr, im Frühling oder im Sommer, sich für einen Tag zu Sport und geselligem Treiben zusammenfanden. Wenn dann diese Treffen beendet waren, gab es keine eigentlichen Verlierer, und so wurde es auch gehalten, als die 1931er McPhee-Spiele, weit weg von Schottland in einer trockenen, staubigen Senke im Norden von Cedar City, Utah, abgehalten, zu Ende gingen.
Über dreitausend Menschen füllten die großen, schweißdurchschwängerten Erfrischungszelte. Die meisten Leute waren keine Schotten, dennoch sah man im Hauptzelt überall karierte Hintern auf den Bänken, versuchte sich jeder am Dudelsack, und schottische Weisen machten pausenlos die Runde. Jeder, der im Umkreis von dreihundert Meilen um McPhee herum lebte, schien auf unerfindliche Weise in seinem Stammbaum irgendwelche schottischen Vorfahren entdeckt zu haben; und alle hatten von Dachböden und aus Schränken möglichst schottische Trachten hervorgeholt.
»Anerkennung dem, der sie verdient«, sagte der Bürgermeister zu Flanagan und winkte den Barmann zu sich. »Sie ham da n paar feine Jungs mitgebracht, Mister Baumtänzer. Dieser Doc Cole ist ein wahres Wunder – hat auf einen Schlag zehn Flaschn von seim Mittel an mich verkloppt.«
»Danke, Bürgermeister«, sagte Flanagan. »Ja, ich glaube auch, daß meine Jungs sich wacker geschlagen haben. So, und jetzt noch schnell zu den zehntausend Dollar, die wir am Telephon ausgemacht haben. Ich möchte...«
»Für Geschäfte hats doch noch jede Menge Zeit«, unterbrach ihn McPhee. »Hier, nehmse erstmaln schönes schottisches Halbnhalb.«
Flanagan begriff nicht ganz.
»N Halbnhalb, Mann«, wiederholte McPhee, »geht so«, und schenkte eigenhändig Flanagan ein halbes Glas Whiskey ein und winkte dem

Barkeeper, dem Trans-America-Rennleiter ein halbes Bier zu zapfen.

McPhee legte seinen Kopf weit zurück, öffnete den Mund, goß sich seinen eigenen ›halben‹ Whiskey hinter die Binde. Dann hob er sein Glas Bier.

»Und das für hinterher. Das ist genau das Richtiche«, erklärte er, setzte an, machte einen langen Zug, stellte das leere Glas wieder auf den Tresen und schlug Flanagan auf den Rücken. »Los, runter damit, Sportsfreund. Das ist alles echt, direkt aus Schottland. Nix schwarzgebrannt oder gepanscht!«

Flanagan tat, wie ihm geheißen.

»Noch mal das gleiche, Angus«, befahl McPhee. McCluskey, der Sieger im Baumstammwerfen, agierte jetzt als Barmann, sein üblicher Job in der Stadt. »Unser Mister Flanagan will sich nurn bißken aufwärmen.«

»Und unser Geld . . .«, fing Flanagan wieder an.

»Geld?« schnaubte McPhee. »Mein Lieber, das ist doch wohl jetzt nicht die Zeit, über Geld zu reden. Los, runter mit dem Whiskey!«

Auf einer hölzernen Plattform in der Mitte des Zeltes begann gerade ein *Ceilidh*, und eine junge Frau sang ein gälisches Lied. Irgendwo in einer Zeltecke wurden die Finnen Eskola und Maki in die Grundschritte des Säbeltanzes eingewiesen. In einer anderen unternahmen Bouin und Dasriaux ihre ersten, leicht kläglichen Versuche, bescheidene Töne aus einem Dudelsack zu pressen. An der Bar saß Carl Liebnitz in tiefschürfender Diskussion mit einem abgekämpften Lord Peter Thurleigh, während hinter ihnen Agent Ernest Bullard damit beschäftigt war, den Flüssigkeitsverlust des heißen Nachmittags gehörig auszugleichen. Bullard hatte am heutigen Tag und im gestandenen Alter von achtunddreißig Jahren seinen Amateurstatus aufgegeben, fühlte aber absolut kein Bedauern über diesen Verlust. Er war im Halbmeilenhandikap gelaufen, in dem Lord Peter Thurleigh ihm eine Vorgabe von achtundzwanzig Yards eingeräumt hatte. Obwohl er seit fast fünfzehn Jahren läuferisch nicht mehr in Erscheinung getreten war, befand sich Bullard trotzdem in guter Verfassung und hatte als zweiter hinter dem Texaner Kane zwei Minuten und fünf Sekunden auf der Uhr und damit fünfundsiebzig Dollar Zweitsiegerprämie in der Tasche.

Wenige Meter weiter nahm Flanagans Welt immer verschwommenere Züge an, da McPhee sich durch nichts davon abbringen ließ, ihn regelrecht mit ›Halbnhalb‹ abzufüllen. Flanagan, der Baumstammspezialist, hatte bereits sechs halbe Whiskeys und sechs halbe Bier intus, und seine Beine bekamen jene gummiartige Qualität, die den Trans-Americans, wenn auch aus völlig anderen Gründen, nur allzu vertraut war.

Er fing erst an zu begreifen, als McPhee ihn in die Mitte des überfüllten Zeltes gezogen hatte.

»Seht mal«, sagte Hugh und deutete auf die beiden. »Sieht ja ganz so aus, als möchte Flanagan ne Rede halten.«

Und so sollte es auch kommen. Sogar das deutsche Team schaute interessiert hin, als McPhee Flanagan auf das Podium in der Zeltmitte zog.

»Meine Damen und Herrn, verehrte Lords«, krähte der kleine Schotte und schraubte sich das Mikrofon mundgerecht herunter. »Das war heut ein wahrhaft großer Tag für unsere Stadt McPhee, ein großer Tag auch des mannhaftn Sports und des Unternehmergeists. Das Wettkampfkomitee dieser Spiele war entzückt und erfreut über die Anwesenheit von einundzwanzigtausenddreihundertundzwanzig Zuschauern« – Jubel und Applaus im ganzen Zelt – »und über die Einnahmen, weit über vierzigtausend Dollar. Es war unsne Ehre, Mister Flanagans Transamericaläufer in unsrer Mitte begrüßen zu dürfn, Männer, deren Namen uns seit den letzten Wochen mehr als vertraut sind. Uñd wenn ich einen der Athleten besonders erwähnen darf, dann ist das unser Powderhallchampion Hugh McPhail, ein wahrer Sohn unserer altn gälischn Heimat, der entgegn stattlicher Wetterwartungn den Handikapsprint gewonnen hat. Weniger erfolgreich, aber dafür um so akrobatischer war Mister Flanagans Tanz mit dem Baumstamm.«

Jubel und Gelächter brandeten auf.

»Leider werdn die Trans-Americans schon morgn wieder auf ihrem Weg nach Osten sein, aber ich denk doch, daß Sie alle mit mir übereinstimmen, daß ein jeder von ihnen jederzeit wieder herzlich bei uns willkommen ist.«

Wieder Jubel, Beifall und Rufe der Zustimmung.

»Aus diesem Grund scheint es mit angebracht«, fuhr McPhee fort, »daß hier und jetzt Mister Flanagan selbst einige Worte zu Ihnen spricht.«

Flanagan sammelte seine Gedanken, lockerte den Knoten seiner Krawatte und beugte sich zum Mikrofon hinunter.

»Im Namen aller Läufer des Trans-America-Super-Marathons«, begann er, »möchte ich allen Bürgern von McPhee danken für ihre wahrhaft großherzige Gastfreundschaft. Als ich letzte Woche gebeten wurde, meine Männer an Ihren Spielen teilnehmen zu lassen, hatte ich kaum eine Vorstellung davon, was uns da erwartete. Jetzt weiß ich um so genauer, daß das, was Sie hier in McPhee haben, ein großartiges Sportfest ist, das der raffgierige Ungeist moderner Zeiten glücklicherweise verschont hat: ein kleiner Teil Amerikas, der immer Schottland bleibt.«

In seinem Kopf drehte sich plötzlich alles.

»Mann, hörn Sie auf, uns Märchen zu erzähln, Flanagan. Wir wolln ein Lied«, räsonierte eine Stimme aus der Tiefe des Gewühls.

»Ein Lied, äh, ach so, ein Lied.« Flanagan kramte in den vernebelten Windungen seines Hirns. Sogar jetzt konnte er sich noch an Lieder erinnern, nur war davon keines für ein öffentliches Publikum geeignet. »Ein Lied«, sagte er noch einmal. Dann plötzlich hatte er die Idee.

»Ich hab das große Vergnügen, unseren heutigen Star ans Mikrofon bitten zu dürfen, unseren Powderhallchampion Hugh McPhail. Er wird für uns eine schottische Ballade singen«, platzte er heraus.

Hughs Name wurde sofort begeistert aufgenommen, und bevor er noch recht begriff, wie ihm geschah, wurde der Held des Tages mit Schieben und Stoßen nach vorn zum Mikrofon gedrängt.

Hugh stand auf der Bühne, und Stille breitete sich im Zelt aus. Der Schotte errötete wieder. Man wartete auf ihn. Er räusperte sich unsicher. Nur ein Lied schien hier passend.


Scots, wha has wi' Wallace bled
Scots, wham Bruce has aften led,
Welcome to your gory bed,
or to victoria.


Now's the day, and now's the hour:
See the front o' battle lour!
See approach proud Edward's power –
Chains and slaverie!


Wha will be a traitor knave?
Wha can fill a coward's grave?
Wha sae base as be a slave?
Let him turn and flee!

Nicht ein Ton war im Zelt zu hören, nicht einmal das helle Klingen eines Glases. Hugh schwang sich zur letzten Strophe auf, seine Stimme wurde kräftiger, da überall im Zelt Landsleute mitsangen.

Lay the proud usurpers low!
Tyrants fall in every foe!
Liberty's in every blow.
Let us do or die!

Als Hugh geendet hatte, brach aus Schottenkehlen, aus Möchtegernschotten und aus waschechten Amerikanerhälsen ein wahrer Jubelsturm los.

»Herrliche Stimme, herrliche Stimme«, schwelgte McPhee und zerrte Flanagan an die bereits dicht umlagerte Bar. »Das gleiche, Angus«, forderte der Bürgermeister von Flanagans riesenhaftem Peiniger vom Nachmittag. Der Trans-America-Rennleiter wollte abwehren, aber McPhee übersah den schwächlichen Versuch.

»Flanagan«, sagte er und musterte ihn von oben bis unten. »Ich halt Sie fürn guten Zocker. Hab ich nicht recht?«

Der Bürgermeister kippte eine beachtliche Menge Whiskey in seinen Hals und schob sein leeres Glas mit einem Nicken zu Angus hinüber. Flanagan gab keine Antwort, und McPhee fuhr fort: »Ich halt Sie fürn Gentleman, der seine Chance zu nutzn weiß. Wissn Sie, was ich mein?« McPhee öffnete seine silberbeschlagene Ledertasche und entnahm ihr ein dickes Bündel Banknoten.

»Hier sind Ihre zehntausend Dollar, Flanagan«, sagte er und packte den Stapel auf den nassen Tresen. »Sie gehörn Ihnen. Sie habn sich den Zaster wirklich sauer verdient.«

Flanagans Bargeldreflexe waren noch immer intakt; schnell legte er seine Hand auf das Geld, doch McPhee knallte seine Rechte auf Flanagans Finger.

»Na, was haltn Sie vonem Spielchen, alter Sportsfreund?« fragte er.

»Nurn kleines Spielchen? Doppelt oder nix?«

Willard Clay war inzwischen zu Flanagan an den Tresen gekommen und sah seinen Chef besorgt an. »Achtung, Boß«, zischte er und zupfte Flanagan am Ärmel.

Flanagan schüttelte ihn ab. »Wie – doppelt oder nichts?« fragte er. »Wie meinen Sie das?«

»Ich mein sone kleine Extrawette. Nix für Sie, wenn Sie verliern, zwanzigtausend Dollar auf die Hand, wenn Sie gewinn.«

»Ne Extrawette?« fragte Flanagan zurück. »Um was zum Teufel sollen wir denn wetten? Die Spiele sind doch vorbei.«

»Die Spiele sind erst dann vorbei, wenn ichs sage«, antwortete McPhee mit Nachdruck. »Also, was ist?«

»Worum gehts?« fragte Flanagan.

»Tauziehn«, antwortete McPhee.

»Tauziehn?« wiederholte Flanagan wutentbrannt. »Meine Jungs sind Läufer, aber doch keine gottverdammten Strippenzieher oder so was.«

»Tauziehn«, wiederholte der Bürgermeister geduldig. »Der beste von drei Versuchen gilt. Gegen ne Mädchenmannschaft.«

»Mädchen?« fragte Flanagan.

»Na Göööorn oder Ladies, wie Sie wolln«, erklärte McPhee. »Ne Mannschaft junger, wackrer Maidn aus Powder Valley gegen Ihre strammen Burschn.«

Flanagans Gehirn, obwohl schon tief in Whiskey getaucht, signalisierte Gefahr, obwohl er nicht recht wußte, warum. Er versuchte, sein Geld vom Tresen zu ziehen, doch der Bürgermeister preßte seine Hand fest auf Flanagans Rechte.

»Doppelt oder nix«, wiederholte er. »Und egal, ob Sie gewinn oder verliern, wir redn einfach nicht mehr über die Reparaturkosten fürs Schiedsrichterzelt, das Sie ramponiert habn. Na, was mein Sie?«

»Boß, kann ich Sie maln Moment sprechen?« unterbrach Willard das Gespräch.

»Angus«, sagte McPhee, der nun seinerseits Gefahr witterte. »Gib unserm Mister Rennstammleiterassistentenbaum hiern Drink, ja?« Der baumstarke Barkeeper wandte sich sofort Willard zu und schob ihm quer über den Tresen ein goldgelbes Glas mit einer besonders großen Blume zu.

»Doppelt oder nichts, meinten Sie?« fragte Flanagan langsam.

»Das ist die Wette«, bestätigte McPhee. »Der beste von drei ordnungsgemäßen Versuchen zählt.«

»Wann?« wollte Flanagan wissen.

»Jetzt«, sagte McPhee und sah ins Dunkel hinaus. »Wir stelln n paar Autos auf, die könn uns mit ihrn Scheinwerfern Licht gebn.« Zum ersten Mal nahm er seine Rechte von Flanagans Hand herunter und hielt sie ihm entgegen.

»Na?«

Flanagan zögerte einen Moment, dann ergriff er die Hand des Bürgermeisters. »Gut, abgemacht«, sagte er.

Willard stöhnte auf und vertiefte sich in sein Glas.

Behend bahnte sich McPhee einen Weg zum Mikrofon in der Zeltmitte und unterbrach den gälischen Singsang eines älteren Schotten.

»Meine Damen und Herrn«, brüllte er. »Bitte Ruhe fürne besondre Durchsage. Das Komitee freut sich, einen letztn Wettkampf ansagn zu könn. Mister Flanagans Transamericamannschaft hat sich entschlossen, die Damen aus Powder Valley zu einem dreifachen Tauziehen herauszufordern.«

Allgemeine Aufregung war die Folge. McPhee erbat sich lautstark Ruhe.

»Der Wettkampf findet inner halbn Stunde statt, direkt hier vor dem Erfrischungszelt. Alle Wageninhaber, die bereit sind, mit ihrn Scheinwerfern für genügd Beleuchtung zu sorgn, möchtn sich umgehend bei mir meldn. Ich wiederhole: Wettkampfbeginn ist inner halbn Stunde.«

Das Zelt leerte sich schnell. Es dauerte nur wenige Minuten, und schon waren mindestens zwanzig Wetten abgeschlossen. Flanagan war höchst überrascht, als er die Höhe der Quoten hörte.

»Was? Fünf zu eins gegen meine Jungs?« japste er. »Gegen Weiber?«

»Du hast diese ›Weiber‹ bloß noch nicht gesehn, Chef«, sagte Willard. »Das sind trainierte Kraftpakete.« Willard wußte, wovon er sprach. Er hatte gesehen, wie die Damen aus Powder Valley an diesem Morgen jede Männermannschaft auseinandergenommen hatten. Die ›Damen‹ nämlich waren stämmige Pionierfrauen, mit denen Flanagan bislang allerdings noch keine Erfahrungen hatte sammeln können. Ihre ›Schlußfrau‹ und Anker, Martha mit Namen, war denn auch weniger eine Hausfrau als vielmehr eine echte Sehenswürdigkeit. Martha versammelte schon bald ihre Zöglinge in einer Ecke des Zeltes, um sich mit ihnen taktisch auf die bevorstehende Auseinandersetzung vorzubereiten.

Flanagans Schädel wurde langsam wieder klar. Man hatte ihn geleimt, kein Zweifel. »Doc und Morgan müssen her«, quäkte er wütend Willard entgegen. »Wir müssen uns was einfallen lassen.«

Willard spurte pflichtschuldigst durch den gärenden Menschenauflauf und kam mit den beiden Männern zurück.

Doc war nicht gerade optimistisch. »Diesmal sind Sie angeschmiert, Flanagan«, sagte er. »Diese weiblichen Breitseiten donnern im Durchschnitt gute hundertsechzig Pfund auf die Waage. Wir müssn

schon viel Glück habn, wenn wir da bis auf zehn Pfund rankommen.«
Er schüttelte den Kopf und sah zu der Powder-Valley-Mannschaft
hinüber. »Die ersten Frauen, bei denen ich mir wien echter Mickerling
vorkomm.«

»Aber es muß dochne Möglichkeit geben«, drängte Flanagan verzweifelt.

Doc strich sich übers stopplige Kinn. »Es gibt immer irgendne
Möglichkeit«, sagte er. »Aber erst mal schaun, was wir haben.
Morgan hinten als Anker, McPhail, Bouin, Thurleigh, Eskola, Casey.
Die sehen mir nach den stärksten, schwersten Jungs aus. Das ist zwar
alles andre alsne Mannschaft, aber manchmal ist das immer noch
besser als gar nichts.«

Flanagan nickte Willard zu, der sofort losstürmte, um den betreffenden
Trans-Americans Bescheid zu sagen. »Ich hoff ja nur, daß unsre
Jungs sich nicht ganz soviel hinter die Binde gekippt haben wie Sie,
Flanagan«, sagte Doc. »Oder wir verliern eben.«

»Wolln mal hoffen, daß die Mädels auch nicht gerade Abstinenzlerinnen
sind«, schränkte Morgan ein und schmollte.

Das Trans-America-Tauzieh-Team hatte sich schnell um Doc und
Flanagan versammelt. Geduckt verharrten sie in einem engen
Kreis.

»Zweihundert Kulier pro Nase, wenn wir gewinnen«, zischte Flanagan.

»Ich habs nicht richtig verstanden, Flanagan, wieviel waren das?«
sagte Doc.

»Dreihundert«, bot Flanagan.

»Wie!? Was? Heut bin ich aber wirklich taub«, entschuldigte sich Doc
und legte seine rechte Hand ans Ohr.

»Ich mach mich ja hier wirklich zum Affen«, zeterte Flanagan. »Na
meinetwegen, fünfhundert. Und sperren Sie Ihre Lauscher auf, Doc.
Es ist mein letztes Angebot.«

Doc sah sich im Kreis seiner Kameraden um. Sie nickten. Man war
sich einig.

»Sie haben n Geschäft abgeschlossen«, sagte er. »Also bleibt uns
nichts andres übrig, alsn Plan zu machen.«

Doc flüsterte etwa fünf Minuten auf das Team ein. Dann standen alle
auf, und Doc wandte sich Flanagan zu.

»Wir sind bereit. Bereiter gehts nicht«, meldete er.

»Na, und wie sieht Ihr hervorragender Plan aus?« fragte Flanagan,
erwartungsvoll seine Rechte auf Docs linker Schulter.

»Alles, was uns hilft, sind Ausdauer und Wettbewerbsfähigkeit«, erklärte Doc. »Also, wir graben uns fest mit den Füßen in den Boden und legen uns gleich vom Beginn an mächtig ins Seil. Solln sich diese Ladies doch ihre Hände und Herzen aus dem Leib zerrn. Wir ziehn das Ganze so lang hinaus, wie wir können. Solln sie ruhig den ersten Durchgang gewinnen. Aber dann sind sie k. o. Wir gönnen ihnen keine Verschnaufpause zwischen den Durchgängen und gehen gleich mit Hauruck in den zweiten rein. Wenn wir den gewinnen, sind wir noch im Spiel.«

»Und danach?« sagte Flanagan.

»Na, dann kommt der dritte Durchgang, und da werd ich dann mein Zaubermützchen aufsetzn«, sagte Doc. »Aber rührn Sie um Himmels willen kein Tropfn mehr an, Flanagan. In der nächstn halbn Stunde brauchen Sien klaren Kopp.«

Er wandte sich Willard zu.

»Besorgn Sie uns Schuhe mit Spikes«, sagte er. »Das macht schon mal die halbe Miete.«

Zwanzig Minuten später war alles bereit. Fünfzig Autos tauchten die tintenschwarze Dunkelheit vor dem Zelt in gleißendes Licht. Hinter den Wagen standen dicht gedrängt mindestens tausend Zuschauer, die in dieser warmen, käfersummenden Nacht in Utah noch immer Wetten gegeneinander abschlossen. McPhee und Flanagan waren übereingekommen, daß McPhee senior als Oberschiedsrichter fungieren sollte; Liebnitz und Bullard waren als ›Revisionsschiedsrichter‹ eingesetzt.

»Sind Sie bereit, meine Damen und Herren?« fragte McPhee senior gestelzt und knüpfte ein rotes Band genau um die Mitte des Kampfseiles. Dann legte er den dicken Hanfstrick behutsam auf den Boden.

»Seil auf!«

Beide Mannschaften umgriffen das Seil und stemmten sich, leicht zurückgelehnt, in das Erdreich; das stämmige Powder-Valley-Team in bunten Blusen, wollenen Strumpfhosen und schwarzen Lederstiefeln mit dicken Absätzen, die Trans-Americans in ihren Trikots, Turnhosen und Rennschuhen. Martha und ihr Antipode Mike Morgan schlangen sich das Tau um ihre Taillen und hielten so ihre Ankerstellung; dann nickte Morgan Doc zu. Sie waren bereit.

»Und straffen!« rief McPhee. Er wartete, bis das rote Band direkt über der Mittellinie hing. Stille überall, darüber nur das irre Sirren der Insekten.

»Los!«

Die kräftigen Damen aus Powder Valley legten sich tatsächlich wie wild ins Zeug, und binnen Sekunden hatten die Trans-Americans schon sechs Inches vergeben. Aber sie hielten fest, stemmten sich nach hinten, rammten ihre Nagelschuhe tief in den Boden. Dann zogen sie etwas stärker an und nutzten die Kuhlen, die sie sich anfangs herausgestemmt hatten, als Widerlager für ihre Füße. Sie hatten sich fast waagerecht zurückgelegt, als die Powder-Valley-Damen ihre Füße hochnahmen und immer wieder neu aufsetzten, um die Trans-Americans aus dem Gleichgewicht zu bringen. Doch die Männer hielten gut durch und benutzten mehr das Körpergewicht als ihre Muskeln, um ihre Position beizubehalten. Das Ziehen dauerte etwa fünf Minuten, und der Schweiß strömte auf beiden Seiten, als die keuchenden Frauen langsam aber stetig die Männer über die Linie zogen. Dann war es vorbei – der erste Durchgang war an die Mädchen von Powder Valley gegangen, die wie gestrandete Wale auf das grobe, struppige Gras klatschten.

Doc wollte den Vorteil blitzschnell ausnutzen. »Los, hoch mit dem Seil«, zischte er. »Jetzt sind wir dran.«

Das Seil war schnell wieder in Ausgangsstellung, und diesmal zogen Flanagans Trans-Americans von der ersten Sekunde an wie besessen. Ihre Gegnerinnen, die keine Zeit gefunden hatten, zu Atem zu kommen und den gewohnten Rhythmus zu finden, strauchelten und schlidderten haltlos über das trockene Gras, während Doc seine Leute mit rhythmischen Rufen antrieb.

»Zieht, verdammt noch mal, zieht doch, ihr Säcke!« wütete er. Das rote Band war bald auf Trans-America-Territorium, und die zweite Runde ging an Flanagans Riege. Damit stand es unentschieden, und alles hing vom letzten Durchgang ab.

McPhee begriff sehr flink, was geschehen war und sah schon seine zwanzigtausend Dollars in Flanagans Tresor verschwinden.

Aus seiner Ledertasche nahm er schnell eine große Taschenuhr. »Zehn Minutn Pause bis zum drittn Durchgang«, rief er in den allgemeinen Lärm hinein. »Ist ja schließlich nur recht und billich«, erklärte er Flanagan. »Sind ja schließlich nur Määädls.«

Flanagan, fast wieder nüchtern, schüttelte ergeben den Kopf. Der Bürgermeister hatte ihn schwer ausgetrickst. Mit grimmiger Miene stapfte er zum Team der Mädchen hinüber, und wenig später konnte man ihn in angeregter, freundlicher Unterhaltung mit der stämmigen Martha sehen. Flanagan nickte ihr beim Abschied ernst und gewichtig zu, ging dann zu seinen Trans-Americans zurück und baute sich, die Hände in die Hüften gestemmt, vor Doc auf.

»Na«, sagte er. »Und was fürn Meisterplan haben Sie diesmal ausgeknobelt?«

»Meisterplan?« wiederholte Doc. »Gottverdammich, Flanagan. Schaun Sie sich doch bloß mal unsre Jungs an.« Er zeigte auf die Trans-Americans, die bäuchlings neben dem Tau im Gras lagen. »N kleines Gebet könnt vielleicht was nützen.« Er lächelte. »Nur ein Plan jetzt. Keine Tricks. Ziehn einfach an dem Seil da, bis wir umfalln.«

Das Seil war für den dritten und letzten Durchgang bereit, und wieder sank erwartungsvolle Stille auf die Menge. Die Powder-Valley-Damenmannschaft hatte sich mittlerweile wieder erholt, und ihre freundlichen runden Gesichter verkrampften sich zu grimmiger Entschlossenheit.

»Zieht«, schrie McPhee.

Ein verbissener Kampf begann, ein Ziehen und Zerren, ein Hin und Her, rhythmisch begleitet vom ohrenbetäubenden Lärm der Zuschauer. Bürgermeister McPhee hatte nun auch den letzten Rest mühsam bewahrter Unparteilichkeit fallengelassen und hüpfte anfeuernd auf der Powder-Valley-Seite herum wie der Kobold auf dem Kohlenbecken. Nach neun Minuten waren die Trans-Americans jedoch am Ende ihrer Kraft. Hugh spürte, wie seine Knie immer weicher wurden. Mikes Oberkörper hatte sich völlig verkrampft. Lord Peters Augen waren schon glasig geworden. Er fühlte, wie sich sein Griff zu lockern begann, als Bouin, Casey und Eskola vor ihm ins Rutschen kamen. Langsam, ganz langsam geriet das rote Band auf das Gebiet der Gegenseite. Doc hörte auf zu brüllen und wandte sich ab, wagte nicht, die Niederlage mit eigenen Augen zu sehen.

Doch dann ein dumpfes Geräusch, als Martha, der gewaltige Powder-Valley-Damen-Anker, mit dumpfen Aufprall zu Boden schurrte und ihr Team aus dem Gleichgewicht brachte.

Die Menge keuchte überrascht.

Doc hörte dieses Staunen, drehte sich schnell um und erkannte die Chance. »Zieht!« bellte er heiser. »Zieht, ihr Säcke, zieht!« Dixie und Kate kamen herbeigerannt und feuerten ihn an; Tränen standen in ihren Augen.

Die Trans-Americans, die den Seilzug etwas schwächer werden fühlten, gruben ihre Fersen noch einmal tief in den Boden und holten von irgendwoher schon längst erschöpft geglaubte Kraftreserven.

Wogender Lärm, so groß wie ein Ozean, umbrandete ihre schweißgebadeten Körper, als sie sich wie besessen ins Seil legten. Nichts und niemand konnte sich jetzt noch gegen sie stemmen; ein neuer Rhythmus, ein neues Feuer erwachte in ihnen, und in weniger als einer Minute hatten sie ihre Gegnerinnen – Martha als letzte – zu sich herübergezerrt. Sie hatten gewonnen!

Trans-Americans sprangen hinter den Autos hervor, mitten durch das Getöse der Menge, um ihre Kameraden zu beglückwünschen, die zusammengesunken im Gras hockten und vor Erschöpfung schluchzten. Doc sah zu Flanagan hoch und schüttelte den Kopf.

»Sie haben sie fertiggemacht, stimmts?« fragte er und nickte hinüber zu der schwer atmenden Martha im Gras, deren mächtiger Busen auf und ab wogte.

»Wenn man so will, ja«, antwortete Flanagan und rückte seine Krawatte zurecht.

»Was Sie Mädels so alles geben könn, kann ich mir schon denken«, grummelte Doc und half Flanagan, Martha auf die Beine zu stellen.

»Na, und was haben Sie ihr versprochen?«

»Och, ne ganze Kleinigkeit«, flüsterte Flanagan und wandte sich von Martha ab. »Ich hab ihr bloßn Angebot gemacht, das sie nicht ablehnen wollte.«

»Du meine Güte«, sagte Doc, »und was, bitte schön?«

»Daß Sie Martha heiraten, wenn wir gewinnen.«

# 13

## Im Augenblick der Wahrheit

Zweihundert Meilen jenseits von McPhee und seinen Überraschungsspielen hatte der Trans-America-Super-Marathon im täglichen Routineeinerlei von Vierzig- bis Fünfzigmeilenetappen, die für gewöhnlich in Morgen- und Nachmittagabschnitte eingeteilt waren, wieder festen Tritt gefaßt. Colorado war das nächste Ziel. Müller und Stock hatten bereits den Vorsprung aufgeholt, den Doc und seine Gruppe in Las Vegas erschlaumeiert hatten, und führten nun wieder das Feld an, wenn auch nur ganz knapp. Andere Läufer, wie etwa Williams' All-Americans-Vierergruppe, dann auch Capaldi, der Australier, ›Digger‹ Mullins und der Japaner Son, hatten sich bei jeder Etappe unter den ersten zehn plazieren können und gehörten mittlerweile zu den zwanzig ersten in der Gesamtwertung.

Die Hochlandspiele von McPhee hatten den ständig unter Storydruck stehenden Journalisten reichlich Stoff geliefert, was zur Folge hatte, daß das Trans-America nun auch zum ersten Mal in den Kolumnen der Wochenzeitungen auftauchte. Doch die Wirkung des Artikels von Carl Liebnitz traf den Trans-America-Rennleiter erst volle zwei Tage nach der Veröffentlichung, als ihn nämlich Flanagans medizinischer Berater Dr. Maurice Falconer in die Hände bekam.

Zu dieser Zeit befand sich der Trans-America-Tausendfüßler kurz vor der Grenze zwischen Utah und Colorado, in der Nähe des Green River, und hatte schon vierzig Meilen steiler Berge bei Richfield und Salina überquert. Der Artikel lautete:

»*Man wird von denen sprechen, die sterben werden.*« *Diesen Satz prägte Dr. Myron Bernstein, Professor der Physiologie an der Stanford-Universität, der damit Berichte über C. C. Flanagans Trans-America-Rennen kommentierte, das zur Zeit der Utah-Colorado-Grenze entgegenschwitzt.*
*Dr. Bernsteins Prophezeiung bezieht sich auf die enormen täglichen Kalorienbedürfnisse der Flanaganschen Hühneraugenderbyläufer. Der Stanford-Physiologe schätzt, daß das Laufen selbst pro Tag an die*

5000 Kalorien fordert, und fügte diesen noch 1000 bis 2000 Kalorien pro Tag für normale elementare Körperfunktionen hinzu. Professor Bernstein sieht jedoch keine Möglichkeit, wie die Läufer diese 6000 bis 7000 Kalorien pro Tag aufnehmen können, um die Kannibalisierung ihrer eigenen Körper zu verhindern. »Diese Männer da draußen auf der Strecke«, so sagt er, »fressen sich buchstäblich selbst auf. Erst verbrennen sie sämtliches verfügbare Körperfett, dann fangen sie an, ihre Muskelsubstanz aufzuzehren. Mister Flanagans Langlaufspezialisten haben somit nur ein einziges, wirklich erreichbares Ziel – das Krankenhaus.«

Laut Professor Bernstein verfügen die Trans-Americans zwar über genügend überschüssiges Fett und reichliche Muskelsubstanz, doch stellte er sehr deutlich klar: »Diese Männer sind durchtrainierte Langstreckenläufer. Sie wiegen 10 – 15% unter Normalgewicht. Das heißt: Sie verfügen nur über 5% Fett, während wir normalen Sterblichen im Schnitt 20% mit uns herumtragen. Zusätzlich ist noch zu bedenken, daß die heutigen Zeiten nicht gerade üppig sind, der Fettgehalt dieser Männer also möglicherweise schon unterhalb dieser 5% liegt – was praktisch die Katastrophe vorprogrammiert.«

Als ich all dies dem Organisator des Rennens, Mr. C. C. Flanagan, vortrug, wurde mir geantwortet: »Wissenschaftler haben behauptet, die Biene könnte nicht fliegen – aber sie tuts trotzdem. Sie haben gesagt, kein Mensch könnte jemals eine Meile unter 4:10 laufen, aber es ist gemacht worden. Und bedenken Sie meine Worte: Eines Tages wird ein College-boy den Wissenschaftlern eine lange Nase machen und sie in weniger als vier Minuten laufen. Wir reden schließlich von Menschen, nicht von Maschinen.«

Womit wir wieder einmal den klassischen Fall des Gegensatzes zwischen dem Experten und dem Träumer haben, wobei als ›Träumer‹ in unserem Fall jene rund tausend Männer und eine Frau zu gelten haben, die sich gegenwärtig jenseits von Las Vegas ostwärts durch die Wüste mühen. Wie Mr. Flanagan sagt: Menschen sind keine Maschinen, denn es steckt ein Geist in diesen Maschinen, der jede wissenschaftliche Diskussion um Kalorienbedarf und -verbrauch in einen Witz verwandelt, der nicht einmal das Papier wert ist, auf dem jene Experten oder ich (was meine Wenigkeit betrifft) als Autor dieser Zeilen schreiben.

Dr. Maurice Falconer nahm als erster hierzu Stellung. Liebnitz' Artikel wild um sich schwingend, stürmte er Flanagans Trans-America-Rennleitungswohnwagen.

»Was zum Teufel soll denn das nun wieder bedeuten, Flanagan?«
schrie er wütend. »Wer, verdammt noch mal, ist hier der verantwort-
liche Arzt, Sie oder ich?«

Flanagan entkorkte seelenruhig eine Flasche Whiskey mit den Zähnen, goß ein riesenhaftes Glas halb voll und schob es über den
Schreibtisch zu Falconer hinüber.

»Erst mal ordentlich durchatmen, Maurice«, sagte er dann und ließ
sich tief in seinen Sessel sinken.

Dr. Falconer legte mürrisch die Stirn in Falten, schnappte sich das
Glas vom Schreibtisch und leerte es auf einen Sitz. Flanagan schenkte
nach, sich ebenso, und verkorkte die Flasche sorgfältig.

»Also, was haben Sie auf dem Herzen, Maurice?«

Dr. Falconer trank erst noch einen Schluck und setzte sich entspannt
zurück, sichtlich besserer Verfassung.

»Haben Sie den Artikel gesehen?« fragte er und legte ihn demonstra-
tiv links auf den Schreibtisch.

»Na logisch.«

»Warum haben Sie Liebnitz nicht zu mir geschickt, wenn er was
Medizinisches wissen will?« hakte Dr. Falconer nach.

Flanagan schaute quer durch den Caravan zu Willard Clay hinüber.

»Willard, wann ist Carl Liebnitz mit Bernsteins Statement zu mir
gekommen?«

»Schon am ersten Tag, noch in Flanagansville, gerade als die erste
Teiletappe zu Ende war«, erwiderte Willard.

»Und wo war unser Doktor Falconer zu dieser Zeit?«

»Im Sanitätszelt, die Lahmen, Siechen und Verletzten betreuen.«

»Also, Doktor, was hätte ich machen sollen?« fragte Flanagan und
hob beide Arme. »Nicht mal der Weltuntergang hätte Sie in Ihrer
Arbeit unterbrechen können, oder?«

»Nein, nein«, gab Dr. Falconer zerknirscht zu.

»Aber jetzt mal ehrlich«, sagte Flanagan. »Hat dieser Bernstein nun
eigentlich recht oder nicht?«

Falconer nahm noch einen Schluck. »Rein theoretisch ja«, antwortete er. »Unsere Läufer verbrennen pro Tag rund siebentausend
Kalorien. Das heißt, sie benötigen genau diesen Betrag, um wenigstens ihr Körpergewicht zu halten.«

»Und praktisch?« drängte Flanagan.

»Praktisch, praktisch. Was weiß ich denn? Lauf ich vielleicht?«
schimpfte Dr. Falconer, wischte sich mit einem Taschentuch übers
Kinn und schob seine weiße Mähne aus der Stirn.

»Vor Jahrzehnten galoppierte Payson Weston quer durch die USA, und von der Statur her war er nur um weniges größer als ein Gartenzwerg. Okay, okay! Hat meinetwegen was an Gewicht verloren, aber umgebracht hats ihn deshalb noch lange nicht. Theoretisch hätte er sich mitten in den Rockies in Luft auflösen müssen. Hat er aber nicht, ist, als er wieder unten war, wacker weitergelaufen und hat sogar nochnen Schatten geworfen.«

»Und wie siehts mit der physischen Verfassung unserer Leute aus?« fragte Flanagan.

Dr. Falconer zuckte die Achseln. »Gut ein Viertel hätte sich überhaupt nicht in die Tausendmeilengegend dieses Langstreckenrennens vorwagen dürfen«, erwiderte er. »Sogar die Robustesten unter ihnen hätten das im Grund nie schaffen können, bedenken Sie, Flanagan, nach zwei Jahren Stempelngehen... Naja, die meisten dieser, ich nenne sie ›Sportdesperados‹ sind ja nun sowieso aus dem Rennen. Ein weiteres Viertel besteht aus ziemlich kräftigen Kerlen, nicht gerade aus Athleten, möchte ich mal sagen, und in besseren Zeiten könnten sie es womöglich auch schaffen, aber unter den heutigen Umständen dürfte eigentlich nur eine Handvoll bis nach Nebraska kommen. Das dritte Viertel stellen die sogenannten Leichtlaufathleten, die gut für die normale Langstrecke sind, oder Leute, die aus anderen Sportdisziplinen kommen und sich speziell für den Trans-America-Super-Marathon in Form gebracht haben. Von denen werden es einige schaffen.«

Falconer schloß für einen Moment die Augen und fuhr dann fort: »Die letzten fünfundzwanzig Prozent, mit Männern wie Cole oder Eskola, sind zwar erstklassige Langstreckenathleten, aber sogar für solche Laufmaschinen ist das Trans-America-Rennen ein Glücksspiel: Kein Mensch seit Weston hat jemals Tag für Tag solche Entfernungen zurückgelegt, und was der Kerl damals, um 1910, alleine vor sich hin gelaufen ist, war schließlich auch kein Rennen.«

»Also, was glauben Sie, wieviel von unseren Jungs schaffen es bis New York, Maurice?« wollte Flanagan wissen.

Dr. Falconer zog die Nase kraus.

»Ich schätze so zwischen vier- und fünfhundert«, antwortete er. »Aber vergessen Sie dabei bitte nicht, daß sich hier nicht Maschinen, sondern Menschen bewegen, für die es dabei immerhin um dreihundertsechzigtausend Dollar geht, für viele sogar um Leben und Tod. Es gibt also noch genügend Unbekannte in unserer Gleichung, die einem eine eindeutige Ergebnisvoraussage recht schwer machen.«

»Heißt das, dieser neunmalkluge Doktor Bernstein macht nur heißen Wind, oder was?« polterte Flanagan.

»Schon möglich, aber trotzdem müssen wir für mehr Kalorien sorgen. Meiner Meinung nach wäre Milch die einzige Antwort auf dieses Problem; ist im Grunde genommen eine richtige Mahlzeit und hat außerdem noch jede Menge Kalorien. Was wir also brauchen, ist täglich frische, kühle Milch.«

Flanagan sah zu Willard. Willard nickte.

Dr. Falconer knöpfte den obersten Kragenknopf auf und seufzte. »Bernstein ist zwar Ernährungsspezialist, aber eben ein Fachidiot. Die wirklichen Probleme für diese Männer liegen in drei Bereichen. Der erste Problembereich ist die Belastbarkeit, also die Fähigkeit ihrer Muskeln und Sehnen, die tägliche Fußelei verschleißfrei zu schaffen. Eine Reaktion auf diese Rennerei kann also durchaus eher von ein paar Millimetern Achillessehne ausgehen als von möglicherweise unterfunktionierender Körperchemie.«

Der Arzt ergriff sein Glas. »Habt ihr hier Eis?« fragte er und fuhr in seinem Vortrag fort. »Der zweite Problembereich sind die verschiedenen Körpersysteme. Damit meine ich die allgemeine Gesundheit, so etwas wie Magenschmerzen, Infektionen der Atemwege, naja, eben die ganz banalen Wehwehchen, die sich jeder tagtäglich einfangen kann, ohne besonders darauf zu achten.«

Flanagan nickte.

»Schwierig wird es nur, weil der Sportler einen quicklebendigen Widerspruch in sich darstellt, da er einerseits zäh und ausdauernd, andererseits aber eine Riesenmimose ist. Gewiß, er kann stundenlang Schmerzen und Beschwerden ertragen, die einen untrainierten Menschen womöglich schon nach fünf Minuten auf die Pritsche hauen. Aber die andere Seite der Medaille ist die, daß triviale Unpäßlichkeiten, die der Herr Normalbürger locker abschüttelt, für einen hochgezüchteten Athleten zur Katastrophe werden können. Was für den Fußgänger ein Maulwurfshügel ist, stellt sich ihm als ein Dreitausender dar. Worauf es also ankommt: die allgemeine optimale Gesundheit des Läufers.«

»Und der dritte?« fragte Flanagan.

»Der dritte Problembereich ist die Psyche.« Dr. Falconer tippte sich an die Stirn. »Da drin werden die täglichen Schlachten gewonnen und verloren. Die Chinesen haben einen Spruch. Er lautet: ›Das Bild des Tigers ist außen, das Bild des Menschen ist drinnen.‹ Das Bild, das sich der Läufer vom Trans-America macht, ist also in seinem Innern.

Und diese – immer individuelle – Vorstellung kennen wir bis jetzt nur teilweise.«

»Was sollen wir denn nun mit diesem Bernstein machen?«

»Gar nichts«, riet Dr. Falconer, erhob sich und stellte sein leeres Glas auf den Schreibtisch. »Carl Liebnitz hat seine Story abgesondert und sucht sich sicher bald schon was anderes für seine Feder. Journalisten sind nun mal schreibende Kurzstreckenexperten, keine Marathonläufer. Wenn unser Freund Bernstein tatsächlich Interesse am Kalorienbedarf unserer Läufer hätte, dann wäre er wie der Blitz mit einem ganzen Team hierher geschossen. Zum Donnerwetter! Dieses Rennen hier ist für Leute wie den doch wirklich eine laufende Doktorarbeit. Nein, nein, ich glaube nicht, daß wir noch sehr viel von Professor Doktor Bernstein zu hören und zu lesen kriegen.«

Dr. Falconer öffnete die Wohnwagentür und wollte gehen.

»Tut mir leid, daß ich Sie so genervt hab, Charles«, sagte er und drehte sich um. »Aber es war nicht leicht heute.«

»Alles klar, Maurice«, sagte Flanagan. »Legen Sie sich flach und schlafen sie sich aus.«

Flanagan schenkte sich einen Doppelstöckigen ein und füllte auch Willards Glas. Nachdenklich schüttelte er den Kopf. »Sag mal, wieviel Kisten Feuerwasser gurgeln wir eigentlich so pro Woche durch?« fragte er. Willard wußte um die Rhetorik dieser Frage und schwieg. »Uff«, machte Flanagan, »so sauer hab ich Maurice ja noch nie erlebt.«

»Trotzdem, was er sagt hat Hand und Fuß«, meinte Willard und leerte sein Glas. »So wie Bernstein das dargelegt hat, hätten die meisten unsrer Jungs in den Straßenlöchern von Cedar City auf Nimmerwiedersehn versinken müssen.«

»Also halten wir uns an Maurices Rat und sorgen dafür, daß jeder pro Tag seine zwei halben Liter Milch in den Bauch kriegt«, sagte Flanagan. »Soviel Kühe werden die doch wohl in Utah haben, oder?«

Willard notierte sich die Angaben. »Und noch etwas«, sagte Flanagan. »Schick Maurice einen Karton Whiskey rüber in sein Zelt. Er ist ein guter Medizinmann. Unsre Tinktur wird er bestimmt zu schätzen wissen.«

In jedem Rennen, über welche Distanz es auch gehen mag, gibt es einen Augenblick der Wahrheit; dann nämlich, wenn man seinen Willen dem Feld der anderen Läufer aufdrückt, ihm seine Autorität aufzwingt oder wenn man plötzlich Kräfte und Mächte in sich spürt, von denen noch nie etwas erahnt wurde. Für Hugh gestalteten sich die letzten zwanzig Meilen bis Grand Junction zu ebendiesem Augenblick. Es war ein irrer Wimpernschlag, fast drei Stunden lang, zumeist unter der erbarmungslosen Sonne von Utah. Es war ein Kampf, nicht gegen irgendwelche Konkurrenten; dennoch sollte er den Ausgang des Trans-America-Super-Marathons bestimmen.

Wie üblich, hatte sich wieder ein Deutscher an die Spitze gesetzt, der untersetzte, sonnengebräunte Woellke, dessen Anfangstempo zwar unter Müllers erstklassigem Siebenmeilenprostundenschnitt von vor zwei Wochen blieb. Aber es reichte, daß er sich nach nur einer halben Stunde vom Feld absetzen konnte, das auf der schmalen Straße sich über eine Meile in die Länge zog. Mit ihm liefen noch ein Dutzend Optimisten, unter ihnen der Mojave-Indianer Quomawahu.

Hugh trug ein Fußballtrikot und einen Sombrero mit beschnittener Krempe, den er einem indianischen Händler in der Mojave abgekauft hatte. Seine Füße hatte er mit Sandpapier geglättet, die Zehennägel so kurz wie möglich geschnitten sowie Brust und Achselhöhlen mit Talkum eingepudert. Genau wie Doc. Um sein Handgelenk war ein weißes Taschentuch geschlungen. Wenn ihn doch nur Stevie und die Jungs aus dem Broo Park so sehen könnten!

Eine forsche Brise strudelte kleine Sandwirbel auf der Straße zusammen, als die Läufer in das zentrale Wüstengebiet eindrangen. Hugh hatte immer gedacht, die Wüste sei etwas Unwirtliches und mausetot. Diese hier aber war zumindest springlebendig und schien ihn wie aus tausend Augen zu beobachten. Überall standen die großen Saquaro-Kakteen in der Gegend wie stumme Zuschauer, zu deren Füßen wachsame Igelkakteen kauerten. In der Ferne sah Hugh das sanfte Schokoladenbraun der Berge, durch die sie bald hindurch mußten. Alles war hell, deutlich und lebendig.

Wieder lief er neben Doc. Der kleine zähe Mann hatte seiner ›Wüstenausstattung‹ noch eine Sonnenbrille hinzugefügt. Doc schaute auf seine Uhr und zog das Tempo leicht an, als der Fünfmeilenpunkt vor ihm auftauchte. »Fümunvierzig Minuten«, stellte er fest. »Am Posten trinken wir was.«

Hugh schluckte das warme, bittere Wüstenwasser in großen Zügen hinunter und goß sich einen Bechervoll über Gesicht und Nacken. »Es wird heiß«, meinte Doc und zeigte auf die höherkletternde Sonne. So war es auch, und vor ihnen und dahinter wurde das Tempo ruhiger und ruhiger, je mehr die Hitze zunahm. An der nächsten Wasserstelle, am Zehnmeilenpunkt, kamen sie an schweißdurchweichten Läufern vorbei, die nun gingen statt zu laufen. Hinter ihnen fuhren Flanagans Lastwagen; man hatte bereits damit begonnen, die Ausgefallenen aufzulesen.

»Ich würd sagen, seit den achtziger Jahren des letzten Jahrhunderts sind wir die ersten Passanten, die hier vorbeigekommen sind«, sagte Doc. »So an die dreitausend Leute haben sich damals mit ihren Karren aus dem Osten durch die Wüste geschleppt – sie konnten sich zweimal so schnell wie Ochsen voranbewegen.«

Hugh zog seinen Sombrero tiefer ins Gesicht und wischte sich mit seinem Tuch über Nasenwurzel und Stirn. Doch wie er das salzige Naß wegwischte, brach ihm sofort neuer Schweiß aus der Stirn, strömte über seine Wangen und den Nacken, und schon bald spürte Hugh, wie der salzige Bach sich seinen Weg durch das Tal zwischen den Bauchmuskeln bahnte.

Anfangs war die Feuchtigkeit noch eine Erleichterung, indem sie genau das bewirkte, was sie zunächst auch sollte: die Haut kühlen. Doch nach und nach begann der Schweiß sich des ganzen Körpers zu bemächtigen. Er prickelte auf Hughs Schläfen, durchweichte seine Augenbrauen, schwemmte das Salz in seine Augen, stach sie und ließ sie brennen, sickerte in Mund und Nase, so daß Hugh von einem gewaltigen Husten geschüttelt wurde. Die leichte Bluse saugte zwar soviel Nässe auf, wie die Faser konnte, dann aber klebte sie an Hughs Körper wie ein Blutegel. Der Schweißbach rann ihm in den Schritt, die Beine hinab und floß bis in die Schuhe.

Hugh sah nach rechts zu Doc, dessen faltiges Gesicht glänzte und tropfnaß schimmerte, als käme er gerade aus der Dusche. Der alte Läufer schüttelte sich wie ein Hund und versprühte regelrechte Schweißfontänen.

»Tankzeit«, sagte er und nickte dem Mann an dem Wasserposten zu, der gerade Bouin, Dasriaux und ein halbes Dutzend andere Läufer versorgte.

Ein dumpfes Durstgefühl hatte in Hugh zu wüten begonnen. Gerade hatte er zwei Becher Wasser in sich hineingekippt, als Doc ihm eine Hand auf den Arm legte. »Nicht so hastig, Junge«, sagte er. »Laß es langsam runterlaufen. Laß den Mund und die Zunge genießen.«

Es war halb elf und noch fünf Meilen bis zum Ziel der ersten Etappenhälfte. Der Weg flirrte und tanzte vor ihm in der Hitze, und Hugh hatte das Gefühl, als liefe er durch einen schmalen Korridor aus warmer Luft. Er schwitzte nicht mehr. Die Sonne verdampfte seinen Schweiß. Seine Haut brannte.

Die ersten zwanzig Meilen legten Doc und Hugh in weniger als drei Stunden und vierzig Minuten zurück und kamen als zehnter und elfter ins Ziel. Flanagan hatte als Terrain für die Ruhepause zwischen den Teiletappen ein ausgetrocknetes Flußbett ausgewählt, wo es unter knorrigen, krummen Josua-Bäumen viel Schatten gab, und zwei große Verpflegungszelte darauf errichten lassen.

Gegen Mittag brannte die Sonne vom Himmel und jeder rettete seine Haut, so gut er konnte, in Zelte oder Wohnwagen. Der Trans-America-Super-Marathon lag im Erschöpfungsschlaf, zwanzig Meilen westlich von Grand Junction.

»Ich komm da einfach nicht mit klar«, sagte Doc, schüttelte den Kopf und schlürfte seinen zehnten Orangensaft im Halblicht des sonnenschützenden Zeltes. »Ich versteh nicht, wie locker die beiden Deutschen ihr Streckenpensum runtergerissen haben. Irgendwas ist da faul.«

»Was meinstn damit?« fragte Hugh.

»Als Läufer« – Doc stellte seinen Becher ab – »sind diese Burschen für solche Riesendistanzen einfach noch zu jung. Sind doch kaum zwanzig. Das ist wider die Natur. Die haben doch kaum richtige Meilenerfahrung in den Schuhen. Nein. Irgendwas stinkt da. Aber ich weiß noch nicht genau was.«

Er drehte sich auf den Rücken und zog sich seine Mütze über die Augen.

»Übrigens, Hugh«, sagte er. »Du machst dich prächtig da draußen. Wirklich prächtig.«


Wie Gefallene nach einer gewaltigen Schlacht lagen die Läufer in langen Reihen nebeneinander nackt auf den Decken, die Hände über der Brust gefaltet. Die Leiber glühten und glänzten im stumpfen Schummerlicht. Jetzt, da sie im Schatten waren, strömte den Läufern Schweiß aus jeder Pore.

Draußen knallte die Sonne erbarmungslos auf die Zelte herunter; die Stoffwände wurden so heiß, daß man sie nicht mal mehr anfassen konnte. Doch drinnen widmeten sich die Trans-Americans schon wieder der nächsten Phase ihres Rennens.

Diese Etappe hatte Hugh erstmals erfahren lassen, was Laufen unter sengender Sonne bedeutete. Der einzige Anflug echter Angst war ihn angekommen, als er nicht mehr schwitzen konnte. Das Gefühl, daß der Körper sich bei jedem Schritt ein bißchen mehr verbrannte, war denkbar ungemütlich gewesen, und nun wußte er, daß damit immer wieder zu rechnen war, bis sie die Wüste verlassen hatten. Da dieses flaue Körpergefühl jedoch nicht von irgendwelchen merklichen Muskelerschöpfungen begleitet gewesen war, blieb Hugh relativ gelassen, wurde sich aber mehr und mehr bewußt, wie wenig er tatsächlich Kenntnis davon hatte, wie man sich bei solchen fast mörderischen Distanzen wirklich verhalten mußte.

Während seiner ›Lesezeiten‹ daheim in Glasgows grabesstiller Mitchell-Bibliothek hatte er buchstäblich alles Gedruckte verschlungen, das er zum Thema Langstreckenlauf überhaupt finden konnte. Guter Gott, nicht mal Marathonläufern wurden im Training mehr als zwanzig Meilen pro Woche abverlangt! Und jetzt war er hier und versuchte, doppelt so viel und mehr am Tag zu schaffen, sechs Tage die Woche und drei endlose Monate lang, quer durch ein Land, das zum Teil zu den härtesten der Erde zählte. Die Siedler damals, dachte er, hatten auch noch Kinder dabei gehabt, als sie durch diese Trockenheit gezogen waren.

Barstow, Los Angeles, Las Vegas, Boulder – alles Namen von Orten, von denen er nie zuvor etwas gesehen oder gehört hatte; doch, einmal, in der Wochenschau des Carlton Cinema von Townhead bei Glasgow, als er in der letzten Parkettreihe eine spröde Maid befummelte. Hugh hatte keine Angst vor dem Scheitern, denn für ihn war es schon eine Art Triumph gewesen, es überhaupt bis Las Vegas geschafft zu haben und daß er seither jeden Tag voll energischer Leistung war. Jeder Lauftag hatte ihm neue Einsichten in unerwartete Tiefen und Qualitäten seiner selbst gebracht, und das war schon Sieg genug, gleichgültig wie das Rennen am Ende auch ausgehen würde.

Seine Gedanken liefen zu Dixie. Oft schon hatte er von einer Frau wie ihr geträumt. Jetzt aber, da er ihr begegnet war, hatte er nicht die geringste Ahnung, wie er sich Dixie Williams nähern sollte. Sie schien ihm so beherrscht und selbstsicher. Schon der bloße Gedanke, seine Hand auf die ihre zu legen, ließ sein Herz schneller schlagen; nicht etwa weil er sie nicht berühren wollte, sondern einzig aus Angst vor Zurückweisung. Und worüber sollte man schon miteinander reden? Sie hatten so wenig gemeinsam! Er würde Doc bitten, irgend etwas für einen der Ruhetage auszuknobeln, beschloß er endlich; irgend etwas, das sie beide zusammenbringen würde und ihn vor der Verlegenheit bewahrte, bei ihr abgeblitzt zu sein.

Doc legte sich auf den Rücken, die Arme unter dem Hinterkopf verschränkt, kaute auf einem Strohhalm herum und ließ seinen Gedanken freien Lauf. Früher, in seinen Anfangstagen als spurtstarker Handlungsreisender, hatte er im Sommer immer den Mittelwesten abgegrast und im Herbst den tiefen Süden, weil nur zur Erntezeit in den Taschen der Farmer genügend Geld steckte.

Gewöhnlich errichtete er in Flußnähe seine kleine Bühne; und gegen Abend, wenn das Zwielicht einsetzte, wurden die Kerosinfackeln entzündet. Wenn dann, angezogen von Licht, Trompetengeschmetter und Trommelgedröhn, sich nicht nur Insekten, sondern auch Leute versammelt hatten, schickte er McGinty, den Komiker, auf die Bühne.

»Warum gehn alte Jungfern sonntags immer in die Kirche«, lautete dessen immer wiederkehrender Anfangswitz. »Na, damit sie da sind, wenn die Hym(n)en ausgegeben werden!« Weitere, ähnlich stilvolle Fragen schlossen sich an, allesamt geklaut aus Jacksons *On A Slow Train Through Arkansas*.

Dann kam das Tortenwettfressen.

Torten, dick mit Sirup überkleistert, wurden an einen Balken gehängt, und die jungen Burschen der Stadt versuchten, mit auf dem Rücken verschränkten Händen, sich an das Süßzeug ranzumachen, zum Spott ihrer Mädchen, die wenigstens einmal über ›diese Vollidioten‹ lachen durften.

Sodann ging Doc zu den eigentlichen Geschäften des Abends über. Mit umgehängtem Ziegenbart und Prince-Albert-Mantel und auf der Brust stolz klappernden Ordenssammlungen stellte er sich, mit dem Rücken zum Publikum, ein Weilchen auf die Bühne und studierte stumm ein anatomisches Schaubild.

Plötzlich drehte er sich um.

»Im Leben, meine Damen und Herrn, gibt es nur zwei Gewißheiten«, pflegte er zu sagen und sich an die Rockaufschläge zu greifen. »Den Tod und das Finanzamt. Das mit den Herren von der Steuer kann ich leider nicht ändern, aber, meine Damen und Herren, ich kann Ihr Leben verändern.« Und zauberte mit dramatischer Gebärde eine Flasche von Pinkhams Allheilmittelchen hervor.

Seine Geschichte konnte zwischen einer halben und einer ganzen Stunde dauern, je nach Stimmungslage, und immer endete sie in einem Gewühl von gierigen Händen, die sich nach Mrs. Pinkhams Lebensrelixier reckten.

Lydia Pinkham. Noch zwanzig Jahre nach ihrem leibhaftigen Tod bot sie per Post den Frauen ihren weisen Rat an – bis endlich die Regierung dazwischenfuhr und dem Spuk ein Ende machte.

Doc lag da, den Kopf in den Händen. Ja, das war schon toll gewesen. Aber das hier, der Trans-America-Super-Marathon, war endlich das, worauf er sein Leben lang gewartet hatte...

Morgan schaute um sich. Seine – Docs Gruppe war wirklich ein verrückter Haufen. Der geschwätzige Doc Cole zu allererst, der schon zehn Leben gelebt zu haben schien – und alle in Rennschuhen. Dieser dunkle, harte Schotte, McPhail – ein Typ, der durchaus annehmbar war, aber irgendwie für sein Alter noch ganz schön unausgeglichen. Martínez: Er war wie ein Kind, das fröhlich und unbekümmert herumsprang, dabei aber mit einem enormen Gefühl für Verantwortung, weil das Überleben seines Dorfes auf seinen schmalen Schultern ruhte. Morgan war froh, daß der kleine Mexikaner bei der Mojave-Etappe einen Dollarpreis geholt hatte.

Und Thurleigh. Dieser Lord schien ihm wie aus dem Bilderbuch entsprungen, aus irgendeiner anderen Welt gekommen, einer Welt voller Privilegien, die Morgan instinktiv ablehnte. Trotzdem. Er würde Lord Peter nehmen, wie er war, wenn er ihm nur nicht in die Quere kam.

Und was war von diesem Mädchen zu halten, dieser Kate? Er hatte noch immer keine rechte Vorstellung, weshalb er sich von ihr angezogen fühlte. Die Sheridan war so völlig anders als Ruth, extremer ging es eigentlich gar nicht mehr. Schon der Gedanke an Ruth ließ ihn zusammenzucken. Dieses Rennen galt ihrem Gedächtnis, galt dem Kind, das zu versorgen war: »Tu, was du tun mußt, aber tus gut!« Niemand konnte ihn daran hindern.

In einer Zeltecke lag Juan Martínez auf dem Boden, hatte sich zusammengerollt wie ein Hund und in die Falten seiner Decke gewühlt. Schon jetzt hatte er mehr Geld gewonnen, als er je für möglich gehalten hätte. Mit Flanagan war er übereingekommen, daß es stets sofort über die Agentur der Bank of Mexico an sein Dorf überwiesen werden sollte. Juan Martínez lebte von einem Tag zum anderen. Und New York war für ihn der große Traum, den er zu Fuß erreichen wollte. Vorstellen konnte er es sich noch nicht so recht, ebensowenig wie die überfüllten Prachtstraßen und die riesigen Wolkenkratzer der Stadt. Der Trans-America-Super-Marathon war viel härter als er sich das ausgemalt hatte, sogar noch härter als seine täglichen Läufe mit den Tarahumara-Indianern in der Sierra Madre Occidental. Doch in seinem Dorf, tausend Meilen weiter südlich, war das Leben unmäßig viel härter; und Juan ging jeden Tag aufs neue daran, auf den schier endlosen, schmutzigen Wegen wieder fünfzig Meilen weniger zwischen sich und New York zu bringen, stets die Gedanken an seine Leute tief im Herzen...

Nur wenige Meter daneben lag Lord Peter Thurleigh auf seinem Feldbett; alle zehn Zehen ragten über das Fußende seiner Decke hinaus. Er begann zu schnarchen, wachte davon auf, schluckte vernehmlich und ruckelte sich in eine geräuschlosere Schlafhaltung. Ab und zu sah man etwas von seinen blauen Oxford-Shorts oder ein Stück seines langärmeligen Trikots, das er sich mittlerweile zugelegt hatte. Zumindest in seiner Kleidung unterschied er sich nicht mehr von den meisten anderen Trans-Americans. Er gehörte noch immer zur etwa zwanzig Mann starken Spitzengruppe im Gesamtklassement. Obwohl seine Weltsicht unvergleichlich viel breiter war als die von Martínez, hatten beide immerhin eines gemein: die mangelnde Vorstellung, daß das Trans-America-Rennen so wahnsinnig hart werden konnte. Lord Thurleigh hätte nie gedacht, daß es Menschen fertigbrachten, Tag für Tag fünfzig Meilen abzuspulen durch alptraumhafte Wüsten und über lähmende Berge, und alles in einer Hitze, bei der man auf den Steinen Eier brutzeln konnte.

Er lag auf der Seite und lauschte dem Geschnapfe und Geschnarche der tausend Männer rings um ihn her. Der Rolls-Royce hatte in einem Straßengraben in Barstow seinen lordschaftlichen Geist aufgegeben. Sein Chauffeur und Butler Hargreaves lag mit einer Blinddarmentzündung in einem Barstower Krankenhaus. Lord Thurleigh war also auf sich selbst angewiesen, und das bei noch reichlich zweitausend Meilen bis New York. Bei diesem Gedanken mußte er lächeln. Der Butler und der Rolls waren wirklich eine ganz schön kecke Kinderei gewesen, wenn man es recht bedachte; eigentlich eher ein peinliches Angeberstückchen. Hargreaves, ein arbeitsloser amerikanischer Schauspieler, war schließlich nie näher an England herangekommen als bis zur Ostseite des Sunset Boulevard; seine einzige Erfahrung als Butler hatte sich auf eine Rolle in Erich von Stroheims *Närrische Frauen* beschränkt.

Nein, dachte Lord Peter Thurleigh, Herkunft und Titel zählten hier draußen verdammt wenig. Worauf es hier ankam, war, Körper, Herz und Kopf beisammenzuhalten, und zwar über fünfzig Meilen pro Tag, sechsmal die Woche, auf einer Mörderstrecke, gegen die sich das Querfeldeinrennen während der Olympischen Spiele 1924 in Paris ausnahm wie ein Konfirmandenausflug.

Die Staubstrecke in Utah überdeckte Titel, Herkunft und Professionen ebenso nachhaltig wie schon ein halbes Jahrhundert zuvor bei den Siedlern. Jedenfalls war es so, daß sein adeliger Titel ihm nicht mal daheim sehr viel von Nutzen gewesen war: Lord Peters Vater, Albert Swindells, hatte sich in den 1880er Jahren sein Geld in Luton im Hutgeschäft verdient, und in diesen schwierigen Zeiten war es Swindells' finanzielle Unterstützung der Liberalen gewesen, die ihm die Pairswürde eingebracht hatte. Doch der ›Stroh-Mann‹, wie Swindells als Putzmacher genannt wurde, hatte sich damit noch lange nicht die erhoffte Achtung seitens jener Klasse, die er so bewunderte, gesichert. Und das galt für seinen Sohn gleichermaßen.

Thurleigh stellte sich den Schlafsaal seiner alten Schule vor. Die gleichen Stöhnereien, der gleiche Gestank, die gleichen Knarrgeräusche, wenn sich jemand unruhig herumwälzte oder sich sexuelle Erleichterung zu verschaffen suchte. Einen Moment lang empfand Peter wieder jenen kalten Schauder der Angst und der Ungewißheit wie damals als Zwölfjähriger, als er in Eton seine erste Nacht verbrachte.

In der Schule war Sport die Leiter zu geachteter gesellschaftlicher Position; denn Körperertüchtigung war Standesschulung. Einzelsportarten – Weitsprung, Speerwurf, Hochsprung oder Querfeldeinlaufen – konnten allerdings nur anerkannt werden, wenn sie in einem ausgewogenen Verhältnis zu sportlichen Mannschaftserfolgen standen. Peter Thurleigh gelang dies mittels seiner Fähigkeiten auf dem Rugby-Feld; jene Verdienste um die Mannschaft mithin, die individuelle Heldentaten im Sport erst akzeptierbar machten, und die andern fast vergessen ließen, daß sein Vater, obwohl ein Pair, ein Krämer war.

In Cambridge hatte sich Lord Peter nie recht wohlfühlen können, und weder sein Titel noch der Überfluß, in dem er lebte, erlaubten ihm, sich richtig zu entspannen. Für ihn waren sie nichts, diese trägen, sich immer gleichenden Tage in Fenners, an denen das ›Training‹ allenfalls aus einem gemütlichen Trott auf der Aschenbahn und einer Massage bestand. Während die anderen es sich bei Tee und weichem Kuchen so recht kommod machten und den ›laufenden Lord‹ durchs regennasse Pavillonfenster beobachteten, stampfte er unentwegt und recht eigensinnig seine Runden auf der Fenners-Bahn. Lange noch, nachdem die anderen abends gegangen, und lange schon, bevor sie morgens aufgestanden waren, lief er Meile um Meile.

Aber es beeindruckte sie nicht. Im Gegenteil, gerade deshalb mochten sie ihn nicht, war es doch einfach keine Art, solche verbissene Ernsthaftigkeit und solchen Einsatz an den Tag zu legen. Schließlich hatte man die Dinge dieser Welt mit Leichtigkeit anzugehen und mit Eleganz zu vollenden. Dieser Thurleigh benahm sich wie ein Geschäftsmann, nicht wie ein Gentleman. Nein, der Junge hatte den Lord einfach nicht im Blut.

Peter hatte alles versucht, um akzeptiert zu werden, war sogar als anonymer Sportkorrespondent für die *Times* tätig geworden: Ab und zu kommentierte er ausführlichst seine eigenen Leistungen und hoffte auf diese Weise, bei den Kommilitonen endlich Verständnis für seinen Einsatz finden zu können. Aber nichts half. Immer nur waren es die standesbewußten Charmeure und Schnösel, die die Nächte mit den sanften, zarten Mädchen hindurchtanzten, während er mit Muskelkater in der Ecke stand, im Schatten, teuer und stilvoll gekleidet.

Sowohl bei den Olympischen Spielen in Paris als auch vier Jahre später, 1928, in Amsterdam war er einer völlig anderen Athletenart begegnet, Männern aus der Arbeiterschicht, die im Straßen- und Querfeldeinlauf weiter und besser waren als er. Doch bei ihnen vermochte Peter ebensowenig anzukommen wie bei seinen Standesgenossen in Cambridge. Immer lustloser bewegte er sich in einem kommunikativen Vakuum, sich ständig seiner gesellschaftlichen Unzulänglichkeit bewußt, die der sportliche Erfolg nicht im geringsten aufzuheben vermochte.

Erst an jenem Abend im Reform Club war ihm die Idee gekommen, sich zur Teilnahme am Trans-America-Super-Marathon anzumelden. Einige Klubmitglieder hatten sich schon früher über das Trans-America-Thema unterhalten. Jetzt war man an den Punkt gelangt, wo Sprinter mit den Langstreckenläufern verglichen wurden...

»Sprinten«, sagte Lord Farne laut und überheblich, »ist doch nichts Gescheites. Weniger als ein Windspielrennen. Keine Kraft dahinter, kein Herz.«

Peter Thurleigh hatte sich sofort auf seinem Stuhl herumgedreht. »Und wie, Farne, würdest du dann bitte Sprinten definieren?« fragte er ihn.

Es war Aubrey Flacke, der schneller mit der Antwort war. »Über welche Strecke bist du denn bei der Olympiade in Paris gelaufen?«

»Fünfzehnhundert Meter, etwas weniger als eine Meile«, sagte Peter. »Das war mein Hauptlauf.«

»Na gut, dann sag ich eben: fünfzehnhundert Meter.« Spöttisch grinsend sog Farne an seiner Havanna. »Richtig, wollte ich auch sagen; so was verstehe ich unter Sprinten – einen Lauf über fünfzehnhundert Meter. Zufrieden?«

»Was ist denn deiner Meinung nach dann ein wirklicher Leistungstest für einen Sportler?« fragte Peter und preßte die Zähne aufeinander.

»Naja, die Langstrecken«, antwortete Flacke, der eine Wette zu schnuppern begann. Er griff nach einer Ausgabe der *Times*. »So etwas wie dieses Super-Marathon-Rennen in den Vereinigten Staaten.« Er stellte sein Glas ab und blätterte die Zeitung durch, bis er die Sportseite gefunden hatte.

»Da haben wirs, mein Guter«, verkündete er. »C. C. Flanagans Trans-America ab nächsten März. Dreitausendeinhundertsechsundvierzig Meilen. Muß erst so ein verrückter Irenkopf kommen, um sich so etwas wie dieses Rennen auszudenken.«

Peter Thurleigh sah Farne an.

»Ist das auch deine Meinung?«

»Ich denke doch, ja«, antwortete Farne. »Dreitausend Meilen – das hört sich schon eher nach sportlicher Leistung an.«

»Steht da auch, wie viele sich schon für das Rennen gemeldet haben?« fragte Peter.

Flacke nippte an seinem Brandy und wandte sich dann wieder der *Times* zu.

»Bis jetzt eintausendeinhundertzwanzig«, gab er zurück.

»Und was wettet ihr, daß ein Engländer unter den ersten sechs ins Ziel geht?«

Flacke sah Farne an.

»Ich würd schon sagen, das kommt darauf an, von welchem Engländer wir reden.«

»Von mir«, sagte Peter Thurleigh.

»Zehn zu eins dagegen«, sagte Flacke, Farne nickte.

»Dann bin ich mit zehntausend Pfund dabei«, nahm Lord Peter Thurleigh die Wette an und stand auf. »Wir müssen das nicht extra besiegeln.«

Hugh McPhail, dessen Feldbett an der gegenüberliegenden Zeltseite stand, hatte nicht schlafen können und saß statt dessen mit angezogenen Beinen da und schrieb einen Brief an Stevie. Wie aber sollte er ihm erklären, wie das war, hier zu sein, hier, irgendwo mitten in einer Wüste nördlich von Las Vegas? Konnte er seinem kleinen Freund aus dem düsteren Bridgeton in dürren Buchstaben vor Augen halten, wie sich der meilenlange Menschenstrom in die Landschaft ergoß, sich mühsam nach Osten wälzte, angetrieben von einem verrückten Iren in einem Cowboyanzug? Es war wie ein Filmtraum aus Hollywood; ganz sicher aber die richtige Gegend. Was lediglich fehlte, waren die federgeschmückten Rothäute, die, hinter irgendwelchen Felsen sitzend, vergiftete Pfeile verschossen. Hugh legte seinen Bleistift zur Seite und schüttelte den Kopf. Nur der erste Absatz des Briefes war fertiggeworden.

Hundert Meter neben dem Ruhezelt, geborgen in der kargen Bequemlichkeit von Dixies Wohnwagen, schlief Kate tief und fest. Nun, da Flanagan das ›Spreu-vom-Weizen-Stechen‹ eingestellt hatte, konnte sie es sich leisten, ein Tempo zu laufen, das ihr Körper täglich umzusetzen vermochte. Trotzdem schaffte sie es immer wieder, einige Männer mehr zu überrunden, um ihrem Ziel näher zu kommen, im Gesamtklassement unter den ersten zweihundert zu sein und so den Zehntausenddollarpreis zu holen. Die Landespresse hatte sie bereits zur Verkörperung einer neuen Spezies erhoben: zur Superfrau, die in der Lage war, Männer in männerspezifischen Sportarten zu schlagen. Doch nur Kate selbst konnte wissen, wie schwach, wie unsicher sie sich wirklich fühlte, nie gewiß, ob Körper und Geist die tägliche Herausforderung würden ertragen können.
Doch so wie einige Zeitungen sie bereits zu einem Symbol der ›neuen Frau‹ der dreißiger Jahre hochstilisiert hatten, zu einer Art Isadora Duncan des Laufsports, so ignorierten sie andere ganz und gar, während dritte nicht davor zurückschreckten, sie als ›Beinmuskelmätresse‹ zu diffamieren – obwohl die Männer in den Redaktionen ihre Gesinnung schnell änderten, als sie die ersten Fotos einer kraftstrahlenden, attraktiven Frau in den Händen hielten. Die Damensektion der Amateur-Athletik-Union der Vereinigten Staaten verweigerte – abgesehen von der grimmigen Feststellung, daß Kate damit zweifellos ihren Amateurstatus verloren hätte – jeden Kommentar zum Trans-America-Rennen und zu ›Miss Sheridan‹. In Interviews hatte sich Kate dagegen gewehrt und gesagt, daß sie diesen Status schon vor Jahren verloren hätte; eine Stellungnahme, die nirgendwo in der gesamten nationalen Presse abgedruckt wurde. Dennoch fühlte sie

sich wohl in dieser Zeit. Ihr Körper hatte jedes überflüssige Gramm Fett abgearbeitet, ihr Puls war auf gesunde fünfzig Schläge pro Minute heruntergegangen, kurzum: Noch nie war sie sich so springlebendig vorgekommen. Das Laufen nahm ihr nichts, im Gegenteil, es gab ihr das Gefühl zunehmenden Wohlbefindens und wachsender Kraft. Alles wäre in bester Ordnung gewesen, wenn nur Morgan endlich einmal Hand an sie gelegt hätte. Jeden Tag traf sie sich nach dem Lauf mit Doc und den anderen und saß mit ihnen in unausgesprochener, aber deutlich empfundener Harmonie zusammen. Aber wie sollten Taten folgen, wenn noch nicht einmal darüber Worte gewechselt wurden?

Es wurde halb drei. Im Zelt begann sich wieder Leben zu regen. Noch eine halbe Stunde bis zur nächsten Teiletappe, zwanzig neue, zermürbende Meilen über heißen, trockenen, ansteigenden Boden.
Doc knetete leichthändig Olivenöl in seine Waden und Oberschenkel; die Strecke stieg heute bis auf sechzehnhundert Meter an, und das würden sie zu spüren bekommen. Alle Läufer würden das zu spüren bekommen, besonders jene, die nicht wenigstens fünfhundert Trainingsmeilen unter der Sohle hatten.
Und dann die Luft. In diesen Höhen wurde sie schon merklich dünner – zwar nicht so schlimm wie später in den Rockies, aber zusammen mit der Hitze schlimm genug, um es ihnen allen reichlich schwer zu machen, selbst bei bescheidenen sechs Meilen oder noch weniger in der Stunde.
Er schlug Hugh aufs Knie.
»Immer schön locker bleiben«, sagte er. »Wir gehn wieder auf über sechzehnhundert Meter hoch. Wenig Luft da oben. Macht langsam.«
Er schaute zu Morgan hinüber. »Sags auch dem Mädchen«, bat er. »Sag ihr, sie soll den Schongang reintun.«

Der Startschuß peitschte auf, und eintausendeinhundertzwanzig Läufer zertraten den weichen unebenen Weg. Die Sonne hatte immer noch nicht kapituliert, und Hugh konnte ihre Stiche durch das Trikot hindurch spüren.
Obwohl sich die Trans-Americans in bergiges Land hineinbewegten, stieg der Weg nicht sonderlich an. Die Gegend hier, dachte Hugh, war völlig anders als daheim im schottischen Hochland. Die Berge waren braun und grindig wie Schlackehalden. Hier hatte die Landschaft

nichts Kunstgemäßes, hier herrschte die Unwirtlichkeit der Industrie. Die sandfarbenen Hügel zogen sich schartig und streifig bis zum Horizont, aufgerissen und zerbröselt durch Sonne, Wind und Wasser. Ganz weit hinten vermeinte Hugh schneeweiße Bergspitzen erkennen zu können, aber das täuschte bestimmt.

Wie gehabt, übernahm Müller, der Deutsche, die Führung und glitt leichtfüßig in die noch immer gleißende Wüstengegend hinein. Niemand versuchte diesmal, ihm auf den Fersen zu bleiben.

Doc, Martínez, Morgan und McPhail schlossen sich der Spitzengruppe an: Hinter den All-Americans und der deutschen Mannschaft verteilten sich vierzig Läufer über ein Feld von hundert Yards. Kate hängte sich an das Ende des Spitzenfeldes; sie hatte ihr Schritt-Tempo auf ein niedriggehaltenes, elegantes Traben reduziert.

Diesmal schwitzte Hugh überhaupt nicht; vielmehr spürte er schon gleich von Anfang an seinen Körper brennen und gierte bereits nach Trinkbarem, als der erste Wasserposten noch nicht einmal in Sicht war. Er schaute nach rechts zu Doc. Der Körper des alten Mannes schien wie der Panzer eines Insekts. Er arbeitete sich fast kriechend voran und nahm jede Furche, jede Bodenwelle mit Leichtigkeit.

Als sie die erste Station erreicht hatten, nahm Hugh das Wasser in hastigen Zügen zu sich; doch soviel er auch trank, seinen Durst löschen konnte er nicht. Sein Körper verdampfte die Flüssigkeit ebenso schnell, wie die habgierige, gefräßige Straße seine Kräfte verschlang.

Fünf Meilen weiter, am nächsten Wasserpunkt, hatte die Hitze noch immer nicht abgenommen.

Die Spitze des Feldes hatte sich zu einem wirren Knäuel beineschwingender Männer verdichtet, die mit gleichmäßigen neuneinhalb Minuten pro Meile liefen. Müller und Stock, die sich schon längst von ihnen gelöst hatten, lagen über eine halbe Meile voraus. Hugh hätte endlos trinken können, und als er sich – der Kühlung wegen – Wasser über Gesicht und Körper schüttete, verdunstete es sofort. Das gesamte Wasser der Erde schien für seinen Bedarf nicht auszureichen.

Zwischen der zehnten und der fünfzehnten Meile geschah es dann. Das Beinknäuel zerriß. Hugh verlor den Faden und konnte fühlen, wie er, von der Spitzengruppe abgetrennt, immer weiter zurückgelassen wurde; und es gab nichts, was er dagegen hätte tun können. Doc, Martínez, Lord Thurleigh, Morgan und ein halbes Dutzend anderer Läufer entschwanden langsam seinen Blicken, und Hugh fand sich wieder bei Quomawahu, dem Indianer, sowie einigen anderen Trans-Americans, hielt mühsam Tritt und spürte, wie sein Atem immer unwilliger funktionierte.

Sie liefen noch immer bergan, und die dünne Luft begann ihren Tribut einzufordern. Hugh schien es, als bewegte er sich in einem riesengroßen, luftlosen Hochofen. Und schon bald hatten seine Füße das rhythmische Laufen aufgegeben. Hugh zwang sie von einem Schritt zum nächsten und dachte nur daran zu überleben.

Die Telegrafenmasten hoben und senkten sich und mahnten wie indianische Kruzifixe, mit denen der Gott der Hitze dieses Glutfeld bestellt zu haben schien. Hugh dachte sich nur noch von einer Telegrafenkreuzwegstation zur nächsten. Mit schmerzdurchfluteten Schritten kämpfte er sich schwankend voran bis zum letzten Wasserpunkt fünf Meilen vor dem Ziel. Er trank, bis ihm die Kehle schmerzte. Fünf Meilen noch. Der Schotte war jetzt ganz allein auf sich gestellt; kein Doc in der Nähe, der ihn hätte schleppen können. Seine Beine wogen Zentner. Seine Atmung ging schwer und unregelmäßig und hatte sich auch nach dem Fünfminutenstop an der Erfrischungsstation noch immer nicht erholt.

So ähnlich war es ihm schon einmal ergangen, mit Duckworth, damals im feuchten Moos der Highlands; aber nicht in einer solchen Höhe und Hitze. Jeder Nerv seines Körpers signalisierte dem Kopf, doch endlich aufzuhören; und die Vorstellung griff darin Raum, daß alles Laufen blanker Schwachsinn sei; daß es immer wieder eine nächste Etappe gäbe, auf einer Strecke von noch zweitausend Meilen. Was machte es schon, einfach anzuhalten und dann ein paar Meilchen wenigstens zu gehen? Hugh schüttelte gequält den Kopf und rannte weiter. In Schottland hatte er geschworen, in diesem Rennen nie zu gehen. Seine Füße würden die Vereinigten Staaten von Amerika durchlaufen.

Mast auf Mast schwankte an ihm vorüber, Kruzifix auf Kruzifix ließ er mit immer stärkeren Stichen in der Seite hinter sich zurück; und die Ebene dehnte sich schier endlos. Rings um Hugh erhob sich die witterungszerbröselte Landschaft, über die jetzt Wolkenschatten glitten wie geschmeidige Katzen, aber der einsame Läufer hatte für nichts mehr ein Auge. Nur die Beine wußten den Weg. Sein Mund war ausgetrocknet, und weißer Schaum begann auf seinen Lippen zu wachsen. Irgendwie war sich Hugh noch immer seiner Arme und Hände bewußt, die sich wie Antriebsstangen einer anfahrenden Dampflok vor und zurück bewegten, und fixierte seine Schuhspitzen, die er nicht mehr aus seinem Blickfeld ließ. Irgendwie waren seine Sinne also noch intakt und schlugen mit seinem Körper eine grausame Schlacht, als stritten zwei verschiedene Ich in einem völlig aussichtslosen Kampf.

Jetzt würden seine Füße fliegen, auffahren gen Himmel, die gekreuzten Masten hinter sich lassend! Er würde sterben müssen, denn für seine Beine waren diese Meilen der Tod, Meilen, die sie nie im Leben würden schaffen können. Doch er war am Leben, denn er bewegte sich. Er war aber auch tot, denn die dünne Luft zerstörte seine Kehle und ließ seine Lungen jämmerlich flattern. Gleichzeitig war er am Leben, denn noch immer durchpulste ihn das Blut und brachte seinen Beinen neue Kraft. Er war am Leben, und er war tot; am Leben, tot; lebend, tot; lebend tot...

Hilflos stürzte Hugh jäh nach vorn, hinein in die tiefe dunkle Grube, die Arme seitlich an den Körper gepreßt.

»Fümfunfümfzig«, zählte Willard Clay. »McPhail, Großbritannien.«

Als Hugh wieder zu Bewußtsein kam, lag er im Sanitätszelt; Doc Cole und Dr. Falconer beugten sich über ihn. Falconer schüttelte das Thermometer herunter und steckte es wieder in seine Tasche zurück.

»Fast einundvierzig Grad«, sagte er kopfschüttelnd. »Sein Blut fing gerade zu kochen an.«

Doc sah besorgt zu Falconer. »Wird er wieder auf die Beine kommen?«

»Vor einer Woche noch hätte ich ›nein‹ gesagt«, antwortete der Arzt. »Ist Ihnen eigentlich klar, Doc, daß er zweihundertfünf Schläge pro Minute pulste, als wir ihn hereingebracht haben? McPhail muß die letzten fünf Meilen mit einem Puls nahe bei Zweihundert und einer Temperatur von sage und schreibe einundvierzig Grad gelaufen sein. Das ist unglaublich!«

Dr. Falconer nahm das Stethoskop aus den Ohren, steckte es in die Brusttasche seines Kittels und fuhr sich mit den Fingern durch sein weißes Haar.

»Habt ihr überhaupt die geringste Ahnung davon, was ihr Kerle eigentlich seid?« fragte er und gab sich selbst die Antwort: »Lebende Laboratorien seid ihr. Auf diesen dreitausend Meilen könnt ihr soviel Informationen über den menschlichen Körper liefern, daß ein ganzes Heer von Physiologen mindestens hundert Jahre lang heftigst dran zu arbeiten hätte. Aber nein, diese Herren bleiben lieber in ihren Labors und ihren schönen weißen Kitteln und untersuchen Frösche und Ratten, während das wirklich medizinisch Wichtige hier draußen auf der Straße läuft. Verdammt und zugenäht, die könnten hier mehr über Hitzeresistenz herausfinden als in einer Million Jahren hinter ihren feinen Universitätsfassaden. In ungefähr einer Woche, oben in den Rockies, werde ich mehr über das Herz herausfinden können, über lokale Muskelbelastung und darüber, wie der Körper auf Höhenunterschiede reagiert, als die aus einem ganzen Bücherberg herauslesen können. Himmel noch mal, jedes Läuferherz wird pro Tag vierundfünfzigtausendmal zu schlagen haben, an jedem einzelnen Tag des Rennens! Unsere Wissenschaftler hätten über eintausend lebende Versuchsanordnungen auf der Strecke nach New York, aber nicht einen interessiert das!«

Er schaute zu Hugh hinunter.

»Aber all das wird Sie wohl nicht gerade brennend interessieren, mein Sohn. Doch eines ist sicher, Sie kommen wieder in Ordnung. Übrigens, der Wetterbericht sagt für morgen Abkühlung voraus, vielleicht sogar etwas Regen.«

Doc zog Hugh auf die Beine; der bedankte sich bei Dr. Falconer. Dann gingen die beiden Männer langsam aus dem Sanitätszelt, hinaus in die einfallende Dämmerung.

»Du hast uns ja ganz schöne Sorgen gemacht«, begann Doc. »Müller war fix und fertig, wurde aber trotzdem noch erster, Stock dicht auf den Fersen. Ich kam als Nummer vier rein. Was du nicht wissen kannst, die Jungs, die im Gesamtklassement vor dir lagen, liefen noch miserabler als du. Drum hast du nicht viel Zeit verloren. So wie die Dinge im Augenblick sind, haben die ersten zwanzig sowieso nur etwas über eine Stunde Vorsprung. Ist alson ganz schön enges Rennen.«

Hugh schüttelte den Kopf. »Ich kann nicht jeden Tag sone Hitze wie heute verdauen. Völlig unmöglich, Doc.«

»Brauchst du auch gar nicht«, beschwichtigte ihn Doc. »Die nächsten paar Tage sollen sowieso kühler werden. Die knallige Hitze heute war jedenfalls für diese Jahreszeit vollkommen aus der Reihe. Aber seis drum, gib mir mal dein Hemd.«

Irritiert tat Hugh, wie ihm geheißen. Doc nestelte an dem Beutel, den er bei sich trug, und holte ein dünnes Messer heraus.

»Weißt du, was dein Körper heute gebraucht hat?« fragte er und stieß das Messer in Hughs Trikot, »Luft!« Und wieder stach er in das Baumwollgewebe. »Dein Körper konnte die eigene Hitze nicht loswerden. Kein Wunder, daß du fast verdampft bist und nicht laufen konntest.

Siehst du, so kann die Luft an dich ran und deine Haut kühlen. Dann überhitzt du dich auch nicht.« Doc reichte ihm das zerschlitzte Trikot zurück. »Hitze«, bemerkte er, »hätte fast das gesamte Feld bei der Olympiade von St. Louis 1904 kaputtgekriegt. Das einzige, was Hicks, den Kerl, der den Marathon gewonnen hat, auf den Beinen hielt, waren die Strychninportionen, die sein Trainer ihm ununterbrochen verabreichte.

1908 in London, im Dorando-Rennen, wars genau das gleiche. Die Sonne traf uns alle wiene Keule, und die Jungs taumelten durch die Gegend wiene ganze Schiffsladung besoffener Matrosen. Johnny Hayes, einer von unsren Jungs, gewann. Komische Sache, aber keiner kann sich mehr an Johnny erinnern, nur seine Mutter, nehm ich an. Glaubs mir, denn am nächsten Tag warn die Zeitungn knallvoll mit Dorando-Stories; Dorando Pietri hieß er genau. Die Ärzte meinten, sein Herz hätte sich um fünfkommaacht Zentimeter verschoben. Jedenfalls überreichte Prinzessin Alexandra ihm n paar Tage später nen Pokal wegen Tapferkeit, und ab gings mit uns allen aufs große professionelle Marathonderby. Wir sind überall gelaufen – am Nil entlang, in Berlin, in Edinburgh; wir sind sogar in Hallen gelaufen, zum Beispiel im Madison Square Garden.«

»Auch in Hallen?«

»Überall, Hauptsache, die Strecke war genau sechsundzwanzig Meiln dreihundertfümmunachtzig Yards lang, in Deutschland waren das zweiundvierzigkommaeinsneunfünf Kilometer. Das beste Rennen war das letzte, 1912; der Finne Kolehmainen hatte zwei Stunden neunundzwanzig Minuten gebraucht, zwei Stunden vierndreißig war die schnellste Zeit, die ich je gelaufen bin. N Paar Jahre später kam dann plötzlich die große Flaute. Der Marathonmode war die Luft ausgegangen. Wir alle, Dorando, Hayes, Shrubb, warn Profis – für uns gabs keinen Weg mehr zurück zu den Olympischen Spielen. Trotzdem, auch dann noch hatten wir immer mal wieder unsern Laufspaß undn paar Dollars in der Tasche.«

»Warum bist du dann weitergelaufen?«

»Konnt einfach nicht aufhörn damit. Komisch – als ich 1917 eingezogen werden sollte, hat mich die Army abgelehnt – Plattfüße!«

Doc merkte, daß Hugh immer noch nicht mitbekommen hatte, worum es dem Gefährten ging.

»Zum Teufel«, sagte er. »Ich weiß wohl, daß Laufen kein Mannschaftssport ist. Den größten Unsinn, der mir je zu Ohren gekommen ist, hörte ich 1908, kurz vor der Olympiade. Wir warn aufm Schiff nach London, grad einen Tag auf hoher See. Der Teamchef, son Ostküstenire, nannte sich Gustavus P. Quinn, scharte uns alle in der Lounge um sich. Naja, da sind wir dann alle hin, riesenhafte irische Kugelstoßer, so groß wie Walfische, Hochspringer mit Beinen wie Bohnenstangen, Viertelmeilensprinter, fast nur Beine mit nem Kopp oben drauf, und dann die Marathonläufer, fast wie Skelette auf Diät.

›Also, zuerst mal will ich, daß euch eins ganz klar ist‹, sagte Quinn und stand da mit seinem drallen Einszweinsechzigkörper, ›ich will, daß ihr eine Mannschaft seid, die Mannschaft der Vereinigten Staaten. Drum, Herrschaften, müßt ihr euch gegenseitig helfen. Ich will sehn, daß die Kugelstoßer den Hochspringern auch mal die Latte auflegen. Und die Mittelstreckler, ihr könnt euch auch mal aufraffen und neben den Gehern herlaufen. Merkt euch das rund um die Uhr, Männer, ihr seid eine Mannschaft!‹ Und die ganzen Heuler um ihn rum nickten stumm und pilgerten anschließend schnurstracks an die Bar.«

»Und was geschah dann?« fragte Hugh.

»Nicht sehr viel«, antwortete Doc. »Man trainierte weiter. Die Werfer warfen, aßen und tranken. Die Läufer sind dauernd um den Dampfer rumgerannt, die Springer sprangen, und die Geher kurvten ständig die Reling entlang rund ums Schiff. In der Leichtathletik ist nun mal jeder für sich, weil das verdammich noch mal kein Mannschaftssport ist. Versteh mich nicht falsch, Jung. Es ist ja nicht so, daß ich mich nicht freue, wenn die Stars and Stripes den Fahnenmast hochzischen. Aber nur dann kannste für dein Land das Beste machen, wenn du ganz für dich alleine läufst. Übrigens, was ist das überhaupt – ein Land? Doch nichts weiter alsne Ansammlung von Leuten, die alle an derselben Stelle sitzen und von denen sich die meisten nicht die Bohne drum schern, ob da einer auf dem Weg zuner Olympiade oder zum Mond ist. Aber hier, beim Trans-America, da ists was ganz andres.«

»Und warum?«

»Zuerst mal, weils um Geld geht, genug, um mitnem Partner zu teilen, wenn man einen von den großen Preisen gewinnt. Zweitens, weil hier Leute Gruppen bilden können, um sich gegenseitig durch schlechte Phasen hindurchzuhelfen, so lang sie noch auf der Strecke nach New York sind. Das passiert ja schon längst, und zwar jeden Tag. Kapierst du jetzt endlich, was ich mein? Daß wir zusammenarbeiten könnten?«

»Aber was könnten wir denn schon groß ausrichten gegen solche

Teams wie die All-Americans oder gar die Deutschen?« fragte Hugh.

»So, wies im Augenblick mit den Deutschen funktioniert, nicht viel«, gab Doc zu. »Die haben nen Mannschaftsführer, nen Arzt, Masseure. Aber darum gehts ja gerade. Wir müssen einfach Mannschaften bilden, also Gruppen von Läufern, die teilen, was immer an Preisgeldern eintrudelt, das heißt von Leuten, die Vertrauen zueinander haben, sich respektieren und auf den nächsten zweinhalbtausend Meilen sich gegenseitig unter die Arme greifen. Für Leute wie uns besteht darin die absolut einzige Hoffnung.«

Hugh nickte. »Das läuft ja auch schon längst. Hab gerade gehört, daß sich Bouin und Eskola zusammengetan haben, genau wie Quomawahu und Son.«

»Na, das ist jan Ding«, staunte Doc. »N Franzose zusammen mitnem Finnen, n Indianer mitnem Japs. Wir sind hier ja schon weiter als der Völkerbund.«

»Macht aber wenigstens Sinn«, sagte Hugh und schlug die Eingangsplane ihres Zeltes hoch.

Sie setzten sich auf ihre Decken und sahen einander an.

»Also, hier ist mein Angebot«, sagte Doc und malte mit dem Zeigefinger einen Kreis auf den schmutzigen Boden. Dann teilte er den Kreis in zwei Hälften.

»Ne Fifty-fifty-Teilung, ganz konsequent, ganz egal, was ist. Und, daß es ganz klar ist: Wenn einer von uns sich verletzt und der andre steht das Rennen durch, dann bleibts immer nochne Fifty-fifty-Teilung.«

Hugh nickte. »Und was ist, wenn sich jemand andres bei uns einklinken will?« fragte er.

»Dann müssen wir beide mit der Teamerweiterung einverstanden sein. Hat keinen Sinn, sich mit jemandem zusammenzutun, den einer von uns nicht leiden kann. Himmel noch mal, der Pott ist groß genug, und ich bin sicher, daß wir beiden n paar Jungs aufzählen könnten, mit denen wirne Mannschaft bilden würden. Kommt Zeit, kommt Rat. Also was ist? Partner?«

Hugh zog sein zerschlitztes Trikot über den Kopf und streckte Doc seine Hand entgegen.

»Einverstanden, Partner«, antwortete er. »Aber weiß der Kuckuck, warum du gerade mich ausgesucht hast.«

# 14

## Über die Rockies

Die Trans-America-Läufer waren die ersten, die seit dem großen Treck der Mormonen nach Westen, also Utah entgegen, sechzig Jahre danach Colorado wieder zu Fuß durchquerten, dreimal so schnell wie die Gottesfürchtigen damals mit Kind, Kegel und Karren. Auch sie waren Pioniere, zwar nicht auf geographischem Gebiet, sondern auf ganz andere Art und Weise: Jeder Läufer drang täglich tiefer in unerforschte Territorien des eigenen Körpers und Geistes vor.

Viele Presseleute begannen, den himmelweiten Unterschied zu begreifen, der zwischen den Trans-Americans und den Marathontänzern, den Pfahlhockern und den Baumsitzern bestand, die jeden Tag parallel zu Flanagans Super-Marathon für Schlagzeilen sorgten. Jeder Staat der USA hatte Einzelsportler oder Teams im Rennen, und die Einlaufliste prangte tagtäglich auf den Titelseiten der Lokalblätter – oder, wenn es keine gab, wenigstens in den Schaufenstern der Western-Union-Geschäftsstellen.

Die politischen Führer der Nation hatten sehr schnell begriffen, wie sie den Trans-America-Super-Marathon auf ihre Mühlen leiten konnten. Zum Beispiel verkündete der nationale Bergarbeiterführer John S. Lewis, Flanagans Straßentreter hätten zweifelsfrei bewiesen, daß, wenn allen Amerikanern wöchentlich ein ganzer Arbeitstag weniger zugestanden würde, die Arbeitslosenzahl gesenkt und die Wirtschaft der Nation wieder zu neuem Leben erweckt werden könnte. Vallone von der Bundesgewerkschaft Inter-State-Truckers ging sogar noch ein Stück weiter. »Hat sich irgend jemand von euch schon mal Gedanken darüber gemacht, was diese Männer an Energie, an puren Pferdestärken in die Straßen der Vereinigten Staaten rammen?« fragte er bei einer Gewerkschaftssitzung. »Und dann heißt es, wir haben eine weltweite Depression! Wenn wir nur ein Zehntel dieser Energie in irgendwas Nützliches stecken könnten, würden wir diese kranke Welt schon bald wieder gesundkriegen.«

In New York ließ Gouverneur Franklin D. Roosevelt, der gerade intensiv mit der Untersuchung administrativer Verfehlungen des

Flanagan-Helfers Bürgermeister Jimmy Walker befaßt war, verlautbaren, daß – und zugleich applaudierte er den Leistungen der Trans-Americans – binnen einer Woche die Revision der Sponsorzusage der Stadt an Mr. Flanagan abgeschlossen sein würde. Avery Brundage, seit 1923 Vorsitzender des Nationalen Olympischen Komitees der USA und in jenen Tagen eifrigst auf dem dogmatischen Marsch durch die Instanzen ebendieses Komitees, war noch um einiges direkter. »Dieser Trans-America-Super-Marathon«, wetterte er, »repräsentiert die Apotheose des Profi-Sports, die krasse Ausbeutung von Athleten durch skrupellose Promotion.«

Die Reaktion der Öffentlichkeit auf das Brundage-Statement war schnell, verständlich und in manchen Fällen kaum druckbar. Briefe, in denen Flanagan und seine Trans-Americans unterstützt wurden, erreichten die Zeitungsredaktionen und Rundfunkstationen körbeweise überall im Land. Es konnte keinen Zweifel darüber geben, wem die Sympathien der Nation galten.

Inzwischen hatte das Rennen auch die Phantasie der kirchlichen Würdenträger erregt, und Alice Craig McAllister, der rührigen Evangelistin, war eine aufrüttelnde Radiopredigt mit dem Titel »Athleten der Bibel« gelungen. Samson agierte darin als »der stärkste Mann der Welt«, Jakob wurde zum »größten Ringer« und Enoch zum »Langstreckenläufer« gemacht. Miss McAllisters Rede wurde schon mannschaftsdienlicher, als sie – Baseball anführend – David als »Ersatzschläger« beschrieb und Saul, schon kritischer, als den »Mann, der den Ball verhauen hat«. Ganz oben auf ihrer Teilnehmerliste stand natürlich Jesus, den sie als »Weltmeister aller Zeiten« auslobte, allerdings ohne zu sagen in welcher Disziplin.

In Europa verfolgte mittlerweile jedes Land, das eigene Läufer im Rennen hatte, das Trans-America mit größter Aufmerksamkeit. Sogar die ehrwürdige Londoner *Times* nahm Notiz davon, obwohl in den Gesellschaftsspalten dann und wann und sozusagen hinter vorgehaltener Hand auf Lord Peter Thurleighs sportliche Verirrungen auf dem amerikanischen Kontinent hingewiesen wurde. In Schottland hatte man Hugh inzwischen zum Nationalhelden gekürt, genau wie den kleinen Juan Martínez in Mexiko, und Hughs Freund Stevie McFarlane war ziemlich spät damit beauftragt worden, das Rennen für den *Glasgow Citizen* zu kommentieren. In Deutschland stellte derweil ein Dr. Joseph Goebbels, der zur Zeit wegen Verleumdung und übler Nachrede unter Anklage stand, sicher, daß die täglichen Siege von Müller und Stock angemessen in der NSDAP-Tageszeitung *Der Angriff* abgehandelt wurden. Halbamtliche Nötigung erreichte, daß die Sportkorrespondenten aller anderen nationalen deutschen Blätter die Siege der Hitlerjugendmannschaft ausführlich würdigten. Nach dem Zwischenfall in Las Vegas ließ Goebbels es sich auch nicht nehmen, eine Karikatur zu veröffentlichen, die Flanagan als »kommunistischen Lakaien« zeigte, der unter einem dick beschnurrbarten Josef Stalin katzbuckelte.

Mögen also Flanagan, Willard und die Trans-America-Bank jeden Grund zur Freude gehabt haben, was die Gunst der Herren von der Presse anbetraf, so entwickelten sich anderswo die Dinge bei weitem nicht so günstig.

In New York hatten die Untersuchungen über Bürgermeister Jimmy Walkers Amtsführung ziemlich dunkle Brocken zutage gefördert und ein paar Merkwürdigkeiten mehr gleich mit ans Licht gezogen. Rollin C. Battrass, Chefinspektor des Manhattan Building Bureau, hatte man verhaftet und unter der Anschuldigung, Bestechungsgelder angenommen zu haben, in Untersuchungshaft genommen. Ringsum gingen Walkers Leute schnell auf Tauchstation. In Chicago sah es auch nicht gerade rosig aus: Dort war Bürgermeister ›Big Bill‹ Thompson, ein Freund Flanagans aus alten Tagen, bei der Kommunalwahl von seinem Gegenkandidaten mit einer erdrutschartigen Mehrheit von 191 916 Stimmen aus dem Amtssessel geschleudert worden und befand sich im wohlverdienten Urlaub irgendwo auf dem Mississippi. Chicago und New York waren jetzt, Mitte April, zwar erst in drei Wochen oder später akut, dafür drückten Flanagan aber andere, brennende Probleme. De Luxe Catering, die Verpflegungsfirma, forderte höhere Vorauszahlungen und erklärte ihm kurz und knapp, daß er entweder bis Denver fünfzigtausend Dollar auf den Tisch legen müsse oder die Verantwortung dafür zu tragen hätte, wenn die Läufer von einem Tag auf den anderen vor leeren Tellern sitzen würden.

Wie immer Flanagan auch die Dinge betrachten mochte – nach tausend Meilen begann es um sein Rennen recht düster zu werden. Alldem zum Trotz hatte natürlich mal wieder Will Rogers, Amerikas Lieblingshumorist, die wichtigen Worte des Trostes und der Hoffnung bereit: »Das Großartigste, das C. C. Flanagans Läufer demonstrieren, ist die Tatsache, daß man immer noch auf die Titelseite kommen kann, ohne jemanden umgelegt zu haben.«

Charles Finley saß kerzengrade und ziemlich ungemütlich auf einem hohen Stuhl mit lederüberzogener Rückenlehne vor dem riesigen pieksauberen Schreibtisch im Büro des Direktors und fing mit fester klarer Stimme zu lesen an.

»10. April 1931. Erster Bericht von Agent Ernest Bullard.« Er räusperte sich.

»Die Observation des Trans-America-Rennens erstreckte sich bisher über zwei Wochen, innerhalb derer die Läufer von Las Vegas, Utah, nach Grand Junction, Colorado, gelangten. Die Las-Vegas-Etappe endete mit einer Schlägerei am Ziel, in die drei der Spitzenläufer – Cole (USA), Michael Morgan (USA) und Hugh McPhail (Großbritannien) – sowie streikende IWW-Arbeiter des Boulder-Damm-Projekts verwickelt waren. Als man entdeckt hatte, daß die Läufer IWW-Hemden trugen, wurde der Krawall durch den IWW-Führer Eamon Flaherty schnell beendet.«

»N bekannter Kommunist«, warf J. Edgar Hoover mit flacher, tiefer Stimme ein.

»In der Tat, Sir«, stimmte Finley zu und fuhr fort: »Weitere rechtswidrige Vorkommnisse waren nicht auszumachen. Vielmehr wurde der weitere Verlauf des Rennens sowohl von IWW-Arbeitern als auch von der allgemeinen Öffentlichkeit lauthals bejubelt. Mir fiel auf, daß trotz offenkundiger Angriffshandlungen keinerlei Festnahmen stattfanden, obwohl die Polizei von Las Vegas sich vor Ort befand.«

»Paßt haargenau«, sagte Hoover und zauberte Kringel auf seinen Schreibblock.

»Nach diesem Teil des Rennens stellte ich mich Charles C. Flanagan, dem Organisator des Rennens, vor. Ich fragte, warum er seine Läufer mit IWW-Trikots ausgestattet hätte. Er erwiderte, er habe bereits seit geraumer Zeit Informationen über mögliche Schwierigkeiten in Las Vegas erhalten und deshalb aus Gründen der Sicherheit (wie er es nannte) seinen Läufern das Tragen der besagten Trikots anempfohlen. Ich bin der Überzeugung, daß Flanagan damit weniger den Versuch unternehmen wollte, sich mit den streikenden IWW-Arbeitern zu solidarisieren, als vielmehr Probleme zu vermeiden. Später allerdings, während einer Geselligkeit im IWW-Hauptquartier im Solidaritätscamp, gaben einige Athleten Erklärungen ab, die nur als links und radikal oder beides charakterisiert werden können.«

»Irgendwelche Einzelheiten?« fragte Hoover.

Finleys Augen durchflogen Bullards Bericht.

»Keine, Sir«, sagte er.

Hoover räusperte sich und forderte Finley auf fortzufahren.

»Seither kann ich mich (als Zeitungsreporter) völlig ungezwungen unter den Teilnehmern bewegen. Diese Männer kommen aus einunddreißig verschiedenen Nationen, und viele sind ehemalige Olympiateilnehmer. Die meisten sind arbeitslos oder kommen aus Berufen in von der Depression besonders betroffenen Gebieten. Für sie bietet das Trans-America-Rennen eine willkommene Gelegenheit, ein neues Leben zu beginnen – wenn sie einen der großen Preise gewinnen. Bis zum Abschluß meines ersten Berichts war es mir nicht möglich, irgendwelche Anzeichen organisierter linksradikaler Aktionsgruppen unter den teilnehmenden Sportlern auszumachen.«

Finley legte das erste Blatt zur Seite. »Sir, dies ist das Ende der ersten Sektion, die mit den politischen Faktoren. Der zweite Teil betrifft Agent Bullards Mission in Sachen Clairville-Mord.«

»Vergessen Sies«, sagte Hoover. »Deshalb haben wir Bullard nicht ins Rennen geschickt.« Er stand auf, drehte sich um und betrachtete eine große, schwere Wachstuchkarte der Vereinigten Staaten, die hinter seinem Schreibtisch an der Wand hing.

»Wo sind die Kerle jetzt, Finley?« fragte er und überflog die Karte.

Finley trat heran. »Ungefähr hier – etwa Höhe Gypsum, in den Rockies«, sagte er. »Sie kommen nächste Woche wieder aus den Rockies raus und sind dann schon bald am Rand der Great Plains.«

»Ziemlich hartes Land dort. Aber das dauert noch ein ganzes Ende, bis die Leutchen es unter den Hufen haben«, sagte Hoover. »Ist auch für Bullard noch früh genug. Und denken Sie dran, Finley: Der Befehl zur Radikalenhatz kam nun mal direkt aus dem Oval Office.«

»Jawoll, Sir«, sagte Finley pflichtbewußt, »von ganz oben.«

»Bullard«, sagte Hoover nachdenklich. »Was ist das eigentlich für ein Mann?«

»Einer unsrer besten Agenten, Herr Direktor. Hat von 1920 bis 1924 bei der New Yorker Prohibitionsabteilung gearbeitet, unter Captain Dan Chapin.«

»Der verdammte Dan Chapin«, gluckste Hoover vergnügt. »Was für ein Donnerbesen! Hat der doch eines Tages all seine Agenten im Büro zusammengerufen. ›Meine Herren‹, sagte er, ›alle die Hände aufn Tisch. So. Jeder von euch Höllenhunden, dern Diamantring trägt, ist fristlos entlassen.‹ An diesem Tag hatte er die Hälfte seiner Mannschaft rausgekehrt.«

Finley gestattete sich ein dünnes Lächeln. »Captain Chapin hat Bullard ein exzellentes Zeugnis ausgestellt, Herr Direktor.«

»Also keine Diamantringe, wie?« feixte Hoover. »Wahrscheinlich macht Bullard mehr auf Familie?«

Finley brauchte seine Unterlagen nicht zu bemühen.

»Zwei Kinder, acht und zehn Jahre, Sir.«

»Sonst irgendwie was Halbseidenes oder so?«

»Nicht daß ich wüßte, Sir.«

»Politik?«

»Republikaner.«

»Kirche?«

»Presbyterianer, Sir. Regelmäßiger Kirchgänger, sofern der Dienst es gestattet. Ist bei denen Kirchenältester.«

»Größe? Gewicht?«

»Einszweiundsiebzig, hundertfünfundsechzig Pfund«, antwortete Finley wie aus der Pistole geschossen. »Hat früher an der UCLA Mittelposition gespielt. Siegte 1914 in der NCAAA-Halbmeile. Bullard ist noch immer sehr gut in Schuß.«

»Recht so«, sagte Hoover. »Ich mag Leute, die fit sind. Ach, noch etwas...«

»Jawoll, Sir?« Finley schaute auf.

»Haben Sie sich Bullards Rasur angesehen?«

Finley verbarg mit Mühe seine Irritation; doch schnell hatte er seine alte Haltung wiedergewonnen.

»Natürlich, Sir...«, sagte er.

»Ich mein, zweimal am Tag, um acht und um fünf? Rasiermesser?«

»Ich werde mich doch noch mal drum kümmern, Sir, um ganz sicher zu sein.«

»Tun Sie das«, bekräftigte Hoover. »Bullard – scheint ja eigentlich recht ordentlich zu sein. Aber Details wie so was sagen mir mehr, als Sie glauben. Das ist jedenfalls meine Erfahrung.«

Hoover kehrte an seinen Platz zurück und kaute auf seinem Bleistift herum. »Dieser Flanagan«, fragte er dann, »gibt es über ihn Erkenntnisse?«

Finley nahm einen dünnen Aktendeckel zur Hand und schlug ihn auf und las laut vor: »Charles C. Flanagan, geboren in New York am 22. April 1884. Verließ die Schule nach der vierten Klasse. Von 1901 bis 1908 Teilzeitbeschäftigung im YMCA Mott Street als Betreuer von Leichtathletik- und Baseballmannschaften. Von 1908 bis 1912 Versicherungsmakler. Von 1914 bis 1919 Journalist bei der *Chicago Tribune*, von 1919 bis 1921 Manager eines Frauen-Baseballteams.«

»Was? Wie bitte? Frauen-Baseball?« fragte Hoover zurück und strich sich über sein Kinn.

»Jawoll, Sir«, sagte Finley. Er schaute kurz hoch und fuhr fort: »Unternahm 1923 einen vergeblichen Versuch, in New York Hallenpferderennen einzuführen. Versuchte 1924 im großen Stil Hallen-Leichtathletikmeisterschaften im Madison Square Garden zu organisieren. Einspruch der AAU. Managte die international bekannte Tennisspielerin Suzanne Lamarr.«

»Ist nicht gerade viel«, sagte Hoover.

»Außer vielleicht diese Frauenbaseballteamgründung«, wandte Finley ein.

»Jaja«, sagte Hoover. »Was ist mit den Sportlern im Trans-America-Rennen?«

»Auch nicht viel«, bekannte Finley und griff sich einen schmalen Aktenordner. »Einige von den amerikanischen Jungs sind Ex-Collegesportler – keine politischen Verbindungen. Eine Menge Farmer sind darunter; sind ebenfalls alle stubenrein. Am ehesten politisch verseucht dürften die Industriearbeiter sein – es sind Hunderte im Rennen –, aber wir dürften Monate brauchen, um die alle auf die Reihe zu kriegen. Und was die Ausländer angeht – da ist es erst recht unmöglich, alle zu durchleuchten.«

»Das heißt also, wir müssen abwarten, bis plötzlich wirklich irgendwas Politisches passiert?«

»Es scheint so, Sir«, sagte Finley und nickte. »Die Zeitungen schreiben, daß seit Las Vegas überall, wo die Trans-Americans hinkommen, Tramps an der Strecke stehn, um ihnen Mut zuzubrüllen. Durch die Mojave sind sie noch ohne Zuschauer gerannt, aber jetzt werden sie bis nach New York keinen Meter mehr allein sein.«

Hoover riß ruckartig seinen kurzgeschorenen Rundschädel hoch.

»Wollen Sie damit sagen, daß die tatsächlich eine radikale Bedrohung der öffentlichen Ordnung sind?«

»Das habe ich nicht gesagt«, verneinte Finley geduldig. »Sie sind einfach – und wahrscheinlich ohne es zu wollen – Identifikationsfiguren geworden für Leute, die keine Arbeit haben, und damit vielleicht sogar benutzbar für radikale und linksextreme Agitation. Wir haben ein Millionenheer von Arbeitslosen, Sir, und das Rennen ist für sie bestimmt zu einem Symbol geworden, zu einer idealisierten Vorhut im Kampf um ein besseres soziales Leben.«

»Und wie haben Reuther und Lewis und all die anderen Gewerkschaftssäcke darauf reagiert?«

Finley zerrte einen Stoß Zeitungen hervor und legte ihn auf Hoovers Schreibtisch.

»Sind durch die Bank weg stramm auf seiten der Läufer, Sir, aber das sind inzwischen selbst Leute wie Carl Liebnitz von der *New York Times,* sogar Alice Craig McAllister und Kardinal O'Rourke.«

»Reuther, Lewis, Liebnitz, McAllister, O'Rourke«, rapschte Hoover säuerlich. »Was für eine bunte Mischung.«

»Und vergessen Sie nicht Will Rogers, Herr Direktor«, fügte Finley hinzu. »Der hat schon verschiedentlich seine Unterstützung des Rennens bekundet.«

Hoover ließ ein Lächeln auf seinem ansonsten ausdruckslosen Gesicht zu. »Der alte Will Rogers«, spottete er. »Na, wenn das kein schlagendes Argument ist!«

Wie Doc vorhergesagt hatte, kühlte das Wetter ab, als die Trans-Americans die ersten Ausläufer der Rocky Mountains erreichten. Doch erst 150 Meilen ostwärts hinter St. George kam Hugh wieder voll auf Touren und erreichte die gewohnte Laufqualität. Inzwischen lief er mit Doc im Team, und sein älterer Gefährte, der die Deutschen seit Las Vegas noch immer scharf auf dem Kieker hatte, hielt sich zunächst zurück, um Hugh gut durch die ersten Etappentage hindurchzubringen, bevor er, das Feld von hinten aufrollend, den Spitzenläufern wieder auf den Pelz rückte.

Durch Doc lernte Hugh Mark Twains *Huckleberry Finn* kennen. Der alte Rennläufer kannte den größten Teil des Romans auswendig und ratterte in den ruhigeren Phasen der Strecke seine Version herunter. So begleitete Hugh die Welt von Tom Sawyer und Huck Finn, vom Negersklaven Jim und von den falschen Fuffzigern Herzog und Prinz. Auf der Schule hatte er sich nie sonderlich für die Kunst des Lesens erwärmen können; während der Meilenfresserei vermochte es nun Doc, ihm das Mississippi-Leben schmackhaft zu machen.

Müller und Stock, die über ihren Teamchef Moltke ohne Erfolg Einspruch gegen Docs Abkürzungslauf vor Las Vegas eingelegt hatten, kappten ihm erbarmungslos Minute um Minute seines Vorsprungs, und vor Grand Junction, Colorado, in den Ausläufern der Rocky Mountains, führten sie schon wieder um einige Minuten.

Die gleichbleibende Leistung, die die jungen Deutschen täglich auf der Strecke brachten, überstieg selbst Docs Erfahrungshorizont. Nach jedem Marathon, den er bisher gelaufen war, hatte er stets einige Zeit gebraucht, um die Schmerzen abklingen zu lassen und die

Strapazen zu vergessen, bevor er ein neues Rennen angehen konnte. Aber diese schmalen teutonischen Jünglinge brachten es fertig, täglich zwei Marathons zu laufen, und das sechs Tage in der Woche und bei knappen neun Minuten pro Meile.

Doc war sich klar darüber, daß es zu nichts führen werde, sich weiterhin wegen Stock und Müller den Kopf zu zerbrechen. Wenn die Deutschen ihr stolzes Siegertempo durchhalten wollten, dann sollten sie das in Dreiteufelsnamen eben tun. Aber falls Doc und Hugh sie überhaupt jemals einholen sollten, dann würden sie mit ihrer eigenen Geschwindigkeit weitermachen, sozusagen in einem Kokon eigener Machart. Dieser Kokon war nicht nur physischer, sondern ebenso auch psychologischer Art, und darum nahm Doc jeden Morgen Hugh mit sich hinaus in die Rockies, und dort, außerhalb des Camps, redeten sie mit sich selbst und riefen eine immer gleiche Satzfolge: *Ich bin ein Langstreckenläufer. Meine Knochen sind leicht, mein Körper ist kräftig. Mein Herz wird immer und ewig Blut pumpen und meine Muskeln mit Sauerstoff versorgen.*

Beider Stimmen brachen sich weit hinten in den Bergen, weil Doc darauf bestand, daß die Sätze gelegentlich herausgeschrien wurden, als wären sie nicht nur die bloße Bestätigung ihrer Natur, sondern auch eine Geste des Trotzes.

*Ich bin ein Läufer. Ich lebe als Läufer. Ich esse als Läufer. Ich betrachte den Himmel, den Weg, die ganze Welt als Läufer. Ich schaffe fünfzig Meilen pro Tag, sechs Tage in der Woche.*

Anfangs war Hugh sich dabei noch recht albern vorgekommen und hatte seine Stimme bewußt leise gehalten, bis sie garantiert außer Hörweite des Lagers waren. Auch waren ihm anfangs die Worte platt und dumm vorgekommen, und er murmelte sie ohne Überzeugung oder Verständnis vor sich hin, genau wie das Vaterunser Jahre vorher in der Schule. Allmählich aber gewann – wie damals auch das Vaterunser – Docs ›Litanei‹ immer mehr Kraft, eine Kraft, die sie am Anfang noch nicht besessen hatte. Hugh wurde, wirklich und wahrhaftig, ein echter Läufer. Was sie da zu zweit beschrien, das war er selber, wie er gegenwärtig war: Langstreckenläufer, Teil eines Tausendfüßlers, der den mühseligen Weg über die Rockies unter seine Füße nahm.

»Weißt du, was ich glaube?« fragte Doc eines Tages Hugh in Green River. »Wir können gar nicht verliern. Weil wir hergekommen sind mit nix auf der Naht. Wir sind hergekommen und warn total am Ende. Hugh, was hast du denn schon groß in Glasgow in deinem Broo Park gehabt? Nichts! Und Morgan? Martínez? Nix, nicht die Bohne! Ich seh das so: Jede einzelne Meile, die wir schaffen, jeder Fußbreit Boden, den wir hinter uns bringen, istn Sieg. Jedesmal, wenn wir denken, wir wollen aufhören und machen dann doch weiter, istsn Sieg. Jeder verdammte Augenblick auf dieser Strecke istn Sieg. Hier draußen auf der Strecke wachsen wir Tag um Tag. Wir werden größer, verstehste? Und schließlich machen wir den Hunden, die uns hier rausgezwungen haben, immerzune schöne lange Nase.«

Hughs Reaktion war weniger philosophisch. »So wie du das siehst, Doc, müßten wir im letzten Monat ne wahnsinnige, riesige Zahl Siegespunkte eingeheimst haben. Aber wer weiß das denn? Wen interessiert das schon groß?«

»Werd ich dir sagen«, entgegnete Doc. »Im ganzen Land gibts Millionen Arbeitslose mittleren Alters, die sich fragen, wie der olle Doc Cole vorankommt, Tausende illegale mexikanische Immigranten, die Leuten zuhören, die sich gegenseitig aus den Zeitungen vorlesen, um was über Martínez zu erfahren. Zu Hause in deinem Broo Park, bei dir im schönen Schottland, da wett ich, bist du sone Art Gott für die! Aber das Wichtigste – weißt du, wer das weiß? Na, du weißt es! Du weißt, was du hier auf der Strecke gebracht hast, Tag für Tag; gewinnen oder verlieren, schwimmen oder untergehn. Mensch, Hugh, das istn Teil von dir, und drum wirst du das auch niemals in deinem Leben vergessen.«

Hugh mußte zugeben, daß sein Laufpartner recht hatte. Tag für Tag fühlte er mehr Kraft in seinen Körper strömen, spürte er mehr Vertrauen zu sich selbst. Das faule Fleisch, das bei seinen armseligen Broo-Park-Vergnügungen in ihm gewuchert war, wurde Meile auf Meile herausgebrannt, täglich wurden die Herausforderungen der Strecke angenommen und bewältigt. Die ersten Etappen durch die Rockies waren den Trainingstagen in den Highlands ähnlich, denn Schmerzen und Steifheit ließen sich einfach nicht aus den Beinen schütteln. Enorme Steigungen und steiles Gefälle aktivierten winzige, normalerweise absolut untätige Muskelfaserbündelungen, die auf flachen Strecken oder bei sanften Anstiegen nicht gefordert wurden. Deshalb trainierte Hugh jeden Tag eine halbe Stunde mit Doc, bis er wieder locker genug war, um dem Laufpensum der neuen Etappe gewachsen zu sein.

Aus seiner Glasgower Zechenzeit wußte Hugh, daß Männer immer nur eine von zwei möglichen Entwicklungen ihrer Konstitution einschlugen, nämlich ›Bulle‹ oder ›Draht‹. Die ›Bullen‹ entwikkelten massive Schultern, Arme und Oberschenkel, die ›Drähte‹ wurden hager, dürr und sehnig. Doch das Trans-America-Rennen zwang jeden auf den ›Drahtweg‹. In Los Angeles hatte Hugh noch runde hunderteinundfünfzig Pfund – wie er meinte – solide Knochen und Muskeln auf die Waage gebracht. Jetzt wog er noch hundertzweiundvierzig Pfund. Die Bergstrecken walkten seine Oberschenkel kräftig durch; Anatomiestudenten hätten sie ein ideales Relief geboten: Deutlich und klar wie Flüsse aus der Vogelperspektive zeichneten sich die Stränge des Quadrizeps ab, und der diagonale Schneidermuskel grub sich seinen Weg über den Oberschenkel bis weit in das Innere des Knies. Wenn er das Bein streckte, schnellte die Knieflechse wie eine Bogensehne hervor und wölbte sich auf wie eine sanfte und doch muskulöse Brust, wenn er sie wieder beugte.

Mit Doc an seiner Seite kämpfte er sich die Berge hinauf, und die Schmerzen stießen seine Beine wie eine Ramme das Erdreich. Sie liefen wie mit einem Herzen und von einen Willen angetrieben, und gelegentlich, wenn ihr Schrittrhythmus gleichklang, auch wie ein Mann.

Obwohl einige Läufer schon wollenes Unterzeug, langärmelige Trikots und Handschuhe trugen, die sie an ihren Ruhetagen erstanden hatten, war ihnen, da man inzwischen Temperaturen nahe null Grad und schneidenden Wind gegen sich hatte, nie warm genug. Sogar Müller verminderte das Tempo, obwohl er mit jedem Etappengewinn seiner schmalen Führung neue Minuten hinzufügte.

Tag für Tag wiederholten sich die dramatischen Situationen in den eisigen Bergen, als Doc, Hugh, Morgan und Martínez verbissen den Deutschen auf den Fersen blieben. Dahinter rückten Bouin und Capaldi immer stärker auf. Lord Thurleigh behauptete sich ebenfalls noch im Spitzenfeld, doch dann tauchten neue Läufer auf; unter ihnen der spindeldürre Australier Mullins, der untersetzte Japaner Tajuma und der knochige Pole Komar, die nun bei jedem Etappeneinlauf zum ersten Dutzend zählten. Das kleine Feld der Führenden wurde zunehmend dichter, als nun die Bergexperten, die Kletterer, jene Männer mit Stahl in den Beinen, zu den anderen aufschlossen.

In der Gegend von Gypsum bewegten sie sich mühsam in die wirklich hochgelegenen Gebiete hinein und hatten vierzig Meilen danach den Shrine-Paß unter den eiskalten Füßen, dreitausendfünfhundertfünfzig Meter über dem Meeresspiegel. Am Paßende hatte man das Lager aufgeschlagen, mitten im Zentralmassiv der Rocky Mountains, etwa sechzig Meilen vor Denver.

Organisatorisch hatte Willard Clay sich selbst übertroffen, denn die Läuferzelte wurden jede Nacht von Dutzenden von Paraffinöfen geheizt. Die Luft war drinnen zwar muffig und feucht, aber warm war es wenigstens. Doc und Hugh lauschten zufrieden dem Wind, der um die Zelte fegte und durch die Schluchten pfiff.

»Und wenn ich tot umfallen soll, er lief dann immer rückwärts«, sagte Doc gerade, der mit Hugh und Morgen zusammen auf dem schmutzigen Zeltboden hockte.

»Der Mann hieß Edward Payson Weston«, erzählte er weiter, »und ging um 1910, also vor ungefähr zwanzig Jahren, von New York nach Los Angeles und schaffte ungefähr die gleiche Meilenzahl wie wir. Er ist durch die ganze Welt marschiert in Samtjackett und langer Hose und ging fünfundfünfzig Meilen in zwölf Stunden rundrum im Stadion dem großen Geld hinterher. Auf der letzten Meile spielte er dann gern Trompete oder ging rückwärts. Danach pflegte er aus messianischen Gründen der Mäßigung eine Stunde lang über den Wert des Gehens und des Sports allgemein für die Gesundheit zu reden.«

»Und was hat das alles mit Berglaufen zu tun?« fragte Hugh.

»Also gut, laßt euch erst mal gesagt sein, daß wir bald an verdammt steile Dinger kommen«, antwortete Doc.

»Sag das noch mal!« Hugh fuhr hoch. »Schlimmer als mit den Brocken, die wir hinter uns haben, kanns ja wohl kaum mehr werden.«

»Naja, egal«, nuschelte Doc. »Payson Weston jedenfalls hatte seine Theorie, daß man steile Berge am besten rückwärts runterläuft, damit die Oberschenkel nicht allzusehr belastet werden.«

»Dein Weston scheint gar nicht mal so unrecht zu haben«, mischte sich Morgan ein. »Diese Gefällstrecken habens nämlich wirklich in sich. Eine einzige Muskelfolterei! Willst eigentlich nach vorn laufen, mußt dich aber gleichzeitig nach hinten stemmen, nur damit du nicht auf die Nase fällst...«

»Genau so ist es«, sagte Doc.

»Ja, aber warum stolperst du dann nicht seiner Theorie hinterher?« fragte Hugh etwas spöttisch.

»Ich denk, ich seh das so: Wenn schon dreitausend oder mehr Meilen zu laufen sind, will ich sichergehen, daß ich auch gucken kann, wos langgeht«, gab Doc zurück. »Trotzdem, so was wie das hier brauchen wir von jetzt an dringendst.« Er wühlte in seinem Rucksack und zog eine rote lange Wollunterhose heraus.

»Für morgen ist Schnee angesagt. Doch die weiße Pracht und Wind mal beiseite gelassen: Die nächsten paar Tage gehts stetig bergauf und mit der Temperatur immer weiter unter Null. Eure Beine werden da nie warm, ganz egal, wie weit ihr auch lauft. Also besorgt euch morgen in Leadville lange Unterhosen. Ich schätz, die Trikotagengeschäfte werden in warmen Sachen schon bald ratzekahl ausverkauft sein. Wir sollten also zusehen, daß wir früher dort sind.«

»Himmel noch mal«, entrüstete sich Willard Clay, mit beiden Händen das Lenkrad des Ford umklammernd, der sonst erledigte Läufer hinten auf der Pritsche transportierte. »Ist ja kälter hier als in Alaska.« Willards rundliches Gesicht legte sich in mißmutige Falten, als man die schneeverklumpten Scheibenwischer auf der Frontscheibe hin- und herscharren hörte. Er fuhr mit Dixie Richtung Süden nach Leadville, Colorado, und hatte den Auftrag, für mehr als achthundert unzureichend ausgerüstete Trans-Americans, die sich fünf Meilen hinter ihnen in wind- und schneegepeitschten Zelten aneinanderkauerten, warme Kleidung zu besorgen.

»Wird Mister Flanagan die morgige Etappe aussetzen, was meinen Sie?« fragte Dixie, ihr Gesicht dicht an der beschlagenen Scheibe.

»Unmöglich«, gab Willard zur Antwort und schaltete einen Gang zurück, um eine steile Steigung überwinden zu können.

»Mister Flanagan und ich haben einen ganz schönen straffen Zeitplan, den wir unbedingt einhalten müssen. Gut, son bißchen lange Leine ab und zu ist schon in Ordnung, aber trotz Schneehölle oder Hochwasser – morgen wird gelaufen.«

Dixie spähte hinaus auf den pulverigen Schnee, der die himmelhohen Berge vor ihnen umschlossen hatte, durch die die Trans-Americans schon morgen würden hindurchstoßen müssen. Bis jetzt war das Wetter in den Rockies noch ungewöhnlich mild gewesen; schwierig war einzig das Laufen in dünner Luft auf ständig steiler werdenden Schotterstraßen. Nun aber würden sich Schnee und Frost hinzugesellen.

Dixie schaute nach links zu Willard hinüber. Sie war jetzt schon fast zwei Monate bei Clay und wußte im Grund genommen so gut wie gar nichts über ihn. In den ersten Tagen des Trans-America-Rennens, als sie in der Hitze der Mojave die schwierige Aufgabe hatte, die Einlaufreihenfolge von knapp zweitausend Wettkämpfern zu notieren, war es der kleine Willard gewesen, der Zeit gefunden hatte, sich ihr hilfreich zur Seite zu stellen und sie mit effektiveren Methoden der Bewältigung ihrer Aufgabe vertraut zu machen. Willard war allüberall, und trotzdem war es schwierig, sich ihn als eine Person vorzustellen, die ein vom Trans-America und seinen Anforderungen unabhängiges, eigenes Leben führte.

Gewiß, er war kein Mann, auf den die Frauen flogen, und für gewöhnlich repräsentierte er den perfekten Kontrast zu Flanagan, seinem »Vorgesetzten«. Dies war das erste Mal, daß Dixie mit ihm allein war, und sie beschloß, die Initiative zu ergreifen, und zwar auf die einzige Art und Weise, die ihr bekannt war: durch Fragenstellen.

»Wie haben Sie eigentlich Mister Flanagan kennengelernt?« begann sie zögernd.

Willards Augen blieben fest auf die Straße gerichtet.

»Das war in New York, neunzehnhundertdreiundzwanzig. Ich war damals nichts weiter alsn flotter Niemand, der in Hell's Kitchen Schnaps schwarz verkauft hat. Naja, aber Mister Flanagan war mir ja eigentlich schon seit seiner alten YMCA-Zeit bekannt gewesen. Aber trotzdem, er mußte erst mal ganz schön Süßholz raspeln, um mich aus meinem Bootleg-Geschäft rauszulocken!«

»Haben Sie viel Geld verdient?«

»Kann man schon sagen«, lächelte Willard, und der kalte Schweiß begann ihm den Rundnacken hinunterzulaufen. »Dreihundert die Woche. Dann kommt Mister Flanagan zu mir mit dieser Schnapsidee von wegen Hallenpferderennen. Die Idee war die, Pferde und Cowboys aus dem ganzen Westen zusammenzutrommeln und sie in New York und New Jersey in Exerzierhallen aufner Sandbahn ihre Runden drehn zu lassen.«

»Und? Hats funktioniert?«

Willard grinste und schüttelte den Kopf.

»Jedenfalls bin ich zu Mister Flanagan gegangen und hab meinen Schwarzhandel aufgegeben. Fragen Sie mich nicht, warum – ich mußte ihm sogar erst mal fünfhundert Dollar hinblättern, damit er überhaupt anfangen konnte. Eine Woche später hoben die Bullen meinen Bootleg-Laden aus, und alle, die da waren, mußten für zwei Jahre in den Bau.«

»Und das Pferderennen?«

»Mister Flanagan mußte ein paar tausend Dollar ausspucken für irgendnen Händler im Westen wegen ner Herde Wildpferde. Wir haben zwei Monate auf die Gäule gewartet. Und das war dann auch das Letzte, was Flanagan von seinen zwei Riesen zu sehen bekam –

263

naja, und drum ist unsere Pferderennerei eben nie was Richtiges geworden.«

»Und was dann?«

»Ich und Mister Flanagan haben dann son bißchen Pfadfinder gespielt für die Brooklyn Dodgers, Talente gesucht draußen in den Zweitligen. Dazwischen haben wir Pokerspiele für Leute organisiert, dien bißchen was zu tun haben wollten. Dann, 1925, begann Mister Flanagan, ne Tennis-Profispielerin zu managen, ne Französin namens Suzanne Lamarr. Ich hab als ihr Road-Manager gearbeitet. Mister Flanagan und Miss Lamarr haben die meiste Zeit zusammen im Auto zugebracht. Dann ist sie mitnem italienischen Kellner nach Brasilien abgehaun, 1928, und 1929 ist Mister Flanagan dann die Idee für sein Trans-America-Rennen gekommen.«

Dixie wühlte in ihrer Handtasche nach ihrem Kosmetiknecessaire.

»Und, wie fanden Sie die Idee?«

»Am Anfang überhaupt nicht gut. Aber dann hab ich so für mich gedacht – Mensch, wann kriegt son kleiner Typ wie ich schon mal die Chance, zweitausend Jungs quer durch ganz Amerika zu schaffen? Es war die Chance meines Lebens. Sapperlot, fast mein ganzes Leben hab ich mit Kleinkram rumgebracht – doch hier kann ich nun endlich mal was Großes machen, etwas, was noch keiner geschafft hat.«

»Und schaffen Sie und Mister Flanagan es denn?«

Willards Lächeln gefror.

»Ma'am, wir müssen es. Ich bin von nirgendwo gekommen – keine Familie, keine Ausbildung, mit einem Bein im Kittchen –, als Mister Flanagan mich gerufen hat. Und jetzt organisier ich ihm das gewaltigste Wettgelaufe der Welt.«

Dixie entnahm der Schminktasche einen Lippenstift, schaute in ihren kleinen Puderdosenspiegel und zog sorgfältig ihre Lippen nach.

»Aber was ist mit all den Städten, die nicht zahlen wollen oder sich aus dem Kontrakt rauswinden?«

Willard griff nach einer Schachtel Zigaretten und schnippte sich eine in den Mund.

»Das überlaß ich alles Mister Flanagan«, antwortete er und entzündete sein Feuerzeug. »Geldeintreiben ist sein Bier. Ich hab dafür zu sorgen, uns alle von einem Ort zum nächsten zu kriegen.« Er zündete die Zigarette an. »Mister Flanagan ist zur einen Hälfte Houdini und zur anderen Heiliger Geist. Mit dieser Kombination könnten wir die Jungs auch auf den Mond kriegen.«

Sie näherten sich Leadville. Dixie schwieg. Es war fast nicht zu glauben, dachte sie bei sich. Da schleppten Flanagan und sein rundlicher, zerknitterter kleiner Oberhelfer tausend Läufer, einen Zirkus, ein Pressecorps und über hundert Leute Personal durch die Gegend und brachten sie – bis jetzt – sicher durch jedes erdenkliche Ungemach. Und sie selbst? Auf irgendeine magische Weise gehörte sie auch dazu, war Teil des Ganzen und fühlte sich täglich noch stärker miteinbezogen, je mehr sie von Verpflegung, Nachschub und Quartiermachen verstand und je mehr sie in deren Problematik verwickelt wurde. Für Willard Clay waren diese Dinge nichts Besonderes, sie lagen seinem Naturell. Hatte sich Dixie noch anfangs als Zaungast, als hübsche Dekoration gefühlt, so befand sie sich nun auf dem besten Weg, Teil des Trans-America-Rennens zu werden, nicht seiner Verwaltungsmaschinerie, sondern auch seines Herzens und seines Willens.

Willard steuerte den Laster in den bräunlichen Schneeschlamm des Bürgersteigs vor dem Kaufhaus.

»Leadville, Colorado«, sagte er und zog die Handbremse an. »Ach ja, Miss Williams: Mister Flanagan hat mir aufgetragen, Ihnen zu sagen, daß er mit Ihrer Arbeit sehr zufrieden ist. Dachte, das könnte Sie interessieren.«


Es war Hughs Idee gewesen, mal wieder ins Kino zu gehen, und er hatte Doc gebeten, es auch den anderen aus der Gruppe zu sagen – in der Hoffnung, daß Dixie Kates wegen mitgehen würde. Zu seiner großen Freude hatte sie die Einladung angenommen; wenig später hatte er recht beklommen neben ihr auf dem groben Boden des LKWs gesessen, und ihre Körper waren hin und wieder miteinander in Berührung gekommen, wenn das Fahrzeug auf dem unebenen Weg ins Holpern geriet.

An jenem Abend strömten sie alle durch die Hauptstraße von Leadville zum Electric Picture Palace. Daß das Kino Elektrizität hatte, stand außer Zweifel, nur war es mit seiner geflickten Leinwand und den schäbigen Sitzen aus Möchtegernsamt alles andere als ein Palast. Kaum vorstellbar, daß der Douglas Fairbanks, den sie sich ansahen, hier über die Leinwand springen sollte, wo doch Sindbad der Seefahrer genau der gleiche abgebrochene Winzling war wie der, der sie vor erst sechs Wochen in Los Angeles auf ihren Weg gesandt hatte.

Kate und Morgan, Hugh und Dixie, Doc und Martínez zwinkerten mit den Augen und schauten sich um, als das Licht zur Pause anging.

Das Kino war knüppeldickevoll mit Trans-Americans, die ihr Popcorn knabberten und ihr Kräuterbier schlürften, und ihre sonnengebräunten Gesichter wirkten fast schwarz im Vergleich zum bläßlichen Teint der Einheimischen.

Bald erloschen die Lichter wieder, und die Vorschau auf das Programm der nächsten Woche flimmerte über die Leinwand. Es war *Der öffentliche Feind* mit James Cagney und Jean Harlow in den Hauptrollen. Der Werbeslogan donnerte kurz durch den Raum: »Ihr Kuß war so tödlich wie seine Kanone.« Dann kam ein Kurzfilm mit Laurel und Hardy.

Trotz des lauten Gelächters um ihn her konzentrierte sich Hugh ausschließlich auf Dixie und seinen Arm, der nur wenige Zentimeter neben ihrem hellen Baumwollkleid auf der Lehne lag. Er stellte sich ihren geschmeidigen Körper vor, wie er sonnenbraun unter der Kühle des Kleides glühte, und fragte sich, ob sie sich wenigstens ahnungsweise seiner und seines Sehnens bewußt war. Langsam schob er seinen linken Arm so dicht wie möglich an sie heran. Rechts neben ihm saßen Morgan und Kate, ihre Finger waren ineinander verschlungen und die Augen vor lauter Lachen tränennaß. Dixie zu seiner Linken schien ebenfalls in den Bann der Bilder gezogen und lachte herzlich, als Laurel sich neben einem Gorilla ins Bett legte und sofort den Schlaf des Gerechten schlief. Hugh fühlte sich gänzlich allein, und sein Herz loderte verzweifelt mitten in einem Meer aus Gelächter. Er spürte, wie er zitterte, genau wie Jahre zuvor, als er gegen Lord Featherstone angetreten war. Damals hatte er sich monatelang auf das Zusammentreffen vorbereitet und wußte, wie er zu laufen hatte. Aber für hier und jetzt konnte er keine Erfahrung aktivieren und wußte nicht, wie dieses Treffen für ihn laufen würde: Binnen einer Sekunde totales Scheitern, brüske Zurückweisung – und die Sehnsucht zweier Monate und ungezählte Träume würden nichts mehr zählen. Warum auch sollte Dixie überhaupt etwas mit ihm zu tun haben wollen, einem Niemand aus dem schwärzlichen Erdgedärm von Glasgow?

Der Abstand zwischen der linken Armlehne und Dixies schlanker rechter Hand konnte allerhöchstens zwanzig Zentimeter betragen. Für Hugh konnte das ebenso der Grand Canyon sein. Er sah sich schon, wie er Dixie nicht nur zart berührte, sondern ihre Hand entschlossen in der seinen barg und wie fest und leidenschaftlich ihre Geste der Antwort war. Er brannte drauf, diese albernen Zentimeter zu überwinden, fühlte sich aber wie gelähmt. Nur noch wenige

Minuten, und schon würden die Lichter wieder angehen, und der richtige Augenblick wäre für immer verloren.

Hugh schob seinen Arm ein bißchen näher an Dixie heran; er fühlte sich an, als wäre er mehrere Meter länger geworden. Sein ganzer Körper schwamm in Schweiß. Dann ließ er seine linke Hand sich noch ein Stück weiterbewegen. Sie fühlte immer noch nichts. Hatte Dixie vielleicht seine Versuche längst registriert? Vielleicht rückte sie deshalb immer weiter von ihm ab. Er wagte keinen Blick hinüber, um es festzustellen.

Hugh spreizte den kleinen Finger ab und tastete sich weiter vor. Nichts. Noch ein Stückchen. Nichts. Plötzlich spürte er Dixie. Für einen Moment erstarrte Hugh, als er den warmen, ein wenig feuchten kleinen Finger Dixies fühlte, der sich langsam, aber entschlossen über den seinen schob.

Hugh hoffte, daß der Film endlos weiterlaufen würde, und schloß die Augen. Als die Lichter wenig später angingen, standen beide auf, schauten einander an und lächelten.

Um zehn Uhr am nächsten Morgen, dem 15. April 1931, traten eintausendeinhundertelf Läufer im beißenden Wind vor dem Trans-America-Rennleitungswagen auf der Stelle. Schnee legte sich ihnen auf Haar und Augenbrauen und gefror. Vor den spitzen, schrundigen, weißhäuptigen Bergen, die kantig gegen den bleigrauen Himmel stießen, wirkten die Wettkämpfer winzig und unbedeutend. Der Wind schrillte über die flache, vereiste Mulde, in der sich die Zelte die ganze Nacht hindurch mühsam festgehakt hatten. Flanagans Helfer brachen das Lager ab und zerrten mit klammen Fingern an steifgefrorenen Planen und Schnüren.

»Die heutige Etappe ... zweiundvierzig Meilen bis Silver Plume.« Der Wind riß Flanagan die Worte vom Mund. Er wiederholte seine Ansage, doch ohne großen hörbaren Erfolg. »Zweistündige Verpflegungspause nach zwanzig Meilen«, schrie er ins Mikrofon. Flanagan fühlte, wie sich Eis in seine Nasenlöcher setzte, wenn er die schneidende Bergluft einatmete. Er hob seinen am Griff mit Perlen verzierten Trommelrevolver in die Luft. Der Schuß schickte die Trans-Americans herdengleich hinaus durch den Schnee nach Silver Plume.

Doc, Hugh, McPhail und Morgan trugen Handschuhe, Wollmützen, die auch Ohren und Hals bedeckten, sowie rote lange Wollhosen; Mike Morgan registrierte mit Freude, daß Kate schwarze Strumpfhosen angezogen hatte. Sonst trugen nur noch die Finnen, die Deutschen, die All-Americans und etwa sechshundert andere Läufer lange Wollhosen. Viele hatten ihre Beine überhaupt nicht geschützt; Schnee, Wind und Kälte überzogen sie mit einer Gänsehaut.

Zum Glück verliefen die ersten sechzehn Meilen verhältnismäßig glimpflich; Doc und Hugh legten ein gleichmäßiges Sechsmeilenprostundetempo vor und lagen an zwanzigster Stelle; etwa eine halbe Meile vor ihnen führten Müller und Stock eine dichtgedrängte Zwölfergruppe an. Hugh hatte Zeit genug und schaute sich um.

Steil fielen glitzernde Granitfelsen viele hundert Meter in blaue Seen ab, die der ewige Schnee auf den Gipfeln und eisige Gletscher speisten. Weit unter sich, durch leichtes Schneetreiben hindurch, sah Hugh grünschillernde Wasserflächen, auf denen winzige Eisberge schwammen. Über und vor ihm wurzelte dichter Föhrenwald.

»Du heiliger Strohsack«, fluchte Doc und zeigte nach vorn. Etwa eine halbe Meile vor ihnen stieg die Strecke steil an und wand sich schlangengleich um die Berge. Es war der Caribou-Paß, an seinem Scheitel 3664 Meter hoch.

Die Läufer kamen im Schneckentempo voran, und Hugh spürte wieder das Klopfen seines Herzens und die hastigen Züge seines Atems wie schon früher bei nicht so schlimmen Steigungen. Stock und Müller hatten bereits die dutzendköpfige Spitzengruppe abgehängt, die sich hinter ihnen perlengleich auf der weißen Wegschnur aufreihte. Hugh konnte eine kurze Zeit Stock erkennen, wie er stetig aufwärts strebte, ganz allein, etwa knapp hundert Meter vor Müller.

Dann nahm der Schnee an Dichte zu, wirbelte in dicken, weichen Flocken herab, legte sich auf Köpfe und Körper, dort augenblicklich gefrierend, um später wieder zu Wasser zu werden, aufgetaut von der Eigenhitze der Läufer.

Für Kate Sheridan, inzwischen auf vierhundertzwanzigster Position und sich in einer Gruppe von acht Läufern behauptend, begann das Rennen erneut zum Alptraum zu werden, da ihre Beine, nur das flache Pflaster von New York gewöhnt, in zweitausenddreihundert Metern Höhe und mittlerweile dichtem Schneetreiben auf immer größere Steigungen trafen. An den steilsten Stellen war sie gezwungen, auf einen Vierzehnminutenmeilenschritt zurückzugehen, um dann – sich wieder bis auf Zehnminutenmeilen steigernd – bergab vorwärtszustürmen. Zuerst hatte sie über die Schmerzen in ihren Schenkeln noch so herzzerreißend weinen müssen, daß ihr Schluchzen sich an den Felswänden brach und die Tränenströme ihre Wangen vereisten. Jetzt aber konnte sie nicht mehr weinen; und zwei Personen hatten in ihr Platz gegriffen. In der ersten steckte eine wankelmütige, schwache Kate, die müde und atemlos wurde, jene Kate Sheridan, die immerzu sofort Schluß machen wollte. Die andere war eine zähe, fast bösartige Person, die »Kate, das Lamm« ständig antrieb, voranzumachen, weiter zu laufen, vorbei an zerbrochenen und ausgebrannten Männern. Und Stunde um Stunde kämpften die beiden Kates gegeneinander, und die grimmige hielt die schwache in Trab.

Doc und Hugh hatten sich mittlerweile auf Platz acht und neun vorangearbeitet, als würde ein Herz für beide gemeinsam schlagen, und ihre Schritte genauestens aufeinander abgestimmt, ihre Atmung gleichgängig haltend, ziemlich schwer, aber dennoch kontrolliert. Nach zwei Meilen steilster Bergstrecke trafen sie auf die ersten Wracks der Führungsgruppe, die nur mühsam die Richtung hielten und sich verzweifelt durch den Schnee schleppten.

Beider Schrittlänge war auf das mindeste zusammengeschrumpft; ihre Atmung hatte sich zum rhythmischen Stöhnen gewandelt. Hugh spürte, wie seine Oberschenkel schwerer und schwerer wurden und immer mehr schmerzten – zuerst die flatternden Muskeln vorn und an den Seiten, dann die Kniesehnen und die Leistengegend, am Ende auch die Hinterbacken.

»Beug dich vor«, drängte ihn Doc. »Pack die Hände auf die Beine, so.«

Er legte seine Hände auf die Vorderseiten seiner Schenkel, genauso, wie er es schon bei englischen Bergläufern gesehen hatte. Hugh tat wie ihm geheißen und fühlte schon bald, wie seine Muskulatur sich entspannte. Glücklicherweise hatten sie schon fast den Bergkamm erreicht, vor sich etwa eine halbe Meile windgefegter, ebener und gewundener Straße, die ihnen etwas Zeit zur Erholung geben würde.

Sie stöhnten und schluchzten sich den Weg entlang und überholten vier andere Läufer. Etwas später überliefen sie Martínez und Morgan, die ebenfalls partnerschaftlich beieinander waren. Dann kam auch schon die nächste Steigung, und zu viert kämpften sie sich gemeinsam voran auf der steilen, sich windenden Strecke hinein in eine tiefe Schneise windverwehten Schnees, der ihre roten, verschwitzten Gesichter überfiel, ihre Trikots und wollenen Hosen durchnäßte.

Der Caribou-Paß laugte das Läuferfeld so aus, wie es nicht einmal die Wüste hatte schaffen können. Die Mojave war heiß gewesen, aber dort hatte es keine Berge gegeben, keinen Sauerstoffmangel, der für das Laufen so tödlich sein kann. Die Berge verlangten fast alles und gaben nichts zurück.

Die schmale Paßstraße, mit lockerem Neuschnee dick bedeckt, war jedoch glatt geworden und zwang bald alle vier Läufer zu einem gebrochenen, keuchenden Anstieg. Über wenige hundert Yards wiederholten Doc und Hugh ihre Bergläufertechnik, aber auch die nützte ihnen nur noch wenig. Ein flüssiger Laufstil war unmöglich geworden, und sie sahen sich schnell gezwungen, die Geherversion derselben Technik anzuwenden, indem sie wieder ihre Oberschenkel preßten.

Endlich begann der Schneefall nachzulassen; und als sie den Gipfel des Steilstücks erreicht hatten, rollte sogar eine dünne, tranige Sonnenscheibe durch die Wolken. Dreizehnhundert Meter tiefer zeigte sich ihnen eine schneeweiße Hochebene und weit darüber der scharfkantige Gipfel des Mount Teat, der einen türkisblauen Himmel durchstach.

Sie hielten oben auf dem Bergkamm an, an Brauen und im Haar verklumpten Eis und Schnee.

»Seht mal«, sagte Doc und zeigte nach vorn. Etwa hundert Meter weiter weg lag ein Läufer bäuchlings mit dem Kopf nach unten im Schnee. Als sie näherkamen, sahen sie, daß es Müller war. Der junge Deutsche lag wie leblos da, die Arme seitlich am Körper. Sie drehten ihn um; ein rotes Rinnsal kam aus seinem Mund und verfärbte den Schnee.

»Los, hoch mit ihm«, befahl Doc.

Zusammen mit Martínez zog er den Deutschen hoch. Er atmete nicht, und seine Augen waren geschlossen.

Docs Finger preßten Müllers Hals von beiden Seiten.

»Verflucht«, stöhnte er. »Überhaupt kein Puls mehr.«

Er stand auf und schälte sich aus seinem Jersey.

»Legt ihn da drauf«, wies er die anderen an. Sie legten Müller mit dem Rücken auf das Kleidungsstück.

Doc kniete sich hin und schlug mit seiner Faust hart auf die linke Brustseite des Deutschen. Doch keine Reaktion erfolgte.

»Was, zum Henker, machst du da, Doc?« fragte Morgan und kniete sich neben ihn.

Der ältere Mann antwortete nicht, schlug statt dessen den Deutschen

270

noch einmal mit aller Kraft und legte dann sein Ohr auf Müllers Brust.

Doc fluchte. »Himmelherrgott, noch immer nix.«

Er schlug ihn zum dritten Mal – noch härter –, trommelte wie jemand, der mit aller Kraft auf den Tisch haut, und legte dann sein Ohr wieder an Müllers Brust.

Doc seufzte tief. »Es schlägt.« Er erhob sich wieder. »Wie weit voraus istn der Laster?«

»Höchstensn paar Meiln«, schrie Morgan zurück, um den kreischenden Wind zu übertönen.

»Los, rauscht schleunigst ab – und holt Doc Falconer, aber etwas plötzlich!«

»Und was ist mir dir?« fragte Hugh.

»Ich bleib hier, bis der Arzt kommt. Ich hol euch schon noch ein, macht euch mal keine Sorgen.« Wieder beugte er sich zu Müller hinunter. Er bemerkte die Unentschlossenheit der Gefährten und fügte hinzu: »Los, los, ihr Säcke, oder soll der Typ hier sterben?«

Das reichte. Die drei Läufer trabten den Abhang hinunter und ließen Doc, noch immer über Müller gebeugt, zurück.

Der alternde Trans-American sah ihnen nach. Er schaute hinter sich den Berg hinunter und sah, wie die sechs Meilen lange Läuferkette sich durch den dünner werdenden Schnee auf ihn zu kämpfte, und spürte, wie seine eigene Willenskraft mehr und mehr schwand. Doc polkte sich den krustigen Schnee aus den Augenbrauen. Er hatte nicht die geringste Ahnung, was er tun sollte, falls Müllers Herz noch einmal stehen bleiben würde. Er schlang seine Arme unter die Schultern des Deutschen und schleppte den Mitläufer quer über die Straße hinter einen windgeschützten Vorsprung in der steil abfallenden Bergwand und lehnte den Ohnmächtigen gegen den Felsen. Dann setzte er sich neben ihn, zog den schlaffen, reglosen jungen Körper dicht zu sich heran, drückte ihn eng an seinen eigenen dampfenden, schwitzenden kleinen Körper und preßte die Wange des Läufers an seine eigene.

»Los, leb doch, du verfluchter Narr«, flüsterte er dem jungen Deutschen ins Ohr.

Doc saß da und sah, wie andere Trans-America-Teilnehmer vorüberkeuchten und den Berg hinabschlitterten; der Schneefall hatte nachgelassen, und Doc Cole spürte, wie sein eigener Körper an Wärme verlor, während er ihn noch enger an den von Müller drückte. Er konnte sehen, wie Hugh, Morgan und Martínez durchs Ziel gingen, sah den Trans-America-LKW an der Straße stehen, wie dort unten hektisches Treiben begann und daß Dr. Falconer hastig seine Gerätschaften zusammenpackte.

Nach wenigen Minuten war Dr. Maurice Falconer bei Doc und Müller und preßte sein Stethoskop auf die Brust des Deutschen.

»Sind Sie sicher, daß er einen Herzstillstand hatte?« fragte er.

»Aber klar doch«, versicherte Doc.

»Naja, aber jetzt tut er wieder hundertvierzig Schläge pro Minute. Also, was zum Teufel haben Sie mit ihm gemacht, wie?«

Dr. Falconer nahm das Stethoskop aus den Ohren.

Doc zog sein Jersey von Müllers Schultern und streifte es sich wieder über den Kopf.

»Hab ihm bloß bißchen Mut gemacht«, meinte er und spurtete den abschüssigen Weg hinunter zum Ziel.

Doc kam als Fünfundneunzigster herein, ganze zwölf Minuten später.


Sechs Stunden danach, in Silver Plume, als die völlig erschöpften Trans-Americans ihr Abendbrot aßen oder schon in ihren Zelten lagen, saßen Flanagan, Willard und Dr. Falconer bei heißem Kaffee im Trans-America-Rennleitungswagen.

Es klopfte an der Tür.

»Herein«, rief Flanagan und zündete Falconer eine Zigarre an, der direkt neben ihm saß und die Zieleinlaufliste der zweiten Tagesetappe prüfte.

Es war Doc Cole, in Alltagsmontur und Jackett, mit einem noch roten Gesicht von den Strapazen des Tages.

»Gut, daß Sie da sind, Doc«, sagte Flanagan. »Nehmen Sie bitte Platz.« Er nahm einen braunen Steinkrug aus der Vitrine und zog den Korken heraus.

»Brandy?«

Doc schüttelte den Kopf. »Danke, nein. Das überlaß ich der Entzugsanstalt. Orangensaft, das wär genau das Richtige.«

Flanagan winkte Willard, der einen Karton Saft im Kühlschrank deponierte und Doc ein Glasvoll einschenkte.

»War ein harter Tag heute«, sagte Flanagan und blickte über die Schulter hinweg zum Fenster hinüber. Der Bergwind pfiff und heulte schaurig, und wieder deckte der Schnee die Heckscheibe des Wohnwagens zu.

»So ungefähr der härteste bisher«, präzisierte Doc und nippte an seinem Getränk. »Können uns glücklich schätzen, wenn wir erst mal bis Denver gekommen sind.«

»Die Jungs von der Presse haben mich wegen eines Interviews mit Ihnen belatschert«, sagte Flanagan. »Irgendwas dagegen?«

»Nicht im geringsten«, sagte Doc. »Absolut nix dagegen. Hab mich ja auch schon wieder regeneriert.«

»Aber bevor Sie mit denen reden, wollte ich Sie doch noch mal was fragen. Mal ehrlich, warum sind Sie bei Müller geblieben? Schließlich hat Ihnen dieser grüne Bengel auf den letzten neunhundert Meilen immer nur seine Hinterseite gezeigt.«

»Ich mußts halt tun«, bekannte Doc. »Da oben auf der Strecke war Müller schließlich kein Konkurrent mehr, nur nochn junger Kerl mitner verdammten Menge Schwierigkeiten. Ich denk, jeder hätte das gleiche getan.«

»Na, einige wohl nicht gerade. Nicht, wo ich herkomm«, kommentierte Willard Clay.

Doc nippte wieder an seinem Saft und sagte dann zu dem Trans-America-Organisator: »Eins werden Sie schon noch rauskriegen, Willard, je weiter das Rennen vorankommt: Sportier sind zwar die egoistischsten Typen aufm Erdboden, täten abern Deibel, nen Kerl wie Müller draufgehn zu lassen, wenn sie ihm helfen könnten.«

»Aber ich habe gehört, er wäre sowieso schon tot gewesen«, wandte Flanagan ein, »Herzstillstand.«

»Das muß nicht immer das gleiche sein«, entgegnete Doc.

»Nein«, stimmte Dr. Falconer zu und schnippte die Asche von seiner Zigarre. »Doc hat recht, das muß nicht immer identisch sein. Aber wie um Gottes willen haben Sie bloß seine Pumpe wieder in Gang gebracht?«

Doc reichte Willard das leere Saftglas.

»Damals, neunzehnhundertzwölf, beim Mexico-City-Marathon, da hörte das Herz eines Jungen auch plötzlich zu schlagen auf, als er hinter der Ziellinie zusammenbrach. Wir hatten einen Indianer dabei, Tom Longboat, und ich werd mein Lebtag nicht vergessen, was der dann gemacht hat; er schlug dem Jungen ein halbes dutzendmal mit voller Wucht auf die Brust, bis dessen Herz wieder zu schlagen anfing. Longboat meinte, das wärne alte indianische Methode. Naja, und genau das hab ich eben bei Müller auch gemacht.«

Dr. Falconer schüttelte den Kopf und lächelte.

»Medizinisches Folkloretamtam«, sagte er skeptisch.

Doc spreizte seine Hände. »Aber es hat geklappt, Doktor. Und auf nichts andres kommts schließlich an. So, war sonst noch was, weshalb Sie mich sehen wollten, Flanagan?«

Der Rennleiter nahm die Liste mit den Einlaufergebnissen zur Hand.

»Schätzen Sie mal, wieviel Zeit Sie durch diese Sache auf der ersten Etappe verloren haben gegenüber Morgan, McPhail und Martínez.«

»So was um die fünfzehn Minuten«, erwiderte Doc.

»Wir sehn das eigentlich eher bei achtzehn«, sagte Flanagan und schaute zu Willard hinüber, der zustimmend nickte. »Willard und ich haben uns mit der gesamten Spitzengruppe unterhalten, auch mit den Deutschen. Wir haben beschlossen, Ihnen achtzehn Minuten von Ihrer heutigen Zeit wieder abzuziehen. Sind Sie damit einverstanden?«

Docs Gesicht legte sich in lauter Lachfalten. Er erhob sich. »Sicher. Soweit ich weiß, ist so was noch nie in irgendnem Rennen vorgekommen.«

»Richtig«, entgegnete Flanagan, »aber dafür gibt es auch reichlich wenig Wettkämpfe, in denen Läufer anhalten, um andere Jungs wieder ins Leben zurückzuholen.«

»Nein, das ist wohl wahr«, bekannte Doc. »Schaun Sie, Flanagan, ich möcht nicht undankbar erscheinen, aber ich würd die Jungs von der Presse schon am liebsten gleich sehen. Ich bin wohl doch noch ganz schön müde.«

Er war schon an der Tür und drehte sich dann um.

»Eins noch, Doktor Falconer. Das nächste Mal, wenn Sie ihn sehen, achten Sie mal auf Müllers Augen.«

»Was meinen Sie damit?« fragte Dr. Falconer und zog an seiner Zigarre.

»Das letzte Mal, als ich solche Augen sah, war in New York.«

»Und? Was war die Ursache?«

»Kokain«, antwortete Doc und schloß die Tür sehr leise hinter sich.

## *Grand Junction, Colorado (721 Meilen/1160 km)*

|     |              |                  | Std. | Min. | Sek. |
|-----|--------------|------------------|------|------|------|
| 1.  | C. Müller    | (Deutschland)    | 114  | 09   | 36   |
| 2.  | P. Stock     | (Deutschland)    | 114  | 12   | 12   |
| 3.  | A. Cole      | (USA)            | 114  | 16   | 14   |
| 4.  | M. Morgan    | (USA)            | 114  | 25   | 06   |
| 5.  | J. Martínez  | (Mexiko)         | 114  | 40   | 12   |
| 6.  | H. McPhail   | (Großbritannien) | 114  | 45   | 15   |
| 7.  | F. Woellke   | (Deutschland)    | 114  | 50   | 20   |
| 8.  | P. Eskola    | (Finnland)       | 115  | 02   | 08   |
| 9.  | A. Capaldi   | (USA)            | 115  | 05   | 10   |
| 10. | P. Thurleigh | (Großbritannien) | 115  | 10   | 12   |
| 11. | J. Bouin     | (Frankreich)     | 115  | 12   | 43   |
| 12. | P. Dasriaux  | (Frankreich)     | 115  | 15   | 51   |
| 13. | P. O'Grady   | (Irland)         | 115  | 20   | 30   |
| 14. | R. Mullins   | (Australien)     | 115  | 20   | 41   |
| 15. | L. Son       | (Japan)          | 115  | 45   | 40   |
| 16. | P. Flynn     | (USA)            | 116  | 01   | 10   |
| 17. | C. Charles   | (Australien)     | 116  | 06   | 10   |
| 18. | L. Hary      | (Deutschland)    | 116  | 10   | 12   |
| 19. | P. Komar     | (Polen)          | 116  | 12   | 15   |
| 20. | P. Tajuma    | (Japan)          | 116  | 18   | 20   |

Damenerste (661.) K. Sheridan (USA)

Insgesamt eingelaufen: 1141

Durchschnittstempo des Ersten: 9 Min. 30 Sek. pro Meile

# 15

## Denver: Tausend Meilen weiter

Daß Doc Cole Claus Müller in den Rocky Mountains das Leben gerettet hatte, machte überall in den Vereinigten Staaten beachtliche Schlagzeilen und wurde sogar kurz im Sportteil der Londoner *Times* erwähnt. Flanagan erreichte auch eine Meldung, gleichwohl nicht so positiv – aber immerhin – in Dr. Goebbels *Der Angriff*. Das Samaritereignis verschaffte den verquälten Eisetappen durch die Rockies Titelgeschichtenqualität, und bei der täglichen Berichterstattung wurden die Spalten über das Trans-America-Rennen immer länger. Zeitungen, die bis dahin lediglich gekürzte Agenturberichte nachgedruckt hatten, entsandten nun eiligst eigene Sportredakteure nach Colorado, damit sie vor Ort vom Trans-America berichten konnten. Das Pressecorps war bald auf über dreihundert Journalisten angeschwollen, und Flanagan hatte sich in Windeseile um einen weiteren Pressebus zu kümmern.

In der Menschenmenge, die sich durch die mit dicken, weichen Teppichen ausgelegte Empfangshalle des Cow Palace in Denver zu Flanagans ›Tausend-Meilen-Pressekonferenz‹ schob und drängelte, befanden sich vor allem Trans-America-Läufer, Journalisten, Trainer, Mannschaftsführer, Politiker und Berühmtheiten aus der Welt des Showbusiness – also durchweg Leute, die sich von ihrem Kontakt zum Trans-America-Rennen diesen oder jenen positiven Effekt auf ihr eigenes Image versprachen.

Flanagan selbst thronte auf einem provisorischen Podium; ihm zur Seite saßen Willard, Dixie und Dr. Falconer sowie die führenden Läufer; ihre Trainer und Betreuer hatten unten im Publikum bei den Presseleuten Platz gefunden, zu denen auch etliche Lokalredakteure aus Colorado und Nebraska gehörten.

Flanagan spielte seine Rennleiterrolle nach wie vor formvollendet und hatte als verantwortlicher Regisseur auch nicht das kleinste Requisit vergessen. Jeder der dreihundertzwanzig Zeitungsschreiber war mit einer mit seinen Initialen versehenen Schreibmappe aus echtem Leder ausgestattet worden, in der sich noch ein Trans-

America-Füllfederhalter befand. Der Konferenzsaal, sonst turnusmäßig von republikanischen Parteirepräsentanten benutzt, war äußerst gediegen eingerichtet. Rote Samtvorhänge, schwarze Lederstühle und persische Teppiche schufen einen gediegenen Rahmen. Bei all der aufwendigen Gastfreundschaft, die Flanagan hier entfaltete, war absolut nichts davon zu bemerken, daß das Trans-America-Rennen womöglich in finanziellen Schwierigkeiten steckte.

Willard ließ den kleinen Hammer dreimal knallend herabsausen, und das Unterhaltungsgesumm im Saal erstarb allmählich. Die Pressekonferenz begann.

Der erste Journalist, der sich erhob, war Carl Liebnitz. Er war aufgrund allgemeiner Zustimmung der inoffizielle Sprecher seiner Kollegen geworden, und man erwartete von ihm für die Fragerei eine erste Richtungsangabe.

»Zunächst mal eine etwas allgemeine Frage, Flanagan. Wie beurteilen Sie den bisherigen Verlauf des Rennens?«

Flanagan erhob sich lächelnd. »Darauf gebe ich Ihnen eine ebenso allgemeine Antwort, Carl. Ein ganzes Jahr lang, seit ich zum ersten Mal das Trans-America angekündigt habe, hat jeder Klugscheißer aus der Leichtathletikbranche mir erzählt, ein solcher Wettlauf sei doch nie und nimmer durchzuziehen. Erst mal sagten sie, ich würde nie im Leben die weltbesten Läufer dazu kriegen, sich nach Los Angeles auf die Socken zu machen, um von dort zu starten. Tja, und die hab ich doch gekriegt. Dann sagten sie mir, daß ich nicht einen einzigen Sponsor für das Rennen gewinnen würde. Nun, ich habe die Trans-America-Bank dazu gekriegt, zweihundertfünfzigtausend Dollar freizugeben. Und dann haben sie geunkt, die Jungs würden in der Mojavewüste versanden. Also, wir haben über tausend Läufer durchgekriegt, obwohl sie eine hübsche Weile lang von über einer Million Gallonen Wüstenregen gebadet wurden. So, und da wären wir, über eintausend Meilen weiter östlich, und die Hälfte der Läufer ist immer noch im Rennen. Also, Carl, wenn Sie mich fragen, wie ich das Trans-America bis jetzt sehe, dann sage ich Ihnen: Bis hierher und heute haben wir ganz gute Arbeit geleistet.«

Liebnitz nahm mal wieder seine Brille ab und begann, die Gläser zu putzen. »Danke sehr. Ich hätte dann gleich noch eine Frage an Doktor Falconer. Herr Doktor, wie haben eigentlich Ihre medizinischen Hauptprobleme während des Rennens bisher ausgesehen?«

Maurice Falconer stand auf und strich sich seine Mähne zurück.

»Die Hauptschwierigkeiten«, antwortete er, »traten schon wenige

Tage nach Los Angeles auf, als wir die ersten Ausfälle der objektiv Ungeeigneten hatten. Es waren samt und sonders Männer und Frauen, die überhaupt nicht hätten antreten sollen. Man brachte sie nach Los Angeles zurück, bevor sie in die Mojave hineingeraten konnten, wo sie ernsthaft gefährdet gewesen wären.«

»Entspricht es den Tatsachen, daß Flanagan zwanzigtausend Dollar allein für Arztrechnungen und Medikamente aufbringen mußte?«

Dr. Falconer wandte sich zu Flanagan um; der nickte.

»Der genaue Betrag ist einundzwanzigtausendzweihunderteinundfünfzig Dollar und wurde hauptsächlich für die Behandlung von Verstauchungen, Blasen, Hautschürfungen, Knochenbrüchen und Hitzeerschöpfungen aufgewendet«, antwortete Falconer, den ein kleines Notizbuch informierte.

»Wollen Sie damit sagen, daß es keinerlei Herzanfälle gegeben hat?« blieb Liebnitz hart am Thema.

Falconer lächelte, nahm seine Brille ab und rieb sich leicht den Nasenrücken.

»Genau das«, sagte er. »Mister Liebnitz, ich fürchte, daß nicht einmal die ärztliche Profession genug darüber weiß, mit welchen Grenzbelastungen ein menschliches Herz noch fertigwerden kann.« Er schlug leicht mit der Hand auf den Tisch. »Das Herz ist hart im Nehmen«, fuhr er fort, »und enorm anpassungsfähig. Sogar im letzten Monat sind Leute, die mit einem Ruhepuls von achtundsechzig Schlägen pro Minute angefangen haben, noch auf fünfzig heruntergekommen. Meine Herren, im letzten Monat habe ich beobachten können, wie untrainierte, saft- und kraftlose Männer mit gut hundertsechzig Pfund rings um die Wirbelsäule sich in schlanke, durchtrainierte Sportler mit hundertfünfunddreißig Pfund Laufgewicht verwandelt haben, Leute, die heute in der Lage sind, mit sechs Meilen pro Stunde einen ganzen Tag lang über die Berge und durch die Wüsten zu huschen.«

»Meinen Sie damit, daß die Schulmedizin gut daran täte, ihr Augenmerk etwas mehr auf das zu lenken, was sich auf der Rennstrecke tut?« fragte Liebnitz weiter.

»Aber sicher doch, Carl, selbstverständlich«, antwortete Falconer. »Unsere Trans-Americans zeigen vor aller Augen, wie die Siedler in der Pionierzeit des Westens waren – was Menschen wieder sein können, wenn sie nur ihre Körper und ihren Willen kräftig fordern. Vergessen Sie doch nicht, meine Damen und Herren, daß der menschliche Körper zuallererst zum Laufen gemacht ist. Dafür hat ihn der Herrgott oder wer auch immer geplant, und nicht zum Autofahren oder Kneipenhocken. Diese Männer und Frauen sind beispielhaft für einen erfolgreichen Lebenswandel.«

Liebnitz nickte und kritzelte etwas auf seinen Block, bevor er wieder Platz nahm.

»Könnten Sie vielleicht etwas deutlicher werden, was die hauptsächlichsten Verletzungen angeht, Doktor?« fragte Frank Pollard, der kämpferische Federfuchser vom *St. Louis Star.*

Dr. Falconer griff sich ein Blatt Papier, das neben ihm gelegen hatte.

»Fünfunddreißig Prozent Fußblessuren, meistens Blasen, fünfundzwanzig Prozent Verletzungen der Archillessehnen, dreißig Prozent gehen auf Krämpfe, Verstauchungen und Muskelzerrungen. Zehn Prozent betrafen Beschwerden wie Sonnenbrand, Magenschmerzen und ähnliches.«

»Und keinerlei Herzbeschwerden? Können Sie das mit Bestimmtheit sagen?«

»Nein. Aber ich glaube, ich habe es schon einmal gesagt: Um den Herzen dieser Männer etwas antun zu können, müssen Sie sie ihnen schon herausnehmen und mit einer Keule draufrumhauen.«

»Und was ist dann mit dem Deutschen Claus Müller?« fragte Pollard, und sein Bleistift zeigte spitzfindig auf Dr. Falconer.

Der Arzt, leicht verlegen, errötete und schaute zu Moltke, dem deutschen Teamchef, hinüber, dessen Gesicht eine ähnliche Farbe annahm. Eine andere Reaktion zeigte der deutsche Offizielle nicht.

»Herr Müller«, sagte Falconer langsam, »befindet sich zur Zeit im Denver City Hospital. Und nach dem letzten ärztlichen Bulletin schlägt die Behandlung ausgezeichnet an. Im übrigen bin ich nicht der Ansicht, daß er einen konventionellen Herzanfall erlitten hat.«

»Aber sein Herzschlag hat doch ausgesetzt, oder etwa nicht?« fragte Pollard.

»Ich denke schon«, antwortete Falconer. »Aber dennoch glaube ich, daß noch andere Faktoren eine Rolle gespielt haben; sie werden von den Kollegen in Denver gerade diagnostiziert. Die nächste Frage bitte.« Zu seiner großen Erleichterung wurde das Thema gewechselt.

»Kowalski, vom *Philadelphia Globe.* Was schätzen Sie, wie viele schaffen es bis New York?«

Dr. Falconer legte seine Notizen wieder auf den Tisch zurück. »Ist nicht ganz einfach, Ihre Frage«, antwortete er. »Noch vor einem

Monat, kurz vorm Start, hätte ich mit nicht viel mehr als einigen hundert gerechnet. Inzwischen halte ich es für durchaus möglich, daß es sechshundert oder noch mehr schaffen könnten.«

»Was ist mit Miss Sheridan?«

Falconer deutete nach links. »Miss Sheridan ist hier bei uns auf dem Podium«, sagte er. »Warum fragen Sie sie nicht selbst?«

Kate Sheridan erhob sich und warf einen nervösen Blick auf Mike Morgan, der links neben ihr saß. Sie trug einen weißen Trainingsanzug, und mehrere Reporter standen auf, um sie besser sehen zu können. Einige Journalisten aus Colorado und Nebraska, die sie hier zum ersten Mal sahen, konnten sich beifällige Pfiffe nicht verkneifen.

»Wieviel Meilen haben wir jetzt hinter uns, Mister Flanagan?« fragte sie den Rennleiter.

Willard übernahm die Antwort. »Eintausendzwanzig.«

»Tja, und bis zu dem Tag, an dem wir in Los Angeles gestartet sind, hatte ich insgesamt nicht mehr als fünfhundert Meilen in den Beinen«, ergänzte Kate.

»Aha! Und in welchem Zeitraum wär denn das gewesen?« rief ein junger Reporter vom hinteren Ende des Saales herüber.

»Meine Herren, so fragt man Leute aus, wie?!« sagte Kate und ließ ihre Augen blitzen. Lachen begleitete ihre Worte, als sie fortfuhr: »Wenn mir jedenfalls damals jemand gesagt hätte, daß ich einen Monat später in Denver sein würde, mit über tausend Meilen unter den Sohlen und gut tausend zerbrochenen Männern hinter mir, dann hätte ich glatt gesagt, er müßte die Meise seines Lebens haben. Aber ich habs bis hierher geschafft und habe vor, tausend Meilen weiter östlich bei Mister Flanagans nächster Pressekonferenz ebenso munter vor Ihnen zu sitzen.«

»Waren die männlichen Teilnehmer Ihnen gegenüber ritterlich und hilfsbereit?« fragte eine Journalistin.

Kate nickte. »Ohne Doc Cole, Charles Fox und Mike Morgan wär ich jetzt nicht hier. Doc erklärte mir, wie man läuft, wie man sich kleidet und mit wem man läuft. Charles Fox schleppte mich durch die ersten Etappentage in der Mojave, bevor er selbst in den Rockies aufgeben mußte. Mike Morgan – naja, der hat mir in der Mojave ein paar geschallert.«

»Wie bitte? Sie meinen, daß Morgan Sie geschlagen hat?«

Kate lächelte. »Ja, aber nur im Dienst an der Sache des Sports. Ich hab im Straßengraben gelegen und mir dabei selber leid getan. Mike

ist zurückgekommen, hat mir neuen Verstand eingeohrfeigt und dann
für mich bis zum Ziel den Schrittmacher gemacht. Ja, doch, da
können Sie weiß Gott sagen, daß die männlichen Teilnehmer sehr
ritterlich waren.«

»Glenda Farrell, vom *Woman's Home Journal.*« Eine streng blicken-
de, kantige Frau mit einem Dutt im Genick erhob sich: »Was ich Sie
fragen möchte, Miss Sheridan: Haben Sie eigentlich auch mit irgendwelchen ... äh speziellen Problemen zu kämpfen gehabt?«

Kate lächelte. »Ich geh doch wohl recht in der Annahme, daß Sie
dafür ein ganz anderes Wort im Sinn haben, Miss Farrell. Nein, wenn
son Knabe fünfzig Meilen gelaufen ist, dann hat er nicht mehr viel
Energien zu irgendwelchen Abenteuern.«

Glenda Farells Mund verzog sich zum trotzigen Strich, aber dann
rang sie sich doch ein frostiges Lächeln ab. »Sie haben mich etwas
mißverstanden, Miss Sheridan. Ich habe dabei an – an ein typisches
Frauenproblem gedacht.« Sie setzte sich hin, puterrot im Gesicht.

Kate schüttelte den Kopf. »Nein, Ma'am«, erklärte sie. »Wenn Sie
pro Tag fünfzig Meilen unter Ihre Füße kriegen müssen, dann sind
Ihre speziellen Probleme eine Sache, mit der Sie ganz einfach leben
müssen. Eins hab ich in diesem Rennen jedenfalls gelernt: Es gibt
Schmerzen, die einen anhalten lassen, und Schmerzen, mit denen
man weiterlaufen kann. Und Ihr Frauenproblem, Miss Farrell, das
gehört in die zweite Kategorie.«

Glenda Farrell geizte sich noch ein zweites dünnes Lächeln ab und
erhob sich abermals. Die anderen Journalisten machten es sich auf
ihren Plätzen gemütlich.

»Miss Sheridan, Millionen Frauen in der ganzen Welt bangen mit
Ihnen und um Sie, daß Sie die zehntausend Dollar gewinnen, die
meine Zeitschrift ausgesetzt hat, wenn Sie unter den ersten zweihun-
dert Läufern sind, die in New York durchs Ziel gehn. Sie, Miss
Sheridan, sind für die Frauen in der ganzen Welt so etwas wie ein
Symbol geworden. Wie fühlt man sich dabei?«

»Also, ich fühl mich großartig«, antwortete Kate leise. »Noch vorn
paar Monaten war ich irgendeine kleine Tänzerin, von der noch
niemand was gehört hatte. Und jetzt sagen Sie, daß Frauen in der
ganzen Welt jeden meiner Schritte verfolgen. Sie sollten wirklich mal
einige von den Briefen lesen, die mir seit neuestem ins Zelt flattern.
Wenn also das, was ich hier mache, jungen Frauen helfen kann, sich
aufzurappeln und sich der Herausforderung des Sports zu stellen –
aber nicht nur da, sondern auch in anderen Bereichen, die den Frauen

bisher durch die Männer verschlossen waren –, dann hat sich mein Gelaufe auf jeden Fall gelohnt, ob ich das Geld nun gewinne oder nicht.«

»Glauben Sie, daß Sie an Weiblichkeit eingebüßt haben?« fragte Glenda Farrell. »Ich bin sicher, daß viele Frauen hiervor Angst haben und deshalb Sport ablehnen.«

»Unsinn, mir fehlt nichts«, gab Kate zurück. »Wenn man sich wohl und lebendig fühlt, dann genießt das doch auch der ganze Körper, und einen neuen Kopf bekommt man auch. Vielleicht kling ich nicht glaubwürdig, aber ich bin sicher, daß das Laufen einen Menschen sehr lebensbewußt macht.«

»Sie haben noch gut vierhundert Männer vor sich, Miss Sheridan. Die Frage, die unsere Leserschaft beschäftigt, lautet ganz einfach: Werden Sies bis zum Goldtopf in New York schaffen oder nicht?«

»Das istne Frage, die ich mir selber nie stelle«, antwortete Kate. »Mein einziges Ziel, das ich mir gesteckt hab, ist, jeden Tag fünfzig Meilen weniger vor mir zu haben und dabei jedesmaln paar Jungs mehr zu überholen. Wir haben noch etwa vierzig Etappen vor uns; das bedeutet, daß ich bis New York täglich fünf Mann abhängen muß, und zwar so, daß ich sie auch hinter mir halte. Jedenfalls wird allein schon der Versuch eine herrliche Selbstbestätigung.«

Bill Campbell vom *Glasgow Herald* stand auf. Er war ein Mann mittleren Alters und täglich selbst drei Meilen im Hauptfeld der Trans-Americans mitgelaufen. Bill Campbell sprach mit sattem schottischem Akzent. »Für uns Sportjournalisten war eine der großen Überraschungen der Erfolg von Unbekannten – von Läufern wie Hugh McPhail, Mike Morgan, Juan Martínez und dem deutschen Team ...«

»Ich würde vorschlagen, daß Sie Ihre Fragen direkt an die Athleten richten, Bill«, unterbrach ihn Flanagan.

»Gut, also zunächst zu Hugh McPhail. Sie waren doch Powderhall-Sprinter, nicht wahr?«

»Ja«, antwortete Hugh. »Seit meiner Jugend war ich immer Sprinter.«

»War es für Sie nicht etwas hart – erst kurze Distanzen und dann die lange Strecke?«

Hugh warf einen Blick auf Doc, der neben ihm saß. »Doc Cole hier istn erstklassiger Erzieher«, sagte er. »Er hat da son Spruch drauf, den er in meinen Kopf reingedonnert hat, ungefähr so: ›Wenn ein Mann weiß, daß er am nächsten Morgen gehenkt wird, kann er sich am besten aufs Leben konzentrieren.‹ Also, nen Hundertfünfzigtausenddollarpreis beim Laufen vor Augen ist bestens für die Konzentration.«

»Und was haben Sie aus dem Rennen selbst gelernt?«

»Hm«, machte Hugh. »Ich hab zum Beispiel gelernt, daß mein Körper es mit sehr viel mehr Unannehmlichkeiten und Schmerzen aufnehmen kann, als ich mir das vorgestellt hab. Bei uns in Schottland, während des Trainings, da dachte ich schon, mehr wär nicht drin. Aber hier auf der Strecke, hinter Las Vegas auf der Etappe nach Grand Junction, zwanzig Meilen bei fast vierzig Grad, da hab ich gedacht, ich renn mir die Augen aus dem Kopf. Und in den Rockies bin ich im schönsten Schnee zweitausenddreihundert Meter hoch die Berge raufgekeucht, wos nicht mal genug Luft fürn Vogel gab. Ich hab seit Los Angeles ne Menge gelernt. Und ich lern noch immer mehr dazu.«

Campbell nickte verständig und setzte sich.

Albert Kowalski war der nächste, der sich erhob. »Ich möchte Mister Eskola etwas fragen. Mister Eskola, Sie sind zur Zeit auf Platz neun. Es ist zwar etwas früh, aber wie sehen Sie das Rennen?«

Eskolas hageres, gebräuntes Gesicht wirkte gleichmütig und verschlossen. »Reichlich eng jedenfalls. Nach eintausend Meilen trennen nur wenig über drei Stunden die ersten vierzig Läufer. Bei solchen Distanzen ist das schon fast ein Schulter-an-Schulter-Rennen.«

»Wen fürchten Sie am meisten«, setzte Kowalski nach.

Der Finne schaute sich um. »Ich fürchte niemanden. Ich habe Respekt vor Alexander Cole, Jean Bouin und Paul Dasriaux – ihre Zeiten sprechen ja für sich. Der junge Deutsche, Stock, ist immer noch stark – genau wie McPhail, Morgan, Lord Thurleigh und Martínez. Aber es gibt auch noch andere, etwa zehn Positionen dahinter, die später noch gefährlich werden könnten, wenn wir näher an New York herankommen. Es ist schon so, wie Sie sagen – noch viel zu früh.«

Kowalski nuckelte an seinem Bleistift. »Was glauben Sie, wie hätte Paavo Nurmi, Ihr berühmter Landsmann, sich im Trans-America-Super-Marathon gehalten?«

Eskolas Gesichtsausdruck veränderte sich nicht. »Mister Nurmi ist nicht da«, sagte er nur und setzte sich wieder.

Etwas verlegene Stille, dann kam jedoch schnell ein weiterer Reporter auf die Beine.

»Charles Rae, von der *Washington Post*. Ich hätte gern Lord Thurleigh ein paar Fragen gestellt, wenn er so freundlich wäre, sie zu beantworten.«

Peter Thurleigh erhob sich und nickte. Er trug einen blauen Blazer und Oxfordhosen; seine bronzebraune Haut bildete einen starken Kontrast zu seinem weißen Hemd und dem weißen Seidenhalstuch.

»Lord Thurleigh, Sie haben an einer Olympiade teilgenommen, und England ist bekanntlich berühmt für seinen Sinn für fair play. Was können Sie zum Niveau der Sportlichkeit und der Fairneß im Trans-America sagen?«

Wieder eine kurze Stille.

»Bis ich an diesem Rennen teilnahm«, sagte Thurleigh mit klarer, durch die möglichen Implikationen der Frage unbeeindruckter Stimme, »war mir immer wieder gesagt worden, daß alle Profis krumme Hunde seien – man könnte sagen, zweifelhafte Kunden. Der Verlauf des Rennens hat aber gezeigt, daß nichts davon wahr ist. Ich möchte sogar soweit gehen zu sagen, daß selbst ein Baron de Coubertin als Beobachter dieses Super-Marathons recht bald bemerkt hätte, daß der olympischen Idee aufs beste entsprochen wird.«

»Empfinden Sie das Rennen als schwierig?« fuhr Rae fort.

»Das, Sir, ist eine etwas starke Untertreibung. In der Mojavewüste glaubte ich sterben zu müssen. In den Rockies war ich sicher, daß es geschehen würde. Aber irgendwie, vielleicht durch ein Wunder, habe ich dann doch Utah erreicht.«

»Colorado«, korrigierte ein Zeitungsmann.

»Colorado«, wiederholte Thurleigh mit selbstkritischem Unterton. »Verzeihung bitte.«

»Einige Journalisten vergleichen Sie gern mit Phileas Fogg aus Jules Vernes *In achtzig Tagen um die Welt.* Würden Sie sich selbst auch so sehen?« fragte Kowalski.

»Insoweit, als ich aufgrund einer nicht ganz unbeträchtlichen Wette in diesen Lauf eingestiegen bin, mag an dem Vergleich durchaus einiges dran sein«, stimmte Thurleigh, der seine Worte mit Bedacht wählte, zu. »Der Unterschied besteht aber darin, daß ich auch aus rein persönlichen Gründen an dem Rennen teilnehme. Verstehen Sie – ich war immer in dem Genuß einer äußerst privilegierten Lebensweise, sogar meine Wahl für die Teilnahme an den Olympischen Spielen von 1924 war zum Gutteil diesem Hintergrund zu verdanken. Aber hier im Trans-America-Rennen ist das alles für mich nicht mehr von Bedeutung. Ich bin allein. Ich finde das Ganze äußerst herausfordernd und aufregend.« Er nahm Platz.

Der schottische Journalist, Bill Campbell, stand noch einmal auf und wandte sich an Morgan.

»Mister Morgan, ich habe mich, Sie mögen mir verzeihen, ein wenig um Ihren Lebenslauf gekümmert.« Er nahm einige neben ihm liegende Papiere zur Hand und fuhr fort. »Korrigieren Sie mich bitte, falls ich mich irren sollte, aber man sagt, Sie hätten 1928 den Streik in Bethel, Pennsylvania, angeführt. Stimmt das?«

»Jawohl«, sagte Morgan. Kate sah, daß Mike beide Fäuste geballt hatte.

»Der Streik brach zusammen, und Sie wurden arbeitslos. Ein Jahr später starb Ihre Frau.«

Kate umfaßte Morgans Hand. Er drückte sie fest.

»Danach, von 1929 bis 1930, haben wir offenbar Ihre Spur verloren.«

»Ich war mal hier, mal dort«, sagte Morgan gepreßt. »Newark, New Jersey, New York.«

Campbell zog ein engbeschriebenes Blatt aus dem Stapel, den er mit der linken Hand hielt, und studierte es eine Weile angestrengt. »Wie finden Sie denn das Rennen bis jetzt?«

Kate spürte, wie Morgans Hand sich entspannte, obwohl er die ihre noch immer festhielt.

»Allemal besser als Malochen«, sagte Morgan trocken.

Alles lachte.

Ernest Bullard beschloß, daß es nun auch für ihn an der Zeit war, Reporter zu werden. »Ich hätte eine Frage an Mister Martínez«, sagte er.

Martínez stand auf und deutete eine Verbeugung an.

»Wie haben Sie sich denn auf das Rennen vorbereitet?«

»Meine Leute haben mich hoch in die Berge geschickt«, begann Juan und versuchte, so verständlich wie möglich zu sprechen, »zu den Tarahumara, den ›Fußläufern‹. Diese Indianer sind ein typisches Läufervolk. Sie laufen sechzig, manchmal auch achtzig Meilen am Tag auf steinigem Boden und spielen manchmal ein Ballspiel, das sie ›rarájipari‹ nennen. Es war sehr hart für mich, weil ich aus der Ebene kam. Bin am Anfang nur zwanzig Meilen gelaufen und gegangen. Dann bin ich bald fit gewesen und hab zu den besten Läufern gehört. Dann bin ich soweit gewesen, daß ich für mein Dorf antreten konnte. Dann bin ich hierhergekommen.«

»Ist es wahr, wie man in Los Angeles hören konnte, daß Ihr Dorf und das Überleben seiner Bewohner von Ihrem Erfolg im Trans-America-Marathon abhängt?« fragte Bullard.

»Ja«, sagte Martínez schlicht und setzte sich wieder.

Betroffene Stille beherrschte den Raum. Carl Liebnitz war es, der sie brach.

»Flanagan«, sagte Liebnitz, »eine weitere Überraschung im Trans-America war der Erfolg des jungen deutschen Teams. Ich würde mich deshalb gern an den Chef ihrer Mannschaft, Mister von Moltke, wenden. Mister von Moltke, sind Sie mit dem, was Ihre Mannschaft gezeigt hat, soweit zufrieden?«

Von Moltke erhob sich und richtete sein Monokel. Er war kräftig und hager und sah ebenso trainiert aus wie seine Läufer. Das Energische in seiner Stimme paßte perfekt. »Bevor wir in die Vereinigten Staaten von Amerika kamen, sagten deutsche Wissenschaftler immer wieder, daß es für jedes menschliche Wesen, und erst recht für so junge Männer wie die unsrigen, unmöglich sei, täglich siebzig Kilometer zurückzulegen, und das sechs Tage in der Woche, drei Monate lang. Sie haben sich intensiv mit Humanphysiologie, Motorik des Laufens und der Ernährung beschäftigt. Im Deutschen haben wir einen Satz: *Die Wissenschaft vom Nichtwissenswerten.*« Moltke gestattete sich ein hauchdünnes Lächeln. »Also die Lehre darüber, was gelernt zu werden eigentlich nicht wert ist. Unsere Läufer haben bewiesen, daß diese vorher skizzierte wissenschaftliche Erkenntnis ›nicht wissenswert‹ ist.«

»Und was ist mit Claus Müller«, fragte Liebnitz.

Moltke antwortete nicht gleich, sondern klemmte zuerst sein Monokel wieder fest; dann schaute er sich etwas unbehaglich im überfüllten Konferenzraum um und sprach dann weiter. »Müllers jetziger Zustand wurde durch einen unglücklichen Sturz verursacht«, sagte er. »Die Bewußtlosigkeit im Verein mit der Kälte und der dünnen Luft haben zu seiner gegenwärtigen Situation geführt.«

Liebnitz blieb hartnäckig stehen. »Ich habe mich ein wenig über Ihre Partei informiert, Mister von Moltke, über die Nationalsozialisten«, sagte er. »Wenn ich es richtig verstehe, dann haben Sie, genau genommen, mit richtigen Sozialisten nicht das geringste zu tun – mehr noch: Sie befinden sich doch im Kampf gegen die Kommunisten in Deutschland. Ist das korrekt?«

Moltke nickte; sein Gesicht war wieder vollkommen beherrscht.

»Ich habe da so einiges über Ihren Führer – Mister Hitler – und seine

Schriften gelesen. Er spricht darin dauernd von den Ariern, von einer neuen Herrenrasse. Kann man es so formulieren, daß wir sagen, Ihre Mannschaft gehört zu den Edelexemplaren dieser Herrenrasse?« Moltke nickte, und im ganzen Raum begannen erregte Diskussionen. Er wartete, bis es wieder ruhig war, und redete weiter. »Ganz genau. Schon bald, wenn wir erst an der Macht sind, wird Deutschland sich mit aller Entschiedenheit um die Ausrichtung der Olympischen Spiele 1936 bemühen. Vielleicht erinnern Sie sich noch, daß die ausgefallenen Spiele von 1916 in Deutschland abgehalten werden sollten. 1936, in Berlin, werden Sie die Ergebnisse unserer neuen Politik mit eigenen Augen sehen können.«

Er lächelte etwas steif und setzte sich wieder, nicht ohne ein abschließendes Handzeichen, daß seine aktive Teilnahme an der Konferenz beendet war.

»Forrest, von der *Chicago Tribune*. Ich möchte mich an Mister Corbett, den Manager der All-Americans, wenden.«

Corbett, ein stämmiger, kleiner, fast schon behäbiger Dickbauch, erhob sich und legte seine Havanna-Zigarre auf einem Aschenbecher in der Armlehne seines Stuhles ab.

»Mister Corbett, Sie haben nur einen All-American unter den ersten zwölf Läufern – Capaldi. Glauben Sie, daß Ihre Jungs noch eine echte Chance haben?«

Corbett hielt die Einlaufliste hoch und deutete mit ihr ins Publikum.

»Ich würde Ihnen vorschlagen, Mister Forrest, sich mal die ersten zwanzig Plätze anzusehn. Da können Sie erkennen, daß meine andern drei Jungs auf Platz fünfzehn, achtzehn und zweiundzwanzig liegen. Wir haben nochne Menge Meilen vor uns, und unser Trainer schätzt, daß unsern Boys ein Laufdurchschnitt von sechs Meilen pro Stunde reichen müßte, um zu gewinnen.«

»Das heißt, Sie glauben, die andern werden sich ausbrennen?«

»Nein, das habe ich damit nicht gesagt. Ich meine nur, daß unsere Jungs ganz nach Verabredung laufen, ohne wirkliche Anstrengung und immer locker, und immer noch einiges an Reserven haben, wenn sie durchs Ziel gehn. Wir sind der Ansicht, daß alle, die unter den ersten dreißig sind, eine gute Gewinnchance haben. Dazu gehören der Australier Mullins ebenso wie der Japaner Son und der Pole Komar. Sie haben unter den ersten zwölf noch nie so richtig mitmischen können, aber gefährlich sind sie deshalb trotzdem.«

»Ferris, von *The Times*, London. Ein gewisser Mister Avery Brundage vom Amerikanischen Olympischen Komitee hat gesagt, daß der

Trans-America-Super-Marathon eine krasse Ausbeutung von Sportlern und sportlichen Idealen darstelle. Möchten Sie dazu irgend etwas sagen?«

Flanagan lachte auf. »Wir haben hier mehr als fünfzig Sportler unter uns sitzen. Fragen wir sie doch. Jeder von euch, der sich ausgebeutet fühlt, Leute, möge aufstehn und seinen Satz sagen.« Niemand erhob sich. »Da haben Sie die Antwort«, sagte Flanagan.

»Noch nicht so ganz«, beharrte Ferris. »Sie haben in Las Vegas Ihren Jungs diese IWW-Trikots angezogen, und Sie haben sie für zehntausend Dollar an die Hochlandspiele in McPhee verkauft. Es geht das Gerücht, daß Sie Ihre Läufer für ein paar Rummelspäßchen in Kansas und für drei Auftritte in Nebraska verhökert haben und daß Sie sich selber eine ganz nette Scheibe aus allen Kontrakten herausschneiden, die irgendeiner Ihrer Schützlinge abschließt.«

Doc Cole kam Flanagan zuvor. Er erhob sich. »Ich möchte für die Sportler antworten«, sagte er. »Klar, wir müssen in Kansas und Nebraska schon son bißchen nachhelfen. Aber als Mister Flanagan vor einem Jahr zum ersten Mal von seinem Rennen in der Öffentlichkeit getutet hat, was hab ich denn da zum Beispiel gemacht? Milchshakes verkauft, für fünf Kuller die Woche. McPhail hier ist stempeln gegangen, genau wie Morgan. Martínez hat am Hungertuch genagt, Bouin in Boulogne Streichhölzer verscherbelt. Eskola war in Helsinki arbeitslos gemeldet. Also, bitte, wer beutet denn hier wohl wen aus? Wer verliert denn hier was? Welche Alternativen haben uns denn Herren wie Mister Brundage geboten? Also: Wenn ich tatsächlich ausgebeutet werde, Mister Ferris, dann sag ich Ihnen nur eines: Diese Art laß ich mir wirklich gefallen.«

Zustimmendes Gerumpel kam aus den Reihen der Athleten. Viele erhoben sich sogar und spendeten offen Beifall. Flanagan grinste und kreuzte die Arme vor der Brust.

»Kowalski, vom *Philadelphia Globe*. Zahlreiche Mitglieder des US-Senats haben sich besorgt darüber geäußert, daß der Trans-America-Super-Marathon zu einem Magneten für politische Ausschreitungen und soziale Unruhen geworden sei. Können Sie das kommentieren?«

Flanagan schob eine weiß-graue Strähne nach hinten, die es sich auf seiner Stirn bequem gemacht hatte, und antwortete.

»Wenn Sie damit sagen wollen, daß die Arbeiterführer Reuther und Lewis uns unterstützen, dann entspricht das der Wahrheit. Nur, unsere Freunde können wir uns genausowenig aussuchen wie unsere

Eltern. Was solls denn – ich hab hier einen Brief von Mister George Bernhard Shaw aus England. Gibts hier irgend jemanden, der mir das zum Vorwurf machen will?«

»Vielleicht interessiert es Sie, daß der Führer der russischen Kommunisten, ein Mister Molotow, Sie einen kapitalistischen Ausbeuter der Arbeiterklasse genannt hat.« Es war Liebnitz, der noch tiefer bohrte.

»Na wenn schon, das ändert an der Streckenführung nicht das geringste«, entgegnete Flanagan bissig. »Das Trans-America nimmt seinen Lauf, ganz egal, was Stalin oder Brundage einzuwenden haben. Jeder betrachtet unser Rennen nun mal so, wie ers gerne sehen will. Was mich angeht, so betrachte ich es als ein Unternehmen, in dem die Läufer und ich selber auchn paar Dollar machen. Wenn irgendwelche anderen Leute sich für ihre eigenen Zwecke dranhängen wollen, naja, denn ist das eben deren Sache.«

Ein junger Mann erhob sich, einer jener Journalisten, die Doc Coles Samariteraktion in den Rocky Mountains in Scharen hergetrieben hatte.

»William Nicholson, vom *Montreal Star*. Flanagan, uns ist aufgefallen, daß Sie jeden Tag jede Menge Milch zur Verfügung stellen. Gibts irgendeinen Grund dafür?«

Flanagan lächelte. »Ziegenmilch«, sagte er. »Damit wir alle über die Rockies kriegen. Unser medizinischer Berater, Doc Falconer, hat versucht, die Kalorienmenge durch Steigerung des Milchverbrauchs aufzumöbeln. Sie dürfen nicht vergessen, daß unsre Jungs täglich fünf- bis sechstausend Kalorien aufnehmen müssen und daß sie viele Läufer nicht in Form fester Nahrung zu sich nehmen konnten. Milch ist fast eine komplette Mahlzeit, und leicht einzunéhmen ist sie auch. Das ist der Grund, meine Herren.«

»Pierre Mimoun, vom *Paris Match*. Monsieur Flanagan, die Gerüchte verdichten sich, daß etliche mittlere und größere Städte sich geweigert hätten, ihren vorher bewilligten Veranstaltungszuschuß zu zahlen. Ist da irgendwas dran?«

Flanagan machte sich einen Spaß daraus, zunächst wie ein Berserker in einem Stapel Papieren vor sich herumzufuhrwerken. Dann räusperte er sich überdeutlich.

»Ja«, sagte er, »es ist wahr, daß wir auf unserer Route einige Probleme hatten. Es wäre trotzdem völlig verkehrt, wenn wir dadurch, daß wir hier und heute darüber diskutieren, bestimmte Sachverhalte präjudizieren, die hoffentlich überhaupt nicht erst aktuell werden.«

»Kommen Sie, Flanagan, machen Sie uns doch nichts vor«, rief Kowalski. »Wir kennen doch die Namen von wenigstens sechs Großstädten auf den nächsten tausend Meilen, die mit Barem nicht rüberrutschen wollen, und mindestens sechs andere machen in dieser Richtung schon allerhand Krach. Wenn diese Gelder nicht zu Ihnen fließen – wie lange können Sie denn dann Ihre Schauläufer überhaupt noch auf den Beinen halten?«

Flanagan wurde rot vor Scham und Wut. »Wir halten sie, ich geb Ihnen mein Wort drauf. Nächste Frage bitte.«

Martin Howard vom *Chicago Star* erhob sich. »Mister Flanagan«, sagte er und hielt mit seiner rechten Hand ein Blatt Papier hoch, »ich habe hier den Durchschlag eines Briefes von der De-Luxe-Catering in Minneapolis an Sie, datiert vom 29. März, in dem Sie zur Zahlung von fünfzigtausend Dollar für Verpflegung, Gerät und Personal aufgefordert werden. Deren Leitender Direktor, Michael Poliakoff, sagte mir heute morgen, daß er sein gesamtes Personal sofort abziehen wird, wenn die Zahlung nicht umgehend erfolgt.«

Flanagan war zwar auf diese Frage nicht vorbereitet, seine Antwort aber kam wie aus der Pistole geschossen.

»Der Brief ist für mich keine Überraschung«, sagte er. »Vor ein paar Tagen ist er endlich bei uns eingetrudelt. Meine mündliche Absprache mit Mike Poliakoff lautete auf eine Zwischenzahlung von dreißigtausend Dollar, und zwar am 18. April – und ich habe noch immer die Absicht, mich an diese Verabredung zu halten. Poliakoff und ich haben diese Sache per Handschlag bei einer Partie Pool Billard in Los Angeles im Januar besiegelt.«

»Aber was passiert, wenn der Verpflegungsdienst tatsächlich eingestellt werden sollte? Was werden Sie dann tun?«

»Zuerst mal«, sagte Flanagan mit fester Stimme, »werde ich mich nach Kansas City begeben, um mit Poliakoff zu reden. Ich bin überzeugt, da liegt irgendein Mißverständnis vor. Aber wenn es wirklich so sein sollte, daß ich fünfzig Riesen auftun muß, dann werde ich das auch.«

Howard blieb noch immer stehen. »Ich glaube zu wissen, daß Ihr Freund und Helfer in Chicago, Bürgermeister ›Big Bill‹ Thompson, die Wahl verloren hat. Inwieweit betrifft Sie das?«

»Ich vertraue fest darauf, daß Cermak, der neue Bürgermeister, fest hinter Bill Thompsons Engagement für das Trans-America steht.«

»Bis wieviel hat Thompson zugestimmt?« fragte Howard.

»Zwanzigtausend Dollar.«

»Inwieweit könnte das Trans-America Einfluß haben auf Bürgermeister Jimmy Walkers Position in New York? Es gibtne Menge Leute, die glauben, daß Walker im Knast enden wird.«

»Es war mir bisher noch nicht recht möglich, mit den Nachrichten aus dem Big Apple auf dem aktuellsten Stand zu bleiben«, antwortete Flanagan gereizt. »Aber der Gouverneur des Staates, Franklin D. Roosevelt, hat bereits seine Unterstützung des Rennens signalisiert. Also, ich bin schon ziemlich sicher, daß wir New York auf unserer Seite haben.«

»Flanagan, sind Sie noch immer so optimistisch wie vor einem Monat in L. A.?« fragte Kowalski listig lächelnd. Flanagans Antwort kam in ruhigem, vertrauenerweckendem Ton.

»Nein, noch optimistischer. Es stimmt zwar, daß wir einige Probleme hatten, die auch ich nicht vorhersehen konnte. Zum Beispiel so was wie diesen wahnsinnigen Wolkenbruch hinter Las Vegas. Dann so was wie den heißesten März seit fünfzig Jahren, auch hinter Vegas. Gegen solche natürlichen Katastrophen läßt sich nun mal beim besten Willen nichts machen, und dennoch gab es nur einen einzigen wirklich ernsten Krankheitsfall. Und das ist nun weiß Gott kein schlechter Schnitt.

Was die Probleme angeht, die von den Leuten selber kommen – die gibts immer wieder, jeden Tag was Neues. Wir lösen sie halt so, wie sie kommen. Innerhalb eines einzigen Jahres haben wir eine ganze Organisation aus dem Boden gestampft und so durchgecheckt, daß sie mögliche Probleme beim Trans-America-Super-Marathon bewältigen kann. Alle haben mir damals gesagt, das wäre ein Ding der Unmöglichkeit, das würde doch ein Schuß in den Ofen. Aber wir bringens jeden Tag, meine Herren, jeden.«

Flanagan schloß den Schnellhefter wieder und drückte ihn an seine Brust. »Meine Herren: Sie haben jetzt drei Stunden Zeit für Interviews mit mir und meiner Mannschaft, den Sportlern, deren Managern und Trainern. Ich würde vorschlagen, daß wir die formelle Fragerei beenden, damit Sie Ihre Gespräche führen können, wie Sie wollen. Ich danke Ihnen.«

Als die Pressekonferenz vorüber war, hielt Carl Liebnitz Doc Cole am Ärmel fest und fragte ihn leise: »Doc, Sie sind doch ein vernünftiger Mann. Von Stadt zu Stadt schlägt man Flanagan die Türen vor der Nase zu. Glauben Sie, daß ers immer noch schaffen wird?«

Die Lippen des Laufveteranen wurden schmal. »Wenns überhaupt jemand schaffen kann, dann er. Flanagan ist wie ein Boxer: Er denkt auf seinen Füßen. Das Problem ist nur, daß er es schaffen muß, eintausend Sportler samt Hilfsmannschaft noch mal zweitausend Meilen über einen Erdteil zu hieven – müssen allein täglich so um die viertausend Dollar sein, die er braucht, um alles hier am Leben und am Laufen zu halten.«

»Ich würd sogar sagen fünftausend«, sagte Liebnitz leise.

»Von den Läufern aus gesehen gehts nur um Verpflegung undn Dach überm Kopf«, fuhr Doc fort, »und jeden Tag immer in die richtige Richtung gedreht werden. Soweit ist Flanagan jedenfalls echt unter Druck. In dem Augenblick, in dem er das nicht mehr schafft, sind wirs auch.«

Liebnitz nickte. »Reden Sie am besten erst mal mit niemandem darüber, Doc. Meine Quellen lassen die Vermutung zu, daß der Druck, das Trans-America abzubrechen, von oben kommt.«

»Wie weit ›oben‹ ist Ihr ›oben‹ denn?«

»Sicherlich Bundesstaatsebene, wahrscheinlich sogar noch höher. Wenn Sie was Genaues wissen wollen, gehn Sie zu den Zockern. Die setzen jetzt schon zwei zu eins, daß das Trans-America-Rennen es nicht mal mehr bis Chicago schafft, und vier zu eins gegen New York. Diese Jungs haben eine feine Nase, die wetten doch nicht so was, wenn sie nicht sichere Informationen gewittert haben.«

»Na«, sagte Doc nachdenklich und legte die Stirn in Falten. »Das sind ja nicht grad hübsche Nachrichten. Wir können aber auch nicht viel mehr machen; laufen halt einfach lustig weiter.«

»Ach, noch etwas, Doc«, sagte Liebnitz. »Ich glaub doch, daß Sie die Frage nicht persönlich nehmen, aber was hat bloß son cleverer Typ wie Sie als Milchshakeverkäufer für fünf Eier die Woche in einem Schnellfreß verloren?«

Doc zwinkerte. »Alles paletti«, antwortete er. »Aber im Ernst, ich kann Ihnen darauf keine Antwort geben.« Er gluckste vor Vergnügen. »Weiß auch nicht, bin wahrscheinlichn Spätzünder. Als mein Leben jedenfalls losging, war die Party längst vorbei, und alle saßen irgendwo bequem in irgendwelchen Jobs. Ich schätz schon, daß das Trans-America deswegen für mich auch so wichtig ist. Ist so was, was man vielleichtne zweite Chance nennen könnte – der endgültige Biß in die Kirsche. Schon darum muß das Trans-America auf den Beinen bleiben.«

»Eine Dreitausendmeilenkirsche«, sagte Liebnitz lächelnd, »wirklich ein seltenes Pflückobstriesenexemplar.«

Doc lächelte zurück. »Carl, vielleicht lieb ich das Leben mehr als einen Traum – jedenfalls sind die Barzahlungen immer niedriger.« Sein Lächeln erlosch. »Im Ernst, das Laufen kann ich nun mal am besten, und der Trans-America-Super-Marathon ist eben meine letzte Chance.«

»Aber glauben Sie denn dran, daß Sies schaffen können?« fragte Liebnitz ernst. »Kommt Ihnen niemals der Gedanke, daß Sie vielleicht schon zu alt dafür sein könnten?«

»Ich geb Ihnen ne Antwort. Die kommt mir aber nicht in die Zeitung, sonst werd ich sauer«, sagte Doc.

Liebnitz nickte und steckte sein Schreibgerät in die Brusttasche. Die beiden Männer suchten sich ein stilles Eckchen im Konferenzsaal und setzten sich.

»Das Härteste fürn Sportler ist«, sagte Doc, »den Lauf ums nackte Leben aufzunehmen, also wenn schon längst keiner mehr Beifall klatscht und die Kohle immer dünner wird. So gings mir schon mal, 1913, als dem professionellen Marathonlauf die Puste ausging.«

Liebnitz nickte.

»Aber ich, ich bin einfach immer weitergelaufen – weiß der Himmel, warum. Ich schein n Fall für die Klatsche zu sein, weil Flanagan da letztes Jahr mit seinem Trans-America-Rennen ankommt und ich – naja, wolln Sie wissen, was meine erste Reaktion war?«

Liebnitz nickte wieder.

»Schiß. Und warum? Carl, wenn Sie von meinem Körper ne Röntgenaufnahme machen würden, dann würd das aussehn wien schludriges Ersatzteillager, wiene Müllkippe. Das einzige, was bei mir noch nicht in die Binsen gegangen ist, ist meine Konzentration.«

Er beugte sich und streckte sein rechtes Knie. »Hörn Sie mal«, sagte er. »Klingt richtig, als wärn Haufen Schotter drin.«

Doc lehnte sich auf seinem Stuhl zurück.

»Sie wollten wissen, ob ich glaub, daß ichs gewinnen kann«, sagte er dann. »Scheißtn Fisch ins Wasser rein? Na logisch kann ichs gewinnen.«

»Danke, Doc«, sagte Liebnitz.

In einer anderen Ecke hatte Ernest Bullard sich Hugh vorgenommen.

»Also aus Glasgow in Schottland«, wiederholte er gerade. »Da haben Sie abern ganz schön langen Anfahrtsweg gehabt, Mister McPhail. Vermissen Sie Ihre Heimat?«

»Ich vermiß meine Eltern, ich vermiß meine Freunde«, antwortete Hugh. »Aber Glasgow? Dort lebt man wie innem faulen Zahn. Hier ist alles in Ordnung. Fünfzig Meilen am Tag, drei Mahlzeiten. Wenn man zwei Jahre lang zum Broo gemußt hat – Teufel, Teufel, dann ist das hier das reinste Paradies.«

»Im Broo?« erkundigte sich Bullard.

»Arbeitsamt«, erklärte Hugh. »Jeden Donnerstag hab ich mich mit tausend andern da inne Schlange gestellt, um mein Geld abzuholen. Dann gings wieder runter in den Park, ins Pub oder in die Bibliothek.«

»Auch kein richtiges Leben, was?« sagte Bullard.

»Nein«, sagte Hugh, »weiß Gott kein richtiges Leben.«

Bullard bedankte sich und kritzelte flink ein Bindestrichwort unter seine Notizen. Es lautete: *un-politisch.*


Hugh stand allein in dem lärmvollen, überfüllten Raum und betrachtete das walzende, mahlende Gedränge um sich herum.

Sekundenlang mochte er seinen Augen nicht trauen, machte dann ein paar Schritte vorwärts und schaute genauer hin. An der Saaltür, in einem wahnsinnigen weißen Tropenanzug samt Sonnenbrille, Kreissäge und weißen Lacklederschuhen, stand Stevie McFarlane.

»Hierher!« rief Hugh.

Der kleine Schotte erkannte den Freund, knuffte sich augenblicklich seinen Weg durch die Menge und hatte schon nach fünf Schritten seine modische Kopfbedeckung verloren. Die beiden Männer umarmten sich bewegt.

»Vorsicht, mein Anzug«, mahnte Stevie und wischte sich imaginäre Staubkörner fort. »Hat mich bis auf fünf Pfund alles gekostet, was ich hab, dank des *Glasgow Citizen.*«

Hugh trat etwas zurück und starrte seinen Freund in gespielter Bewunderung an.

»Stevie McFarlane, das Reporter-As«, feixte er.

»Worauf du einen lassen kannst«, konterte Stevie. »Die *Glasgow Times* hat doch damit angefangen, Berichte übers Trans-America-Rennen abzudrucken, und die Glasgower konnten sich nur aus einer einzigen Zeitung informieren, wie Hugh McPhail, der ›Fliegende Schotte‹, vorankam ... Na, und daraufhin hat der *Glasgow Citizen* mich und nochn Reporter namens McLeod hergeschickt, per Eilboten.«

»Und wo steckt McLeod jetzt?« fragte Hugh.

»Hängt hier irgendwo in soner Bar rum«, antwortete Stevie. »Der arme Kerl ist fast durchgedreht, als die Zöllner bei der Ausschiffung in New York seinen ganzen Whiskey eingesackt haben.«

Zur gleichen Zeit, als sich die beiden Schotten angeregt unterhielten, näherte sich ein Bote der Western Union dem Journalisten Carl Liebnitz und übergab ihm einen Zettel. Liebnitz überflog das Telegramm und bahnte sich seinen Weg durch die Menge hinüber zum Podium, wo Flanagan von Journalisten und Athleten umlagert war.

»Ich habe das soeben von Reuters erhalten, Flanagan. Topeka, Bloomington und Peoria haben ihre Unterstützung des Rennens in aller Form zurückgezogen.« Er reichte ihm das Telegramm. »Wollen Sie sich gleich dazu äußern?«

Flanagan las die Nachricht und schaute dann zu Liebnitz.

»Nur was strikt Privates, Carl, also geben Sies nicht weiter, nicht mal Ihrem Spiegelbild. Die ganze Sache hier fängt an, verdammt eng zu werden.«

Flanagan stapfte blindlings in die Menge, zerknüllte das Telegramm und steckte es in seine Hosentasche.

Liebnitz lächelte säuerlich. Zwei heiße Storys, und alle beide ausgerechnet privater Natur. Trotzdem: Die Eintausendmeilenpressekonferenz hatte auch so schon reichliches Zeilenmaterial abgeworfen.

## Americana, 20. April 1931

*Trotz einiger gegenteilig quakender Unkenrufe ist Charles C. Flanagan gesund und munter und irgendwo auf der staubigen Strecke nach Salina, Kansas.*

*Doch das Trans-America-Rennen ist in einer seltsamen Situation. Einerseits weist alles darauf hin, daß es sich inzwischen die Aufmerksamkeit Amerikas, ja der ganzen Welt erlaufen hat, andererseits kann es passieren, daß die mit der Verpflegung der Läufer beauftragte Firma, De Luxe, schon in den nächsten Tagen ihre Dienstleistungen einstellt; zudem haben Städte wie Hays, Salina, Junction City und Topeka bereits fest vereinbarte Sponsorenabkommen aufgekündigt.*

*Wenn, wie Napoleon gesagt haben soll, eine Armee auf ihrem Magen marschiert, dann trifft das für Flanagans Turnschuhgrenadiere ganz besonders zu, denn die Einstellung der Verpflegung bedeutet das bittere und schnelle Ende des Marathonfeldzuges, bald irgendwo bei Hays, Kansas.*

*Die Finanzlage des Flanaganschen Lauf-dich-reich-Unternehmens ist denkbar unsicher. Seine Preisgelder, bei der Trans-America-Bank deponiert, sind zwar garantiert; aber, so muß man fragen, was ist mit den 5000 bis 6000 Dollar, die das Trans-America pro Tag verschlingt, um auf den Beinen zu bleiben? Mister Flanagan muß inzwischen, bezieht man etwa die Verweigerung von zunächst bewilligten Mitteln seitens solcher Städte wie Las Vegas und Grand Junction, enorme Krankenhauskosten schon in den frühen Tagen in Kalifornien, Reparaturen von Gerät in Burlington und steigende Gerichts- und Anwaltskosten mit ein, tief in den roten Zahlen stecken.*

*Als Journalist ist es meine Pflicht, Bericht zu erstatten und nicht Partei zu ergreifen. Dennoch muß ich sagen, daß es tragisch wäre, wenn der Trans-America-Super-Marathon irgendwo in den grünen Maisfeldern von Zentral-Kansas aufgrund finanzieller Auszehrung dahinwelken würde. Diese Läufer, die Crème der weltbesten Langstreckensportler, haben nicht nur Charles Flanagans Glück herausgefordert, sondern auch ihr eigenes. Sie spielen mit der Fähigkeit ihrer Körper, drei Monate lang täglich fünfzig Meilen am laufenden Meter durchzustehen. Die Sportler dieses Rennens repräsentieren Menschen, die auf dem Hochseil der letzten Dinge balancieren – sowohl das physische wie auch das psychische Leistungsvermögen betreffend. Als solche laufen sie stellvertretend für den menschlichen Leistungswillen, und darum ist es meine Hoffnung, daß die Städte entlang der Strecke bis New York fest zu ihren einmal eingegangenen Verpflichtungen stehen mögen. Ich sage nicht zuviel, wenn ich meine, daß sie es schuldig sind – nicht nur Mr. Flanagan, sondern uns allen.*

*Carl C. Liebnitz*

## Denver, Colorado (1080 Meilen/1738 km)

|     |              |                  | Std. | Min. | Sek. |
|-----|--------------|------------------|------|------|------|
| 1.  | P. Stock     | (Deutschland)    | 172  | 42   | 04   |
| 2.  | A. Cole      | (USA)            | 173  | 10   | 03   |
| 3.  | H. McPhail   | (Großbritannien) | 173  | 20   | 12   |
| 4.  | M. Morgan    | (USA)            | 173  | 25   | 24   |
| 5.  | J. Bouin     | (Frankreich)     | 174  | 02   | 04   |
| 6.  | J. Martínez  | (Mexiko)         | 174  | 04   | 08   |
| 7.  | A. Capaldi   | (USA)            | 174  | 10   | 10   |
| 8.  | P. Thurleigh | (Großbritannien) | 174  | 12   | 12   |
| 9.  | P. Eskola    | (Finnland)       | 174  | 18   | 14   |
| 10. | F. Woellke   | (Deutschland)    | 174  | 18   | 16   |
| 11. | R. Mullins   | (Australien)     | 174  | 21   | 18   |
| 12. | L. Son       | (Japan)          | 174  | 22   | 20   |
| 13. | P. Dasriaux  | (Frankreich)     | 175  | 12   | 15   |
| 14. | P. Clarke    | (Neuseeland)     | 175  | 24   | 20   |
| 15. | P. Flynn     | (USA)            | 175  | 28   | 01   |
| 16. | C. Charles   | (Australien)     | 175  | 32   | 06   |
| 17. | P. O'Grady   | (Irland)         | 175  | 34   | 07   |
| 18. | P. Brix      | (USA)            | 175  | 34   | 08   |
| 19. | P. Coghlan   | (Neuseeland)     | 175  | 38   | 09   |
| 20. | P. Komar     | (Polen)          | 176  | 04   | 02   |

Damenerste: (491.) K. Sheridan (USA)

Insgesamt eingelaufen: 1095

Durchschnittstempo des Ersten: 9 Min. 35 Sek. pro Meile.

# 16

## *König der Kais*

Er hatte die Roosevelt-Suite des Green Davison Hotels in Kansas City angemietet. Charles Flanagan liebte den Klang des Wortes ›Suite‹. Es versprach stilvolle Eleganz, ließ ihn schwere Vorhänge, weiche dicke Teppiche und das verschwiegene Klingen kostbar geschliffenen Glases ahnen. Er lehnte sich in die weichen grünen Samtkissen des Sofas zurück, packte einen dicken Stapel Zeitungen auf die gläserne Tischplatte links von sich und nippte an seinem Kaffee.

Flanagan nahm die oberste Zeitung zur Hand, den *Detroit Star*. Eine halbe Seite war dem Trans-America gewidmet, davon das meiste den Hoffnungen des Lokalmatadors, eines knorrigen Laufveteranen namens O'Brien, der sich zur Zeit auf Platz achtzig ganz beachtlich abrackerte. Ungeduldig fingerte sich Flanagan durch die anderen Zeitungen hindurch. Ja, doch, man konnte es sehen, die Jungs von der Presse waren bekehrt. Sogar Carl Liebnitz' Reserviertheit schmolz allmählich dahin, während Flanagans Läufer sich zielstrebig ihren Weg durch die Nation stampften.

Und doch konnte Kansas City schon das vorzeitige Ende bedeuten, bedachte man die wachsende Zahl der Rechnungen, die Drohungen seines Verpflegungspersonals, einfach die Löffel hinzuschmeißen, und das windige Verhalten der Stadtverwaltungen von Burlington bis St. Louis, die ganz so taten, als würden sie ihre Veranstaltungszuschüsse tatsächlich nicht locker machen.

Gerade jetzt, wo sonst alles so hervorragend lief.

Flanagan beugte sich vor, drehte die Tasse hin und her und verzog das Gesicht. Hölle noch eins, so wollte er nun mal sein Futter verdienen: eisern alles zusammenhalten. Er lehnte sich wieder zurück und ließ seinen Gedanken freien Lauf.

1877 war Flanagans Vater bettelarm aus Irland nach New York gekommen, den ganzen langen Weg von MacGillicuddy Reeks bis in die Baxter Street Nummer 10. Zehn Jahre später war Charles C. Flanagan junior auf die Welt gekommen, und es dauerte nur fünf

Jahre, bis sich seine nackten Füße an das Straßenpflaster New Yorks gewöhnt hatten wie einst die seines Vaters an die Felder von MacGillicuddy Reeks.

Er war neun Jahre alt, als er sein erstes Geschäft in Schwung brachte: Zeitungsverkäufer. Verrücktgemacht durch die Geschichten älterer Jungen, die ihn mit glühenden Berichten über die möglichen Profite fütterten, bekniete er seine Eltern drei Tage lang, bis sie endlich nachgaben und ihm das Geld zur Vorfinanzierung zusteckten. Tagtäglich rannte Charles dann den ganzen Weg bis zum Rathaus, fast über drei Kilometer, und kämpfte dort mit zweihundert anderen zähen, barfüßigen Bürschchen mit Ellenbogen, Fäusten und Füßen darum, wer zuerst an den Tisch kam, an dem die Zeitungen ausgehändigt wurden. Sein Geld hatte er im Mund verborgen, unter der Zunge, und er nahm es erst heraus, wenn der Augenblick der Auslieferung gekommen war.

Den Zeitungspacken fest unter den Arm geklemmt, kämpfte er sich dann wieder seinen Weg zurück aus dem Gewühl und rannte schnurstracks nach Hause, um seine Straßenecke zu sichern.

Charles Flanagan war zum Zeitungstarzan der Mietskasernen geworden, der die Treppenhäuser hinaufflog, auf Geländern wieder herunterrutschte, von Dach zu Dach sprang und die Kunden, wo sie gingen und standen, bediente.

Nie war ein Arbeitstag zu Ende gegangen ohne eine heftige Prügelei mit einem anderen Jungen um eine ganz bestimmte Ecke; und nie war genügend Zeit gewesen, um über eine blutige Nase, eine geschwollene Lippe oder einen lockeren Zahn zu lamentieren. Der abendliche Menschenstrom floß dicht und schnell, und wenn Charles nicht fix genug war, dann wurde eben bei einem anderen Jungen ein Stück straßenaufwärts gekauft. Abends, zwischen fünf und halb sieben, quollen in manchen Bezirken der Stadt die Bürgersteige über von Menschen, die von der Arbeit kamen. Dieser Arbeitsplatz bot dem Jungen ein unschätzbares Training in Konzentration, im schnellen Lesen von Gesichtern und im Unterscheiden wie Beurteilen menschlicher Charaktere. Da gings um die Wurst und ums Brot. Entscheidungen vertrugen keinen Aufschub, keine Zaudereien.

Charles Flanagan machte sich gut, weil er zwei Vorzüge in sich vereinte. Erstens: Wenn er gezwungen war zu kämpfen, dann tat er dies mit allem, was er einzusetzen hatte, ohne Reserven, und seine völlige Hingabe an die Sache erzeugte in den anderen Angst – sogar noch bei älteren, kräftigeren Jungen. Zweitens: Er konnte auf seinen

Beinen denken, noch mit Gedanken jonglieren, während er schon den nächsten Schritt plante.

Flanagans Bezirk erstreckte sich vom Rathaus bis zur Grand Street und vom Broadway bis zur Bowery. In seinen sieben Jahren als Zeitungsjunge verkaufte er vor allem an Chinesen, Italiener und an Juden, an Prostituierte, Spieler, Schwindler und Drogensüchtige. Sie waren eine Erziehung, eine Ausbildung für ihn, die ihm kein College, keine Universität je hätte ermöglichen können.

Und doch, schon damals war Sport für ihn das größte im Leben gewesen, immer nur der Sport. Zuerst hatte Charles schwimmen gelernt – in dem brackigen zehn Meter tiefen Wasser des Hafenbeckens am Fulton-Street-Fischmarkt. Viele Varianten im Falle des Versagens gab es in solch tiefem Wasser nicht; entweder man schwamm, oder man versoff. Ein Junge, der ertrunken war, wurde für gewöhnlich kaum vor dem nächsten Tag vermißt. An den Kais lernte der junge Charles Flanagan sehr schnell zu schwimmen und zu tauchen und nach Muscheln und Münzen zu suchen.

Aus großer Höhe und möglichst phantasievoll ins Wasser zu springen war ebenfalls sehr beliebt bei den Kindern, und der Mutigste, der jeweils von der höchsten Stelle sprang, wurde König des Kais. Eine wahre Mutprobe war das Tauchspringen von den Rahen ankernder Schiffe herab. Der halbe Nervenkitzel bestand schon darin, den Rohrstöcken der Decksoffiziere zu entgehen, dann unter dem Jubel der Freunde den Besanmast zu entern, um schließlich hastig ins dunkle Wasser zu springen.

Die Kais waren gewissermaßen die olympische Arena für die Kinder dieser Gegend. Einmal war Flanagan sogar vom Battery-Park, also von der Südspitze Manhattans, zu den Bedloes Islands geschwommen, durch reißende Strömung und heftige Wellen, und bis zur gerade fertiggestellten Freiheitsstatue.

Baseball auf der Straße, Handstände an die Hauswände, Saltosprünge ins Wasser – jeder Tag hatte irgendeine neue Form der körperlichen Herausforderung mit sich gebracht. Und heute, dreißig Jahre später, leitete dieser Charles Flanagan aus der Baxter Street das größte Langstreckenrennen in der Geschichte des Laufsports; noch immer dachte er auf den Beinen – oder besser: auf *ihren* Beinen.

Flanagans Gedanken spulten sich wieder hinauf in die Gegenwart. Er zog seine Manschetten zurecht und sah auf die Uhr. Noch knapp eine Stunde, bis es soweit war, um Mike Poliakoff von der De Luxe Catering die tapfere Stirn zu bieten. Ganz gewiß mußte da ein globales Mißverständnis vorliegen: Mike und er hatten zu vieles gemeinsam, angefangen mit der Baxter Street und den Rangeleien im bräunlichen Wasser am Fulton-Street-Kai. Nein, der gute alte Mike Poliakoff würde ihn doch jetzt nicht einfach hängenlassen. In einem Stündchen würde alles geklärt sein; also noch etwas Zeit für eine kleine Runde Sehpurpurerneuerung. Flanagan schwang sich herum, hob beide Beine auf das Sofa, legte die Hände über den Bauch und schloß die Augen...

Etwas über eine Stunde später saß er Mike Poliakoff, dem Betriebsdirektor von De Luxe Catering, in der Hotelbar gegenüber. Ringsum vernahm Flanagan Gläserklingen und das leise Gesumm gedämpfter Gespräche im kleinen, schummrigen Raum. Sicher wurden da auch Geschäftsprobleme gewälzt, von den Liebespaaren vielleicht abgesehen, die unentwegt miteinander tuschelten.

»Whiskey, Charles?« fragte Poliakoff, lächelte und blickte zum Ober.

»Ja, danke«, sagte Flanagan und beobachtete, wie die braune Flüssigkeit in sein Glas gegossen wurde. Einen Moment lang dachte er an seine Trans-Americans, die jetzt über die Ebenen von Colorado liefen auf ihrem Weg zum Camp bei Agate.

»Du hastn weiten Weg hinter dir, Mike«, begann Flanagan das Gespräch, der wieder an seine Überlegungen im Hotelzimmer dachte.

»Yeah«, sagte Poliakoff und lächelte, »jeder von uns hat einen langen Weg hinter sich, Charles.«

Michael Poliakoff war dick und kam aus Polen. Wie er so vor Flanagan saß und seinen gewaltigen Bauch über den Gürtel hängen ließ, erinnerte wirklich nichts mehr daran, daß er einst der unbestrittene König der Fulton-Street-Kais gewesen war.

»Du warst der erste, der bis raus nach Brooklyn geschwommen ist, Mike«, fing Flanagan von früher an.

»Yeah, und die Bullen wollten mich dann nicht an Land lassen, und ich mußtne ganze Meile zurückschwimmen, bis du mitnem Ruderboot gekommen bist und mich rausgefischt hast.« Er lächelte. »Ach waren das Zeiten.«

»Oh ja, Mike«, sagte Flanagan. »Das warn sie, weiß Gott. Aber du weißt genausogut wie ich, daß wir nicht hier sind, um Erinnerungen aufzufrischen.« Er holte kurz Luft. »Mike, du hast mich mächtig in die Klemme gebracht.« In Poliakoffs rundem, sanftmütigem Gesicht war das Lächeln wie weggewischt und sein linkes Auge begann zu zucken. »Wir haben doch eine Absprache«, fuhr Flanagan fort. »Dreißig Riesen, wenn wir Kansas City erreichen, den Rest in New York. Und jetzt krieg ich von dir einen Brief, in dem drin steht, daß du plötzlich fünfzig Riesen haben willst – und zwar sofort – oder diese Woche das Trans-America-Verpflegungspersonal abziehen willst. Also, was gilt nun?«

Poliakoff fingerte fahrig an seinem Glas und mied Flanagans direkten Blick. »Wir haben nichts schriftlich gemacht, Charles«, antwortete er. »Du weißt, daß wir nichts schwarz auf weiß haben. Nichts Rechtskräftiges.«

»Himmelherrgott noch mal, Mike«, schimpfte Flanagan. »Nun sag du mir mal, wann wir beide jemals was aufgeschrieben haben, na?«

Poliakoff schaute sich nervös um. »Sei bitte leiser«, flüsterte er. »Die Leute hier kennen mich.«

»Scheiß der Hund drauf«, knurrte Flanagan und lehnte sich zurück. Er sah aus wie ein Dampfkessel kurz vor der Explosion. Mühsam senkte er seine Stimme. »Mike, ich hab da draußen in Colorado das größte Ding laufen seit Hannibals Zug über die Alpen. Sobald wir in New York sind, werde ich diese ganze unsinnige Amateurkiste Brett für Brett auseinandernehmen. Wir werden nächstes Jahr ein gottverdammtes *Trans-Europa* machen! Und du wirst das Ganze wieder verpflegen; du und dein De Luxe Catering, von London bis rüber zum Roten Platz in Moskau.«

Poliakoff starrte in sein Glas.

»Tolle Idee, Charles, wirklichne feine Sache«, sagte er dann. »Bin echt froh für dich. Aber ändern tuts wohl nichts dran. Ich brauch meine fünfzig Riesen. Sofort.«

Flanagan schüttelte den Kopf. Das Trans-America war doch eigentlich bares Geld für De Luxe. Was Poliakoff da meinte, hatte doch nicht einen Funken Sinn und Verstand. Es sei denn, jemand übte Druck auf ihn aus. Flanagans Stimme senkte sich noch mehr.

»Nun spucks schon aus, Mike«, bat er.

Poliakoff schaute von seinem Glas auf.

»Hat dich irgendwer auf dem Kieker?«

»Was, wieso?«

»Du wirst schon wissen, was und wieso. Will dir jemand ans Leder?« Flanagan war wieder lauter geworden.

»Nun bleib doch bitte ruhig«, mahnte Poliakoff, und seine Stimme zitterte. »Mich hat keiner aufm Kieker. Von mir will kein Mensch was.« Er langte nach der Whiskeyflasche vor sich auf dem Tisch, goß sich einen Dreifachen ein, wandte sich wieder Flanagan zu, zog ein weißes Seidentaschentuch aus seiner Brusttasche und wischte sich die Stirn damit ab.

»Ich muß dir doch nicht erklären, daß wir im nächsten Jahr die Olympischen Spiele in Los Angeles haben«, sagte er langsam. »Naja, und diesmal haben sie sich eben was Neues ausgedacht. Olympisches Dorf heißt das Ding. Nur für Jungs – die Mädels sind sicher in Hotels in L. A. verstaut. Naja, und der Verpflegungskontrakt geht an den, der als erster kommt, und zwar fürs Dorf, das Coliseum-Stadion und die ganzen anderen Plätze. Charles, dagegen sind alle bisherigen Olympiaden lächerliche Kindernachmittage. Da springt für den, der das Ding kriegt, ne glatte, blitzsaubere Viertelmillion Dollar raus.«

»Hm, und was soll das nun mit meinem Trans-America-Super-Marathon zu tun haben?« fragte Flanagan und kippte sich das Glas in die Kehle.

Poliakoff verzog das Gesicht.

»Versuch ich dir ja grade zu erklärn. Man hat mir zugetragen, daß die Ober-Olympier mich nicht mal mehr mitm Arsch ankucken, wenn ich mit meinen Töpfen beim Trans-America bleibe. Diese Statutenjungs, die haben mich echt an den Eiern gepackt.«

»Ach so«, sagte Flanagan. »Jetzt geht mir ein Licht auf, worüber wir hier eigentlich reden. Entweder du spielst das Idiotenspiel von diesen Arschlöchern mit, oder du bleibst bei mir.« Er nahm noch einen tüchtigen Zug und stellte dann das Glas hart auf den Tisch. »Du weißt selber ganz genau, daß ich keine fünfzig Lappen zusammenkriege, Mike. Jedenfalls nicht sofort. Wieviel Zeit gibst du mir maximal?«

Poliakoff schaute erst finster drein, dann grinste er breit: »Noch zwei Wochen, aber dann ist Sense, dann gehn meine Jungs und meine Töppe raus. Versuch doch mal, die Sache mit meinen Augen zu sehen, Charles. Die Olympischen Spiele gibts immer wieder – aber kein Schwein weiß, ob du deine Leute überhaupt bis nach New York kriegst. Nicht mal du selbst. Also: Wenn ich bei dir bleib, laß ich mich aufn Glücksspiel ein. Wenn ich bei den Olympischen Spielen mitmisch, dann ist das von vornherein ein bombensicheres Geschäft.«

Flanagan stand auf und schüttelte den Kopf. »Weißt du, Mike, damals am Fulton-Street-Kai, da waren wir wirklich reich. Damals, weißt du, wenn da einer seinem Kumpel sein Wort gegeben hat, dann hat ers auch gehalten. Damals war mir das noch nicht so klar, aber heute weiß ich das. Wir waren verdammt reich.«

Poliakoff senkte den Kopf, sah zu Boden und rieb sich die Stirn. Dann schaute er auf und rang sich ein dünnes Lächeln ab, das jedoch sofort gefror, als sein Blick den von Flanagan traf.

»Nimms mir nicht übel, Charles«, murmelte er und streckte seine Hand aus.

Flanagan übersah die Geste, trank aus, was an Rest noch in seinem Glas war, und stellte es wieder auf den Tisch zurück.

Dann lehnte er sich über den Tisch, bis sein Gesicht fast das von Poliakoff berührte.

»Du verdammtes Arschloch«, zischte er. »Hätt ich dich doch bloß damals in Brooklyn ersaufen lassen.«

Als Flanagan aufstand, stieß er wütend an den Tisch, daß die Gläser zu klingen und zu tanzen begannen. Ohne sich noch einmal umzudrehen, ging er mit langen Schritten durch die Bar und stieg die Treppe hinauf, hinaus in die helle Nachmittagssonne. Halbblind stolperte er aus dem Green Davison Hotel, als er eine Hand auf seiner Schulter fühlte; er machte erst noch ein paar Schritte, bevor er reagierte, drehte sich dann um und sah sich einer stämmigen Gestalt gegenüber.

»Ernest Bullard«, stellte sich jener vor. »Bin auch gerade zufällig in Kansas City. Sie sehn ein bißchen groggy aus, Mister Flanagan. Kann ich Ihnen irgendwie behilflich sein? Kommen Sie, wir gehn nochn Schluck trinken.«

Einen Augenblick lang hatte Flanagan größte Schwierigkeiten, in seinem Kopf die Ordnung wiederherzustellen. Dann hatte ers aber wieder auf der Reihe.

»Ach ja, jetzt weiß ichs wieder«, sagte er. »Bullard. Aber für wen Sie schreiben, weiß ich nicht mehr. Ich fürchte nur, Sie haben Ihre Zeit verschwendet, wenn Sie mir extra nach Kansas City nachgekommen sind. Die Neuigkeiten finden Sie Stück für Stück in Colorado.«

Bullard lächelte.

»Das weiß ich«, sagte er und geleitete Flanagan gefühlvoll über die verkehrsreiche Straße. Auf der anderen Seite angekommen, zeigte er auf den rotweiß gestreiften Holzpfeiler eines Friseurladens, etwa hundert Meter voraus.

»Mulligan«, sagte er nur.

Zehn Minuten später saßen Bullard und ein finster dreinschauender, niedergeschlagener Charles C. Flanagan in einer Nische in Mulligans Flüsterkneipe. Mulligan war das genaue Gegenteil zur schnieken Green-Davison-Hotelbar. Mit seinem mit Sägemehl bestreuten

Fußboden und den rohen, splittrigen Holztischen war dies hier die typische Heimat echter Trinker. Flanagan lockerte seine Krawatte, nippte ziemlich lustlos an einem Glas Mineralwasser mit Eis und sah Bullard an. Der gepflegt gekleidete Mann strahlte Kraft und Vertrauenswürdigkeit aus, und Flanagan genoß die Abwechslung seiner Gesellschaft ganz gegen seinen Willen.

»Scotch on the rocks für meinen Gast und für mich Orangensaft«, sagte Bullard, nahm seinen Hut ab und legte ihn neben sich auf den Stuhl. »Nein, für Mister Flanagan liebernen Doppelten«, korrigierte er lächelnd.

Wenige Minuten später kamen die Getränke. Flanagan hatte seinen Doppelten im Nu runtergekippt, und Bullard bestellte per Handzeichen sogleich einen neuen.

»Na los«, sagte Flanagan. »Nun fragen Sie mich schon irgendwas Dolles.«

Bullard sah dem Iren forschend in die Augen und lächelte.

»Lassen Sie mich doch mal raten, was Mister Poliakoff Ihnen in der Green-Davison-Hotelbar erzählt hat«, sagte er und lehnte sich zurück.

»Wer sind Sie denn eigentlich? Der Zauberer von Oz oder was?« sagte Flanagan und versuchte halbherzig zu schmollen.

Bullard lächelte. »Nein, das bestimmt nicht. Aber wies der Zufall so will, gehört das nun mal zu meinem Job, daß ich solche Sachen weiß. Darf ich Ihnen zwischendurch mal reinen Wein einschenken? Ich heiße Bullard, das stimmt, aber ich bin kein Reporter. Ich arbeite für das Federal Bureau of Investigation.«

»Das FBI!« explodierte Flanagan. »Ach du meine Güte! Was fürn Massenmörder sollen wir denn im Rennen laufen haben? Vielleicht Babyface Nelson oder wen?«

Bullard grinste. »Quatsch! Obwohl wir Informationen besitzen, die besagen, daß im Trans-America in der Tat ein des Totschlags Verdächtiger mitrennt.« Der FBIler machte eine Pause, um das Gesagte in Flanagans Hirn sickern zu lassen.

»Der eigentliche Grund für mein Auftauchen aber ist der, daß man ganz oben der Meinung ist, daß Ihr Trans-America eine Brutstätte für Arbeiterunruhen sein könnte. Sie verstehen – für Radikale, Anarchisten und so was...«

Flanagan schüttelte erleichtert den Kopf. »Da sind die aber ganz schön aufm Holzweg, Mister«, entgegnete er. »Wenn das Trans-America überhaupt irgendwas ist, dann mit Sicherheit ein astreiner kapitalistischer Laufstall, und so kommunistisch wie Mammis Appel-kuchen.«

Bullard nickte verständnisvoll. »Nun halten Sie mal die Luft an und hören Sie auf, mir was zu erzählen, was ich selber weiß«, sagte er. »Sprechen wir lieber über Ihr Treffen vorhin mit Poliakoff. Ich nehme an, er hat Ihnen gesagt, daß er seine fünfzig Riesen auf der Stelle haben will, denn er weiß haargenau, daß Sie die nicht locker-machen können. Und selbst dann, wenn Sie löhnen könnten, würd er sehr schnell einen andern Grund finden, um seine Kochlöffeltraban-ten und Töpfe abzuziehn.«

»Mike meinte, es wäre wegen dem Vertrag mit dem NOC und den Olympischen Spielen in Los Angeles«, bekannte Flanagan düster.

Bullard nippte an seinem Orangensaft. »Jaja«, sagte er, »das stimmt ja auch. Aber das ist nur ein Teil der Wahrheit. Sehn Sie, Ihr Mister Poliakoff hat politische Ambitionen – möchte in Kansas City gern als Bürgermeister kandidieren. Und wenn er Sie gehörig in die Pfanne haut, dann bekommt er die nötige politische Unterstützung. Darauf können Sie wetten.«

»Aber warum bloß?« fragte Flanagan bestürzt. »Wer steckt denn hinter dem Ganzen?«

Bullard spitzte die Lippen. »Vielleicht hilfts Ihnen, wenn ich Ihnen maln hübsches kleines Märchen erzähl«, sagte er.

»Himmelherrgott noch mal«, lästerte Flanagan und schmollte. »Machen Sie bloß keinen auf Hans Christian Andersen.«

»Es war einmal, mit Sicherheit im Jahre 1912«, begann Bullard, ohne den empörten Gesichtsausdruck seines Gegenübers zu beach-ten. »Ich war am College ein guter Läufer – lief einsneunundfünf-zig die halbe Meile in der Halle. Aber mein College hatte kein Interesse an den AAU-Hallenausscheidungen in New York, und darum haben die dann auch nicht in mich investiert. Daraufhin bin ich einfach abgehaun und hab mich mühsam bis nach New York durchgeschlagen und bin da nurn paar Tage vor dem Treffen ange-kommen. Ich hab so an die zehn Pfund abgenommen und war in ziemlich mieser Form.

Am Abend vorher bin ich dann im Garden aufgekreuzt und hab mir einen von den Offiziellen geschnappt, son dicken, munteren Knaben vom YMCA, der bei der AAU geholfen hat, um den Wettkampf auf die Beine zu kriegen. Dem hab ich erzählt, wo ich herkam und was ich so gemacht hab. Und da hat er mich doch tatsächlich an die Hand genommen und mir das gewaltigste Porterhousesteak spendiert, das ich je gesehen hab. Und zum Schluß hat er mir auch noch fünf Dollar fürn Hotel in die Hand gedrückt.«

»Na, und haben Sie gewonnen?« fragte Flanagan.

»Nein«, sagte Bullard. »Bin dritter geworden – mit einssechsundfünfzigkommaacht – meiner absoluten Bestzeit, Halle wie Platz.«

»Schön, schön«, kommentierte Flanagan. »Aber warum erzählen Sie mir das alles?«

»Der Typ, der mir den Fünfer geschenkt hat – das waren Sie«, sagte Bullard.

»Heiliger Strohsack, ich erinnere mich«, rief Flanagan aus und schüttelte fast ungläubig den Kopf. »Da müssen Sie aber so um die zwanzig Pfund leichter gewesen sein.«

Bullard schaute an seinem Bauch hinab und grinste. »Bloß nicht zu persönlich werden«, sagte er. »So, und jetzt möcht ich Ihnen nochn kleines Märchen erzählen«, fügte er hinzu. »Es war einmal, genau ein Jahr später, 1913 also, da füllt ein Collegejunge namens Martin La Verne alle Titelseiten der Ostküstenzeitungen. Er läuft die Meile leicht in viersechzehn, vierachtzehn. Er sieht gut aus, hat Knete, und er geht an die Harvard. Also beschließt irgendson hohes Tier in der AAU, daß der junge La Verne versuchen soll, den Weltrekord über eine Meile einzustellen. Hörn Sie – die haben damals sogar was von einer Vierminutenmeile geunkt.«

»Die Vierminutenmeile«, wiederholte Flanagan höhnisch. »Kann ich ja gleich von Zweimeterzwanzig im Hochsprung schwärmen.«

»Naja, Sie wissens, und ich weiß es«, sagte Bullard. »Aber Sie wissen ja auch, wie so was dann geht; Zeitungsgerede. So was hilft die Blätter verkaufen. Also allesne abgekartete Geschichte. Man beschloß, das Ding aufner schnurgeraden hölzernen Strandpromenade in Atlantic City abzuwickeln.«

»Das kenn ich«, warf Flanagan ein. »Der verdammte Wind da drüben bläst immer vom Meer her.«

»Da haben Sies«, strahlte Bullard. »Ne blitzblanke windgedrückte Wundermeile. Flanagan, den Typen war das schnurzegal, wie die ihren Rekord kriegten. Naja, also haben sie das eben arrangiert: Ich sollte ihn also erst mal durch das erste Viertel schleppen, in zweiundsechzig Sekunden oder so was, dann die halbe Meile in zwei Minuten fünf machen, danach einfach ausscheren und den Rest La Verne überlassen.«

»Waren Sie denn vorher überhaupt schon mal überne Meile gelaufen?« fragte Flanagan.

»Ja, in der Staffel, so um die viervierundzwanzig«, sagte Bullard und nahm einen Schluck. »Aber ich hab mich auch nie wirklich gequält, hab nie herausgefunden, wie schnell ich nun wirklich laufen kann.«

»Und was dann?« sagte Flanagan.

»Naja, wir dann in Atlantic City, und hinter uns, von der See her, pustete uns so was wiene Siebzigstundenkilometerbrise ins Kreuz. Wir haben ungefährn halbes Dutzend Meiler dabei undn halbes Dutzend solche Hasen wie mich. Peng macht die Pistole, und ich saus los und fühl mich richtig gut. Die Viertelmeile hab ich bei einundsechzigkommafünf Sekunden überrannt und lauf stark und aufrecht. Zum Donner, der Wind trug uns ja regelrecht weiter. Bei der halben Meile liegen wir bei Zweiminutendrei, und ich bin immer noch kaum außer Puste.«

»Und da scheren Sie aus«, bemerkte Flanagan vorlaut und trank sein Glas aus. »Ihr Part war erledigt.«

»Nein«, sagte Bullard. »Ich merkte, wie gut ich mich noch fühl, also schlepp ich La Verne in Richtung Dreiviertelmeile und geh weiter nach vorn. Dann kommen wir an die Dreiviertelmarke, und ich hör, wie sie was von drei Minuten und sieben Sekunden rufen. Naja, meine Beine fangen schon an wackelig zu werden. Und ich ermüde langsam. Ich dreh mich um und seh La Verne nurn paar Yards hinter mir. Die andern Läufer liegen alle so um die zwanzig Yards oder noch mehr zurück. Na, ich warte drauf, daß der Kerl jetzt auch mal nach vorne geht, aber er keucht nur wien Würgeengel und holt keinen Yard auf. Also renn ich meinen Stiefel weiter und berühr das Zielband bei viervierzehn – hauchdünn am Weltrekord vorbei.«

»Und was wird mit unserm Mister La Verne?« fragte Flanagan.

»Der lagn paar Yards zurück. Er lief vier Minuten sechzehnkommafünf Sekunden«, antwortete Bullard. »Aber warten Sie, das Märchen ist noch nicht zu Ende, noch lange nicht. Sie stecken uns dann in son Prachtmobil und bringen uns zur Preisverleihung ins Rathaus. Na, Sie wissen ja, das Übliche – Bürgermeister, der Kongreßmann auch, Roséchampagner undn silberner Pokal, da könnt man drin wohnen. Als nächstes geht einer von den AAU-Offiziellen mit mir in einen Nebenraum wegen der Ausgaben und schiebt mir zwanzig Dollar zu. Und als ich wieder rauskomm, da haben sie den Pokal La Verne gegeben!«

»Und was zum Henker haben Sie gekriegt?« fragte Flanagan.

»Sone Billigplakette mit ›Atlantic City Boardwalk Pacemaker 1913‹ eingraviert«, sagte Bullard bitter.

Flanagan pfiff. »Aber was fürn krummer Hund macht denn so was?« fragte er.

»Ein ganz honoriger Gentleman aus der Amateur Athletic Union mit Namen Martin P. Toffler«, antwortete Bullard.

Kurze Stille zwischen den beiden.

»Okay«, sagte Flanagan, »damit hätten wir also die beiden Gutenachtgeschichten beisammen, und ich muß nur noch zugedeckt werden. Aber wo soll das denn nun hinführn?«

»Zu Poliakoff, nach Kansas City«, erklärte Bullard. »Flanagan, Sie haben, schon bevor ich Sie im Garden kennengelernt habe, immer ausm Vollen gelebt, aber – jedenfalls nach unseren Unterlagen – nien krummes Ding gedreht. Das FBI scherts sowieso nicht, ob das Trans-America nun liegenbleibt und alle ihre Säckel schnüren und wieder nach Hause gehn; auch nicht, daß Toffler auf Poliakoff Druck ausübt mit einem olympischen Verpflegungsvertrag – naja, das ist eben Business. Auf der andern Seite, wenn ich zum Beispiel, sagen wir mal, eine direkte Verbindung zwischen Toffler und der Keilerei in Las Vegas auftun könnte – das wärne völlig andere Geschichte. Anstiftung zum Aufruhr.« Flanagan hob sein Glas, als die neue Runde gekommen war, trank es aus und nickte. »Ich brauch wirklich noch so einen«, sagte er müde. »Irgendwie krieg ich das alles nicht so richtig auf die Rolle. Ich mein, warum sollte son großes Tier wie Toffler versuchen wollen, mich zu stoppen?« Er drehte sich um und machte dem Barmann ein Zeichen.

»Weiß ich ja selber nicht, aber ich versuch nur, ne vernünftige Vermutung anzubieten«, sagte Bullard. »Das letzte Mal, als hier bei uns Olympische Spiele stattfanden, also 1904 in St. Louis, war das Ganze ne gottverdammte Farce, die drei Monate dauerte, und kaum ein Sportler kam von außerhalb der USA. Die ganze Show war damals an die Weltausstellung in St. Louis verkuppelt, und dann haben sie auch noch anthropologische Spiele gemacht, ums auch kulturell zu vermarkten.«

»Yeah«, lachte Flanagan, »ich weiß noch. Die haben da ne ganze Horde Wilder aus der ganzen Welt zusammengetrommelt, stimmts?«

»Die meisten dieser ›Wilden‹ kamen direkt von der Weltausstellung«, korrigierte Bullard.

»Jaja, ich kannte dason Zwerg, der hieß Charlie Satz; den haben sie schwarz angepinselt und als Pygmäen in die Arena geschickt«, sann Flanagan laut. »Hat sich zum Kugelstoßen gemeldet. Hat sie gerade mal bis vor seinen linken großen Zeh geschafft.«

Sein Gegenüber lächelte. »Da gabs Schlammwerfmeisterschaften, Pfahlschnellklettern... das war wirklichn verrückter Rummel«, sagte Bullard. »Naja, und dieses Mal wolln sie nun alles auch ja richtig machen, damit die USA auch als Sportnation endlich auf die Landkarte kommt. Aber nun ist plötzlich eine große Wolke am sportlichen Horizont aufgetaucht.«

»Was denn?« fragte Flanagan.

»Na Sie«, antwortete Bullard. »Wenn Sie Ihren Trans-America-Super-Marathon bis New York durchkriegen, dann stolpern alle Nurmis und Zabalas dieser Welt über ihre eigenen Beine, weil sie nicht schnell genug bei Ihnen 1932 einsteigen können – wohlgemerkt, im olympischen Jahr. Und jeder amerikanische Läufer von fünftausend Metern aufwärts wird zu Ihnen kommen. Machen wir uns doch bloß nichts vor, Flanagan. Kein Sportler hätte je was dagegen, sichn ehrlichen Dollar zu verdienen, erst recht nicht Nurmi. Das Trans-America-Rennen kann der Olympiade in Los Angeles ganz schön kräftig den Rang ablaufen.«

»Ach so, und an dieser Stelle Auftritt Toffler, oder?« sagte Flanagan und lehnte sich über den Tisch zu Bullard vor.

»Haargenau. Er steht und fällt mit dem Renommee der Spiele von Los Angeles. Er will nämlich der nächste Vorsitzende des Internationalen Olympischen Komitees werden – um ganz oben zu sitzen, mittendrin zwischen den ganz großen olympischen Leuchten. Und wenn die 1932er Olympiade den Bach runtergeht, dann geht Toffler unweigerlich mit.«

»Und wie sieht sein Programm aus?«

»Das kann ich nur vermuten«, sagte Bullard. »Diese Poliakoff-Geschichte, die entstammt seinem Kopf. Der Druck auf die Städte, die ihre Sponsorzusage zurückziehen, da würd ich sagen, zu fünfzig Prozent auch. Er kann sich aufn paar Leute stützen, die ihm was schuldig sind oder was von ihm wollen – er ist ein hohes Tier bei den Republikanern –, und der Rest fällt um wie beim Domino.«

Flanagan biß sich auf die Unterlippe.

»Das Blöde ist nur, daß wir in Bewegung bleiben müssen. Verstehn Sie, Bullard, das Trans-America ist wiene Armee im Frieden, und kosten tut das genauso viel, ob ich sie nun auf den Beinen halte, damit sie rumsteht oder damit sie läuft. Zweitens, es gibt einige Städte, wo wir angesagt waren, aber die uns an einem ganz bestimmten Tag haben wollten und an keinem anderen, nicht vorher und nicht nachher.«

»Haben Sie nicht irgendeine politische Karte, die Sie ausspielen können?« fragte Bullard.

»Vielleicht ja«, sagte Flanagan gedankenverloren.

»Naja, dann machen Sie das aber auch – und zwar schnell. Und schinden Sie für sich selber etwas Zeit raus.«

»Zwei Wochen habe ich noch, bis es nichts mehr in die Bäuche gibt«, erklärte Flanagan. »Aber selbst wenn ich irgendwien Schnellfreßunternehmen auftreiben könnte, das für De Luxe einspringt – in einer Woche komme ich an die erste Stadt, die mir bestimmt Schwierigkeiten macht. Das heißt, ich hab nur noch eine Woche, und dann muß ich blechen. Mein Gott, ich hab so schon genug am Hals. Morgen früh muß ich in Burlington sein und Bürgermeister Tweed beknien, daß er nicht aussteigt. Wenn ich das nicht schaffe, steh ich noch mal mit zehn Lappen in der Kreide.«

»Wenn ich das richtig sehe, bleibt Ihnen nur eine Wahl«, sagte Bullard. »Bremsen Sie Toffler. Ich kann nicht sagen, legen Sie ihn um, aber stoppen Sie ihn, irgendwie, oder in New York gibts keinen Zahltag.«

Flanagan erhob sich langsam und langte hinunter, um Bullard die Hand zu schütteln. Er krampfte sich ein Lächeln ab. »Danke«, sagte er. »Das Steak damals, das ich Ihnen im Madison Square Garden spendiert hab, hat sich wirklich dicke ausgezahlt.« Er tippte Bullard leicht auf die Schulter, bevor er sich müde seinen Weg durch die überfüllte Bar bahnte.

Morgen früh also würde er nach Burlington zurückfahren, und versuchen, ein weiteres Loch im Damm zu stopfen. Langsam betrat er die Stufen, die ihn aus den Tiefen von Mulligans Flüsterkneipe hinauftrugen in die schwache Frühlingssonne.

Und in dieser Nacht saß Flanagan im Zug nach Westen, nach Burlington, Colorado.

Bürgermeister Tweed, Stadtoberhaupt von Burlington, streckte die fleischige Hand über seinen Schreibtisch, als Flanagan zur Begrüßung auf ihn zutrat; dann ließ er sich in seinen schwarzen Ledersessel zurückfallen.

»Nehmen Sie Platz, Mister Flanagan«, sagte er, drückte einen Knopf rechts an seinem Schreibtisch, und seine Sekretärin betrat das Zimmer. »Zweimal Kaffee«, sagte er. »Milch und Zucker?« fragte er und wandte sich wieder seinem Besucher zu.

Flanagan nickte und ließ seinen Blick durch das düstere, eichengetäfelte Arbeitszimmer schweifen. Er zog den Ärmel seines schwarzen Nadelstreifenanzugs über die weiße Manschette seines Oberhemds.

»Wie viele Meilen vor Burlington sind denn Ihre Läufer jetzt, Mister Flanagan?«

»Etwa zweihundert. Sind also noch vier Tage auf der Strecke.«

Tweed stand auf und legte beide Hände auf den Rücken.

»Lassen Sie mich ganz offen sein, Mister Flanagan«, sagte er; er wiederholte den Namen des Trans-America-Rennleiters, als wollte er ihn auf diese Weise in seinem Gedächtnis einrammen. »Kürzlich habe ich einige recht beunruhigende Berichte über Ihr Trans-America-Rennen erhalten; über diese unangenehme Sache in Las Vegas, zum Beispiel.«

Schon wollte Flanagan antworten, doch mit einer kurzen Handbewegung hieß Tweed ihn schweigen. Der Bürgermeister nahm aus einer Schublade einen Stapel Zeitungsausschnitte und legte sie vor sich auf den Schreibtisch.

»Ich habe die Berichte gerade hier«, sagte er. »Einige Leute von der Vegas-Presse scheinen der Meinung zu sein, daß Ihre Läufer Rote sind, irgendsone Art Bolschewisten, Mister Flanagan. Was sagen Sie dazu?«

»Darf auch ich offen mit Ihnen sprechen, Herr Bürgermeister?« fragte Flanagan. Tweed nickte. »Also, irgend jemand wollte uns in Las Vegas schikanieren. Man kam uns zuvor und hat die IWW-Jungs gegen uns aufgestachelt. Aber ich hatte Wind davon bekommen und meine Männer geheißen, sie sollen sich die IWW-Trikots anziehn. Das hat das Rennen gerettet. Mehr war da nicht dran.«

Tweed kräuselte die Lippen. »Eigentlich glaube ich Ihnen, Mister Flanagan. Und ich sage Ihnen auch, warum. In den letzten Monaten ist auf mich – lassen Sie mich das mal diplomatisch formulieren – eine Menge Druck ausgeübt worden, sowohl auf mich wie auch auf andere Bürgermeister, durch deren Städte Ihre Route geht. Wir sollten unsere finanziellen Unterstützungszusagen an Ihr Trans-America-Rennen zurückziehen. Und dafür sind uns die vielfältigsten Gründe genannt worden. Der Hauptgrund aber sei der, daß der Trans-America-Super-Marathon wieder Probleme mit den Arbeitern schaffen würde.«

Flanagan wollte erneut unterbrechen.

»Lassen Sie mich bitte erst ausreden, Mister Flanagan. Vor zwei Tagen sprach ich mit Ihrem Assistenten, Mister Willard Clay, und legte ihm klar, daß es leider nicht so aussehen würde, als könnten wir noch immer das Trans-America in Burlington willkommen heißen. Doch nur wenige Stunden später erhielt ich den Anruf eines Agenten des Federal Bureau, Mister Ernest Bullard mit Namen. Die Mitteilungen des FBI-Manns waren sehr aufschlußreich. Auf jeden Fall bin ich J. Edgar Hoover noch etwas schuldig; denn seine Agenten haben vor ungefähr einem Jahr erstklassige Alkoholvernichtungsarbeit hier geleistet.

Und lassen Sie mich Ihnen noch etwas sagen, Mister Flanagan. Ich glaube durchaus, daß Ihre Miss Sheridan und Ihr Mister Morgan in Las Vegas ein Kinderheim besucht haben. Das stand in den Zeitungen zwar nicht gerade auf Seite eins, aber ich hab auch so davon erfahren. Und einer meiner Elks-Brüder hat mir berichtet, daß Ihr Doc Cole in Denver bei unserem Klubessen einen höchst unterhaltsamen Vortrag gehalten hat. Lange Rede, kurzer Sinn; Mister Flanagan: Burlington empfängt die Trans-America-Läufer.«

Flanagan strahlte vor Freude und schüttete hastig seinen Kaffee hinunter. Der erste Riß im Damm war wieder verschwunden.

Vier Stunden später stieg Flanagan aus seinem Wagen und stand auf der heißen Straße kurz vor Agate, Colorado. Es war ein Uhr mittags, und seine Roadies waren gerade dabei, das Lager für die Ankunft der Trans-Americans fertigzumachen. Alles sah bestens aus, aber nur Flanagan wußte um den seidenen Faden, an dem das Schicksal seiner Läufer hing. Er schob sich eine Haarlocke zurück, stemmte die Hände in die Hüften und überschaute das geschäftige Treiben im Lager auf einem Feld etwas unterhalb der Straße. Gott sei Dank hatten diese armen Teufel, die auf der ausgetretenen Wegspur dem Etappenziel entgegenschwitzten, davon keine Ahnung.

»Bin froh, daß du wieder hier bist«, begrüßte ihn Willard Clay schon von weitem und kam kopfschüttelnd auf seinen Brötchengeber zu.

»Was ist denn nun schon wieder los!« fragte Flanagan etwas uninteressiert und schaute sich zufrieden das geschäftige Treiben im Camp an.

Willard deutete mit dem Daumen hinter sich auf die Lastwagen. »Heute morgen haben wir annem Restaurant etwa zehn Meilen von hier für die Roadies n paar Stunden Pause eingelegt. Als wir wieder rauskamen, war die Hälfte der Zelte von oben bis unten aufgeschlitzt. Über zweihundert Leute können wir nun nicht mehr unterbringen.«

Flanagan schleuderte seinen Panamahut zu Boden, schaute dann hoch zu den wenigen Wolken und erhob flehentlich beide Hände.

»Warum ich? Warum immer ich, Himmelherrgott? Was hab ich denn bloß getan?« stöhnte er auf.

Willard wartete mit der Fortsetzung seines Berichts, bis sein Chef sich wieder beruhigt hatte.

»Von unsern Leuten wars bestimmt niemand – die ganze Crew saß in der Raststätte. Aber es hätt jeder sein können – aufm Parkplatz warn ständiges Kommen und Gehen. Jeder hätt das sein können«, wiederholte Willard untröstlich, preßte die Hände in die Hüften und sah sich um. »Jeder. Aber wie solls nun bloß weitergehn, Boß?«

Flanagan entblößte die Zähne zu einem grimmigen, wölfischen Grinsen.

»Klär mich mal auf, Willard. Wieviel Zeit haben wir denn überhaupt noch?«

»Noch fünf Stunden, bis die ersten eintrudeln«, erwiderte Willard. »Und dann sinds noch zwei Stunden, vielleicht drei, bis die Läufer für die Nacht n Dach überm Kopf brauchen.«

»Kann man denn nicht im Freien schlafen?«

»Zu kalt«, verneinte Willard kopfschüttelnd.

Die beiden Männer gingen langsam zum Trans-America-Rennleitungsbus zurück. Kaum im Wageninnern, steuerte Willard geradewegs auf die Einbaubar zu.

»Whiskey, Boß?«

Flanagan nickte und ließ sich auf die Couch plumpsen. Willard schaltete das Radio ein und kurbelte die Sender durch, an Rudy Vallee und Amos'n'Andy vorbei bis zur lokalen Sendestation. »Gospel Hour«, sagte gerade die Ansagerstimme. »Heute bringen wir ein Lied, das speziell für alle Sportler und Athleten geschrieben wurde, die Gottes Gebote befolgen. Es ist vor allem den tapferen Läufern des Trans-America-Super-Marathons gewidmet, die sich zur Zeit westlich von Agate, Colorado, ihre staubige Straße entlangmühen, und wurde von Amerikas führender Evangelistin, Alice Craig McAllister, geschrieben. Es heißt ›Das Lied der Straße‹ und wird jetzt gesungen von Pfarrer Jeremiah Broome, der von Miss Sarah Cotton begleitet wird.«

Die kraftvolle Georgia-Stimme Pfarrer Broomes erfüllte den Wohnwagen.

Läufer, warum läufst du wohl,
Läufer, warum läufst du wohl,
Ist es der Schmerz
Oder Kommerz,
Läufer, warum läufst du wohl?

Läufer, warum hetzt du dann
Mit endlos schnellem Schritt voran,
Willst du nur Geld und Gut
Oder gibt dir deine Seele Mut?
Läufer, wonach hetzt du dann?

Flanagan lehnte sich auf seiner Couch zurück und schloß die Augen.

Läufer, warum läufst du nur,
Seit ein Schuß dich trieb in diese Spur:
Erjagst du dir Gold
Oder hast du nur Wahrheit gewollt?
Läufer, warum läufst du nur?

Willard schüttelte den Kopf. »Lächerliche Knittelverse, könnten von meiner Großmutter sein«, sagte er und wollte das Radio abstellen, doch Flanagan hielt ihn zurück und stellte statt dessen das Gerät lächelnd lauter.
Die Stimme des Sängers hob sich und gewann an Kraft, als er die letzte Strophe sang.

Läufer, was wirst du finden,
Am Schluß wovon künden,
Von Preis und Gewinn
Oder vielleicht von verführtem Sinn?
Läufer, was wirst du finden?

»Und nun«, fuhr der Ansager fort, »einige Worte von Miss Alice Craig McAllister persönlich.« Trotz des Rauschens und Knisterns der atmosphärischen Störungen waren Flanagans Ohren jetzt ganz weit geöffnet, und er hörte aufmerksam zu.
Die Stimme Alice Craig McAllisters war kräftig und deutlich zu vernehmen. »Ich glaube zwar kaum, daß ihr Trans-Americans dort draußen auf der Straße mich hören könnt, da ihr im Augenblick auf

dem Weg nach Agate seid, aber laßt mich trotzdem dies sagen«, hob die Evangelistin an. »Soweit wir wissen, hat unser Herr Jesus Christus niemals an irgendwelchen Leichtathletikwettbewerben teilgenommen, aber gemäß der Heiligen Schrift war Er schon immer der größte Weltmeister aller Klassen gewesen. Ihr könnt also ganz sicher sein, daß Er verstehen würde, was euch Trans-Americans heute auf die trockene und staubige Straße treibt. Aber seid ihr euch denn eigentlich bewußt, wo Er ist und was Er macht? Tief in eure Herzen, tief in eure Seelen hat Er sich gesenkt und läuft jeden Fuß eures Weges mit euch durch unsere geliebten Vereinigten Staaten von Amerika. Und wisset: Jesus Christus will, daß sich ein jeder von euch seiner Fähigkeiten bewußt wird und sie zur Geltung bringt. Indem ihr dieses tut, verwirklicht ihr euch nicht nur selbst, sondern lobpreist Ihn und macht euch Seinem Allmächtigen Willen dienstbar.

Vielleicht erinnert ihr euch an meine letzte Sendung, in der ich mit euch über den alten Feind, die Versuchung, sprach, eben jene Versuchung, der sich auch Unser Herr vierzig Tage und Nächte lang in der Wüste ausgesetzt sah, ohne etwas zu essen und zu trinken. Und genau das ist es, womit jeder von euch bei jedem Schritt auf der Strecke zu kämpfen hat, mit der Versuchung, die flüstert: ›Hör doch auf! Es macht nichts, ob du läufst oder gehst, es interessiert niemanden.‹ Und jedesmal, wenn einer unter euch sich entschließt, trotz allem weiterzumachen, tut er genau das, was Unser lieber Herr tat, vor zweitausend Jahren in der Wüste: seinen Weg fortsetzen.

Wissen Sie, was die Hölle ist, meine Damen und Herren? Nun, ich werde es Ihnen sagen. Die Hölle ist ein Leben ohne Träume. Und jeder Trans-American auf seinem Weg nach New York lebt seinen Traum in jedem einzelnen Schmerzensschritt auf diesem Wege.

Meine Damen und Herren, sind wir denn nicht alle Athleten, die sich auf dem Lebensweg vorankämpfen? Aber, können wir denn in unsere Herzen hineinschaun und wahrhaftig sagen, wie diese Trans-Americans, daß wir wirklich alles für unser tägliches Rennen gegeben haben? Schaut in eure Herzen hinein, schaut in eure Seelen hinein und stellt euch dann diese Frage. Dies ist meine heutige Botschaft an euch. Der Herr segne euch und behüte euch!«

Flanagan schaltete das Radio ab. »Alice«, flüsterte er. »Die kleine feine Alice, ist direkt hier in Colorado.«

»Wow«, machte Willard. »Diese Miss McAllister, die kann aber ganz schön auf die Tube drücken. Die meisten Bibelschwärmer jedenfalls machen mir Hämorrhoiden in den Ohren.«

Plötzlich war Flanagan wieder putzmunter und schritt im Caravan auf und ab.

»Vergiß deine Hämorrhoiden, Willard«, sagte er. »Weißt du, wo die Sendung herkam?«

»Keine Ahnung«, antwortete Willard zerstreut. »Sicher von irgendwo in der Nähe. Vielleicht Denver oder auch Burlington.«

»Nun mach schon, krieg das raus, beeil dich. Und dann hol mir Miss McAllister ans Telefon. Der Herr hilft denen, die sich selber helfen. Ich hab vor, genau das zu tun.« Flanagan lehnte sich zurück, als sein Assistent sich an die Arbeit machte. Er schloß die Augen, und seine Lippen bewegten sich lautlos. Die nächsten paar Stunden würden mit Sicherheit einen Beweis für die Kraft des Betens erbringen.

Drei Stunden später waren die ersten Coloradofarmer eingetrudelt. Stumm standen sie vor dem Trans-America-Rennleitungsbus, mit schmalen, stoppeligen Gesichtern, in denen Jahre härtester Arbeit eingegraben waren; mit Jeans, die staubig waren und abgewetzt. Etwa zwanzig hatten sich da versammelt, als hinter ihnen ein Lastwagen mit quietschenden Bremsen zum Halten kam; ein schmächtiger, weißhaariger Mann entstieg dem Fahrerhaus.

»Sind Sie Mister Flanagan?« fragte der Neuankömmling und zwängte sich durch die Gruppe, bis er vor der Tür des Trans-America-Wohnwagens stand.

Flanagan nickte. Er wartete zwischen Dixie und Willard und schob seinen Tom-Mix-Sombrero in einen kecken Winkel.

»Wir hawwe erfahre, dasse wacker im Schlamassel stecke«, begann der Alte das Gespräch und kaute auf einem Strohhalm herum.

»Hat Miss McAllister Sie gerufen?« fragte Flanagan.

»Na klar doch. Miss McAllister hat westlich von Burlington all ihre Leut mobilisiert.« Er wandte sich zu den anderen Farmern. »Wir hawwe Schuppe un Scheune, da gehn knapp fümfhunnert Leut rein – fümf Meile von hier. Wir hawwe Lehmsmiddl und saubrs Wasser. Also bringese Ihre Jungs da zu de Farmer hin. Schreimse mal unner, hier.« Er zog ein zerknittertes Stück Papier heraus und reichte es Flanagan. »Unsre Leut hawwe alles fix un ferdisch, wennse so um sechse komme.«

»Gütiger...« Das Wort gefror Flanagan auf den Lippen. »Ich weiß überhaupt nicht, was ich sagen soll.«

»Brauche auch garnix zu sage«, erwiderte der Mann lächelnd, zog den Halm aus dem Mund und spuckte auf den Boden aus. »Vorner

Woch hawwe mirn Film von Ihre Jungs in Burlington im Lichtspiel-
haus gesehe. Sin da durchde Rockies gerannt. Sahn ja ganz schön
ferdisch aus, die Kerlsche. Also, wenn de liewe Godd Ihr Männer de
ganze Weg durchde Rockies gebracht hat, dann hatta auch net vor, se
jetz hier in de Plains zu bremse. Des is so sicher wies Ame inde
Kersch.«

Die Farmer gingen zu ihren Wagen zurück. Willard stand fassungslos
da und schüttelte den Kopf. »Boß, ich weiß nicht, wie du das immer
hinkriegst, wirklich, das will mir einfach nicht ins Hirn.«

Flanagan grinste. »Willard«, sagte er. »Weißt du, die Wege des Herrn
sind wirklich unerforschlich.«

# 17

## Das Spiel

Das Trans-America-Unternehmen krachte nicht zusammen. Vielleicht war es lediglich ein Stückchen Wundpflaster, das die Risse klebte, aber – es hielt, denn in nur vierundzwanzig Stunden hatte Flanagan Burlingtons Bürgermeister auf seine Seite gebracht und Alice Craig McAllister dazu bewogen, sein vom Schicksal heimgesuchtes Camp zu retten. Nur – bis nach New York hinein durfte er sich nicht auf eine solch ›unheilige Allianz‹ von FBI und dem Allmächtigen verlassen. Doch als er sich in dem kleinen, stickigen Konferenzsaal des Capitol Hotels in Hays, Kansas, der Belegschaft von De Luxe Catering gegenübersah und die Uhr über ihm gerade zwölf schlug, da schien das Ganze wirklich auseinanderzubrechen.

Das für Flanagans Trans-America abkommandierte Küchen- und Bedienungspersonal von De Luxe war völlig verzweifelt. Poliakoff war ihm seit zwei Wochen den Lohn schuldig und hatte die Leute angewiesen, unverzüglich zur Firma nach Kansas City zurückzukehren. Hätte ein Zimmer die Fähigkeit, ins Schwitzen zu kommen, dann wären aus den Wänden des Konferenzraumes wahre Sturzbäche herausgeschossen, da dreißig äußerst wütende De-Luxe-Angestellte in einem halben Dutzend verschiedener Sprachen miteinander stritten oder diskutierten. Für Flanagan war es eine äußerst häßliche Situation. Er winkte einem Kellner in weißer Jacke, der sich, so schnell es ging, durch das Gewühl bis zu Flanagan hindurchschob. »Whiskey für alle«, sagte er; und den Kellner am Ärmel ziehend: »Bringen Sie am besten gleich doppelte.«

Noch bevor der Kellner durch die Tür rudern konnte, hatte sich ein stämmiger Mann mit rotem Bart davorgeschoben. Es war McGregor, der Chefkoch, der heftig seinen Kopf schüttelte.

»Een Momänt mol, Flanagan«, knurrte er und drehte sich zu seinen Kollegen um. »Also, ihr wißt genau, daß isch wie ihr alle annern aachn Schlickelsche zu schätze weeß, aber isch mescht mitm klare Deez unsa Probläm bekakle.« Er schüttelte seine gewaltige Flammenhaarmähne und stemmte die Hände in die Hüften.

»Also, isch seh des emol so«, sagte er und streckte einen Finger nach Flanagan aus. »Seit zwee Woche sinma ohne Bezahlung. Des hot mit Ihne nix zu dun, Flanagan – das is dem Polacke soi Bier. Aber der will uns sofort bei Fuß han, bei sich in Kansas City. Also, isch seh das halt so, Poliakoff ist de Peifer, der schbielt die Melodie, un mir danse danach.«

»Das heißt, ihr wollt aussteigen?« sagte Flanagan mit gesenktem Kopf.

McGregor spreizte beide Hände. »Isch seh net, was ma sonscht noch groß mache sollde. Flanagan, sehn Se des mol mit unsere Auge. Wir habe selbscht alle Fraue un Kinna. Und wenn uns de Poliakoff rausschmeißt, könnema schtemble gehn. Des is so klar wie Kleesbrieh!«

Flanagan schaute in die angespannten, bangen Gesichter des De-Luxe-Personals. »Seht ihr das alle auch so?«

Der gedrungene französische Koch Lemaître erhob sich; er schwitzte in der Hitze des kleinen Saales.

»Monsieur Flanagan, Frankreich hat mehrere Läufer in diesem Rennen – Bouin, Dasriaux und andere. Was mich angeht, so möchte ich schon sehn, wie sie New York erreichen. Aber Sie müssen unsere Lage verstehen. Monsieur Poliakoff ist nun mal unser Arbeitgeber. Vorm Trans-America war ich drei Monate in der Volksküche. Es ist schon ein Unterschied, entweder für die Trans-Americans zu kochen oder – für potentielle Knastbrüder...« Er spreizte entschuldigend die Hände und zuckte die Achseln.

Der kleine Konditor O'Rourke, ein Ire aus New York, ergriff als nächster das Wort. »Flanagan«, begann er, »unter uns hier wirds wohl niemanden gebn, der mit Ihrn Läufern nicht Freundschaft geschlossen hätt.« Großes Beifallsgemurmel wurde laut. »Sie sind das Salz der Erde – es gäb nicht viel, was wir nicht für Ihre Jungs machn würdn. Aber Sie müssn das auch mal so sehn wie wir, Flanagan. Da sind wir also seit zwei Wochn ohne Lohn und stehn wieder auf der Straße, wenn wir noch länger bei Ihnen bleibn. Sie können doch nicht mal mit Gewißheit sagn, ob die Städte, die noch vor uns liegen, auch wirklich ihrn Beitrag zahln werdn. Undn paar hundert Meiln weiter würdn wir dann irgendwo in Nebraska auf unsern Ärschen endn, ohne Job und ohne Geld.«

Etliche Trans-America-Läufer waren leise bis zum hinteren Ende des Raumes geschlüpft, als O'Rourke sprach, und kamen nun langsam auf den Tisch zu, an dem Flanagan stand.

McGregor erhob sich noch einmal und beschwor seine Kollegen: »Seid jetz ruhisch, Jungs. Wolle mol höre, was uns Flanagan dazu zu sage hat.«

Flanagan rieb sich verlegen die Stirn. »Ich sags frei heraus, Kameraden«, begann er. »Wir stecken bis zum Knie in der Scheiße und kommen da nicht mehr raus. Irgend jemand – ich weiß nicht wer – macht uns schwer zu schaffen – irgend jemand von ganz oben, dern Interesse dran hat, daß dem Trans-America recht rasch die Luft ausgeht. Und deshalb zieht euch Poliakoff von hier ab. Eines kann ich euch flüstern, wir haben eine ganze Reihe illustrer Feinde.«

Der Rennleiter griff nach einem Blatt Papier. »Also, die Lebensmittelversorgung ist für die ganze Zeit bis New York sichergestellt. Nur, das nützt mir alles nichts ohne erfahrenes Küchenpersonal, wie ihr es seid, also Leute, die in der Lage sind, auch unter so harten Lagerbedingungen zu arbeiten, wie ihr das bisher gebracht habt. Also gut, ihr schleicht euch jetzt nach Kansas City zurück, und der Trans-America-Super-Marathon gibt hier in Hays seinen angeknacksten Geist endgültig auf.«

Wieder erhob sich O'Rourke. »Sie meinen, irgendn hohes Tier übt Druck auf Sie aus? Dann sag ich: Zur Hölle mit dem! Ich sag, wir bleibn!« McGregor schüttelte heftig den Kopf. »Nee, Sean, so gehtes auch wieder net. Isch weeß zwar, wie du disch jetzt fühlscht. Aber hier un jetzt müssema unsre Köpp benutze un net unsre Herze. Wir müsse schließlisch auch an unsre Leut zu Haus denke. Wir habe gar kei anere Wahl, Mann.«

»Meine Herren, ich denke doch.«

Es war Doc Cole, der sich aus der Mitte des Raumes meldete, wo er mit Morgan, Kate, Eskola, Martínez und McPhail zusammenstand.

»Entschuldigen Sie, Flanagan«, sagte er. »Ich weiß, daß ich hier eigentlich nichts verloren hab. Nur, wenn das Trans-America den Bach runtergeht, dann werden wir alle naß.«

McGregor errötete und wollte etwas sagen, hielt sich aber noch zurück.

Doc Cole kam mit Morgan und McPhail nach vorne; wenig später war er am Tisch bei Flanagan. Doc sah aus wie ein von der Sonne geschwärzter Gnom; er wartete, bis Ruhe eintrat, und spürte, wie ihm eine Mischung aus Unsicherheit und Mißtrauen entgegenschlug.

»Wißt ihr Jungs eigentlich, was die Geldsäcke gewettet haben, daß unser Trans-America-Rennen nicht bis New York kommt?« fragte er. »Hat jemand von euchne Ahnung?«

Nichts regte sich im mittlerweile totenstill gewordenen Raum.
»Vielleicht zwei zu eins? Nein. Etwa drei zu eins?« Doc schüttelte den Kopf. »Wieder falsch. Ich werds Ihnen sagen, meine Herrn.« Seine Stimme wurde lauter und lauter. »Alles ab zehn zu eins dagegen! Zehn zu eins, verdammt noch mal!«
Doc legte beide Hände flach auf den Tisch, stützte sich auf und bedachte jedes Wort. Seine Stimme wurde wieder leiser.

»Nun, Freunde, solche Wetten werden ja nicht abgeschlossen, wenn die Information, auf der sie gründen, nicht aus den wirklich zuverlässigsten Quellen stammt. Es sieht also ganz so aus, als wenn das Kapital gegen uns ist und die irgendwas wissen, was wir nicht wissen.«

»Na und?« bellte eine Stimme aus den hinteren Reihen.

»Ich werds euch sagen von wegen ›na und‹«, rief Doc aufgebracht zurück. »Wir Beinarbeiter sind aus der ganzen Welt hierhergekommen. Wir haben gespielt, wir alle haben hoch gespielt, so wahr ich hier sitze. Einige von uns haben alles verkauft, was sie hatten, nur um mitmachen zu können. Und die meisten haben es nicht mal durch die Mojave geschafft. Aber sie habens versucht – ihr alle habt sie erlebt. Und, wie gesagt, sie waren Glücksspieler. So, und jetzt sollt ihr eure Chance kriegen. Zehn zu eins gegen uns in New York: Das ist schon ein leckeres Quötchen. Also: Steigt aus, alle Mann, steigt jetzt aus und gebts noch heute der Presse bekannt.«

Flanagans Kinn fiel herunter, und sein Körper sackte zusammen.

McGregor erhob sich erneut und schüttelte den Kopf. »Verschteh isch des nu rischtisch, Doc? Sie sage uns, wir solle gehe? Aber was wird dann aus Ihne?«

»Wir sind noch immer feste im Spiel, noch mitnem guten Joker in der Hosentasche«, erklärte Doc und grinste dabei. »Eine Stunde, nachdem ihr bekannt gegeben habt, daß ihr aussteigt, gehn die Quoten rauf bis auf zwanzig zu eins, vielleicht sogar noch höher. Und da setzen wir dann fünf Riesen dagegen, daß wirs bis nach New York schaffen. Wenn also die Kohle sicher gesetzt ist, überlegt ihrs euch plötzlich ganz anders und bleibt beim Rennen.«

»Fünf Riese? Fünf Riese von wem?« fragte McGregor, jetzt unverhohlenes Mißtrauen in der Stimme.

»Na, unsre«, bekannte Doc, zog ein schmales Bündel Banknoten aus seiner Gesäßtasche und legte es auf den Tisch. »Bis jetzt hat mein Team fünf Riesen gewonnen, alles Etappenpreise. Wir sind bereit, sie an euch abzutreten, damit ihr auf das Trans-America setzen könnt.

Wenn wir es dann bis New York schaffen, gibts runde sechzig Riesen, also für jeden von euch zwei. Und mit sonem Batzen kann sich jeder seine eigne Frittenbude einrichten.«

McGregor strich sich seinen Rotbart. »Soll ja keener sage, Sie wäre keen cooler Kunde, Doc«, brachte er endlich heraus. »Hab ja schon so allerhand in meim Lebe erlebt, aber des hier, des ist des gröschte. Aber sindn Sie auch sicher, daß die Kerle in New York die Quote auch ruffsetze?«

Eskola erhob sich und blickte die Männer an.

»Doch, es könnte so gehn«, sagte er. »Es ist richtig, in dem Moment, wo die Presse hört, daß ihr aussteigen wollt, müssen die Einsätze steigen. Das ist ein Spiel; aber es kommt jede Menge dabei heraus.«

Flanagan spürte den möglichen Meinungsumschwung und ergriff die Initiative. »Jede Menge«, bekräftigte er, zog seine goldene Uhr vom Handgelenk und einen Diamantring vom Finger und legte beides vor sich auf den Tisch. »Die hier sind mindestens noch mal zwei Riesen wert. Hier«, sagte er und nahm seine diamantbesetzten Manschettenknöpfe ab, »noch mal fünfhundert Dollar im Pott. Nehmt das alles.«

»Wasn mit Ihrem Nerzsuspensorium, Flanagan?« kam eine Stimme aus der Tiefe, des Raumes.

»Also den Familienschmuck muß ich schon noch schützen«, erwiderte Flanagan schlagfertig und lockerte den Knoten seiner Krawatte. »So, meine Herren, was sagen Sie nun dazu?«

McGregor schaute um sich und strich wieder seinen Bart. »Ihr macht ja ganz schön Dampf, Leute«, sagte er anerkennend. »Aber in New York, gibts da wirklich soviel Kohle?«

»Fast an die vier Riesen für jeden von euch, wenn wirs schaffen«, antwortete Flanagan. »Vier Riesen pro Nase. Überlegt doch mal.«

Die Männer um McGregor nickten.

»Gut, einverstande«, sagte er und streckte Flanagan die Hand hin. »Abgemacht. Wer nix wagt, gewinnt nix. Auch net mit Gottes Hilf.«

Zwölf Stunden und knapp achtzig Telefonate später fühlte sich Charles Flanagan, trotz seines Erfolges am Vormittag, fix und fertig. Gewiß, Poliakoffs Angriff war im letzten Augenblick vereitelt worden; trotzdem, auf dem Weg bis New York lagen noch immer haufenweise Probleme. Manchmal, in schwachen Momenten, fragte sich Flanagan, ob er auch wirklich den nötigen langen Atem für das

Rennen hätte, und spürte dann den schrecklichen Kloß der Ungewißheit in seiner Kehle und in seinem Mund einen bitteren Geschmack. In dieser Stimmung war er jetzt.

Müde schleppte sich Flanagan die dick mit Teppich ausgelegten Stufen des Capitol Hotels zu seinem Zimmer hinauf und hielt vor Nummer 209 an. Leicht drehte sich der Schlüssel im Schloß. Er öffnete die Tür, trat ein, sperrte ab und knipste das Licht an.

»Guten Abend, Flanagan«, machte sich eine sanfte und gleichwohl heisere Stimme hinter ihm bemerkbar. Flanagan blickte hinüber zu seinem Bett.

Dort lag Alice Craig McAllister, zugedeckt mit einem frischen weißen Laken, unter dem sich die Konturen ihres hübschen kleinen Körpers deutlich abzeichneten. Sie setzte sich auf, raffte das Bettuch sittsam über ihren Brüsten zusammen und streckte ihm ihre rechte Hand entgegen.

»Herr Jesus und Maria!« sagte Flanagan leise, stemmte vor Staunen die Hände in die Hüften und ließ den Anblick auf sich wirken.

»Nein, Charles«, erwiderte Alice, »damit haben die beiden wirklich nichts gemein.«

Flanagan schaute durch das Zimmer zum Toilettentisch hinüber. Dort, über seine Trans-America-Unterlagen und Einlauftabellen, hatte Alice fein säuberlich ihr strenges blaues Leinenkleid gelegt, das überall im bibelfesten Gebiet des Südens und Mittelwestens bekannt war. Daneben, ebenso sorgsam zusammengefaltet, lagen Unterrock und Schlüpfer. Am Bett standen ihre schlichten schwarzen Schuhe, in die sie ihre schwarzen Strümpfe hineingesteckt hatte.

»Champagner?« fragte sie Flanagan und ließ das Laken los, als sie nach links zu dem Nachttisch hinüberlangte, auf dem eine dickbauchige Flasche in einem Eiskübel gewartet hatte. Jetzt erst bemerkte Flanagan, daß die bibelfeste Daunendeckenokkupantin ein hauchdünnes Negligé trug, über das weiches Blondhaar herabfloß. Sie griff sich die Flasche und schenkte Flanagan ein schäumendes Glasvoll ein.

Er näherte sich dem Bett, um das angebotene Glas entgegenzunehmen. Verstohlen äugte er nach ihren Füßen, die unter dem Laken hervorschauten. Jede Zehe war sorgfältig mit rosafarbenem Nagellack angemalt, in derselben Tönung wie ihre Fingernägel. Schon immer hatten ihn ihre Füße ganz besonders angezogen. Ihre sanfte Stimme holte Flanagan wieder ins Zimmer zurück.

»Zeit zum Schuldenbegleichen, Charles«, mahnte Alice und verschliff die Wörter, als sie sich ein Glas einschenkte, es an ihre Lippen führte und etwas Sekt verschüttete. Sie stellte das Glas wieder auf den Nachttisch links neben sich und bedeutete Flanagan, sich auf den Bettrand neben sie zu setzen. Dann legte sie ihre warme, weiße Hand auf die seine, und Flanagan fühlte, wie das Bett unter ihm nachgab, als er neben ihr Platz nahm.

»Weißt du«, begann Alice Craig McAllister, »ich werde nie vergessen, wie du das erste Mal mit mir geschlafen hast, Charles – damals in New York, vor sieben Jahren, in der Zeit, als du verzweifelt versuchtest, irgend so eine Idee mit Zwergen, die auf Shetland-Ponys reiten sollten, an den Mann zu bringen. Es war doch so, oder?«

»Naja, nicht ganz«, antwortete Flanagan und lachte. »Aber irgend so was war das doch.«

»Es war mein allererstes Mal«, sagte sie leise. »Weißt du das eigentlich? Das allererste Mal.«

Flanagan lächelte in sich hinein, trank den Rest seines Champagners und spürte, wie ihn neues Leben durchströmte.

»Ich lüge nie«, sagte die Bibelwortgewaltige und hob ihr Glas. »Wirklich das erste Mal, und ich hatte eine Heidenangst davor. Aber du, Flanagan, du hast es zu einem Mysterium gemacht, das man nie mehr vergißt.«

Offensichtlich hatte Alice Craig McAllister sich schon seit geraumer Zeit dem süßen Trunk hingegeben. Denn Flanagan fiel eine bereits leere Flasche ins Auge, die unter dem Nachttisch lag.

»Man hört doch überall«, nahm die Evangelistin ihre Rede wieder auf, »daß es beim ersten Mal ganz schön rabiat zugeht. Jede Frau, mit der ich darüber sprach, hat gesagt, daß es so war. Aber nicht mit dir.«

Sie legte ihre linke Hand auf die seine. »Und darum habe ich immer gemeint, ich würde dir was schulden, Flanagan.«

»Du hast dich weiß Gott mehr als revanchiert«, schwächte Flanagan ab und füllte ihrer beider Gläser neu. »Du hast meine Läufer bis Burlington gebracht, und ich bin noch immer im Rennen. Ohne dich wäre ich erledigt, Alice.«

»Burlington?« fragte sie und nippte an ihrem Champagner. »Mit meinem Einfluß könnte ich dich und deine Herde umsonst über meine Weide lassen. Aber vergiß es, Flanagan. Du wirst sicher kaum noch meine Hilfe benötigen.«

Sie leerte ihr Glas, nahm Flanagan das seine aus der Hand und stellte beide auf den Nachttisch. Dann zog sie an den Trägern ihres

Negligés, so daß die kleinen braunen runden Höfe ihrer Brüste zum Vorschein kamen.

»Weißt du«, sagte sie, »ich habe den größten Teil meines Lebens damit verbracht, die Leute zu lehren, den göttlichen Zorn zu fürchten und gut und edel zu sein. Und, Flanagan, ich glaube auch daran – ich schwöre zu Gott, ich glaube dran. Ja, und dann, plötzlich und so ganz aus dem Dunkel meiner Seele, erinnerte ich mich an jene Nacht in New York. Denkst du oft daran, Flanagan?«

»Gewiß«, log er.

»Auch jetzt zittern mir die Knie, und ich kann es noch ganz genau fühlen, hier, fast wie einen Schmerz.« Sie schob eine Hand unter das Bettuch.

»Da wärn wir also wieder«, sagte Flanagan, löste den Schlips und drückte mit der rechten großen Zehe den linken Schuh vom Fuß.

»Ja«, sagte sie, »da wären wir wieder.« Langsam zog sie sich ihr Negligé über den Kopf. »Das Ding hat mich fünfzig Dollar gekostet, Flanagan, und ich glaube mich sehr genau daran zu erinnern, daß du ein verdammt guter Liebhaber warst. Ich sehe gar nicht ein, warum ich soviel Geld riskieren sollte. Noch nicht einmal deinetwegen.«

Flanagan nahm ihr das Negligé ab, faltete es fein säuberlich zusammen und legte es auf einen Aktenordner mit der Aufschrift: *Vorausplanung.*


Dixies Schreibmaschine klapperte rhythmisch, doch das Tastenstakkato drang nur noch gedämpft in den hinteren Bereich des Wohnwagens, wo Kate Sheridan auf dem Sofa lag, das sie nun mit Dixie teilte, und die Augen schloß. Es wurde dunkel, und in den Zelten der Trans-Americans waren die Kerosinlampen schon erloschen. Morgen ging es vierzig Meilen auf staubiger Strecke bis nach Dorrance. Kates Gedanken liefen zurück – das taten sie neuerdings andauernd – bis zum Denver Cow Palace und dem Ende der Flanaganschen Pressekonferenz, dem trockenen Knacken der Kameraauslöser – ein Geräusch, wie wenn man über Reisig stolpert –, den nachfolgenden Blitzlichtgewittern und dem vielsprachigen Stimmenwirrwarr der Reporter.

Weder sie noch Morgan sollten je ganz genau erfahren können, ob Mike ihre oder Kate seine Hand genommen hatte, als sie sich aufmachten, den brodelnden Konferenzraum des Hotels zu verlassen. Allerdings gab es für Kate keinerlei Zweifel ob der Kraft und des

Drängens seines Zugriffs, als er sie eilig durch die langen Flure des Palace zog, an lauernden Fotografen und begierigen Autogrammjägern vorbei, hinein in die teppichweiche Stille des zweiten Stockwerkes. Kate ging neben Morgan her wie durch einen Traum, und ihre festen Schuhe schwebten lautlos über die dicken, weichen Teppiche der Korridore. Am Ende des Flures hatte Morgan plötzlich vor einem samtverhangenen Fenster angehalten und sie geschwind hinter die Vorhänge gezogen. Die Zartheit seines Kusses erschütterte Kate. Sie fühlte, wie ihre starken Beine zu zittern begannen und weich wurden, und spürte, daß sie sie kaum noch zu tragen vermochten, als ihr Körper sich in seinem aufzulösen schien. Morgan hatte sie mit beiden Armen fest umschlungen.

»Gehts wieder?« hatte er besorgt gefragt.

»Ging noch nie besser«, war ihre Antwort gewesen.

»Dann wart mal eben hier«, hatte er sie gebeten und war verschwunden.

Fünf Minuten später war er wieder da, stieß die schweren Falten des Vorhangs zurück und hielt triumphierend einen Schlüssel in die Höhe.

»Zimmer fünfhundert.«

»Meine Glückszahl«, flüsterte Kate.

»Ach du«, hatte er ungläubig gesagt und nach ihrer Hand gegriffen, als sie den Flur entlanggingen.

»Ja, bestimmt«, hatte sie geantwortet und seine Rechte fest umschlossen . . .

Kate lächelte in sich hinein. Auf der Strecke nach Dorrance würden ihre Füße fliegen.


*Topeka, Kansas. 1. Mai:* Es war ein kummervoller Tag gewesen und Flanagans Rettungsversuch ein totaler Reinfall. Es stand völlig außer Frage, daß Matson, Topekas Bürgermeister, von Toffler gründlich und nachhaltig in die Mangel genommen worden war, so daß nun aus der Stadtkasse kein einziger Dollar der zunächst bewilligten zehntausend kommen würde, wenn seine Trans-Americans morgen Topeka erreichten. Was alles noch schlimmer machte: Es war ihnen nicht einmal genehmigt worden, bei Tag durch die Stadt zu laufen, im Gegenteil, man hatte ihnen die Auflage gemacht, zur Unzeit, zwei Uhr früh, über die unbeleuchteten Straßen durch die Stadt zu rennen.

Flanagan bestellte sich noch einen doppelten Whiskey. »Noch mal das gleiche«, grollte er zwei Minuten später und packte beide Ellenbogen auf den Tresen der schummrigen Bar.

Flanagan schräg gegenüber redete ein kleiner dicklicher Mann in gutgeschnittenem Anzug ziemlich lautstark auf eine gespannt lauschende Männerrunde ein. »Ne Lage für alle, Herr Wirt«, bellte der Dicke, und zu Flanagan gewandt: »Nehmen Sie sich auch einen, mein Freund.«

Der Trans-America-Rennleiter lächelte grimmig. Einer ganz oben, einer ganz unten, es war doch immer wieder das gleiche.

»Eine Minute sechsnfünfzig Sekunden«, dröhnte die kehlige Stimme des Spenders. »Eine Minute sechsnfünfzig! Gibt nischt auf der Welt, was meiner Schönen das Wasser reichen könnte.«

Flanagan versackte langsam in angesäuselter Verbitterung, und der Kleine da drüben fing an, ihm auf den Nerv zu gehen. Niemand sollte so verflucht glücklich sein dürfen, jedenfalls nicht, solange er selber, Flanagan, tief unten im Keller saß.

»Eine Minute sechsnfünfzig«, klang es wieder zu ihm herüber. »Nicht mal Dan Patch hätte ihn einholen können, meinen Silver Star – das schnellste, was auf vier Beinen laufen kann!«

Flanagan leerte seinen Whiskey und blinzelte. Er mochte den kleinen Schreihals nun mal nicht, Silver Star auch nicht und diese merkwürdigen einssechsnfünfzig noch weniger.

»Sir, wenn Se ma enschuljn würdn«, rief er aus und hob sein Glas mit gespielter Höflichkeit in die Gegenrichtung. »Ihr Silver Star is dochn HUHN.«

Das Stimmengewirr auf der anderen Seite der Theke endete jäh. Der vermeintlich kleine Kerl gegenüber streckte sich zu voller Größe – knappe einsachtzig – und fragte: »Hab ich Sie recht verstanden, Sir?«

»Abaja doch«, antwortete Flanagan. »Habe jesacht, Ihr Silver Star isn HUHN: Himmelherrjottnochmal. Hab da hintn paa hunnert Meiln von hier habichn paa Jungs also die die renn Ihr HUHN in BoBoden rein.«

Der Mann kam langsam um den Tresen herum, seine Kumpane im Schlepptau, auf Flanagan zu. Er lächelte und ließ den Barkeeper eine neue Runde einschenken.

»Seien Sie mein Gast«, lud er Flanagan ein; der nickte nur und machte schnell seinen eigenen Whiskey nieder. »Ich habe leider nicht das Vergnügen, Sie zu kennen, Sir. Mein Name ist Leonard Levy. Vielleicht haben Sie ja schon von mir gehört? Levy aus St. Louis.«

Aus seiner Tasche zog er eine blütenweiße Visitenkarte mit einem schmalen, schwarzen Rand und überreichte sie Flanagan.

»Nee«, nuschelte Flanagan, »kannschnichsagn.« Er glotzte in sein leeres Glas.

»Was auch nicht weiter verwunderlich ist, Sir. Ich bin Bestattungsunternehmer.« Seine Freunde lachten. »Doch vielleicht hab ich Sie mißverstanden? Sie meinten, Sie hätten Männer, die schneller laufen könnten als mein Traberchampion? Wissen Sie, daß mein Hengst vor ein paar Stunden den Rekord dieses Staates gebrochen hat und eine Minute sechsnfünfzig Sekunden gelaufen ist?«

»War ja nich zu überhörn bei dem Lärm, den Sie deswejn jemacht ham«, murmelte Flanagan, langsam etwas klarer werdend, und äugte weiter auf den Rand seines Glases.

»Entschuldigen Sie, Sir, ich habe Ihren Namen nicht verstanden«, sagte Levy, jetzt schon etwas gereizter, nickte aber trotzdem dem Keeper erneut zu.

»Scharls Ze Flanagan, Schef des Transamericarennens«, bemühte sich Flanagan.

Levys Augen begannen zu glänzen. »Ah!« machte er. »Richtig, das Trans-America. Ja, natürlich, die Zeitungen sind ja voll davon. Aber darf ich Sie trotzdem herzlich bitten, Mister Flanagan, sich nochmals ganz deutlich zu erklären. Sie sind also tatsächlich der Meinung, daß Ihre Läufer meinen Silver Star schlagen können?«

»Jou«, japste Flanagan und hatte den nächsten Whiskey in einem Zug geleert. »Sojar mit Abstand.«

»Über welche Distanzen?«

»Jede, die Sie wolln«, nuschelte Flanagan gönnerhaft.

Levy spitzte die Lippen. »Auch Sprint?«

»Jou«, stimmte Flanagan zu. »Einhundert Yards.«

»Auch eine lange Distanz?«

»Fünf Meiln, zehn Meiln, was Sie wolln«, antwortete Flanagan.

»Sind Sie seelisch darauf vorbereitet, daß Sie das was kosten wird?« fragte ihn Levy, dessen Augen schmaler wurden.

»Kann nich jenuch sein«, grunzte Flanagan.

»Bei was für Quoten?«

Trotz seiner Schlagseite hatte Flanagan noch immer seine Fähigkeit, auf den Beinen zu denken, behalten.

»Jesses«, klagte er. »Vier Beine jejen zwei! Müssn mir schon zwanzig zu eins jehm bei som Renn, nich?!«

»Zehn«, sagte Levy.

Der Barmann, dessen Interesse mittlerweile auch erregt war, intervenierte: »Wie schnell läuft eigentlich Ihr Pferd, Mister Levy?«
Levys Lippen spitzten sich wieder, die runden Wangen füllten sich mit Luft.
»Silver Star läuft so um die dreißig Meilen pro Stunde.«
Der Barkeeper legte seine Hände auf die Theke.
»Und wie stehts mit Ihren Kumpels, Mister Flanagan«, fragte er.
»Na, so zehn, wenns hoch kommt.«
»Soso, zehn. Ihr Wort in Gottes Ohr, Mister Flanagan«, kommentierte Levy angesäuert. »Also, dann schlag ich Ihnen jetzt folgendes vor. Wenn ich sage, Sie können Ihre zwei besten Kerle über zehn Meilen als Staffel laufen lassen – jeder macht abwechselnd eine Meile – würden Sie dann zehn zu eins annehmen?«
Absolute Stille. Flanagan versuchte verzweifelt, die Nebel in seinem Gehirn zu durchdringen – vergebens.
»Ach was, machnse doch zwölf zu eins«, beharrte er störrisch.
»Abgemacht«, sagte Levy, schlug freudig die Hände zusammen und schaute seine Freunde an. »Und nun zu Ihrem Sprinter. Einhundert Yards, haben Sie gesagt. Nehmen Sie die gleiche Quote an?«
»Warum nich?« erklärte Flanagan.
Levy zog ein Notizbuch samt Bleistift aus seiner Jackettasche.
»An was für Beträge haben Sie denn so gedacht, Mister Flanagan?«
»Vier Riesn auf jedes Renn«, sagte Flanagan wie aus der Pistole geschossen.
Wieder spitzte Levy den Mund und wackelte mit dem Kopf. »Nicht gerade aufregend, die Summe, aber durchaus akzeptabel. Und außerdem, Sport ist Sport.« Er zwinkerte den anderen zu. »Und wann? Genaues Datum?«
»Wir sin am neunten Mai in St. Louis«, sagte Flanagan. »Also dann am zehnten Mai. Das is unser Ruhetach.«
Levy notierte sich den Termin und verstaute Taschenkalender und Schreibgerät wieder in der unteren Innentasche des Sakkos.
»Meine Karte haben Sie ja schon, Mister Flanagan. Rufen Sie mich doch morgen an, und wir besprechen dann den Vertrag. Ich bin ziemlich sicher, daß der zehnte Mai ein Tag sein wird, den St. Louis so schnell nicht vergißt.«

*2. Mai 1931*: Neunhundertachtundsiebzig Männer und eine Frau saßen in der frühen Morgensonne auf einer Wiese vor den Toren von

Paxico, Kansas, fünfzig Meilen von Topeka entfernt. Flanagan nahm das Mikrofon zur Hand.

»Heute habt ihr einen freien Tag«, erklärte er. »Wir starten erst abends um sechs Uhr nach Topeka. Das Lager wird jenseits der Stadt aufgeschlagen.«

»Aber warum laufen wir denn um Mitternacht, Monsieur Flanagan?« fragte Bouin, der sich, Hände in den Hüften, erhoben hatte.

»Eine Auflage der Stadtverwaltung«, schwindelte Flanagan. »Man hat uns nicht gestattet, während der Verkehrszeiten durch die Stadt zu laufen. Man meint, es würde zu viele Behinderungen und Staus geben.«

Allgemeines Gemurre der Unzufriedenheit, als die Zusammenkunft beendet war.

Gemeinsam mit Willard ging Flanagan zum Trans-America-Rennleitungsbus zurück. »Hol mir Doc Cole, sei so gut! Abern bißchen plötzlich«, bat er Willard.

Wenige Minuten später saß der Läufer Flanagan gegenüber.

»Was kann ich für Sie tun?« fragte er und schüttelte angewidert den Kopf, als Flanagan sich jetzt schon einen Whiskey einschenkte.

Flanagan schaute interessiert zu, wie die braune Flüssigkeit in seinem Glas höher und höher stieg. Er schluckte sie auf einen Sitz und zog eine Grimasse. »Doc«, begann der Rennleiter langsam, »wir stecken in echten Schwierigkeiten. Vor ein paar Tagen, als ich in Topeka war, um dort alles klarzumachen« – er griff gedankenverloren nach seinem Glas –, »da hab ich einen ungeheuren Bock geschossen.«

»Ja und?« sagte Doc schwach.

Flanagan schloß die Augen. »Ich hab euch in ein Geldrennen reinmanövriert, in St. Louis.«

»Na und?«

»Gegen ein Pferd.«

»Was, ein Pferd!« Doc lachte aus vollem Hals. »Ich glaub, ich sollte auch mal was von Ihrem Whiskey nehmen.«

Flanagan blinzelte ihn erstaunt an. »Sie meinen, Sie sind nicht sauer auf mich?«

»Sie haben mir ja noch nicht gesagt, wie die Bedingungen aussehen sollen.«

»Also erst mal die gute Nachricht«, Flanagan goß sich seinen Whiskey ein und gab die Flasche an Doc weiter, »wir haben zwölf zu eins gekriegt. Ich hab vier Riesen auf jedes Rennen gepackt.«

»Das sind ja ganz beachtliche Zahlen«, bekannte Doc. »Aber es kommt immer noch drauf an, was wir überhaupt machen müssen, um das Geld zu gewinnen.«

»Zuerst mal einen Sprint.«

»Ich hoff ja nun bloß, daß er verdammt kurz ist«, erwiderte Doc und legte die Stirn in Falten.

»Hundert Yards«, erläuterte Flanagan.

»Kurz genug«, sagte Doc.

»Das nächste Rennen ist heikler«, gestand Flanagan kleinlaut. »Geht über zehn Meilen.«

»Und Jesus ging hinaus und weinte bitterlich!« Doc stellte sein Glas ab und erhob sich.

Flanagan legte ihm die Hände auf die Schultern und drückte ihn sanft auf seinen Stuhl zurück. »Nicht so eilig, Doc. Uns wird eine Art Zweimannpendelstaffel zugestanden.«

Der alte Läufer schüttelte den Kopf. »Ist zwar schon besser«, sagte er, »macht Ihren Bock aber immer noch nicht fett.«

Doc trank sein Glas aus und lehnte sich zurück, die Finger an den Lippen, als würde er beten. »Vielleicht sollten wir doch noch etwas ins Detail gehn«, sagte er dann. »Was fürn Pferd isn das?«

»Ein Traber«, antwortete Flanagan. »Heißt Silver Star. Ist letzte Woche eine Minute sechsunfünfzig über die Meile gelaufen.«

»Eine Minute sechsunfünfzig. Das ist gut«, sagte Doc anerkennend und runzelte die Augenbrauen. »Nicht gerade viele Traber schaffen eine Meile unter zwei Minuten. Das isn verdammt zähes Stück Pferdefleisch, gegen das wir da antreten, Flanagan.«

»Sie meinen doch wohl nicht, daß wir schon von vornherein geschlagen sind?« stöhnte Willard.

»Nein, nicht unbedingt. Aber erst mal ne Frage an Willard und Sie. Wenn man eine Brieftaube gegen einen Windhund über hundert Yards starten läßt, wer gewinnt dann wohl?«

»Na, der Windhund«, sagten Willard und Flanagan wie aus einem Mund.

»Nein«, belehrte sie Doc. »Niemals. Ich hab das schon oft erlebt, ab und zu war auch großes Geld im Spiel. Der erste Grund ist der, daß unser Windhund nicht schnell genug reagieren kann – es gibt für ihn nämlich kein Karnickel, das er jagen könnte. Der zweite ist der, daß der Taubenzüchter am Ziel den Täuberich – oder umgekehrt die Taube – in seinen Händen hält. Sex ist ein starker Impuls – das sollten Sie eigentlich wissen, Flanagan. Das Vögelchen flügelt nämlich auf seinen Freund oder die Freundin zu, noch ehe der Windhund sich überhaupt in Bewegung gesetzt hat. Ich würd also immer wieder meine Brieftasche auf den Vogel setzen.«

»Was hat denn das mit St. Louis zu tun?« fragte Flanagan. »Ich meine, wir laufen dort doch nicht gegen eine Taube.«

»Nein, das nicht«, erwiderte Doc. »Ich wollte Ihnen nur ein Beispiel liefern für einen Fall, wo der normale Menschenverstand immer das Geld auf den Windhund setzen würde. Aber das funktioniert natürlich nicht immer so. Doch jetzt hätt ich gern erst maln Kaffee, Flanagan, wenns recht wär. Ich brauch dafürnen klaren Kopf. Und Sie auch.« Er stand auf. »Welche Bedingungen sind denn sonst noch vereinbart worden?«

»Bisher noch gar nichts.«

»Gott seis getrommelt und gepfiffen«, lobte Doc. »Und gegen was fürn Typen treten wir da an?«

»Gegen ein Großmaul namens Levy«, sagte Flanagan. »Aber ein Blödmann ist er auch wieder nicht.«

Doc lehnte sich wieder auf seinem Stuhl zurück und schloß einen Moment lang seine Augen.

»Okay«, sagte er dann. »Soll er sich dochn paar Tage lang der Presse gegenüber den Mund fusselig reden. Danach steckt er schon so tief drin, daß er annehmen muß, was wir ihm auftischen. Das wichtigste ist, daß das Rennen nach unseren Bedingungen läuft.«

»Und wie sollten diese Bedingungen aussehn?« fragte Flanagan.

»Zunächst mal der Sprint. Der einzige, der das Ding für uns gewinnen könnte, wäre Hugh McPhail. In St. Louis wird er zwar nicht mehr so wieselflink sein wie damals bei den Hochlandspielen, aber unser schnellster Mann ist er allemal. Sprinten ist leider nun mal nicht mein Metier, und drum würd ich vorschlagen, daß Sie ihn gleich mal herholen.« Flanagan nickte Willard zu.

»Solang wir auf die beiden warten, was ist mit dieser Zweimannstaffel?« fragte Flanagan.

»Gott sei Dank, daß Sies für zwei Mann ausgehandelt haben«, sagte Doc und zog sich eine Tasse schwarzen Kaffees heran. »Auf diese Weise schaffen unsre Jungs nen Schnitt von mehr als zwölf Meilen pro Stunde.«

»Aber das Pferd schafft dreißig.«

»Aber nicht lange«, erwiderte Doc. »Daran hätten Sie auch denken müssen, als Sie die Wette eingegangen sind.«

»Das wirft uns doch pro Runde immer ungefähr eine halbe Runde zurück«, stöhnte Flanagan auf.

»Muß nicht sein«, beruhigte Doc. »Zuerst mal: Wir wollen keinen professionellen Jockey. Was wiegt dieser Typ, dieser Levy, eigentlich?«

»Sowas an die hundertachtzig Pfund, denk ich«, sagte Flanagan. »Das ist son richtiger Kugelbauch.«

»Na, dann muß der den Jockey machen. Wenn Ihre Einschätzung dieses Levy stimmt, dann wird der vor Freude n Luftsprung machen, daß er selber lenken darf. Das verdoppelt das Gewicht, das das Pferd ziehen muß. Und auf was fürner Bahn sollen wir denn überhaupt laufen?«

»Muß erst noch festgelegt werden.«

»Levy wird sicher haben wollen, daß wir aufner Trabrennstrecke laufen, weil das für Traber der übliche Boden ist«, überlegte Doc. »Sind dann auch mehr Leute da, die ihn an seinem großen Tag sehen können.« Nachdenklich ging Doc im Rennleiterwohnwagen auf und ab, blieb dann stehen und wandte sich zu Flanagan um. »Wir müssen Silver Star raus ins Gelände kriegen.«

»Warum denn?«

»Sehn Sie, Flanagan, ein Traber ist empfindlich, fast wie son Stück Steingut. Der kann auf unebenem Boden nicht schnell traben – manchmal kann ers da überhaupt nicht. Das Sulky ist ebenfalls ganz schön empfindlich, weil es eigentlich für Aschenbahnen konstruiert ist, aber nicht fürn Querfeldeinboden. Also müssen Sie sehn, daß in den Vertrag reinkommt, daßn Teil des Rennens auf unbefestigtem Gelände gelaufen werden muß.«

»Aber wer soll die Distanzstaffel für uns laufen? Sie und Stock etwa?«

»Ach was. Für sone Art von Lauf bin ich leider schon n bißchen zu lange auf den Beinen«, sagte Doc kopfschüttelnd. »Bin die Meile mal in vier Minuten dreißig rumgelaufen, aber das war 1904. Nein, was wir hier brauchen, ist echtes Tempo. Thurleigh, der ist in der 1928er Olympiade die fünfzehnhundert und fünftausend Meter gelaufen. Der hat den richtigen Schritt dafür. Ihn würd ich jedenfalls nehmen.«

»Und Stock?«

Wieder schüttelte Doc den Kopf.

»Wir wissen gar nichts darüber, wie sein Tempo über kurze Distanzen aussieht. Und wenn Sie mir das Wortspiel erlauben wollen, Flanagan: Das Pferd macht die Musik auf rauher Erde. Jedenfalls seh ich auch nicht, daß die Deutschen ihr Goldjungchen ausgerechnet an einem freien Tag in sone Art von Zirkusvergnügen schicken würden. Probieren können Sies ja trotzdem.«

»Und wenn wir Stock nicht kriegen?«

»Dann Morgan«, erwiderte Doc. »Mike wird laufen bis zum Umfallen. Und womöglich wird ers müssen.«

»Sonst noch jemand?«

»Ich glaub nicht«, sagte Doc. »Aber wir sollten uns umnen Unparteiischen kümmern, irgendnen Bundesrichter oder so was, der als Schiedsmann agieren kann. Kein Vertrag der Welt könnte alles berücksichtigen, was in sonem Rennen passieren kann.«

»Wär Clarence Darrow der Richtige?« fragte Willard und grinste.

Doc lächelte. »Wenn wir ihn kriegen können – na klar.« Er sah auf, als Hugh McPhail den Caravan betrat.

»Hugh, Mister Flanagan hat uns aufn paar Rennen gegen ein Pferd verpflichtet«, sagte er gleichmütig.

»EIN PFERD?« explodierte Hugh.

»Erst mal ruhig Blut, Junge«, sagte Doc und lachte. »Ist kein echtes Rennpferd, weißt du, sondern ein Traber. Das erste Rennen geht über hundert Yards, und wir meinen, daß du dafür unser bester Mann bist. Glaubst du, du schaffst es?«

Hugh schüttelte zweifelnd seinen Kopf.

»Wie schnell soll der Gaul denn sein?«

»So um die dreißig Meilen pro Stunde«, sagte Flanagan.

»Mein Spitzentempo über hundert Yards liegt so um die fümmundzwanzig Stundenmeilen«, erklärte Hugh und setzte sich. »Obwohl der Himmel weiß, was ich jetzt laufen kann mit über tausend Meilen in den Knochen.«

Er preßte die Lippen fest zusammen und fuhr dann fort: »Die Hauptfrage ist ja, wie schnell Pferd und Reiter ihr Spitzentempo erreichen können. Ich schätz schon, daß ich sie über die ersten sechzig Yards schaffen könnte. Haarig wird die Sache auf den letzten vierzig, wenn das Pferd immer noch beschleunigt und ich schon langsamer werde.«

»Aber möglich wäre es doch?« flehte Flanagan.

Hugh gab keine Antwort. »Wie steht denn die Wette drauf?« fragte er schließlich.

»Von uns vier Riesen bei zwölf zu eins«, antwortete Flanagan. »Und ihr seid mit fünfundzwanzig Prozent dabei.«

»Na, dann ists möglich«, meinte Hugh lächelnd. »Ihr müßt mir nur Dixie zwanzig Yards vorm Ziel aufstelln mitnem weißen Taschentuch.«

Flanagan sah zu Doc hinüber. »Auch so ein Täuberich«, sagte er.

Hugh sah die beiden leicht irritiert an.

»Wir sprachen vorher über Brieftauben«, erklärte Flanagan und lächelte wieder.

### Americana, 4. Mai 1931

*Eine führende englische Zeitschrift veranstaltete einmal einen Kurzgeschichtenwettbewerb, der von den Teilnehmern verlangte, sie sollten eine Geschichte zu Ende schreiben, in welcher der Held in einem Zimmer gefesselt und geknebelt bis zum Hals im Wasser steht und über ihm strömt Gas aus. Der Chefredakteur der Zeitschrift erhielt Tausende von Einsendungen, von denen einige schon fast Buchumfang hatten. Der Siegerbeitrag bestand jedoch aus nur einer einzigen Zeile: »Er tat einen Satz und war frei.«*

*Diese Worte könnten direkt auf Mr. Charles C. Flanagan gemünzt gewesen sein. Im letzten Monat haben sich die Städte auf der Trans-America-Route so zahlreich von dem Unternehmen distanziert, als hätten seine Läufer die Beulenpest. Und in dieser Woche hatte auch mal das Verpflegungspersonal mit der Kündigung gedroht. Doch Flanagan hat es irgendwie geschafft, daß die Kochlöffelbrigade bis New York bei ihm bleibt. So hat sich Mr. Flanagan mit einem Satz befreit, und er und sein Pilgerzug sind gegenwärtig auf dem Weg nach St. Louis und zu einer neuen Wundertat: Dort rennen seine Leute gegen – ein Pferd!*

*Man vermutet, daß einer der Wettkämpfer in diesem Mensch-gegen-Tier-Duell Lord Peter Thurleigh sein wird, der während der ersten tausend Meilen den meisten seiner Kameraden die aristokratisch kalte Schulter gezeigt hat. Lord Peters Schicksal allerdings hat sich in den letzten Tagen deutlich zum Schlechteren gewendet. Kurz hinter Hays erhielt er aus England ein Telegramm: AKTIEN VERFALLEN. KEIN GELD MEHR. LAUF UM DEIN LEBEN. VATER.*

*Die tatsächliche Bedeutung dieser kryptischen Botschaft wurde am folgenden Tag noch deutlicher, da meine Nachforschungen ergeben hatten, daß die Thurleigh-Familie ihr Vermögen tatsächlich durch einen Börsenkrach verloren hat – ein neues Opfer jener Zeit, in der wir alle leben. Lord Peter Thurleigh läuft in der Tat um sein Leben. Es bedarf schon eines besonderen Satzes, ihn aus diesen Schicksalsverstrickungen befreien zu können.*

*Carl C. Liebnitz*

## *Hays, Kansas (1413 Meilen/2273 km)*

|     |               |                  | Std. | Min. | Sek. |
| --- | ------------- | ---------------- | ---- | ---- | ---- |
| 1.  | P. Stock      | (Deutschland)    | 226  | 47   | 12   |
| 2.  | A. Cole       | (USA)            | 227  | 10   | 02   |
| 3.  | H. McPhail    | (Großbritannien) | 227  | 16   | 04   |
| 4.  | M. Morgan     | (USA)            | 227  | 22   | 06   |
| 5.  | A. Capaldi    | (USA)            | 228  | 10   | 07   |
| 6.  | J. Bouin      | (Frankreich)     | 228  | 20   | 00   |
| 7.  | P. Eskola     | (Finnland)       | 228  | 43   | 01   |
| 8.  | F. Woellke    | (Deutschland)    | 228  | 47   | 06   |
| 9.  | P. Thurleigh  | (Großbritannien) | 229  | 01   | 07   |
| 10. | R. Mullins    | (Australien)     | 229  | 20   | 18   |
| 11. | L. Son        | (Japan)          | 229  | 21   | 18   |
| 12. | J. Martínez   | (Mexiko)         | 229  | 24   | 16   |
| 13. | P. Dasriaux   | (Frankreich)     | 229  | 43   | 12   |
| 14. | P. Brix       | (USA)            | 229  | 52   | 10   |
| 15. | P. Coghlan    | (Neuseeland)     | 229  | 58   | 06   |
| 16. | P. Komar      | (Polen)          | 230  | 10   | 07   |
| 17. | J. Schmidt    | (Polen)          | 230  | 20   | 08   |
| 18. | C. O'Connor   | (Irland)         | 230  | 40   | 09   |
| 19. | K. Lundberg   | (Schweden)       | 231  | 10   | 06   |
| 20. | P. Maffei     | (Italien)        | 231  | 15   | 20   |

Damenerste (521.) K. Sheridan (USA)

Insgesamt eingelaufen: 1054

Durchschnittstempo des Ersten: 9 Min. 38 Sek. pro Meile

# 18

## *Doc in Schwierigkeiten*

Eines Morgens des Jahres 1920 in einem heruntergekommenen Hotelzimmer in Carson City, Nevada, hatte Doc mit einem Mal erkannt, daß, würde er sich einen Bart wachsen lassen, dieser silbergrau und wenig attraktiv wäre. Mit dreiundvierzig Jahren war er natürlich noch nicht alt, aber er alterte eben doch; und nicht einmal das tägliche Lauftraining, obwohl es ihm körperliche Fähigkeiten verliehen hatte, die weit über die eines nur halb so alten Mannes hinausgingen, konnte die Lebensuhr anhalten. Bald darauf hatte sein Haar auszufallen begonnen, rasch wie die Blätter im Herbst, und Ende Vierzig war er fast völlig glatzköpfig.

Danach hatte er einige Jahre lang auf rührende Weise versucht, die verbliebenen Strähnen auf der linken Kopfseite in angenäßtem Zustand mit feschem Schwung nach rechts über seine kahle Platte zu legen, doch ließ er dieses morgendliche ›Mattenlegen‹ nach einer Weile wieder sein und gab sich statt dessen mit dem zufrieden, was ihm an körperlicher Leistungsfähigkeit immerhin noch geblieben war.

Es ist nie einfach für einen Sportler von solcher Art Empfindlichkeit für seine physischen Kapazitäten, das unabänderliche Hinüberwelken ins mittlere Alter zu akzeptieren. Auf vielfältige und schmerzliche Weise wird sich der Athlet seines körperlichen Niedergangs viel bewußter als der gewöhnliche Fußgänger, denn die Stoppuhr ist unbestechlich, neutral und gnadenlos. Sie war es auch bei Doc Cole. Als er sechsundvierzig war, konnte er die zwölf Meilen nicht mehr unter einer Stunde laufen; mit achtundvierzig war es ihm sogar schwer gefallen, zehn Meilen unter fünfzig Minuten zu laufen. Er merkte, wie ihn die Kraft in den Beinen verließ, langsam aber sicher, trotz eines starken Geistes und eines eisernen Willens, die beide immer noch so scharf und bestimmt waren wie zu jenen Zeiten, zwanzig Jahre zuvor, als er sich mit den Rivalen Dorando und Longboat gemessen hatte.

Und darum schien es Doc, als wäre dieses sein größtes Talent schon längst dabei, sich in den Nebeln sportlicher Legenden zu verlaufen, um später den Meilenfressereien der britischen Berg- und Moorlandläufer oder dem schnellfüßigen Ute-Indianer Candiras de Foya, der 1901 100 Yards in neun Sekunden gelaufen war, in zweifelhafter Ehre gleichgestellt zu werden: Doc würde ganz einfach zu einem bunten Flicken werden im Lumpensack der Sportgeschichte, allzu belanglos, um im selben Atemzug mit Paaro Nurmi oder Hannes Kolehmainen genannt zu werden...

Doc kratzte sich den letzten Seifenrest vom Kinn und sah in den zersprungenen Spiegel, der am Zeltmast hing. Es stimmte schon, dachte er, selbst wenn man so kahl auf dem Kopf wie eine Billardkugel war, die Sonne ließ einen doch noch jünger aussehen.

Er goß kaltes Wasser über sein Gesicht und rubbelte es mit einem großen Handtuch ab. Noch immer eine halbe Stunde hinter Stock zurück, lag er inzwischen genausoviel vor Hugh McPhail und Morgan, mit Eskola, Mullins und Son dicht auf den Fersen und Capaldi dahinter als täglich drohende Gefahr. Die Tatsache, daß er und die anderen seiner Gruppe einen Pakt geschlossen hatten, änderte für Doc nichts, denn dem Geld lief er längst nicht mehr hinterher. Wenn sein Leben noch eine Bedeutung haben sollte, dann mußte er nach New York kommen, und zwar als Erster. Und außerdem – was gab es denn sonst schon groß? Ein rundes Tausend Rummelplatz- und Karnevalsvergnügungen, hunderttausendmal verkaufte Chickamauga-Mittelchen – das allein konnte schlecht als Summe für ein ganzes Leben stehen. Aber das Trans-America-Rennen zu gewinnen, die größte Probe für einen Läufer zu bestehen – das wär doch schon was.

Über die Jahre hatte Doc einige Techniken entwickelt, mit deren Hilfe er seinen Geist vor der Erschöpfung und der Monotonie des Laufens bewahren konnte. Zunächst war da die ›physische‹ Methode. Sie bedeutete, ein detailliertes Inventarverzeichnis all seiner Körperbewegungen durchzugehen und ihre Effizienz zu überprüfen, etwa so, wie ein Mechaniker die Teile einer Maschine durchcheckt.

Gelenke: entspannt, Daumen aufwärts, Finger leicht gekrümmt. Das würde ihm schon ein paar Minuten liefern. Kopf: ruhig, entspannt, auf senkrecht gehaltenem Rückgrat. Das brächte ihn wieder ein paar Yards weiter. Kinn: gelöst, Unterlippe locker. Und schon wäre er drei, vier Schritte weiter. Dann zu seinen Füßen. Er prüfte deren Ausrichtung beim Bodenkontakt: minimale Schrägstellung und bei jedem Schritt mit den Fersen zuerst.

Auf diese Weise konnte Doc die nervtötende Gleichförmigkeit der Meilen etwas beleben und den dumpfen Schmerz verringern, den die Strecke in ihm weckte, die vor ihm her in die endlose Ferne tanzte. Die Checklistenmethode hatte noch den zusätzlichen Vorteil sinnvoller Verfeinerung und der gesteigerten Effizienz seiner Lauftechnik; nur ein Bruchteil von einem Prozent an Verbesserung bei jedem Schritt bedeutete eine Menge, wenn es um über achtzigtausend Schritte pro Tag ging.

War die Inventur der Physis abgeschlossen, ging Doc sie wieder und wieder aufs neue durch, bevor er sich der ›inneren‹ Methode zuwandte. Doc hatte sie von Fu Li erlernt, einem betagten Chinesen, mit dem er in den Jahren 1912 bis 1920 die Karnevals und Rummelplätze bereist hatte. Fu Li, obwohl selbst kein Sportler, hatte eine spontane Sympathie für Docs Wunsch zu laufen an den Tag gelegt, auch dann noch, als es die professionellen Wettkämpfe längst nicht mehr gab. »Beim Laufen«, hatte Fu Li gesagt, »bezwingst du deinen Körper jeden Tag aufs neue.« Seine Methode war es, Doc innerlich in Bewegung zu bringen, indem er ihn sowohl das lauftechnische Detail als auch jede Form der äußeren Erschöpfung vergessen machte. »Stell dir deinen Körper vor als ein ruhendes, hohles Rohr, durch das unentwegt Luft strömt. Bewege dich zurück in diese Stille, diesen Frieden.« Und Doc entfernte sich vom Schmerz und von der Realität der Strecke, von den Gönnern und Freunden mit ihren guten Wünschen, auch von den Rivalen, und bewegte sich hinein in die Schattenluft seiner Innenwelt.

Manchmal konnte es allerdings geschehen, daß keine dieser Methoden so recht Wirkung zeigte, und Doc erkannte, daß mit andern Läufern reden oder die ihn umgebende Landschaft betrachten ihn schließlich doch die Langeweile und bleierne Müdigkeit der Meilen vergessen ließen. Und so pflückte er auf jeder Etappe aus seiner Erfahrung früherer Zeiten ein Element, irgendeinen Trick, irgendeinen Mechanismus des Geistes, irgend etwas, das ihn bis zum nächsten Kontrollpunkt weiter voranzog.

Und es ging gut. All die Erfahrung der Vergangenheit ließ ihn mit seinen nun vierundfünfzig Jahren locker Schritt halten mit einem unermüdlichen jungen Deutschen. Tagtäglich checkte Doc sein Läuferinventar und fand es bestens präpariert: Alle Teile liefen einwandfrei ...

Der Schmerz kam so plötzlich, daß Doc ihn sofort erkannte: Der alte Feind. Jenes klitzekleine Stück sehnigen Gewebes, das ihm schon so oft in der Vergangenheit den Sieg versagt hatte. Und jetzt war er wieder da, an derselben Stelle, unterhalb der rechten Wade, in der Achillessehne. Noch schmerzte es nicht ganz so entsetzlich, der Feind hatte ihn nur gewarnt. Glücklicherweise ging es dem Etappenende entgegen. Man näherte sich Salina, etwa vierhundert Meilen östlich von Denver, dem Ziel der zweiten Etappe dieses Tages von wiederum dreiundzwanzig Meilen.

Hugh spürte die Unregelmäßigkeit im Laufrhythmus seines Kameraden, merkte, daß Doc etwas langsamer wurde, und sah nach links zu ihm hinüber.

»Nix«, sagte Doc. »Mach du nur weiter.«

Hugh verhielt den Schritt, doch Doc schlug ihm freundschaftlich auf die Schulter und hieß ihn weiterlaufen. Kraftfahrzeuge trieben den Läufern Straßenstaub in die Augen, als sie in Sichtweite von Salina kamen. Einige hundert Yards voraus ertönte wieder das unvermeidliche Whiffenpoof-Lied. Hugh stieß weiter durch das Spitzenfeld nach vorn und kam nach den letzten paar Meilen als sechster durchs Ziel. Doc landete auf Platz zwölf.

Hugh war aufgefallen, daß Doc beim Einlauf leicht gehumpelt hatte.

»Was hast du denn?« fragte er ihn besorgt.

»Hab grad vonnem alten Freund Besuch gekriegt«, sagte Doc mürrisch, zog sich die zertretenen Schuhe aus, beugte sich hinunter und befühlte seinen rechten Knöchel. »Dicker, dämlicher Achilles. Hat mich 1910 in Bagdad genervt, dann wieder 1912 in Rom. Keine allzu große Überraschung. Hatte schon drauf gewartet – das mußte bei diesen Distanzen einfach kommen, diesen Bodenbeschaffenheiten, dieser ewigen Lauferei.«

Beide jetzt barfuß, gingen sie zum Hauptzelt hinüber. Drinnen wühlte Doc tief in seinem Rucksack herum und zog ein Paar abgetragene Lederstiefel heraus. »Hier haben wir die Antwort auf das Problem«, sagte er. »Stiefel.«

Er zog sie über seine lederhäutigen braunen Füße und begann dann behutsam im Zelt herumzugehen.

»Die nächsten zwei Tage gehe und laufe ich in diesen Dingern«, sagte Doc, als er sich sein durchgeschwitztes Trikot über den Schädel zog. »Der hohe Absatz hält übermäßige Spannungen vom Achilles fern; stützt ihn prima ab.«

»Gehen?« fragte Hugh. »Aber damit verlierst du doch Stunden!«

Doc entblößte seine Zähne zu einem breiten Grinsen und biß sich zugleich auf die Lippen. »Schon möglich. Wie ich mich kenne, schaff ich im Gehen immer noch fünf Meilen in der Stunde. Und wenn ich hier und da maln paar Schritt laufe, dann kann ich das vielleicht auchn bißchen steigern. Das ergibt während der zwei Tage insgesamt einen Rückstand von anderthalb Stunden auf Stock.«

Doc schnürte die Stiefel wieder auf und packte sie sorgfältig in seinen Rucksack.

»Ich hab keine andre Wahl, Hugh«, sagte er. »Wenn ich mit dieser Achillesgeschichte in meinen flachen Sneakers weitermache, dann lauf ich direkt ins Krankenhaus von Topeka. Zwei Tage Erholung plus das da...« Er unterbrach sich, zauberte eine Flasche seines Chickamauga-Mittelchens hervor, goß sich behutsam etwas von der Flüssigkeit auf seine linke Handfläche und massierte sie sanft in die schmerzende Stelle ein. »Weiß der Henker, wozu das sonst noch gut sein könnte, aber gegen eins ist das Zeug wirklich gut – gegen Sehnenverletzungen. In der Zwischenzeit müßt eben ihr unsre Flagge zeigen, n paar Tage nur, dann Stock in die Zange nehmen und diese laufgeilen Stürmer raushalten, die von hinten nachdrängeln.«

Doc lächelte betrübt und fuhr fort, sich das Chickamauga in den Knöchel zu reiben. Es war ihm schwer ums Herz geworden, und niemand wußte das besser als er selbst. Schon jetzt fast eine ganze Stunde hinter Stock, würde er am Ende der kommenden zwei Tage zweieinhalb Stunden zurückliegen, fast dreizehn Meilen! Dann würden Capaldi, Morgan, Eskola und Bouin, der sowieso schon immer näher rückte, eine Stunde oder mehr vor ihm liegen. Doc schüttelte den Kopf vor Kummer; dies alles träfe auch nur für die günstigste Entwicklung zu. Sollte nämlich die Achillessehne einige Tage länger zum Ausheilen brauchen, konnte das bis zum Ende der Woche sogar eine Differenz von vier Stunden gegenüber Stock bedeuten. Bis jetzt war er zwar relativ entspannt gelaufen, aber ein solcher Rückstand bedeutete tägliche Aufholjagden bis zum Rande völliger Erschöpfung, und das für die gesamte nächste Hälfte des Rennens – sofern er wirklich aufholen wollte. Doc grinste schmerzverzerrt und legte sich auf sein Feldbett, die Arme hinter dem Kopf verschränkt. Schweiß glitzerte auf seinem hageren kleinen Körper.

Nun gut, wenn es denn sein mußte, wenn er also auf dem Hochseil seines Lebens bis nach New York balancieren mußte, na bitte. Schließlich hatte er seit dreißig Jahren für das Trans-America-Rennen trainiert, und eine unwillige Achillessehne war wohl das letzte, was ihn aus der Bahn werfen konnte.

Am nächsten Morgen sah er Hugh und die anderen Spitzenläufer, die

ziemlich weit vorn mit konstanten sechseinhalb Stundenmeilen los-
zogen. Er hatte mindestens siebenhundert Läufer vor sich; ihre Füße
wirbelten große dichte Staubwolken auf. Doc war allein, plackte sich
in seinen dicken, schweren Stiefeln ab, zum ersten Mal in der hinteren
Hälfte des Feldes, lief zwischen den Versprengten, Nachzüglern, den
mühseligen Trabern und Gehern, und fraß den Wegstaub nach
Abilene.

Als das Feld sich nach und nach zu strecken begann, erkannte Doc
knapp zwanzig Yards vor sich Kate Sheridan, die zurückschaute und
ihn zu erwarten schien.

»N bißchen Gesellschaft, Doc?« fragte sie, lief etwas langsamer und
blieb an seiner Seite.

»Furchtbar gern«, antwortete Doc dankbar. »Aber mach ich Sie nicht
zu langsam?«

Kate schüttelte den Kopf. »Bin für die nächste Zeit sowieso runter auf
ungefähr fünf Meilen die Stunde«, erwiderte sie. »Morgen hol ichs
schon wieder auf. Auch ich kann etwas Gesellschaft brauchen.«

Sie sah hinunter zu Docs schweren braunen Stiefeln, sagte aber
nichts. Der alte Läufer hatte gemerkt, daß Kate sein Schuhwerk
registriert hatte, und zeigte auf seine Füße.

»N altes Doc-Cole-Mittelchen«, erläuterte er lächelnd. »Mister
Achilles hats nötig.«

Kate nickte. »Sind Sie bös dran?«

Doc schüttelte den Kopf.

»Nicht so, daß ich damit nicht klarkommen würd«, sagte er. »N alter
Feind. Hab ihn auch schon früher bezwungen. Werd ich auch wieder.
Passen Sie nur auf.«

Er tippte an seinen schweißglänzenden Schädel. »Eins hab ich
jedenfalls gelernt«, sagte er, »und zwar, in meinen Körper reinzuhö-
ren. Das einzige, was mein Achilles möchte, sindn paar Tage Ruhe.
Dann bin ich wieder vorn bei Stock und den andern, und ab geht die
Post auf dem Weg nach Kansas City. Merken Sie sich ruhig meine
Worte, gute Frau.«

Die nächsten sechs Meilen quälte sich Doc schweigend im Gehen
voran. Er hatte keine Ahnung, ob die Sehnenentzündung noch
rechtzeitig abheilen würde. Wenn nicht, dann wäre für ihn das Trans-
America-Rennen ein für allemal gelaufen, hier auf den flachen
Feldern von Kansas; ausgerechnet hier, auf dem bequemsten Erdboden überhaupt. Doc war froh, daß Kate ebenso schweigsam geblieben war, denn es gab wirklich nichts, was sie ihm hätte Tröstendes

sagen können. Er würde nur noch beten können, daß nach all den vielen Jahren sein Körper ihn jetzt nicht im Stich ließ.

Sogar noch in Stiefeln konnte Doc, der viele Male Geherrennen mitgelaufen war, konstante fünf Meilen pro Stunde machen, und Kate trottete entspannt neben ihm her.

Schon nach fünf Meilen hatte er Klarheit. Er hatte recht gehabt. Die leicht entzündete Sehne reagierte positiv auf den höheren Absatz und den Geherschritt. An der zweiten Wasserstation nach zehn Meilen machte Doc eine kurze Pause und kühlte seinen Fuß in einem Wasserlauf am Straßenrand. Kaltes, fließendes Wasser hatte schon immer für Wohlgefühl gesorgt. Er genoß das Gefühl der flüssigen Kälte, die seine Füße umspülte, als er neben Kate auf einem großen Stein saß und bemerkte, daß zahlreiche Läufer sich ebenfalls die Beine kühlten.

Doc schöpfte mit beiden Händen Wasser und schlabberte es wütend in sich hinein. Nur zehn lumpige Meilen waren erst gelaufen, und schon hatten die Spitzenläufer über drei Meilen Vorsprung und bauten ihn immer weiter aus. In der Gesamtwertung würde er sicher um einige Plätze zurückfallen.

Er sah zur Morgensonne hinauf und beschattete mit der Rechten seine Augen. Wenigstens die Himmelsscheibe war sein Freund. Sie würde sogar Stocks Tempo mindern, so ungefähr auf unter sechseinhalb Meilen pro Stunde.

Gott sei Dank wurde das Trans-America-Tempo in der heißen Ebene von Kansas spürbar langsamer. Wenn er doch nur die Rückstandszeit niedrighalten könnte ...

Es war schon eine merkwürdige, verquere Sache mit der Superfitness: Je fitter man war, dachte Doc, desto näher war man einer Verletzung, dem Reißen oder Sichentzünden jener mikroskopisch winzigen Gewebsgegend, die einen so sicher wie jede Kugel ins Gras legen konnte. Und weil er eine Laufmaschine war, die die Fähigkeit hatte, Neunminutenmeilen pro Stunde wegzumarschieren – eben darum war er jetzt defekt.

Doc spürte ein drückendes Gefühl der Übelkeit in seinem Magen. Einhunderttausend Meilen unter den Sohlen, ein Läuferherz, das gleichmütig mit dreiunddreißig Schlägen pro Minute das Blut durch die Adern pumpte, ein hagerer Körper, der für Langstrecken wie geschaffen war – aber all das zählte überhaupt nicht mehr, hier auf dem staubig-heißen Weg nach Abilene, den er mit jämmerlichen fünf Meilen pro Stunde dahinschlappte.

Und doch wußte Doc genau, daß ihn dreißig Jahre beständiges Laufen auf genau diese Krise vorbereitet hatten, nicht auf den Augenblick des Triumphs wohlgemerkt, sondern auf eine Herausforderung, die sogar noch größer war als dreitausend Meilen quer durch Amerika. Die wahre Bewährungsprobe würde die Art und Weise sein, wie er dem Mißgeschick begegnete.

Natürlich, auch vorher waren ihm schon Dinge schiefgelaufen. 1908 zum Beispiel, in der gleißenden Hitze der Londoner Olympiade, war er an Untertemperatur zusammengebrochen und hatte sich bis zum Abbruch geschunden. Dann, als er unmittelbar nach den Spielen in den Norden der Insel weitergereist war, um an professionellen Moor- und Bergläufen teilzunehmen, hatte es zwar wieder Rückschläge gegeben, die aber noch lange keine Schmach und Schande über ihn brachten. Bei den Wettkämpfen in Grasmere und Burnsall hatte sich Doc spezialisierten Moorlandläufern gegenüber gesehen, eisenbeinigen Schäfern, die, unbarmherzig gegen sich selbst und immer die Hände auf den Knien, steilste Klippen hinauffrackerten und auf dem Weg nach unten wie Hirsche in riesigen Sprüngen durch das Farnkraut bis zum Ziel sprangen. Diese *fell races* hatten Muskelschmerzen hervorgerufen, die Doc noch nie zuvor erlebt hatte und die ihn erst mehr als zwanzig Jahre später in den Rockies erneut übermannen sollten. Er hatte die Moor- und Berggebiete des Lake District durchlaufen, und selbst wenn er sie nicht perfekt gemeistert hatte, so war sein Einsatz dennoch ehrenhaft gewesen.

Doc wischte sich den Schweiß vom Gesicht, sah zur Sonne hinauf und dann auf die Uhr. Kate war inzwischen schon weit voraus und außer Sichtweite; er war allein, etwa auf vierhundertster Position. Und wieder einmal liefen seine Gedanken zurück in die Vergangenheit...

Dorando, Longboat, Shrubb, Appleby, all jene großartigen Läufer aus den frühen Tagen, wo sie jetzt wohl waren? Jesus, seine Beinkraft mußte er schon längst an drei Läufergenerationen gemessen haben. Die großen Läufer waren gekommen, hatten sich ihren Anteil am Rampenlicht geholt, hatten den Applaus genossen und der Geschichte des Sports ihre Sohlen aufgedrückt, und verschwanden wieder. Wer aber würde jemals an Alexander Cole denken? Vielleicht war das Trans-America-Rennen tatsächlich die letzte Gelegenheit für ihn, sich zu beweisen. Vielleicht war dieser Super-Marathon wirklich der wahrhaftige Test. Die nächsten Tage würden es zeigen. Doc lief diese Tagesetappe in der menschenwimmelnden, staubigen Hauptstraße von Abilene zu Ende; zäh hatte er auf beiden Zwanzigmeilenstrecken seine sechs Meilen pro Stunde durchgehalten. Seine Hüften waren steif geworden vom ungewohnten Gehen, aber er war immer noch im Rennen.

Der Polizeichef von Topeka, Wilbur T. Fiske, nahm sein silbernes Abzeichen ab und legte es vor sich auf den Tisch. Vierzig Jahre Dienst, dreißig davon unter dem liebenswerten ollen Irenkopp O'Brien und die anderen zehn frei und als sein eigener Chef.
Frei und sauber dazu. Denn in all diesen zehn Jahren hatte es immerhin keine einzige wichtige Entscheidung gegeben, die er sozusagen in seine eigene Tasche gefällt hätte. Als zum Beispiel der Sohn eines stadtbekannten Geschäftsmannes festgenommen wurde, nachdem er sein Auto volltrunken in Staceys Kaufhausfenster gezirkelt hatte, war es Polizeichef Fiske gewesen, der die Wogen geglättet und sich um die Schadensregulierung höchstselbst gekümmert hatte. Schließlich waren er und Stacey Logenbrüder. Und als die Fleischpacker Schläger anheuerten, um den Streik von 1929 zu brechen, und an die Polizei die Order ergangen war, sich herauszuhalten, da hatte er dafür gesorgt, daß seine Männer tatenlos dabeistanden, während die Rowdytrupps aus anständigen, hart malochenden Arbeitern blutige Wasserspeier machten.
Frei, sauber und fromm dazu. In genau drei Tagen würde er tatsächlich frank und frei sein, mit einer anständigen Pension in der Tasche. Und ausgerechnet jetzt war von Bürgermeister Matson die Order gekommen, die Trans-Americans bis weit nach Mitternacht aus der Stadt herauszuhalten und sie lediglich durch dunkle, unbeleuchtete Straßen laufen zu lassen. Er hatte das Rennen schon lange interessiert verfolgt, aber einen vernünftigen Grund für die bürgermeisterliche Entscheidung vermochte er nicht zu sehen. Doch da er seinen Bürgermeister Matson kannte, mußte es sich wohl um eine ziemlich heiße politische Kiste handeln, mit irgend etwas Faulem drin vermutlich. Trotzdem, heraushalten konnte er sich da nun wirklich nicht, schon gar nicht nach zehn Jahren Drecksarbeit für Matson.
Und dann war der Anruf gekommen. Zuerst hatte er es gar nicht glauben wollen, daß Miss McAllister ausgerechnet ihn ausgewählt, ihn auch noch beim Vornamen angeredet hatte und ihn um seine Unterstützung bat, im Dienste des Herrn. Fiske hatte, wie vom Donner gerührt, dagesessen und zugehört, als die Evangelistin ihm darlegte, was sie von ihm wollte, ja, was seine Brüder und Schwestern

überall in ganz Amerika, nein, in der ganzen Welt, von ihm, Wilbur T. Fiske, erwarteten. Er erinnerte sich noch schwach daran, wie er vor dem Telefon gekniet und hineingeschluchzt hatte, doch von allen Sünden reingewaschen zu werden. Und dann hatte sie gesagt, er solle nur dieses eine tun, und alle seine Sünden würden von ihm gespült wie die der Jünger im Jordan.

Frei, sauber, fromm und ehrlich dazu am Abend des 2. Mai Schlag Mitternacht. Denn des Herren Ruf war an ihn ergangen, und diesmal würde Wilbur T. Fiske sich nicht nachsagen lassen, er sitze des öfteren auf den Ohren.

*1. Mai 1931:* Es wurde besser, langsam zwar, aber es wurde besser. Doc war sich schon lange jeder einzelnen Regung seines Muskelsystems bewußt, jeder guten und schlechten Nachricht, die es ihm sandte. Dieser dritte Tag würde deshalb auch der letzte Schongangstag in Stiefeln auf den weichen Wegen von Kansas sein, jenen schmalen Verkehrsadern, die sich durch die wogenden Meere geschmeidigen Sommerweizens wanden.

Auch fünf Meilen pro Stunde waren noch hartes Gehen, aber Doc war zu dem heftigen Hüftenschwingen zurückgekommen, das er schon früher beim Wettgehen angewandt hatte. Nachdem er sich auf diese Weise aufgewärmt hatte, fiel er in einen schnelleren Trab, dessen Tempo nur durch seine Stiefel begrenzt wurde, und arbeitete sich stetig durch das Läuferfeld hindurch. Doc war wieder auf dem Vormarsch.

Inzwischen an zweihundertzwanzigster Stelle und noch immer auf dem sechsundzwanzigsten Platz in der Gesamtwertung, hatte Doc Zeit genug, die Männer zu studieren, mit denen er zusammen lief. Da war Kovak, der energische Tscheche, dessen linkes Bein infolge einer Polioinfektion in seiner Jugend kürzer als das rechte war. Fast zweitausend Meilen war der Mann auf einem Bein vorangehatscht, das nicht mal mehr einen Stuhl, erst recht nicht 130 Pfund hätte tragen können, statt dessen aber den Boden zehntausendmal am Tag, sechs Tage die Woche berühren mußte. Aber Kovak hatte nicht ein Mal sein Laufen unterbrochen und näherte sich jetzt, bei jedem Schrägschritt seiner ungleichen Beine stöhnend, Topeka, der Hauptstadt von Kansas. Bei ihm war Carl Blake, ein junger Farmer aus Kansas, dessen Grund und Boden in nur einer Woche im Jahr 1930 von einem Tornado weggeblasen worden war und der jetzt im Abstand von nur wenigen Meilen an seinen schwer gezeichneten

Feldern vorbeilief, die er einst gepflügt und gepflegt hatte. Blake, sonnengeschwärzt und gebeugt, dünn wie ein Skelett, schob sich mit gleichmütigen fünf Meilen pro Stunde durch Kansas hindurch. Jeder seiner Schritte sah aus wie sein allerletzter, und doch schaffte er es, weiterzumachen und seinen schweißdurchtränkten Körper vorwärtszutreiben.

Direkt vor Doc lief der kleine wuchtige Ire Matt O'Carrol, dem das Hemd klatschnaß am Rücken klebte. O'Carrol ruderte mit fest zusammengebissenen Zähnen voran; weißer Schaum trocknete in seinen Mundwinkeln. Auch bei ihm schien jeder Schritt ein kleiner Todeskampf. Sie liefen Seite an Seite, Carl Blake und Matt O'Carrol, der spindeldürre Mann aus Kansas und der kurzbeinige Ire.

Blake, Kovak, O'Carrol und fast tausend andere, von denen nicht einer auch nur die geringste Chance hatte, das begehrte Geld in New York zu gewinnen – warum liefen sie nur immer weiter? Es überraschte Doc einigermaßen, daß sich ihm diese Frage überhaupt gestellt hatte. Sie liefen, weil dies der Augenblick in ihrem Leben war, den ihnen kein Plantagenbesitzer, kein Firmenboß, kein Politiker nehmen konnte. Sie hatten arbeitslos Schlange gestanden, Almosen und Zahlungskürzungen entgegen- beziehungsweise hingenommen und zuschauen müssen, wie wendige Politiker fröhlich ihr Ämterkarussell befuhren. Sie hatten mit geballten Fäusten in den Taschen zugesehen, hilflos, ohnmächtig. Aber lange brauchten sie nicht mehr, um zu erkennen, daß es andere sein würden, die das Trans-America gewannen, und warum sie sich dennoch entschlossen hatten weiterzumachen. Nun waren sie wenigstens einmal wer bei ihrem Lauf quer durch Amerika, und es gab nichts auf der ganzen Welt, was sie hätte davon abhalten können. Nein, man brauchte wirklich nicht zu fragen, warum die Männer hier wohl weiterliefen.

Die Felder dehnten sich endlos, wogende Meere grünen Weizens, die sich bis zum Horizont erstreckten und in ihm verschwammen. Ab und zu tauchten die Häuser wohlhabender Farmer aus dem Weizen auf wie Ritterburgen: unheimliche, weißgerippte Gebäude aus Holz, kühl und stumm wie damals in jenem heißen Sommer 1914, als Doc und seine Roadshow-Assistentin Lily Hudson in der Kansas-Ernte gearbeitet hatten. Er entsann sich noch der singenden, weißgekleideten Priester und des Duftes von Weihrauch, bevor es mit der Erntearbeit losging. Die Mähmaschinen wurden damals von Pferden gezogen, und Lily und die Frauen waren hinter ihnen hergesprungen und hatten die Garbenballen auf die Seite geworfen, damit die

Männer sie aufschichten konnten. Dann kam die rückenbrechende Arbeit, den Weizen mit Heugabeln auf die Wagen zu heben. Doc hatte die fließenden Bewegungen mancher Männer beobachtet, die doppelt so alt waren wie er, wie leicht und locker sie mit den Gabeln arbeiteten, und hatte versucht, sie nachzuahmen – umsonst. Nach kurzer Zeit zwang ihn der Schmerz in Armen und Schultern zu Ruhepausen; er blieb stehen und stützte sich auf seine Heugabel. Doch im Nu hatte ihn der Vorarbeiter recht derb daran erinnert, daß »nicht arbeiten kein Geld« bedeutete.

Docs Langstreckentraining hatte ihm in jenen ersten schmerzlichen Tagen sehr geholfen. Gewiß, das Langstreckenlaufen hatte keinen direkten Effekt auf die Muskelpartien, die durch Erntearbeiten am meisten beansprucht wurden. Aber was ihn die Weizenmaloche gelehrt hatte, war die Erkenntnis, daß er fast jede Menge Muskelbeschwerden zu ertragen imstande war; durchlaufen hatte er sie schon, also würde er sie auch durchernten.

An jedem Abend hatte ihm Lily Chickamauga in seine steif gewordenen, schmerzenden Arme und Schultern gerieben, während sie dem rhythmischen Gekratze irgendeiner verrücktgewordenen Fiedel oder den Lagerfeuerliedern aus aller Welt lauschten. Frühmorgens, vor der Arbeit, hatten sie mit den knorrigen Bauern gesprochen, die in Viehwaggons aus Chicago nach Westen gebracht worden waren, um hier in Kansas die Ernte einzubringen. Sie hatten ihm gezeigt, wie man die Garbenballen in einen vernünftigen Winkel zu den Beinen bringen mußte, wie die Heugabel dicht am Körper gehalten wurde und wie man dann die Ballen in einer einzigen fließenden Bewegung aufwärtsschwang. Die Bauern hatten ihn den Rhythmus ihrer Arbeit gelehrt.

Doc war ein schneller Lerner gewesen. Binnen weniger Tage hielt er beim Füttern der gierigen Weizenwagen schon mit den Besten der Bauern mit. An den Abenden lagerte er dann mit Lily außerhalb des Feuerscheins und ließ seine Finger ihren festen sonnengebräunten Körper durch die Kühle ihres Baumwollkleides hindurch erkunden.

Concordia, im Sommer 1914. Diese Tage waren hart gewesen; aber auch erfahrungsreich und wertvoll. Lily lebte mittlerweile in Chicago; besaß dort einen eigenen Frisiersalon. Und er, Doc, lief jetzt durch dasselbe Land, gemeinsam mit der gleichen Sorte Männer, mit denen er einst geerntet hatte.

Zwei Meilen weiter vorne, an der Spitze jener Gruppe, in der zu laufen Doc sich so ersehnte, gab Peter Thurleigh sein Bestes. Täglich blieb er mit Stock auf gleicher Höhe; seine Bewegungen waren jedoch von Panik diktiert. Früher hatte er, wie hart der Streß im Studium oder auf der Aschenbahn auch gewesen sein mochte, noch immer die Sicherheit im Rücken gehabt, die Behaglichkeit des Wohlstandes im Hintergrund. Ihm war nie klar gewesen, wie abhängig ihn dieser *background* gemacht hatte.

Bis zu seiner Ankunft in Los Angeles hatte er das Trans-America-Rennen in der Tat nicht ernst nehmen können und hatte sogar, bis er die mit Trans-Americans überfüllten Hotels und Pensionen in Los Angeles und all die Reporter mit eigenen Augen gesehen und Zeitungsberichte über Flanagans erste Pressekonferenz gelesen hatte, geargwöhnt, das Trans-America sei nichts weiter als ein ganz gewaltiger Hokuspokus und daß Flanagan, wer immer dieser Herr auch sein mochte, auf irgendeiner heimlichen Hazienda in Mexiko seine Schäfchen schon längst im Trockenen haben mußte.

Aber die Wirklichkeit der ersten Etappentage hatte all diese Gedanken weggeblasen. Das Rennen war wirklich ganz real. Der Verlust seines Butlers und Wagens in der Mojavewüste hatte nur noch verdeutlicht, daß er tatsächlich sich selbst einsetzen mußte, wenn er vor seinen Widersachern im Londoner Club bestehen wollte. Und der plötzliche Verlust des Familienvermögens war das entschieden stärkste Argument.

Sehr schnell war Thurleigh auch aufgegangen, daß die elegante Oxford-Welt mit ihren distinguierten Amateurwettkämpfen nicht im geringsten als adäquate Vorbereitung für den Trans-America-Super-Marathon zu gelten hatte. Denn hier ging es nicht nur über ein paar Meilen mit wenigen Minuten des Schmerzes oder Unwohlseins wie zum Beispiel die olympischen fünftausend Meter; hier im Trans-America tat es den ganzen Tag über weh, und das jeden Tag. Und jeder neue Tag brachte ein neues Problem, eine Blase, die geöffnet werden mußte, einen nervösen Magen, der zu beruhigen war, eine Sehne, die auf Pflege spannte, sonnenverbrannte Knöchel, die Creme brauchten. Peter Thurleigh hatte sich daran gewöhnt, daß aus den Waden und Oberschenkeln ein dumpfes Schmerzgefühl nicht mehr verschwinden wollte, unerträglich war jedoch der ständige Schmerz in Gelenken und Knochen.

Nach nur zweihundert Meilen hatte Thurleigh aufgeben wollen, weil er es niemals im Leben schaffen würde, drei volle Monate auf den staubigen Straßen Amerikas herumzulaufen und Nacht für Nacht im beklemmenden Dunst anderer Menschen schlafen zu müssen. Bald hatte ihn jedoch das Trans-America-Fieber angesteckt und aufgesaugt. Es hatte mit seiner Wette nichts zu tun, obwohl er sie jetzt wirklich gewinnen mußte, um seine Zukunft abzusichern. Nein, vielmehr war Thurleigh, genau wie Kate Sheridan und all die anderen, mittendrin in einem Kampf gegen sich selbst. Es war ein Kampf, bei dem er sich nicht sicher war, ob er ihn gewinnen könnte. Doch schätzen lernte er ihn schon.

Das Telegramm seines Vaters, das ihn über die Vermögenstragödie in Kenntnis setzte, hatte auf seltsame Weise Peter Thurleigh auch befreit. Es war nun vorbei mit den üppigen Geldpolstern gegen Stöße aller Art, mit der begüterten Zufluchtsstätte, die ihm offenstand, wenn einmal etwas schieflief. Wie all die anderen Teilnehmer war er jetzt auch ganz auf sich alleine angewiesen, und kein Netz fing ihn auf für den Fall eines Sturzes. Es war dieses Wissen, das Tag für Tag zum Motor wurde, der ihn von Meile zu Meile brachte.

Thurleigh hatte darum gebeten, in Docs Gruppe mitlaufen zu dürfen; nicht etwa aus irgendeinem Gefühl der Schwäche heraus, sondern weil er die erfrischende Kameradschaft spürte, die sich zwischen Doc, Hugh, Morgan und Martínez entwickelt hatte. Sogar der zerbrechliche, jugendliche Martínez schien sich Kraft aus der Gruppe zu holen. Und was genauso wichtig war: Thurleigh hatte das Gefühl, daß er in dieser Gruppe Dinge lernen konnte, die für ihn noch so unbekannt waren wie die Rückseite des Mondes. Doch Doc hatte auf seine Frage ausweichend geantwortet und Thurleigh gebeten zu warten, bis das Rennen in St. Louis gegen Silver Star gelaufen sei.

Hinter Doc liefen eng beieinander Martínez, Morgan und McPhail. Martínez und Morgan hatten sich in Abilene der »Kooperative« hinzugesellt. Von da an würde man alles teilen, was das Trans-America-Rennen einem jeden bringen würde. Docs Order lautete, Stock nicht aus den Augen zu verlieren, sich aber nicht in Zweikämpfe mit ihm einzulassen. Über die ersten zehn Meilen waren sie also hinter Stock und Thurleigh geblieben und hatten beobachtet, wie der Schweiß Thurleighs seidenes Trikot mehr und mehr eindunkelte.

Direkt hinter ihnen drängten Eskola, Bouin und Capaldi heran, denen der Japaner Son sowie der sehnige Australier Mullins auf den Fersen waren. Das Läuferfeld zog sich immer weiter auseinander, noch vierhundert Meilen vor St. Louis, dem Ziel der Zweitausend-meilenetappe.

Kate hatte merklich Schwierigkeiten, nicht immer an Morgan denken zu müssen und an seinen Körper, wie er sich in der Dunkelheit jenes fremden Zimmers an sie gedrückt hatte. Tag für Tag, da sie die grünenden Felder von Kansas durcheilte, rief sie sich jeden einzelnen Moment ins Bewußtsein zurück, von der ersten erforschenden Be-rührung bis zum Schluß, da sie aufschrie. Kate konnte nicht glauben, daß Mike fühlen mochte wie sie: So vieles von ihm war ihren Blicken entzogen. Doch dann hatte er von früher erzählt, auch von Ruth. Und sie spürte das Schuldigsein in seinen Worten, das Gefühl, seine Frau verraten zu haben, indem er bei ihr war.
»Schau, Mike«, hatte Kate drauf gesagt, »so wie du von ihr sprichst, ich glaube, ich hätte sie auch geliebt. Ich hab dich doch nicht von ihr weggeholt. Ich hab dich einfach angenommen. Vergiß sie also niemals.«
Morgan hatte sie fest angeblickt und gesagt: »Ihr hättet euch gemocht.«
Ihre Schritte hatte sie dem Selbstlauf überlassen, so daß ihre Gedan-ken freie Bahn bekamen, während sie immer mehr Männer überhol-te. Die Rockies endlich hinter sich, konnten Kates Beine wenigstens die flachen Strecken in Kansas genießen.

Doc holte auf, erreichte schon früh an diesem Morgen Kate und kurvte sich auf leichten Füßen durch das Hauptfeld. Am Ende dieses Tages, bei Wamego, lag er noch zwei Stunden hinter Stock und 60 Minuten hinter den anderen. Das bedeutete, daß er mit Stock mindestens eine Woche darum kämpfen mußte, wenigstens seine zweite Position wiederzuerlangen. An Platz eins war nicht zu denken, wenn der junge Deutsche seine bisherige Form halten würde und Doc kein Mittel hatte, Stock auf der Strecke einzuholen. Solch eine Leistung eines noch so jungen Leichtathleten lag außerhalb von Docs Erfahrungshorizont; denn Langstreckenlauf war stets die Domäne von Männern in den Dreißigern und Vierzigern gewesen, die bereits Tausende von Meilen gestählt hatten.
Doc verzehrte sein Essen im Laufen und gewann an jedem Verpfle-gungspunkt eine halbe Minute. Flanagan hatte dankenswerterweise seit der Mojave seine Erdnußbuttersandwiches zurückgezogen und die »Marschverpflegung« auf weniger schwere, leichter verdauliche

Snacks aus Obst und Schokolade sowie Wasser, Milch und zitronenhaltige Getränke umgestellt.

Als Doc über das Pflaster der Hauptstraße von McFarland trabte, schüttete er sich den Rest des Trinkwassers über den Schädel und winkte den jubelnden Massen zu, als er an der nächsten Verpflegungsstelle noch einen Becher Wasser in Empfang nahm. Da wühlte sich ein kleiner Junge in einer braunen Kordhose seinen Weg durch die Menschenmenge und stand wenig später direkt vor Doc Cole; der Junge, nicht älter als neun oder zehn Jahre, hielt ihm ein fettfleckiges Schulheft und einen kurzen Bleistiftstummel hin.

»Könnt ich wohln Autogramm haben, Sir?« fragte er schließlich.

Es war das erste Mal seit 1908, bei den Olympischen Spielen in London, daß er wieder von einem Kind um ein Autogramm gebeten wurde.

»Na, hast du denn überhauptne Ahnung, wie ich heißen könnte, Sonny?« fragte er und rieb sich den Schweiß von den Händen.

»Klar doch, Sir«, erwiderte der Junge. »Im Roxy in der Wochenschau sehn wir uns immer das Rennen an. Sie sind doch Doc Cole, ›Der Läufer‹. Und ich und meine Freunde haben nen Dollar auf Sie gesetzt, daß Sien Ersten machen.«

»Doc Cole Der Läufer«, wiederholte Doc unhörbar. Und zu dem Jungen sagte er: »Dann will ich dir auch wacker helfen, daß du den Dollar nicht verlierst, was?!«

Er stellte den Becher auf den Tisch daneben und schrieb langsam auf die erste Seite des Schulheftes: *Alexander (Doc) Cole mit den besten Wünschen für...* und schaute den Jungen fragend an.

»Schreibn Sie einfach nur ›die Jungs von McFarland‹, Sir«, sagte das Kerlchen und stellte sich auf die Zehenspitzen, um zuzusehen, ob es sein Idol auch richtig machte.

Doc klappte das Heft zu und reichte es dem Jungen zurück. Dann beugte er sich hinunter und gab ihm unter dem Applaus der Menge einen Kuß auf die Wange. Doc richtete sich wieder auf, schluckte schwer, wischte sich mit dem Handrücken über die Augen und trabte winkend die Hauptstraße weiter. Morgen würde seine Aufholjagd beginnen, und zwar über die ganze Strecke bis St. Louis. ›Der Läufer‹ Doc Cole wollte es allen zeigen.

Wie sonst auch hatte Stock während der ganzen Strecke geführt und arbeitete sich nun, um ein Uhr früh, drei Meilen von Topeka, hinter dem hell erleuchteten Trans-America-Rennleitungsbus her, der aus seinem Lautsprecher wieder einmal Rudy Vallee und den Wiffenpoof Song jaulen ließ. Eine Viertelmeile zurück folgten Eskola, Thurleigh, McPhail, Martínez und Morgan, von Mullins und Son dichtauf gefolgt. Das Hauptfeld hatte sich fast auf sechs Meilen zerdehnt, und Doc erlief sich gerade eine Dreißigerposition und war schon wieder weit vor Kate, die an dreihundertster Stelle lief.

Peter Stock trabte übermüdet eine unbeleuchtete Straße in Topekas Wohngegend entlang, hinter sich den zufrieden schnurrenden Mercedes mit den deutschen Mannschaftsbetreuern im Fond. Nicht eine Straßenlaterne leuchtete in der ganzen Stadt, denn Bürgermeister Matson hatte getreulich die Tofflerschen Instruktionen befolgt.

Flanagan schwenkte die Suchscheinwerfer auf dem Dach des Rennleiterwagens direkt vor Stocks Füße.

Leise zog das Trans-America in die Dunkelheit der Hauptstraße hinein, am Capitol Building vorbei. Der gesamte Einkaufsbezirk döste in vollkommener Stille.

»Fast wie ein Friedhof«, kommentierte Flanagan, am Fenster seines Caravans stehend, und kaute auf seiner Zigarre herum.

Plötzlich zerschrillte ein Pfiff die nächtliche Ruhe. Rechts und links der Straße flammten in jedem Geschäft die Lichter auf, blendeten Stock und die riesige Läuferschlange hinter ihm. Gleichzeitig erwachten die Scheinwerfer Hunderter von Autos, über eine Meile eines neben dem anderen zu beiden Seiten der Straße stehend, zu grellem Leben. Es war heller als der Tag, und die Trans-Americans schwammen auf der Straße voran wie in einem glänzenden Strom, der in ein gleißendes Lichtermeer mündete. Nochmals schrillte die Trillerpfeife, und durch die Straße schallten tausend Autohupen in einem einzigen gewaltigen Chor. Ein dritter Pfiff rief wahre Wellen stürmischen Beifalls hervor, denn plötzlich säumten mehr als fünftausend Menschen die Hauptstraße. Ein vierter Schrillton gab einer Blaskapelle den Einsatz, die hinter dem Ziel ein nächtlich-frommes *Ein Lämmlein geht und trägt die Schuld der Welt und ihrer Kinder* zu intonieren begann.

Wieder einmal waren Flanagans Läufer unter Freunden; Männer, Frauen und Kinder stürmten hervor, schüttelten ihnen die Hände und boten ihnen Süßigkeiten und Getränke an. Die Bevölkerung von Topeka hieß das Trans-America willkommen und brauchte dazu keinen Bürgermeister.

Willard Clay brachte den Trans-America-Rennleitungsbus mit dem Wohnwagen knapp hinter dem Ziel zum Stehen. Eine stattliche

Uniformgestalt erwartete Flanagan, als er dem Caravan entstieg; sie drückte Flanagans Hand und schüttelte sie mit besonderer Herzlichkeit.

»Ich bin der Polizeichef, Wilbur T. Fiske«, kam es unter der Schirmmütze hervor. »Und Sie müssen Mister Flanagan sein, stimmts? Ich bitte um Nachsicht wegen der fehlenden Beleuchtung, aber ich hoffe doch, daß unser kleiner Empfang wieder was wettgemacht hat. Unsere Damen sind bereits im Camp und machen für Ihre Jungs was Leckeres zur Stärkung. Miss McAllister kann selbst nicht kommen, aber sie bat mich, sie Ihnen wärmstens zu empfehlen.«

»Miss McAllister ist wirklich eine höchst empfehlenswerte Dame«, meinte Flanagan.

»Das war des Herren Werk«, sagte Fiske, und seine Augen glänzten. »Alles nur der Herr.«

»Dann – gelobt sei der Herr«, stimmte Flanagan zu. »Gewiß doch – gelobt sei der Herr.«

Alice Craig McAllister hatte wieder einmal Gutes getan. Und es traf sich ebenfalls gut, daß der 3. Mai ein Ruhetag war, denn auch Wilbur Fiskes religiöse Überzeugungen hatten die Zurverfügungstellung reichlicher Mengen schwarzgebrannten Schnapses nicht verhindern können.

»Oh Gott«, stöhnte Hugh. »Ich hätte mich doch lieber an den Orangensaft halten sollen.«

»Mach nur nicht auf die Leidenstour«, feixte Doc. »Machs doch wie ich«, sagte er und zog sich seine Stiefel an. »Immer schön trocken bleiben. Los, machn bißchen mit und laß den Sprit rausdampfen.«

Beide schlenderten hinaus in den hellen Morgensonnenschein, bis an die staubige Straße nach Lawrence.

»Viel schlimme Steigungen wirds in der nächsten Woche oder so wohl nicht geben«, bemerkte Doc. »Ich bin jetzt wieder fit, aber in der Gesamtzeit ungefähr sechzigster. Vielleicht irr ich mich ja, aber ich glaub schon, daß ich während der nächsten vierhundert Meilen oder so mindestensne Stunde näher an Stock rankomme. Würd mich sonst mein Lebtag grämen müssen. Also muß ich in der kommenden Woche jeden Tag dem dollen Deutschen da vorn eins draufgeben.«

»Ist das nichtne reichlich riskante Sache?« zweifelte Hugh. »Ich mein, nicht daß dann wieder dein Achilles schreit oder du dich einfach übernimmst, weil du ihn einholen willst, oder?«

»Schon gut, aber das ist nun maln Risiko, das ich eingehen muß«, gab

Doc zurück. »Zumindest auf den jetzigen Etappen; sind doch hauptsächlich weiche staubige Straßen, und die sind fürn Achilles kein Problem. Ich war bis jetzt sowieso schon, mal von den Rockies abgesehen, viel besser dran als sonst. Nein, dem Mister Stock werd ich schon nochn bißchen was von Laufkultur zeigen müssen; dem renn ich die Beine ab, auf jeder Etappe. Weißt du, ich muß einfach zurück in die Spitze kommen, und das bedeutet ne halbe Stunde oder so pro Tag schneller, und zwar gut und gern die ganze nächste Woche.«

»Meinste, du schaffst Stock?« fragte Hugh und lutschte wieder an einem Strohhalm.

Eine Sekunde lang verspürte Doc die Absicht, Hugh über seinen Argwohn aufzuklären. Er hatte schon andere Läufer unter Dope gesehn, vollgepumpt mit Kokain oder Strychnin. Himmelnochmal! 1912 hatte ein Franzose vor dem Marathon in Kairo Arsen probiert. Alles hatte gut geklappt, und er kam ein paar Minuten vor Doc als zweiter rein, nur – der Löwenanteil seines Preisgeldes war später für Arztrechnungen draufgegangen. Nein, es war schon besser, den Dopingverdacht bei Peter Stock noch schön für sich zu behalten.

Doc schüttelte den Kopf.

»Ich schaffs auf keinen Fall, wenn er so weitermacht wie bisher. Eskola, Mullins, Son, Bouin – diese Typen kann ich verstehn, sogar so Leute wie dich, hm, aber dieser Junge, dieser Stock, der rennt sich ja den Brägen ausm Schädel. Wo kommt das bloß her? Wir hatten noch nie was von ihm gehört, auch nicht von seinem Kumpel Müller, bevor der Deutsche in Denver ins Krankenhaus mußte. Und was ist mit dem Rest dieser kaltblütigen Blauaugen? Jesses, die sehn doch wirklich aus wie Menschen vonnem andern Stern.«

»Was ist denn eigentlich los mit diesem Rennen da, das Flanagan in St. Louis vereinbart hat?« fragte Hugh.

»Ach, das Leben geht seltsame Wege«, antwortete Doc. »Wenn der Vertrag korrekt abgefaßt wird, dann könnten wir diesem Levy für sein Geld schon was bieten. Aber wenn nicht, dann ist alles nurne alberne Farce. Ich bin totsicher, daß sich Thurleigh für uns halbtot rennt. Er hat übrigens drum gebeten, in unser Team zu kommen, hab aber noch nicht weiter drüber nachgedacht. Also werd ich ihm einfach sagen, wir nehmen sein Rennen als Probe sozusagen, um zu sehn, ob er zu uns paßt. Du weißt ja selber, wie empfindlich Morgan ist.«

»Aber gegen ein Pferd...«, zweifelte Hugh.

»Istn Traber, n Sprinter«, sagte Doc. Das ziehtn hundertachtzigpfündigen Sack Schmalz zehn Meilen querfeldein. Weißt du denn schon nicht mehr, wie lang du gebraucht hast, um die richtige Kondition für die lange Strecke zu kriegen?«

Hugh nickte.

»Also. Und dieser Gaul hat genau eine Woche«, triumphierte Doc. »In der kurzen Zeit könnt er sich noch nicht mal die richtige Kondition fürne kalte Dusche zulegen.«

Er hob einen Stein auf und warf ihn im weiten Bogen auf die Straße.

»Da, der lange Weg nach St. Louis«, sagte er. »Vierhundert Meilen. Einigen werd ich in der nächsten Woche auf die Füße treten müssen. Auch dem Herrn Stock. Todsicher. Du kannst Gift drauf nehmen.«

Auf der Flachlandstrecke durch Kansas war das Lauftempo auf unter sechs Meilen in der Stunde zurückgegangen; Doc aber, jetzt mit Fersenstützen im Schuh, hielt seinen Achtminutenmeilenschnitt. Aber selbst jetzt fiel Stock nicht zurück, und täglich liefen der kleine Glatzkopf und der junge Blonde auf gleicher Höhe, Schritt für Schritt, und zerfurchten das Feld hinter sich. In Docs Füßen liefen mittlerweile wieder dreißig Jahre Lauferfahrung zusammen, vor allem das Wissen, welches Schrittempo er einen ganzen Lauftag hinweg aufrechterhalten konnte, ohne sich zu überfordern. Aber Stock blieb bei ihm, stumm und gleichgültig, ohne auch nur einen Meter preiszugeben.

Sie kamen gemeinsam in Lawrence an, eine halbe Stunde vor dem Hauptfeld, womit sich Doc auf Platz einundzwanzig in der Gesamtwertung vorgeschoben hatte. Dann ging es weiter, hinein nach Kansas City, durch die Holzhüttensiedlung der *Exodusters* hindurch, der befreiten Schwarzen des Südens, weiter in die Stadt hinein, immer noch zu zweit, am Wyandot-Park vorbei, wo die sterblichen Überreste der Wyandot-Indianerhäuptlinge ruhten. Und weiter trieb Doc den jungen Deutschen, und auch auf dieser Etappe, die in der lärmenden, jubelnden Menschenmenge Kansas Citys endete, war wieder eine wertvolle Viertelstunde aufgeholt und damit der vierzehnte Platz erreicht. Für Doc lief jedenfalls alles bestens: Er holte kräftig auf. Doch auf Stocks Zeit fehlten ihm noch allerhand Minuten.

Dann kamen noch einmal staubreiche fünfzig Meilen bis Concordia,

Missouri, und wieder wurde er die ganze Zeit über von Stock bedrängt. Doch Doc rückte vor auf den zwölften Platz.

Schließlich, auf der Strecke zwischen Concordia und Columbia, begann der Deutsche dann doch schwächer zu werden. Doc spürte, wie Stock keuchte und seinen Rhythmus verlor; innerhalb nur weniger Sekunden war er zurückgefallen und trottete armrudernd weiter. Doc nutzte den Vorteil, zog das Tempo noch mehr an und kam zwanzig Minuten vor dem Zweiten, ›Digger‹ Mullins, durchs Ziel. Mittlerweile war er schon achter in der Gesamtwertung, den Spitzenläufern damit also längst wieder auf den Fersen.

Eine Stunde später stand Doc zusammen mit etwa hundert anderen auf einer Wiese außerhalb Columbias unter einer primitiven Duschvorrichtung, die Willard Clay konstruiert hatte, und genoß das laue Wasser, das zögernd auf ihn herniedertropfte und seinen Körper hinabrann. Er scheuerte seinen Körper mit roter Karbolseife und rieb sich den Schaum unter die Achselhöhlen.

»Ich will ja nur, was da ist, und noch mehr«, summte er vor sich hin.

Etwas verschwommen durch das Seifenwasser und die einfallende Abenddämmerung konnte er erkennen, wie Willard Clay aufgeregt in den Waschbereich gehetzt kam. Es war das allererste Mal, daß er den Oberhelfer laufen sah.

Doc trat unter der Dusche hervor und griff nach seinem Handtuch, als Willard auch schon vor ihm stand wie ein angelandeter Wal, in höchster Not nach Luft schnappend. Flanagans Organisationsgenie blieb eine kleine Weile wortlos stehen und rang nach Atem.

»Peter Stock«, keuchte er dann, »wir glauben, er stirbt.«


Dr. Maurice Falconer meldete sich als erster zu Wort. »Er liegt auf der Intensivstation des Städtischen Krankenhauses«, sagte er und zerrte an seinem weißgrauen Haarschopf.

»Die Ärzte tun alles, was in ihrer Macht steht. Er brach hinterm Ziel zusammen«, erläuterte Flanagan.

»Was sagen die Medizinmänner denn dazu?« fragte Doc.

»Die hatten so was überhaupt noch nie gesehen«, erwiderte Dr. Falconer. »Seine Temperatur betrug sage und schreibe einundvierzig Grad Celsius, rectal, und sein Puls lag eine halbe Stunde lang bei einhundertachtzig Schlägen.«

»Und an was denken Sie?« fragte Doc den Arzt.

»Drogen – genau wie Sie gesagt haben, Doc. Vielleicht nicht gerade Kokain, aber irgendwas in dieser Richtung. Sehn Sie hier?« Falconer hielt ein kleines unettikettiertes Tablettenröhrchen in die Luft. »Ich habe sie entdeckt, als ich das deutsche Team in seiner Unterkunft aufsuchte. Ich gehe jede Wette ein, daß das irgendein Beruhigungsmittel ist, jedenfalls irgendein Analgetikum, das die Schmerzrezeptoren einlullt.«

»Sie meinen, irgendwas, das die natürlichen Schmerzempfindungen bei Erschöpfungszuständen blockiert?« fragte Doc.

»Ganz genau«, sagte Falconer. »Aber wahrscheinlich ist das noch ein ganzes Stück komplizierter als das. Weiß der Himmel, was die noch alles in ihn reingepumpt haben. Kein Mensch weiß genau, was dem Körper alles passieren kann, wenn man ihn in eine solche Streßsituation wie im Trans-America bringt – aber wenn sie dann auch noch irgendeine verdammte Drogenmixtur in einen Menschen reindonnern – wer soll denn wissen, wie das erst ausgeht?«

Dr. Falconer bedeckte sein Gesicht mit beiden Händen. »Es ist entsetzlich, einfach entsetzlich.«

Das Telefon klingelte.

»Das Krankenhaus«, gab Willard weiter. »Für dich.« Er reichte Flanagan den Hörer. Der Rennleiter hörte still und ernst zu. »Danke, Doktor«, sagte er. »Wir rufen gleich morgen früh zurück.«

Er legte den Hörer wieder auf, aber seine Hand blieb auf ihm liegen. »Er wirds schaffen«, teilte er mit. »Er ist überm Berg.«

»Gott sei Dank«, sagte Falconer erleichtert.

Flanagan erhob sich. »Und nun?«

»Wie meinen Sie das?« fragte Doc.

»Ich meine, wie kriegen wir jetzt die Deutschen aus dem Rennen raus?«

»Verstehe«, nickte Doc. »Haben Sie irgendwas in Ihrem Regelbüchlein, mit dem Sie das absichern können?«

»Wir haben uns an die Amateurregeln der IAAF gehalten«, antwortete Flanagan. »Und da steht nicht viel von Drogen drin.«

»Soll das heißen, die Deutschen hätten vom technischen Standpunkt aus nichts falsch gemacht?« fragte Dr. Falconer.

»Nun mal halblang! Klar haben Sie!« rief Flanagan erregt. »Verdammte Betrüger sind das. Ihr alle rennt euch da draußen zweimal am Tag den Arsch ab, und diese blauäugigen, blondhaarigen Herren Arier, oder wie zum Henker die sich eben nennen, die wieseln vor euch her wie irgendwelche Wundertiere direkt aus einer Wagneroper.«

»Aber vielleicht können Müller und Stock gar nichts dafür«, gab Doc zu bedenken. »Diese jungen Kerle hatten womöglich nicht den geringsten Schimmer, was da in ihre Körper reingeschmuggelt worden ist. Dachten vielleicht, es wärn einfach bloßn paar anständige Vitamine.«

»Doc hat recht«, stimmte Falconer zu. »Moltke und seine Trainerbande – die muß man angehn. Die sind die wirklichen Gangster. Stock, Müller und Co. sind doch nur ihre Laufburschen.«

»Aber wie denn?« fragte Flanagan resignierend. »Ich meine, die haben schließlich keine Regeln verletzt, die das Laufen betreffen. Und was auch noch zählt, und nicht zu knapp: Beweisen kann erst mal noch keiner, daß sie überhaupt Drogen genommen haben.«

Doc erhob sich.

»Wenn ich nicht grad lauf, dann pfleg ich Zeitung zu lesen«, sagte er. »Das ist tatsächlich wie mitner Droge; ich kann ohne sie nicht leben. Und nun lese ich also in den Zeitungen, daß bei den Wahlen zum deutschen Reichstag letzten Dezember eben diese Nationalsozialisten ganz groß rausgekommen sind, aber daß sie innerparteilich ganz schön zerstritten wärn. Und noch sind sie auch nicht an der Macht – also ist doch wohl das Letzte, das sie sich wünschen würden, miese Publicity, oder? Sieht schließlich nicht gerade sehr lustig aus, wenns da plötzlich heißt, die Herrenrasse mußte Drogen nehmen, um das Trans-America zu gewinnen!«

Flanagans Augen wurden schmal.

»Na, und was soll ich also Ihrer Meinung nach machen?«

»Her mit dem Moltke. Verklaren Sie ihm, daß Sie, wenn er seine Mannschaft nicht sofort aus dem Verkehr zieht, umgehend mit der Weltpresse darüber plaudern werden. Mal sehn, was er darauf noch zu sagen hat.«

Flanagan sah Willard an. Willard nickte.

»Okay«, sagte der Rennleiter. »Willard – her mit dem Leiter der Herrenrasse ...«

Schon am nächsten Morgen wurde das deutsche Team aus dem Trans-America-Rennen genommen. Die offizielle Version lautete, die Mannschaftsleitung hätte den Wunsch geäußert, Müller und Stock in Deutschland eine spezielle medizinische Behandlung zukommen zu lassen, und sei deshalb gezwungen, auch den Rest des Teams nach Hause zu schicken. Somit war Hugh McPhail zum ersten Mal ganz vorn an der Spitze, hundert Meilen vor St. Louis, wo er gegen ein Pferd namens Silver Star zu rennen hatte.

## *Kansas City (1627 Meilen/2618 km)*

|     |               |                  | Std. | Min. | Sek. |
| --- | ------------- | ---------------- | ---- | ---- | ---- |
| 1.  | H. McPhail    | (Großbritannien) | 263  | 10   | 12   |
| 2.  | M. Morgan     | (USA)            | 263  | 20   | 10   |
| 3.  | A. Capaldi    | (USA)            | 263  | 22   | 10   |
| 4.  | J. Bouin      | (Frankreich)     | 263  | 24   | 12   |
| 5.  | P. Eskola     | (Finnland)       | 263  | 26   | 10   |
| 6.  | R. Mullins    | (Australien)     | 263  | 30   | 12   |
| 7.  | P. Thurleigh  | (Großbritannien) | 263  | 35   | 21   |
| 8.  | A. Cole       | (USA)            | 264  | 01   | 12   |
| 9.  | J. Martínez   | (Mexiko)         | 264  | 20   | 10   |
| 10. | L. Son        | (Japan)          | 264  | 35   | 12   |
| 11. | P. Dasriaux   | (Frankreich)     | 264  | 45   | 10   |
| 12. | P. Komar      | (Polen)          | 265  | 10   | 10   |
| 13. | P. Coghlan    | (Neuseeland)     | 265  | 11   | 12   |
| 14. | P. Brix       | (USA)            | 265  | 12   | 20   |
| 15. | C. O'Connor   | (Irland)         | 265  | 20   | 10   |
| 16. | J. Schmidt    | (Polen)          | 265  | 25   | 17   |
| 17. | P. Maffei     | (Italien)        | 266  | 50   | 12   |
| 18. | K. Lundberg   | (Schweden)       | 267  | 10   | 14   |
| 19. | R. Brady      | (Irland)         | 267  | 30   | 12   |
| 20. | P. O'Grady    | (Irland)         | 267  | 45   | 06   |

Damenerste: (550.) K. Sheridan (USA)

Insgesamt eingelaufen: 1042

Durchschnittstempo des Ersten: 9 Min. 41 Sek. pro Meile

# 19

## St. Louis: Mensch gegen Pferd

Carl Liebnitz saß im Pressezelt, die Finger ruhten konzentriert auf den Tasten seiner Schreibmaschine. Mensch gegen Pferd! Was denn noch alles, bitte schön? Er lächelte, kratzte sich am Ohr, sortierte seine Unterlagen, und seine Finger begannen ihre Arbeit...

### Americana, 9. Mai 1931

*Archäologen haben im Nahen Osten Hinweise gefunden, die auf vom Arabischen Vollblut abstammende Traberrassen deuten, deren Ursprung schon etwa um 1350 v. Chr. anzusetzen ist. Der moderne amerikanische Trabrennsport geht bis auf das Jahr 1788 zurück, als der englische Traber Messenger in die Vereinigten Staaten importiert wurde. Messenger war ein klassischer Traber, der niemals Regeln verletzte und jene diagonale Gangart mit hochgezogenen Knien praktizierte, die den Traber vom Paßgänger unterscheidet, der jeweils beide Beine einer Körperseite benutzt.*

*Messenger erschien dreimal in der Zucht eines anderen Pferdes, Hambletonian, des berühmtesten aller Traber.*

*Hambletonian, der nie schneller lief als bescheidene 3 Minuten und 15 Sekunden auf einer Meile, brachte so berühmte Champions wie Dexter, Robert Fillingham, Shark und Goldsmith hervor. Als er starb, hatte Hambletonian 1300 Fohlen gezeugt, von denen vierzig die Meile schneller als zwei Minuten dreißig Sekunden trabten. Gegen Ende des neunzehnten Jahrhunderts konnten von den 138 Trabern, die 2 Minuten und 10 Sekunden gelaufen waren, alle bis auf drei direkt auf Hambletonian zurückgeführt werden, der seinem Eigentümer als Zuchthengst mittlerweile 288 000 Dollar eingebracht hatte.*

*Im Jahr 1806 wurde die Dreiminutengrenze für die Meile durchbrochen – von einem Pferd namens Yankee –, und das war noch fast hundert Jahre, bevor Lou Dillon die magischen zwei Minuten durchbrechen sollte – er lief 1 Minute und 58,5 Sekunden. Der wesentliche*

Leistungsunterschied von Yankee und Lou Dillon lag aber nicht so sehr bei den Pferden als vielmehr in der Beschaffenheit der Sulkies, die sie hinter sich herzogen. Das Sulky wurde in zwei Abschnitten gebaut: zuerst die beiden Scherbäume, die an beiden Seiten des Pferdes entlangführten und an dessen Schultern und Widerristen befestigt waren; dann folgte das Joch, das die Scherbäume hinter dem Pferd miteinander verband und auf das ein Sitz für den Fahrer montiert wurde. 1806 hatte Yankee ein schwerfälliges, plumpes Sulky von gut 120 Pfund gezogen, dazu noch den Fahrer, während 1903 Lou Dillon ein Sulky von nur knapp 25 Pfund zu ziehen hatte. Um die Jahrhundertwende war eine bogenförmige Querachse entwickelt worden, um zu vermeiden, daß der Traber mit seinen Hinterläufen ständig in die Achse trat. Schon früher, 1855, war die Rollenachse eingeführt worden, und 1892 hatte der Fahrradbauer Elliott das Speichenrad entwickelt, das Vibrationen reduzierte, die Tendenz zum Ausbrechen des Sulky in Kurven eliminierte und den Luftwiderstand reduzierte.

Und morgen, im Coolidge-Stadion, werden sich Flanagans Läufer mit Silver Star, einem direktem Abkömmling des großen Hambletonian, zu messen haben, einem Standardzuchthengst, der an ein federleichtes 20-Pfund-Sulky geschirrt ist. Unüblicherweise wird Silver Star nicht etwa einen knapp 100 Pfund leichten Profijockey mitschleppen, sondern die soliden 200 Pfund des Unternehmers Leonard Levy. Sobald Flanagans Sprinter-As Hugh McPhail losrennt, hat auch Silver Star freie Bahn, seinen Besitzer über zehn Meilen unebenen Geländes ins Ziel zu transportieren. Die beiden Rennen, die unsere Aufmerksamkeit erheischen, bringen uns auf direktem Wege zurück an die Wurzeln des amerikanischen Sports, als ehrenwerte Männer um die Sprungkraft eines Frosches wetteten, als John L. Sullivan gegen den französischen Meister im Fußboxen antrat oder als die kleine »Sure Shot« Annie Oakley gegen die Bösen dieser Welt mit einer Flinte antrat. Und so wird für wenige Minuten die Welt der Stoppuhr, die Welt der Gewißheit vergessen sein, wenn Flanagans Männer gegen einen der weltbesten Traber antreten werden. Mein berühmter und geschätzter Kollege H. L. Mencken hat einmal gesagt, daß es auf alles im Leben immer sechs zu vier dagegen steht. Die Quoten gegen Flanagans Läufer sind zwar ein wenig höher, aber ich denke doch, daß es mehr geben wird als nur einige wenige angeblich sichere Wetten gegen die Herren McPhail, Morgan und Thurleigh, wenn sie morgen im Coolidge-Stadion einem Pferd den Rang ablaufen wollen.

Carl C. Liebnitz

Die Olive Street Canyon, das Herz der Stadt St. Louis, wimmelte von Buchmachern aus allen Staaten der Union. Zuerst kamen jene, die normalerweise die Wetten auf Athleten, auf Pferde und auf Windhunde besorgten, bald aber stiegen auch gewöhnliche, gottesfürchtige Bürger mit ein, Männer, die nie in ihrem Leben auf mehr als ein Pferd wie beim Kentucky Derby oder dem Preakness gesetzt hatten. Sogar die ganz gewöhnlichen Buchmacher aus den Barbierläden kamen an und boten zehn zu eins gegen Flanagan und für jedes Rennen und gar hundert zu eins dagegen, daß Flanagans Männer in beiden Rennen siegten. Anfangs hatte niemand die geringste Ahnung, wer Flanagans Läufer überhaupt waren, aber was machte das schon? Gottverdammich, Läufer konnten genauso wenig Pferde schlagen wie Pferde Autos davonlaufen oder wie Autos Flugzeuge schlagen konnten. Könnte man genauso gut sagen, daß das Baseball-Vorbild Babe Ruth Jack Dempsey auspusten könnte. Trotzdem, bei hundert zu eins lockten sie natürlich die Wettfreudigen ganz schön an, immerhin zu einer todsicheren Sache.

Als am 8. Mai Flanagans Läufer Denville erreichten, etwa vierzig Meilen vor St. Louis, schwirrte es in der ganzen Stadt vor Aufregung und Vorfreude.

Seit Topeka war Leonard H. Levy nicht gerade untätig gewesen. Er hatte für glatte fünftausend Dollar das Coolidge-Stadion gemietet, eine Trabrennbahn unmittelbar vor der Stadt mit einem Fassungsvermögen von knapp viertausend Zuschauern; pro Mann und Nase nahm er drei Dollar Eintritt. Da der größte Teil des Rennens jedoch auf freier Strecke stattfinden würde, hatte er noch eine Hügelgegend angemietet, direkt ans Stadion grenzend, und jeder mußte zwei Dollar berappen, der den Querfeldeinteil des Rennens beobachten wollte. Popcorn-, Hamburger- und Getränkekonzessionen hatten insgesamt fünftausend Dollar eingefahren. Schließlich hatte er noch General Fosdikes Wildwest-Show angeheuert, um Flanagans maroden Flohzirkus den richtigen Pep zu geben. Finanziell also war Leonard H. Levy schon längst der Gewinner, aber siegen mußte Silver Star.

Manche Menschen, denen selbst körperliche Fähigkeiten abgehen, neigen dazu, ihre Hoffnungen und Wünsche auf die zu projizieren, die ebendiese Qualitäten besitzen, ob das nun Tiere sind oder Menschen. So kommt es, daß sich solche Leute Wettkämpfer kaufen, einen Boxer, ein Baseballteam vielleicht oder auch ein Pferd, um so ihre Phantasien durch den Gegenstand ihres Kaufhandels und dessen

Erfolge ausleben zu können. So ähnlich verhielt es sich denn auch mit dem dicken, kahler werdenden Leonard Levy, einem Mann, der in seinem ganzen Leben den Mangel an körperlicher Tapferkeit mit geistiger Geschicklichkeit kompensiert hatte. Levy pflegte um alles zu handeln, was ihm in die Quere kam, vom Buik bis zur Popcorntüte, und dabei faszinierte ihn nicht etwa die Ersparnis einiger Dollars oder Cents, sondern einfach nur der Spaß am Taktieren. Also würde ihn auch kein Klugscheißer namens Flanagan aus New York für dumm verkaufen können. Auf jeden Fall hatte das alles hier nichts mit Geld zu tun – davon hatte er nun wirklich genug. Nein, im Coolidge Stadion und dann im Gelände würde Leonard H. Levy denen schon zeigen, daß er ein Sportsmann war.

»Charles H. Lindbergh«, rief Flanagan aus. Gemeinsam mit Doc, Willard und Kate stand er bei den Läufern im Coolidge-Stadion, mitten in der kathedralenhaften Stille einer leeren Arena. Es war der Abend vor dem Kampf. Levy hatte sich tatsächlich gewaltig ins Zeug gelegt. Das 600-Yard-Gelände war gesiebt worden, gefegt und perfekt hergerichtet. Die Flaggen der Nationen der Welt, die damals, 1904, in St. Louis an den Olympischen Spielen teilgenommen hatten, flatterten nun wieder stolz im frischen Stadionwind. Es mochte also schon gut sein, daß Silver Stars Rennen gegen Flanagans Leute in irgendeiner Flüsterkneipe in Topeka als Idee entstanden war – am 10. Mai aber würde ganz St. Louis, würden Zuschauer aus beinahe jedem Staat der Union in das Coolidge-Stadion geströmt kommen.

»Diese Bahn interessiert mich überhaupt nicht«, murrte Doc, als Morgan, Thurleigh und McPhail zu ihm traten. »Hier drin verlieren wir nur Zeit. Die Strecke draußen im Gelände, die möcht ich gern sehen.«

»So spricht halt nurn Marathonmann«, bemerkte Hugh abfällig, bückte sich und hob von der Bahn eine Handvoll Sand auf. »Ich jedenfalls, ich intressier mich hierfür.«

Er rieb den kiesigen braunen Sand, ließ ihn durch die Finger rinnen und sah dann Flanagan an. »Ziemlich weich zum Sprinten«, sagte er. »Ich werd die langen Spikes nehmen müssen, die, die ich in McPhee bei den Picknick-Spielen auch anhatte.«

»Nun erzähl mir bloß nichts mehr von McPhee«, jammerte Flanagan, kniete sich hin und strich mit der Hand über den Boden der Bahn. »Eure schottischen Halb'n'Halb-Touren hätten mich fast fertigge-macht. Aber denkt dran: Levy hat meine Zustimmung bekommen, daß wir eine Sprintserie zu drei Läufen machen, damit die Leute

mehr für ihr Geld sehen. Jungs, Ihr müßt in Spitzenform sein.«
Hugh schaute zu den flatternden Fahnen empor, zog ein weißes
Taschentuch aus seiner Tasche und beobachtete, wie es sich im Wind
verhielt.

»Wir müssen es so drehn, daß gegen den Wind gelaufen wird«, sagte
er dann. »Ein Pferd mit Sulky hat mehr Luftwiderstand alsn Mensch.
Und dann, Mister Flanagan, kriegen Sie auf jeden Fall den Schieds-
richter dazu, daß man mirne feste Sprintbahn gibt. Vier Fuß breit.
Damit ich was hab, worauf ich mich konzentrieren kann.«
Flanagan machte sich auf der Rückseite eines Briefumschlages eilige
Notizen und nickte Willard zu.

»Hab ich«, sagte er. »Dann wollen wir mal rübergehn und uns das
Gelände anschauen.«
Sie gingen zum Stadionausgang hinüber, an den sich ein fünfzig
Meter breiter Parkplatz anschloß; dort begann ein rauhes hügeliges
und steindurchsetztes Grasgelände, auf dem Levy bereits eine Drei-
viertelmeilenrennstrecke hatte abstecken lassen. Levys Arbeiter
schlugen Zaunpfähle ins Erdreich und zogen Zaundrahtrollen aus,
als Doc und seine Leute ihren Rundgang begannen.

»Hier können wir Punkte machen, hier draußen im Gelände«, sagte
Doc und wandte sich Thurleigh und Morgan zu, als sie den Hügel
erstiegen. »Ein Traber ist nun maln typisches Rhythmustier – nehmts
aus seinem Eigenrhythmus raus, und es fängt an, Energie zu verschwenden und müde zu werden.«

»Und was ist mit dem Rhythmus unsrer Jungs?« rief Flanagan laut,
um den Lärm der hämmerschwingenden Arbeiter zu übertönen.
Peter Thurleigh antwortete: »Ich habe schon Trabrennen absolviert
und Querfeldeinläufe mitgemacht. Doc hat recht. Auf zerklüftetem
Boden können wir unseren Rhythmus wesentlich besser halten als
jedes Pferd, erst recht ein Traber.«

»Okay, ich weiß, daß ihr von eurem Job am meisten was versteht.«
Flanagan seufzte tief. »Also wollt ihr euch meilenweise ablösen, oder
wie?«
Thurleigh sah Doc an.

»Jou«, machte der alte Läufer und nickte. »Ich schätz schon, daß
Mike und Peter die ganze Strecke über unter fünf Minuten pro Meile
bleiben können, wenn sie zwischendurch immer fünf Minuten Verschnaufpause haben. Vielleicht sogar schneller.«
»Jesus und Maria«, stöhnte Flanagan auf. »Levys Pferd kann schneller als zwei Minuten laufen. In Topeka hat der Kerl andauernd mit

einer Minute sechsnfünfzig rumgeprahlt, daß die nachher in meinem Kopf herumgehopst ist wiene Erbse inner leeren Konservendose!«

»Yeah«, machte Doc. »Aber keine Minute sechsnfünfzig Sekunden auf rauhem, welligem Boden wie dem hier. Ich schätz schon, daß Levys Gaul mitnem Hundertpfundjockey aufm Sulky seine regelmäßigen dreieinhalb Minuten pro Runde laufen könnt.«

»Und vergeßt nicht, Silver Star ist ein Sprinter und kein Langstreckenpferd«, warf Thurleigh ein. »Morgen soll es dieses Tempo zehn Meilen lang nonstop halten.«

»Ich schätz, das läuft dann so auf vier Minuten die Meile raus«, sagte Doc nachdenklich. »Wenn nicht mehr. Also kommen wir der Sache schon etwas näher.«

»Das bedeutet aber noch immer, daß dir eine Meile fehlt«, gab Kate zu bedenken.

»Nicht unbedingt«, sagte Doc. »Kate, stell dir doch mal vor, du müßtest zehn Meilen mit überschüssigen hundert oder noch was Pfund auf der Taille laufen.«

»Ich würd krepieren«, sagte Kate lachend.

»Siehste«, sagte Doc, »und genau das ists, was dem Silver Star zu schaffen machen wird: unser Sportsfreund Levy und seine hundert Pfund Schmalz zuviel überm Gürtel. Unser freundlicher Mister Bestattungsunternehmer mags vielleicht noch nicht wissen, aber er selbst ist unser erstes As im Ärmel.«

»Hm – haben wir denn noch eins?« fragte Kate.

Doc zwinkerte ihr listig zu und sah zum blauen, wolkenlosen Himmel empor. »Das, meine Dame, liegt im Ermessen der Götter.«


Die Läufe waren für zwei Uhr nachmittags angesetzt; Hugh McPhails Sprintserie stand am Anfang des Programms. Schon gegen zehn Uhr mußten jedoch die Stadiontore geschlossen werden: Die Ränge waren bereits überfüllt. General Fosdikes Wildwest-Show und Flanagans Zirkus zeigten auf einem an das Stadion angrenzenden Feld bereits seit neun Uhr ihre Attraktionen. Sogar am späten Vormittag hatten sich viele Familien am Rande des abgesteckten Querfeldeinparcours gemütlich zum Picknick niedergelassen, und aus dem Stegreif übernahmen neue Buchmacher neue Wetten. Die Wetten standen mittlerweile neun zu eins gegen Thurleigh und Morgan und sechs zu eins gegen McPhail in seiner Ausscheidung für »den besten Lauf von dreien«. Allein in der Gegend von St. Louis waren über eine Million Dollar auf das Rennen gesetzt worden.

Noch gut eine Stunde bis zum Start, und Peter Thurleigh war nervös wie noch nie in seinem Leben, nicht einmal vor seiner ersten Olympiade 1924, als er gegen Nurmi in Paris angetreten war. Der Finne hatte ihn beim Fünftausendmeterlauf mit einem Rundenschnitt von konstanten zweiundsiebzig Sekunden regelrecht in den Boden gerannt. Nach jeder Runde hatte Nurmi kühl die Zeit auf der Stoppuhr kontrolliert, die er während des Laufens in seiner rechten Hand hielt. Aber die Uhr war eigentlich völlig überflüssig. Nurmi lief nach einer tief in ihm arbeitenden Uhr und hielt sich mit seinem zähen finnischen Willen in Bewegung.

Sogar im Querfeldeinlauf am nächsten Tag in der trockenen sengenden Hitze von über vierzig Grad Celsius hatte dieser Nurmi sich immer noch auf dem Gipfel seiner Kräfte gezeigt und glitt über den ausgedörrten, staubigen Kurs, als wäre er immer noch auf der Bahn des Stade Colombes, während die weltbesten Querfeldeinläufer verbissen hinter ihm herkeuchten. Peter hatte sich dabei in eine Art Delirium hineingelaufen und erst am nächsten Tag im Krankenhaus in Paris erfahren, daß er an durchaus rühmlicher fünfzehnter Stelle durch das Ziel gegangen war und Nurmi schon wieder Interviews gab, als der zweite Läufer in das Stadion einlief.

Es war dreizehn Uhr, nur noch eine Stunde. Morgan lag neben Thurleigh, als die beiden Läufer auf schwarzen lederbezogenen Massagetischen in der lärmgeschützten, steingefliesten Umkleidekabine durchgewalkt wurden. Die nackte Glühbirne über ihnen lieferte das einzige Licht. Der Raum selbst stank nach Pferdeliniment. Thurleigh lächelte säuerlich und blickte zu Morgan hinüber. Nur ein paar Meter weiter war man wahrscheinlich dabei, das gleiche Zeug in Silver Stars geschmeidige Flanken zu reiben.

Morgan lag mit geschlossenen Augen da, während Doc sanft die Wölbungen seiner Kniesehnen massierte. Mike hatte sich schon schlimmeren Herausforderungen gegenübergesehen: Gegen ein Pferd zu laufen war nichts dagegen, wenn es darum ging, in einem eiskalten Lagerhaus mit den bloßen Händen einen anderen Faustkämpfer zu zermürben. Morgan wußte, daß das Rennen hart werden würde, denn Fünfminutenmeilen ganz allein laufen zu müssen über rauhes unebenes Gelände, das war schon ein himmelweiter Unterschied zu der Rackerei quer durch Amerika, die durchschnittlich um die zwei Minuten pro Meile ruhiger vonstatten ging. Dieser Lauf schrie nach tausend Lungen für den dringend benötigten Sauerstoff und brauchte eigentlich frische Beine und keine, die schon zweitausend Meilen in sich hatten. Er schaute zu Kate, die bei Doc stand.

»Nervös?« fragte sie und versuchte ihre Angst zu verbergen.

»Nein.« Mike nahm ihre Hand in die seine. »Vielleichtn bißchen ängstlich.«

»Kein Problem, Mike«, sagte Doc und klopfte ihm leicht auf sein rechtes Knie – das Zeichen, sich auf den Bauch zu legen. »Du bist bestens in Form.«

»Klar«, sagte Morgan. »Aber wer massiert denn das Pferd jetzt, und was zum Henker erzähln die dem wohl gerade?«

Hugh McPhail stand im Tunnel direkt unter der Haupttribüne. Am Ende des dunklen Gangs leuchtete der Mittagssonnenglast. Hugh konnte dichtes Stimmengewirr hören, sogar hier unten, tief unter der Tribüne. Das war schon wieder fast genau wie Powderhall, wie dieser bittere Tag im Januar vor acht Jahren. Die Menge dort oben erinnerte ihn an die Kumpels aus der Zeche und wie sie ihn bei seinem Lauf gegen Featherstone beobachtet hatten. Auch sie hatten ihre Wetten abgeschlossen. Und nun warteten sie auf das Ergebnis. Drei Läufe gegen ein Pferd, und 40 000 Menschen schauten zu… Stevie kam den Tunnel herunter auf ihn zu, steckte in einem viel zu großen Sommeranzug und hatte einen reichlich lächerlichen Panamahut auf dem Kopf. Hugh tat sich immer noch schwer zu begreifen, daß dieser kleine Kerl aus Glasgow tatsächlich hier in Amerika war.

»Ganz wie in alten Zeiten, wie?« fragte Stevie und nickte ihm zu.

Hugh konnte ein Gähnen nicht unterdrücken – ein sicheres Zeichen seiner inneren Anspannung.

»Ja«, sagte er. »Aber damals im Pütt bin ich nicht erst zweitausend Meilen bloß so zum Aufwärm gerannt.«

»Wie schnell, schätzt du, kannstn jetzt laufn, wie?« fragte Stevie.

»Jetzt? So um die zehnkommasechs auf hundert Yards, aber nur mit hängender Zunge und Feuer im Arsch.«

»Das könnt reichn.«

»Gegen ein Pferd??«

»Könnt schon sein«, fuhr Stevie fort. »Das Dolle ist doch, daßde drei Läufe hast – da kannste bei lern. Glaub nich, daß das Pferd das kann, und denn diesa Levy da, der ist doch auch kein Olympionik, oder was oder wie?«

»Nein, nein«, sagte Hugh. »Aber ich hab mir sagen lassen, daß er auch nicht grade doof ist.«

»Weißte, was für Quoten die Buchmacher in Glasgow auf dich gesetzt ham?«

»Zehn zu eins gegen mich?« vermutete Hugh.

»Nee«, antwortete Stevie, als er den Freund auf den hellen Sonnenschein der Trabrennbahn hinausbegleitete. »Vier. Und das kommt vor allem durch den ollen Wallace aus Perth. Erinnerste dich, wie er damals noch mit dir geredet hat, bevor du gegen Featherstone angetreten bist? Naja, und er ist selber mal gegen n Pferd gelaufen, vor Urzeiten, 1901 wars. Der olle Wallace hat mit den Buchmachern von ganz Glasgow geredet. Und vor allem, er hat mit mir geredet. Dieses Rennen wird am Start gewonnen oder verlorn. Also, leg die Ohren an, mein Gutester...«

*13.30 Uhr, 10. Mai 1931.* Im Halbdunkel des Umkleideraums der Offiziellen im Coolidge-Stadion beugte sich Oberst Alan Cranston über den Tisch und lud zwei Platzpatronen in seine Winchester. Schiebungen würde es heute nachmittag nicht geben, jedenfalls nicht, solange er mit der ganzen Angelegenheit betraut war. Schließlich hatte er auf seinen Ruf zu achten. Gemeinsam mit Teddy Roosevelt und den Roughriders war er im Krieg gegen Mexiko geritten und war in wichtigen Depeschen erwähnt worden. Wenig später, im Jahre 1912, war er nur einen Platz hinter diesem arroganten Emporkömmling George C. Patton im olympischen modernen Fünfkampf in Stockholm durchs Ziel gegangen. In Frankreich, im Weltkrieg, hatte er mit Auszeichnung bei der kämpfenden Einhundertfünfzigsten gedient, Amerikas angesehenstem Regiment.

Allan P. Cranston hielt sich noch immer für einen Sportler, auch noch mit seinen nunmehr zweiundfünfzig Jahren. Jeden Morgen duschte er kalt, machte ganz rigoros seine Übungen nach Bernarr McFaddens Gymnastikprogramm, um dann noch seinen Körper mit einem Dreimeilenlauf zu reinigen und zu strafen. Cranston war nicht nur Karrieresoldat, er war eine Figur der Öffentlichkeit. Und als Levy mit der Bitte auf ihn zukam, er möge als Schiedsrichter bei seinem und Flanagans Mensch-gegen-Pferd-Rennen agieren, da wollte er anfangs nichts lieber als höflich und dankend ablehnen.

Cranston hatte noch einmal darüber nachgedacht, und sehr bald ging ihm auf, daß dieses verrückte Rennen eine große Sache werden würde, die man landesweit diskutierte, womöglich sogar weltweit. Die Namen der Trans-Americans waren den Leuten ja schon längst vertraut. Verdammich, sogar sein eigener Enkel hatte ihn gebeten, ihm ein Autogramm vom »Eisenmann« Morgan zu verschaffen, und seine Frau hatte ihn angefleht, er möge es so richten, daß sie nach dem Lauf dieser Kate Sheridan vorgestellt werden konnte. Wer immer als Unparteiischer in den St.-Louis-Läufen funktionieren würde, es mußte jemand von hohem Ansehen, von starkem Charakter sein: Männer gegen ein Pferd, das war nicht einfach nur so was wie Football oder Baseball – das war ein Wettkampf der Arten.

Kurzum – Alan Cranston hatte angenommen.

Und jetzt gähnte er und streckte seine ausgewachsenen Einsmeterneunzig. Vorsichtig legte er die Winchester auf den Umkleidetisch zurück und wandte sich an Flanagan und Levy.

Mit beiden Händen strich der Oberst sein ordentlich geschnittenes, leicht welliges graues Haar zurück und begann mit seiner vorbereiteten Ansprache. »Meine Herren«, sagte er, »erst einmal zu ein paar Grundregeln. Ich möchte, daß Sie beide ganz klar sehen, daß ich dieses Amt hier nicht übernommen habe, damit ich nachher in den Augen der Welt aussehe wie der größte Trottel. Ich weiß noch zu genau, was General Douglas MacArthur passierte, als er unsere Olympiamannschaft von 1920 in Antwerpen leitete. Darum muß zunächst mal ganz klar sein, daß ich Schiedsrichter bin und Tatsachenentscheidungen treffe, also zuständig für alles, was diese Läufe betrifft. Wenn nicht, nehme ich sofort die Klinke in die Hand« – er zeigte auf die Tür des Umkleideraums – »und laß Sie beide hier Ihren Kram unter sich ausmachen.

Nun wissen Sie beide ja genauso gut wie ich, daß, obwohl es ganz klar formulierte Regeln für Wettkämpfe zwischen Menschen und natürlich auch für Pferde untereinander gibt, nichts Schriftliches existiert, das in irgendeinem der Regelbücher, sei es nun für Bahnrennen oder Querfeldeinläufe, auf die heutige Situation anwendbar wäre. Nichts jedenfalls, was über das hinausgeht, was Sie hier in Ihren Vertrag hineingeschrieben haben.«

Cranston hob ein Blatt Papier hoch, rückte sich die Brille auf seiner schmalen Nase zurecht und brachte es vor seine Augen. »Hier sind die Regeln, mit denen Sie beide einverstanden sind. Die meisten verstehen sich eigentlich von ganz alleine, aber eine gibts, die mir als recht zweifelhaft erscheinen will. Mister Levy, Ihr Pferd Silver Star ist ein Traberhengst. Und Traber bedeutet natürlich – traben! Jeder ›Einbruch‹ in einen Galopp während des Sprints bedeutet automatisch den Verlust der Partie. Und diese Entscheidung hat nur mir und mir allein überlassen zu bleiben... Einverstanden?«

Levy nickte wieder.

»Mir ist ebenfalls völlig klar, daß das Finish im Sprint recht eng werden könnte«, fuhr Cranston fort. »Aus diesem Grund habe ich Eastman Kodak gebeten, uns Zielkameras zur Verfügung zu stellen. Bei Zweifelsfragen kann der Film innerhalb von nur zehn Minuten entwickelt werden. Also, sofern verlangt, können diese Fotos sozusagen als letzte Schiedsrichterinstanz eingesetzt werden.«

Cranston setzte sich auf den Umkleidetisch und ließ die gestiefelten Beine baumeln. »Allerdings«, wandte er ein, »bringt das Langstreckenrennen größere Probleme mit sich. Schließlich kann ich kaum das Pferd disqualifizieren, wenn es bei seinem Zehnmeilentrab auf unebenem Boden ab und zu einen anderen Gang einlegt.«

»Keine Frage, Colonel«, sagte Flanagan folgsam und schaute Levy an.

»Darum schlage ich auch folgendes vor«, fuhr Cranston fort. »Bei einem Fehler pro Runde wird das Pferd sofort eine halbe Minute angehalten. Diese Strafen werden durch den Klang eines Signalhorns angezeigt, so daß sowohl die Zuschauer im Stadion als auch Mister Flanagans Helfer an der Bahn genau Bescheid wissen.«

»Und wieviel Fehler sind bis zur Disqualifikation erlaubt, Colonel?« fragte Flanagan.

»Acht«, sagte der Oberst. »Einverstanden?«

Levy wollte etwas sagen, beherrschte sich aber. Ihm war noch nicht einmal der Gedanke gekommen, daß sein Silver Star fehlerhaft laufen könnte.

Cranston hob beide Augenbrauen. »Wollten Sie etwas sagen, Mister Levy?«

»Nein, nein«, antwortete Levy kleinlaut und fingerte an seiner Peitsche herum. Es war zwar ein Handicap, fiel aber nicht sehr ins Gewicht: Gleich vom Start weg würde er so viel Abstand zwischen Silver Star und die Läufer legen, daß auch ein paar Fehler, also Zeitverlust, nichts ausmachen würden.

»Aber wie wollen Sie die Fehler kontrollieren, Colonel?« fragte Flanagan. »Schließlich ist das eine Einmeilenstrecke, die auch noch größtenteils durchs Gelände führt.«

»Ich habe die Absicht, sechs Beobachter, alles wackere Armeeoffiziere, in regelmäßigen Abständen um das Feld zu postieren«, sagte Cranston. »Jeder von denen ist ein qualifizierter Traberschiedsrichter. Nehmen Sie mein Wort, meine Herren, denen entgeht nichts, gar nichts.« Er griff nach einer Trillerpfeife und einem Packen zusammengeklammerter Formulare und stopfte alles in die Brusttasche seines Uniformrocks. Dann sah er auf seine Armbanduhr.

»Noch irgendwelche Fragen, meine Herren?«

»Ich bin sicher, wir können die Dinge unbesorgt in Ihren bewährten Händen lassen, Sir«, sagte Flanagan, und Levy nickte zustimmend.

»Gut, das wärs dann«, sagte Cranston, langte zu Flanagan hinüber und drückte ihm fest die Hand; bei Levy machte er es ebenso.

»Meine Herren«, schloß der Oberst seine Rede. »Es ist ein schöner Tag heute. Ich bin sicher, daß wir guten Sport zu sehen bekommen. Teddy Roosevelt hat das perfekt in meinem Sinne zusammengefaßt: ›Ein schönes Feld und keine Vorteile‹. So hat er das immer ausgedrückt. Und genauso sehe ich das auch.«

Oberst Alan Cranston drehte sich um, griff seine Flinte, öffnete die Tür und streckte sich kurz, zog seine Jacke wieder gerade, korrigierte den Sitz seiner Krawatte und blickte auf seinen Chronometer. Es war genau 13.42 Uhr; vom Ende des dunklen Tunnels her hörte er das gespannte Gesumm der Menge. Jawohl, das würde ein feiner Tag werden.

Dreizehnuhrfünfundvierzig. Thurleigh, Morgan und McPhail saßen vor Doc auf einer Bank in der Umkleidekabine. Es war bald soweit. Doc schwitzte stark; er hatte alle drei Männer massiert und gerade eben erst damit aufgehört.

»Stimmt ja auch«, sagte er, faltete beide Hände und verhakte die Finger ineinander. »Im Trans-America haben wir bis jetzt, jedenfalls die allermeiste Zeit über, nie wirklich auf Tempo gemacht; wir sind eigentlich nur gelaufen, und zwar gerade soviel, daß wir pro Tag unsre fünfzig Meilen nach Hause kriegten. Laufen istne physische Sache. Aber Wettlaufen – das ist emotional. Das bedeutet, ihr Jungs müßt euch da draußen ganz schön mächtig ins Zeug legen. Das ganze Trans-America lastet von jetzt ab auf euren Schultern. Gewinnt, und Flanagan kann von hier runde hundert Riesen mitnehmen, genug, daß er fast alle Schulden bezahlt und uns bis hinter Chicago bringen kann.«

Unruhig schritt er dann vor ihnen auf und ab.

»Hugh, beim Sprinten kennst du dich am besten aus, also muß ich dir nicht erst erzählen, was du machen sollst. Du bist eben ein Profi. Dixie wird zwanzig Meter hinter dem Ziel stehn mitnem weißen Taschentuch in der Hand. Sprint einfach los, als wär der Teufel hinter dir her mitnem Dreizack an deinem Arsch.«

Hugh nickte, lächelte nervös, fühlte die Nässe seiner Handflächen, das salzige Rinnsal auf seiner geröteten rechten Wange.

Doc schaute Thurleigh und Morgan an.

»Im Langstreckenlauf kommts vor allem drauf an, auf den ersten paar Meilen nicht durchzudrehn. Denn meiner Schätzung nach werdet ihr bis dahin an die zwei Minuten hinter Silver Star sein. Ihr müßtet dann regelmäßig eine Meile in fünf Minuten laufen oder weniger, und zwar über die ersten sechs Meilen. Doc Falconer wird euch am Ende jeder Meile den Puls fühlen, um unsnen Hinweis auf eure Kondition zu geben, damit wir wissen, daß wir euch ohne Risiko noch härter rannehmen können.«

Er drehte ihnen den Rücken zu, holte tief Luft, wirbelte herum und fixierte sie wieder. »Weiß der Himmel, wieviel Worte Trainer schon verschwendet haben. Ihr werdet jedenfalls tausend Trans-Americans zur Seite haben, die euch zu jedem einzelnen Yard eurer Strecke anspornen, Leute, die haargenau wissen, wie das ist, wenn man sich restlos verausgabt, obwohl der Körper längst drum fleht, Schluß zu machen. Am Ende kommts also doch nur auf eins an: Gewinnt oder verliert, aber enttäuscht sie nicht.«

Hugh kam sich vor wie ein Gladiator auf dem Weg zu hungrigen Löwen. Er blinzelte, als er in die Sonne hinaustrat, hinaus auf die grau-schwarze Aschenbahn; und sein Körper glühte.

Auf dem Innenfeld waren noch immer Cheerleaders in voller Aktion. Levy hatte einhundert prallschenkelige High-School-Majoretten angeheuert, die im Mittelteil des Sportfelds auf und ab paradierten und seinen *Levy-Kann-Nicht-Verliern*-Werbesong zu tonartfremden Melodien von John Philip Sousa trällerten. Gegen diese Phon-Orgie hatte Flanagan keine eigene Antwort parat, doch ein Dutzend hawaiischer Tänzerinnen verteilten in der Menge Kußhände und Trans-America-Abzeichen, und Rickenbeckers Teufelsflieger, für zweihundert Dollar angeheuert, flogen tausend Fuß über dem Coolidge-Stadion ein großes Trans-America-Spruchband spazieren. Tausend schlanke, sonnengebräunte Trans-Americans hatten sich in allen vier Himmelsrichtungen im Stadion postiert, genau wie draußen an der Geländelaufstrecke.

Zögernd trat Hugh auf die Trabrennbahn hinaus.

»Hier der Sprintweltmeister, einsachtundsiebzig, einhundertvierzig Pfund, Hugh McPhail aus Glasgow im schönen Schottland!« dröhnte der Ansager. Unablässiges Rufen, hier und da Beifall und rhythmischer Gesang aus Trans-American-Kehlen vereinten sich.

Hugh wandte den Kopf. Er fühlte sich wie eingekesselt. Das Stadion war bis auf den letzten Platz besetzt, Kinder saßen auf den Schultern schwitzender Väter, und Popcorn- wie Getränkeverkäufer vermochten sich nur schwer ihre Wege durch die gewaltige, klebrige, fiebernde Menge zu bahnen. Von den letzten Rängen herab grüßten Hugh selbstgefertigte Trans-America-Spruchbänder: *Hugh, Hugh, wir sind bei dir!* und *Go Morgan, Go Lord, Go!* war zu lesen. Auf der überfüllten Tribüne rechts von ihm schwenkten Trans-Americans die gelbe schottische Flagge mit dem wütenden roten Löwen, und das Wehklagen abscheulich gespielter Dudelsäcke drang in seine Ohren. Er hörte auch das Summen und Klicken der Kameras.

Wieder lärmte die Menge und ertränkte die nächste Ansage des Stadionsprechers. Levy kam ins Stadion gefahren, auf einem superleichten Sulky sitzend, das von einem hinreißend schönen, schwarzen Hengst gezogen wurde. Silver Stars glänzendes Fell strahlte die präzise, kontrollierte Fitness des Traberchampions aus. Seine Bewegungen waren leicht, geschmeidig und rhythmisch, und sofort erkannte Hugh den anderen Sprinter, einen Sprinter, wie er selbst einer war – oder gewesen war. Denn zweitausend Meilen hatten mehr aus seinen Beinen herausgenommen, als Docs fürsorgliche Finger je wieder hineinbringen konnten. Seine Kehle war trocken, und wieder verspürte er den überwältigenden Wunsch zu gähnen. Am liebsten wäre Hugh jetzt zehntausend Meilen weiter.

Silver Star tänzelte in fließender Bewegung über die 600-Yard-Strecke und stempelte die Bahn mit seinen winzigen Hufen. Die Stadt liebte dieses Pferd: Silver Star repräsentierte St. Louis, und das zeigten die Leute mit ihrem Applaus. Hugh ging mit langem Schritt und halber Kraft über die Bahn; er fühlte sich leicht und schwerfällig zugleich. Es war genau, wie er befürchtete: Das Tempo, der Biß, der Rhythmus – alles schien zum Teufel. Seine Beine fühlten sich wie Schilfrohr an. »Denk schnell«, waren Stevies letzte Worte gewesen. Er versuchte ein schnelleres Tempo. Es fühlte sich besser an, war jedoch Welten entfernt von der wahren, flammenden Kraft, über die er einst verfügt hatte.

Der Jubel der Menge schwoll an, als Silver Star in sein volles Tempo hineinging und die Gegengerade entlangpulste. Hugh sah nach links die Bahn hinüber. Das Tier konnte ganz sicher immer noch schneller werden, und er sah keine Möglichkeit, was er dem entgegensetzen sollte.

Um dreizehn Uhr achtundfünfzig ließ Oberst Cranston zum ersten

Mal die Trillerpfeife ertönen. »Bitte, machen Sie sich fertig«, wies er an. Binnen Sekunden war die Menge verstummt, nur noch die Rufe der Erdnußverkäufer schallten durch das weite Rund. Hugh spürte, wie ihm die Beine zitterten, als er zum Start ging. Er reichte seinen dünnen Übermantel an Doc weiter, blickte dann die Bahn hinunter und faßte seine durch Stricke abgeteilte ›Gasse‹ ins Auge. Konzentrieren! Silver Star trabte links von ihm, leicht schnaubend, mit vibrierenden Läufen.

»Auf die Plätze!« rief Cranston.

Hughs Innenwelt hatte sich verlangsamt; die Menge war zu einem verschwommenen Etwas geworden. Und wieder spürte er ein dünnes salziges Rinnsal an seiner rechten Schläfe. Sein Atem schien von weither zu kommen. Er blinzelte. Weit vorn, an der Bahn, konnte er das grelle Weiß von Dixies Taschentuch erkennen. Plötzlich war er wieder in seiner Jugendzeit mit Stevie, an der Zeche, winters in Powderhall mit vier Fuß Raum. Und wie damals schmolz auch jetzt der Raum um seine Bahn, als die Erde vor ihm scharf und deutlich wurde. Konzentrieren!

Er spürte die Rauheit des Schotters unter seinem rechten Knie und durch die Fingerspitzen. Warum um alles in der Welt ließ sich der Starter so viel Zeit?

»Fertig...«

Hugh kam spät hoch, um den Druck auf Arme und Schultern zu mildern. Als das Gewehr knallte, stieß er sich kraftvoll ab und nahm die Bahn mit langen, weitgreifenden Schritten. Levy reagierte nicht schnell genug, und Hugh war schon fast fünf Yards voraus, als sein Gegner Silver Star die Peitsche gab, und noch zwei Yards weiter, als das Pferd endlich reagierte. Von irgendwoher, wie durch ein Wunder, hatte sich Hughs Körper seiner tausend Sprintlektionen der Vergangenheit erinnert. Hugh schoß durch den Tunnelraum auf das weiße Taschentuch zu, ohne einen einzigen Gedanken an die wild schlagenden Hufe hinter sich.

Der Traber preschte nun mit fliegenden Beinen über die Bahn. Die späte Reaktion seines Lenkers aber und das Problem, knapp 200 Pfund Gesamtgewicht von Reiter und Sulky aus dem Stand in Bewegung zu bringen, hatte alles in allem Silver Star über die ersten fünfzig Yards fast zwölf Yards gekostet. Das Pferd näherte sich sehr schnell, wenn auch nicht schnell genug. Hugh zerriß das Zielband gute drei Yards vor ihm.

Am Ende der Geraden lief Hugh aus; wie gebannt lag sein Blick auf einer strahlenden Dixie, die neben Juan Martínez wahre Luftsprünge vollführte. Über ihm wirbelten die Trans-America-Banner in wildester Ausgelassenheit, als die Läufer Hughs Sieg feierten. Kinder wurden von kräftigen Polizisten lächelnd gehindert, auf das Feld zu laufen, um McPhail zu gratulieren. Chaos regierte einen Augenblick, als der Ansager das Ergebnis bekanntzugeben versuchte. Er gab es auf, als Welle um Welle des Jubels seine Versuche überschwemmten. Die Bürger von St. Louis brüllten und brüllten. Obwohl sie das meiste auf Silver Star gesetzt hatten, wollten sie aus irgendwelchen Gründen und ganz gegen ihre eigenen Interessen, daß dieser Schottenmensch gewinnen sollte.

Mißmutig ließ Levy Silver Star anhalten, schüttelte den Kopf und war schon bald in lebhafter Diskussion mit seinen Trainern, die den Lauf vom Innenfeld aus beobachtet hatten. Er hörte ihnen aufmerksam zu, nickte und lächelte dann. Hugh ging durch den Beifall die Zielgerade zurück und auf Doc zu, der ihm seinen Ankleidemantel wieder über die Schultern legte. »Ganz groß«, sagte der Gefährte anerkennend. »Aber halt dich warm, drin wie draußen. Wir sind noch nicht durch, noch lange nicht.«

Wenige Augenblicke später lag Hugh bäuchlings auf dem Massagetisch, und Doc bearbeitete sanft seine Waden. Hugh empfand eine herrliche Ruhe in sich und konnte kaum glauben, daß er noch vor wenigen Minuten vor vierzigtausend Zuschauern die Bahn entlanggeschossen war. Er wischte sich mit seiner Rechten über die Stirn, preßte die Finger an die Lippen und kostete den Geschmack seines eigenen Schweißes.

Er vernahm ein Klicken, und hinter ihm öffnete sich die Tür zum Umkleideraum. Es war Flanagan. Doc schüttelte jedoch den Kopf und legte den Zeigefinger auf die Lippen. Flanagan verstand, nickte und schloß die Tür leise hinter sich. Doc stupste Hugh in den Nacken, und der Sprinter setzte sich auf. Dann wischte der alte Läufer mit einem weißen Handtuch sanft über Hughs Stirn, geradeso, als hätte er ein Baby in Pflege.

»Du warst ganz groß«, sagte er noch einmal und schaute dann auf die Uhr: zwanzig nach zwei. »Noch zehn Minuten. Ne Menge Zeit. Machs einfach noch mal so, und das Ding ist gelaufen.«

Zehn Minuten später, genau um 14.30 Uhr, hielt die Menge im Stadionrund aufs neue den Atem an. Das zweite Rennen sollte beginnen. Nur quengelnde Kinder und kreischende Vögel durchbrachen jetzt die Stille. Oberst Cranston lud seine Winchester. Hugh konnte hören, wie die gefetteten Patronen in die Läufe des Gewehrs klickten.

»Bitte, meine Herrn, machen Sie sich fertig.«

Silver Star wartete bereits an der Startlinie, als Hugh hinzutrat. Diesmal brauchte er sich nicht zu konzentrieren; scharf und klar zeichnete sich seine Bahn vor ihm ab. Hugh war bereit; Levy ebenfalls, und seine Peitsche zuckte etwa einen Fuß über Silver Stars bebendem Widerrist.

»Fertig...«

Der Knall der Flinte kam wie eine Erlösung, und dieses Mal schlug Levy das Pferd sofort hart und mit Kraft, und der Traber zog augenblicklich an. Bei fünfzig Yards hatte Silver Star noch mehrere Yards aufzuholen, und er tat es, wie von einem unbarmherzigen Lasso gezogen, und die Hufe seiner schlanken Beine knallten rhythmisch auf den Boden des Geläufs. Auf den letzten fünfzig Yards holte das Pferd immer stärker auf, während Hugh in heller Verzweiflung dem Zielband zustrebte. Bei neunzig Yards konnte Hugh Silver Star in Schulterhöhe spüren und wußte, daß das Pferd ihn überholen würde. Trotzdem warf er sich weiter nach vorne und hetzte seine Beine erbarmungslos auf das winzige weiße Taschentuch. Als Hugh über die Ziellinie schoß, sah er aus den Augenwinkeln, daß der Traber ihn um mindestens einen Yard geschlagen hatte.

Diesmal blieben die Trans-America-Spruchbänder schlaff und enttäuscht zwischen den letzten Stadionreihen hängen, doch der lärmende Jubel der Menge war der gleiche wie zuvor; diesmal galt er Levy. Der feine Pinkel hatte sich also besonnen und sich revanchiert, und die Bürger von St. Louis hatten es mit brausendem Beifall registriert. Levys Trainer eilten zu ihm, und Levy, der Lenker, verbeugte sich grinsend; Schweiß strömte ihm über sein feistes Gesicht, und er nickte, als man ihm heftig die Hände schüttelte. Hugh wagte nicht, zu Dixie hinüberzusehen, die mit gesenktem Kopf am Ende der Geraden stand, Juan Martínez' Arm um ihre Schulter. Langsam ging der Sprinter über die Bahn auf Doc zu, der am Tunneleingang wartete und ihm den Ankleidemantel entgegenhielt. Docs Miene war grimmig; dennoch rang er sich ein Lächeln ab.

»Noch eine«, meinte er. »Noch immerne Chance.« Doc legte den Arm um Hughs Schultern, als über das Summen der Menge hinweg das Ergebnis verkündet wurde, und zusammen verschwanden sie im Dunkel des Stadiontunnels.

»Ergebnis des zweiten Laufs: Erster, Silver Star.« Die Ansage ging fast im Jubel unter. »Zeit: zehn Komma fünf Sekunden. Zweiter, McPhail, zehn Komma sechs Sekunden. Der Endlauf findet in fünfundzwanzig Minuten statt, um drei Uhr.«

Wieder in der schützenden Dunkelheit des Umkleideraums, saß Hugh vornübergebeugt auf dem Massagetisch und stützte sich auf die Hände, als Doc ihm leicht die Waden massierte.

»Was meinst du?« fragte Doc mit vor Besorgnis belegter Stimme. Der Schotte richtete sich auf und schüttelte stumm den Kopf, als Flanagan den Raum betrat. »Levy hat jetzt das Starten raus«, schluchzte Hugh. »Ich kann nicht nochn Yard rausholen, Doc. Hab nicht mal mehr ein Inch Reserve in den Beinen. Ich kann nicht schneller.«

»Aber der verdammte Gaul kann langsamer werdn«, tönte eine zweite Schottenstimme – von der Tür her; sie gehörte Stevie, der sich hinter Flanagan durch den Rahmen zwängte.

»Die Regel heißt, daß ihr beide auf der Linie stillstehn müßt, stimmts?«

Hugh nickte, und Doc unterbrach die Massage.

»Dann sieh dir den verdammten Silberstern vor dem Start mal an – der vierbeinige Komet bewegt sich doch die ganze Zeit über, besonders den Kopf. Ich kenn mich aus bei Trabern. Schwenkn die Köpfe immer von links nach rechts – ist für sie ne zwanghafte Bewegung. Also müssn wir bei Cranston Protest einlegn – daß Silver Stars Rübe am Start ruhig bleibt oder festgehaltn wird, und zwar nach rechts. Das bedeutet, daß er erst mal, bevors losgeht, seinen Kopf links-rechts bewegn muß. Das kostet ihn Zeit – und könnte womöglich sogar genau auf den Extra-Yard hinauslaufn, den du brauchst.«

Flanagan zog seinen Schreibblock aus der Tasche und kritzelte ein paar Notizen drauf. Dann blickte er die anderen an.

»Ich kann jedenfalls nicht sehen, warum Cranston was dagegen haben sollte, daß Silver Star am Start ruhig bleibt«, sagte er. »Aber ein Yard bringt uns bestenfalls die Chance zum Gleichziehn. Wir brauchen mehr. Aber woher?«

Stevie griff in seine Tasche, zog zwei kleine Baumwollbüschel heraus und gab sie Hugh.

»Wir ham doch immer davon geredt, daß man beim Laufn gegn Geräusche abgeschirmt sein soll und inner Art Tunnel von vier Fuß Breite bleibn soll, stimmts?«

Hugh nickte.

»Gut. N Geräusch, das du wohl bestimmt nicht hörn willst, ist doch dieser blöde Gaul, wenn er hinter dir hergedröhnt kommt«, sagte Stevie. »Du mußt dafür sorgn, daß dein letzter Lauf n reiner Lauf wird, bei dem dich nichts ablenkt. Also steck dir die Wolle in die Löffel, und du kannst in deiner eignen Welt rumrennen. Du hörst zwar noch den Startschuß, weil Cranston mit seiner dämlichen Winchester genau neben dir steht, aber danach gibts nur noch dich und hundert Yards, die gefressn werden wolln.«

Doc sah Flanagan an; der nickte, schluckte dann und spürte, wie ihm die Tränen in die Augen kamen. Leicht verlegen klopfte er Hugh auf die linke Schulter.

»Tu, was du am besten kannst«, sagte er belegt und zog Stevie mit sich zur Tür des Umkleideraums.

»Fertig«, sagte Doc wenig später und gab Hugh einen Klaps auf den Oberschenkel.

Der Sprinter stand auf, und gemeinsam machten die beiden Männer sich wieder auf den Weg durch den Tunnel. Am Ausgang, der zur Bahn führte, standen Thurleigh und Morgan. Keiner sagte etwas, aber alle beide legten einen Arm auf Hughs Schultern, als wollten sie auf diese Weise einiges ihrer eigenen Kraft und Energie auf ihn übertragen. Hugh bemerkte sie kaum, als er auf die Rennstrecke ins strahlende Sonnenlicht schritt.

Dieses Mal verstummte die Menge sofort, als sie Hughs schmale, hagere Gestalt im Stadion erblickte. Kein Applaus brandete auf, als Levy mit Silver Star erschien. Kein Ton sonst, nur noch das scharfe Knattern der Flaggen rings um das Stadion zerstückelte die Stille, als Oberst Alan Cranston die Wettkämpfer zum dritten und letzten Mal auf ihre Plätze rief.

»Meine Herren, machen Sie sich fertig.« Cranstons Stimme wurde beim letzten Wort etwas brüchig und trug seine eigenen Gefühle hinauf in das weite, stille Rund, das gespannt auf die nächsten Kommandos wartete. Hugh stopfte sich Stevies Wollstöpsel in die Ohren und trottete zum Start, Levy und Silver Star hinter sich.

Cranston hatte sofort zugestimmt, Silver Stars Zügel festhalten zu lassen, und Levy – in seiner Siegeseuphorie – hatte keinen Versuch unternommen, dagegen zu protestieren.

Vierzigtausend Menschen konzentrierten ihre Herzen und Sinne auf genau die hundert Yards, die Hugh und Silver Star durchmessen würden. Flanagan wagte kaum, aufzuschauen. Vorne, in der Menge, hielten Martínez und Dixie sich vorsichtshalber gleich die Augen zu.

»Auf die Plätze...«

Hugh konnte Cranstons Kommando deutlich hören und wußte, daß ihn der Winchesterdonner auch trotz der zugestopften Ohren erreichen und ins Rennen werfen würde. Er nahm seine Startposition ein, als Silver Stars Betreuer den Traber im Zaum hielt und seinen Kopf nach rechts zog.

»Fertig...«

Dann ging alles sehr schnell. Das Gewehr befreite Hugh aus seiner Starre, und er schoß wie ein Irrwisch die Aschenbahn nach vorn. Hinter ihm warf Silver Star den Schädel hart zurück, um dem Druck der Trense zu entgehen, warf ihn dann nach rechts und kam erst spät auf Levys harte und drängende Peitsche hin in Bewegung.

Mit einem Vorsprung von acht auf vierzig Yards lief Hugh vollkommen in der Gegenwart und trotzdem in Vergangenem, weit fort in einem perfekten Muskelgedächtnis tempomäßig konstanten Sprintens. Er huschte leichtfüßig dahin – glitt voran –, die Beine stürmten nach vorn wie ein Winterwind. Er hörte nichts, er sah nichts – außer der weißen Wirklichkeit eines Taschentuchs. Hugh wurde wieder zur Maschine, zur Sprintmaschine. Obwohl er ganz automatisch seine Brust dem Zielband entgegenwarf, wußte er auch so, daß er gewonnen hatte.

Hugh zog die Wolle aus den Ohren. Doch da das frenetische Lärmen der Menge ihn fast taub machte, legte er – lächelnd – seine Hände an die Seiten seines Kopfes. Eine Kinderflut durchbrach den Polizeikordon, umfloß ihn und schwemmte Programme und schmierige Papierschnipsel zu ihm hoch. Hugh beugte sich hinunter, grinste und hatte nicht weniger als ein Dutzend Autogramme gegeben, als die Polizei die Lage wieder in einen freundlichen Griff bekam. Hughs Augen suchten nach Dixie, die an Juan Martínez' Schulter hing und vor Glück und Freude heftig weinte. Der Mexikaner hob die Augenbrauen und zuckte entschuldigend die Achseln, als Hughs Blick den seinen traf.

Über allem Beifallsgetöse ließen die Trans-Americans den Schlachtruf »McPhail, McPhail!« erklingen, den bald auch alle anderen aufnahmen; selbst außerhalb des Stadions, auf dem Geländekurs, tanzte, sprang und hopste alles in wahrer Begeisterung herum. Der Ansager versuchte, das Ergebnis bekanntzugeben, was wiederum mißlang, da die Menge ihn nicht zu Wort kommen ließ. Ein Mensch hatte gegen ein Pferd gewonnen, und alle, die dabeigewesen waren, wußten, daß diese drei Zehnsekundenläufe für den Rest ihres Lebens in ihnen lebendig bleiben würden. Und so jubelten die Bürger von St. Louis, bis sie heiser waren, und als sie nicht mehr schreien konnten, fingen sie zu applaudieren an. Am Ende der Zielgeraden tauchte ein Dudelsackpfeifer auf, zünftig im karierten Black-Watch-Überwurf, und neben ihm her trabte Hugh McPhail seine Ehrenrunde.

»Dritter und letzter Lauf«, erscholl es aus dem Stadionlautsprecher, »Erster, Hugh McPhail, zehnkommafünf Sekunden.«

Hugh erreichte schließlich den Eingang zum Tunnel, wo Doc, Dixie, Stevie und Flanagan bereits auf ihn warteten.

»Los, n Kuß her«, sagte Doc und umarmte den Gefährten.

»Kriegste«, sagte Hugh und grinste, »aber erst, wenn du rasiert bist.«

Er sah Dixie an, wie sie vor ihm stand und immer noch weinte.

»He, Frau«, sagte Hugh, »was bin ich froh, daß ich gewonnen hab. Weiß der Himmel, was du mit mir gemacht hättst, wenn ich verlorn hätt.«

Dixie lächelte durch ihre Tränen hindurch.

»Und wo ist Stevie?«

»Hier«, meldete sich der kleine Schotte.

»Du weißt doch noch, was du mir vor dem Lauf erzählt hast, wie dieser Wallace aus Perth irgendwann mal gegen ein Pferd gelaufen ist? Sag, hat der eigentlich gewonnen?«

»Ach was. Natürlich nicht«, sagte Stevie und schaute seinem Freund fest in die Augen.

Eine halbe Stunde später herrschte im Coolidge-Stadion wieder gespannte Stille. Draußen im Gelände hatten sich mittlerweile noch einmal knapp vierzigtausend Zuschauer eingefunden, die sich an der mit Pflöcken und Seilen markierten Querfeldeinbahn drängelten. Der neue Kurs, zusätzlich zu der Vierhundertvierzig-Yards-Bahn im Stadion, belief sich auf eine Meile, die insgesamt zehn Mal durchlaufen werden mußte.

Unten im Umkleideraum, unter der nackten Glühlampe, hatten die Trans-Americans mittlerweile zu ihrer gewohnten Haltung gefunden.

»Denk dran«, sagte Doc und bearbeitete mit erfahrenen Händen Thurleighs Oberschenkel von allen Seiten, »gerat bloß nicht in Panik, wenn das Pferd schon früh die Führung übernimmt. Das geht gar nicht anders. Denk an Nurmi. Halt einfach dein Tempo.«

Etwa hundert Meter weiter, in einem Umkleideraum auf der anderen

Seite des Stadions, mäkelte Leonard Levy noch immer an seinem verlorenen Sprint herum. Er lag auf dem Bauch, und sein Masseur versuchte verzweifelt, unter der Fettschicht, die den schlaffen Rükken bedeckte, mit Muskeln in Berührung zu kommen.

»Ist das Sulky durchgecheckt?« fragte er und sah zu Rafferty, seinem Trainer, hinauf, der über ihm stand.

»Jawoll, Mister Levy«, erwiderte Rafferty gehorsam. »Absolut bestens. Kann starten, wann immer Sie wolln.«

»Und Silver Star?«

»Alles klar, Sir. Dieser Sprint hat ihn erst richtig für das große Rennen aufgewärmt.«

»Das große Rennen«, wiederholte Levy. »Ja, ich glaube auch, das ist das wirklich große. Dieser Sprint – eigentlich nichts Richtiges fürn Traber, wie?!«

»Genau, Sir«, erwiderte Rafferty folgsam. »Im Sprint reichtn Augenzwinkern, und schon ist alles vorbei. Nein, Mister Levy, was jetzt kommt, wird das echte Rennen. Unser Geld kriegen wir auf jeden Fall zurück. Sie können drauf wetten, Sir.«

Der Masseur klopfte Levy leicht auf den Rücken, der sich folgsam herumdrehte und mit unter dem Kopf gefalteten Händen liegenblieb.

»Wir haben noch fünfzehn Minuten«, sagte der Masseur.

Um 15.30 Uhr hatten sich die Wettkämpfer am Start versammelt. Im Innenfeld standen Doc, Flanagan, Willard, Dr. Falconer und Kate, am Bahnrand Thurleigh und Morgan. Auf der Bahn wartete Silver Star; Levy ordnete die Zügel, während seine Trainer und Stallburschen letzte Hand an den Hengst und das Sulky legten. Der Bestattungsunternehmer schaute zu Flanagan hinüber. »Ihnen und den Ihren viel Glück, Mister Flanagan«, sagte er lächelnd.

»Danke«, gab Flanagan zurück. »Möge der Beste gewinnen.«

Das Lächeln wich aus Levys Gesicht. Gleich auf den ersten paar Meilen würde er einen möglichst großen Abstand zu Flanagans Läufern herausfahren, daß denen nichts anderes übrigblieb, als sich demütig geschlagen zu geben.

»Machen Sie sich fertig, meine Herren.« Cranston war äußerst erbaut über die bisherige Entwicklung der Dinge. Bis jetzt hatte er ein hervorragendes Bild abgegeben und wollte alles daran setzen, daß auch das Geländerennen in ähnlich sportlicher Weise geleitet würde. Ein schönes Feld und keinen Vorteil!

Peter Thurleigh legte seinen Übermantel ab; sein bereits vertrautes, wenn auch inzwischen ausgebleichtes Oxford-Seidentrikot und die Turnhose schimmerten matt in der Sonne. Er war noch nie in einer solchen Zehnmeilenpermanentstaffel gelaufen und hatte keine Vorstellung davon, wie sein Körper auf fünf Meilen querfeldein mit dazwischengelegten Pausen reagieren würde. Allerdings, er war ein Pferdekenner und konnte wenig Gemeinsames zwischen sich und Morgan sowie einem Hengst von Silver Stars Kaliber ausmachen. Er blickte kurz zu seinen Gegnern hinüber. Levy lächelte ihn ganz gelassen an und hob die Peitsche.

»Fertig...«

Der Schuß erscholl, und Silver Star stob elegant die Bahn hinunter; seine Hufe griffen in feiner, kraftvoll kultivierter Manier aus und brachten einen schwerbeinigen Thurleigh schnell in Rückstand. Die Zuschauer lärmten erregt. Deshalb waren sie gekommen, das wollten sie sehen. Als Silver Star in der Kurve zur Gegengeraden den Stadionausgang passiert hatte, lag Levy bereits mehr als eine Achtelmeile in Führung.

Der Geländekurs war keine Rennbahn mehr, und Silver Star wurde langsamer, als sogar das stoßempfindliche Sulky aufkreischte und auf dem schrundigen Grund zu schleudern begann. Im Gegensatz dazu bewegte sich Thurleigh nun leichtfüßig und federbeinig über die Strecke und passierte die Dreiviertelmeilenmarke bei drei Minuten und vierzig Sekunden. Dennoch trabte Silver Star mit einem Vorsprung von immerhin einer Viertelmeile wieder ins Stadion. Die erste Meile hatte Thurleigh in vier Minuten fünfzig Sekunden zurückgelegt, Silver Star in vier Minuten zehn Sekunden.

»Doll«, sagte Doc, als Morgan in die zweite Meile startete. »Was sagt sein Puls?«

»Einhundertfünfunddreißig pro Minute«, gab Dr. Falconer an. »Dürfte wieder runter auf unter hundert sein, wenn Morgan zurückkommt. Also: Bis dahin ist er wieder fit.«

Morgan dachte an nichts anderes, als alles zu geben, was in ihm steckte, und kam nach vier Minuten achtundvierzig Sekunden im Stadion an.

Silver Star führte inzwischen eine Minute zehn Sekunden und war bereits wieder im Gelände, als Morgan heranschoß.

»Also, das gleiche noch mal, Peter«, sagte Doc und gab Thurleigh einen Klaps auf den Schenkel, als Morgan Thurleigh abklatschte. Der Lord lief schnelle vier Minuten fünfundvierzig Sekunden über die dritte Meile; Silver Star war jetzt eine Minute fünfunddreißig Sekunden voraus.

»Das ist doch kein Rennen«, maulte Flanagan und raufte sich wieder einmal die Haare.

»Meinen Sie«, sagte Doc. »Sehn Sie sich doch mal den Gaul an!« Er zeigte hinüber zur Nordkurve. Silver Star lief noch immer sehr gut und beherrscht, aber sein Fell glänzte schweißig und am Maul begann sich Schaum zu sammeln. »Das Pferd wird müde. Sehn Sie mal auf die Uhr. Wir haben in der ersten Runde vierzig Sekunden verlorn, dreißig Sekunden in der zweiten und nur noch fünfundzwanzig in der dritten. Mann, wir holen auf!«

»Aber ist überhaupt noch genug Zeit dafür?« fragte Flanagan.

Doc sah zu dem schweratmenden Peter Thurleigh hinüber, der verzagt den Kopf schüttelte.

»Laß dich nicht hängen, Peter«, sagte er und wandte sich an Dr. Falconer. »Was macht sein Puls jetzt?«

»Hundertfünfzig waren es vorher«, antwortete Dr. Falconer. »Jetzt sinds nur noch einhundertfünfzehn. Er bleibt ziemlich hoch, ist aber trotzdem immer noch recht gut.«

Doc sah wieder auf seine Uhr und dann zu Flanagan hinüber.

»Flanagan«, sagte er, »wir können es immer noch schaffen. Silver Star schlafft ab, und ein ermüdetes Pferd macht Fehler. Und jedesmal, wenn Silver Star in Galopp fällt, legen wirne halbe Minute zu.«

Flanagan schüttelte den Kopf. »Ich hoff ja nur, daß Sie recht haben«, sagte er.

Auf der vierten Meile beschnitt Morgan Silver Stars Vorsprung um weitere fünf Sekunden; er hatte vier Minuten dreiundvierzig Sekunden vorgelegt, aber es war offenkundig, daß sogar der ›Eisenmann‹ Probleme bekam. Falconer maß bei Mikes Ankunft einen Puls von einhundertachtzig: fast das Maximum. Schweiß überströmte Morgans Körper, als er keuchend am Staffelpunkt saß.

Silver Stars erstes Foul, von einem Signalhorn angezeigt, geschah, als Thurleigh gerade das Stadion für die fünfte Meile verließ, und eine Minute später war das zweite Hornsignal zu hören. Cranston stapfte hinüber zu Flanagans Gefolge.

»Zwei Fehler für Silver Star«, gab er bekannt.

Doc pfiff durch die Zähne. »Na, so bleiben wir ja richtig fett im Spiel«, sagte er. »Wie liegen wir denn dann?«

Diesmal antwortete Dixie. »Wir lagen bei der vierten Meile zwei

Minuten zurück. Am Ende der fünften müßten wir insgesamt um zweieinhalb Minuten zurückliegen. Ziehn wir die eine Minute ab, dann bleiben noch etwa anderthalb Minuten, die wir auf den nächsten fünf Meilen irgendwie zusammenkratzen müssen.«

»Und das Pferd wird ja jede Minute müder«, triumphierte Doc. »Genau, wie ich dachte. Das Tier ist erschöpft.«

Doc hatte recht. Im Gelände hatte Levy mittlerweile größte Mühe, Silver Star überhaupt noch in Bewegung zu halten. Sein Pferd war nun mal im wesentlichen ein Sprinter, und ein Dauertrab über schwierigen Querfeldeinboden mit einer doppelt so großen Zuglast hinter sich nicht gewohnt. Schon bald verfiel Silver Star in einen galoppähnlichen Schritt, den er zuweilen, unter Levys Peitsche, einer verzweifelten, zeitlupenähnlichen Variante seiner superben Traberkunst annäherte. Auf der fünften Meile schien Peter Thurleigh das Pferd langsam aber sicher einzuholen, als er den Dreiviertelmeilenvorsprung, der eben noch zwischen ihnen gelegen hatte, immer mehr aufholte. Als Cranstons Horn einen weiteren Fehler signalisierte – die Hälfte der sechsten Meile war gelaufen –, lag Silver Star nur noch etwas mehr als eine Minute in Führung.

Die sechste Meile lief Morgan wie eine Maschine; jeder seiner Schritte fraß ein Stück des Raums zwischen ihm und dem strauchelnden Traberhengst, und sein Atem ätzte sich durch die weitgeöffneten Lungen. Die Menge begriff, was da geschah, und wurde zwischen der Sorge um das herrliche Tier und der Tapferkeit der Männer, die es herausgefordert hatten, hin- und hergerissen.

Dann kam die Tragödie. Als Morgan am Ende der sechsten Meile den Abhang hinunter auf die Rennbahn zuschoß, löste sich unter seinem Fuß ein größerer Stein. Mit aller Macht versuchte Mike, das Gleichgewicht zu halten, doch sein Schwung war viel zu groß; er stolperte, stürzte und schlug kopfüber dumpf auf dem Boden auf. Sekundenlang lag er reglos da. Als er wieder hochkam, lief ihm Blut aus einer klaffenden Kopfwunde über das Ohr und die linke Gesichtshälfte herab. Morgan schaute den Abhang hinunter, sah Silver Star ins Stadion traben und machte sich wieder auf den Weg; seine blutenden Beine krümmten sich bei jedem Schritt vor Schmerzen.

»Und Jesus weinte bitterlich«, zitierte Doc besorgt und reichte sein Fernglas weiter an Dr. Falconer, der nur kurz hindurchblickte und es ihm wieder zurückgab.

»Los, schnell, meine Tasche«, fuhr Dr. Falconer Willard Clay an. Doc blickte auf Peter Thurleigh, als Morgan in die Arena gestolpert kam. »Du hast doch mal gesagt, du willst dich selbst beweisen«, begann er. »Jedenfalls steht in den Reglements nichts davon geschrieben, daß du nicht zweimal hintereinander laufen darfst.« Er ging zu Oberst Cranston hinüber, der ihn kurz anhörte und dann zustimmend nickte. »Also«, sagte Doc, wieder bei Thurleigh, »ich möcht von dir jetzt zwei Fünfminutenrunden, mein College-Kerlchen«, sagte er. »In der Zwischenzeit kann Falconer Mike wieder zusammenflicken. So, das war ein Befehl. Und nun renn dir die Hacken ab.«

Thurleigh erwiderte nichts, nickte nur und schluckte heftig.

Silver Star passierte die Trans-Americans an der Wechselmarke, trabte in die siebente Meile und verlangsamte leicht, als Levy, der sich für Morgans Position interessierte, sah, daß der Pennsylvanier aus irgendwelchen Gründen zurückgefallen war. Die ideale Zeit, das Rennen wieder an sich zu reißen, beschloß Levy, er würde Silver Star schon wieder makellosen Trabertakt beibringen und ihn ein bißchen Klasse demonstrieren lassen. Die Trans-American-Auswahl war geschlagen. Er würde das Rennen stilvoll beenden, der Menge Silver Star in Bestform zeigen.

Blutüberströmt hatte Morgan inzwischen das Stadion erreicht und rannte das Bahnrund entlang, von den mitleidigen Seufzern der Menge begleitet, als sie sein Martyrium sah. Fast wäre Mike in die falsche Richtung gelaufen, und das noch auf Silver Stars Bahn; doch irgendwie steuerten ihn seine Beine richtig und schafften es, ihren Laufrhythmus wiederzufinden. Mike fiel in leichten Trab und preßte seine Linke gegen die Stirn, um den Blutstrom zu stillen.

Als er in die Zielgerade einbog und Doc und die anderen erblickte und sah, wie Peter Thurleigh schon geduckt dastand, den Abschlag erwartend, nahm er die Hand von der Stirn und ruderte sich in einen verzweifelten Sprint; Blut spritzte ihm auf Hemd und Hose. Thurleigh, der an der Wechselmarke wartete, kam Morgan vor, als liefe der Staffelkamerad in einem Traum, in irgendeiner eigenen Welt, die nur Mike selbst betreten konnte. Schließlich erreichte ihn Morgan, und für den Bruchteil einer Sekunde berührten sich ihre Hände, um Thurleigh freizugeben. Wie ein Sack fiel Mike in Docs Arme, beide Augen geschlossen.

Noch ein Hornstoß vom Berg zeigte an, daß Thurleigh weitere dreißig Sekunden gewonnen hatte, so daß die Trans-America-Auswahl zu Beginn ihrer siebenten Meile nur noch 60 Sekunden zurücklag. Dennoch, Levys Vorsprung war nicht wettzumachen, denn Thurleigh mußte nun zwei Runden rennen, und zwar ohne die normale Rundenpause.

Als er das Stadion verließ, konnte Thurleigh Levys Sulky sehen, wie es nur eine Viertelmeile entfernt den Hügel hinaufholperte, etwa sechzig Sekunden vor ihm. Das Beste, was er sich erhoffen konnte, war, diesen Abstand wenigstens zu halten. Und wieder kehrten seine Gedanken nach Paris 1924 zurück. Genauso mußte er laufen, gleichmäßig, fließend, um so die Balance zwischen Leistung und Verbrauch zu halten.

Die siebente Meile beendete er knapp unter fünf Minuten, er überlief die Wechselmarke und machte sich keuchend an die achte Meile.

»Los, lauf, Peter, lauf!« schrie Doc und tanzte wie wild auf dem Rasen herum, als sich Thurleigh schon wieder auf seinem Weg bergan ins freie Gelände befand.

Dr. Falconer sah kurz auf – er nähte gerade an Morgans Kopfwunde – und zeigte auf Thurleigh, der schon den Hügel unter den Füßen hatte. »Sein Puls muß mittlerweile über hundertachtzig sein ... etwa das Maximum«, bemerkte er besorgt. »Der Lord hat Schwein gehabt, wenn ers in einem Stück bis hierher schafft.«

Morgan schaute erwartungsvoll zu Dr. Falconer auf, als der Arzt in seiner Tasche nach einem Reinigungstuch kramte.

»Laß mir Zeit, Mann«, schnaubte der Arzt und säuberte die vernähte Stelle. »Ich hab bloß acht Stiche in dich reingepiekt.«

»Haben Sie ihn wieder zusammengeflickt?« fragte Flanagan, der ungeduldig daneben stand und Dr. Falconers Worte geflissentlich überhörte.

»Ja«, sagte Falconer gereizt. »Aber meiner völlig unmaßgeblichen ärztlichen Meinung nach sollte er nicht laufen. Sein Puls macht noch immer hundertfünfzig Schläge pro Minute, und er muß ungefähr einen Viertelliter Blut verloren haben. Was sind Sie überhaupt für ein Mensch, Flanagan? Diese Männer hier sind zweitausend Meilen gelaufen, und jetzt verlangen Sie von ihnen wegen irgendsoner versoffenen Wettgeschichte, daß sie sich eines Pferdes wegen für Sie umbringen? Werfen Sies Handtuch, Flanagan. Diese Kerle haben genug.«

Doc ignorierte das Gesagte und nahm Morgans Gesicht in beide Hände. Beider Augen waren nur wenige Zentimeter voneinander entfernt. »Glaubst du, daß du das schaffst, Mike?« fragte er den Pennsylvanier. »Wenn du ›nein‹ sagst, geben wir sofort auf.«

Einen Augenblick lang sagte Morgan überhaupt nichts. Dann nickte er und stand auf, der Schweiß tropfte von seinem Gesicht ins Gras; sein Blick suchte Kate Sheridan, die direkt hinter Doc stand; ihre Augen blitzten auf.

Doc wandte sich Dr. Falconer zu.

»Falconer, Sie haben mir mal vor langer Zeit erzählt, daß unser Trans-America für Sie so was ist, als würden Sie noch mal zur Schule gehn. Also, dann geb ichs Ihnen schriftlich, Sir, heute ist Ihr Abitur. Ich sags Ihnen, da draußen im Gelände rückt Seine Lordschaft mit jedem Yard, den der Thurleigh läuft, dem Pferd gewaltig auf den Pelz. Und ich sag Ihnen noch was: In knapp fünf Minuten steht dieser Blutsack mit Namen Mike Morgan auf und haut dem Tier da noch maln Klotz aus seinem Vorsprung raus.«

Dr. Falconer zog es lieber vor zu schweigen, schloß seine Tasche und schüttelte das weißgraue Haupt.

»Da ist Silver Star«, schrie Kate auf. Das Pferd war auf der Bergkuppe über dem Coolidge-Stadion erschienen, langsam trabend, aber mit gesteigerter Kontrolliertheit, und sein schweißglänzender Körper war mit Schaum bedeckt.

»Behalt den zweiten Zeiger deiner Uhr im Auge, Kate«, schrie Doc. Die Sekunden sprangen schmerzhaft weiter, während sie auf Peter Thurleigh warteten.

Haargenau fünfzig Sekunden später erschien Thurleigh oben auf der Kuppe. Er hatte Silver Star etwas eingeholt, aber unter welchen Mühen! Sein Atem ging in schrecklich tiefen Stößen, und sein Körper schwamm im Schweiß. Seine Beine gaben nach, als er bergauf ins Stadion preschte, auf die Zielgerade zu. Mit letzter Kraft klatschte er Morgan ab und sank direkt neben Doc zu Boden; sein Atem rasselte und wurde zu einem rauhen, tiefen Krächzen.

Dr. Falconer schaute auf die Uhr, als er Thurleigh pulste. »Zweihundertzehn pro Minute«, sagte er. »Das Höchste, was ich je gemessen habe.« Wieder wandte sich der Arzt Doc zu. »Thurleigh ist fertig«, flüsterte er. »Sein Körper ist kaputt – den können Sie faßweise verscheuern. Der bleibt noch eine Stunde so liegen, da kann kommen, was will. Der macht keine letzte Runde mehr. Es ist zu Ende, aus. Er ist erledigt.«

»Was, erledigt?« schrie Doc. »Erledigt, sagten Sie? Maurice, der hat gerade angefangen«, und zerrte Peter hoch. Das Gesicht des Läufers war immer noch schweißüberströmt, und seine Augen blickten glasig und unsicher. Doc schlug ihm leicht auf die Wangen.

»Du hast gesagt, du willst in mein Team rein«, sagte er zu Thurleigh.

»Na gut, hier ist deine Chance, du kannst jetzt deinen Mitgliedsbeitrag ablaufen!« Er zeigte zum Hügel hoch. »Draußen auf der Strecke ist Mike Morgan und rennt sich für dich hinternem erschöpften Pferd die Seele ausm Leib. Und ich sag dir, wir schaffens, Lord Peter. Ich hab das im Urin. Ich kanns richtig schmecken.«

Thurleigh nickte, stand auf und fiel sofort wieder zu Boden, stand wieder auf, nickte noch mal, keuchte und beugte sich nach vorn, die Arme auf den Knien, als die Menge in einen Jubelschrei ausbrach. Silver Star kam ins Stadion getrabt, die neunte Meile war fast abgelaufen.

Als Morgan eine halbe Ewigkeit später in das Stadion kam, betrug der Abstand zu Silver-Star nur noch vierzig Sekunden. Noch eine Meile.

»Das schaffen wir nie«, stöhnte Flanagan. »Nicht mal Nurmi bringt vierzig Sekunden auf die Meile gegen ein Pferd!«

Thurleigh rannte mit verzweifelten Schritten in die letzte Runde und rang schon nach der ersten Viertelmeile im lärmenden Stadionrund wild nach Luft. Als er zum Ausgang ins Gelände hinausstürmte, schaute er den Berg hinauf und sah Silver Star. Das Pferd schien sich nicht mehr zu bewegen. Was Peter nicht wissen konnte: Auf der Holperstrecke hatten sich die Radnabenmuttern an der rechten Seite des Sulkys gelöst, so daß sich das Rad nicht mehr drehen konnte. Levy schaute sich um, hörte Thurleigh herankeuchen und fluchte. Schwerfällig entstieg er dem Sulky und suchte in der Reparaturtasche hinten im Wagen hastig nach dem Schraubenschlüssel. Thurleigh kämpfte sich eisern voran, kam näher und hatte den Abstand auf hundert Yards gedrückt. Levy rang noch immer mit den Radmuttern, als der Engländer an ihm vorbeitaumelte. Als Levy die Reparatur beendet hatte, war Thurleigh schon über einhundertfünfzig Yards in Führung. Und nur noch eine halbe Meile.

Zum ersten Mal in Führung, aber ohne eine rechte Vorstellung davon, warum Levy eigentlich angehalten hatte, war Peter Thurleigh auf dem absoluten Höhepunkt seines Martyriums. Irgendwie schaffte er es dennoch, sich am Laufen zu halten, indem er bewußt Kopf und Schultern stillhielt, aber trotzdem kam sein Atem in tiefen, schmirgelnden Schlucken. Er stob den Berg hinunter zum Stadion wie durch eine Lärmschlucht; seine Augen hingen glasig am Boden, einzig fähig, ihn vor Steinen und Felsbrocken zu warnen. Unten angekommen, und fast noch eine ganze Runde auf der Trabrennbahn vor Augen, wagte er noch einen Blick zurück: Silver Star kam über den

Bergkamm getrabt und holte wieder auf. Levy hatte seinem geschundenen Hengst den alten Traberrhythmus aufgezwungen, obwohl das Pferd nur noch ein Tempo von zwölf Meilen in der Stunde brachte. Levy sah, wie Thurleigh sich den steinigen Weg hinunterkämpfte, und dennoch war ihm klar, daß er sich weder einen Fehler noch einen Reparaturstop leisten konnte, wenn er Silver Star mit Gewalt den Berg hinabzwänge. Nein, er würde Thurleigh auf dem Geläuf im Stadion packen müssen, wo Silver Star wieder gewohnten Tritt fassen würde.

Als er ins Stadion kurvte, hatte Thurleigh noch drei Viertel der Runde zu rennen, um, gegen den Uhrzeigersinn, das Ziel zu erreichen. Seine Beinkraft war dahin, seine Atmung zusammengebrochen, und er spürte, daß Silver Star sehr schnell aufschloß. Hundert Yards waren erst gelaufen, als Thurleigh hinter sich laute Rufe und lärmenden Jubel vernahm. Silver Star war ins Stadion getrabt. Auf dem griffigen Boden der Bahn gewannen die Hufe des Pferdes noch einmal ihren trommelnden Rhythmus zurück. Thurleigh schaute sich um: Levy und Silver Star kamen unaufhaltsam näher.

Noch zweihundert Yards. Und noch einmal wühlte Thurleigh die allerletzten Reserven in sich auf und schleuderte seinen Körper in einen atemberaubenden Sprint hinein. Die Knie gebeugt und weich, die Arme starr wie Dreschflegel schwingend, hetzte er in die Zielgerade, stürzte sich die Bahn entlang und vergaß die Hufe hinter sich. Das Zielband schien vor ihm zurückzuweichen, doch Thurleigh lief ihm hinterher.

Kopfüber schnappte er das Zielband mit den Zähnen und zerschnitt sich die Lippen; dann fiel er längelang zu Boden und die Asche spritzte vor ihm auf. Silver Star war nur einen knappen Meter hinter ihm gewesen. Thurleigh lag auf der Bahn, das Gesicht am Boden und spie Blut und Dreck, bis Doc ihn auf die Füße zog wie eine ausgepumpte Gummipuppe.

»Glückwunsch, Peter«, sagte er. »Den Mitgliedsbeitrag hast du wirklich schnell bezahlt.«


Alles in allem war St. Louis rundherum zufrieden mit Leonard H. Levy, hatte er doch der Bürgerschaft spannende und gute Unterhaltung geboten. Levy selbst hatte zwar 120 000 Dollar an Wettgeldern verloren, das stimmte schon, aber jeder in St. Louis wußte ebenso genau, daß er auf der anderen Seite aus Eintrittsgeldern, Konzessionen und Programmverkäufen 200 000 Dollar eingenommen hatte. Mochte er bei den Rennen der Verlierer gewesen sein, für die Bürger der Stadt St. Louis war er zur Respektsperson geworden, weil er ihnen ein spannendes Vergnügen bereitet und sich selbst als Sportsmann erwiesen hatte.

Das Champagnergläsergeklirr in Levys Villa am King's Highway, dem ›Nobelhügel‹ von St. Louis, wo er die Trans-Americans und zweihundert andere Gäste bewirtete, hatte denn auch den typischen ›Hambletonian-Touch‹. Hugh, Peter und Morgan, Dixie und Kate bespritzten sich vergnügt in Levys nierenförmigem Swimmingpool, während die Herren der Presse ihre Gläser frisch nachfüllten und ›exklusive‹ Interviews tauschten.

Levy stand am Beckenrand und schaute zufrieden um sich. Noch immer perlte der Schweiß des harten Tages von seiner Stirn.

»Mein Gott«, sagte er zu Flanagan. »Ihre Jungs haben im Coolidge-Stadion ja nun wirklichne Riesenschau abgezogen.«

»Das stimmt weiß Gott, Sir«, gab ihm Oberst Cranston, der zusammen mit einem strahlenden Trans-America-Rennleiter rechts neben Levy stand, zurück. »Ich hoffe, meine Herren, alles ist nach den Regeln der Fairneß und ohne jede Bevorzugung abgelaufen?«

»Darf ich Ihnen nachschenken, Sir«, sagte Levy und antwortete: »Aber ja, Colonel, ganz sicher. Obwohl ich das dumme Gefühl habe, daß ich durchaus gewonnen hätte, wenn die Technik nicht versagt hätte.« Er machte einen Moment Pause und schaute Flanagan fragend an.

»Erklären Sie mir nur eins«, sagte Levy, »und ich verspreche Ihnen, ich werde nicht mehr weiterbohren: Wie in Dreiteufelsnamen haben Sie bloß den Sprint gewonnen? Ich war nach dem zweiten Rennen so sicher, daß die Sache für mich gelaufen wär.«

»Tauben, Baumwolle undn bißchen *savoir faire*«, schmunzelte Flanagan.

»Tauben?« wiederholte Levy und verschluckte sich beinahe an seinem Champagner.

Flanagan erzählte ihm Docs Renngeschichte zwischen dem Windhund und der Taube und von Dixies Taschentuch, auf das Hugh McPhail sich hatte konzentrieren können.

»Da hätten wir ja unsre Taube«, sagte er und zeigte unauffällig zu Dixie hinüber, die schlank und blond am Beckenrand stand.

»Und was für eine Taube«, sagte Levy anerkennend.

»Und was fürn Windhund, gegen den wir laufen mußten«, sagte Flanagan und hob freundlich sein Glas.

»Und die Baumwolle?«

Flanagan erklärte ihm, daß damit für Hugh Silver Stars Hufschlaggeräusch unhörbar geworden sei.

»Donnerwetter«, sagte Levy. »Ihr Jungs habt ja wohl an alles gedacht, was?! Aber Sie murmelten noch was von *savoir faire.*«

Flanagan grinste.

»Das, Sir, mag den kleinen Unterschied zwischen fünfzigtausend Dollar undnem Arschtritt ausgemacht haben. Wir hatten uns überlegt, daß ein Traber seinen Kopf immer von links nach rechts bewegt und daß wir Silver Star nur dazu bringen mußten, seinen Kopf nach rechts zu halten, um gleich am Start einen Yard zu gewinnen.«

Levy schaute Flanagan groß an und lachte und lachte solange, bis er vor lauter Lachen zu husten anfing.

»Hab ich irgendwas Ulkiges gesagt?« fragte Flanagan etwas irritiert.

»Aber ja doch, Sir«, antwortete ihm Colonel Cranston und lächelte. »Silver Star ist in der ganzen Traberwelt dafür bekannt, daß er das einzige Pferd ist, das seinen Kopf von rechts nach links bewegt. Wenn Sie schon einen Vorteil hatten, dann ganz einfach nur deshalb, weil das Maul des Pferdes gehalten wurde und aus keinem anderen Grund. Nein, Sir, Sie hatten ganz eindeutig den besseren Mann.«

Hugh und die anderen am Pool schauten auf, als sie Levys brüllendes Gelächter vernahmen.

»Dafür, daß er verloren hat, ist er aber verdammt gut auf der Rolle«, sagte McPhail.

»Jou«, stimmte Doc zu, folgte seinem Blick und schaute sich genauer um. »Ich schätz schon, daß das Ganze hier so seine hundert Riesen wert ist. Levy ist kein Verlierertyp. Typen wie der sind das nie.«

»Im Grund genommen stimmt da doch was nicht, wenn es, wie unterwegs gesehn, Leute gibt, die nicht malne Badewanne haben...«, sagte Hugh leise.

»Leute wie wir«, unterbrach ihn Kate.

»...und keinen Luxus wie den hier«, endete Hugh.

»Ist ja gut und schön, wenn du den kriegen kannst«, sagte Doc.

»Kommt nur drauf an, wieviel Leuten du die Fresse einschlagen mußt auf dem Weg dahin«, sagte Morgan.

»Oh, ich möcht doch wohl nicht annehmen, daß unser Mister Levy hier alsn Fressenklopper gilt«, sagte Doc grinsend und glitt ins Wasser. Er zeigte hinüber zu Flanagan, Levy und Cranston. »Sieht mir ganz so aus, als brüten die was mit unserem Tom Mix aus. Bin bloß gespannt, was das nun wieder werden soll.«

Im selben Augenblick deutete Levy mit seinem kurzen, dicken Zeigefinger auf Flanagan. »Ich halte Sie, Sir, für einen Sportsmann allererster Klasse«, hob er an.
»Warten Sies ab«, sagte Flanagan und zwinkerte Oberst Cranston zu. »Das letzte Mal, als er mir das gesagt hat, in Topeka, hätte ich fast meine Hose verloren.«
»Nein, im Ernst, Mister Flanagan – ich darf Sie doch ›Charles‹ nennen, ja?« fuhr Levy fort. »Gestern nacht bekam ich nämlich einen Anruf von einem Freund aus Bloomington, dem General Aloysius Honeycombe.«
»Honeycombe?« fragte Cranston nachdenklich. »Nie gehört. Heer?«
»Ein Ehrentitel, glaub ich, Colonel«, erklärte Levy. »Er ist Direktor eines Reisezirkus, und in fünf Tagen oder so wird er in Springfield, Illinois, sein. Wann, Charles, werden Ihre Läufer denn in Springfield eintrudeln?«
Flanagan sah zu Willard hinüber. »Springfield?«
»Geplant ist der 14. Mai, Chef«, antwortete Willard.
»Geradezu ideal«, freute sich Levy. »Mein Freund General Honeycombe hat Ihnen nämlich einen Vorschlag zu machen. Er führt einen riesigen Zirkus mit Rummelattraktionen mit sich rum und ist noch für eine Woche kurz vor Bloomington. Er bietet Ihnen fünfhundert Dollar pro Tag für Ihren Zirkus, plus einen Anteil am Reingewinn.«
»Und weiter«, sagte Flanagan.
»Was er eigentlich will, ist, daß ein paar von Ihren Jungs und Miss Sheridan bei einigen öffentlichen Handikap-Läufen mitmachen«, fuhr Levy fort. »Sie verstehn schon ... gegen ein paar Jungs aus der Stadt. Auch dafür will er Ihnen fünfhundert geben.«
»Naja, geht in Ordnung«, stimmte Flanagan zu.
»Und Doc Cole«, sagte Levy. »Er besteht auf Doc Cole.«
»Warum denn?«
»Nicht zum Laufen. Aber Sie wissen genauso gut wie ich, daß Doc inzwischen ein Nationalheld ist – sehn Sie mal zum Pool rüber: Das ganze St.-Louis-Matronat ist hinter ihm her. Also, mein Generalsfreund Honeycombe möchte eben, daß Doc irgendwie öffentlich auftritt, so was wiene Rede hält oder so.«

»Wieviel?« fragte Flanagan.

»Fünfhundert Dollar«, antwortete Levy.

»Tausend.«

»Siebenfuffzig.«

»Alles klar«, sagte Flanagan.

Levy lächelte sich eins. »Also wie ich das sehe, mir liegt nichts daran, Sie irgendwie zu linken, verstehn Sie. Warum sollen wir das nicht auch in Bloomington können?« Levy machte eine gedankenschwere Pause und fuhr dann fort: »Noch ein Letztes«, sagte er. »General Honeycombe würde gern einen von Ihren Jungs zunem kleinen Fäustlmatch einladen.«

»Wie!? Was? Boxen?« fragte Flanagan stirnrunzelnd. »Meine Jungs sind Läufer und keine Schläger.«

»Naja, aber der Eigentümer des Boxzelts auf Honeycombes Rummel bietet immerhin fünfhundert Dollar, wenn einer Ihrer Cracks für vier Runden mit seinem Mann in den Ring geht.«

»Unmöglich«, sagte Flanagan und ließ den Blick unruhig zum Pool hinüberwandern. »Ich sagte ja schon, Mister Levy, meine Jungs sind Läufer.«

»Schauen Sie, Charles, ich bin Honeycombe schon seit Methusalems Zeiten ne ganze Menge schuldig, wissen Sie«, drängte Levy. »Und nach dem heutigen Tag kann ichs mir leisten, großzügig zu sein. Wie klingt das in Ihren Ohren, wenn ich Ihnen fünf Riesen bei fünf zu eins biete, hm?«

»Damit würden wir todsicher bis Newark kommen«, sagte Flanagan fast unhörbar und äugte etwas genauer zum Pool hinüber. »Aber ich hab doch eben schon gesagt, Leonard, meine Jungs sind keine Boxer; und wie komme ich dazu, mir einen von ihnen zu schnappen, der noch nie geboxt hat, und ihn gegen einen trainierten Profi rauszuschicken, und das auch noch mit über zweitausend Meilen Lauferei im Steiß?«

»Acht zu eins«, bot Levy schmollend.

»Ich bin ja wirklich ein Idiot«, sagte sich Flanagan, dessen Augen nun fest auf Morgan ruhten. »Also gut. Machen Sie zehn zu eins draus, und ich denke, wir haben noch maln feines Geschäft gemacht.«

Levy nickte. »Einverstanden«, sagte er. »Ich werde am Wochenende in Bloomington sein und die Details regeln.«

Er wandte sich Oberst Cranston zu. »Haben Sie irgendwelche Boxerfahrung, Colonel?«

»Army-Halbschwergewicht 1907«, sagte Cranston und drückte seinen Brustkorb heraus.

»Dann darf ich Sie bitten, mit nach Bloomington zu kommen, als Ringrichter, um sicherzustellen, daß da auch alles korrekt zugeht? Keine Auslagen für Sie, versteht sich.«

»Eine Ehre, Sir«, sagte Cranston, um dann, Flanagan zugewandt, hinzuzufügen: »Jetzt tuts mir aber doch leid, daß Sie sich eins auf die Nase holen, Sir. Diesmal jedenfalls.«

»Sieht tatsächlich ganz so aus, Colonel«, erwiderte Flanagan und winkte freundlich zu Mike Morgan hinüber, der in diesem Augenblick von Kate ins Wasser gestoßen wurde.

Flanagan hatte Morgan noch nie so wütend gesehen.

»Sind Sie denn verrückt?« tobte er. »Entweder das oder saudumm.« Er schüttelte den Kopf und warf sich auf das weiche Sofa in Flanagans Wohnwagen. »Erst jagen Sie uns gegen ein Pferd, so daß wir um ein Haar verrecken, und jetzt soll ich mich vonnem Profi-Boxer auseinandernehmen lassen. Und was haben Sie dann auf Lager? Baseball gegen Babe Ruth, Football gegen Red Grange oder was?! Warum nicht, warum eigentlich nicht? Schließlich habe ich ja auch meine Chance, oder?!«

»Nehmen Sie erst maln Bier, lieber Freund«, sagte Flanagan ruhig. »Schaun Sie, Sie kennen die Probleme ganz genau, die ich habe, um das Rennen überhaupt noch auf der Piste zu halten. Allein euch am Leben und Laufen zu halten, kostet mich pro Tag schon fünf Riesen. Wenn ihr Brüder zum Beispiel heute nicht gewonnen hättet, dann wär unser Trans-America noch nicht mal bis nach Bloomington gekommen. Und vergessen Sie nicht – wenn wirs nicht bis New York schaffen, sind wir alle weg vom Fenster.«

Er füllte Morgans Glas, als Kate eintrat. Sorge überzog ihr Gesicht, als sie Morgan erblickte, mit gesenktem Kopf und gekrümmtem Rücken, die Ellenbogen in die Oberschenkel gerammt.

»Was ist denn hier los? Was um alles in der Welt wollen Sie denn jetzt wieder von ihm, Flanagan?« fragte sie mißtrauisch.

»Nicht viel. Ich hab nurnen kleinen neuen Deal abgeschlossen«, sagte der Ire und schenkte Kate einen Orangensaft ein. »Levy hat mir zehn zu eins geboten, wenn einer von unseren Jungs irgendsonen Rummelplatzboxer vor zahlenden Zuschauern in Springfield in Stücke schlägt. Ich habe Mike eben gebeten, sich um die Sache zu kümmern.«

»Wie bitte – boxen? Mike ist doch gar kein Boxer«, sagte sie mit Entschiedenheit in der Stimme.

»Er weiß Bescheid, Schatz«, sagte Morgan leise.

»Von Anfang an habe ich in Mike den Boxer erkannt«, erklärte Flanagan. »Solche Hände kenne ich sehr gut und solche Augen auch.«

Morgan schaute auf. »Aha, hab ich also in Rummelbuden geboxt, wie? Na schön, also gut. Aber Flanagan, das letzte Mal, als ich ohne Handschuh geboxt hab, da hab ich einen umgebracht. Soweit ich weiß, sind die Bullen immer noch hinter mir her.«

»Aber nicht in Springfield«, wehrte Flanagan ab und erinnerte sich seines Treffens mit Bullard. »Schauen Sie, ich gebe Ihnen feierlich mein Ehrenwort, daß, sollte irgendwas passieren, ich sofort zehn Riesen fürn Anwalt einsetze. Ich werde mir den besten für Sie holen – diesmal wird das wirklich und wahrhaftig Clarence Darrow. Also: Was sagen Sie?«

Morgan sah zu Kate auf.

»Gegen wen soll er denn antreten?« fragte sie.

Flanagan rieb sich das Kinn. »Keine Ahnung. Irgendson Boxwürstchen eben. Wen kümmerts denn groß?«

»Na, mich«, sagte Morgan und erhob sich. »Flanagan, ich kenn diese Boxbuden da – ich hab auch mal da drin gekämpft. Da gibts zwei Sorten von Fightern, und zwar die Typen aufm Weg nach oben und die Typen, die nur noch tiefer stürzen. Die Jungs aufm Weg nach oben würdens fürn Groschen mitnem Gorilla aufnehmen. Die verstehen zwar nicht viel von ihrer Sache, aber draufdonnern tun die wie verrückt. Die Abstiegskandidaten, die müssen antreten, ganz gleich, wer und was kommt, weil sie nur noch so ihre Brötchen verdienen können. Die kennen alle miesen Tricks – Daumen ins Auge, den Stoß in die Nieren, das Knie in die Familie. Die machen einen mit Ringerkunststückchen fertig, stellen sich auf deine Füße, geben dir die Ellenbogen, bis deine Rippen Kleinholz sind. Und dann, wenn du so richtig weichgekloppt bist, dann mischen sie dich mitnem linken Haken auf und schicken dich mitnem rechten gleich hinterher ins Land, wo der Schwachsinn blüht.«

Flanagan hatte Morgan noch nie so lange sprechen hören und war in der Tat mehr als verblüfft. »Also unmöglich?«

»Das hab ich nicht gesagt. Ich sag nur, daß unter hundert Herausforderern nur einer über vier Runden auf den Stempeln bleibt, auf denen er dann an die Kasse schleichen und seine zehn Dollar abholen kann. Um aber gegen sonen Budenboxer zu gewinnen, müßt ich schon mitnem Colt in der Faust reingehn.«

Mike setzte sich wieder und nippte an seinem Bier. »Erste Frage: Wer ist Ringrichter?«

»Colonel Cranston, der Unparteiische von heute. War mal Halbschwergewichtschampion in der Armee.«

»Das ist die erste gute Nachricht, die ich hör«, sagte Morgan. Er machte eine Pause. »Zweite Frage: Woher krieg ichn Paar Handschuhe undn Sparringspartner?«

Hugh fühlte sich, als hätte ihn eine Keule mitten ins Gesicht getroffen. Morgan umtanzte ihn, tauchte weg; seine Linke durchbrach immer wieder Hughs Deckung, als bestünde sie aus Sumpfdotterblumen. Hugh kam rechts heraus, aber statt Morgans Kopf traf er nur die Luft und mußte Mikes mit voller Kraft auf den Magen geschlagene Linke kassieren.

Hugh keuchte und ging in die Knie.

Dixie schlug an eine Blechtonne, die als Gong fungierte, und eilte an Hughs Seite. McPhail rappelte sich wieder auf und wankte, von Morgan gefolgt, zu seinem Platz.

»Haste genug?« fragte Morgan und befühlte die Platzwunde an seinem Kopf, die er sich bei diesem dämlichen Pferderennen eingehandelt hatte.

Dixie übernahm das Antworten. »Drei Runden«, sagte sie, »das langt.«

Mike packte Hugh beim Schopf. »Du warst gut, Junge«, sagte er anerkennend. »N paar schöne Schläge haste gebracht. Zum Henker damit. Los, gehn wir aufn Bier.«

Hugh war der einzige Trans-American gewesen, der sich bereit gefunden hatte, für Morgan den Sparringspartner zu machen, weil alle anderen diesen Prügeljob als das sichere Ende ihrer Rennchancen ansahen. Hugh hatte früher geboxt, nicht mit Handschuhen, sondern mit bloßen Fäusten, damals, als er noch Bergmann in Shotts war. Es war ihm zwar nie klar gewesen, warum sich die Kumpels überhaupt gekloppt hatten, aber wenn es einmal soweit war, draußen auf der Straße, dann kam man mit Wucht und Bitterkeit zur Sache.

Es war schon seltsam. Damals wurde immer darauf bestanden, daß der Sieger seinen Gegner ›fertigmachen‹ sollte. ›Dem gehört der Boden‹, nannte man das. Hugh war heilfroh, Mike nicht schon damals kennengelernt zu haben. Sein Kopf dröhnte und klingelte noch immer.

*Samstag, 9. Mai 1931*

## St. Louis (1952 Meilen/3141 km)

|  |  |  | Std. | Min. | Sek. |
|---|---|---|---|---|---|
| 1. | H. McPhail | (Großbritannien) | 317 | 12 | 00 |
| 2. | A. Capaldi | (USA) | 317 | 25 | 00 |
| 3. | J. Bouin | (Frankreich) | 317 | 36 | 28 |
| 4. | M. Morgan | (USA) | 317 | 44 | 20 |
| 5. | A. Cole | (USA) | 317 | 56 | 10 |
| 6. | P. Eskola | (Finnland) | 317 | 59 | 50 |
| 7. | P. Thurleigh | (Großbritannien) | 318 | 08 | 10 |
| 8. | R. Mullins | (Australien) | 318 | 28 | 12 |
| 9. | J. Martínez | (Mexiko) | 318 | 54 | 10 |
| 10. | L. Son | (Japan) | 319 | 10 | 47 |
| 11. | P. Brix | (USA) | 319 | 18 | 49 |
| 12. | P. Komar | (Polen) | 319 | 47 | 50 |
| 13. | P. Dasriaux | (Frankreich) | 319 | 49 | 10 |
| 14. | J. Schmidt | (Polen) | 320 | 06 | 21 |
| 15. | P. Coghlan | (Neuseeland) | 320 | 08 | 27 |
| 16. | P. O'Grady | (Irland) | 320 | 12 | 42 |
| 17. | C. O'Connor | (Irland) | 321 | 01 | 08 |
| 18. | P. Maffei | (Italien) | 321 | 29 | 12 |
| 19. | K. Lundberg | (Schweden) | 322 | 01 | 12 |
| 20. | R. Brady | (Irland) | 322 | 08 | 10 |

Damenerste (392): K. Sheridan (USA)

Insgesamt eingelaufen: 1021

Durchschnittstempo des Ersten: 9 Min. 45 Sek. pro Meile

# 20

## *Der große Kampf*

General Honeycombe hatte recht, dachte Flanagan, als er auf Coogan's Flats stand, direkt vor den Toren von Springfield, und zusammen mit Hugh, Dixie und Kate die wabernde Menschenmenge beobachtete.

Die Teilnahme der Trans-Americans an Honeycombes Rummelattraktionen hatte die Besucherzahl vermutlich aufs Doppelte hochschnellen lassen. Flanagan legte erst die Nasenwurzel, dann die Stirn in Falten. Er hätte in St. Louis mehr herausholen sollen, das wurde ihm leider erst jetzt klar. Aber für Tränen war es zu spät; in knapp einer Stunde würde Morgan Professor Andersons Boxer gegenübertreten müssen, und wieder einmal verspürte Flanagan jenes Übelkeit erregende, leere Gefühl, das ihn schon einmal in St. Louis überkommen hatte, als Thurleigh, Silver Stars Schweif weit vor sich, zur letzten Runde auf schwankenden Beinen gestartet war.

Er nickte Hugh zu. »Wir sehn uns in einer halben Stunde im Zelt. Vergessen Sie nicht, daß Sie für Mike als Sekundant fungieren. Hängt ne Masse davon ab für uns.«

Flanagan verließ die drei und boxte sich seinen Weg durch die Menge auf das Faustkämpferzelt zu.

Kate Sheridan lutschte an einer Zuckerstange, ihren linken Arm hatte sie um Dixies Schulter gelegt. Am Morgen war das zehntausendköpfige Publikum mit einem Programm aus Handikap-Wettläufen und neuartigen Disziplinen gefüttert worden, an denen Trans-Americans, lokale Sportmatadore und kommunale Würdenträger teilgenommen hatten. Kate war eine Sechsminutenmeile gelaufen und hatte auf einer auf dem Gelände neben dem Rummelplatz grob angelegten Bahn einen stämmigen örtlichen Sheriff kurz vor dem Ziel abfangen können und Erste gemacht.

Tausende, die zuvor den Laufdarbietungen der Trans-Americans gespannt gefolgt waren, hatten nun ihre Aufmerksamkeit und Aktivitäten dem Rummel zugewandt; etwas weiter weg, in einer Art grasreichem, kleinem Naturamphitheater draußen vor dem Rummelplatzgelände ließen sich Hunderte von Familien nieder, picknickten und sicherten sich somit einen Platz für Doc Coles Chickamauga-Auftritt, der für spät am Abend angekündigt war.

Hunderte sonnengebräunter Trans-Americans, leicht erkennbar an ihren Trikots, schoben sich durch das dichte Gedränge und gaben Kindern im Gehen die erbetenen Autogramme. Andere Läufer hielten Hof inmitten einer bunt zusammengewürfelten Fan-Gemeinde; Amerikaner darunter, Deutsche, Finnen und Chinesen, die alle mit Händen und Füßen redeten und durcheinanderquatschten. Einige Trans-Americans hielten Stegreifreden von den Bühnen herab, die sonst so buntverschiedenen Shows wie *Ching der Gummimensch* und *Krakenmenschen vom Chinesischen Meer* gehörten.

Als sie sich umdrehte, sah Dixie, daß Liebnitz und Pollard sich ihnen näherten, und lächelte die beiden Männer freundlich an. Carl Liebnitz' Reaktion bestand in einen ungewollt leicht dümmlichen Grinsen. Sein bisheriger Bierkonsum, jede Menge Eiscreme und Popcorn, drei Fahrten mit der Achterbahn und zwei mit dem Tatzelwurm hatten ausgereicht, ihn restlos davon zu überzeugen, daß wenn nicht die Wünsche, so doch ganz sicher die Tage seiner Jugend vorüber waren.

»Haltn Sies für möglich, daß Doc Falconer irgendwo was gegen n dicken Kopp hat?« nuschelte er.

Dixie zeigte auf den Trans-America-Rennleitungswohnwagen etwa hundert Meter hinten ihnen.

»Der Doc ist da drin«, sagte sie. »Bin sicher, daß er was für Sie hat, Mister Liebnitz.«

Der Journalist tippte sich etwas verlegen an die Hutkrempe und stattete ihr ein schwächliches Grinsen ab, bevor er in Richtung Caravan abschwenkte.

»Sieht so aus, als gehts heut unserm Mister Liebnitz nicht gerade bestens«, registrierte Dixie.

»Absolut nicht«, stimmte Pollard zu und unterbrach die verzückte Demontage einer gigantischen Himbeereisportion. Er lüftete mit der freien Hand seinen Papierhut, der innen die Aufforderung trug *Halt mich, Liebling!* und fächelte sich Luft ins gerötete Gesicht. »Ich glaub, Carl hat gemerkt, daß ein sechzig Jahre alter Magen dochn bißchen rebellisch wird, wenn man dermaßen viel in ihn reinkippt.«

»Wolln wir bloß hoffen, daß er bis zum Kampf wieder fit ist«, meinte Dixie besorgt.

Pollard nickte und vertiefte sich in seine Speiseeiskombination.

»Ich hoffe auch«, sagte er dann. »Also, ich würd son Fight nie und nimmer sausen lassen.«

Hugh stand einige Meter weiter, noch immer ganz gefangengenommen von dem lärmenden Trubel des Rummels. So etwas hatte er wirklich noch nie gesehen. Zwar hatte er das vergnügliche Familientreiben im Anschluß an die schottischen Hochlandspiele erlebt, aber die waren direkt zahm gewesen gegen diesen riesenhaften, dröhnenden Vergnügungswirbel. Die dicke Katmandufrau; Doktor Faustus; der syrische Feuerschlucker; das zweiköpfige Schwein; Martha, die behaarteste Frau der Welt; Faido, der Indische Gummimensch: All das wurde in einer lärmenden, ungezügelten und sinnverwirrenden Art präsentiert. Den ganzen Budentrubel überragte das Boxzelt in seiner Mitte, eine gewaltige Wachstuchfront grotesk bunter Malereien behandschuhter, in lächerliche Kampfposen verwickelter Männer warb für das Geschehen dahinter. Vor dem Zelt stand ein hohes hölzernes Podium mit Geländer, auf dem der Ausrufer, ein gedrungener kleiner Mann in blauem Blazer, weißer Flanellhose und Seglermütze, sein Publikum antrieb, die besten Boxchampions aufzustellen.

»Vier Runden«, brüllte er in ein Mikrofon. »Jeder, der gegen irgendeinen meiner Boys vier Runden auf den Füßen bleibt« – er ging etwas zur Seite, um den Gaffern einen besseren optischen Eindruck seiner Boxergarde zu vermitteln, die reglos hinter ihm stand – »hat zehn Dollar gewonnen. Und jeder, der gewinnt, und zwar nach den Queensbury-Regeln« – er betonte das Wort ›Queen‹, als wäre es tatsächlich ein königliches Privileg – »kann den Preis von einhundert – ich wiederhole: einhundert – Silberdollar mitnehmen.« Der Mann, der dann auf das Podium kam und sich als Professor Anderson vorstellte, hielt eine Leinenbörse in die Luft, schüttelte sie kräftig und schüttete dann den Inhalt auf einen Tisch.

Andersons Boxer waren ein rauhbeiniger und grobfäustiger Haufen; allesamt hatten sie Flachnasen und Blumenkohlohren, untrügliche Kennzeichen ihrer oft leidvollen Laufbahn. Aber keiner sah wirklich fit aus; Fettringe umspannten ihre Taillen, und in den Oberschenkeln arbeiteten nicht mehr allzu viele harte Muskeln. Sie waren Männer, deren bessere Zeiten schon lange vorüber waren, Männer auf der gefährlichen Reise in die verschwommenen, alkoholisierten mittleren Jahre.

Waren auch viele der früheren Reflexe unwiederbringlich dahin, so lebte dennoch die Erfahrung Tausender Boxrunden hinter den narbigen Augenbrauen, und sie waren gewiß mehr als ein lebendiger *Hau-den-Lukas!* für die rauflustigen jungen Landarbeiter, denen sie tagtäglich gegenüberstanden.

Mangel an Kandidaten, die die Angebote annahmen, herrschte nie, denn die Zeiten waren hart. Die Menge, die längst schon ihre eigenen Helden hochleben ließ, war schon den ganzen Tag über in Professor Andersons Zelt geströmt. Es kam ihm vor allem darauf an, dem Publikum etwas Herzbewegendes fürs Geld zu bieten, und des Boxprofessors Männer lieferten den Jungs aus der Gegend jeweils auch ein paar wenige Augenblicke des Triumphs. Gelegentlich wurde den Ringneulingen erlaubt, auch mal richtigen Körperkontakt mit den Faustkämpfern zu bekommen, doch für gewöhnlich nur im Bereich der Brust und der Arme. Solche ›Infights‹ wurden dann von Professor Anderson gern mit Sprüchen wie »Meine Fresse, ihr habt hier ja wirklichn veritablen Meister, nen richtigen zweiten Jack Dempsey!« oder etwas derart begleitet.

Die ersten beiden Runden sollten in der Regel den ›Herausforderern‹ gestatten, sich zu den Brüllereien der Menge zu erschöpfen, wenn die Profiboxer elegant vor ihren wilden Schwingern wegtauchten, um ab und zu mit tränentreibenden Schlägen auf die Nasen der Greenhorns zu antworten. Im Grund jedoch war die Menge vor allem gekommen, um mitzuerleben, wie große, starke Kerle geschlagen, getroffen, verletzt und gezeichnet wurden. Männer, die der Schrekken der Hauptstraße waren und nun von erfahrenen Boxern gedemütigt werden sollten. Sie kamen wegen jenes Augenblicks, in dem der Großkotz des Ortes zum ersten Mal in seinem Leben wirklich Dresche bekam und auch mal ordentlich Staub schlucken mußte; sie wollten den irren Ausdruck in seinen Augen sehen, wenn ihm dämmerte, daß er es dieses Mal selber war, der einen Denkzettel bekommen hatte.

Und mit Beginn der dritten Runde war dann meist alles klar. Zuerst ein paar vorbereitende Schwinger in Richtung Taille, um die Dekkung des ›Herausforderers‹ zu senken: Die meisten Männer hatten Schläge solcher Kraft noch nie verspürt, und normalerweise gingen sie mit der Deckung tiefer, um den Magen zu schützen. Sofort knallte dem Bedauernswerten eine harte linke Gerade ans Kinn, die Maß zu nehmen hatte, und dann krachte ihm ein keulenähnlicher rechter Haken an die gleiche Stelle. Viele Männer gingen schon nach dem ersten Schlag zu Boden, und nur manche überstanden den zweiten. Einige weniger glückliche Seelen torkelten mit zerschlagenen Sinnen und blutend aus Mund und Nase umher wie zu Tode getroffene Stiere und wurden trotzdem von ihren Anhängern zum Weitermachen aufgestachelt. Sie bekamen dann noch einen Hieb mitten ins Gesicht, und alles war vorüber. Ein Eimer kaltes Wasser wurde über dem nun waagerechten ›Dempsey‹ des Ortes ausgeschüttet, derweil Anderson die Menge »um Beifall« bat »für einen solch würdigen Herausforderer« und dann den nächsten Freizeitchampion ansagte.

Morgan hielt sich das alles nochmals vor Augen und verstaute es wortlos wieder im Hinterkopf, als sich Hugh und Flanagan hinter der Menge außerhalb des Zeltes zu ihm gesellten. Morgan sah zu den Boxern hoch; dort oben auf der Plattform gab es niemanden, mit dem er sich nicht messen könnte, alle sahen sie gewichtmäßig etwa wie er aus. Mikes Hauptsorge galt nicht nur seinen Beinen. Tief in seinem Innersten wußte er, daß er boxerisch ziemlich eingerostet war. Das hatte nichts mit Fitneß zu tun; aber alles mit Timing, Reflexen und reiner Aggressivität. Andersons Leute boxten sich tagtäglich durchs Leben; aber welche Fähigkeiten Morgan auch immer besessen haben mochte – sie waren längst unter Monaten der Langstreckenlauferei verschüttet. Er mußte seine Qualitäten wieder neu entdecken, bevor er sie einsetzen konnte, und wenn es hier für ihn soweit war, konnte das durchaus schon zu spät sein. Vier Runden waren, selbst bei cleverer Kampfeinteilung, eine schmerzhafte Ewigkeit, wenn Ellenbogen und Knie oder ein knochiger Schädel, gegen sein Gesicht gestoßen, mitmischen würden.

Nein, es war immer verdammt hart in jenem kleinen umseilten Viereck für jene, die nicht jeden Tag darin lebten und atmeten, gleichgültig, wie die eigene Kraft und Fitneß auch beschaffen sein mochten. Manchmal konnte ja ein starker und flinker Kerl tatsächlich vier Runden durchstehen, aber Morgan hatte noch nie gesehen, daß ein ›Herausforderer‹ auch als Sieger aus dem Ring stieg.

Was seinen Kampf betraf, hatte Flanagan gegen Levy 5000 Dollar bei drei zu eins gesetzt, daß er die vier Runden durchstehen würde. Also hätte Andersen auch nochne Scheibe davon, falls sein Mann es schaffen sollte, ihn schon früher auszuschalten. Und es würde sowieso noch mehr Geld hereinkommen, wenn er sich nun als Herausforderer melden würde.

Hugh knuffte ihn leicht in die Rippen, und Morgan hob die Hand. »Ein Herausforderer!« rief der Professor, und alles drehte sich nach Morgan um. »Kommen Sie mal rauf hier, junger Mann!« Morgan und Hugh bahnten sich ihren Weg durch die Menge und erklommen die

Stufen zum Podium. Dort schüttelte Anderson Morgan die Hand, um sich dann wieder dem Publikum zuzuwenden.

»Ihr Name, Sir?« fragte er und hielt das Mikrofon noch immer vor den Mund. Morgan gab ihm Antwort.

»Mike Morgan!« brüllte Andersen. »Etwa dieser Mike Morgan aus dem Trans-America-Rennen?«

Morgan nickte; die Menge reagierte mit Applaus und Rufen.

»Also, meine Damen und Herren«, rief Anderson, »das istn Herausforderer, der wohl kaum zu schlagen sein wird.«

Er hob die Hände über den Kopf. »Das, meine Damen und Herren, ist wirklichne große Ehre. Also, rührt die Hände, Leute, für Mike Morgan, einen wahrhaft würdigen Herausforderer.«

Er begann zu applaudieren, beide Hände noch immer über dem Kopf, und sofort machte die Menge begeistert mit und drängte machtvoll nach vorn.

Morgan wußte, daß Anderson ihn bereits taxierte. Der Boxprofessor hatte Morgans linken Arm fest gepackt, um ihn auf das Podium hinaufzuziehen, und klopfte ihm nun jovial in die Magengegend, um zu prüfen, wie Mikes Unterleibsmuskulatur beschaffen war. Dann nickte der Ausrufer einem seiner Helden zu, und dieses Zeichen konnte nur eines bedeuten: Sie würden einen schwereren Mann gegen ihn antreten lassen, jemanden, der zwanzig Pfund schwerer war als Morgan. Es würde nicht leicht werden.

Auf einen besonderen Wink hin deutete Professor Anderson auf den völlig verschwitzten Leonard Levy, der in der ersten Reihe stand. Levys rechter Arm war erhoben.

»Ja, Sir«, rief Anderson ihm zu. »Was kann ich für Sie tun?«

Levy arbeitete sich zu den Holzstufen vor, die zum Podium führten, und flüsterte etwas in das Ohr des Professors. Anderson kehrte zum Mikrofon zurück und bat mit erhobenen Armen um Ruhe. »Meine Damen und Herren«, rief er. »Wir haben noch eine, eine ganz besondere Herausforderung!«

Wieder beschworen seine Hände größtmögliche Ruhe, dann winkte er Levy, der einen weißen leichten Sommeranzug und einen Panamahut trug, ans Mikrofon heran.

»Meine Damen und Herren. Darf ich Ihnen eine der wahrhaft großen Sportskanonen unserer Tage vorstellen – den hervorragenden Promoter und zweiten Sieger des großartigen Rennens von St. Louis letzte Woche, Mister Leonard H. Levy.«

Anhaltender Beifall, denn Levys Leistung hatte ihn zu einer weithin beachteten Gestalt werden lassen. Levy zog das Mikrofon zu sich heran und begann mit etwas zaghafter Stimme zu reden.

»Die meisten von Ihnen wissen wahrscheinlich, daß Mister Flanagan auf das Ergebnis dieses Kampfes bereits eine kleine feine Nebenwette abgeschlossen hat.« Er holte kurz Luft. »Ich möchte Mister Flanagan um ein Weiteres herausfordern. Ich biete ihm den zusätzlichen Einsatz von fünftausend Dollar bei einer großzügigen Quote von sechs zu eins, daß sein Champion keinen von Professor Andersons Männern über vier Runden schlagen kann. Das, meine Damen und Herren, ist meine Herausforderung.«

Wieder Beifall, dann Freudenschreie und Jubelrufe aus der dichten Menschenmenge vor dem Zelt.

Anderson eilte ans Mikrofon und sagte: »Würde Mister Flanagan wohl die Güte haben und hier zu uns auf die Bühne kommen?«

Flanagan, schon darauf vorbereitet, hatte bereits unten an den Stufen gewartet, erklomm nun selbstbewußt das Podium, bückte sich und brachte seinen Mund an das Mikrofon.

»Ich möchte wirklich meinen, daß man mich auch hier inzwischen kennt.«

Die Menge brüllte ihre Zustimmung.

»Dann nehme ich auch an, daß jeder von euch weiß, daß ich vor allem anderen und zu allererst ein Sportsmann bin?«

Erneuter brüllender Applaus.

»Also, meine Freunde, was meint ihr? Soll ich auf Mister Levy einsteigen?« Er wandte sich etwas zur Seite und legte dem Sportsmann aus St. Louis seine Rechte auf die Schulter. »Noch mal, Leonard?«

Es gab keinen Zweifel, wie die Menge dachte, und sie brachte das auch lauthals zum Ausdruck.

Flanagan lächelte sein knitteriges, zahnreiches Lächeln.

»Okay, okay«, sagte er. »Ihr habt mir sogar das Nachdenken abgenommen.«

Flanagan griff in die Innentasche seines Jacketts, zog ein ordentliches Bündel Banknoten hervor, teilte einen dicken Packen davon ab und hielt ihn vor der Menge hoch.

»Also, fünf Riesen mehr im Pott«, sagte er, »das heißt, Mike Morgan, der Eisenmann, schlägt jeden Kerl, der hier im Auftrag des Professors antritt.«

Levy antwortete auf seine Art und zog ein noch dickeres Dollarbündel heraus, danach gaben die Männer sich, Anderson zwischen ihnen stehend, stumm die Hand. Der Boxprofessor legte seine Hände auf die ihren.

»Der Budenboxkampf des Jahrhunderts«, bellte er ins Mikrofon. »Mike Morgan gegen...« Er unterbrach sich kurz. »Meine Damen und Herren, ich denke, wir sollten Sie noch im Ungewissen lassen, was seinen Gegner betrifft. Lassen Sie mich nur soviel sagen, daß es der beste Mann sein wird, den ich aufbieten kann. Also, alles die Ärmel hochkrempeln für den Boxkampf des Jahrhunderts.«

Es gab fast einen Tumult, als die Massen auf den schmalen Eingang zum Zelt rechts von der Bühne zuwogten. Andersons Boxer mußten schließlich eingesetzt werden, um aus der kampflüsternen Menge eine lärmende, rempelnde, weit über hundert Meter lange Menschenschlange zu bilden. Flanagan folgte Morgan und Hugh ins Zelt, während Levy und Anderson noch auf dem Podium standen und miteinander sprachen.

»Wir werden die wie Sardinen schichten«, begeisterte sich Anderson. »Ich schätz, ich kann in mein Zelt mehr als fünfhundert Leute reinstecken – sechshundert sagen wir mal, wenn sie sich gegenseitig auf den Hühneraugen stehen.«

»Na, großartig«, sagte Levy. »Aber was ist mit Ihrem Mann? Haben Sie ihn auch richtig in Schuß?«

»Alles klar«, beruhigte ihn Anderson. »Mein bester, n echter Profi. Macht Morgan mit seinen fümmunzwanzig Pfund mehr schon alle. Gibts nicht, daß irgendn oller Läufer nen Profi schlägt. Aber der zahlende Kunde soll seine Show kriegen, Mister Levy. Also soll er diesen Morgan ruhign paar Runden leben lassen, damit er gut aussieht. Aber in der dritten ist Schluß mit lustig. Sind Sie einverstanden?«

Levy nickte. »Aber regeln Sie das bloß, daß er ihn richtig niedermacht. Ich möcht nachher nicht nochne Entscheidung nach Punkten.«

»Nein«, sagte Anderson. »Nicht bei Ihrem ulkigen Oberst Cranston als Ringrichter. Hab ihn gerade vorn paar Minuten gesehn. Sieht ja aus, als wär er gerade frisch von West Point ausgebüchst. Eine Punktentscheidung wirds nicht geben. Hab meinem Jungen schon ganz klar gesagt, daß er gefeuert ist, wenn er Morgan nicht in der dritten Runde auspustet.«

Mittlerweile hatten Morgan und Hugh das noch stille, leere Zelt betreten. Anderson und die nachdrückenden Massen blieben draußen. Der Boxprofessor, der ja schon vorher von Morgans Herausforderung informiert war, hatte auch die Bühnenbänke ausräumen lassen, um so das Zuschauerfassungsvermögen zu erhöhen. Nur ein Geviert verblichen-roter Samtstühle wartete auf die Sitzflächen der örtlichen Würdenträger. Morgan zog sich an den schlaffen, schmierigen Seilen des Rings hinauf. Langsam ging er in die Mitte, sah sich dort um und prägte sich jede Einzelheit in sein Gehirn.

Der abgestandene und bittere Geruch von Schweiß und Sägemehl war seit seinen Boxtagen in Kansas nicht anders geworden, die gleichen durchhängenden Seile, der gleiche schmutzige, unebene Segeltuchboden, die gleichen niedrigen, ausgesessenen Eckhocker, die fast greifbare Atmosphäre aus Schweiß, vermischt mit der Süße nassen Grases und dem säuerlichen Geruch von Einreibemitteln.

Er sah auf seine Handschuhe hinunter – braune, plumpe und geflickte Dinger – und nahm sie auf, als Anderson gerade mit Oberst Cranston das Zelt betrat. Andersons Augen wurden schmal, als er bemerkte, daß Morgan bereits begonnen hatte, sich seine Hände einzubinden.

»Schon mal geboxt?« fragte er und stieg in den Ring.

»N bißchen«, antwortete Morgan, und seine linke Hand schlüpfte in den Boxhandschuh, den er dann hart klatschend gegen seine Rechte schlug.

Alan Cranston stieg als nächster unter den Seilen hindurch. Er nahm Morgan den rechten Handschuh aus der Hand und schüttelte den Kopf. »Eine Schande«, sagte er. »Dann können Sie ja gleich mit bloßen Fäusten kämpfen. Unter meiner Aufsicht findet mit denen hier nicht eine Runde statt.«

»Aber wir haben ja hier doch kein Turnier um den Goldenen Boxhandschuh, Colonel«, wandte Anderson säuerlich ein.

»Bestimmt nicht«, antwortete Cranston eisig. »Aber diese Handschuhe sind in einem schrecklichen Zustand. Also, tauschen Sie sie aus, Mann, aber ein bißchen plötzlich.«

Anderson schaute finster drein, allzu überrascht, um darauf etwas zu erwidern, und schritt nach kurzem Zögern zum Eingang des Zeltes hinüber.

Oberst Cranston sah ihm kurz nach und ging dann den Ring ab, um die Seile zu kontrollieren. Er runzelte die Stirn. Nach all den honorigen Fair-play-Abmachungen in St. Louis hatte er einen solchen Schlamperladen wirklich nicht erwartet. Es roch hier nicht nur nach Schweiß und Fäulnis, sondern auch nach schmutzigem Geschäft, überlegte er sich; vielleicht hätte er es mit der Schiedsrichterei im Coolidge Stadion bewenden lassen sollen, als sein Ruf noch makellos war. Die Handschuhe konnte er zwar austauschen lassen, aber wenig war gegen die schlaffen Ringseile, den schmutzigen, unebenen, schlecht geflickten Ringboden oder gar die zu niedrigen Balken des Zeltdachs auszurichten.

Wenig später kehrte Anderson zurück und hebelte sich seinen Weg durch die ins Zelt hereinströmenden Männer, Frauen und Kinder und den schmalen Gang hinauf zum Ring. Durch die Seile hindurch reichte er Cranston zwei Paar Handschuhe. »Entsprechen die nun Ihren Vorstellungen, Euer Ehren?« krächzte er.

Cranston steckte seine Faust in jeden der Handschuhe, schlug gegen die freie Handfläche und untersuchte alle vier sehr sorgfältig. »Die gehn«, sagte er und reichte Morgan ein Paar. »Nur noch eins: das Zeitnehmen.« Er zeigte in eine neutrale Ecke, wo ein gedrungener, flachnasiger Mann in einem Sweater mit Polohemdkragen stand. »Sergeant O'Brien«, stellte er vor, »er wird die Zeit nehmen.«

Anderson bließ schon wieder schmollend die Backen auf. Das Zeitnehmen war in diesem Zelt gewöhnlich recht flexibel gehandhabt worden: lange Runden, um kräftige Grünschnäbel zu zermürben, kurze Runden, wenn seine Champions selbst zu Boden gingen.

»Also gut, wenn Sie drauf bestehn, Colonel.«

»Und ob«, fauchte Cranston und zog an den Seilen. »Unternehmen Sie lieber mal was gegen diese verdammten Fallstricke.«

Morgan saß still und aufmerksam auf seinem Hocker. Er ließ die Boxhandschuhe zwischen den Beinen baumeln und schaute sich im Ring um. Kleiner als gewöhnlich, dachte er, um Boxnovizen keine Fluchtmöglichkeit zu bieten. Ihm paßte das in den Kram: Er war schließlich nicht auch noch hierher zum Kilometerfressen gekommen – und schaute nach oben zu den Holzbalken des niedrigen Zeltdachs, etwa einsfünfundneunzig über dem Ring. Die meisten Neulinge tauchten nämlich unter den Balken weg, weil sie ihre Höhe falsch einschätzten, aber in einem solchen Augenblick konnte sie ein linker Haken sehr schnell in Morpheus Arme schicken. Mike stand auf und ging langsam über den Ringboden und suchte ihn nach Schwachstellen ab, auf denen er unter Umständen die Balance verlieren konnte. Budenboxer kannten solche nachgiebigen Stellen im Bohlenboden natürlich im Schlaf und waren ständig bemüht, ihren Gegner dorthin zu treiben und mit einem einzigen wohlgezielten Schlag niederzustrecken, sobald er ins Stolpern geriet.

Wie gewöhnlich war sogar der Hocker zu niedrig und daher unbequem, um dem ›Herausforderer‹ die Ruhepause zwischen den Runden so gründlich wie möglich zu verderben. Anderson war wirklich ein Sportsmann von olympischem Kaliber.

Für Morgan war es, als sei er heimgekehrt. 1930 hatte er drei Monate in einem solchen Zelt verbracht, wo er Bauernlümmel aus Kansas und Nebraska bearbeitete, damals in einer gewissen Colonel Marshall's Academy of Boxing. Dort war er von Packy Paterson geschult worden, einem alternden Mittelgewicht, der einst große Zeiten, immer am Rand von echten Meisterehren, gehabt hatte. Der alte Packy hatte ihm jeden Trick des Budenboxerhandwerks beigebogen – wie man den Gegner dazu bringt, daß er Schläge einstecken muß, ihn mit Ellenbogen und Ringertricks erschöpft, seine Nieren bearbeitet und trotz der Handschuhe seine Augen. Packys Spezialität war ein langer, weithergeholter linker Um-die-Ecke-Schwinger an den Schädel und gleich hinterher ein kurzer rechter Haken ans Kinn. Beide Schläge wurden zugegebenermaßen oft noch durch etwas gebrannten Gips im Inneren seines linken Handschuhs verstärkt, aber das machte dem Empfänger zu diesem Zeitpunkt meistens schon nichts mehr aus, genausowenig wie dem Publikum...

Das Zelt beulte sich schon gewaltig aus, als immer noch mehr Zuschauer, die das Kartenhäuschen am Eingang passiert hatten, hereindrängten, so daß diejenigen, die schon ganz vorne standen, nicht anders konnten, als ebenfalls noch weiter nach vorn zu drängen, und gegen das zerbrechliche Viereck der Ehrenplätze protestierten, mit dem Anderson den Ring umsäumt hatte. Den Einbau einer Klimaanlage – wie in großen Hallen – hatte Professor Anderson aus verständlichen Gründen unterlassen, und so war es in dem Zelt bald wie in einer Sauna. Levy, der neben Flanagan im Ehrenplatzbereich saß, tropfte der Schweiß auf den feinen Anzug, der alsbald ungemütlich an seiner Haut klebte. Er lockerte seine Seidenkrawatte und öffnete den obersten Hemdenknopf.

»Sieht so aus, als kriegte der Professor ein volles Haus«, sagte er und sah sich nach allen Seiten um. »Gibt doch nichts Besseres als guten, sauberen Sport, um die Leute reinzukriegen.« Er unterdrückte ein Lächeln. Seine Wette mit Flanagan hatte nichts mit Geld zu tun. Leonard H. Levy mochte es nur nicht, an die Wand gedrückt zu werden durch die Cleverness eines anderen, und Flanagan sollte keine Gelegenheit bekommen, seinen Weg nach New York mit seinem, Levys, Skalp am Gürtel fortzusetzen. Er sah zum Ring hinauf. Anderson, der sich mit einem atemberaubenden

Zaubertrick in einen piekfeinen Abendanzugträger verwandelt hatte, setzte ein Megafon an seine Lippen. Die lärmende Menge beruhigte sich.

»Es ist mir ein großes Vergnügen, meine Damen und Herren, die heutige Sonderherausforderungsrunde anzukündigen«, quäkte er. »In der Ecke zu meiner Rechten der Herausforderer, der Eisenmann im Trans-America, Mike Morgan, der zur Zeit als vierter im Rennen liegt und sehr schnell aufrückt. Und da betritt gerade der größte Champion aller Boxzelte in Illinois den Ring...« Hinter ihm drängte sich eine gewaltige, gekrümmte Schattengestalt im Ankleidemantel, die Kapuze über den Kopf gezogen, durch die Menge.

Flanagan stöhnte auf, als Andersons Mann zur Begleitung lauthals geäußerter Jubel- und Buhrufe in den Ring kletterte. Kate, die direkt unter Morgans Ecke stand, schaute ängstlich zu Flanagan hinüber. Der Mann war stattliche 170 Pfund schwer, ein klassischer Rummelbudenboxer. Flanagan rang sich ein müdes Lächeln ab und ballte eine noch müdere Faust. »Nimms leicht«, sagten seine Lippen tonlos zu Kate hinüber. »Wir putzen ihn weg.«

Wie in alten Zeiten, dachte Doc, bis auf die Zuschauer, denn ein so riesiges Publikum hatte er noch nie vor sich gehabt. Etwa viertausend Menschen saßen und standen um ihn herum, doch nur die ersten zehn, fünfzehn Reihen waren im Bereich der Lampen von der Bühne aus deutlicher zu sehen, während im Hintergrund General Honeycombes Rummel weiterwirbelte und -schmetterte. Doc Cole war inzwischen eine Berühmtheit; selbst wenn er keine einzige Silbe gesagt hätte oder einfach nur auf der Stelle gelaufen wäre, sein Publikum hätte wahrhaftig gemeint, schon genug für sein Geld geboten bekommen zu haben.

Doc stand am Mikrofon, eine winzige sonnengebräunte Gestalt im gleißenden Licht der Bühnenscheinwerfer, und zwar vor einem Holztisch, auf dem ein Schildkrötenpanzer lag und reihenweise farbige Glasflaschen standen, die er sich noch am Morgen in der örtlichen Apotheke besorgt hatte. Neben dem Tisch reckte sich ein menschliches Skelett, der Inhaber der Geisterbahn war so freundlich gewesen, es ihm zu borgen. Gewaltiger Willkommenslärm schwoll auf und donnernder Beifall, und die ersten Reihen der Zuschauerschaft drängten sich näher an ihn heran.

Mit erhobenen Händen bat Doc um Ruhe. »Meine Damen und Herren«, begann er, »ich bin heute nicht zu Ihnen gekommen als Doc

Cole, der Trans-American. Nein, ich komme zu Ihnen als der Verkünder großartiger und bedeutender Neuigkeiten. Großartiger Neuigkeiten nämlich, die das Leben eines jeden Mannes, einer jeden Frau und eines jeden Kindes unter euch verändern werden.« Seine Stimme hatte wieder das geheimnisvolle Timbre des Handlungsreisenden, denn jetzt war er wieder der Doc Cole, der Edelhöker, der die Bedürfnisse seiner Kundschaft kannte und sie verzauberte.

»Lassen Sie mich Ihnen zuerst eine Geschichte erzählen, die aus dem alten China stammt. Während der Wang-P'o-Dynastie sank dort die Geburtenrate ganz plötzlich wie ein Stein. Reich wie arm waren betroffen, und entfliehen konnte dem niemand.

Der Kaiser bot zehn Millionen Yüan – in unserem Geld sind das ungefähr hunderttausend Silberdollar – für ein Mittel, was seinen Untertanen diese wichtige Lebenskraft zurückzugeben vermochte. Aber alle Anstrengungen in dieser Richtung schlugen fehl – bis ein Wissenschaftler namens Hei Tuck Tschô eine bemerkenswerte Entdeckung machte.«

Doc schritt langsam über die Bühne zum Tisch und griff sich den Schildkrötenpanzer, den er mit beiden Händen vor sich hielt.

»Hei Tuck Tschô«, fuhr er fort, »erforschte gerade ein vulkanisches Gebiet in der südlichen Mongolei, als er eine ungenannte Zahl kleiner schildkrötenähnlicher Tiere bemerkte. Auf den ersten Blick schienen sie äußerlich völlig gleich zu sein. Hier und da aber fand er eines mit wunderschönen goldenen Streifen. Und eines Tages fragte sich der Wissenschaftler, wie es käme, daß es so wenig Schildkröten mit goldenen Streifen gab, und forschte nach dem Grund.«

Doc pausierte, legte den Schildkrötenpanzer beiseite, öffnete den mittleren Knopf seines 1908er Olympiatrikots und streckte dann dem Publikum sieben Finger entgegen.

»Hei Tuck Tschô untersuchte siebentausend – ich wiederhole, siebentausend dieser gestreiften Schildkröten: Und wissen Sie, was das waren? Haben Sie irgendne Idee?«

Er wartete gar nicht erst auf Antwort.

»Das waren alles männliche Schildkröten, liebe Leute.«

Wieder machte er Pause. »Aber die wirklich wichtige Sache dabei war, daß sich das Verhältnis zwischen Männchen und Weibchen dieser Schildkrötenart auf eins zu zwölfhundert belief.«

Doc machte zum dritten Mal eine Pause.

»An diesem Punkt war sich Hei Tuck Tschô ganz sicher, daß er kurz vor einer ganz bedeutenden Entdeckung stand. Und stand schließlich nicht auch das Schicksal ganz Chinas auf dem Spiel? Also mußte er die Quelle dieser unfaßbaren Vitalkraft bestimmen, über die diese bemitleidenswerten, dafür aber unzweifelhaft mächtig potenten wenigen männlichen Schildkröten verfügten.«

Doc hob ein Glas Wasser an die Lippen und nippte daran. Im Publikum hätte man eine Stecknadel fallen hören können.

»Aber was fand er heraus, meine Herren? Oder besser: Was fand er heraus, meine Damen?«

Doc stellte das Glas zurück auf den Tisch, hob seinen Zeigefinger und spießte sein Publikum fast auf damit.

»Ich werds Ihnen sagen, was er herausgefunden hat, meine allerwertesten Zuhörer«, sagte er. »Hei Tuck Tschô fand heraus, daß im Unterschied zu den weiblichen die männlichen Schildkröten über eine winzige taschenartige Falte am Hirnstamm verfügten. Und die wurde dann als die *Quali-Quah-Tasche* bekannt.«

Er hielt sich einen kleinen Lederbeutel über den Kopf.

»Also die Quali-Quah-Tasche«, wiederholte er, »und Hei Tuck Tschô arbeitete daran wie ein Besessener. Hunderte dieser Taschen löste er aus den Männerhirnen heraus, trocknete und pulverisierte sie und eilte dann an den kaiserlichen Hof zurück. Der Kaiser, der wegen seines Untertanenmangels völlig verzweifelt war, beauftragte Hei Tuck Tschô, sich umgehend geeignete Patienten beschaffen zu lassen, mit denen er experimentieren sollte.«

Doc räusperte sich.

»Und wißt ihr, meine Freunde, was für bedauernswerte, hoffnungslose Opfer der Impotenz der Kaiser für Hei Tuck Tschô beschaffen ließ? Jeder dieser Männer hatte mindestens schon das siebzigste Lebensjahr erreicht, und einer, des Kaisers eigener Vetter, war sogar schon über neunundachtzig. Denkt doch nur mal! Einige waren bereits zu schwach, um überhaupt noch stehen zu können, ganz zu schweigen davon, ihre männlichen Aufgaben zu erfüllen. Das waren also wirklich arme Schrumpelwürstchen, die man herbeigeschafft hatte, um die Güte von Quali-Quah auszuprobieren...«

Seine Zuhörerschaft lachte sich halbtot.

Wieder pausierte Doc und drohte mit dem Zeigefinger. »Das war überhaupt nicht zum Lachen, gewißlich nicht, als Hei Tuck Tschô sich diese Zeugnisse abgestorbener Geschlechtlichkeit ansah und sein weiteres Schicksal bedachte für den Fall, daß seine Aufgabe mißraten sollte. Er wußte nämlich, daß der Kaiser, welcher der vielen Scharlatanerien der Vergangenheit langsam müde war, ihm die schlimmsten Strafen zugedacht hatte, sollten die Patienten nicht genesen.«

Doc senkte die Stimme zu einem Flüsterton und zog das Mikrofon zu sich heran. »Meine Herren, in einem Zeitraum von genau vier Stunden spannten diese geschlechtsgeschwächten Exemplare ihre seit Dekaden unbenutzten Bauchmuskeln und schrien laut ›Ponk Wook Eh!‹, was, wie viele von Ihnen wissen werden, die chinesische Entsprechung zu ›Es kommt!‹ ist.

Der gute Stil verbietet mir zu schildern, was dann geschah. Es mag hier ausreichen zu erwähnen, daß in genau neun Monaten die regenerierende Kraft von Quali-Quah zweifelsfrei bewiesen war. Und wie groß ist heute die Bevölkerung von China, na, meine Damen und Herren? Ich sag es Ihnen – sechshundert Millionen – ein Viertel der Gesamtbevölkerung dieses unseres Planeten!

So, meine Herren. Und in meinem Chickamaugapräparat steckt noch immer eine ausreichende Menge an Quali-Quah, um Ihnen zu genau den gleichen Erfolgen bäuchlings fixierter Männlichkeit zu verhelfen, die China zu einem Wunder, aber auch zu einem Problem für die moderne Welt hat werden lassen.«

Doc hob eine Flasche Chickamauga hoch.

»Und noch eines, meine Herren, ich habe nicht die Absicht, Ihnen mein Chickamauga zu verkaufen. Nein, ich werde es einfach weggeben. Jeder von Ihnen, der nämlich für einen Dollar mein Autogrammfoto kauft, bekommt eine Fünfdollarflasche Chickamauga umsonst. Ist das etwa nichts?«

Tosender Beifall rauschte auf. Die Zeiten hatten sich zwar geändert und auch das Denken in den Köpfen der Menschen (nur sehr wenige im Publikum hatten viel Vertrauen in die männlichmachenden Qualitäten von Quali-Quah), aber wen scherte das schon? Doc war die raunende Stimme aus einer öllampenerleuchteten, heimelig-dunklen Vergangenheit, in der die Menschen noch an die Wirkung von Dr. Meyers Lebensfunken, Perry Davis' Schmerzkiller oder Dr. Perkins' Schlepper glaubten. Für sie war Doc Cole John Philip Sousa, Jim Thorpe und Teddy Roosevelt in einer Person, und binnen einer Stunde war sein Chickamauga *ausverkauft*, und seine Fotografien gingen auch so fürnen Dollar das Stück weg.

Morgan saß auf seinem Hocker und schaute quer durch den Ring in die andere Ecke. Aber natürlich, das war der alte Packy, kein Zweifel! Das Jahr hatte zwar etwas mehr Fett um seine Taille gelegt und Packys Brustkorb begann etwas abzusinken, aber noch immer hatte er den breiten, muskelbepackten Rücken und die Schultern eines alten Profis. Morgan hatte 1930 oft mit Packy gekämpft; der Veteran war zunächst ein paar Runden mit ihm herumgetanzt, bevor er Mike in der dritten niedermachte, aber Morgan wußte durchaus, daß der Alte ganz sicher noch eine Menge guter Schläge in seinem Bizeps verbarg.

Packys erste Reaktion war Überraschung, dann Vergnügen. Er wischte sich das Lächeln aus dem Gesicht und ging drohend in die Ringmitte, wo Morgan auf ihn wartete.

»Fein, dich wiederzusehen, Morgan«, begrüßte er Mike und setzte schnell den Grollblick auf. Seine Stimme senkte sich. »Ich hab Probleme«, flüsterte er. »Anderson dünnt die Mannschaft aus. Wenn ich dich nicht schaffe, schmeißt er mich raus. Also leg dich um Gottes Willen hin, Junge, und zwar in der dritten.«

Morgan ging in seine Ecke zurück. Das Bild war klar. Packy hatte seine letzte Chance, hier und jetzt. Noch einmal verlieren, und der alte Mann war erledigt.

Unterhalb des Rings saß Flanagan auf einem der klobigen ausgeblichenen Samtstühle und paffte besorgt seine Zigarre, während er mit dem Bürgermeister von Bloomington und anderen städtischen Würdenträgern Höflichkeiten austauschte und Leuten hinter ihm Nebenwetten andrehte. Aus den Rufen der Menge schloß Morgan auf erhebliche Unterstützung für sich selbst, zumal die Nachrichten seines bisherigen Abschneidens im Trans-America schneller gewesen waren als er und sich eine ganze Menge Trans-Americans im Publikum befanden. Flanagan nuckelte inzwischen hektisch an seiner Havanna und sah zu Packy Paterson hinauf. Plötzlich packte ihn das Zittern. Schon wieder der Tanz auf dem Hochseil! Er zwang sich zu einem zuversichtlichen Lächeln, als Liebnitz und Pollard vorüberkamen und ersterer sich den Weg zu seinem Platz links von Flanagan bahnte. Der Senior der Journalisten, dessen Gesicht sehr bleich wirkte, nickte nur trübe mit dem Kopf.

Cranston hatte inzwischen die beiden Boxer in der Ringmitte zusammengebracht und stand zwischen ihnen, die Hände auf ihren Schultern.

»Meine Herren«, sagte er, »ich möchte, daß das ein sauberer Kampf wird. Geht auseinander, wenn ich sage, ihr sollt das tun, und haltet eure Schläge über der Gürtellinie. Und merkt euch, ich bin Ring- und Punktrichter in einer Person. Viel Glück euch beiden.«

Packy ging wieder in seine Ecke und warf Morgan noch schnell einen verständnisinnigen Blick zu. Mike reagierte nicht.

Sergeant O'Brien schlug den Gong zur ersten Runde.

Packy kam herausgetigert, und beide Männer gingen sofort in den Clinch. Packy nagelte Morgans Arme an dessen Körper fest.

»Laß uns bloß gut aussehen, Morg«, flüsterte er Mike zu und buffte ihn mit einer weich geschlagenen Linken, als Cranston die beiden trennte.

Morgan umkreiste Packy und schoß prügelnde Linke heraus, um seine Distanz zu finden. Dieser Kampf war schließlich keine Boxerei mit bloßen Fäusten, wo ein Donnerschlag alles beendete. Morgan kreiste weiter und versuchte, seine Gedanken zu ordnen und sich zu konzentrieren. Packys lange, weithergeholte Linke kam herüber und erwischte ihn an der rechten Wange, und der boxende Läufer verfluchte seine eigene Langsamkeit. Packy schob sogleich einen kurzen linken Haken nach, aber es steckte keine Kraft in ihm. Oberst Cranstons Handschuhinspektion hatte sichergestellt, daß kein gebrannter Gips im Spiel war.

Packy trommelte jetzt einige optisch sehr wirkungsvolle Rattatatt-Haken auf den Körper, aber noch immer waren die Schläge ohne große Wirkung. »Los, laß uns maln bißchen Klasse ausfahrn, Morgan«, schnaubte er und grinste, als sie sich wieder verklammerten. Morgan reagierte mit ein paar leichthändigen, schnellen Schlägen an Packys Kopf und eine ganze Serie Magenhaken hinterher. Aber auch er stellte sicher, daß kein Dampf in ihnen war. Die beiden Männer lieferten der Menge noch ein paar gut aussehende Schlagkombinationen, als der Gong das Ende der ersten Runde signalisierte.

Morgan setzte sich wieder auf seinen Hocker. »Was meinst du?« fragte Hugh besorgt und wedelte mit dem Handtuch vor Mikes Gesicht herum, um seinen Mann zu kühlen. »Du siehst nicht grade glücklich aus«, sagte er, als Morgan sich den Mund ausspülte.

»Ich kenn ihn«, erwiderte Morgan und spuckte wieder in den Wassereimer. »Das ist Packy Paterson. Ich hab schon früher mit ihm geboxt; er ist nicht leicht unterzukriegen.« Mike war sich nicht einmal sicher, ob er das auch wirklich wollte, denn schließlich war Packy früher zu ihm wie ein älterer Bruder gewesen. Der alte Mann war erledigt, wenn er ihn allemachte. Und trotzdem ...

Morgans Gedanken fochten gegeneinander. Einerseits kramte er verzweifelt in seiner Vergangenheit herum und versuchte sich der

Grund- und Kombinationsschläge zu erinnern, die Packy immer ›voll Stoff‹ gebracht hatte, wie auch der Konter, die der Veteran ihn zu lehren bemüht gewesen war. Mike wußte, daß einzig das Muskelgedächtnis jener Tage mit Packy ihn über die Zeit retten konnte, denn irgendwann einmal hatte er jeden einzelnen Schlag aus dem Repertoire des alten Kämpfers einzustecken gehabt. Aber Tausende von Meilen steckten in seinen Beinen, die müde waren und ihn jetzt schon Treffer kassieren ließen, die er noch vor einem Jahr mühelos ausgependelt hätte. Er hatte Glück gehabt, daß Packy in der ersten Runde nur aufs Tanzen aus war, hätte Paterson Ernst gemacht, dann wäre wohl das sichere Aus für Mike gekommen.

Er dachte an die Hunderte von Schlägen, die er auf Packys Gesicht und Körper abgefeuert hatte in jenen Tagen, als der Ältere ihm behilflich gewesen war zu überleben. Damals hatte Packy keinen Vorteil für sich daraus gezogen. Es war schon so, junge Männer wie Morgan waren Rivalen, die natürlichen Erben von Paterson und all den anderen ringbewährten Veteranen. Es war unmöglich, einem anderen Mann, geschweige denn einer Frau, die Kameradschaft verständlich zu machen, die sich zwischen Männern entwickeln kann, die jeden Tag mindestens eine Stunde damit verbringen, sich gegenseitig fast das Hirn aus dem Schädel zu dreschen. Aber das war nun mal Kameradschaft, und die kalte Sicherheit, mit der Mike Morgan normalerweise an kämpferische Auseinandersetzungen zu gehen pflegte, schmolz in dieser kurzen Minute dort auf seinem Hocker dahin, und er achtete nicht auf Hughs besorgte Ratschläge an seiner Seite.

Der Gong zur zweiten Runde ertönte, und Packy kam sehr schnell heraus. Es war offensichtlich, daß er nicht bis zur vierten Runde warten wollte: Irgend jemand mußte ihm gesagt haben, er müsse Morgan ausknipsen. Bäng, bäng! ging seine linke Hand in Morgans Gesicht, ohne Antwort. Bäng, bäng! Wieder traf er hart auf Mikes rechtes Auge. Morgan tänzelte um Packy herum, zwang den älteren Mann, sich zu bewegen. Und wieder schoß Packys Linke heraus, diesmal gefolgt von einem rechten Haken, der Morgans Deckung zerschlug und dessen Unterlippe aufplatzen ließ. Die Menge johlte. Man wollte Blut sehen, und das floß nun – reichlich.

Morgan konterte, jagte eine harte, gestochene Gerade an Packys Kopf und registrierte die schmerzliche Überraschtheit in den Augen des Veteranen. Schnell clinchte ihn Packy in der neutralen Ecke.

»Nun laß dich doch endlich fallen, um Himmels willen«, keuchte Packy. »Ich will dich doch nicht kaputtmachen.«

Cranston trennte sie, und Morgan tanzte wieder. Er war noch immer durcheinander. Alle seine Reflexe sagten ihm, daß er kämpfen sollte, aber andererseits sah er immer noch keinen Grund, Packy Paterson zur Schnecke zu machen.

Doch die Entscheidung kam sehr schnell. Packys harte Linke rauschte heran, beinahe von oben. Morgan konnte sie schon von weitem sehen; wie in einem Alptraum sauste die Faust auf ihn zu und traf ihn am Ohr. Unvermeidlich folgte ihr der kurze linke Haken direkt an Morgans Kinn. Der Läufer stürzte wie ein gefällter Baum, das verschwimmende Licht der Lampen im Zelt blendete ihn, als er nach hinten fiel. Mike krachte mit dem Rücken zuerst auf den Boden, sein Hinterkopf schlug dumpf dröhnend auf. Nur undeutlich nahm er wahr, daß Cranston über ihm zählte, und stützte sich auf seine Ellenbogen. »Eins – zwei – drei – vier – fünf – sechs – sieben – acht...«

Bei »neun« schlug Sergeant O'Brien den Gong, und Hugh stürzte in den Ring, schlang die Arme unter Morgans Achseln und schleppte ihn in seine Ecke. Flanagan hatte die Hände vor das Gesicht geschlagen, während Dixie neben ihm Kate Sheridan tröstete.

Morgan hing ausgepumpt auf seinem Hocker, den Rücken an der Eckstütze. Hugh nahm einen Schwamm und betupfte Mikes Gesicht mit lauwarmem Wasser, und die Augen des Boxers öffneten sich. Er schüttelte den Kopf, Wasser und Schweiß übersprühte beide. Verzweifelt sah Hugh zu Flanagan hinunter, der noch immer mit gesenktem Kopf dasaß, tief vergraben in seinem eigenen Kummer.

»Hier, gib ihm das.«

Es war Doc, der unterhalb des Ringes stand und Hugh ein Riechsalzfläschchen zuwarf.

»Unter seine Nase damit, aber schnell.«

Hugh schraubte es auf, legte seinen linken Arm um Morgans Schulter und hielt ihm das Salz unter die Nase.

Mike hustete, als der ätzende Geruch seine Nasenschleimhäute reizte. Hugh schlug ihm leicht auf die Wangen.

»Verstehst du mich, Mike?«

Morgan nickte.

»Dann hör jetzt mal gut zu. Halt dich die nächsten drei Minuten aus allem raus, bis dein Kopf wieder klar ist. Nutz den Ring aus. Laß ihn sich bewegen.«

Morgan schob die Hand mit dem Riechsalz von sich weg, schüttelte den Kopf und wischte sich Tränen und Schweiß aus den Augen. In seinem Kopf drehte sich noch alles. Es war schon seltsam: Atmung, Beine und Körper waren immer noch in guter Verfassung, und trotzdem saß er nun da auf seinem Hocker und kämpfte darum, jenes Maß an Konzentration sicherzustellen, das ihn befähigen sollte, eine weitere Runde auf den Beinen zu bleiben. Er spürte, wie sein Kopf langsam klarer wurde. Das war schon ein guter Schlag gewesen; obwohl – Knock-Out-Kaliber hatte er nicht. Vielleicht brauchte Packy heutzutage wirklich seinen Gips, um die Leute für immer wegzuschlagen.

Oberst Cranston kam zu ihm herüber.

»Sind Sie sicher, daß Sie weitermachen können?« fragte er besorgt.

»Versuchen Sie ja nicht, mich zu bremsen«, grollte Morgan, schlug seine Boxhandschuhe zusammen und entblößte grimmig die Zähne. Er sah hinüber zu Packy, der gerade seinen Mund ausspülte und den knurrenden Ratschlägen Professor Andersons zu folgen versuchte, der links neben ihm hockte. Die Zeit für Aggressionen war noch nicht reif, dachte Morgan; er mußte befolgen, was Hugh ihm geraten hatte: sich aus allem heraushalten, bis er wieder vollkommen klar im Kopf war und zu seinem Schlagrhythmus zurückgefunden hatte.

Die dumpf-feuchte Atmosphäre im Zelt war jetzt schon fast tropisch zu nennen. Die Trans-Americans reckten sich und skandierten den Namen ihres Champions, obwohl Morgan sich dessen nicht mehr bewußt war. Sein Ziel für die nächste Minute war einzig und allein zu überleben, auf den Füßen zu bleiben. Dann kam der Gong. Mike tanzte und umkreiste den Gegner, so daß Packy sich hinter ihm herbewegen mußte. Und wieder konnte er Packys hart geschlagener Linken nicht ausweichen und spürte, wie sein rechtes Auge zuschwoll. Hughs Worte klangen ihm noch im Kopf: *Nutz den Ring aus. Laß ihn sich bewegen!* Irgendwie gelang es Morgan, sich auf den Füßen zu halten, zum Rhythmus vergangener Reflexe zu kreisen und sich hin und her zu bewegen. Jedesmal, wenn Paterson ihn verfehlte, hörte Morgan das scharfe Zischen des Handschuhleders und die zunehmende Schwere seines Atems; Packy wurde müde. Während der ganzen Runde kam Morgan kaum mit einem Schlag heraus, zirkelte nur und tanzte, federte ab und pendelte aus; seine Sinne wurden wieder wach und kehrten zurück, und einige der alten Rhythmen und Reflexe meldeten sich, wenn auch nur langsam. Packy blieb hartnäckig am Mann und erwischte Morgan hier und da, wenn auch nie mit dem alles entscheidenden Schlag. Der ausgepichte Boxveteran keuchte schwer, als O'Brien den Gong zum Ende der dritten Runde betätigte. Laute Buhrufe brachen sich zornig am Zeltdach.

»Bringen Sie den Mann zum kämpfen, Colonel«, zischte Anderson. »Das ist doch keine Tanzschule hier.«

»Ich wäre Ihnen dankbar, wenn Sie Ihre Kommentare für sich behalten würden, Professor«, antwortete Cranston eisig.

Inzwischen saß Morgan wieder in seiner Ecke auf dem niedrigen Hocker, und Schweißbäche überströmten seinen hageren Körper. Er war wieder ganz im Kampfgeschehen drin. Packy mußte ihn in der vierten, der letzten Runde langlegen, um Andersons hundert Dollar zu retten plus alles, was Levy ihm geboten haben mochte. Der alte Mann würde schon zu ihm kommen müssen, um sich das Geld zu holen. Jetzt war es an der Zeit für den großen Treffer. Sollte Packy es schaffen, ihn auszuschalten – was würde das schon groß bedeuten? Für Paterson nochn paar magere Schlägerjahre im Boxzelt undne glasige Senilität in irgendeinem Asyl. Aber Flanagan hatte insgesamt über vierzig Riesen in diesem Kampf – die ganze Zukunft des Trans-America-Rennens, gar nicht erst zu reden von all den Wetten, die die Trans-America-Läufer auf ihn, Mike, abgeschlossen hatten.

»Morgan!« Er schaute nach rechts unten. Flanagan stand am Ring.

»Hau den Bauch«, schrie der Rennleiter und schoß eine wilde Phantasiekombination von linken und rechten Haken in die Luft. »Geh auf den Körper, und der Kopf geht kaputt, so etwa!« Flanagan demonstrierte noch einmal eine affenartige Schwingerserie und steckte die Zigarre von rechts nach links in seinen Mund. »Sie können drauf wetten.«

Er zeigte Morgan die Faust und ging an seinen Platz zurück.

Morgan drehte sich um und sah Hugh über sich. »Der Flanagan hat recht«, sagte Hugh. »Geh ihm an die Eingeweide.«

Morgan spie das Wasser in den Eimer, steckte sich den Zahnschutz aus Hartgummi in den Mund, schnitt dabei eine fürchterliche Grimasse und schlug seine Handschuhe kampfgeil gegeneinander. Er schaute zu Packy hinüber. Furcht und Unsicherheit spiegelten sich in des Älteren Gesicht wider, während ein hektischer Professor Anderson ihn mit immer neuen Ratschlägen nervte. Die Zeit ging ihm aus. Er mußte Morgan jetzt fertigmachen.

Beim Gongschlag kam Packy schnellfüßig und geduckt aus seiner Ecke heraus und übernahm sofort die Initiative. Mit einer linken

Geraden donnerte er Morgans Kopf nach hinten, daß die Nackenwirbel krachten, dann tauchte er weg und schlug ihm einen rechten Haken in die Magengegend – unterhalb der Gürtellinie. Morgan keuchte schwer; seine Beine knickten ein, und er sank auf sein linkes Knie. Dann verpaßte ihm Paterson seinen härtesten Schlag. Mike blickte nach oben und sah Packys aufgewölbten, haarigen Bauch.
*Geh auf den Körper, und der Kopf geht kaputt.*
Bei »sieben« kam Morgan wieder hoch. Cranston säuberte Mikes Handschuh, hielt ihn an beiden Wangen fest, sah ihm forschend in die Augen und ließ ihn dann wieder auf den Gegner los. Links, links in Packys Gesicht, den Kerl in eine Ecke zwingen! Morgan duckte sich ab und drillte sechs kurze Treffer tief in Packys Magengrube und hörte, wie der alte Mann keuchte, als er in ihn hineinging, und spürte den sprühenden Schweiß, als Packy erneut clinchte.
Cranston drängte die beiden auseinander, und Morgans trommelnde kurze Links-Rechtskombinationen gingen aufs neue tief in Packys Magen hinein. Er hörte an Packys zerstörtem Atem, daß seine Schläge Wirkung zeigten, und nahm wahr, wie die Beine des Veteranen weicher und weicher wurden; einen winzigen Augenblick lang gedachte Mike, den alten Kämpen zu verschonen.
Nein! Wieder traf er Packy mit seiner wuchtigen Linken im Zwerchfell. Die Rechte, die Deckungshand des alten Champs, fiel kraftlos herunter, und Morgan stach wieder eine Linke heraus, diesmal an Packys Kinnspitze. Im selben Augenblick wurde ihm bewußt, daß dies der letzte Schlag des Kampfes war: Packy kippte wie ein Käfer auf den Rücken. Alles hektische Gebell des Boxprofessor Anderson und seiner Fäustlkollegen konnte ihn nicht mehr auf die Beine bringen.
Die Trans-Americans rissen jubelnd die Arme hoch und warfen vor lauter Begeisterung Hüte, Zeitungen und Jacken durch die Luft. Flanagan hatte es schon wieder geschafft. Neben dem Rennleiter sitzend, lächelte Leonard H. Levy auf dem roten Samtstuhl schicksalergeben vor sich hin und stand schließlich auf, um seinem Rivalen die Hand zu schütteln. Doch Flanagan übersah ihn völlig, schaute hinauf in den überfüllten Ring und landete ein atemberaubendes Sammelsurium linker und rechter Haken in einen imaginären Bauch.
»Ich habs dir gesagt, Morgan!« brüllte er. »Ich habs dir gesagt!«

Eine halbe Stunde später stand Mike Morgan gemeinsam mit Kate Sheridan, Hugh McPhail und Dixie Williams vor dem leeren Boxzelt und sah zu, wie die Lichter an der Zeltfront nacheinander verloschen.

Morgan legte beide Hände auf Kates Schultern und sah ihr fest in die Augen.

»Da gibts nochne Sache, die ich erledigen muß«, sagte er leise. »Wart hier auf mich.« Er nickte den anderen zu und ging links am Zelt vorbei zu den Wohnwagen, die dahinter standen.

Einige von Andersons Faustkämpfern saßen an einem Holztisch außerhalb der Wagenburg; tranken und spielten Karten.

Morgan trat hinzu; sie spielten weiter, ohne auch nur einmal aufzusehen.

»Ich suche Packy Paterson«, sagte er. »Steckt der hier irgendwo?«

Ein unrasierter, flachnasiger Mann nahm seine Zigarette aus dem Mund, warf sie ins Gras und trat sie mit dem Absatz aus. Sein Daumen zeigte über die linke Schulter.

»Da drin«, sagte er. »Was von ihm übrig ist.«

Morgan bedankte sich knapp und folgte der angegebenen Richtung auf einen kleinen Wohnwagen zu, der in trüben Blau- und Goldfarben gestrichen war. Schon auf den Stufen konnte er Andersons Stimme hören; das Wort »erledigt« wurde mehrmals wütend wiederholt. Mike konnte sich nur allzu genau vorstellen, in welcher Richtung sich drinnen das Gespräch bewegte. Er klopfte an die Tür; eine Sekunde später öffnete ihm ein zornroter Anderson.

»Sind wohl hier wegen Ihrem alten Kumpel, was?« fragte der Boxprofessor kurz angebunden.

Morgan nickte und schritt an Anderson vorbei in den unordentlichen Raum.

Am Ende des schmalen Wohnwagens auf dem Rand einer winzigen Schlafkoje saß Packy Paterson. Den Kopf hatte er zwischen die Knie gesteckt, seine Hände im Nacken verhakt.

»Wie fühlstn dich, Champ?« fragte Morgan und drehte sich nach Anderson um, der mit einem verächtlichen Daumen-abwärts-Fingerzeig den Wagen verließ.

Paterson hob den Kopf und versuchte ein Lächeln; noch immer perlte der Schweiß von seiner Stirn.

»Erstklassig – hundertprozentig«, sagte er bitter. Er wies auf die Tür. »Sieht trotzdem so aus, als müßt ich mirn neuen Boß suchn gehn.«

»Kein Problem«, sagte Morgan. »Ich hab dir schon einen ausgeguckt.«

Er kam auf Packy zu und zog ihn hoch, bis er stand.

»Du hast einen? Wie meinstn das?« Die Stimme des Boxers flackerte
mißtrauisch und leicht irritiert.

»Mich selber. Ich«, sagte Morgan fest. Er packte Paterson an den
Schultern und sah ihm in die Augen. »Pack deine Sachen«, sagte er.
»Du bist im Trans-America – von jetzt an.«

»Und als was?« fragte Packy und griff mechanisch in den Schrank
nach seinen Habseligkeiten.

»Als mein Aufpasser«, antwortete Morgan. »Daß ich auch wirklich
nach New York komm.«

# 21

## Show-down mit Toffler

»Sag die Zahlen noch mal.«
Flanagan lehnte sich in seinem Schaukelstuhl zurück und schloß die Augen.
Willard setzte sich und nahm einen ziemlich zerknitterten Papierstapel vom Tisch des Caravans. Er besah ihn sich schwermütig und schüttelte den Kopf.
»Alles Rührei, Chef. Jetzt kann ich mir auch so richtig vorstellen, wie die Großen Tiere von Wall Street sich bei dem Krach von neunundzwanzig gefühlt haben.«
Willard schaute noch einmal die Papiere an, zuckte die Achseln und ließ sie wieder auf den Tisch fallen.
»Alles Rechnungen, Boß, für über hundert Riesen und noch mal soviel in der Rohrpost. Herrjeh, heut haben wirne Anwaltsrechnung über dreißig Riesen gekriegt, dabei hat sich überhaupt noch nix Juristisches abgespielt.«
Es klopfte an der Wagentür.
»Herein«, rief Flanagan kehlig.
Es war Levy.
»Hoffe, ich komme Ihnen nicht ungelegen, meine Herren?«
»Wenn Sie die vierzig Riesen vorbeibringen, bestimmt nicht«, feixte Flanagan und entkorkte eine Flasche Whiskey mit den Zähnen. »Was zu trinken?«
»Noch immer Ihr eigener?« fragte Levy, wischte sich über die Stirn und nahm Platz.
»Eis?« fragte Flanagan ungerührt.
Levy nickte und zog ein Bündel Banknoten aus seiner Tasche.
»Hier, bitte schön«, sagte er gepreßt. »Soll niemand behaupten, Leonard H. Levy wäre ein Wettbetrüger.«
Der Bestattungsunternehmer nippte bedächtig an seinem Glas; dann lehnte er sich auf seinem Stuhl zurück.
»Ich weiß einfach nicht, wie Sie das machen, Charles. In St. Louis reden sie immer noch von Ihren Läufern und Silver Star. Und ich

hatte gedacht, mit Andersons Amboß hätte ich Sie endlich geschafft.«

»Das ist eben das Trans-America«, sagte Flanagan. »Irgendwo in
diesem Riesenrennen haben wir halt genauso unsre Dichter, Boxer,
Adligen. Nennen Sie irgendwas – wir habens.«

»Sieht ganz so aus«, sagte Levy. »Na, egal . . . ich hab eine Nachricht
für Sie. Ist von Martin P. Toffler. Vielleicht kennen Sie ihn. Ein
persönlicher Freund von mir. Kandidierte vor einigen Jahren für den
Kongreß. Hab ihn ein bißchen im Wahlkampf unterstützt.«

Das Lächeln verzog sich aus Flanagans Gesicht. »Ich kenne ihn«,
sagte er knapp und scharf.

»Er würde Sie gerne treffen, und zwar dringend, morgen um neunzehn Uhr dreißig.« Er fischte eine Visitenkarte aus seiner Tasche.
»Bei ihm zu Hause.«

Flanagan nahm die Karte, besah sie sich und reichte sie über seine
Schulter hinweg an Willard weiter. Sein Blick kehrte zu Levy
zurück.

»Sagen Sie ihm, ich werde da sein«, sagte er. »Punkt halb acht.«

*18. Mai 1931. Columbia Hotel, Peoria, Illinois.* Toffler sah auf die
Uhr. Das hatte er alles schon mal erlebt, zusammen mit seinem alten
Freund aus dem College, dem Aufsichtsbeamten K. M. Landis, im
Black-Sox-Skandal von 1920. Es betraf die neun Spiele umfassende
Baseball-Weltmeisterschaft zwischen den Sox und den schwächeren
Cincinnati Reds.

Im ersten Spiel verschenkte der erste Werfer, Eddie Cicotte, in vier
Durchgängen fünf Läufe, und die Reds gewannen 9:1. Das zweite
Match war recht ausgeglichen gewesen, bis Lefty Williams drei Läufer
ohne Probleme überlebte und dann dem eher sanften Hitter Larry
Knopf einen Triple erlaubte, der drei Leute durchkommen ließ.

Das dritte Spiel war an die Sox gegangen, das vierte aber wieder an
die Reds, als Cicotte seine unvermeidlichen Fehler beigesteuert
hatte. Als die nächsten beiden Punkte wieder an die Sox gegangen
waren, die damit den Gleichstand erzielt hatten, wurde endlich alles
klargemacht, als die Reds noch viermal Punkte holten und die World-
Series mit 5:3 gewannen.

Anfang September 1920 begannen jedoch Geschichten durchzusik-
kern, daß die Ausscheidungsspiele des Vorjahres manipuliert gewesen seien und Toffler von Anfang an die Finger drin gehabt habe. Drei
Spieler der Black Sox, Jackson, Cicotte und Williams, unterzeichne-

ten Geständnisse, in denen sie über ihren Anteil am Gesamtablauf Auskunft gaben; doch bevor die drei noch vor den Kadi kommen konnten, vollzog sich im Amtsbereich des Staatsanwalts eine plötzliche Veränderung, und alle Geständnisse waren genauso überraschend und auf geheimnisvolle Weise verschwunden. Als der Fall dann doch noch vor Gericht kam, bezeichneten dieselben Spieler ihre Aussagen als von irgendwem erfunden, wiesen sie zurück, und der Fall war erledigt.

Daß die Herren Sportler freigesprochen worden waren, kümmerte K. M. Landis herzlich wenig. Er verbannte sie aus allen Berufsspielerligen und ging gar soweit, dafür zu sorgen, daß sie nicht einmal mehr als Amateure spielen durften.

Toffler schniefte verächtlich, zog seine Manschette zurecht und sah wieder auf die Uhr. Es war 19.30 Uhr. Die Black Sox, Battling Siki, Ty Cobb, Jim Thorpe, Charles Flanagan – es war immer das gleiche. Alle stanken sie meilenweit nach Korruption und schneller Münze.

Er schaute auf und sah Flanagan, schlank und braungebrannt, vor sich stehen, angetan mit einem piekfeinen grauen Nadelstreifenzweireiher.

Toffler rang sich ein Lächeln ab. »Mister Flanagan?«

Der Ire nickte.

Toffler streckte eine schlappe Hand aus.

»Vielleicht gehn wir hinüber zur Bar?« schlug er als Gesprächsort vor.

Flanagan ging voran, und beide ließen sich auf den etwas schmalen Barhockern nieder.

Nachdem sie ihre Drinks bestellt und erhalten hatten, begann Toffler steif:

»Ihre Leute haben ja einen ganz schön weiten Weg hinter sich, Mister Flanagan.«

Flanagans Gebiß zerteilte sich, als er das Whiskeyglas ansetzte.

»Weiter jedenfalls, als wir erwartet hatten«, erwiderte er. »Zweitausendzweihundertzehn Meilen, um genau zu sein. Noch runde achthundert zu laufen.«

Toffler lächelte.

»Naja, dann«, sagte er und stellte sein Glas ab. »Mister Flanagan, verzeihen Sie meine Offenheit. Wäre es fair, wenn man sagen würde, Sie haben das Trans-America ins Leben gerufen für persönliche ...«

»Vorteile?« ergänzte Flanagan. »Sagen Sies ruhig, Mister Toffler.

Das ist kein schmutziges Wort, jedenfalls nicht in meinem Vokabular.«

»Ich wollte ›Gewinne‹ sagen«, bekannte Toffler.

»Ist wohl dasselbe«, konterte Flanagan. »Die Antwort lautet: ja, das war mein Ziel.«

»Wäre es unhöflich, wenn ich Sie fragte, wieviel Sie für sich aus dem Trans-America-Unternehmen zu ziehen hoffen?«

»Das wäre wirklich unhöflich«, antwortete Flanagan ruhig. »Aber ich werds Ihnen trotzdem sagen. Nahe bei einhundertfünfzig Riesen.«

Toffler nickte.

»Was würden Sie dazu sagen, Mister Flanagan, wenn ich Sie bitten würde, genau diesen Betrag von mir noch heute abend in Empfang zu nehmen und dafür das Trans-America-Rennen abzublasen? Es gänzlich und sofort einzustellen?«

»Ich würde sagen, Sie müssen wirklich triftige Gründe haben, so etwas zu tun.«

Tofflers weiche Lippen schürzten sich freundlich.

»Mister Flanagan, es kann Ihrer Aufmerksamkeit kaum entgangen sein, daß im nächsten Jahr die Vereinigten Staaten die Zehnten Olympischen Spiele ausrichten werden.«

»Wahrlich nicht«, sagte Flanagan und nickte dem Barmann zu, zwei neue Drinks fertig zu machen. »Ich habs noch genau im Kopf.«

»Dann müßte Ihnen aber auch klar sein«, fuhr Toffler energisch fort, »daß, so wie die Dinge stehn, Ihr Trans-America-Rennunternehmen für das Amerikanische Olympische Komitee eine beträchtliche Brüskierung darstellt – mehr noch: für die gesamte amerikanische olympische Bewegung.«

»Sie meinen doch wohl eher für Mister Avery Brundage, Aloysius P. Leonard und all die anderen Repräsentanten der Amateur Athletic Union der Vereinigten Staaten?«

»Unter anderem, ja«, antwortete Toffler. »Aber lassen Sie mich bitte weiterreden. Eine Gruppe öffentlichkeitsbewußter Geschäftsleute hat einen Fonds eingerichtet, um... um Ihren finanziellen Erwartungen entgegenkommen zu können, wenn das Trans-America-Rennunternehmen eingestellt wird.«

»Das wären aber weit mehr als einhundertfünfzig Riesen«, entgegnete Flanagan lächelnd.

»Sie müssen wissen, daß eine Menge unerwarteter Probleme auf uns zugekommen ist – durch Sabotage, zerstörtes Gerät zum Beispiel, daß Städte den fest vereinbarten Veranstaltungszuschlag nicht zahlten, Anwaltskosten. Alles in allem, würde ich sagen, muß ich mitner Viertelmillion rechnen«, ergänzte Flanagan.

Toffler hob sein Glas und schien dessen Inhalt gründlichst zu studieren. Dann sah er auf.

»Ich denke, die können wir aufbringen«, sagte er leise.

»Lassen Sie mich das mal ganz klarkriegen«, sagte Flanagan und zielte mit einem Zeigefinger auf Tofflers Nase, »Sie sind also bereit, eine Viertelmillion Dollar auf den Tisch zu legen, nur, um mein Trans-America zu stoppen?«

»Ganz genau«, bekräftigte Toffler.

»Das bedeutet doch wohl, daß Sie glauben, Sie sind geschlagen«, schloß Flanagan.

Toffler wurde rot und stellte sein Glas hart auf den Tisch. »Was meinen Sie damit?« fragte er und wurde laut dabei.

Flanagans Stimme war hart und fest, als er antwortete.

»Mister Toffler, Sie wissen genau, was ich damit sagen will. Seit der Mojave war das Trans-America kein sauber durchorganisiertes Straßenrennen mehr wie einst geplant, sondern ein verdammtes, total verrücktes Hindernisrennen gegen Gott und die Welt, ohne Reglement. Himmel noch mal! Seit den letzten sechs Wochen gleicht das Trans-America mehr einem Kreuzzug durchs Heilige Land als einem Langstreckenlauf. Naturkatastrophen können wir zur Not noch verkraften – Regen und Sonne in der Mojave, Schnee und Eis in den Rockies. Und wenn Sie und Ihre olympischen Collegekumpels neben all dem anderen auch damit etwas zu tun gehabt haben, dann müssen Sie sone Art spiritistisches Vordenkgremium für den Göttervater höchstselbst gewesen sein. Aber der Rest ist Ihre reine Absicht gewesen, ohne Zweifel.«

Tofflers Gesicht verzog sich verdrießlich.

»Ich sehe schon, ich muß Ihnen sagen, wo es langgeht, Flanagan. Ist Ihnen eigentlich klar, oder haben Sie wenigstens vielleicht eine blasse Ahnung von der noblen Geschichte der olympischen Bewegung? Haben Sie überhaupt so etwas wie Verständnis für die Ehre, für das Privileg, das den Vereinigten Staaten durch die Entscheidung für unser Los Angeles als Ausrichterin der Olympischen Spiele 1932 zukommt? Und jetzt, nur aufgrund des ungeheuren Interesses, das Ihr Laufzirkus erzeugt hat, können durchaus einige der weltbesten Athleten versucht sein, ihren Amateurstatus aufzugeben, um bei Ihnen mitzulaufen.«

Flanagan griff in seine Innentasche, zog eine Havanna heraus, biß die

Spitze ab, zündete sie an und machte ein paar tiefe Züge. Dann legte er das Streichholz in den Ascher, nahm die Zigarre aus dem Mund und schnippte ein wenig Asche ab.

»Mister Toffler«, entgegnete er langsam. »Sie überraschen mich, wirklich, Sie setzen mich in Erstaunen. Schauen Sie, ich habe immer gedacht, Amerika sei ein großes, freies Land. Doch wie die Dinge gegenwärtig liegen, ist ein Amateursportler zu sein keine Sache der Wahlmöglichkeit, weil wir überhaupt keine Profis haben. Und zur Zeit gibt es keine Wahl. Aber das Trans-America und nächstes Jahr das Trans-Europa, die werden einigen Amateursportlern zum ersten Mal diese Wahlmöglichkeit bieten. Einen echten Beruf, eine Karriere.«

»Sie wollen im nächsten Jahr ein *Trans-Europa* machen?« japste Toffler.

»Die Vorbereitungen dafür sind bereits in vollem Gange«, erwiderte Flanagan. »Von London bis hinüber nach Moskau, vom White City Stadion bis zum Lenin-Stadion.«

Toffler stürzte seinen Sherry hinunter.

»Vielleicht hätten Sie jetzt Lust aufn bißchen was Härteres, vielleicht Whiskey, Mister Toffler?« fragte Flanagan lächelnd. »Doch zuerst müßte ich Ihnen was erzählen und Sie ein paar Jahre mit zurücknehmen, um genau zu sein bis 1913, zum alten Indianer Jim Thorpe, der seine Zehnkampf-Olympiamedaille von 1912 in Stockholm abgeben mußte, weil er 1909 als Baseball-Halbprofi pro Woche ganze zwölf Dollar eingestrichen hat. Und wer hatte den Vorsitz in der Kommission, die ihn nachträglich disqualifizierte?«

»Ich«, antwortete Toffler.

»Sehn Sie. Zwölf Dollar die Woche für einen Kerl aus irgendeinem Kaff in Oklahoma, der den Amateurstatus nicht mal von einem Salamisandwich unterscheiden konnte. Das war wahre olympische Rechtsprechung! Aber gehen wir ruhig wieder ein paar Jahre vor, bis 1925, und erinnern uns an einen jungen Promoter, der versuchte, ein paar Hallenveranstaltungen mit dem Engländer Harold Abrahams, Charles W. Paddock und Scholz im Madison Square Garden aufzuziehn – also mit lauter olympischen Jungs. Das Geschäft war astrein kalkuliert, fünf Riesen für die AAU, fünf Riesen für den Promoter. Aber aus dem Geschäft wurde nie etwas. Das Gesicht dieses jungen Promoters hatte einem Mister Martin Toffler nämlich nicht gepaßt, und drum mußte die YMCA ihre Turnhalle in den Schornstein schreiben. So, und was meinen Sie wohl, wer der Promoter damals war, wie? Dreimal dürfen Sie raten.«

Toffler wurde wieder rot. »Es gab gute Gründe«, fing er an sich zu verteidigen.

»Das glaube ich Ihnen gerne«, erwiderte Flanagan. »Die gabs für Sie nämlich immer, wenn mich irgendwas betraf. Der Promoter war ich, aber offensichtlich war ich nicht die richtige Person, um AAU-Veranstaltungen zu organisieren. Ja, um die Bahnen sauber zu halten und die Sprunggruben zu harken, dafür wohl, aber ohne Chance, auch mal den weißen Tuxedo anzuziehn.«

»Aber das ist doch alles Vergangenheit«, begütigte Toffler, »und kein Grund, das jetzt wieder aufzuwühlen. Okay, ich gebe zu, daß das Komitee sich damals, fünfundzwanzig, geirrt haben mag, aber das Trans-America-Unding ist eine völlig neue Situation.«

»Zuerst wollen wir doch eins mal ganz klarstellen«, sagte Flanagan schneidend. »Geben Sie zu, daß Sie hinter all den Hindernissen stecken, die dem ›Trans-America-Unding‹, wie Sie es nennen, in den Weg gelegt worden sind?«

»Ich... ich gebe zu, daß ich mit einigen Leuten Gespräche geführt habe.«

»Las Vegas? Topeka? Kansas City? Columbia? Poliakoff? Sie scheinen ja in vielen Städten jede Menge Leute zu kennen, Mister Toffler.«

Toffler fletschte die Zähne. »Flanagan, haben Sie überhaupt eine Ahnung, wo Ihr lumpiges Hühneraugenregiment in der Welt des Sports eigentlich steht? Ich werds Ihnen sagen: gleichauf mit Shipwreck Kelly, der schon fast einen Monat auf dem Dach der Western-Bar in der Bronx auf seinem Pfahl hockt. Ihr Trans-America-Super-Martyrium gehört in dieselbe publicitygeile Welt wie die der Marathontänzer, die sich in diesen verqualmten, dreckigen Dance-Halls fürn Cent pro Tanz so lang sie können paarweise aneinanderklammern, oder die des Jimmy Dooley mit dem Knick in der Optik, der fünf Tage lang ununterbrochen Fahrrad fährt. Das ist Ihre kleine Welt, die Welt der Zukurzgekommenen.«

»So, nun ist ja endlich alles raus«, brummte Flanagan, nickte vor sich hin und lehnte sich dann auf seinem Hocker zurück. »Schauen Sie, Toffler, ich muß Ihnen gegenüber das Trans-America wirklich nicht rechtfertigen. Gegenüber niemandem, wenn Sies genau wissen wollen. Jeden Tag da draußen auf den Straßen Amerikas erwirbt es sich seine Rechtfertigung aufs neue. Zum Henker, ich weiß genausowenig wie Sie, was ein Sportereignis zum Kunstwerk macht, ob das nun Pfahlsitzen oder Weitspucken ist oder irgendwas, was die Leute bewundern und dem sie nacheifern wollen, wie Baseball zum Beispiel oder Marathonlauf. Vielleicht hängt das alles damit zusammen, daß die Leute Qualitäten drin sehen, die sie bewundern – Geschicklichkeit, Ausdauer, Intelligenz, Willenskraft. Ich weiß es nicht. Aber eins weiß ich: Das Trans-America ist genauso gut oder verlangt genauso viel wie, sagen wir mal, Radrennfahren oder Schwimmen. Das sind auch nicht die Leute wie Sie und ich, die endgültig entscheiden, ob die Jungs Athleten oder nur ein paar Verrückte sind. Mister Joe Bürger wird das entscheiden. Und er hat sich im übrigen ja schon längst entschieden. Er findet das gut, was er da zu sehen kriegt.«

»Sie machen also weiter mit diesem Affenzirkus?« fragte Toffler und kniff danach die Lippen fest zusammen.

»Ich will Ihnen was sagen, Toffler«, erwiderte Flanagan. »Weil ich schon immer mal so Leute wie Sie richtig Auge in Auge kennenlernen wollte. Leute wie Sie lieben den Sport ja gar nicht; Sie lieben Ihre Komitees, die Partys, den kleinen, ehrenvollen Plausch mit Baron de Coubertin, das markige Händeschütteln mit dem Präsidenten. Sie wollen im Sport herumfunktionieren und einfach Mister Oben sein. Viel haben Sie in Ihrem Leben ja wirklich nicht gebracht, aber in der AAU entdecken Sie plötzlich, daß man als Funktionär den größten Muskeln oder den schnellsten Beinen der Welt vorschreiben kann, was sie tun und wohin sie gehen sollen. Sie glauben, Sie hätten ein gottgegebenes Recht, den Sport zu regieren, irgendeinen Monopolanspruch. Und wenn dann so ein Emporkömmling wie ich droht, die Gartenparty im olympischen Hain platzen zu lassen, dann versuchen Sie, ihn entweder fertigzumachen oder rauszukaufen. Sie leben nicht im Sport, Sie leben vom Sport.«

»Ist das Ihr letztes Wort?« fragte Toffler verkniffen.

»Sie können Ihre letzten zweihundertfünfzig Riesen drauf wetten, daß es das ist«, gab Flanagan zurück, trank den Rest seines Whiskeys aus und wandte sich dem Mann zu, der die ganze Zeit über hinter Toffler gesessen hatte.

»Und jetzt, Mister Toffler, möchte ich Ihnen gern jemand vorstellen.«

»Vorstellen?« fragte Toffler irritiert zurück. »Wen denn?«

Der Mann schwenkte mit seinem Stuhl herum und sah Toffler an.

»FBI-Agent Ernest J. Bullard«, verkündete Flanagan. »Ich denke, Sie beide haben sich allerhand zu erzählen.«

Charles C. Flanagan saß wieder in seinem Schaukelstuhl, die Augen halb geschlossen. Es war gut, das alles mal rausgelassen zu haben, nach so vielen Jahren. Natürlich würde es nicht die Bohne ändern, denn nichts vermochte die kalten Schultern zu erwärmen, die ihm seit Jahren von Toffler und seinesgleichen gezeigt wurden und die er nach und nach zu ertragen gelernt hatte.

Eines allerdings war klar. Alle zukünftigen Probleme des Trans-America würden bestimmt nicht mehr von Toffler und seinem Vetternwirtschaftsverein in der AAU kommen. Ernest Bullard hatte das sichergestellt. Bullard hatte sich detaillierte Aufzeichnungen über das Gespräch zwischen Toffler und Flanagan in Peoria gemacht, die bei weitem dazu ausreichten, Bundespolizeiagenten, sollte das nötig werden, auf Tofflers Fährte zu setzen.

Für den Augenblick hatte Bullard diesem Toffler sozusagen erst einmal Bewährung gegeben (der graue, bibbernde Olympia-Offizielle hatte beim Abschied seine Goodbyes durch trockene, rissige Lippen gemurmelt). Aber es gab noch reichlich andere Sorgen. Von Anfang an war die finanzielle Basis des Trans-America-Super-Marathons nicht gerade stocksolide gewesen, weil noch niemand wußte, wie viele Läufer überhaupt von Los Angeles bis New York kommen würden; sie hatten mit dreihundert für die letzten tausend Meilen gerechnet, aber jetzt waren es immer noch über eintausend, und jeder einzelne Trans-American kostete pro Tag fast zehn Dollar an Verpflegung und Unterkunft. Das Trans-America war ein Rennen ins Unbekannte, und das nicht nur in dieser Hinsicht; doch man lernte sozusagen im Laufen. Flanagans einziger wirklicher Gewinn würde die Erfahrung sein, jene Veranstaltungserfahrung, die für das Trans-Europa unschätzbar sein würde.

Das Trans-Europa! Flanagan hatte Toffler diese Idee doch nur an den Kopf geworfen, um die Reaktion des Funktionärs zu testen, denn nicht eine einzige Vorbereitung war bisher getroffen worden, und überhaupt hatte Flanagan nur recht verschwommene Vorstellungen davon, welche Länder eigentlich zwischen London und Moskau lagen. Trotzdem – die Welt des Sports beobachtete das Trans-America. Profi-Leichtathletik mußte ja irgendwo und irgendwann einmal anfangen, und dieses Rennen konnte durchaus der Anfang sein. Warum auch nicht? Flanagan konnte alles schon vor sich sehen, den ›Weltverband Professioneller Leichtathleten‹, ein richtiges, eifrig pulsierendes Netzwerk von Transkontinentalrennen, unterstützt von einer kapillaren Struktur nationaler Rennen. Die konnten parallel zu den Olympischen Spielen ablaufen, vielleicht sogar dereinst sich mit ihnen vereinigen, wenn erst die Tofflers dieser Welt begriffen haben würden, daß nichts moralisch Anstößiges darin bestand, Geld für die Teilnahme bei Leichtathletik-Wettkämpfen anzunehmen. Der ›WPL‹ würde die regierende Körperschaft sein und einen strengen Moralkodex aufrechterhalten, der noch über der olympischen Bewegung stünde, zumal die Zahlungen offen und ehrlich geleistet würden. Und an der Spitze des Ganzen würde dann Charles C. Flanagan stehen, der Vater der Profi-Leichtathletik ...

Flanagan hatte es gepackt. Sein spontanes und zunächst tatsächlich einziges Ziel war wirklich der schnelle Dollar gewesen, aber über die Meilen hinweg hatten seine Motive sich geändert. Jetzt wollte er sehen, wer als Erster ins Ziel kam, ob es der extrovertierte kleine Doc Cole sein würde, der phlegmatische Morgan oder der zähe, verletzliche Schotte McPhail. Würde es Lord Thurleigh sein, der Finne Eskola oder das schnell aufschließende All-American-Team unter der Führung von Capaldi? Und dann waren da ja auch noch der Australier Mullins, der Japaner Son und die beiden Franzosen Dasriaux und Bouin ... Heute mittag, in Peoria, hätte er selbst ohne weiteres, wenn vielleicht auch nicht so ganz sauber, mit 250 000 Dollar vom Tisch gehen können; nur – es war ihm keine Sekunde lang eingefallen.

Einen kurzen Moment lang war es, als wären die Jahre zurückgerollt. Dann schaute Doc Lily aufmerksam an. Es stimmte, das Gefüge dieses kräftigen Gesichts mit den hohen Wangenknochen war immer noch so wie damals, die hellen, gleichmäßigen Zähne; aber Lily Carsons blaue Augen waren müde, ihr Antlitz aufgedunsen, ihr Make-up grell und zu deutlich.

Doc lächelte und küßte sie auf die rechte Wange.

»Wie lange ist das her?« fragte er.

»Am Thanksgiving Day zehn Jahre«, antwortete Lily lächelnd und nahm in der kerzenerhellten Bar des Colombia Hotels in Peoria Platz.

»Du siehst großartig aus«, schwindelte Doc.

Lily lächelte matt, zündete sich eine Zigarette an und nickte dem weißbejackten Kellner zu, der neben ihnen wartete.

»Noch immer Orangensaft?« fragte sie.

Doc nickte.

»Zweimal Orangensaft, einen Spezial, einen ohne.« Lily zog heftig an ihrer Zigarette. »Ich nehm an, du machst immer noch diese komischen Übungen. Wie hießen sie doch gleich – Sandwich-Übungen?«

»Sandow«, korrigierte er. »Das Sandow-Programm.« Er lächelte. »Jeden Morgen. Eisern.«

Sie schüttelte den Kopf. »Arg ändern tun sich die Dinge eigentlich nicht, stimmts? Da bist du nun, vierundfünfzig Jahre alt, läufst noch immer, machst immer noch deine Kindergymnastik. Wo hat dich das alles hingebracht?«

Doc schürzte die Lippen.

»Ganz schön weit jedenfalls. Achthundert Meilen sinds nur noch bis New York, und ich lieg an zweiter Stelle.«

»Und – ist es das, das ganz Große, von dem du immer gesprochen hast?«

Doc nickte, als er seinen Orangensaft in Empfang nahm.

»Jou. Genau, das Rennen hier, das ists, wonach ich all die Jahre gesucht hab.«

»Das ganz Große also. Das große Rennen nach Wolkenkuckucksheim. Du mußt Zigeunerblut in dir haben, Alex. Natürlich hast du lange genug darauf gewartet und hast fast alles aufgegeben, was das Leben eigentlich lebenswert gemacht hat. Einfach immer nur gewartet. Weißt du, zwischen Austin in Texas und Davenport in Iowa hab ich in Hotelzimmern stundenlang wachgelegen und wie verrückt auf dich gewartet, während du irgendwo in der Prärie dir das Herz rausgerannt hast. Weißt du das eigentlich?«

Doc lächelte und schüttelte den Kopf.

»Und wenn du dann endlich kamst, klopfte dir dein Herz bis zum Zerspringen. Du hast geduscht und dich neben mich gelegt und bist einfach eingeschlafen, du, du gottverdammter Langläufer. Ich hätt dich umbringen können.«

Doc schüttelte wieder den Kopf und streckte seine Hand über den Tisch aus, um Lilys Linke zu ergreifen. »Wir warn doch abern paar Mal zusammen, oder?«

Lily lächelte.

»Wenn, dann wars ja auch gut so. Aber, mein Gott, schließlich war ich mit dem fittesten Mann der Welt zusammen. Ein bißchen mehr an Quantität hätte auch nicht grade wehgetan.«

Doc nippte an seinem Orangensaft.

»Naja, wenigstens zahlt es sich jetzt aus; der Goldtopf am Ende des Regenbogens, in New York.«

Lily sah ihn über ihr Glas hinweg an.

»Und – wars das wirklich wert?«

»Wie meinstn das?«

»Naja«, machte sie und umfaßte ihr Glas mit beiden Händen. »Als du als Profi angetreten bist, gegen Longboat und all diese andern verrückten Marathonläufer, da gabs wenigstens noch irgendeinen sinnvollen Grund für die Lauferei. Du hast ein paar Mal gewonnen, hast ein paar Mal verloren, aber die ganze Sache hat doch wenigstens noch irgendwie Sinn und Zweck gehabt. Aber als das dann zu Ende ging, kurz vor dem Krieg in Europa, da bist du immer noch weitergelaufen. Ich hab nie verstanden, warum.«

Doc biß sich auf die Unterlippe. »Ich weiß nicht, ob ich dir das erklären kann, Schatz. Als die Profigeschichten aufhörten, 1913 wars, da konnt ich halt nicht mehr als Amateur antreten – die AAU hätt mir das untersagt. Zur Hölle, dacht ich, jetzt fang ich grad erst an, im Langstreckenlauf so richtig warm zu werden, also warum soll ich da aufhören? Also hab ich beschlossen, sozusagen gegen mich selber anzutreten. 1924 hatt ich die meisten Weltrekorde von zehn Meilen aufwärts bis zur Marathonstrecke eingestellt.«

»Aber du warst doch der einzige, der das wußte...?«

Doc grinste und nickte.

»Ich war der Meinung, daß ich auch der einzige war, der es wissen sollte; obwohl, ich glaub mich zu erinnern, daß ich dirn paar Mal davon geschrieben hab.«

Lily lächelte säuerlich. »Sicher, genau in der Zeit, als ich dir sagte, ich wollte endlich mit dem Herumstromern aufhören und mich irgendwo niederlassen, um aus diesem Medicine-Show-Ding herauszukommen. Aber auch das hättich noch geschafft, solang ich mit dir zusammengewesen wäre. Nein, es war die Lauferei. Das war, wofür du gelebt hast – in deiner Lauferei, und deine Strecke war der einzige Ort, an dem du auch wirklich zu Hause und lebendig warst. Jedenfalls nicht bei mir.«

Lily seufzte und strich sich eine grau-blonde Strähne aus dem Gesicht. Sie sah ihn an.

»Was hast du denn gefunden, Alex, da draußen auf den Straßen? Du hast immer davon gesprochen, wie du ›in dich selbst hineinsehn‹ konntest beim Laufen – Himmel, ich erinnere mich nicht mal mehr an die Hälfte. Aber was hast du da sonst noch gefunden? Mich jedenfalls nicht. Überhaupt keine Frau.«

Doc zuckte die Achseln. »Du hast recht, obwohl ich das damals nicht begriffen hab. Was ich in mir gefunden hab, das war eben dieses eine Talent, mein einziges Talent, die Fähigkeit eben, lange Strecken zu laufen und meinen Körper bis an seine Grenzen vorwärtszutreiben. Das ist wiene Droge, daß du den Körper hinausstrecken willst ins Unbekannte. Und wenn du mal erst richtig da drauf bist, dann ist das verdammt schwer, wieder runterzukommen. Solang ich mich ständig besserte, wars ja auch prima. Dann, als die Zeit ins Land ging und ich immer älter wurde, da mußt ich mich mit den seltsamsten Laufdistanzen zufrieden geben – weißt du eigentlich, daß ich den Weltrekord über neuneinviertel Meilen halte? Und dann, als alles son bißchen schal und trübe zu werden anfing und ich meine Zweifel bekam, da rauschte Flanagan mit seinem Trans-America-Rennen an.«

»Und damit ist nun doch alles wieder lohnenswert geworden?«

»So etwa, ja. Es ist genau das, worauf ich mich mein Leben lang vorbereitet hab, nur daß ich es damals noch nicht kannte.«

»Das ganz Große?«

»Ja, und einsam wars auch nicht, wie ichs zuerst vermutet hatte. Das ist alles eher so wie, sagen wir mal, die Waltons, die quer durch die Union trecken. Wir sind zum Beispiel n kleines Team, n paar Engländer, n Mexikaner und einer, der Morgan heißt. Ich schätz, du würdest sie mögen.«

Lily drehte ihr Glas in den Händen.

»Möchtest du nicht wissen, wies mir ergangen ist, Alex?«

Doc nickte.

»So wie du habich auch auf das ganz Große gewartet, das Klopfen an der Tür, mit dem sich alles ändern würde. Ich hab dann meinen ganz Großen 1922 in Chicago getroffen.«

Lily sah starr auf ihr Glas.

»Er hieß Al Capone.«

Sie hielt kurz inne und fuhr dann fort.

»Zuerst schien er ein richtig netter kleiner Typ zu sein, ein richtiger Gentleman wie die meisten Italiener. Wir hatten ein paar wirklich schöne Zeiten.«

Lily leerte ihren Drink mit einem schnellen Schluck.

»Neunzehnhundertfünfundzwanzig hat er mir einen Frisiersalon geschenkt. Ein paar Wochen später hat er dann hinten drin eine Flüsterkneipe und eine Spielhölle eingerichtet. Ich dachte, das kann mir schnuppe sein, schließlich hatte ich, was ich wollte.«

Lily nickte erneut dem Kellner zu.

»Achtundzwanzig hat er mich sitzen lassen. Seitdem bestand mein

Job darin, ihn mit jungen Weibsbildern zu versorgen. Du siehst, ich hab meinen ganz Großen gefunden, den Magier mit dem Zauberhut.«

Doc preßte die Lippen fest aufeinander und legte wieder seine Hand auf die ihre.

»Also suchen wir beide immer noch, nach so vielen Jahren.«

»Sieht ganz so aus, ja.«

Doc sah Lily in die Augen.

»Das einzig Gute daran, daß man nie ganz erwachsen geworden ist, ist, daß du immer nochne Menge Kraft in dir hast. In meinem Alter sind die meisten Typen schon zum dritten Mal verheiratet und stehn mit einem Fuß schon in der Grube. Ich, ich bin jung. Herrgott, ich habn Körper wien Zwanzigjähriger, und im Kopf bin ich manchmal auch noch nicht viel älter. Ich hab noch achthundert Meilen vor mir, um das Rennen zu beenden und es zu gewinnen. Mit dem Geld könnt ich für uns beide jeden Job aufbaun, den wir wollen.«

Lily schüttelte den Kopf.

»Zu spät. Wir sind schon zu lange unterwegs.«

»Nein«, erwiderte Doc. »Nicht zu lange. Vielleicht noch nicht lang genug. Wart erst mal ab bis New York. Gib uns diese eine Chance.«

»Falls du es bis dahin schaffst«, sagte sie plötzlich.

»Wie meinstn das?«

»Ich häng immer noch bei Capone und seinen Jungs drin. Das Trans-America ist schon zu üppig, als daß sie nicht auch eine Scheibe davon abhaben wollten. Ein paar von seinen Jungs, vor allem Jake Guzik und Frank Nitti, haben eine Wettgemeinschaft gegründet und einen Riesenbatzen drauf gesetzt, daß einer der lokalen Jungs, Capaldi heißt er glaub ich, die Etappe nach Chicago rein gewinnt.«

»Capaldi könnte das durchaus auch aus eigener Kraft«, sagte Doc kopfschüttelnd. »Er läuft ganz schön stark auf jetzt.«

Lily verzog das Gesicht. »Naja, seht halt bloß zu, daß keiner versucht, vor Capaldi in Chicago zu sein.«

### Americana, 22. Mai 1931

*Goose Lake Prairie, Illinois: C. C. Flanagans Trans-Americans werden morgen die sechsundfünfzig Meilen lange Etappe nach Chicago absolvieren. Das Rennen hat jetzt einen bemerkenswerten Stand erreicht. Das Doc-Cole-Team, seit Denver in Führung, wird von einem*

*leicht zurückliegenden Verfolgerfeld attackiert. Dort laufen Williams'*
*All-Americans, angeführt von dem in Chicago geborenen Capaldi –*
*seine Eltern stammen aus Italien –, sowie ein vierköpfiges europäisches*
*Team mit dem Finnen Eskola als Zugpferd. Einzelläufer wie Mullins,*
*der Japaner Son und der Ire Brady sind ebenfalls im dichtgedrängten*
*Verfolgerfeld.*

*Der Mexikaner Juan Martínez, zur Zeit auf Platz vierunddreißig und*
*nach einer Magenstörung wieder wohlauf, hat sich vorgenommen,*
*diesen Sechsundfünfzigmeilenabschnitt zu seinen Gunsten zu entschei-*
*den, zumal Chicago auch noch die Wahlheimatstadt seines Bruders*
*Emiliano ist. Diese Etappe bringt keine Preise ein; die Chicagoer*
*Buchmacher setzen niedrige Quoten von nur 2:1 gegen Capaldi, der*
*mir sagte, er werde den neuen Bürgermeister Cermak und seine*
*Mitbürger bestimmt nicht enttäuschen.*

*Ebenfalls von Interesse für die sportbegeisterte Chicagoer Öffentlich-*
*keit wird das Erscheinen der mittlerweile längst berühmten Miss Kate*
*Sheridan sein, deren letzte Vorstellung in Chicago auf der Bühne des*
*Roxy-Theaters stattfand, wo sie 1929 als Tänzerin auftrat. Miss*
*Sheridans Beine, obwohl zur Zeit anderen Aufgaben verpflichtet, ver-*
*dienen dennoch die Aufmerksamkeit der Öffentlichkeit von Chicago.*
*Miss Sheridan hat noch immer dreiundzwanzig Männer zwischen sich*
*und den zehntausend Dollars, die ein landesweit bekanntes Frauenma-*
*gazin für sie ausgesetzt hat. Ganz Chicago wird sorgfältig verfolgen, ob*
*diese phantastische Repräsentantin des ›schwachen Geschlechts‹ jenen*
*magischen zehn Tausendern noch näher kommen kann.*

*Carl C. Liebnitz*

# 22

## *Aug in Aug mit Al Capone*

Nachdem Juan Martínez die Vorauswahl seines Dorfes gewonnen und damit das Recht erworben hatte, es im Trans-America-Super-Marathon zu vertreten, war beschlossen worden, ihn zum Training zu einem laufkundigen Indianerstamm in die Berge der Sierra Tarahumara zu schicken. Er benötigte fast eine Woche, um sich von dem Ausscheidungslauf wieder gänzlich zu erholen, und wurde täglich von Carlos, dem Medizinmann des Dorfes, massiert. Fleisch war in Quanto in der Tat unbekannt, dennoch wurde eine Uraltziege geschlachtet, um Juan mit den nötigen Proteinen zu versorgen, und täglich hatte er mit dem zähen, teakholzartigen Fleisch zu kämpfen, sorgfältig im Auge behalten von Carlos sowie Vater und Mutter. Tag für Tag trabte er seine fünf Meilen über den staubigen, zerklüfteten Boden, und mit jedem neuen Tag empfand er das Laufen leichter. Vielleicht, dachte Juan, hatte er wirklich Talent für dieses Langstreckenlaufen; oder war es vielleicht doch nur das Ziegenfleisch?

1890 hatte ein norwegischer Naturforscher namens Carl Lumholtz festgestellt, daß die Tarahumara einundzwanzig Meilen in zwei Stunden zurücklegten, und zwar im Verlauf eines fußballähnlichen Spiels mit dem Namen *raráhipa*. Seine Berichte wurden jedoch verhöhnt und bald vergessen. Erst viel später, 1926, hatte die mexikanische Regierung zwei Tarahumara nach Mexico City gebracht, wo sie öffentlich probelaufen sollten. Die Indianer hatten die anwesenden Sportreporter über alle Maßen fasziniert, als sie eine fünfundsechzig Meilen lange Strecke in neun Stunden und siebenunddreißig Minuten zurücklegten. Ein Jahr später hatte ein anderer Tarahumara den Rekord über die Einundfünfzigmeilendistanz zwischen Kansas City und Austin um eine Stunde unterboten.

Wenig später bat die mexikanische Regierung einen Tarahumara-Häuptling darum, drei seiner Läufer in einem Marathon antreten zu lassen. Der Stammesobere schickte drei Frauen, von denen eine als dritte durchs Ziel lief. Als die Organisatoren ihrer Überraschtheit Ausdruck verliehen, daß die besten Läufer des Stammes Frauen seien, erwiderte der Häuptling, ein so kurzes Rennen wie diese sechsundzwanzig und noch etwas Meilen sei gerade für Frauen eine ideale Distanz, und er habe sie deshalb entsandt.

Für die Dörfler aus Quanto war Juans Laufabenteuer eine beachtliche Investition. Sollte er aus dem Trans-America-Rennen erfolgreich zurückkehren, würde mit dem Preisgeld die wirtschaftliche Struktur des Dorfes von Grund auf geändert werden können. Die Dorfbewohner hatten wenig zu verlieren: Sie hatten nicht viel...

Nach einem bescheidenen Zwanzigmeilenkurs rings um das Dorf war Juan als erster von neunzehn Mitläufern taumelig aus der Dorfausscheidung heimgekehrt. Alles, was in Quanto verkäuflich war, war verkauft worden, um ihn zu den Tarahumara zum Training zu schicken und die Passage nach Los Angeles zu bezahlen. Da es aber immer noch nicht reichte, sah man sich gezwungen, beim Geldverleiher im Ort ein Darlehen mit enormem Zinssatz aufzunehmen. Vorfühl- und Vorstellbriefe wurden an Manuel, den Führer des Tarahumara-Stammes geschickt, und drei Wochen später machte Juan Martínez sich auf den Weg in die Sierra Tarahumara.

Juan hatte bis Chihuahua die Bahn, die Ferrocarril Chihuahua Al Pacifico, genommen und war von dort aus mit einem Muli weiter geritten bis nach Chogita, wo die Tarahumara wohnten. Das Dorf lag in einem langgestreckten, schmalen Tal. An der einzigen, gewundenen Straße standen Ziegelhütten in jeweils etwa einer halben Meile Abstand voneinander.

Als Juan dort ankam, tanzten und sangen die Leute vor einer Hütte, die Gesichter und Beine mit weißer Farbe bemalt und mit Stirnbändern oder verzierten Sombreros geschmückt. Juan merkte, daß er mitten in einen religiösen Feiertag hineingeplatzt war, hockte sich auf die andere Straßenseite und verzehrte seinen Proviant, bis die Tarahumara das Tal entlang zur nächsten Hütte gerannt waren.

Die Communidad, das Ratsgebäude, wo über alle Stammesangelegenheiten befunden wurde, befand sich in der Mitte des Dorfes, und dort traf Juan auch auf Manuel. Der sehnige Alte war in seiner Jugend ein erstklassiger Läufer gewesen und wußte sehr genau, warum Martínez nach Chogita gekommen war: Die Laufkultur der Indianer sollte nach und nach in Juans Beine fließen. Schon bald, sagte ihm der Häuptling, würde er seine erste direkte Erfahrung machen, da am nächsten Tag ein Vierzigmeilenlauf gestartet würde; weder ein *raráhipa* noch ein *dowerami*, ein Ringlauf, sondern ein ganz normales Rennen zu Fuß.

Aufmerksam hatte Juan verfolgt, wie in jener Nacht die Läufer im flackernden Licht ihrer Lagerfeuer hockten, sich die Beine mit Ziegenfett einölten und sie mit gekochten Wacholderzweigen massierten. Als dieser Teil ihrer Vorbereitung beendet war, drängten sich alle um das Feuer, rauchten, verzehrten *tortillas* und tranken Kaffee.

Der Lauf selbst war ein Alptraum: vierzig Meilen auf rauhem, felsigem Grund in großer Höhe, bei konstanten acht Meilen pro Stunde. Die Tarahumara, die lederne Riemensandalen trugen, schurrten gleichmäßig über die trockenen, braunen Berge hinweg, ohne auch nur einmal ihren Rhythmus zu durchbrechen. Juan Martínez hielt sich während der ersten zehn Meilen wacker mit an der Spitze, spürte dann aber, wie seine Atmung in der dünnen Luft immer schwerer wurde. Und schon lag er weit abgeschlagen bei den ganz Jungen und den alten Männern ganz hinten und mühte sich, wenigstens bescheidene sechs Meilen die Stunde zusammenzubringen. Er ging dann als letzter von dreißig Läufern durchs Ziel, kaum noch fähig, auch nur einen Fuß vom Boden nehmen zu können, als er in der Abenddämmerung auf die Communidad zuschwankte.

Juan brauchte fast drei Tage, um sich wieder zu erholen. Er lag auf dem schmutzigen Boden der Häuptlingshütte, eine Wolldecke unter sich; Manuel und seine Gäste saßen neben ihm auf grobbehauenen Baumstammhockern um einen Holzofen herum, tranken Kaffee und palaverten in ihrer Sprache. In jenen drei Tagen hatte er den letzten Rest Käse und die letzten getrockneten Ziegenfleischstücke gegessen, die er sich mitgebracht hatte; am vierten Tag aber unterwarf er sich der kargen Kost der Tarahumara, die aus Tortillas, Maisbrei und Bohnen bestand.

Als Juan wieder laufen konnte, schloß er sich den Frauen an, trabte täglich seine fünf bis zehn Meilen durch die dünne Bergluft, so daß in der ersten Trainingswoche zumindest vierzig Meilen gelaufen waren. Dann rannte er den Männern hinterher, die sich mit Vierzigmeilen-*raráhipa*-Läufen auf die Wettkämpfe zwischen Chogita und den Nachbardörfern vorbereiteten. Die *raráhipa*-Läufer liefen ohne Schuhe, weil so der Fußballen leichter auftreten konnte; dennoch behielt Juan seine Sandalen an. Ihm wurde nicht erlaubt, an den

Dorfwettkämpfen teilzunehmen, er konnte dafür aber jede Einzelheit der Vorbereitungen genauestens verfolgen, bis hin zu den komplizierten Tätowierungen der Beine, einem Ritual, das jeder Läufer für seinen Erfolg als wesentlich erachtete.

Innerhalb von drei Monaten war Juan in der Lage, pro Woche mehr als achtzig Meilen zu laufen, obwohl es ihm nicht gelang, den flachen Geschwindschritt der Tarahumara zu erlernen, da seinem Naturell ein eher tänzelndes, mit hochgehenden Knien vollzogenes Laufen entsprach. Während dieser Zeit war Manuel sein einziger Freund und Vertrauter. Der alte Mann erkannte Sinn und Zweck des Ganzen, obwohl seine Vorstellung von dem großen Rennen in Los Angeles, auf das sich Juan Martínez vorbereitete, nur sehr verschwommen war.

Dann endlich, nach vier Monaten, wiederholte Juan seinen Vierzigmeilenlauf gegen die Tarahumara. Diesmal war es anders. Sein Körper hatte sich inzwischen angepaßt, und Martínez war in der Lage, bei den Führenden zu bleiben und seine größere Grundgeschwindigkeit sogar soweit auszunutzen, daß er ihnen über die letzten drei Meilen davonlief.

In den nächsten zwei Monaten steigerte er sein wöchentliches Meilenkontingent bis auf einhundertfünfzig und wußte am Ende dieser Periode, daß er nun für das Trans-America-Rennen bereit war. Manuel nahm kein Geld an für Juans Lehr- und Laufmonate in Chogita, nur eine Wolldecke, die Martínez' Mutter gemacht hatte. Das ganze Dorf kam zusammen, um ihn noch einmal zu sehen, und lief, wie immer, die steilen Wegwindungen hinan, um sich vor der Communidad von ihm zu verabschieden. Der Häuptling sagte ihm wenig zum Abschied.

»Zeichne dich selbst aus«, riet er Juan. »Mehr kann ein Mensch nicht verlangen.«

Die Kraft und die Ausdauer, die Juan Martínez sich dort oben in den Bergen erworben hatte, waren ihm gerade während der ersten blasenblähenden Tage des Trans-America-Rennens gelegen gekommen, und er konnte gutes Geld für frühe Etappenpreise einstreichen, das er umgehend an eine Bank in Mexico City überwies. Seine Gebirgserfahrung hatte ihn das Höhenniveau der Rockies gut überstehen lassen; und dennoch – langsam, aber sicher verlangten die täglichen Meilen über die Great Plains ihren Tribut, und genau wie die andern Läufer begann er den Schmerz zu verspüren – nicht nur in den Muskeln, sondern auch in den Gelenken. Manchmal schienen ihm selbst die Knochen weh zu tun, und Martínez weinte trockene Tränen auf den staubigen Straßen von Kansas.

Wie schon bei den Tarahumara, so zog ihn die gemeinsame Erfahrung des täglichen Laufens immer näher zu den Läufern hin, deren Kultur und Herkunft ihm vollkommen unbekannt waren – zu Männern aus Glasgow, aus Pennsylvania, zu Männern wie Doc, der überhaupt keine Heimat zu haben schien. Sie alle verfügten über eine innere Sicherheit, die ihn anfangs schreckte, doch allmählich wurde Juan in ihre Gesellschaft mit einbezogen. Es war schon seltsam. Alle waren sie doch eigentlich sportliche Gegner, Konkurrenten eben. Was sie jedoch verband, war die tägliche Herausforderung der Meilen und hinter alledem der gewaltige Versuch, einen Kontinent zu Fuß zu durchqueren. Das Gefühl der Verantwortlichkeit, im Preisgeld abzuschließen, um das Überleben seines Dorfes zu sichern, trat bei ihm mehr und mehr in den Hintergrund. Vielmehr versuchte er Tag für Tag, sich auszuzeichnen, wie Manuel das gesagt hatte. Und wenn er das schaffen konnte, würde es niemals Unehrenhaftigkeit für ihn geben, ganz gleich, wie das Rennen am Ende für ihn gelaufen wäre.

Hinter St. Louis hatte Martínez gefühlt, daß er allmählich schwächer wurde, besonders auf den gelegentlich bergigen Strecken. Doch wie McPhail, so hatte auch er sich geschworen, niemals zu gehen. Dieser Schwur hatte ihn allerdings oft genug in ein gebrochenes Traben fallen lassen, das nicht schneller war als Gehen, aber erschöpfender. Doc und die anderen konnten ihm bei seinen täglichen Qualen nur sehr wenig tröstend zur Seite stehen, zumal sie Capaldi, Mullins, Eskola und Dasriaux im Auge behalten und sie abfangen mußten; denn diese Läufer begannen inzwischen, sich immer mehr Etappenpreise zu holen und so ihre Gesamtwertung merklich zu verbessern. In Wilmington, etwas über fünfzig Meilen vor Chicago, begriff Juan Martínez, daß seine Chancen, das Trans-America-Rennen zu gewinnen, fast aussichtslos waren; er lag jetzt auf Platz vierunddreißig und wußte zwar, daß er als Mitglied in Docs Gruppe ohnehin seinen Anteil in New York bekommen würde, falls einer von ihnen gewinnen sollte; nur – deshalb war er nicht gekommen. Er lief hier, um ›sein Zeichen zu setzen‹, und das hatte er bisher noch nicht vermocht.

Immerhin, noch mußte Chicago, die ›Windy City‹, in zwei Teiletappen genommen werden, in insgesamt also sechsundfünfzig Meilen, an deren Ende ein Etappenpreis (für die letzte Halbetappe) von fünfhundert Dollar stand. Dort in Chicago lebte und arbeitete Emiliano mit seiner Frau und den zwei Kindern, und Juan mußte einfach der Erste im Soldier's Field Stadion sein. Seine Rennstrategie war, sich auf der ersten Etappe noch zurückzuhalten, ungefähr auf mittfünfziger Position, um in der zweiten Etappe nach und nach bis zur Spitze aufzurücken und dann auf der letzten Meile, wo er endlich seine Speed entfalten konnte, alle hinter sich zu lassen und als erster durchs Ziel zu gehen.

Doc und seine Gruppe wußten, daß mindestens ein Läufer bei dieser zweiten Etappe alles auf eine Karte setzen würde: Capaldi, der von einem mächtigen Wettsyndikat in Chicago unter der Führung von Nitti und Guzik als Sieger dieses Streckenabschnitts ausgewählt worden war. Das All-American-Team-Management hatte nicht die geringste Ahnung von der Verbindung der Wettgemeinschaft mit Capones Leuten, die tatsächlich zweitausend Dollar auf Capaldi gesetzt hatten.

Am Vorabend zur Chicago-Etappe saßen Doc und Hugh mit Martínez zusammen und versuchten, dem Mexikaner klarzumachen, was für eiskalte Typen Männer wie Nitti und Guzik waren. Doch der kleine Mann aus Mexiko war nicht umzustimmen. Es war das erste Mal, daß sie ihn aufgebracht und wütend erlebten.

»Ihr meint, ich lauf langsam, ihr meint, ich entehr mich vor meinem eignen Bruder?«

Fassungslos hatte er Doc angeschaut, dicke Tränen in den großen braunen Augen.

Doc tat alles, was er konnte, um Juan die Gefahren vor Augen zu führen, die ihm vielleicht drohten, wenn er Capaldi schlug. »Ich werd verprügelt. Zu dumm. Aber bei Gott, ich werd die ganze Strecke bis nach Chicago rennen. Emiliano nimmt sich extra frei, um mich zu sehn!«

Alles, was die Gefährten jetzt noch hoffen konnten, war, daß Martínez, der schon verzweifelt schwach war, gar nicht mehr fähig sein würde, den zähen Italoamerikaner von seinem Sieg in Chicago abzuhalten, und daß sich das ganze Problem auf diese Weise von alleine lösen würde.

Es kommt nicht von ungefähr, daß Chicago scherzhaft ›die Achselhöhle der Welt‹ getauft wurde. Bereits 1865, am Ende des amerikanischen Bürgerkrieges, hatte sich die Stadt zum weltbesten Fleischkonservenproduzenten entwickelt, noch zu einer Zeit, als die texanischen

Viehtreiber die Herden nordwärts zu den Chicagoer Schlachthöfen brachten, ständig bedroht von Diebesbanden, Indianern und Seuchen. Im Jahre 1870 hatte dann der erfinderische Geist von Joseph McCoy die Erleuchtung, eine Stadt zu erbauen mit einem Kopfbahnhof als Umschlagplatz, wo die Viehbesitzer an einem Knotenpunkt mit der neu erbauten Trans-Continental-Eisenbahnlinie ihre Herden verkaufen konnten, und erwählte Abilene. Obwohl der Ort in dieser Funktion schon recht bald wieder von der Landkarte verschwand und durch andere westliche Städte, zum Beispiel Ellsworth, abgelöst wurde und McCoy in bitterster Armut starb, gewann Chicago immer mehr ein urbanes Schwergewicht als Zentrum der Fleischindustrie. Die simple volkswirtschaftliche Gleichung, die man am Ende des Bürgerkrieges aufgestellt hatte, daß achtzig Rinder die Bedürfnisse von einhundert Menschen befriedigten, stellte das in der Tat sicher und trug dazu bei, daß ganz Chicago nach Leder und Exkrementen roch und der Gestank sich vor allem über die ärmsten Bezirke der Stadt verbreitete, was wiederum dem dort vorherrschenden Wind zuzuschreiben war.

Wie in allen Industriestädten im Norden der USA, wirkte sich die Depression Ende der zwanziger Jahre auch auf Chicago verheerend aus, und die ärmeren Gegenden der Stadt hatten jene Qualität von Trostlosigkeit, wie sie damals untrennbar auch zu Glasgow oder Hamburg oder jeder anderen Industriestadt in Europa gehörte. In diesen elenden Fabrikarbeitersiedlungen kochten billige Blechnapfsuppen und der berühmte Resteeintopf Tag für Tag vor sich hin, genau wie später in Nevada im Solidaritätscamp der IWW. Tagtäglich fütterten städtische Volksküchen schier endlose Schlangen gebeugter, unrasierter Kostgänger, und tagtäglich schlurften dieselben Männer durch die bitterkalten, verkommenen Straßen in den Industrievierteln und suchten nach Arbeit.

In dieser Ausweglosigkeit unterschied sich Chicago kaum von den meisten Industriestädten des Nordens; in einem jedoch beträchtlich: im Ausmaß des organisierten Gangstertums und der Korruption der städtischen Bediensteten. Erste Folge des Prohibitionsgesetzes von 1920 war die massive Zunahme des Alkoholkonsums; eine zweite und weit ernstere war das Auftauchen zahlloser Schwarzbrenner und Gangster sowie die Zentralisierung der Macht in einer kleinen Gruppe solcher Figuren. Eine von ihnen war Al ›Scarface‹ Capone, der, 1899 in den Slums von New York geboren, 1920 nach Chicago gegangen war und dort, jahrelang von korrupten Polizisten, Richtern und Politikern gedeckt, Ende der zwanziger Jahre zur alles beherrschenden Gestalt dieser Stadt geworden war.

Im Jahre 1930 hatte der Chicagoer Geschäftsmann Frank Knox, durch die ständig wachsende Macht des ›Narbengesichts‹ und seiner Gefolgsleute alarmiert, einen Fonds von 75 000 Dollar eingerichtet und ein Komitee gebildet, ›Die Geheimen Sechs‹, um Capones Einfluß zu schwächen; wichtiger noch, er führte eine Delegation nach Washington an, um dort auf Bundeshilfe gegen Capone zu drängen. Die mit einer Mehrheit von 191 000 Stimmen erfolgte Abwahl ›Big Bill‹ Thompsons und die Unbestechlichkeit des neuen Bürgermeisters schwächte Capones Position. Cermak hatte sich bereit erklärt, Thompsons Engagement für Flanagan und dessen Trans-America-Rennen zu honorieren; er war sogar sehr froh darüber, denn die Ankunft der Trans-Americans brachte endlich wieder mal Spiel und Spannung ohne Schüsse in die Stadt. Kommentatoren, die es wissen mußten, sagten für Chicagos Straßen Chaotisches voraus; und das Stadion Soldier's Field war denn auch bis auf den letzten Stehplatz besetzt, als die ersten Läufer kurz nach 18.00 Uhr an jenem Abend dort eintrafen.

Die erste Teiletappe nach Chicago hatte Juan Martínez mit Bedacht und locker genommen und war schließlich als Vierundfünfzigster durchs Ziel gegangen. Sieger dieser Strecke war ›Digger‹ Mullins, gemeinsam mit Doc, dann kamen McPhail und Dasriaux kurz dahinter, später Capaldi, gut plaziert in zwölfter Position. Ein Zwischencamp wurde auf einem steinigen Feld neben der Straße errichtet, kurz hinter Plainfield, und die Läufer hatten drei Stunden Ruhe vor der letzten Siebenundzwanzigmeilenetappe nach Chicago.

Martínez fühlte sich müde, als Willard für die neunhunderteinundsiebzig Läufer den Startschuß abgegeben hatte. An jenem Nachmittag zeigten die Zeiger genau 15.00 Uhr, und heller Frühlingssonnenschein begleitete die Läufer. Über die ersten fünfzehn Meilen, die in zwei Stunden und fünfzehn Minuten zurückgelegt wurden, lief Martínez in der Führungsgruppe von etwa zwanzig Läufern auf zehnter Position und bemerkte, daß Capaldi sich ständig an der Spitze hielt.

Schon in der ersten Hälfte der Etappe verspürte Martínez Schmerzen von den Knöcheln bis zur Hüfte, seine Beine waren bleiern und wund, seine kniehohen, paradierend-tänzelnden Laufbewegungen verkamen zu einer flachen, reduzierten Beinarbeit. Aber Martínez gewann Mut, als immer mehr Läufer erschöpft zurückfielen, so daß nach etwa zwanzig Meilen nur noch sechs Männer vorne an der Spitze liefen – er selbst, Capaldi, Mullins, Dasriaux, Bouin und Eskola. Sie trabten durch die Industrievorstädte von Chicago, den trüben, grauen Illinois-Michigan-Kanal zu ihrer Rechten. Vor ihnen orgelte der Maxwell-House-Coffee-Pot den unvermeidlichen Whiffenpoof Song, während Flanagan oder Willard Clay die wachsende Menschenmenge vom Trans-America-Rennleitungsbus aus über die Läuferpositionen unterrichtete. Hinter den Trans-Americans an der Spitze, von der Polizei nicht angehalten, drängten Autos nach, wirbelten Staubwolken auf und stießen schweren Kohlenmonoxidgestank aus. Die führenden Läufer kurvten in die letzten drei Meilen auf den Michigan-See zu, an dessen Ufern sich das Stadion Soldier's Field erhebt.

Noch zwei Meilen, und Capaldi und Martínez hatten die anderen vier abgeschüttelt, die jetzt hintereinander liefen, jeweils vierzig Yards oder mehr auseinander.

Capaldi rannte unwiderstehlich; er war ein untersetzter, fast krabbenartiger Läufer, dessen tiefbraungebrannte Beine einen konstanten Rhythmus auf den Asphalt trommelten. Der berühmte Chicagoer Wind war jetzt endlich auch einmal von Nutzen, da er glücklicherweise von hinten blies.

Juan heftete seinen Blick auf Capaldis verschwitzten Rücken, ein Tip, den Doc ihm noch in Nebraska gegeben hatte. Schon fürchtete er den schrecklichen Augenblick, wenn der optische Faden, der ihn mit dem Amerikaner verband, zu reißen begann.

Endlich sahen sie vor sich das Stadion, am Ende der langen Allee, und gemeinsam liefen sie ohne ein Augenmerk für die jubelnden Menschenmassen, die gegen die am Straßenrand gebildeten Polizeiketten anrannten und -drängten. Kein Gegensatz hätte markanter sein können: hier der haarige, gedrungene Italoamerikaner, da der gespensterhafte kleine Mexikaner; hier Capaldi, der seinen Atem in tiefen, rhythmischen Grunzern ausstieß, und da Martínez, der eine Oktave höher schnaufte, was sich fast als Seufzen deuten ließ. Capaldis Augen lagen unter buschigen, schwarzen Brauen, und von seinem dünnen Oberlippenbart tropfte Schweiß auf seine Lippen, an denen stellenweise Schaumfetzen klebten. Martínez' Augen waren weit aus den Höhlen hervorgetreten, als ob sie es nicht erwarten könnten, das Stadion endlich zu sehen.

Nur noch eine halbe Stunde. Und wie ein Schiff, das die Strömung unversehens von seinem Ankerplatz treibt, kam Juan Martínez plötzlich frei. Capaldi hatte sich erschöpft; obwohl Juan nicht wagte, sich umzuschauen, konnte er spüren, daß der Amerikaner ausgepumpt und zerbrochen in einen erbärmlichen Trab gefallen war. Dieses Wissen verlieh ihm zusätzliche Kräfte; unbewußt zog er das Tempo an und ließ Capaldi noch weiter hinter sich zurück. Autos und Motorräder, die nun langsam rechts neben Juan herfuhren, hupten begeistert; er steigerte seine Schritte, und sein Atem entrang sich ihm in kleinen rhythmischen Schreien. Juan Martínez lief jetzt in seiner Welt, und seine Füße setzten bei jedem Schritt ein Zeichen auf den Asphalt. Er selbst wurde zum Zeichen, und die Schaulustigen zu beiden Seiten der Straße jubelten ihm frenetisch zu. Er nahm es nicht wahr, genausowenig wie er die Rufe seines Bruders aus der Menge zu seiner Linken hören konnte, als er in die letzten zweihundert Yards bis zum Soldier's Field kurvte. Hinter ihm, weit mehr als hundert Yards zurück, kämpfte sich Capaldi verbissen voran.

Von rechts her kommend, setzte sich ein schwarzer Ford, der ihm bereits seit mehr als drei Meilen hartnäckig gefolgt war, direkt hinter den kleinen Mexikaner. Das Fenster auf der ·Fahrerseite wurde heruntergekurbelt, und wer ihn kannte, sah, daß es Frank Nitti war; ein Zigarrenstummel flog heraus und landete direkt vor Juan Martínez. Ganz plötzlich schwenkte der Wagen hart nach links, so daß der hintere Kotflügel mit einem widerwärtigen dumpfen Schlag an Martínez' rechten Oberschenkel traf. Irgendwo in der Menge schrie eine Frau auf – das erste und letzte, was Juan Martínez von Chicago hörte, bevor er mit Wucht aufs Pflaster stürzte und sein Kopf krachend auf die Steine schlug. Die Menge durchbrach den Polizeikordon und umringte den leblos daliegenden Mexikaner. Rücksichtslos stieß der Wagen zurück, wendete und beschleunigte rasch in die Richtung, aus der er gekommen war.

Wenige Sekunden danach schleppte sich Capaldi, der nur verschwommen wahrnahm, was vorgefallen war, stöhnend vorbei und bog ins Soldier's Field Stadion ein. Fast fünf Minuten waren vergangen, bevor Doc und das Verfolgerfeld Sirenengeheul vernahmen, als sie sich dem Unfallort näherten und aus dem aufgeregten Stimmengewirr schließen konnten, daß Martínez etwas passiert sein mußte.

Zehn Minuten später liefen Doc, Mullins, Morgan und McPhail ihre vier Runden in dem überfüllten Stadion, während Capaldi, vom

Jubellärm der fünfzigtausend Chicagoer überschüttet, leicht schwankend auf einem Podium stand, mit Blumen und einem Lorbeerkranz geschmückt, und den Massen immer wieder zuwinkte. Als Doc sich der Ziellinie als dritter näherte, etwa fünfzig Yards vor Mullins und Morgan, McPhail lag hundert Yards zurück, erblickte er Flanagan. Der Ire saß auf einer Bank an der Zielgeraden neben dem Podium, umringt von herumspringenden Majoretten und makellos in seiner Tom-Mix-Maskerade. Seine Ellenbogen stützten sich auf die Knie, sein Gesicht war tief in seine Hände vergraben und seine Schultern zuckten.

Es gehörte zu den allgemein verbreiteten Gerüchten in Washington, daß Präsident Hoover wöchentlich eine Kabinettsrunde mit dem sinnigen Namen ›Medizinball‹ abhielt, eine Art moralischer Ertüchtigungssitzung mit allen führenden Mitgliedern der Regierung. Jedesmal, gleich am Anfang dieser speziellen Zusammenkünfte, pflegte Präsident Hoover zu fragen: »Meine Herren, haben Sie schon diesen Kerl Capone?« Eine gute Viertelstunde später, die knallroten, betretenen Gesichter seiner Kabinettsmitglieder im Visier, beendete er die Sache. »Denken Sie daran«, war seine Mahnung, »ich will diesen Mann hinter Gittern.«
Das war leichter gesagt als getan; aber das Finanzministerium schickte seinen Agenten Pat O'Rourke los, um sich mit dem schwächsten Punkt in Capones Unterweltskönigreich zu beschäftigen – seinen Steueraffären. Der erste, der herausgegriffen wurde, war des Gangsters Bruder Ralph ›Bottles‹ Capone, dessen einziges Vergehen bis dahin darin bestanden hatte, ein Pferd erschreckt zu haben. ›Bottles‹ bekam drei Jahre im Staatsgefängnis und mußte zehntausend Dollar Strafe zahlen.
Capone selbst zu schnappen, würde einiges mehr an Zeit kosten. Dennoch, als das Trans-America in Chicago eintraf, am 23. Mai 1931, waren die Pläne für seine Festnahme bereits bis ins kleinste ausgearbeitet und das Datum seiner Anklage in greifbare Nähe gerückt.

Doc Cole und Ernest Bullard gingen zu Flanagans dunklem Caravan und klopften leise an die Tür. Es dauerte einige Augenblicke, bis drinnen eine Lampe angeknipst wurde und Flanagan mit der Innenverriegelung der Tür zurechtgekommen war. Die beiden Besucher blinzelten etwas unsicher in das plötzliche Licht; der Rennleiter zog ein blütenweißes Taschentuch hervor und schnaubte sich geräuschvoll die Nase. Sie erkannten, daß Flanagans Augen gerötet waren, obwohl er sich schnell abwandte und nach einer fast leeren Flasche Whiskey griff.

»Nen Drink?« fragte er undeutlich.

Sie schüttelten beide den Kopf und setzten sich langsam.

»Hoff, es stört Sie nich, wenn ich mir ...«, sagte er entschuldigend, goß sich den Rest der Flasche in ein großes Glas und warf sie in den Abfalleimer neben seinem Schreibtisch.

Flanagan setzte sich in seinen Schaukelstuhl und schnäuzte sich noch einmal heftig.

»Habne Mordserkältung«, erklärte er. »Mordserkältung.« Er lehnte sich zurück und befingerte sein Glas. »Undn mordsblöder Tag wars auch«, ergänzte er verdrossen.

»Ja«, sagte Doc. »Das wars weiß Gott.«

Bullard kam als erster zur Sache. »Die Jungs von der Presse haben zusammengelegt für Martínez' Verwandtschaft. Ist zwar nicht berauschend viel – achthundertsiebenundvierzig Dollar.«

Er legte einen knitterigen braunen Briefumschlag auf den Schreibtisch.

Flanagan zwang sich ein müdes Lächeln ab. »Danke. Ich kümmer mich drum, daß dies kriegen.« Er kroch noch tiefer in seinen Stuhl. »Armer kleiner Kerl. Macht son langen Weg, und hier bringt man ihn einfach zur Strecke.«

»Wir wissen, glaub ich, wer das war«, sagte Doc.

»Wer?« fragte Flanagan und setzte sich auf.

»Zwei von Capones Leuten«, antwortete Doc. »Heißen Nitti und Guzik. Die hatten einige Tausend Dollar auf Capaldi laufen, bei ziemlich hohen Quoten, und Juan ist ihnen in die Quere gekommen – in den Weg gerannt, gewissermaßen. So seh ich das jedenfalls.«

Flanagan schüttelte den Kopf. »Zweitausend lausige Scheine. Das Geld hätt ich denen doch auch so gegeben.« Er machte Pause. »Glaubn Sie denn, Capone hat mit der Sache direkt was zu tun?«

»Sehr unwahrscheinlich«, antwortete Bullard. »Der steckt im Augenblick selbst bis zum Hals in seinen eigenen Problemen. Nein, es könnte sogar sehr gut sein, daß Martínez' Tod ihm momentan alles andre als in den Kram paßt. Nein, ich hab mitn paar Leuten aus der Wettbrüderschaft gesprochen; Guzik und Nitti haben mal eben einfach son bißchen in die eigene Tasche gewirtschaftet.«

»Naja, gut. Aber was machen wir denn jetzt?« fragte Flanagan.

»Einfach so bis New York weiterlaufn und so tun, als wär nie was passiert?«

»Ich weiß, es mag brutal klingen«, erwiderte Doc, »aber es wär bestimmt nicht in Juans Sinn, jetzt aufzuhören. Auch von der praktischen Seite her gesehen, denn wenn meine Gruppe das Goldfaß aufmacht, dann kriegen Martínez' Verwandte immer noch ihren Anteil daran, genausowie wenn er noch am Leben wär. Wenn wir jetzt das Rennen abbrechen, hat weder seine Familie noch sein Dorf was davon.«

Flanagan hob sein Glas, sah, daß es leer war, und stellte es wieder auf den Schreibtisch. Eine kleine Weile schaukelte er schweigend vor und zurück, den Kopf gesenkt. Dann blickte er beide Männer an.

»Es ist nur, daß ich, daß ich mir so... so verdammt schuldig vorkomm. Schließlich lags an mir und dem Rennen, daß Martínez den ganzen Weg von Mexiko bis nach Chicago gelaufen ist. Und morgen liegt er unter der Erde. Also helft mir, ich muß irgendwas tun, oder ich platz.«

»Cole hat recht«, sagte Bullard mit fester Stimme. »Wir wissen, wies dir zumute ist, alter Junge. Aber niemand hätt was davon, wenn wirs jetzt abblasen würden.«

»Okay«, sagte Flanagan und schaute zur Decke. »Also machen wir weiter bis New York. Aber was ist mit diesen Kerlen, die ihn umgebracht haben?«

»Naja, da weiß ich was«, antwortete Doc. »Wissen Sie, ich hab da eine Freundin...«

Am Vormittag des 24. Mai 1931 Schlag elf standen hunderteinundsiebzig Trans-Americans, der gesamte Rennleitungsstab und der größte Teil des diensthabenden Pressecorps an Juan Martínez' Grab, im leichten Sprühregen auf Chicagos Oak Park Friedhof. Für viele Trans-Americans war der Vorgang noch immer nicht zu glauben. Zwei Monate lang war der kleine Mexikaner über die staubigen Straßen Amerikas geeilt, durch die Mojave, über die Rockies, über die weitgestreckten, trockenen Ebenen von Kansas, fast unzerstörbar, und nun sollte er am Nachmittag nicht mehr mit ihnen gemeinsam an der Startlinie stehen – nie wieder.

Flanagan, eine schwarze Armbinde am linken Ärmel seines leichten Sommeranzugs, hielt den Kopf gesenkt und warf eine Handvoll Erde in das Grab, gefolgt von Doc, Hugh und einer Menge weiterer Läufer, die den kleinen Mexikaner gut gekannt hatten. Schon bald traten die Totengräber hinzu und schaufelten braune Erde auf den Sarg.

Flanagan schaute auf seine Uhr und wandte sich Morgan zu, der neben ihm stand.

»Fünf nach elf«, sagte er. »Noch vier Stunden.« Er winkte Doc zu sich heran. »Aber bis dahin«, sagte er, und seine Stimme gewann wieder an Festigkeit, »schauen wir mal bei Mister Capone vorbei.«

Stets hatte Al ›Scarface‹ Capone behauptet, sich seine Narbe als MG-Schütze im Ersten Weltkrieg eingehandelt zu haben. Die wahre Version der Geschichte nennt freilich keine vaterländischen Verdienste: Bei einer Schlägerei um eine Nutte in einem Tanzlokal in Brooklyn hatte er ein Messer abbekommen.

Tatsächlich kam ihm Martínez' Tod so ungelegen wie nur irgend etwas, denn der Mann vom Finanzamt war bereits mit Riesenfüßen hinter ihm her. Welche Ironie des Schicksals: Zehn Jahre Schwarzbrennerei, Alkoholschmuggel, Foltern und Killen, ohne auch nur ein einziges Mal überführt worden zu sein! Und jetzt sollte er ausgerechnet als Opfer eines schlaffen Haufens steuerprüfender Schreibtischtäter dran glauben müssen?

Alfonso Capone war sehr widersprüchlich. Er hatte ein ziemlich ausgeprägtes Talent für den Umgang mit Menschen, sogar Führungsqualitäten, die einem Manager alle Ehren gemacht hätten, aber wie so viele Menschen, die sich mühsam von unten heraufgearbeitet haben, verfügte er, was das Geld anging, über einen sehr engen Horizont. Sogar noch vor wenigen Jahren, noch 1924, als die Steuerleute zum ersten Mal in seinen Papieren herumsuchten, hätte er sich ohne weiteres und mit Leichtigkeit für eine relativ geringe Summe ganz legal aus allen Schwierigkeiten herauskaufen können. Die Dollars waren schneller hereingekommen, als er sie hätte zählen können, und sogleich in Banksafes überall in Illinois verstaut worden; aber aus seiner Perspektive war seins nun mal seins, und damit war die Gelegenheit, gesetzestreu zu bleiben, vorbei, und zwar ein für allemal. Und nun hatte dieser O'Rourke die Organisation durchlöchert, und Capone wußte ganz genau, daß in wenigen Wochen eine saftige Anklage fällig war.

Und dann diese Unglücksbrocken Nitti und Guzik! Die Ankunft des Trans-America in Chicago war für die Bevölkerung der absolute Hit des Monats gewesen; und zwei schlappköpfige Schläger hatten es fertiggebracht, für nichts alsn paar lumpige tausend Dollar seine

Organisation im wirklich unpassendsten Augenblick ins Rampenlicht zu rücken!

Capone lehnte sich in seinem schwarzen Ledersessel wieder zurück und bearbeitete mit einem weichen, medizinisch getesteten Zahnstocher sein Gebiß. Dann griff er zur Morgenzeitung, deren Titelseite Martínez' Tod bekanntgab, überflog den Artikel und legte das Blatt wieder müde auf den Schreibtisch zurück. Alles kam jetzt darauf an, die Temperatur der Trans-America-Tragödie wieder runterzukriegen. Er hatte wirklich andere und größere Sorgen.

Die Behördenjungs nannten ihn also einen ›Bootlegger‹. Okay, dann wars also Alkoholschmuggel, wenn das Zeugs oben auf den Lastern lag; aber wenn einem im Country Club was davon aufnem Silbertablett gebracht wurde – zur Hölle, das nannte sich dann Gastfreundschaft. Was hatte er denn schon getan? Er hatte einfach einer legitimen Nachfrage entsprochen. Und so was nannte er Geschäft. Aber die meinten, er hätte die Prohibitionsgesetze umgangen. Nur – wer hatte das denn nicht?

Capones leicht nostalgische Rechtfertigungsversuche wurden durch ein Türklopfen unterbrochen; er drückte auf einen Knopf rechts neben sich.

Frank Nitti betrat das Arbeitszimmer des ›Camp Capone‹, einer Suite im Lexington Hotel. Er trug einen teuren schwarzen Nadelstreifenzweireiher, der etwas knapp auf seinen breiten, muskulösen Schultern saß. Nitti war in Capones engerem Kreis als ›der Scharfmacher‹ bekannt. Ein skrupelloser Killer, den die Organisation zweieinhalb Jahre zuvor als ›Faust‹ eingestellt hatte. Davor war er Preisboxer und Rausschmeißer in einer Flüsterkneipe gewesen.

»Flanagan möcht Sie sehn, Boß«, sagte er furchtsam, den unsteten Blick auf den dicken Teppich gezwungen.

Capone winkte den irischen Trans-America-Veranstalter herein; ihm folgte Mike Morgan, der eine blaue Segeltuchhose, eine hochgeschlossene Jerseyjacke und ein schwarzes Lederwams trug. Sie nahmen vor Capones schwerem Teakholzschreibtisch Platz. Für einen kurzen Augenblick war sogar Flanagan still und voller Ehrfurcht vor dem gefährlichsten Mann der Vereinigten Staaten; Morgan blickte ungerührt und gleichgültig nach vorne.

Capone durchbrach das Schweigen. »Was kann ich also für Sie tun, meine Herren?«

»Sie wissen, was gestern geschehen ist«, antwortete Flanagan. »Es steht alles in der Zeitung, da vor Ihnen. Einer meiner Läufer, Juan

Martínez, wurde getötet.« Der Rennleiter redete schnell, fahrig und ohne das gewohnte Selbstvertrauen.

»Richtig, ich hab davon gehört. Schon seit Los Angeles hab ich Ihre Jungs verfolgt«, sagte Capone mit weicher Stimme. »Tat mir wirklich leid, als ich davon hörte. Eine wirklich unangenehme Sache für Sie, Flanagan, könnte ich mir vorstellen.«

»Wir wissen, wers war«, kam Morgan kalt dazwischen. »Zwei von ihren Jungs – Nitti und Guzik.«

Capone lächelte leicht, nahm eine frische Zigarre von seinem Schreibtsich und winkte Nitti, sie ihm anzuzünden.

»Sie sind ein tapferer Mann, wenn Sie hierherkommen, um mir so etwas zu sagen, Mister...?«

»Morgan.«

»Mister Morgan – oder ziemlich dumm. Ich nehme doch an, Sie haben Beweise in der Tasche?«

»Sie wissen genau, daß wir keine haben«, preßte Flanagan heraus und schlang seine Hände fest um beide Armlehnen.

»Sehr richtig, aber was wollen Sie denn dann von mir?«

Die Stimme des Iren wurde etwas kräftiger.

»Zuerst mal möchten wir, daß Martínez' Angehörigen zehn Riesen geschickt werden. Wir wollen die in bar, und wir wollen die jetzt sofort.«

Capone zog seine runden Wangen zusammen, spitzte seine Lippen und pfiff einen überraschten, hohen Ton.

»Zehn Riesen, fürn Ding, das ich nicht gedreht habe und das Sie nicht mal beweisen können? Sie sind ganz schön unverschämt, Mister Flanagan, das muß ich schon sagen.«

Flanagan öffnete seinen Aktenkoffer und entnahm ihm ein zerknittertes Stück Papier. Er schob es Capone über den Schreibtisch zu.

»Vielleicht hilft das hier Ihre Meinung ändern...«

Capone nahm das Blatt in die Hand und sah es sich kurz an.

»Wie sind Sie denn da rangekommen?«

»Das geht Sie einen feuchten Kehricht an, wenn ich das mal so sagen darf«, pampte Flanagan zurück. »Wir haben noch mehr davon, jede Menge, und alle gehen auf kürzestem Weg ans Finanzministerium in Washington, wenn Sie unseren Bedingungen nicht folgen.«

»Was? Ihre Bedingungen?« grollte Capone, und seine Lippen verzerrten sich. »Langsam, Flanagan, langsam. Ein Wort von mir, und ihr beide landet auf kürzestem Weg im immerschwarzen Marmorghetto.«

»Wohl kaum«, erwiderte Flanagan. »Wenn uns auch nur das geringste passieren sollte, gehen zwei Sätze dieser Dokumente hier auf getrenntem Weg an Finanzminister Mellon. Wenn das so läuft, dann wandern Sie einen dreißig Jahre langen Korridor runter.«

Capone nahm die Zigarre aus dem Mund und warf sie in den Papierkorb. Er legte seine weichen, fleischigen Hände auf den Tisch und lehnte sich vor.

»Welche Garantie können Sie mir denn geben, Flanagan, daß Sie diese Papiere nicht in jedem Fall ans Ministerium schicken, selbst wenn ich tu, was Sie verlangen?«

»Ich gebe Ihnen mein Wort«, sagte Flanagan ganz einfach.

»Ihr Wort? Ach du dickes Ei! Das Wort irgendeines hergelaufenen Iren mitner Fuhre hirnamputierter Dauerläufer im Schlepp? Was, zur Hölle, glauben Sie, wie dumm ich bin?«

»Nun, mehr gibts eben nicht«, knurrte Flanagan, und auf seinen Wangen zeigten sich die ersten Anzeichen beginnender Wut. »Entweder Sie nehmen an oder Sie lassens.«

Capone setzte sich wieder auf seinem Sessel zurück und sah dem Trans-America-Rennleiter fest in die Augen. Dann zog er die mittlere Schublade seines Schreibtisches auf und nahm zehn knitterige Bündel Banknoten heraus, zählte sie nach und warf sie über den Tisch.

»Da«, sagte er. »Zufrieden?«

»Schon besser«, antwortete Flanagan. »Aber ganz zu Ende sind wir noch nicht.«

»Hm«, machte Capone. »Was denn sonst noch?«

»Nur zwanzig Minuten Ihrer kostbaren Zeit.«

Capones Gesicht spiegelte totale Irritation.

»Unser Mister Morgan hier möchte gern je zehn Minuten für Ihre Kollegen Nitti und Guzik«, präzisierte Flanagan. »Keine Kanonen, keine Stichlinge; nur Fäuste.«

Capones plumpes Gesicht zerlief zu einem Lächeln, als er zu Morgan hinübersah, der völlig unbeeindruckt links neben Flanagan saß, um dann den Blick weiterschweifen zu lassen zu Nitti, der hinter dem Trans-American an der Tür stand und ebenfalls lächelte.

Capone drückte den rechten Knopf auf seinem Schreibtisch und befahl der Sprechanlage:

»Bring Guzik her.«

Dann wandte er sich wieder Flanagan zu und meinte gelassen:

»Mutet sich Ihr Mister Morgan da nicht dochn bißchen viel zu?«

455

»Na, wir werden ja sehn, was draus wird«, antwortete Flanagan ruhig, nahm das Geld an sich und verstaute es in seinem Diplomatenkoffer, den er zweimal fest verschloß. Er sah auf die Uhr. »Sagen wir um zwei, Mister Capone, im Soldier's Field, wo wir gestern angekommen sind. Und nur Nitti und Guzik und Sie. Sonst niemand.«

Zwei Stunden später bog Capones schwarzer Ford in das Soldier's Field Stadion ein, passierte die schmiedeeisernen Torflügel jenseits des Parkplatzes und fuhr weiter zum Bahnbeginn an der Zielgeraden. Ringsum waren Arbeiter damit beschäftigt, Trans-America-Flaggen wegzupacken oder Flaschen und Abfall von den leeren Rängen aufzusammeln. Die kahlen Fahnenstangen standen nun hager im wolkigen Nachmittagshimmel, und die Schnüre klatschten scharf im Wind. Über ihnen zirkelten und schrien weiße Möwen, stießen hin und wieder herab und schnappten nach Futterähnlichem. Das Stadion war wie tot; alles, was es tags zuvor zu überschwenglichem Leben erweckt hatte, war verschwunden, außer den Trans-Americans. Wachposten gleich säumten sie das Stadionrund, mit Baseballschlägern und Zaunpfählen bewaffnet. Al Capones Augen verengten sich, als er sie bemerkte. Der Ford hielt direkt am Anfang der Aschenbahn. Flanagan, Morgan, Packy Paterson und Lily standen bereits da und warteten.
Capone sah Lily Carson, und seine Lippen preßten sich hart zusammen.
Man machte sich nicht miteinander bekannt; man wechselte keine unnützen Worte. Flanagan winkte Capone und seine Leute einfach hinüber zu einer Seitentür, die zu den Räumen unter der Ehrentribüne führte. Er klopfte zweimal an die Tür, die von einem dünnen, grinsenden alten Platzwart geöffnet wurde. Er tippte, Flanagan grüßend, an seine Mütze und sah Capone an.
»Habn Sie hier was verlorn?«
Flanagan nahm ihm die Antwort ab. »Jaja«, sagte er. »Mister Capone hat hier was verloren.«
Der Ire ging vor Capone, Nitti und Guzik durch die Tür in einen trüb erhellten Korridor; Morgan und Paterson kamen hinterdrein. Dann bat er den alten Mann, die Tür wieder zu verriegeln, und führte die Gruppe den steingefliesten Korridor entlang; ihre Schritte hallten hohl in dem verwinkelten Gang unter der Ehrentribüne. Schließlich, nach etwa fünfzig Metern, blieb Flanagan vor einer Tür linkerhand stehen und klopfte wieder zweimal an. Sie öffnete sich, und Capaldi

erschien an der Schwelle. Der braungebrannte Italoamerikaner schluckte heftig, als er den Gangsterboß erkannte.

»Die hätten das nich machn solln, Mister Capone«, sagte er und ging fügsam zur Seite.

Capone gab keine Antwort und betrat mit seinen Männern den Raum, diesmal nur noch gefolgt von Morgan und Flanagan. Paterson und Capaldi hielten draußen Wache.

In der Mitte des Raumes befand sich ein in den Boden eingelassenes leeres Bassin. Flanagan zeigte auf die weißgekachelte Grube und winkte dann Jake Guzik. »Zeit fürn Bad«, sagte er.

Guzik sah zu Capone hinüber; der nickte. Der Gangster schluckte heftig, lockerte seinen Schlips, zog sein graues Jackett aus und hängte es an einen Haken, löste dann langsam seine Manschettenknöpfe und rollte die Ärmel seines blauen Seidenhemdes auf. Morgans Augen blickten teilnahmslos. Er zog ein Paar schwarze, dünne Lederhandschuhe aus der Tasche und zog sie sich über. Dann zeigte er auf das Bassin.

»Rein da«, sagte er.

Guzik stieg langsam die Bassinstufen hinunter; Morgan folgte ihm.

»Naja, dann wollen wir sie mal alleine lassen«, sagte Flanagan zu Capone und Nitti, schob sie aus dem Raum und schloß hinter ihnen die Tür.

Beklommen standen die fünf Männer draußen und warteten auf dem stillen, dämmrigen Gang. Nach einer kleinen Ewigkeit nahm Flanagan aus seiner Innentasche zwei dicke Havannas heraus und reichte eine davon Capone. Der Gangsterboß nahm die Zigarre, und Flanagan riß ein Streichholz an der Sohle seines rechten Schuhs an. In diesem Augenblick drang ein dumpfes Grunzen nach draußen: es klang wie Morgan. Capone lächelte und beugte sich vor, um seine Zigarre anzuzünden. Packy Paterson sah unbehaglich zu Flanagan hinüber, der wie angewurzelt an der Wand lehnte.

Dann hörten sie eine Stimme. Es war Jake Guzik. Er schrie. Das nächste deutliche Geräusch war das Kratzen von Fingernägeln an der Innenseite der Tür und das Scharren eines Körpers. Ein kurzes, klägliches Winseln, dann Stille. Nach einer Weile ein schleifendes Geräusch.

Dann ging die Tür auf, und Morgan trat heraus; ein dünnes rotes Rinnsal unter der Nase. Er zog ein Taschentuch aus seiner Drillichhose und tupfte Mund und Nase ab.

»Mister Guzik wollte unbedingt früher fertig sein«, sagte er und stieß die Tür weit auf, um den Blick auf den Gangster freizugeben, der mit dem Gesicht nach unten auf dem Boden lag.

»War wohl wasserscheu, wie?« fragte Flanagan.

Frank Nitti ging zu dem Geschlagenen und drehte ihn auf den Rücken. Guziks Gesicht war ein einziger blutiger Brei. Verzweifelt schaute Nitti erst seinen Boß und dann Morgan an.

»Wie hatn der das bloß gemacht?« fragte er und sah sich überall um. »Hat er irgendwon Knüppel versteckt?«

Er äugte hilflos in dem völlig leeren Umkleideraum umher, bis sein Blick wieder auf Capone traf. Der ältere Mann zog noch immer wortlos an seiner Zigarre; als hätte er gerade einen stillen Entschluß gefaßt, schnippte er die Asche von seiner Zigarre auf Guziks Hemd.

»Ist dein Problem, Frank«, sagte er. »Du hasts dir eingebrockt, nun löffels auch wieder aus. Los, rein in die Suppenschüssel!«

Morgan sah Frank Nitti an und zog am unteren Ende seines rechten Handschuhs, als Flanagan die Tür wieder von außen zuzog.

»Der nächste, bitte«, sagte er, als sich die Tür hinter ihnen geschlossen hatte.

Als die Trans-Americans Chicago verließen, hatte sich ihnen Lily Carson angeschlossen; die Dokumente, die sie zum Thema Capone-Finanzen zur Verfügung gestellt hatte, wurden in einem Schließfach der Trans-America-Bank untergebracht. Tatsache war, daß sie sich trotz aller Befürchtungen des Gangsterbosses als überflüssig herausstellten; Finanzbeamte hatten schon mehr als genug Beweismaterial, um ihn der Steuerhinterziehung zu überführen. Am 5. Juni 1931 wurde Al Capone der fortgesetzten Steuerhinterziehung angeklagt und am 20. Oktober zu einer Geldstrafe von 50 000 Dollar plus 30 000 Dollar Gerichtskosten verurteilt und für elf Jahre hinter Gitter gesteckt.

## Chicago (2246 Meilen/3614 km)

|     |              |                  | Std. | Min. | Sek. |
|-----|--------------|------------------|------|------|------|
| 1.  | H. McPhail   | (Großbritannien) | 368  | 43   | 06   |
| 2.  | A. Cole      | (USA)            | 369  | 47   | 12   |
| 3.  | A. Capaldi   | (USA)            | 370  | 02   | 14   |
| 4.  | M. Morgan    | (USA)            | 370  | 21   | 24   |
| 5.  | P. Eskola    | (Finnland)       | 370  | 41   | 26   |
| 6.  | J. Bouin     | (Frankreich)     | 370  | 59   | 42   |
| 7.  | R. Mullins   | (Australien)     | 371  | 03   | 38   |
| 8.  | P. Brix      | (USA)            | 371  | 21   | 36   |
| 9.  | P. Dasriaux  | (Frankreich)     | 371  | 26   | 24   |
| 10. | P. Thurleigh | (Großbritannien) | 371  | 41   | 07   |
| 11. | L. Son       | (Japan)          | 371  | 43   | 21   |
| 12. | R. Brady     | (Irland)         | 371  | 45   | 01   |
| 13. | P. Komar     | (Polen)          | 371  | 48   | 07   |
| 14. | K. Lundberg  | (Schweden)       | 371  | 53   | 21   |
| 15. | C. O'Connor  | (Irland)         | 372  | 03   | 28   |
| 16. | P. Maffei    | (Italien)        | 372  | 03   | 30   |
| 17. | P. Flynn     | (USA)            | 372  | 05   | 32   |
| 18. | C. Charles   | (Australien)     | 372  | 07   | 21   |
| 19. | P. O'Grady   | (Irland)         | 372  | 12   | 28   |
| 20. | P. Coghlan   | (Neuseeland)     | 372  | 14   | 30   |

Damenerste (221): K. Sheridan (USA)

Insgesamt eingelaufen: 971

Durchschnittstempo des Ersten: 9 Min. 51 Sek. pro Meile

# 23

## Am Schluß der Strecke

Kate Sheridan hatte irgendwann einmal irgendwo gelesen, daß die tiefste Liebe eine unaussprechliche sei. Wenn das wirklich so war, dachte sie säuerlich, dann hatte sie weiß Gott eine wahrhaft höllische Beziehung zu Mike Morgan. Sieben Stunden lang am Tag immerzu so um die zweihundert Plätze hinter ihm auf staubigen oder verdreckten Straßen und Wegen herumzurennen und dann am Abend in irgendeiner schmierigen Kaschemme stundenlang über einer Tasse Kaffee zu hängen... Und doch – Kate fühlte sich wohl und geborgen, als sie neben Morgan in der Abendkühle am Maxwell-House-Coffee-Pot auf der Straße vor den Toren von Florence, Ohio, stand. Beide trugen sie graue Trainingsanzüge, Geschenke des Bloomington College.

»Einundzwanzig«, sagte Kate und stellte die Tasse ab.

»Einundzwanzig was?«

»Na, einundzwanzig Männer muß ich jetzt noch überholen vor New York.«

»Denk nicht dran«, riet Morgan. »Reiß einfach jeden Tag die Meilen runter.« Er leerte seine Tasse, drehte sich zum Tresen und ließ sich nachschenken. »So mach ichs jedenfalls – immer schön im Jetzt leben, den Tag nehmen, wie er kommt.«

»Du klingst allmählich wie Doc«, stellte Kate lächelnd fest.

»Möglich«, erwiderte Morgan gedankenverloren. »Ich gebs ja zu, ich habne Menge von dem alten Zossen gelernt.«

Er brachte die frisch gefüllte Tasse vorsichtig an seine Lippen und blickte über die Köpfe der Trans-Americans hinweg, die in Grüppchen am Rennleitungswohnwagen zusammenstanden. Dort unten, auf einem Kleefeld nahe der Straße, flackerten die Lichter des Camps. Dann sah er Ernest Bullard auf sich zukommen, der sich zielbewußt seinen Weg durch die Menge der Athleten bahnte.

Bullard nickte über Morgans Schulter hinweg der Bedienung an der Ausgabe zu und lächelte bedrückt.

»Ich muß Ihnen was beichten«, sagte er und schaute Morgan fest ins

Gesicht. Einen Augenblick später nahm er den dampfenden Kaffee in Empfang, machte eine kleine Pause, nippte vorsichtig und seufzte.

»Es ist wirklich nicht an den Himmel zu pinseln: Da rast man durchnen ganzen Kontinent und hier gibts den besten Kaffee in den ganzen Vereinigten Staaten.«

Bullard blickte beide an.

»Ich habs satt, Sie noch weiter zu verscheißern«, sagte er, zog seine Ausweiskarte aus der Innentasche seiner Jacke und klappte sie auf.

»FBI.« Er sah Morgan an. »Ich denke, Sie wissen, warum ich hier bin?«

Morgan nickte.

»Wissen was?« forderte Kate und errötete.

Bullard bestellte sich eine neue Tasse Kaffee. »Ich weiß jedenfalls nicht, was ich ohne diese Superbrühe hier gemacht hätte«, sagte er. Er nahm einen kleinen Schluck aus der nachgefüllten Tasse und drehte sich wieder zu ihnen um.

»Ich weiß Bescheid«, bekannte er.

Morgan wollte etwas sagen, aber Bullard legte seinen Finger an die Lippen und hieß ihn schweigen.

»Trinken Sie nochn Kaffee«, meinte er und lächelte, als er ihre Tassen der farbigen Kellnerin an der Ausgabe des Coffee-Pot zuschob. »Und geben Sie bitte Flanagan nicht die Schuld. Ich wußte es schon vor dem Kampf in Bloomington. Gleich hinter St. Louis haben mir meine Leute das hier geschickt...« Er fummelte wieder in seiner Innentasche herum und entwand ihr schließlich einen vergilbten Zeitungsausschnitt. Er reichte ihn Morgan. »Irgendson Fotofritze hat dieses Bild von Ihnen damals in Pennsylvania innem Lagerhaus aufgenommen... damals, 1929.«

»Was werden Sie also tun?« fragte Morgan düster und ignorierte seinen Kaffee.

»Erst mal gar nichts«, antwortete Bullard. »Sehn Sie, ich bin Ihnen die ganze Zeit dicht auf den Fersen gewesen. Ich hab beobachtet, wie Sie sich in St. Louis, in Bloomington und dann in Chicago behauptet haben. Da in dem Rummelzelt, da wußten Sie, daß Sie sich sozusagen als Ausputzer geopfert haben – das gleiche in Chicago mit Capone.« Er stellte die Tasse ab und stupste seinen Hut zurück. »Aber Sie haben nie hinterm Berg gehalten damit. Sie haben sich nie versteckt. Die meisten Leute – die meisten schuldigen – hätten sich beide Male sehr schnell aus dem Staub gemacht.«

Bullard lockerte seine Krawatte.

»Nein, wie ich Ihnen gesagt hab – ich mag Ihren Stil. Ich hab Sie beide seit Vegas im Auge. Das war richtig lehrreich für mich.« Er gab seine leere Tasse an der Ausgabe ab und schüttelte verneinend den Kopf, als die Bedienung noch einmal nachfüllen wollte. Bullard seufzte.

»Im Bureau haben wir gelernt, unsere Entscheidung nie von unseren Gefühlen beeinflussen zu lassen. So ähnlich wie beim Arzt – Sie wissen, was ich meine? Wer damit in meinem Beruf erst mal angefangen hat, der ist schon so gut wie unter der Erde.« Er lächelte.

»Also, da hab ich nun nen Job, den ich machen muß, und der bringt mich in ne ganz schön blöde Situation. Wenn ich nämlich strikt nach Vorschrift handeln würde, müßte ich Sie jetzt mitnehmen.«

Kate warf Mike einen verängstigten Blick zu, Morgan aber blieb äußerst unbeeindruckt und wartete, was Bullard sonst noch auf Lager hatte.

»Aber diese Bücher sind nicht das ganze Gesetz; sie regeln nicht alles. Und deshalb machen wir es so: Sie geben mir Ihr Wort, daß Sie vor New York nicht abhaun werden, ja?!«

Mike sah zu Kate. Sie nickte.

»Sie habens«, antworteten beide wie aus einem Mund.

Bullard reichte Morgan die Hand.

»Fein. Auf diese Weise kriegen Sie wenigstens genug Scheine zusammen, um sichnen cleveren Anwalt zu nehmen, der Sie aus dem gestreiftn Anzug raushält. Zumindest hoff ich, daß das so funktioniert. Für Sie beide natürlich.«

»Was soll denn dann in New York passieren?« fragte Kate neugierig.

»In dem Moment, in dem Ihr Mann die Ziellinie überschritten haben wird, ist er meiner«, erwiderte Bullard.

»Und was ist, wenn das ganze Trans-America erst gar nicht bis New York kommt?« fragte Morgan.

Bullard sah ihm offen in die Augen.

»Dann Sie aber auch nicht«, war seine Antwort.


Schon vor Bloomington hatte Flanagan eingesehen, daß es nicht zu schaffen war, tausend Läufer nach New York zu bringen, wie er zunächst gehofft hatte, denn auch die Athleten, die die Mojave, die Rockies und die Great Plains durchgestanden hatten, waren immerhin sterblich. Krankheiten, Verletzungen und totale Erschöpfung hatten das Trans-America auf nunmehr neunhundert Läufer ausgedünnt.

In Maumee, Ohio, hatte der Japaner Son eine Kehlkopfinfektion bekommen und aufgeben müssen, und kurz hinter Elyria, an der Grenze zwischen Ohio und Michigan, war der Italiener Maffei, der den Spitzenläufern bereits gefährlich auf den Pelz gerückt war, das Opfer lähmender Beinkrämpfe geworden und zur Aufgabe gezwungen. Die meisten Ausfälle erfolgten jedoch im letzten Drittel des Feldes, im Bereich des sicheren Scheiterns, wo sieben Stunden täglich bei fünf Meilen pro Stunde auf heißen Straßen sehr viel schwerer zu ertragen waren.

An der Spitze wechselten die Positionen fast täglich. Seit St. Louis hatte Doc Fuß um Fuß von McPhails Führung weggefressen, aber Capaldi siegte in jeder Etappe unangefochten und war nur eine Nasenspitze zurück Dritter, als sie Chicago erreichten. Hinter Capaldi lagen Morgan, Eskola, Bouin und ›Digger‹ Mullins. Thurleigh, der sich einige Erholungstage nach seinem Silver-Star-Rennen in St. Louis gegönnt hatte, legte hinter Chicago wieder ordentlich zu und lag zur Zeit an zehnter Stelle, rückte aber jeden Tag an die Führenden heran und konnte langsam mit dem sechsten Platz liebäugeln, den seine Londoner Wette als Minimum verlangte.

So wie die Popularität des Rennens anwuchs, so steigerte sich auch die Zahl der von Sponsoren ausgelobten Etappenpreise. Diese Preise wurden dann meistens von Läufern geholt, die nicht die geringste Hoffnung hatten, das Rennen insgesamt zu gewinnen, die dafür aber willens waren, sich auf einer einzelnen Etappe zu verbrauchen, um wenigstens ein paar Hundert Dollar zu gewinnen, einen Wagen vielleicht oder eine Möbelgarnitur. Und das war gut so; vor allem Flanagan meinte das. Denn neue Namen und neue Gesichter bereicherten und belebten das Trans-America, machten es spannend und abwechslungsreich. Und jetzt, da er diesen Toffler nicht mehr im Nacken hängen hatte, schmolzen seine Sorgen wie Butter an der Sonne. Die etappenzielwilligen Städte auf der verbliebenen Strecke schienen ihre Verpflichtungen einhalten zu wollen, und obwohl sich die Verbindlichkeiten immer noch häuften, würde es dennoch einen bescheidenen Gewinn geben, wenn das Rennen erst einmal New York erreicht haben würde.

Langsam, aber zielbewußt hatte das Trans-America sich seinen Weg durch die öden Industriegebiete Michigans gesucht und passierte bereits bei Colombia die Grenze von Ohio nach Michigan. Man bewegte sich genau ostwärts, nördlich an Mishawata vorbei, auf Cleveland zu – und auf Flanagans letzte Pressekonferenz.

Charles C. Flanagan schaute auf die zahlreich erschienenen Reporter im Publikum herab, das sich im Grand Metropolitan Hotel, Cleveland, eingefunden hatte. Alles war gut verlaufen. Gerade erst hatte er erfahren, daß kein Geringerer als Fred Astaire einen neuen Tanz kreiert hatte, zu Ehren Kate Sheridans, den ›Sheridan Shuffle‹, und Irving Berlin ein Lied mit dem Titel ›Trans-American-Rag‹ komponiert hatte. Weder die eine noch die andere künstlerische Erfindung schaffte den Weg ins Pantheon des amerikanischen Showbusiness, aber publikumswirksam war es allemal. Der Rennleiter sah auf seine Armbanduhr: Die ersten dreißig Minuten hatten Gott sei Dank keine problematischen Fragen gebracht. Das Rennen befand sich jetzt nur noch vierhundert Meilen vor seinem Abschluß und mußte eigentlich nur noch gutes Geld und leichte Arbeit bedeuten. Die Nachfrage nach Plätzen auf der Ehrentribüne im Madison Square Garden lag schon höher als die dortige Sitzkapazität.

Unter Berücksichtigung aller anfallenden ernstzunehmenden Faktoren hatte Flanagan auf Reiterkämpfe zwischen Zwergjockeys auf Shetlandponys verzichtet. Es schien ihm mittlerweile doch besser, den Trans-America-Super-Marathon mit Anstand und Würde abzuschließen; er war ja wirklich kein Marathontanzen oder Dauerpfahlhocken. Und überhaupt, das Rennen kochte sowieso schon seinem gewaltigen Finish entgegen.

Carl Liebnitz hob seinen Arm, wurde von Flanagan aufgerufen und erhob sich.

»Einige meiner Kollegen aus dem Pressecorps machen sich Sorgen um Madame La Zonga und Fritz, den sprechenden Esel«, sagte er mit ausdrucksloser Stimme. »Es scheint so, als hätten wir sie seit Springfield nicht mehr gesehen ...«

»Ich bin Ihnen dankbar für die Frage, Carl«, unterbrach ihn Flanagan. »In Bloomington hat mir General Honeycombe für den Zirkus ein veritables Angebot gemacht. Ich habe darüber mit Madame La Zonga gesprochen ...«

»Auch mit Fritz?« fragte Liebnitz.

»Mit Fritz auch und der ganzen Artistenriege«, grinste Flanagan. »Und sie waren alle einverstanden, beim General zu bleiben. Das Letzte, was ich von ihnen hörte, war, daß sie mit Riesenerfolg in Scranton, Pennsylvania, gastiert haben.«

Das freundliche Frage-und-Antwort-Spiel verlief wirklich ganz nach Wunsch. Entspannt schaute Flanagan nach weiteren Wortmeldungen, als am hinteren Ende des Konferenzraums ein knöpfeglänzender Hotelboy eintrat; er hatte einen Briefumschlag in der Hand und arbeitete sich, nachdem er mit einigen Journalisten in der letzten Reihe geflüstert hatte, zu Carl Liebnitz durch, tippte diesem auf die Schulter und überreichte ihm den weißen Umschlag. Liebnitz schaute auf, öffnete das Kuvert, überflog den Inhalt und erhob sich mit tief gerunzelter Stirn.

»Entschuldigen Sie, Flanagan«, sagte er. »Ich fürchte, hier istne Hiobsbotschaft.« Er unterbrach sich und nahm seine Brille ab. »Ich habe hier ein Telegramm, und da steht sinngemäß drin, daß die Trans-America-Bank ab heute für ihre Kunden die Schalter geschlossen hat. Also kurz gesagt, die Bank ist pleite.«

Heller Aufruhr im Saal; wie von Furien gehetzt stürzten die Journalisten hinaus zu den Telefonen. Carl Liebnitz blieb zurück; ganz allein stand er hinten im Raum, das Telegramm traurig in den Fingern.

Mit hochrotem Kopf warf sich Flanagan auf seinen Stuhl zurück. Sein Hals war wie zugeschnürt.

»Die Konferenz ist beendet«, krächzte er und schlug den Hammer mit aller Kraft auf den Tisch.


Am nächsten Morgen saßen neunhunderteinundsechzig Trans-Americans, Flanagans Road-Mannschaft und das Verpflegungspersonal dem Rennleiter im selben Konferenzsaal des Hotels stumm gegenüber.

Flanagan erhob sich, zwang sich zu einem dünnen Lächeln und grub die Finger durch seine ergrauten Haare.

»Ich nehme an, Sie haben inzwischen alle die schlechten Nachrichten gehört. Carl Liebnitz hat das erste Telegramm bekommen, aber inzwischen habe ich die Bestätigung der Nachricht von Leonard Evans, dem Vizepräsidenten der Trans-America-Bank erhalten. Kurz und klar gesagt, gestern mittag um zwölf Uhr hat die Trans-America-Bank für immer ihre Schalter dichtgemacht und ist jetzt in den Klauen der Konkursverwalter. Zur Zeit habe ich noch nicht die leiseste Ahnung, warum die Bank pleite gegangen ist – jeden Tag gehen irgendwelche Banken kaputt –, aber das ist im Augenblick auch nicht unser Thema. Was es für euch alle bedeutet, ist, daß eure 350 000 Dollar Preisgeld durch den Schornstein sind. Leute, wir haben nichts mehr im Pott.«

Kane, der sonnengeschwärzte Texaner, erhob sich. »Welche Möglichkeiten haben wir denn überhaupt noch? Ich meine, wie sieht eigentlich unser Rennkonto aus?«

»Das kann ich Ihnen sagen«, antwortete Flanagan. »Es dürften etwa noch siebzigtausend Dollar übrigbleiben, nachdem alle Gehälter und Rechnungen bezahlt sind. Wir haben noch neun Tage bis New York: die Kosten dafür betragen vierzigtausend Dollar, vielleicht auch nur dreißigtausend, wenn ich knausere. Das hieße, dreißig oder vierzigtausend Dollar blieben dann noch für Preisgelder übrig.«

»Aber mit Sicherheit«, sagte Doc dazwischen, »ist das doch Ihr Gewinn, oder?«

»War mal mein Gewinn«, sagte Flanagan trübsinnig. »Nein, Jungs, das geht alles in den großen Topf rein. Wenn ich hier rauskomme, ohne daß ich ganz übern Jordan gehe, dann glaub ich schon, daß ichs irgendwie schaffen kann.«

Spontaner Beifall aus den Reihen der Trans-Americans. Dann stand Eskola auf. »Wir könnten doch hier abbrechen und die siebzigtausend Dollar jetzt aufteilen.«

»Unmöglich!« Es war Doc; er ging zum Podium, auf dem Flanagan und sein Stab saßen, und wandte sich an die Trans-Americans. »Noch in Hays haben Flanagan und meine Gruppe sieben Riesen bei hohem Risiko gesetzt, daß wir es bis New York schaffen werden. Flanagan hat etwa das gleiche reingesteckt. Das war für die Jungs in der Küche; sie haben in Kansas für uns was riskiert, als wir Schwierigkeiten hatten. Jetzt müssen wir aber auch zu ihnen stehen.«

Eskola hob besänftigend seine Hände, als Doc wieder Platz nahm. »Ich bitte um Entschuldigung, Doc, und ziehe meinen Vorschlag zurück; ich war wohl nicht ganz klar eben.«

»Was wäre, wenn Monsieur Flanagan losgehen würde, einen neuen Sponsor suchen, und wir laufen derweil weiter?« Es war der Franzose Bouin.

Flanagan schüttelte den Kopf. »Das istn Zeitproblem«, sagte er. »Ich sehe nicht die geringste Möglichkeit, in nur einer Woche sonen Geldbetrag aufzureißen.«

Inzwischen hatte Willard den Saal betreten, packte einen ganzen Stapel Telegramme auf den Tisch und flüsterte seinem Chef etwas ins Ohr.

Flanagan lächelte. »Sieht zur Abwechslung mal nachner guten Nachricht aus.« Er nahm ein Telegramm zur Hand. »Von den IWW-Jungs in Vegas. Sie schicken uns fünfhundert Dollar.« Er nahm ein anderes auf. »Doug Fairbanks schicktn Tausender, und hier istn Tele von Levy in St. Louis – auchn Tausender.« Er nahm den ganzen Telegrammstapel auf.

»Was macht das insgesamt?«

Willard kritzelte auf seinem Block herum und grinste.

»Zwölf Riesen, schätz ich. Wir haben sogar Tausender von den Schotten aus McPhee. Wer sagtn da noch, die Schotten wärn Knauserköppe?«

»Großartig«, sagte Flanagan. »Aber immer noch meilenweit weg von der Summe, die wir brauchen.«

Doc stand erneut auf.

»Schaun Sie, Flanagan, jeder hier im Saal hatn Interesse dran, das Rennen in New York zu beenden. Himmelnocheins, wir haben uns nicht den ganzen Weg entlanggequält, damit wir einfach in Cleveland steckenbleiben. Soviel jedenfalls steht schon mal fest. Alles, was Sie zu tun haben, Flanagan, ist doch, unsn Dach und was fürn Bauch zu geben, bis wir in New York sind. Wenns ganz schlimm kommt, laufen wir eben für lau.«

Zustimmendes Rumoren.

»Einen Moment«, sagte Flanagan, die Hände an seiner Stirn. »Erst mal sehn, was ihr davon habt oder nicht. Sagen wir mal, wir lassen vierzig Riesen aus dem Ganzen raus, damit wir nach New York kommen. Dann bleibt uns so was um die vierzig Riesen, und vielleicht kommt ja noch ein bißchen was dazu...«

Flanagan schloß die Augen.

»Ich habs, ich habs«, rief er. »Es kommt.«

Ihm zur Seite hob Willard seine Finger an die Lippen, und die Trans-Americans wurden wieder still, geradeso, als wohnten sie einer Séance bei.

Flanagan schlug die Augen auf und ballte beide Fäuste, daß die Knöchel weiß hervortraten. »Also lassen wir die vierzig Tausender unangetastet, und kommen dann bis New York, ganz gleich, was passiert. Was übrigbleibt, ist entweder Preisgeld oder...«

»Oder was?« fragte Doc.

Flanagan lächelte.

»Spielgeld. Wir riskierens einfach, wie damals in McPhee, in St. Louis, in Springfield...«

»Wie seit Los Angeles!« kam eine Stimme von unten herauf.

Flanagan nickte.

»Stimmt. Wie wirs den ganzen verdammten Weg bis hierher gemacht haben.« Er hielt inne. »Ich weiß hundertprozentig, daß es hier in Cleveland eine ganze Reihe ziemlich lustiger Zocker gibt.«

»Zocker?« rief Bouin.

»Na, Spieler, Poker, Würfel«, erklärte Flanagan. »Also, nehmen wir mal an, ich nehm die vierzigtausend und steck sie in den Pott...«

»Sie wollen Karten spieln mit unserm Geld?« fragte Eskola.

»Karten??«

»Es istne Chance«, sagte Flanagan. »Jedenfalls eine, für die sichs lohnt.«

McGregor, der Chefkoch, erhob sich.

»Ich weeß, eischentlisch gehts misch ja nix an, aber isch hab gesehe, wie der Mister Flanagan in Las Vegas siewwe Riese geholt hat, bei fünfhundert Dollar Einsatz. Der Mann is gut. Is wirglischn Deiwlskerl.«

Ein Diskussionsgewirr in gut einem halben Dutzend Sprachen erhob sich. Willard knallte mit dem Hammer. »Ruhe, meine Herrn!« rief er.

Doc stand jetzt unten am Podium. »Also, ich bin jetzt Zweiter, und meine ganze Gruppe ist unter den ersten zwölf in der Gesamtwertung. Also nehm ich an, ich habnen genauso hohen Einsatz wie jeder von uns, falls wir alle im Keller landen. Vierzigtausend Dollar unter den Spitzenläufern aufgeteilt, das istn Hühnerfutter verglichen mit dem, wofür wir am Anfang gelaufen sind. Laßt uns das mal sorgfältig beäugen. Die vierzigtausend legen wir auf die hohe Kante. Da kann keiner ran, und das bedeutet, daß wir alle nach New York kommen. Und dann genehmigen wir Flanagan, daß er mit dem Rest des Geldes spielen geht. Meine Güte, n Risiko wars von Anfang an. Flanagan hat gespielt, um uns nach L.A. zu kriegen, wir alle haben gespielt, als wir herkamen, wir haben auf die eine oder andere Weise jeden einzelnen Tag unser Glück versucht. Naja, und jetzt gibts noch maln Spiel – und zwar das letzte.«

Es war nicht nötig, abzustimmen. An diesem Abend fuhr Flanagan zum Biltmore Hotel mit zweiundvierzigtausendfünfhundert Dollar, die ihm fast ein Loch in die Tasche brannten.

Er betrat den Fahrstuhl und drückte den Knopf zum Kellergeschoß. Wenige Sekunden später stand er vor einer schweren Stahltür, die mit ›Kesselraum‹ beschriftet war. Er klopfte an, eine Klappe öffnete sich und ließ dahinter ein Paar buschiger Augenbrauen und eine Knubbelnase erkennen.

»Ich bin Flanagan.«

Die Augen sahen ihn starr an.

»Hier wird privat gespielt«, kam es unter der Nase hervor.

Flanagan griff in die Tasche und wedelte mit etlichen Hundertdollar-
noten.

»Wieviel, damits weniger privat ist?«

Die Augen schielten hinunter auf das Bündel Scheine, die Flanagan
in der Hand hielt.

»Was Sie da haben«, war die Antwort.

Im nächsten Augenblick war die Tür offen, und Flanagan trat ein.

*9.00 Uhr, 3. Juni, Grand Metropolitan Hotel, Cleveland, Ohio.*
Flanagan betrat den Konferenzsaal mit einem stillen Lächeln im
Gesicht, ging auf das Podium und sah seine Trans-Americans an. Er
trug wieder seinen schwarzen Nadelstreifenanzug mit Weste und
schwarze Lacklederschuhe. Vor ihm standen die Trans-Americans
und der Rennleitungsstab, einige Reporter, auch Liebnitz darunter,
der noch rechtzeitig Wind davon bekommen hatte, was in der Luft
lag. Diesmal brauchte Flanagan gar nicht erst um Ruhe zu bitten. Im
Raum lastete tiefstes Schweigen.

»Einhundertfünfzig Riesen im Pott – unsern ganzen Einsatz«, berichtete Flanagan, die Hände vor sich auf dem Tisch. »Fünf-Karten-
Poker. Nur noch ich und Easy Eddy Arnold drin. Ein guter Spieler,
aber ich kenne ihn von Vegas her. Ein Bluffer.«

Die Stille wurde fast greifbar.

»Easy Eddy muß mindestens eine Karo-Fahne hinlegen.« Flanagan
holte tief Luft. »Und ich habn Full House – Asse und Könige.«

Capaldi meldete sich als Erster zu Wort.

»Um Gottes willen, Flanagan, sagen Sies uns. Hat der Mann seine
Flöte gehabt?«

»Ja«, sagte Flanagan und ließ den Kopf in beide Hände fallen.


Willard Clay schaute sich um und schüttelte den Kopf. Er saß
zusammen mit Doc und seiner Gruppe an einem Tisch im Dämmerlicht von Gargans Flüsterkneipe; an den Nebentischen hatten sichs
noch andere Trans-Americans gemütlich gemacht. Hätte er alle zehn
Flüsterkneipen in der näheren Umgebung abgegrast, es wäre überall
das gleiche Bild gewesen: Männer, die seit Los Angeles keinen
Tropfen Alkohol über ihre Lippen gelassen hatten, saßen beieinander
und befanden sich samt und sonders in den unterschiedlichsten
Stadien der Trunkenheit.

»Ich hoff ja nur, die Jungs schlucken das«, sagte er und blickte wieder
umher, als er sein Glas leerte. »Denn morgen gehts wieder los, um

acht Uhr, egal, ob Regen, Hagel oder Schnee, Geld oder kein Geld.«

»Die können das schlucken«, antwortete Doc. »Wir können das alle schlucken«, und blickte die anderen an: Thurleigh, McPhail, Morgan, Packy Paterson, Stevie, Kate, Dixie und Lily.

»Wo bloß Flanagan steckt?« fragte Morgan.

»Ich hab seit heute morgen nicht das geringste von ihm zu Gesicht gekriegt«, erklärte Willard. achzelzuckend. »Er ist fix verduftet, nachdem ers euch gebeichtet hatte. Schnurstracks in n Taxi rein und ab die Post.«

»Er sollte das man nicht zu schwer nehmen«, meinte Doc nachsichtig, »hat eben nichts machen können. An seiner Stelle hätt ichs genauso gemacht. N Full House mit Assen und Königen gegen einen, der versucht, mit der Flöte gegenzuhalten? Kann ihm keinern Vorwurf machen. Und überhaupt, seit Los Angeles hat er diesen ganzen verdammten Laden auf dem Weg gehalten. Flanagan kann nun wirklich niemand einen Vorwurf machen.«

»Und was wollt ihr jetzt machen?« sagte Willard.

»Na, weiterlaufen«, erwiderte Doc. »Drum sind wir ja schließlich hier.« Die anderen nickten zustimmend.

»Wissen Sie überhaupt, wieviel Leute uns heute auf der Straße angehalten und gebeten haben, daß wir weitermachen sollen?« fragte Doc.

»Richtig, das stimmt«, bekräftigte Hugh. »Wildfremde Leute. Einer hat mir gleich zwanzig Dollar in die Hand gedrückt.«

»Ein älterer Typ hielt mich auf der Straße an und gab mir seine Turnschuhe. Sagte, er sei 1912 Marathon gelaufen. Das muß so etwa deine Zeit gewesen sein, Doc«, sagte Morgan lächelnd.

»Erstaunlich, wieviel Marathonläufer wir überhaupt so zu treffen scheinen«, fuhr Hugh fort. »Von den meisten noch nie was gehört. Nein, da gibts gar keinen Zweifel; der Mann auf der Straße will, daß wir weitermachen – und wenn er nur wissen möchte, wer am Schluß der Beste von uns ist.«

»Oder *die* Beste«, warf Kate kämpferisch ein. »Ein ganzer Schwung ›Töchter der Revolution‹ kam heute zum Hotel, gleich nachdem wir unser Treffen beendet hatten, und bot mir kostenlose Verpflegung und Unterkunft an von hier bis New York.« Sie wandte sich an Willard. »Wieviel ist denn jetzt überhaupt noch im Pott drin?«

»Viertausenddreihundertachtundzwanzig Dollar für Etappenpreise, Wetten und so weiter. Aber mindestens ein Riese geht wieder an Juan

Martínez' Leute. Was übrigbleibt, wird in New York zwischen uns aufgeteilt.«

»Wenn ichs schaff, unter den ersten zweihundert zu sein, die nach New York kommen – und das *Woman's Home Journal* bei seinem Angebot bleibt –, dann kann das auch in den Pott. Ich glaub, ihr Jungs habt mich seit kurz vor Vegas noch auf der Uhr«, sagte Kate.

Doc erhob sein Glas und lächelte sentimental. »Prost, Kate. Du bistne wirkliche Dame. Wie liegst du jetzt?«

»Zweihunderteinundzwanzig«, rief Willard dazwischen. »Noch ein-undzwanzig Leutchen, die sie schlagen muß. Sie waren ja ein paar Plätze zurückgefallen, Miss Sheridan.«

»Aber die große Frage bleibt immer noch – wieviel Läufer werden überhaupt drin bleiben.«

»Es gibt doch noch Etappenpreise, oder?« fragte Dixie.

»Ja«, antwortete Willard. »Ungefähr viertausend Dollar alles in allem. Das hält natürlich nochne Menge Läufer drin, besonders in der vordersten Gruppe.«

»Dann bleibt das *Journal* wahrscheinlich doch bei mir«, sagte Kate.

»Was auch passieren mag, wenn wir in New York sind, müßten wir eigentlich alle nach Rosen duften«, sagte Doc. »Ich mein, wer von uns hat denn nicht schon längstn Angebot aus der Freizeit- oder Werbebranche?«

»Ich bin gebeten worden, Vorträge an Colleges und vor Frauenverei-nen zu halten«, sagte Kate. »Ausgerechnet ich! Hab mein Lebtag noch keinen Vortrag gehalten.«

»Das wird dir doch nicht schwerfallen«, tröstete Doc. »Du hast schließlich jede Menge Pressekonferenzen gegeben, seit Morgan dich in der Mojave geohrfeigt hat. Du hast doch gelernt, auf beiden Beinen zu stehn. Wir alle haben das. Natürlich, es ist schon ein Jammer, daß wirs nicht schaffen werden, so richtig mit Stil ins Ziel zu gehn, mit dem berühmten Topf voller Gold am Ende des Regenbo-gens, aber wenns nicht alles wegen dem Trans-America gewesen wär, dann würd ich auch noch Milchshakes für fünf Dollar die Woche servieren.« Er drückte Lily. »Ich schätz, wir haben unsre Haut nicht zu billig zu Markte getragen. Ich auf keinen Fall.«

Doc erhob sein Glas.

»So, meine Damen und Herrn, und hier ist mein Trinkspruch: Auf Charles C. Flanagan, wo immer er auch sei.«

Das Trans-America hatte Packy Patersons Leben eine völlig neue Richtung gegeben. Er hatte zwar nicht ganz verstanden, was er von Morgans Angebot in Bloomington, sich dem Rennen anzuschließen, halten sollte, hatte aber sofort zugesagt: um im wesentlichen der ›Manager‹ für Docs Gruppe zu werden. Er betreute die Post, kümmerte sich um die Wäsche, um die Massagen und um viele Kleinigkeiten, die andernfalls die Läufer in ihrer Konzentration auf ihr tägliches Fünfzigmeilenpensum beeinträchtigt hätten. Honoriert werden sollte das mit einem gleichen Anteil an den Gewinnen, die Docs Team in New York einstreichen würde.

Packy tat sich mit Hugh McPhails Freund Stevie bald zusammen, und – befreit von allen Vorbereitungszwängen auf nächtliche Zeltkämpfe – lernte der Boxveteran alsbald die Genüsse des schottischen ›Halb'n'Halb‹ kennen, die damals bei den McPhee-Hochlandspielen Flanagan unter den Tisch gebracht hatten. Ihre Freundschaft kam vielleicht nicht überraschend. Beide hatten harte Zeiten an rauhen Orten erlebt, der Schotte in den rußgeschwärzten Straßenzügen der Glasgower Arbeiterviertel, der Amerikaner in der Teufelsküche New York. Gemeinsam ergaben die beiden ein vorzügliches Managementteam, der bullige, gutmütige Boxer und der pfiffige, kleine Schotte mit den sehnigen Beinen.

Für Stevie waren die ländlichen Gegenden der Vereinigten Staaten, die unüberschaubaren Weizenebenen in Kansas und Nebraska eine wahre Offenbarung gewesen; der industrialisierte Norden dagegen war wieder wie sein Glasgow: schmutzig, arm und depressionsgeschüttelt. Es stimmte schon, die Gesichter waren polnisch, deutsch, italienisch oder farbig, aber sie trugen alle die gleichen hoffnungslosen Züge. Wie auch die Kumpels im ›Broo Park‹. Er konnte ihnen nicht entkommen – den knochigen, hohlen, unrasierten Gesichtern ganz hinten – den erregt jubelnden Menschenmassen, die überall, in jeder Stadt, die Straßen säumten, wo die Trans-Americans auf ihrem Weg nach New York hindurchkamen.

Seine Pressearbeit mit McLeod vom *Glasgow Citizen* war alles andere als mühsam; einfach die hautnahen Geschichten aus den Kreisen des Trans-America mitm bißchen Herz und Schmerz verrührt, und den nüchternen, sachlichen Berichten McLeods war schon etwas mehr Farbe und Tiefe gegeben. In Springfield war Stevie so weit, daß er McLeod seine Stücke mit Selbstvertrauen überließ, und in Elyria begann er bereits ganze Artikel für den *Citizen* zu liefern, die dort unter seinem Namen erschienen. Wie Hugh McPhail, so war auch ihm klar, daß es kein Zurück mehr gab. Man kehrte nur zurück zu einer Erde, die einem zu wachsen gestattete, und so etwas wie Loyalität empfand er gegenüber Glasgow nicht. Gewiß, die Zeiten waren in Amerika auch hart, aber hier gab es genug Raum und Luft zu atmen; und wenn er in Amerika nicht überleben würde, dann, so schloß Stevie, hatte er eigentlich überhaupt kein Recht mehr, zu überleben...

Die vordringliche Sorge des Schotten wie des Amerikaners aber galt dem Ausfindigmachen von Charles C. Flanagan, von dem man seit Cleveland nichts mehr gesehen und gehört hatte. Willard Clay, vollauf damit beschäftigt, das Trans-America-Rennen wieder auf die Strecke zu bringen, hatte Carl Liebnitz und das ungleiche Freundespaar gebeten, sich zusammenzutun, um den Rennleiter zu finden.

Und sie fanden Flanagan; allerdings erst drei Tage nach dem Aufenthalt in Cleveland, am Morgen des 4. Juni in einem Hotelzimmer in Akron, Ohio, wo er mit dem Gesicht nach unten, nur mit Hose und einem Spitzennachthemd bekleidet, in einem Doppelbett lag. Daneben ruhten zwei deutsche Schäferhunde und eine Trompete.

»Wach auf, du Saufkopf!« rief Carl Liebnitz und wälzte Flanagan auf den Rücken.

Packy Paterson goß einen Krug kalten Wassers über das käsige Gesicht, und Stevie zog die Vorhänge auf.

Flanagan regte sich kaum, als das eiskalte Wasser über sein Gesicht spritzte.

»Asse auf Königen«, murmelte er, »Asse auf Königen.«

Liebnitz schaute die zwei Mitretter verständnislos an.

Stevie übernahm das Kommando. »Geh du mal los, Packy, und hol heißen, schwarzen Kaffee, jede Menge, und soviel Eis wie du kriegen kannst.«

Packy stolperte treppab und kam ein paar Minuten später mit einer dampfenden Kanne Kaffee und einem Behälter mit Eiswürfeln zurück.

»Meinstu, ich sollt ihm den Kaffee jetzt gebn?« fragte Packy, der nun drohend über Flanagan stand.

»Noch nicht«, sagte Stevie. »Stell den Kaffee und das Eis hierher.« Er zeigte auf den Nachttisch. »Und schaff diese verdammten Köter hier raus.«

Packy führte die knurrenden Schäferhunde zur Tür.

Liebnitz setzte sich auf den Bettrand, zog sein Jackett aus und löste die Krawatte.

»Mein Gott, was stinkt das hier!« näselte er. »Mach doch mal irgend jemand das Fenster da auf, sonst geh ich ein!« Er beugte sich dicht zu Flanagan hinunter und verzog angewidert das Gesicht.

»Los, her mit dem Eis«, sagte Stevie. »Undne Minute Andacht bitte. Ich habs noch nie vorher ausprobiert, aber ich hab gehört, es wirkt ganz fabelhaft. Man nennt das die ›Doppeltemperaturmethode‹. Wenn ich ›jetzt‹ sage, dann kippt ihr ihm den Kaffee in seine Gosche rein. Kapiert?«

Packy nickte, während Liebnitz die schwere, schlaffe Gestalt an der hölzernen Kopfblende des Bettes hochstützte.

Stevie knöpfte Flanagan etwas linkisch die Hose auf und zog ihm den Gummizug aus der Unterhose. Flanagan zeigte nicht die geringste Regung. Dann packte Stevie eine Handvoll Eiswürfel und rammte sie in Flanagans Leistengegend.

»Jetzt!« rief er.

Packy zog Flanagans Unterlippe auf wie eine Schublade und flößte ihm den heißen Kaffee ein.

Der Effekt war umgehend da. Mit einem Ruck richtete Flanagan sich kerzengerade auf, die Augen starr und weit aufgerissen, und der Kaffee schoß in wilden Fontänen aus seinem Mund.

»Heiliger Strohsack!!« Er sprang auf die Füße, hopste aus dem Bett, rannte im Zimmer herum und verlor dabei am laufenden Bande Eiswürfel.

Liebnitz lächelte Stevie zu.

»Sieht so aus, als hätte Ihre Doppeltemperaturtheorie den Praxistest bestanden«, sagte er anerkennend. »Mit diesem Tempo hätte Flanagan selbst Silver Star abgehängt. Ich denke, jetzt könnten wir alle einen Kaffee vertragen. Aber diesmal ohne Eis.«

Eine halbe Stunde später saß ein graugesichtiger, rasierter, ausgenüchterter Charles C. Flanagan im Jake's Diner von Akron neben Liebnitz, Stevie und Paterson auf einem Barhocker.

»Es war einer von den Jungs aus Morgans alter Gewerkschaft, der Sie gefunden und uns alarmiert hatte«, sagte Liebnitz. »Er meinte, Sie hätten in der Flüsterkneipe sone Art Rudy-Vallee-Imitation aufgeführt letzte Nacht. Das soll auch gar nicht mal so schlecht angekommen sein, aber als Sie dann gesagt hätten, Caruso könnte Count John McCormack nie und nimmer das hohe C reichen, da steckten Sie inner fröhlichen Schlägerei mitn paar Italienern, und der Barkeeper hat Sie dann rausgeschmissen.«

»Das ist auch das Letzte, woran ich mich noch erinnern kann«, sagte Flanagan und rieb sich das Kinn. »Trotzdem, ich glaub, ich hab auchn paar Schläge ausgeteilt.«

»Aber auchn paar eingesteckt, so wie Sie aussehn«, sagte Packy.

Flanagan kippte den Kaffee hinunter und schüttelte den Kopf.

»Warum habt ihr mich denn nicht einfach in Frieden gelassen?« sagte er. »Ich hatte genug. Ich werd das Rennen schon noch auf die Beine bringen.«

»Das Rennen?« fragte Liebnitz. »Das ist kein Problem. Die Läufer trommeln noch immer ihre Meilen weg, als wenns in New York noch die hundertfünfzig Riesen geben würde, und Ihr Willard ist ganz der gewohnte Mister Effizienz. Es klappt wie am Schnürchen.«

»Aber was wollt Ihr dann hier?« fragte Flanagan.

»Mann, ich hab ein Angebot für Sie«, erwiderte Liebnitz. »Also klappen Sie Ihre irischen Ohren mal nach hinten und hören Sie zu.«

Flanagan nickte noch ziemlich benebelt, als eine Kellnerin ihm die zehnte Tasse Kaffee brachte.

»Der neue Chef von Transcontinental Airlines ist ein gewisser Clarence C. Ross«, begann Liebnitz. »Er hat seinen Stuhl erst vor wenigen Wochen übernommen. Hinter Cleveland habe ich ihm wegen der Trans-America-Pleite gekabelt, um zu hören, ob er seinen New Yorker Bankiersfreunden nichtn paar Kohlen aus dem Kreuz leiern könnte. Ross lehnte aus dem Stand ab.«

»Und ihr Kerle seid bloß deshalb gekommen, um mir das zu erzählen?« grummelte Flanagan sauer.

»Hören Sie doch mal zu, Mann!« schimpfte Liebnitz. »Also, er sagte sofort nein. Und dann sagte Ross, er würde damit nicht gern zu seinen Bankpäpsten pilgern, auf gar keinen Fall, er wolle das Geld alleine aufbringen. Also: Transcontinental wird das Rennen sponsern.«

»Allmächtiger!«

Flanagan blickte zur Decke, hustete und versprühte über Packy und Stevie wieder seinen Kaffee.

»Aber unter einer Bedingung«, sagte Liebnitz und zog sein Taschentuch heraus, um sein braun besprenkeltes Jackett abzutupfen.

»Ich wußte doch, da istn Haken dran«, blökte Flanagan.

»Nein, so hörn Sie doch endlich mal zu, verdammt noch mal! So schlimm ist das gar nicht. Schaun Sie, Clarence Ross ist marathon-

verrückt, schon seit der Olympiade 1908. Er hat sogar schon mal versucht, selber mitzulaufen, damals in Boston, mußte aber nach zwanzig Meilen mit *rigor mortis* aufgeben. Ross glaubt, Marathonläufer wärn das Irrsinnigste seit dem aufrechtgehenden Menschen.«
Flanagan zog eine Grimasse.

»Und was sollen wir also machen? Vielleicht auf Rollschuhn nach New York reinfahren?«

»Nein. Er möchte, daß wir die dreihundertfünfzig Riesen auf einen Standardmarathon nach New York hinein aussetzen, auf die guten, alten zweiundvierzigkommaeinsneunfünf Kilometer. Also: Es gibt kein Preisgeld für die dreitausendnochwas Meilen wie vorgesehen. Das ganze Geld geht nur auf dieses Marathon.«

Man konnte fast hören, wie Flanagans Denkvermögen wieder in Normalfunktion zurückklickerte.

»Warum nicht?« sagte der Rennleiter und lächelte. »Ja, warum denn eigentlich nicht? So wies aussieht, kriegt keiner irgendwas. Klar, daß die Jungs, die ganz vorn nach New York kommen, dann mosern, wenn sie dreitausend Meilen hinter sich haben, aber wir haben nur diese Alternative: Entweder das oder gar nichts.«

Flanagan sah hinüber zu Packy und Stevie. Er schüttelte den Kopf.

»Nun gut«, sagte er. »Jedenfalls läuft das nicht so, wie ichs mir noch in L.A. ausgedacht habe.«

»Wars denn bisher nicht auch so?« knurrte Liebnitz.

Flanagan grinste.

»Beinah immer.«


In Edgar J. Hoovers flachem, viereckigem Gesicht zerbröckelte ein Lächeln. »Finley, dieser Hundesohn Flanagan hats wieder mal geschafft.« Er legte die Zeitung hin. »In Cleveland war er schon tot, seine Bank pleite, all seine Preisgelder beim Teufel. Und dann hat er die restlichen Moneten auch noch in einem Kartenspiel verloren. Was für ein Hundesohn!«

Finley gestattete sich die Andeutung eines Lächelns. »Bullard hat berichtet, daß er spurlos verschwunden war, aufner Dreitagesause. Haben ne Ewigkeit gebraucht, bis sie ihn wieder munterkriegten, als man ihn endlich gefunden hatte.«

Hoover lachte.

»Und dann klemmt er dreihundertfünfzig Riesen bei diesem marathonbeknackten Ross von Transcontinental ab und ist ruckzuck wieder mopsfidel auf den Beinen.«

»Er tat einen Satz und war frei«, meinte Finley.

»Wie? Noch mal«, sagte Hoover.

»Ach, nichts, Herr Direktor«, meinte Finley, setzte seine Brille ab und putzte sie.

Hoover lehnte sich in seinen Sessel zurück und schloß die Augen.

»Finley, ich bin der festen Überzeugung, daß das Trans-America-Rennen ungefähr genauso politisch ist wie Muttis Appelkuchen.« Er schlug die Augen wieder auf, lehnte sich über seinen Schreibtisch und deutete auf Finley. »Entspricht das auch Ihrer Ansicht?«

»Haargenau, Herr Direktor.«

»Dann rufen Sie Agent Bullard zurück. Sagen Sie ihm, ich möchte ihn sehn. Und sagen Sie ihm auch, und zwar gleich, daß er, wenn ihm an seinem Job was liegen würde, daß er mich auf die Ehrentribüne bringen soll, wenn Flanagans Jungs in New York ankommen, und daß er sich auch gleich um ein Hotel kümmert. Ich möchte unbedingt dabeisein, wenn das Finish losgeht.«

Das Telegramm, das Peter Thurleigh an seinen Londoner Klub sandte, war an Lord Farne und all die anderen adressiert, mit denen er gewettet hatte, daß er im Trans-Amerika-Rennen unter die ersten sechs kommen würde. Es lautete: TRANS-AMERICA-RENNEN GESTOPPT. JETZT NUR NOCH SCHLUSSMARATHON. STEHT WETTE NOCH? VORSCHLAG: ALLES GELD AUF MARATHON. THURLEIGH.

Einen Tag später hatte er in der Tasche seines Blazers eine zerknitterte Antwort aus London: WETTE GILT AUF MARATHON. IMMER NOCH ERSTE SECHS. LAUFEN SIE UM IHR LEBEN.

Nicht ohne ein gewisses Gefühl des Stolzes saß am 5. Juni 1931 Charles Ross im Roosevelt-Saal des neu erbauten Empire State Building, flankiert von Charles C. Flanagan und seinem Gefolge, Auge in Auge mit der Weltpresse.

Flanagan erhob sich zum Gesurr der Kameras und im Blitzlichtgewitter der Fotoapparate.

»Lassen Sie mich, meine Damen und Herren, zuerst sagen«, begann er, »daß wir mit großer Dankbarkeit das Sponsorangebot der Transcontinental Airlines und des sehr verehrten Firmenchefs Clarence C. Ross angenommen haben.«

»Wär ›Erleichterung‹ nicht das treffendere Wort, Flanagan«, witzelte eine Stimme.

»Gewiß«, gestand Flanagan zu und lächelte. »Aber zitieren Sie mich so lieber nicht.«

Bill Campbell vom *Glasgow Herald* hatte sich erhoben und wartete geduldig, bis das Gelächter verklungen war.

»Ich würde gern Mister Ross etwas fragen, Mister Flanagan«, sagte er schließlich in einem fetten, kehligen Schottisch. »Viele unserer Leser zu Hause haben registriert, daß ein Schotte, Hugh McPhail nämlich, in der Gesamtwertung des Trans-America seine Zweiminutenführung behauptet hat. Wenn nun aber nur der das Rennen abschließende Marathonlauf entscheiden soll, wer der Gewinner ist, und wenn nun festgelegt wurde, daß der Gewinner *alles* bekommt, werden sie die berechtigte Frage aufwerfen, ob denn die Ausscheidung, wie sie nun gehandhabt werden soll, McPhail gegenüber noch ganz fair sei.«

Flanagan schoß einen beklommenen Seitenblick auf Ross, der leise vor sich hin knurrte. »Vielleicht«, sagte Flanagan, »sollte diese Frage an Hugh McPhail weitergegeben werden.«

Hugh stand auf.

»Nein«, sagte er, »da ist nichts Ungerechtes dabei. Ich bin hierhergekommen, um Amerika zu Fuß zu durchqueren, und es sieht ganz so aus, als hätt ich das schon fast geschafft. Mister Ross hat Geld zur Verfügung gestellt, das sonst nicht da wär, also bin ichs zufrieden, es am Sonnabend im Marathon auszufechten.«

»Ich denke, das dürfte Ihre Frage beantwortet haben, Bill«, nahm Flanagan wieder das Wort an sich.

»Ich würde gern wissen, warum wir das Rennen im Central Park und nicht im Madison Square Garden oder auf den Polo Grounds beenden«, sagte Liebnitz.

Charles Ross erhob sich. Mit seinen fünfundvierzig Jahren hatte er noch immer die schlanken, kraftvollen Züge eines Langstreckensportlers.

»Darf ich diese Frage beantworten, Mister Flanagan?« fragte er. Flanagan nickte, und Ross fuhr fort. »Darin fühlte ich mich den Bürgern New Yorks verpflichtet. Ich dachte, daß jedermann in den Genuß kommen sollte, diese großartigen Sportler zu sehen, die den Dreitausendmeilenweg von der anderen Seite Amerikas bis hierher gekommen sind. Ich habe Bürgermeister Jimmy Walker konsultiert, und wir sind uns beide vollkommen einig. Auf diese Weise, denke ich, werden reichlich über drei Millionen New Yorker Bürger die letzten Meilen des Endlaufs sehen können, die größte Zuschauerzahl in der Geschichte des Marathons.«

Tröpfelnder Applaus für Ross, als er wieder Platz nahm.

Pollard vom *St. Louis Star* erhob sich.

»Flanagan, sehen Sie irgendeine Chance, daß Hannes Kolehmainens olympische Bestzeit von zwei Stunden, zweiunddreißig Minuten und fünfunddreißig Sekunden in diesem Lauf unterboten werden könnte?«

Flanagan stand wieder auf und schüttelte den Kopf. »Wie viele Meilen war Kolehmainen 1920 gelaufen, bevor er diesen Rekord aufstellte? Meine Jungs haben mehr als dreitausend Meilen hinter sich. Die schielen am Samstag ganz bestimmt nicht nach irgendwelchen olympischen Rekorden. Und sowieso: Ein Sportler tut das eigentlich nie. Im Sport dreht sichs darum, daß ein Athlet versucht, einen anderen zu schlagen, und mit dreihundertfünfzigtausend Dollar im Pott haben wir hier das reichste Rennen aller Zeiten. Also wenn ich Sie wär, würd ich meine Bleistifte gar nicht erst mit dem Aufnotieren von Rekordgeschwätz abnutzen.«

»Kevin Maguire, von der *Irish Times*. Können Sie uns schon etwas über die Ehrengäste sagen, die Sie am Ziel erwarten, Flanagan?«

Flanagan erhob sich wieder und nahm einen Bogen Papier zur Hand. »Ihr bekommt die komplette Liste der Ehrengäste im Anschluß an unsere Konferenz, obwohl immer noch aus allen Himmelsrichtungen angerufen und um Reservierung gebeten wird. Gouverneur Roosevelt wird dort sein, J. Edgar Hoover – der im übrigen während des ganzen Rennens ein besonderes persönliches Interesse am Trans-America gezeigt hat –, Walter Reuther, Miss Tallulah Bankhead und Miss Helen Hayes. Douglas Fairbanks kommt per Flugzeug aus Los Angeles, mit ihm Miss Mary Pickford, und die Botschafter Großbritanniens, Frankreichs und Finnlands werden anwesend sein.« Flanagan wedelte mit einem Telegramm herum. »Hier, sehen Sie, gerade eben erst eingetrudelt; stammt von der allseits rührigen Evangelistin Miss Alice Craig McAllister, und sie teilt mit, daß sie ebenfalls beim Endlauf dabei ist. Meine Damen und Herren, die ganze Welt wird in drei Tagen im Central Park sein.«

Albert Kowalski vom *Philadelphia Globe*, sonnengebräunt und hager, erhob sich.

»Lord Thurleigh, es sind noch etwa hundert Meilen zu laufen; als bekannt wurde, daß das Renngeld durch ein Marathon entschieden werden soll, lagen Sie im Gesamtklassement auf Platz acht, also mit einer halben Stunde Rückstand auf Platz sechs, um den es ja in Ihrer

Wette geht. Glauben Sie, daß Sie diese so lebenswichtigen – und ich möchte sagen, auch lukrativen – dreißig Minuten hätten aufholen können?«

Lächelnd erhob sich Peter Thurleigh. »Ja, es wäre möglich gewesen. Ich hätte lediglich in zwei aufeinanderfolgenden Tagesetappen über einhundert Meilen jeweils fünfzehn Minuten aufzuholen gehabt. Doch meine Wette ist abgeändert worden und bezieht sich nun auf den Marathon am Samstag.« Er lächelte wieder. »Das heißt nichts anderes, meine Herren, als daß ich, wenn am Samstag der Startschuß fällt, dem Geld wie jeder andere auch hinterherlaufen muß.«

»Charles Rae, von der *Washington Post*. Flanagan, dreihundertfünfzigtausend Dollar, das ist weiß Gott ein Wahnsinnspreis, und das mitten in einer der härtesten Zeiten, die die Vereinigten Staaten von Amerika jemals erlebt haben. Haben Sie eigentlich irgendwelche Kontrollmöglichkeiten, um Betrug auszuschließen? Ich meine, Doping oder so?«

»Dürft ich das beantworten, Flanagan?« Es war Doc Cole, der sich mit ernstem Gesicht aus dem Publikum erhob.

»Ich weiß schon, daß Journalisten von Natur aus ein ganz schön zynischer Verein sind«, begann er. »Aber ich möcht euch mal eins sagen. Für jeden einzelnen Läufer hier im Rennen leg ich meinen Arm ins Feuer, was Vertrauenswürdigkeit und Fairness angeht. Die drei letzten Monate über sind wir ja nicht einfach nur zusammen gelaufen und im Wettkampf gewesen – wir haben zusammen gelebt. Sagen Sie mir, wer hätt deshalb Grund, seine Kumpels zu belügen – nur, um sich danach sein Leben lang selber belügen zu müssen? Nehmen wir an, jemand würd son Zeug nehmen – ich wüßt nicht, was das sein könnt –, das ihm dieses Abschlußmarathon gewinnen hilft, wie würd der sich wohl vorkommen, wenn er ständig mit dieser Lüge aufm Buckel durchs Leben laufen muß und sich die Frage stellen, ob er nicht auch ganz allein aus sich heraus hätte gewinnen können? Nein, ich glaub nicht, meine Herrn, daß diese Dopingfrage sich erhebt.«

Peinliche Stille. Rae blieb jedoch stehen.

»Es tut mir leid, wenn ich noch bei diesem Punkt bleibe«, sagte er, und sah auf den Schreibblock in seiner linken Hand, »aber es ist doch allgemein bekannt, daß viele der Trans-America-Läufer sich zu Teams zusammengeschlossen haben und jeden Gewinn teilen, den sie während des Rennens machen. Nun, ich nehme nicht an, daß daran irgend etwas Verwerfliches ist. Ganz und gar nicht. Was ich aber gerne wissen will, ist, ob solche Übereinkünfte dazu führen können, daß Teams ihre favorisierten Läufer pushen oder sich einzelne für ein anderes Teammitglied opfern können. Denn das würde natürlich den Trans-America-Marathon als ein ›Rennen jeder gegen jeden‹ moralisch schwächen.«

»Eine sehr gute Frage«, erwiderte Flanagan. »Gestern erst habe ich alle Trans-Americans gebeten, irgendwelche finanziellen Mannschaftsübereinkünfte, die sie getroffen haben mögen, zu annullieren – oder zumindest die, die sich auf die abschließende Marathonetappe am Samstag beziehen. Irgendwelche Läufer, die destruktive Teamtaktiken anwenden, ziehen die sofortige Disqualifikation auf sich.«

»Das beantwortet meine Frage«, sagte Rae befriedigt und nahm unter beifälligem Gemurmel seinen Platz wieder ein.

Albert Kowalski erhob sich noch einmal. »Eine Frage an Miss Sheridan, wenns gestattet ist. Ich habe gehört, daß aufgrund der Tatsache, daß sie am Ende der vorletzten Etappe auf Platz einhundertachtundneunzig liegt, ihr schon jetzt die zehntausend Dollar des *Women's Home Journal* angeboten worden sind. Haben Sie, Miss Sheridan, da Sie noch nicht über die gesamte Distanz gelaufen sind, dennoch die Absicht, den Preis anzunehmen?«

Kate Sheridan stand auf, und ihre Augen sprühten Funken. »Nein, die hab ich absolut nicht. Mir wurde der Preis dafür angeboten, daß ich nach der gesamten Distanz quer durch Amerika mit den ersten einhundertneunundneunzig Läufern durchs Ziel gehe. Meine Absicht ist die, den Preis nur dann anzunehmen, wenn ich auch am Ende des Marathons unter den ersten zweihundert liegen werde.«

Spontaner Applaus überall.

»Typisch Trans-American!« rief Flanagan begeistert aus, als der Beifall sich gelegt hatte.

Carl Liebnitz erhob sich, schaute zunächst seine Kollegen an und wandte sich dann direkt an Flanagan.

»Flanagan, mir scheint, daß dies hier das letzte Mal ist, daß wir alle gemeinsam in einem Raum zusammen sind: Läufer, Journalisten, Sie, Ihr Stab. Und wenn am Samstag der letzte Mann über die Ziellinie geht, dann wird es sein, als würde eine Familie auseinandergehen. Für mich jedenfalls schon.«

Er nahm seine Brille ab, rieb sich die schmale Habichtnase und sah wieder zu seinen schweigenden Kollegen.

»Ich bin kein sentimentaler Mann, Flanagan. Und wie Sie wohl wissen, ist der Journalismus alles andere als ein sentimental bestimmter Beruf. Aber wir alle, ich wiederhole, wir alle haben einen langen Weg hinter uns, quer durch eines der eigenwilligsten, aber auch schwierigsten Länder auf Gottes Erdboden. Ich möchte im Namen aller meiner Kollegen sagen, daß es das wert war, jede einzelne Meile lang. Wir sind glücklich, daß Sie es geschafft haben, Flanagan, Sie und Ihre Läufer.«

Das Pressecorps stand auf wie ein Mann und applaudierte begeistert. Eine tiefe Röte der Rührung und Verlegenheit brannte auf Charles Flanagans Gesicht. Er nickte zaghaft, schob seine Papiere hin und her und verließ den Saal durch die Hintertür, als die Presseleute sich zum Gehen wandten.

Als Morgan den Konferenzraum verlassen wollte, schubste ihn jemand in die Seite. Es war Ernest Bullard mit seinem grimmigen Gesicht.

»Hab gradn Kabel von meinem Boß gekriegt«, sagte er. »Er will, daß ich den Fall vergeß und nach dem Rennen das Ganze ans Hauptquartier abgebe.«

»Und was ist mit mir?« fragte Morgan.

»Was meinen Sie?«

»Dem Bronx-Bomber?«

»Dem Bronx-Bomber?« fragte Bullard lachend zurück. »Was zum Henker hat denn ein Preisboxer bei einem Marathon zu suchen?«

»Sie meinen...?«

»Ich meine, Sie stecken immer noch in Schwierigkeiten, wenn Sie sich bis zum Central Park nicht die Lunge aus dem Leibe rennen«, stellte Bullard fest und haute sich seinen Hut auf den Kopf. »Und vergessen Sie das mit dem Bronx-Bomber. Ich hab den Kerl noch nie gesehen.«

## Americana, Freitag, 5. Juni 1931

*Hätten die Griechen nicht die Perser 490 v. Chr. bei Marathon geschlagen, dann wäre es sehr unwahrscheinlich, daß in vierzehn Tagen, am 20. Juni, drei Millionen New Yorker Augenzeugen der gewinnbringendsten Fußgängerei der Geschichte sein würden. Hätte ebenso, im Jahre 1908, ein italienischer Kellner namens Dorando Pietri seine Schritte besser eingeschätzt und ohne die Hilfe von Offiziellen im olympischen Marathon von London gewonnen, dann betrüge auch die Distanz, nicht exakt sechsundzwanzig Meilen dreihundertfünfund-*

*achtzig Yards, die Charles Flanagans Trans-Americans zu bewältigen versuchen werden.*

*Indessen, die Griechen besiegten die Perser und schickten Pheidippes auf seinen epischen Lauf nach Athen; und Dorando Pietri hielt mit seinen Kräften nicht haus. Und nun hat Clarence C. Ross von den Transcontinental Airlines über eine Viertelmillion Dollar bereitgestellt für das morgige Rennen von Denville in New Jersey bis in den Central Park von New York.*

*Fast jedermann hat nur noch das Trans-America im Kopf, und mancher Hollywood-Agent hat Probleme, weil er es nicht geschafft hat, seine Klienten auf die Ehrentribühne im Central Park zu bringen. Aber so war es nicht immer. Es gab viele ungläubige Thomasse, darunter – und keiner der geringsten – der Autor dieser Zeilen, als Charles C. Flanagan seine buntscheckige Mannschaft im Coliseum Stadion von Los Angeles auf ihren Weg nach Osten brachte, am 21. März 1931. An jenem Tag scheiterten viele Teilnehmer schon an der ersten Etappe, einige gar kamen gerade nur bis zum Parkplatz des Stadions, und meine vielleicht übersensiblen Nasenflügel begannen zu vibrieren, als wäre etwas faul im Staate Kalifornien.*

*Diejenigen meiner Leser, die genügend Ausdauer gezeigt und meine Berichte von jenen frühen Tagen an mitverfolgt haben, werden wissen, daß ich recht bald auf die Trans-America-Seite übergelaufen bin, genau wie das amerikanische Volk auch. Überschwemmungen, Krawalle, säumige Städte, Schneestürme – nichts konnte den Vorwärtsdrang der Flanaganschen Läufer durch die Vereinigten Staaten unterbinden. Wenn, eines Tages, die ganze Geschichte des Trans-America geschrieben sein wird, dann wird sie sich lesen wie ein Mixtum zwischen »Odyssée« und »Huckleberry Finn«.*

*Einer meiner ersten Vorbehalte gegenüber dem Trans-America-Rennen war der, daß ich es für geradezu unmoralisch hielt, mitten in der übelsten Depression unserer Geschichte Männer und Frauen für solch horrende Geldpreise laufen zu lassen. Ich gebe demütig meinen Irrtum zu. Der Athlet repräsentiert den Menschen am Rande seiner Leistungsgrenzen und in einem Bereich, den nur sehr wenige Menschen schauen, geschweige denn bewohnen. Wir identifizieren uns mit dem Athleten, weil wir dies erspüren, erfühlen, daß er einer der Wenigen ist, die bis nahe an das Maximum ihres persönlichen Potentials gehen, während die meisten von uns unser Leben zubringen müssen, ohne überhaupt zu wissen, daß ein solches Potential überhaupt in ihnen existiert.*

*Eine kleine Ahnung von der Natur des Flanaganschen Trans-America-Super-Marathons mag vielleicht gegeben sein, wenn ich Ihnen enthülle, daß jeder Läufer darauf bestand, die gesamte Distanz bis nach Denville in New Jersey zurückzulegen, um hernach auch wahrheitsgetreu angeben zu können, die ganze Strecke von Los Angeles bis New York bewältigt zu haben. Diese Leute waren gekommen, um die Vereinigten Staaten mit den Füßen zu durchqueren, und mit nichts weniger wären sie zufrieden.*

*Sollten Sie also morgen, geneigte Leser, irgendeinen Laufveteranen erblicken, der vielleicht an siebenhundertster Stelle ohne jede Hoffnung auf einen Geldgewinn vor sich hin trabt, dann erinnern Sie sich daran, daß er der Privilegierte ist, und nicht derjenige, der ihn laufen läßt.*

*Carl C. Liebnitz*

*Dienstag, 16. Juni 1931*

## Denville, New Jersey (3120 Meilen/5021 km)

| | | | Std. | Min. | Sek. |
|---|---|---|---|---|---|
| 1. | H. McPhail | (Großbritannien) | 520 | 01 | 02 |
| 2. | A. Cole | (USA) | 520 | 03 | 06 |
| 3. | A. Capaldi | (USA) | 521 | 45 | 28 |
| 4. | P. Eskola | (Finnland) | 521 | 50 | 27 |
| 5. | M. Morgan | (USA) | 521 | 52 | 05 |
| 6. | R. Mullins | (Australien) | 521 | 58 | 01 |
| 7. | J. Bouin | (Frankreich) | 522 | 14 | 07 |
| 8. | P. Brix | (USA) | 522 | 28 | 21 |
| 9. | P. Thurleigh | (Großbritannien) | 522 | 29 | 18 |
| 10. | P. Dasriaux | (Frankreich) | 522 | 38 | 40 |
| 11. | A. O'Rourke | (Irland) | 522 | 39 | 27 |
| 12. | R. Brady | (Irland) | 522 | 42 | 18 |
| 13. | P. Komar | (Polen) | 522 | 51 | 21 |
| 14. | C. O'Connor | (Irland) | 522 | 58 | 07 |
| 15. | K. Lundberg | (Schweden) | 522 | 59 | 01 |
| 16. | P. Flynn | (USA) | 523 | 07 | 18 |
| 17. | P. Coghlan | (Neuseeland) | 523 | 18 | 20 |
| 18. | J. Schmidt | (Polen) | 523 | 20 | 24 |
| 19. | C. Charles | (Australien) | 523 | 27 | 05 |
| 20. | D. Quomawahu | (USA) | 523 | 40 | 06 |

Damenerste (198.): K. Sheridan (USA)    624   01   09

Insgesamt eingelaufen: 862

Durchschnittstempo des Ersten: 10 Min. pro Meile

# 24

## Marathon

Clarence Ross war nicht der einzige gewesen, den der Londoner Marathon von 1908 sein Leben lang beeindruckt hatte, denn jener Lauf hatte die Herzen in aller Welt angesprochen. Jenes Marathonereignis war dabei keineswegs eine besondere athletische Antiquität gewesen. Der erste olympische Marathon 1896 in Athen war das geistige Kind Michel Bréals gewesen, eines französischen Sprachwissenschaftlers, den die Heldentat des Pheidippes inspiriert hatte, der 490 v. Chr. vom attischen Marathon nach Athen gelaufen und nach dem Ruf: *Freut euch, wir haben gesiegt!* auf dem Marktplatz tot zusammengebrochen sein soll.

Der erste olympische Marathon über vierundzwanzigdreiviertel Meilen in Athen 1896 hatte fünfundzwanzig Teilnehmer gehabt, die meisten waren Griechen, in nur wenigen Fällen mit einer Lauferfahrung, die über eine Meile hinausging. Einige hielten dem Staub und der Hitze nicht stand und zogen sich schon früh aus dem Rennen zurück, während andere Opfer herzlicher Gastfreundschaft von Dörfern wurden, die an ihrer Strecke lagen. Gleich hinter dem Dorf Karvate, nur noch ein Viertel der Gesamtstrecke vom Ziel entfernt, mußte der französische 1500-Meter-Läufer Lermusiaux mit schweren Krämpfen aufgeben und wurde von einem Australier namens Flack überholt. Hinter Flack kam ein griechischer Schäfer, Spiridon Louis, der sich verbissen durch das spärliche Läuferfeld kämpfte.

Auf den Marmorrängen des Averoff-Stadions wußte die sechzigtausendköpfige Menge nichts vom Hergang des Rennens – bis zum siebenunddreißigsten Kilometer, als ein griechischer Kavallerist auf einem weißen Schlachtroß in das Stadion geprescht kam, um zu melden, daß Louis in Führung lag. Dann, wenige Minuten später, verkündete ferner Kanonendonner die Ankunft des ersten Läufers im Weichbild Athens.

Sechzigtausend Augenpaare strengten sich an, den ersten auszumachen, der in das Stadion kurvte. Es war Nummer siebzehn – Louis! Ein wahrhaft olympischer Lärm brach sich Bahn, und Männer wie

Frauen weinten ohne Scham, als der kleine Schäfer völlig erschöpft auf das Ziel zutrabte. Er wirkte fast zwergenhaft neben dem hochaufgeschossenen Prinzen Georg von Griechenland, der aus der königlichen Loge herausgesprungen war, um Louis über einen Teil der letzten Runde zu begleiten.

Erst einige Jahre nach dem olympischen Marathon von Paris im Jahre 1900 begriffen die Läufer jener Zeit, daß ihresgleichen längst bei Olympischen Spielen angetreten war; denn nichts auf den Medaillen, die sie erhalten hatten, hatte darauf hingewiesen. Der Franzose Michel Théato zum Beispiel war über die Kopfsteinpflasterstraßen von Paris getrabt, um am Schluß ein Rennen zu gewinnen, das ihm gleichwohl keinerlei Auszeichnung einbrachte.

Das 1904er Rennen von St. Louis war eine fatale Mischung aus Drama und Farce gewesen. Der Kubaner Felix Carjaval, der durch ganz Amerika gelaufen war, nachdem er während seiner Schiffspassage beim Kartenspiel alles Geld verloren hatte, startete schließlich in Stiefeln, Jackett und langer Hose. Nur eine Schere im Gepäck irgendwelcher irisch-amerikanischer Werfer verhalf Carjavals Kleidung zu einem annähernd sportlich zu nennenden praktischen Aussehen. Der Kubaner trabte dann los in die dampfende Hitze hinaus in Richtung Weltausstellung St. Louis, dem Austragungsort der Olympischen Spiele des Jahres 1904, um schließlich als Vierter durchs Ziel zu gehen.

Anders der Amerikaner Fred Lorz: Wegen starker Wadenkrämpfe hatte er nach zehn Meilen aufgehört zu laufen, ließ sich dann von einem vorbeikommenden Lastkraftwagen auflesen, und sprang nach neun Meilen wieder ab, als der Wagen nicht mehr weiterkonnte, trabte hurtig ins Stadion und wurde von der Menge begeistert als Sieger gefeiert. Der Amerikaner unternahm nicht das geringste, den Zuschauern den Bluff zu erklären, und posierte sogar gemeinsam mit der Präsidententochter Alice Roosevelt für die Fotografen. Zehn Minuten später kam Hicks, der echte Spitzenläufer, in die Arena getrottet, und als die offiziellen Streckenbeobachter Bericht erstatteten, ging eine wahre Beschimpfungsflut auf den Möchtegern nieder.

Erst der nächste olympische Marathonlauf bei den Spielen von 1908 in London sollte die Herzen und Sinne der ganzen Welt beflügeln. Bis dahin war der Marathon über verschiedene Distanzen zwischen vierundzwanzig und sechsundzwanzig Meilen ausgetragen worden. 1908 aber wurde endlich die Distanz exakt auf sechsundzwanzig Meilen dreihundertfünfundachtzig Yards festgelegt – die Entfernung von Windsor Castle zum neuerbauten White City Stadion im Londoner Stadtteil Shepherd's Bush. Die Sportlegende weiß, daß die dreihundertfünfundachtzig Yards hinzugefügt worden seien, damit das Ziel genau gegenüber der Königsloge sein konnte. Wahrscheinlicher allerdings dürfte sein, daß die zusätzlichen Yards eben genau die Entfernung vom Stadioneingang zuzüglich einer Runde bis zum Ziel ergaben.

Zu dieser Zeit veranstalteten die meisten olympischen Nationen formelle Vorausscheidungen für ihre Marathonlaufteilnehmer, denn an den Spielen von 1908 sollten die Athleten zum ersten Mal in Nationalmannschaften teilnehmen. So kam es auch, daß die Läufer, die dem Starter auf der Strecke neben dem königlichen Rasen von Windsor ins Gesicht sahen, Welten entfernt waren von den untrainierten Laufstreckenoptimisten der 1896er Spiele oder dem Komödienverein von St. Louis. Dorando Pietri aus Italien war auf der Marathonstrecke bereits zwei Stunden vierzig Minuten gelaufen, der Indianer Tewanima aus den USA war für kürzere Distanzen berühmt, und seinen Landsmann John Hayes zeichnete ein erstklassiges Durchhaltevermögen aus. Tom Longboat aus Kanada, den die Amerikaner erfolglos als Profi hinzustellen versuchten, war ein brillanter Langstreckenläufer, und die Engländer Price und Lord, im wohlgerühmten englischen Geländelaufsystem hart und ausdauernd geworden, zählten ebenfalls zu den Besten.

Um 14.30 Uhr, an einem schwülheißen Julinachmittag, machten sich sechsundfünfzig Läufer auf den Weg nach London. Price und Lord führten nach sehr schnellen ersten zehn Meilen, gefolgt von Hefferon aus Südafrika und Dorando. Dann übernahm Hefferon die Führung, und nach etwa fünfzehn Meilen war er gute dreihundert Yards vor Lord und Dorando. Nach zwanzig Meilen hatte Hefferon seinen Vorsprung vor Dorando auf über eine halbe Meile ausgebaut. Der Italiener klammerte sich nun an Lord, der wiederum von dem Amerikaner Hayes hart angegangen wurde. Dorando begann jedoch nach und nach die Yards zwischen sich und Hefferon wegzufressen, und kurz bevor sie die Fünfundzwanzigmeilenmarke erreichten, überholte er den Südafrikaner und zog auf Shepherd's Bush zu.

Unglücklicherweise hatten die blasentreibende Hitze und die Aufholjagd gegen Hefferon Dorando Pietri vollständig ausgelaugt; auf völlig zerlaufenen Beinen und mit vor Erschöpfung glasig-starren Augen kurvte er als erster in das White City Stadion, wandte sich in die falsche Richtung und stürzte dann auf die Bahn. Die mitleidige aufgewühlte Menge rief den Offiziellen zu, ihn hochzuheben und Dorando in die richtige Richtung zu drehen. Nach einigem Hin und Her hob man den kleinen Italiener auf die Beine und drehte ihn in Richtung Gegengerade. Noch viermal stürzte der Läufer auf die Aschenbahn, und jedesmal hob man ihn aufs neue hoch. Schließlich wurde er über die Ziellinie halb hinweggetragen.

Der nächste, der ins Stadion einlief, war der Amerikaner John Hayes, der die ganze Zeit hindurch ein solides Rennen mit gutem Timing und im vernünftigen Rhythmus gelaufen war. Amerikanische Mannschaftsführer legten sofort Protest ein, dem dann auch stattgegeben wurde. Dorando Pietri brachte man in ein Krankenhaus, wo er tagelang in lebensgefährlichem Zustand dahindämmerte.

Der Dorando-Marathon hatte eine regelrechte Laufmanie zur Folge gehabt, die auch Doc Cole und eine Reihe der weltbesten Langstreckenläufer in einen regelrechten Strudel von Marathonläufen und -rennen zog, die die ersten Jahre nach dem Krieg von 1914/18 kennzeichneten. Leider aber, durch keine zentrale internationale Körperschaft als Dachorganisation abgestützt, die sich dieser Belange hätte federführend annehmen können, verkümmerte die weltweite Marathonbegeisterung in den dreißiger Jahren.

Die Zukunft des Marathons, des Langstreckenlaufs überhaupt, lag in der sich sehr schnell entwickelnden Amateurbewegung. Clarence Ross aber, 1908 bei den Londoner Spielen disqualifiziert und nach seinem eigenen vergeblichen Versuch, beim 1909er Marathon von Boston teilnehmen zu können, hatte wenig für Amateure übrig. Regelmäßig hatte er in seiner landesweiten Kette vor allem auf dem Land erscheinender Zeitungen die Torheiten der AAU und des Amerikanischen Olympischen Komitees angeprangert, sehr zur Verwunderung von Farmern und Hausfrauen zwischen Maine und Oregon, für die diese Organisationen ungefähr ebensoviel Bedeutung hatten wie etwa der Glasgow-Rangers-Football-Club. So kam es schließlich, daß Ross, als Carl Liebnitz ihn davon informierte, daß das Trans-America-Rennen pleite sei, wenig Bedenkzeit benötigte, um als Sponsor einzusteigen. Seine einzige Bedingung war die, daß seine Geberfreude sich nur auf jene magischen sechsundzwanzig Meilen dreihundertfünfundachtzig Yards in den Central Park hinein erstreckte, und nicht auf die gesamte Trans-America-Distanz. Der gute Ross wollte sich nämlich einen Namen machen: *Mister Marathon*. Flanagan und seine Trans-Americans gaben ihm den nur allzu gern.

*20.00 Uhr, Freitag, 19. Juni 1931.* Alexander Doc Cole saß auf der Bettkante im Cranston Hotel von Denville, New Jersey, und schmirgelte seine Füße wieder mit Sandpapier. Wie viele andere auch, hatte er das Lager verlassen, denn diese abschließende Marathonetappe verlangte Abgeschiedenheit, Ruhe und eine besondere Vorbereitung.

Er sah zu seinem Nachttisch hinüber, von dem ein riesiger Briefstapel, mit Mühe von einer Schnur zusammengehalten, herunterzukippen drohte: Seine Trans-America-Post hatte ihn heute morgen eingeholt. Dreiundachtzig Heiratsanträge, einundfünfzig Beschäftigungsangebote, vom Radiosprecher bis zum Leichtathletiktrainer an Colleges. Was immer also geschehen mochte – eine Arbeit würde er sich nicht mehr suchen müssen.

Den ganzen lieben langen Tag war er von Journalisten belagert worden. Natürlich wollten sie eine Prognose. Hatte er Angst vor McPhail? Vor Morgan? Vielleicht vor Eskola oder Bouin? Doc Cole hatte vor niemandem Angst. Er wußte zu genau, daß Sport in seiner letzten Konsequenz immer ein Wettkampf des Athleten gegen sich selbst war. Schlug man sich selber, so vermochte man immer noch aufrechten Ganges von dannen zu gehen, ganz gleich, als wievielter man das Ziel erreicht hatte.

Und doch wußte Doc, hinter dieser Philosophie, von der er wußte, daß sie vernünftig war und der Wahrheit entsprach, steckte die Absicht, allen zu beweisen, daß er tatsächlich einer der ganz Großen war, dem es zukam, im selben Atemzug mit Nurmi und Kolehmainen genannt zu werden. Wie bei den meisten Männern, so verlangte auch Docs Ego nicht nur nach dem Stempel seiner Taten auf der Gegenwart, sondern auch auf der Zukunft. Und wie er nun so behutsam seine Füße schmirgelte, konnte er sich bereits im Central Park einlaufen sehen, fühlen, wie er das Zielband zerriß, seine eigenen Interviews mit den Presseleuten, den Film- und Radioreportern hören. Das würde endlich das große Hallo sein, der Zahltag für all die vergessenen Jahre auf den Straßen.

Er dachte an das vor ihm liegende Rennen, an ein ganzes Leben, das nun in knapp zweieinhalb Stunden gepreßt sein würde. Und dennoch war es auch nicht anders als die Rennen seiner Jugend, außer, daß es erfahrener angegangen würde.

Doc wußte, daß er genauso viele Meilen wie jeder andere auch im Trans-America gelaufen war, und doch nagte hinter seinen Gedanken jener Zweifel, der jeden Sportler plagt, ganz gleich, welcher Art seine Fähigkeiten sind. Er sah an seinen Beinen hinunter. All das Laufen, all das Trainieren hatte nicht diese trockene, kreppartige Beschaffenheit der Haut verhindern können und jenen ärgerlichen Hinweis auf eine dicke blaue Krampfader an seiner rechten Wade, den er schon seit Jahren zu ignorieren versucht hatte.

Er wußte, daß es nur eine Strategie geben konnte; gleichmäßige Beinarbeit, ein Tempo von etwas über sechs Minuten pro Meile, und so Gegner einfach von sich abstreifen; denn Marathon war nichts für wirkungsvolle taktische Ausbrüche. Und doch, egal, wie gleichmäßig man lief, gleichgültig, wie groß die Erfahrung war, bei zwanzig Meilen stand jedesmal wieder die Mauer vor einem, die es zu durchbrechen galt. An diesem Punkt, so hatten ihm befreundete Mediziner erklärt, ginge dem Körper der Blutzucker aus und er müsse sich nach anderem umsehen. Gleichgültig, wie viele Marathons schon gelaufen waren, egal, wie kräftig man sich fühlte, die Mauer wartete in der Versenkung und stellte sich einem dann plötzlich in den Weg.

Die Mauer! Doc spürte einen bitteren Geschmack im Mund und ein flaues Gefühl in der Magengrube. Er warf das Sandpapier auf den kleinen Tisch neben dem Bett, legte sich kurz aufs Kopfkissen zurück und starrte an die Decke. Manchmal, dachte Doc, ist Unwissenheit doch der beste Freund. Die meisten Männer, gegen die er morgen laufen würde, wußten nichts von jener Mauer, und gerade diese Unkenntnis konnte ihre Stärke sein.

Doc sah auf seine Armbanduhr – erst 20.35 Uhr – und schüttelte den Kopf. Die Abende vor einem Lauf vergingen immer zu langsam. Er setzte sich auf und bearbeitete wieder seine Füße.

Es klopfte plötzlich. Doc schmirgelte weiter, ohne aufzuschauen.

»Herein«, rief er.

Morgan und McPhail betraten das Zimmer, schlossen die Tür und lehnten sich linkisch dagegen.

»Was zum Teufel solln das?« murrte Doc und winkte sie heran. »N Glotzwettbewerb oder was? Los, nun hockt euch schon hin.«

Sie setzten sich auf Docs Bettkante, derweil er ungerührt weiter mit seinem Sandpapier zugange war.

»Habt ihr wenigstens schon eure Füße präpariert?« fragte er und sah immer noch nicht auf.

Keiner der beiden sagte etwas.

»Na los«, drängte Doc. »Was habt ihr beiden denn? Zungenfäule oder Maulsperre?«

»Wir wollten dir danken, Doc«, begann Hugh zögernd.

»Mir danken? Wofür denn, wenn ich fragen darf?« Er angelte in seiner Tasche, die auf dem Boden stand, nach einer Flasche Olivenöl. »Wir hatten unser Abkommen, daß wir als Team laufen. Ross hats nun gestern in den Wind geschissen, und ich bin ihm nicht mal böse drum. Er hat die Dreihundertfünfzigtausend aufgetan, und dafür steht ihm das Rennen in den Central Park ja wohl auch zu.«

Doc goß sich etwas Öl auf die linke Hand, verrieb es mit den Handflächen, legte den linken Fuß auf sein rechtes Knie und begann ihn einzumassieren.

»Das war mehr alsn Abkommen«, schaltete sich Morgan ein. »Du weißt das.«

»Bananenöl!« grinste Doc, hob den rechten Fuß, legte ihn auf sein linkes Knie und begann mit der gleichen Prozedur. »Wir alle haben ne schöne Zeit gehabt. Wir haben ne Menge Dollars rausgeholt. Wir kommen da immer gut bei raus, kann passieren, was will. Ich jedenfalls, ich werd auf meine Kosten kommen. Zum Teufel auch, mich hats dreißig Jahre gekostet, um über Nacht ganz vorn zu sein.«

»Also nix mit Katzenjammer?« fragte Hugh.

»Katzenjammer? Hab keine Zeit dafür. Werd morgen Mäuse jagen und rennen, nichts als rennen. Ihr auch. Es wirdn lustiges Jagen geben. Ihr solltet nicht vergessen, daß wirs dann mitn paar echten Marathonspezis zu tun haben: Eskola, Bouin, Mullins, Dasriaux – die sind alle 1928 in Amsterdam Marathon gelaufen, und alle unter zwei Stunden vierzig.«

Doc unterbrach seine Fußmassage und sah die beiden an.

»Was, zum Donner, ist denn bloß in euch gefahren, Jungs? Habt ihr denn alles vergessen, was ich euch geflüstert hab? Ihr seid Profis, Menschenskinder. Profis! Morgen gibtsn ›Rennen jeder gegen jeden‹, und der Teufel jagt den Letzten. Wenn also morgen keiner von euch hinter mir her ist wie der Deibel hinter der armen Seele – und hinter allen andern natürlich auch –, und zwar bis Central Park, dann, das sag ich euch, bin ich ganz schön sauer.«

Hugh sah zu Morgan hinüber.

»Es ist nur, wir wollten nicht, daß du glaubst, wir wärn undankbar«, sagte Morgan.

»Okay, dann seid haltne Minute dankbar«, murrte Doc. »So, und nun hört auf damit und macht, daß ihr rauskommt, und geht an eure Fußpflege.«

*22.00 Uhr, Freitag, 19. Juni 1931.* Hugh McPhail lag auf seinem Bett, das Gesicht im Kopfkissen vergraben. Er hatte sich von Mike vor dessen Zimmer verabschiedet, das er mit Kate Sheridan teilte. Der Schotte konnte nicht begreifen, warum Kate und Morgan die Nacht vor dem Marathon zusammen verbrachten. Das widersprach allen Regeln vernünftiger Vorbereitung, nach denen sich schottische Athleten seit über einem Jahrhundert für Wettläufe fit gemacht hatten. Seis drum, dachte er, Mike müßte wahrscheinlich doch am besten wissen, was er zu tun hatte und was nicht.

Seit Mittag hatte Hugh Dixie nicht mehr gesehen. Die Trainer daheim in Schottland waren vor Rennen, was Frauen betraf, sehr strikt, ja puritanisch gewesen. Sie hatten es immer mit ›lebenswichtigen Körpersäften‹ und all solchen Sachen gehabt. Sogar Stevie, der jetzt mit Packy in einer Denviller Flüsterkneipe an der Bar hockte, hatte des langen und breiten im gleichen Tenor geredet. Also hatte Hugh Dixie sich im Camp ihren Dingen widmen lassen und war zu einer Massage und früher Nachtruhe in sein Hotel zurückgekehrt. Sie würden noch genug Zeit füreinander nach dem Rennen haben, ob es nun verloren oder gewonnen sein würde.

Stevie, der zu der Massage verdonnert worden war, schien es fast wie in den alten Zeiten in der Zeche.

»Na klar magst du Doc«, hatte er gezischt. »Ich auch. Wir alle. Aber morgen nachmittag gibts keine Freunde mehr. Er hat ganz recht, der Alte. Mach ihn fertig! Renn ihn kaputt! Er machts mit dir genauso!«

»Du hast zuviel Hollywood im Kopp«, murmelte Hugh schlaftrunken.

»Glaubst du! Dann denk mal schön dran, daß für den ersten Läufer hinter der Linie immerhin einhundertfünfzigtausend Dollar liegen. Mann, mit so viel Moos könntest du den Broo Park kaufen!«

Aber Hugh brauchte Stevie nicht, um seine Willenskraft anzukurbeln oder zu festigen. Er konnte nun mal seine Wettlauflust genauso wenig dämpfen wie die Farbe seiner Augen ändern. Wenn Doc der Bessere war, na bitte. Aber Hugh hatte in diesen drei Monaten Trans-America eine Menge gelernt, und morgen wollte er das alles allen zeigen.

*22.30 Uhr, Freitag, 19. Juni 1931.* Nackt lagen Mike Morgan und Kate Sheridan in ihren Betten, beide nur mit einem kühlenden weißen Bettlaken zugedeckt. Über ihnen sirrte ein Deckenventilator und zerschnitt die schwere Luft. Sie lagen reglos da, wie Mumien, und Schweiß perlte auf ihren sonnenbraunen Gesichtern und Armen. Seit der Pressekonferenz hatten sie nicht mehr miteinander geschlafen.

»Mir ist richtig schlecht«, sagte Kate.

»Mir auch«, antwortete Mike. »Den Jungs im Camp gehts genauso. Du läufst für zehn Riesen morgen. Ich, ich lauf für hundertfünfzig. Jedem von uns ists schlecht. Ich würd mir Sorgen machen, wenns nicht so wär.«

Kate schloß die Augen.

»Kennst du Glenda Farrell, die Reporterin vom *Women's Home Journal*? Sie will alle fünf Meilen meine Position kontrollieren.«

»Du mußtn Haufen Kerle schlagen«, bemerkte Morgan.

»Ja, über achthundert.«

»Ach ja, noch was.«

»Was, Mike?«

»Da in der Mojave, als ich dich gehaun hab. Es tut mir leid.«

Kate lächelte. »Hast aber mächtig lang gebraucht, um mir das zu sagen.«

»Und noch was.«

»Ja?«

»Morgen, wenn alles vorbei ist – kannst du dir vorstellen, die Mutter eines zweijährigen Jungen zu werden?«

»Ist das dein Ernst?«

»Ernster gehts nicht«, sagte Morgan und drehte sich auf die andere Seite.

Kate Sheridan lächelte und schloß die Augen.

»Ich tus ja schon längst«, sagte sie.


*14.15 Uhr, Samstag, 20. Juni 1931.* Es war ein gewaltiges Zifferblatt, fast anderthalb Meter im Durchmesser, und die Zeiger standen schon auf der Startzeit. Willard Clay hatte dafür gesorgt, daß es hinten auf einem Trans-America-Lastwagen montiert wurde und daß die Riesenuhr in dem Augenblick losticken sollte, wenn Will Rogers' Winchester die Läufer auf ihren Weg schicken würde. Indem sie ihre Laufzeit in Beziehung zu den Wegmarkierungen setzten, die Flanagan bis New York hinein in Abständen von jeweils einer Meile hatte anbringen lassen, war den Trans-Americans die genaue Einschätzung ihres Tempos möglich.

Ross hatte am Start zwischen den Feldern und der Straße östlich von

Denville Holztribünen errichten lassen, die über zweitausend Zuschauern Platz boten. Auf dem dunklen, klebrigen Asphalt der Straße trabten, tänzelten, zappelten und räkelten sich achthunderteinundzwanzig Männer und eine Frau in der feucht-heißen Nachmittagsluft. Der schwitzenden, aufgeregten Menge zu beiden Seiten der Straße erschienen die Trans-Americans fast wie die Bewohner einer anderen Welt. Hager, sehnig, sonnenverbrannt; Hemden und Hosen so eng, wie es die Etikette gerade noch gestattete, waren die Läufer ganz auf sich selbst konzentriert. Einige hatten Sonnenhüte oder Mützen auf, die meisten ein Schweißband um Handgelenk oder Kopf geschlungen; alle trugen auf Brust und Rücken festgesteckte Stoffnummern.

Flanagan, wieder einmal in seiner heißgeliebten Tom-Mix-Montur, diesmal auch noch mit klirrenden Sporen an den Stiefeln, schlenderte zwischen den Läufern herum, sprach jeden mit Vornamen an, schüttelte hier eine Hand, klopfte da auf eine Schulter. Seine Trans-America-Familie war wieder unterwegs, zum letzten Mal. McGregor, der rotbärtige Chefkoch und seine Verpflegungsmannschaft standen an zu Tischen aufgebockten Holzplatten an der rechten Straßenseite, hinter denen sie als Renn-Stewards fungierten. Morgen, in New York, würden sie ihre Wetten einlösen.

*14.20 Uhr, Samstag, 20. Juni 1931.* Nach und nach stellten sich die Läufer in Fünfzehnerreihen auf, die bisher in Führung liegenden Trans-Americans zuerst. Willard Clay und andere Mitglieder des Flaganschen Stabes patroullierten auf und ab und machten ihre letzten Kontrollen.

Unter dem quer über der Straße hängenden Starttransparent, etwa hundert Meter voraus, standen der Maxwell-Coffee-House-Pot, der Trans-America-LKW mit der großen Uhr, die Pressebusse und ein Dutzend Hilfsfahrzeuge längst bereit. Über ihnen kreisten Beobachtungsflugzeuge wie hungrige Riesenvögel; ein mächtiges silbergraues Tiffany-Luftschiff, in dem Manhattans Elite, an reich gedeckten Tischen sitzend, von silbernen Tellern speiste und dann und wann durch Feldstecher und Operngläser dem ameisenhaften Treiben auf der Erde amüsiert zuschaute, dümpelte träge in der Luft.

Carl Liebnitz, der ebenfalls auf der Starttribüne saß und mächtig schwitzte, schaute hinunter auf das Gewimmel der Läufer und spürte die Veränderung. Seit Los Angeles war das Trans-America immer stärker zu einem Menschenstrom geworden, der sich stetig vorwärts-wälzte und sich ausbreitete, und nur im Wirbel um die Etappenpreise hatte sich das wettkämpferische Element des Laufens durchgesetzt. Gewiß, Liebnitz hatte inzwischen ein Gefühl für die subtilen Positionsrangeleien zwischen Doc, Eskola, Morgan, Bouin, McPhail und den anderen entwickelt, aber in diesen tagtäglichen Begegnungen hatte die eigentliche Qualität, die des echten Umszielkämpfens, meistens gefehlt.

Doch heute war es anders. Diese Meilenjagd war ein klassischer Marathon und ein Wettrennen um den größten Preis in der Geschichte des Laufsports. Und wie er einen jeden dieser Männer dort unten beobachtete und durch jede Pore seiner Haut die ganze Atmosphäre dieser wenigen Minuten vor dem Start in sich aufnahm, erfuhr Carl Liebnitz dieselbe bebende Spannung, die auch all jene erleben, die ansonsten von Wettläufen eigentlich nichts oder nur wenig verstehen.

Der braungebrannte Bouin schlich durch die wartenden Läufer wie eine hungrige Katze. Eskola, der schmale, blonde Finne, hüpfte auf und ab oder machte pausenlos Streck- und Dehnübungen. Capaldi blinzelte nervös umher und fuhr mit fahrigen Händen immer wieder durch sein schwarzes, gelocktes Haar. Wenige Meter hinter der Startlinie, aber noch in den vorderen Reihen, starrte Morgan schweigend die lange, fast schnurgerade Strecke in Richtung New York hinunter, als könnte er schon die Ziellinie sehen. Neben ihm stand Peter Thurleigh, kaute an den Knöcheln seiner rechten Hand herum oder ließ, um seine Schultermuskulatur zu lockern, seine Arme in großen Schwüngen kreisen. Etwa einen Meter weiter weg bekam Hugh McPhail wieder sein nervöses Gähnen; Doc Cole, gleich neben ihm, war, wie gewohnt, in sich versunken, hielt die Augen geschlossen und zog im ständigen Wechsel die Knie bis zur Brust. Fünfundzwanzig Reihen hinter ihm wischte sich Kate Sheridan zum zwanzigsten Male eine imaginäre Haarsträhne aus dem braungebrannten Gesicht.

Jeder Läufer vollzog hier sein persönliches und ganz privates Vordemstartritual, und ein jeder – wie auch immer seine Fähigkeiten beschaffen sein mochten – hegte und pflegte seine Hoffnung, daß dies nun doch endlich der magische Augenblick für die Kraft sein mochte, die ihn im Rennen über sich selbst hinaus wachsen ließ. Für die meisten Läufer war das schon alles, was sie erhoffen konnten, denn Preisgelder gab es nur bis zum fünfzigsten Platz.

Liebnitz sah Dr. Maurice Falconer, der sich gerade die Stirn mit einem Taschentuch abwischte. Der Journalist zwängte sich zu ihm hindurch und schaute dann zum wolkigen Himmel hinauf. »Was halten Sie denn vom Wetter, Maurice?« fragte er ihn dann. Dr. Falconer blickte finster drein und schüttelte den Kopf. »Mindestens dreißig Grad auf der Strecke und über siebzig Prozent Luftfeuchtigkeit – noch schlimmer als Los Angeles.«

Liebnitz beschrieb seinen Block. »Und was glauben Sie, wieviel Gewicht werden die Jungs so bis Central Park verlieren?« Dr. Falconer legte seine Nasenwurzel wieder in Falten; Schweißtropfen fielen auf seinen hellen Sommeranzug.

»So um die zehn Prozent. Schwankt zwischen sechs und zwölf Pfund. Obwohl da ein paar Jungs dabei sind, die seit Los Angeles schon dermaßen viel verloren haben, daß die glatt auf ein Minus kommen müßten.«

Liebnitz lächelte. »Wie viele Verpflegungspunkte?«

»Zehn. Ich hab mir für die Läufer ein eigenes Gebräu zusammengestellt, ein spezielles salzhaltiges Getränk; soll helfen, dem Körper genug Flüssigkeit zu erhalten und die Krampfanfälligkeit der Beine zu reduzieren.«

Liebnitz schaute sich die Karte an, die zu seiner Linken an einer großen Tafel befestigt war, und verfolgte den Kurs mit dem Finger.

»Sieht für mich jedenfalls ganz glatt aus. Keine zirzensischen Abweichungen für Flanagans ›Vergnügungszuschlag‹ oder Hochlandspiele diesmal, was?«

Dr. Falconer lächelte und schüttelte den Kopf.

»Diesmal nicht, Carl.«

Liebnitz' Finger fuhr die Strecke entlang. »Pallington Boulevard runter, dann Little Falls, Clifton, durch West Paterson durch – da hat mal eine Tante von mir gewohnt –, Teterboro, Lodi, dann Ridgefield Park und über den Hackensack River rüber.«

Er richtete seine Brille.

»Und hier wirds dann lustig – bei Fort Lee«, fuhr er fort. »Dann kommt der Hudson. Über die George-Washington-Brücke rüber, dann sind sie in New York. Die Lenox Avenue runter und rein in den Central Park. Und dann ist Feierabend, für uns alle.«

Er schaute von der Karte auf und zeigte hinunter auf Kate Sheridan.

»Und was ist mit ihr? Halten Sie es für möglich, daß Kate unter die ersten zweihundert kommt?«

Dr. Falconer machte den obersten Knopf seines Hemdes auf und lockerte seinen Schlips.

»Vor ein paar Monaten hätte ich jedenfalls enorme Beträge dagegen gewettet«, sagte er. »Aber diese drei Monate Trans-America-Rennen sind für mich Praxis, Forschung und eine Lehre zugleich gewesen. Wenn Sie also meine Meinung hören wollen – ich sehe Miss Sheridans Chancen ein ganzes Stück unter fiftyfifty. Carl, vergessen Sie doch nicht, da unten stehn achthundert Männer, und in jedem steckt heute ein ganzer Batzen Herz und Stolz.«

Liebnitz nickte und deutete wieder nach unten, diesmal zu Willard Clay hinüber.«

»Sieht ganz so aus, als gings gleich los«, sagte er und setzte sich in Bewegung. »Wir sehn uns dann, im Bus.«

Willard nickte Flanagan zu, und der Rennleiter gab Will Rogers einen Wink. Rogers stand auf einem Podium direkt an der Startlinie vor einem Mikrofon. Er war der ideale Ansager für diese letzte Etappe. Bekannt als der All-American mit Kopf und Herz, kannte und liebte man Rogers' schlichtes Landjungengesicht überall im Lande. Rogers hegte großen Respekt für Sportler, zumal er selbst einer der ganz großen Lassokünstler Amerikas war.

»Meine Damen und Herren«, begann er, »ich kann mir nicht vorstellen, daß auch nur eine oder einer unter Ihnen ist, die oder der Flanagans Läufer seit dem 21. März, von Los Angeles aus, nicht mit glühendem Herzen verfolgt hat. Die letzten drei Monate über waren sie die Helden auf den Straßen Amerikas, und für all diejenigen unter Ihnen, die sie bis heute noch nicht live zu Gesicht bekommen haben, sie aber ganz gewiß von der Leinwand her kennen: Hier sind sie, die Trans-Americans.

Da wärn wir nun also, am Start zur letzten Etappe, und das nur aufgrund der Großherzigkeit des wohl reichsten Marathonlaufliebhabers der ganzen Welt, Mister Clarence Ross von den Transcontinental Airlines. Ich selbst habe erst einen einzigen Marathon erlebt, in Boston 1924. Ich werde nie vergessen, wie ich am Ziel stand und dort die Läufer beobachtete. Sie wissen, wie müde diese Läufer dann immer sind, gottsjämmerlich angehumpelt kommen oder auf Händen und Knien herankriechen. Tja, und dann waren da diese beiden affektierten Ladies aus Boston, die saßen gleich neben mir auf der Tribüne. Sagt doch die eine zur andern: ›Was fürn entzückendes Läufchen.‹ ›Ah ja‹, sagt die andre, ›ich freu mich auch schon aufs Finale‹.«

Das fröhliche Gelächter kam von Sportlern und Zuschauern zugleich und löste augenblicklich die Spannung.

»Naja«, machte Rogers, als sich das Lachen verflüchtigt hatte, und ergriff die Winchester. »Ich will euch mit meinem Gequassel nun auch nicht länger aufhalten. Also: Allen Läufern viel, viel Glück.«

Totenstille, als Rogers den Hahn der Büchse spannte. Die Sportler verharrten bewegungslos.

»Auf die Plätze ...«

Die Motoren der Lastwagen röhrten auf.

»Fertig ...«

Langsam starteten die Lastwagen die weiche, heiße Straße hinauf. Peng! Und wie ein Fluß, dessen Schleusen geöffnet wurden, fluteten die Trans-Americans über die Straße nach New York, vom Jubel der Menge begleitet, geblendet vom Blitzlichtgewitter Tausender Kameras und vom Motorenlärm tieffliegender Wochenschauflugzeuge betäubt. Sie waren wieder unterwegs, zum letzten Mal.

Von Anfang an war das Tempo ziemlich schnell, und bei Meile drei hatte sich die Spitze des Feldes in drei Gruppen geteilt. Ganz vorn liefen Eskola, Bouin, Dasriaux, Capaldi, Mullins und Komar sowie ein Dutzend anderer Trans-Americans, die bisher noch nicht einmal unter den ersten zwanzig des Rennens rangiert hatten. Etwa hundert Yards hinter ihnen folgte die zweite Gruppe, die aus Brady, Lundberg, Brix, Quomawahu und acht anderen bestand. Hundertfünfzig Yards weiter zurück lagen Doc, Thurleigh, McPhail und Morgan, zusammen mit dem Australier Charles, einem kleinen Iren namens Magill und Flynn, einem Amerikaner. Die Zwischenzeit bei Meile drei war sechzehn Minuten und einundzwanzig Sekunden; Eskolas Gruppe hielt gar nicht erst am Verpflegungspunkt.

Doc scherte aus, holte sich einen Becher und leerte ihn im Laufen, nahm sich einen weiteren von einem Tisch weiter vorn, trank auch den im Laufen und schüttete sich den Rest über den Kopf. »Trink«, sagte er zu sich, »trink, was du kannst!«

Die Massen säumten den gesamten Pallington Boulevard in Dreier- und Viererreihen, riefen und applaudierten; viele darunter waren in Overalls und anderen Arbeitsanzügen gekommen, denn an der Route entlang ruhte die Arbeit. Kräftige, grinsende Cops aus New Jersey hielten die Menschen zurück, sichtlich erleichtert, daß es diesmal nicht wieder gegen Streikende ging.

Sechs Meilen in dreiunddreißig Minuten neun Sekunden, und noch immer hielt Eskolas Gruppe die Spitze, obwohl sechs Läufer, die das sehr schnelle Anfangstempo mitgegangen waren, sich nun gebrochen, schweißgebadet und verbittert dahinschleppten, schon zweihundert Yards hinter Docs Gruppe, und immer mehr ins Hauptfeld zurückfielen. Hinter ihnen lief Bradys Verein, der mittlerweile auf sechs Läufer geschrumpft war. Docs Gruppe blieb unverändert und durchlief die ersten sechs Meilen fast eine Dreiviertelminute hinter Eskola.

Ein anderes Drama spielte sich etwa eine Meile dahinter ab. Dort focht Kate Sheridan einen ganz persönlichen Kampf gegen ihren Körper und gegen den Strom der Läufer, der weit vor ihr in die Ferne wogte.

Als sie die menschenbestandene Allee entlanglief, wurden die Schreie und Jubelrufe immer schriller; Frauen und Mädchen, die nie in ihrem Leben auch nur eine Meile gelaufen waren, kreischten und klatschten, und jedes Mal, wenn Kate wieder einen Mann überholt hatte, überschlugen sich die Stimmen. Die ›Letzte Lady‹, wie die Presseleute sie getauft hatten, war das Rennen vorsichtig angegangen, wie Doc es ihr geraten hatte; vielleicht zu vorsichtig. Bei Meile sechs, in etwas über fünfundvierzig Minuten gelaufen, lag Kate an dreihundertneunter Stelle, und ihr Körper war längst schweißgebadet.

Vorn, an der Spitze, trommelten Eskolas Schritte unbarmherzig weiter; durch Little Falls, dann nach Clifton hinein lief er Meile auf Meile in knapp fünfeinhalb Minuten heraus. Nach neun Meilen, zurückgelegt in fünfzig Minuten und fünfzig Sekunden, war seine Gruppe auf Bouin, Dasriaux, Capaldi, Mullins und Komar und nur noch einen ›Unbekannten‹ zusammengeschrumpft, den hageren, turbantragenden Inder Singh. Die anderen quälten sich nun weit hinten im Hauptfeld nach vorn.

In der zweiten Gruppe, hundertfünfzig Yards weiter zurück, begann Quomawahu, der Indianer, sich aufzulösen, und seine schwachen Füße klatschten auf den weichen Asphalt. Brady, Lundberg und Brix aber liefen eisern ihren Stiefel.

Zweihundert Yards hinter ihnen kamen jetzt nur noch Doc, Thurleigh, Morgan und McPhail, Charles und Magill, die in zwei Reihen nebeneinander durch die brüllende Menge liefen. Hinter ihnen zog sich das Feld mittlerweile auf gut und gern zwei Meilen in die Länge; die letzten Läufer passierten gerade die Vororte von West Paterson.

Vom Pressebus aus beobachtete Carl Liebnitz, der zusammen mit Bullard, Packy Paterson und Stevie McFarlane auf dem Oberdeck stand, das Rennen durch einen Feldstecher. »Sehn Sie mal«, sagte er und reichte das Fernglas an Bullard weiter, »Eskola ist noch immer vorne weg. Wenn der das durchhält, was läuft er denn dann fürne Gesamtzeit?«

»Ziemlich nah an zweinhalb Stunden«, schätzte Bullard, und starrte weiter durch das Glas. »Heh!« rief er aus und gab das Fernglas an Stevie weiter. »Doc nimmt schon wieder Wasser. Kostet doch nur wieder Zeit.«

Stevie nahm das Fernglas und grollte. »Nein, nein. Trinken ist keine verlorne Zeit, nicht an einem Tag wie heute.« Er wischte sich den Schweiß von der Stirn und schaute auf seinen Handrücken. »Seht euch mal das an«, sagte er. »Und stellt euch vor, wie das erst bei den Jungs da unten funktioniert. Wien Türkisches Bad.«

Liebnitz nickte und notierte einiges in seinen Block. »Da mögen Sie recht haben«, meinte er und sah auf die Rennuhr. »Zwölf Meilen in genau einer Stunde und neun Minuten für Eskola und Co. Doc und sein Haufen müssen mindestens zwei Minuten zurückliegen, und wir haben schon fast die Hälfte rum. Ich hoff ja bloß, daß der alte Profi sich diesmal nicht verkalkuliert.«

»Gestern abend hab ich ihn gefragt, ob er jemals von diesem Lauf geträumt hätt«, berichtete Bullard. »Wissense, was er da gesagt hat? Naja, hat er gesagt, er hätt den Traum schon so oft geträumt, daß er eigentlich die Laken neu besohlen lassen müßt!«

Stevie grinste breit. »Istn prächtiger alter Typ. Bloß schade, daß es ausgerechnetn Schotte sein muß, der ihn schlagen wird.«

»Oder vielleicht ein Amerikaner, ein Finne oder ein Franzose«, fügte Liebnitz hinzu und schaute wieder angestrengt durch sein Fernglas.


»Zweihunderteinundfünfzig!« Bemerkenswert undamenhaft schrie Glenda Farrell Kate Sheridan die augenblickliche Position zu, als die Läuferin mit langen Schritten an der Fünfzehnmeilenmarkierung auf der Sylvan Avenue in den Außenbezirken von Teterboro vorbeilief. »Noch einundfünfzig!« fügte die Journalistin brüllend hinzu und sprang in die Luft, um auch ja gesehen zu werden. Kate nickte schwach; an der Verpflegungsstation nahm sie einen Becher Wasser mit; sie trank im Laufen und überholte drei weitere Männer, die vorher angehalten hatten. Kate spürte, daß sie schon sehr hart an ihrer Grenze war, denn bei einem Durchschnittstempo von knapp acht Minuten pro Meile, das Schnellste, was sie je gelaufen war, machten sich in ihr nach und nach allgemeine Schmerzen und überall eine Schwere bemerkbar, die sie immer stärker in den Asphalt drückte.

Fünfzehn Meilen durch Lodi in einer Stunde und achtundzwanzig Minuten. Diesmal nahmen Bouin, Dasriaux und Mullins ihre Getränke im Laufen ein, genau wie Eskola, Capaldi und Komar. Hinter ihnen wurde Bradys Haufen immer lahmer und lag nun schon über zweihundert Yards zurück; Singh und Quomawahu hatten sich nach vierzehn Meilen ausgeklinkt und waren weit zurückgefallen. Bradys ganzer Verein machte am Erfrischungstisch kurz halt; alle versprühten Schweiß und Wasser, danach, eine Meile weiter, nach der sechzehnten, wurden sie von Doc, Morgan, McPhail und Thurleigh überholt. Es dauerte nicht lange, und Bradys Gruppe begann sich aufzulösen.

An der Spitze drängte Eskolas Gruppe weiter voran durch den Ridgefield Park und über den Hackensack River und an der Achtzehnmeilenmarkierung vorbei. Auf dem schwarzen, öligen Wasser unter ihnen tuteten und hupten Schlepper und Leichter, als die Läufer, Flanagans Fahrzeugkonvoi und die Uhr vor sich, den Fluß überquerten, ohne es zu bemerken. Auf der Brücke fiel Komar, der Pole, plötzlich in einen abgehackten Trab und hielt sich die rechte Wade. Die Mauer hatte ihr erstes Opfer gefordert.

Doc und die anderen hatten inzwischen Magill und Charles abgehängt, die sich etwa hundert Yards vor Bradys zerschlissener Gruppe dahinschleppten. Doc, McPhail, Thurleigh und Morgan liefen nun gemeinsam in Linie; ihre braungebrannten schweißüberströmten Arme und Beine glitzerten. Als sie den Hackensack River überquerten, war den Zurufen der Menge zu entnehmen, daß sie Eskolas Gruppe schon fast eingeholt hatten und nur noch weniger als zwei Minuten hinter dem Finnen lagen. Zum ersten Mal während des ganzen Trans-America-Rennens sagte Doc diesmal nichts zu den anderen, aber die vier Männer liefen, als wären sie von einem einzigen, gemeinsamen Willen getrieben – weiter, voran, nordostwärts spulen, durch Fort Lee hindurch, auf den Hudson zu und die George-Washington-Brücke.

Kate Sheridan sah die Zahl 220 auf einem großen weißen Schild über der Menge an der Brücke über den Hackensack River, als

Glenda Farrell, die den Karton hochhielt, über den Lärm der quirlenden, wogenden und tobenden Menge hinwegkreischte.

Schweiß ätzte sich durch Kates Augenbrauen, trieb ihr die bittere Wimperntusche die braunen Wangen hinunter und in den Mund hinein. Sie schalt sich und bedauerte, seit der Mojave zum ersten Mal wieder Make-up benutzt zu haben. Alle Schnellkraft und Leichtigkeit war aus ihren Beinen verschwunden, aber den Männern vor ihr schien es noch schlimmer zu ergehen. »Hab ich dich endlich zur Schnecke gemacht, du Mistkerl«, knirschte sie jedesmal, wenn sie wieder einen Mann überholt hatte.

Im Pressebus drängten sich die Journalisten auf dem hinteren Oberdeck. »Doc holt sie ein«, knurrte Liebnitz, der breitbeinig dastand, durch sein Fernglas schaute und Docs Gruppe im Auge behielt. »Er holt in aller Seelenruhe Eskola ein.«

Ernest Bullard legte Liebnitz eine Hand auf die Schulter.

»Genau«, stimmte er zu. »Aber ich hätt ja nie gedacht – von Ihnen gedacht, Carl, daß ich Sie mit dem Herzen so knietief in diesem Rennen erleben würd.«

Liebnitz drehte sich um und sah ihn an. »Das ist kein Rennen, Ernest. Das istne gottverdammte Schlacht. Der Finne da, Eskola, hat den Fehdehandschuh hingeworfen, und Doc und die Jungs haben ihn sich geschnappt.« Liebnitz hielt sich wieder sein Fernglas vor die Augen, und die freie Hand bearbeitete die Rückenlehne des Vordersitzes, als wäre sie ein Sandsack.

»Nun los, Doc, mach endlich!« schrie er. »Ich hab fünf Scheine auf deine Beine gesetzt.«

Der Bus holperte und schlingerte, als er die Eisenbahnschienen überquerte, und Liebnitz wurde auf seinen Platz zurückgeworfen. Nach dem Bus übersprangen Eskola und seine Gruppe die Gleise, und hinter ihnen schlossen sich klirrend die Schranken. Etwas über eine Viertelmeile zurück, mit jedem Schritt jedoch näher an Eskola heran, wußten Doc und seine Gruppe noch nicht, was geschehen war. Dann, noch zweihundert Yards vor den Schienen, erst als sie das Signalhorn des rangierenden Güterzuges vernahmen, erfaßte Doc die Situation. Zischend und dampfend hielt der Zug mitten auf dem Bahnübergang, einer stählernen Mauer gleich, und versperrte ihnen den Weg.

Einen Augenblick lang standen die vier Männer, Cole, McPhail, Morgan und Thurleigh ratlos und unschlüssig da. Dann begann Doc die rotweiße Holzschranke zu überklettern und schaute über seine linke Schulter nach hinten.

»Na los, kommt schon«, knurrte er, »rüber mit euch!«

Die anderen folgten ihm keuchend, und wie Wiesel wanden sie sich zwischen den Rädern unter den Waggons hindurch auf die andere Seite.

Als der Zug sich endlich wieder langsam in Bewegung setzte, waren die Verfolger längst schon ein ganzes Stück weiter.

Noch sechs Meilen waren zu laufen, und sie lagen knapp drei Minuten hinter Eskola.

Drei Meilen zurück kämpfte Kate Sheridan ihren letzten einsamen Kampf. Mit jeder weiteren Meile glaubte sie, die Schmerzschwelle erreicht zu haben; dann, wenn diese Grenze akzeptiert war, wurde irgendwie ein neuer Punkt erreicht, überlaufen und aufs neue akzeptiert. Seit der achtzehnten Meile hatte sie grimmig zu zählen begonnen: »Eins... zwei... drei... vier... fünf!« Und sie hatte es geschafft, fünf Männer einzuholen auf acht Meilen.

Der Augenblick war da, sein Augenblick, auf den er ein Leben lang gewartet hatte: Doc Cole spürte es genau. Noch sechs Meilen waren zu laufen, und Eskolas Herausforderung mußte jetzt angenommen werden; es würde sonst zu spät sein. Doc Cole hatte die Mauer erreicht, die Grenzlinie zwischen Scheitern und Erfolg. Wenn er sich jetzt noch länger zurücknahm, war es sehr gut möglich, daß Eskola nicht mehr verlieren konnte. Aber wenn er allzu schnell heranginge, konnte es passieren, daß er noch vor dem Ziel zusammenbrechen würde. Es war ein Spiel, bei dem er alles auf eine Karte setzen mußte: auf sich selbst. Weit vorn konnte er schon die Jubelrufe und das Getute der Schiffe und Boote auf dem Hudson hören; Eskolas Gruppe mußte bereits an der George-Washington-Brücke sein, eine halbe Meile voraus. Doc begann zu beschleunigen und fühlte, wie die Kadenz seiner Schrittfolge anwuchs und sich immer mächtiger entfaltete. In dieser fließenden, rhythmischen Bewegung seiner Beine zeigte sich sein ganzer Lebenswille.

Die Gefährten ahnten, was geschehen war, und begriffen die Entscheidung, die Doc nun für die Gruppe getroffen hatte. Das Tempo steigerte sich, aber sie blieben zusammen und drängten gemeinsam voran auf die George-Washington-Brücke. Sie keuchten über den Hudson, sahen nicht nach links und nach rechts, hörten nicht die jubelnden Menschenmassen zu beiden Seiten der Brücke und unter sich die tutenden Frachtkähne; ihre Blicke hatten sich fest in die Rücken der Läufer vor ihnen gebohrt, die gerade auf die Lenox Avenue zustürmten.

Einen Augenblick lang befürchtete Doc, daß die Aufholjagd vergebens gewesen sei; doch dann fiel als erster Capaldi zurück, das Rasseln und Pfeifen seines Atems war schon deutlich zu hören. Kurz vor der Abzweigung nach rechts in die Lenox Avenue nach Manhattan hinein, noch fünf Meilen bis zum Ziel, überrannten sie den sonnengebräunten Amerikaner und ließen ihn hinter sich. Vorn, an der Spitze, etwa hundert Yards voraus, hatten Eskola, Bouin, Dasriaux und Mullins sich getrennt und liefen jetzt hintereinander.

Die Läufer tauchten in die tiefen, lärmvollen Schluchten Manhattans hinein, blind für die Menge, die sich dicht an dicht zu beiden Seiten der Straße drängte. Konfetti und Lochstreifen regneten hernieder.

Noch immer lief Eskola flüssig, starräugig zwar und glasigen Blicks. Aber er wurde langsamer, und an dem letzten Wasserposten, bei der dreiundzwanzigsten Meile, verschmähte der Finne erneut die Erfrischung und rannte einfach weiter; doch sein Lauf wurde abgehackt und schwerfällig. Docs Gruppe hatte inzwischen Bouin, Dasriaux und Mullins eingeholt und brannte auf Eskolas Fersen. Und das Tempo des Finnen und sein Versäumnis, dem Körper ausreichend Flüssigkeit gegeben zu haben, forderten ihren Tribut: Langsam und knirschend mahlte er sich zurück fast bis zum Stillstand.

Eskola schleppte sich mühsam weiter, als Doc und die anderen auf gleicher Höhe mit ihm waren, und versuchte, Kraft zu schöpfen aus dem Rhythmus der Läufer neben sich. Doc aber zog das Tempo weiter an. Plötzlich kam aus Eskolas Kehle ein hohles, herzzerfetzendes Gestöhn, und der Finne fiel zurück; sein gequälter Schritt schrumpfte zur schleppenden, schlurfenden Bewegung. Er war geschlagen.

Noch zwei Meilen. Und an der Kreuzung Lenox Avenue/125te Straße traf Doc seine letzte Entscheidung. Jetzt würde er zu seiner wahren Form auflaufen.

Sechs Meilen dahinter sah Kate Singh vor sich, der weit zurückgefallen war und mühsam vor sich hintrabte. Noch fünfzig Yards, und sie hatte ihn eingeholt. Der Inder grinste zahnreich und gebrochen, als sie an ihm vorbeizog, und hob voller Anerkennung seine rechte Hand.

Kate spürte, wie ihre Atmung schwächer wurde und die Luft durch ihre Lungen trieb, die mit tausend Dornen gespickt schienen. Sie rannte gegen den rhythmischen Schmerz in ihrer Brust und krallte ihren Blick in das schweißnasse Hemd des nächsten Läufers vor sich. Als sie den nächsten Läufer, einen Österreicher, überholte, hörte sie sein rasselndes Atmen.

Etwa hundert Yards vor ihr liefen Kane, der Texaner, und zwei Japaner. Eine Meile lang kam es Kate so vor, als würde sich überhaupt nichts bewegen, denn der Abstand zu den Männern verringerte sich nicht. Aber dann hörte sie Kanes monotones, hohes Keuchen, und plötzlich schien ihr Rückstand zu schrumpfen. Noch fünf Meilen waren zu laufen, als sie die George-Washington-Brücke unter die Füße bekam, mit den Männern gleichzog und Kane kurz hinter der Brücke überholte. Der Texaner legte seine Hand an die Schläfe, als würde er ihr salutieren, und wischte sich dann den Schweiß von der Stirn und aus den Brauen. Kate nickte ihm zu und hatte zum ersten Mal an diesem Tag das Gefühl, endlich die Kraft zu schöpfen, die sie brauchte. Plötzlich sprang eine kantige Frau aus der Menge und hielt ein großes Stück Karton hoch in die Luft. Auf dem Schild der jubilierenden Glenda Farrell stand eine *200*.

Kate spürte, wie ihre Beine schneller wurden, als sie daran vorbeirannte, und lächelte überglücklich. Auf der nächsten Meile zog sie noch an drei Männern vorbei, inmitten eines wahren Konfettisturms, der jetzt in der Lenox Avenue wütete. Kate hatte es geschafft.

Jeder von ihnen, McPhail, Morgan und Thurleigh, spürte es genau, vernahm den verzweifelten Protest des eigenen Körpers, als Doc sie erneut forderte, sie, die bereits ihr Maximum gegeben hatten. Aber die Männer hielten sich, hingen wie Kletten an Docs schweißdurchtränktem Trikot, als er vor ihnen her in eine Fünf-Yard-Führung preschte. Hugh hatte das Gefühl, auseinandergerissen zu werden, und sein Atem durchdröhnte die Lungen, während er den Blick starr in Docs Rücken gebohrt hielt, der dort jedes noch so winzige Muskelflackern registrierte. Zu seiner Rechten liefen Thurleigh und Morgan nebeneinander her und im gleichen Rhythmus; Morgan niedrig und flachfüßig, Thurleigh dagegen mit gebogenen Beinen und gekrümmt; sein Mund war schaumbefleckt.

Doc spürte, wie ihre Blicke ihn durchdrangen, spürte aber auch das Band, das sie zusammenhielt. Doch der alte Läufer lief weiter voran, tief hinein in diesen endgültigen, letzten Augenblick der persönlichen

Entfaltung, während die anderen verzweifelt darum kämpften. Doc verschärfte das Tempo, fühlte seine Kraft und ihre Schwäche, als er Yard auf Yard die ganze Länge der Lenox Avenue wegfraß und auf den Central Park zustürmte.

Die drei Läufer hinter ihm brannten ihre Blicke immer tiefer in seinen Rücken hinein, hingen sich verzweifelt an ihm fest. Aber Doc riß sich los, entglitt ihnen nach und nach. Noch eine Meile, und der Eingang zum Central Park war in Sicht. Da wußte Doc, daß er das Rennen gemacht hatte. Sein Vorsprung betrug schon über hundert Yards. Es war gar nicht so hart gewesen, trotz der Hitze. Wie alle schweren Dinge, die gut bewerkstelligt werden, war es sogar fast leicht gewesen. Dieses Rennen hatte halt nur das freigesetzt, was seit zwanzig Jahren auf diesen Augenblick gewartet hatte.

Und wieder beschleunigte er, kurvte durch das erste Parktor und strebte dann weiter nach links auf den Obelisken zu. Noch eine halbe Meile. Ein letztes Mal schaute er auf die große Uhr, als der LKW und die Pressebusse sich absetzten, um am Ziel Aufstellung zu nehmen. Knapp über zwei Stunden sechsunddreißig Minuten war seine Zeit – schneller, als er erwartet hatte.

Dann hörte er die Massen im Park. »Doc! Doc Cole!« brüllten sie, und als er das zweite Parktor durchlief, gab ihm ein kräftiger Schutzmann einen Klaps auf die Schulter.

Doc zog leichtfüßig durch den Park, vorbei am Lasker Pool Rink zu seiner Linken, dann die Schleife links zum Fort Fish entlang, und er lief locker und winkte der Menge zu. Zweihundert Yards hinter ihm kamen McPhail, Morgan und Thurleigh heran, hintereinander, noch immer eisern zusammengeschmiedet.

Kraftvoll lief Doc auf den kühlenden, baumförmigen Schatten des East Drive sein Rennen, vorüber an freuderasenden Massen, die gegen die Polizeikordons drängten. All die Jahre, all die ungezählten Meilen, und jetzt der Lohn dafür, der Platz in den Büchern des Sports. Er hatte es geschafft!

Endlich hatte er ihnen gezeigt, wer er war. Dennoch spürte Doc eine Unsicherheit, blitzschnell und sekundenkurz. Himmel noch mal! Er wußte, wer er war, wußte das seit über dreißig Jahren. Er hatte es nicht nötig, irgend etwas zu beweisen, nicht diesen Menschen hier, niemandem. Im Trans-America, in diesem gewaltigen Rennen, hatte er sich selbst, seine Mitte gefunden, weit jenseits der Rummelhökereien, sogar noch jenseits seiner unbekannt gebliebenen Rekordjagden auf vergessenen Straßen.

Als er links am Reservoir entlanglief, sah er zu seiner Rechten, noch dreihundert Yards entfernt, den braunen Obelisken, daneben die überfüllte, große hölzerne Tribüne für die Ehrengäste, die sich hinter dem Ziel bis zum East Drive erstreckte. Doc blickte kurz über seine rechte Schulter; zweihundert Yards hinter ihm, schon am Reservoir, liefen McPhail, Morgan und Thurleigh, als hielte sie ein Magnet zusammen: Nur die Füße trennten den einen vom anderen.

Einhundert Yards waren es noch bis zum Zielband. Der Lärm schien ihn einzuschwemmen, der Jubel, die Zuneigung, all das tränkte ihn, als Doc dahinstürmte. Schon hörte er Flanagans Stimme durchs Mikrofon – ›Der Sieger ist ... Doc Cole, Doctor Alexander Cole!‹ würde es heißen.

Gleich war er da; dort, wohin er sich so lange geträumt hatte. ZIEL prangte auf dem Schriftband über der weißen Linie. Plötzlich merkte Doc, daß er weinte, daß er geweint hatte, seit er in den Park gekurvt war. Noch einhundert Yards ...

Er schaute wieder hinter sich. Hugh McPhail hatte sich endlich freigekämpft und schaukelte auf das Band zu, mit glasigen Augen, den Kopf schon vorgestreckt zu einem grotesken Tauchfinish. Fünf Yards dahinter kam Mike Morgan, die Beine weich und krumm gelaufen; seine Arme ruderten verzweifelt durch die Luft, und Peter Thurleigh folgte ihm, saß Mike im Nacken, schäumenden Mundes, mit krampfigen Schenkeln, um einen Laufstil kämpfend, der weit jenseits seiner Kräfte lag.

Doc glitt leichtfüßig dem Band entgegen und auf die Menge der oberen Zehntausend zu, die dahinter saßen. Er schaute sich wieder um und erfaßte mit einem Blick den Endkampf seiner drei Gefährten. Das weiße Zielband vor ihm maß mindestens dreizehn Zentimeter in der Breite und überspannte die gesamte Straße; auf der Ehrentribüne dahinter war bereits alles von den Bänken aufgesprungen, applaudierte, johlte und jubelte.

Noch fünfzig Yards, doch Doc ließ seinen Beinen Zeit, und das Hecheln der Menge bestürmte ihn. Dreißig Yards vor dem Zielband blieb der Läufer plötzlich stehen, und die Menge verhielt den Atem. Langsam drehte sich Doc zu den Gefährten um und streckte ihnen die Hände entgegen. Hugh McPhail erreichte ihn zuerst; er keuchte schwer und wartete bei Doc. Morgan taumelte heran, mit bebender Brust, und schlang seine schlaffen Arme um Docs Schultern. Nur einen Augenblick, und Peter Thurleigh hatte sich zu ihnen herangeschleppt, die weißkrustigen Augenbrauen erstaunt hochgezogen. Er hielt, wischte sich den Schaum vom Mund und blickte Doc an, die zitternden Hände auf Hughs Schultern.

Doc sah zur Tribüne hinüber, zu Flanagan hinauf, der die Stufen herabgestiegen war und nun auf der Straße stand, wenige Yards hinter dem Ziel. Dann nahm er McPhail bei der Hand und winkte Morgan und Thurleigh, das gleiche zu tun. Docs und Flanagans Augen trafen aufeinander, und die Blicke verschmolzen, als er Hugh McPhails Hand hoch über seinen Kopf hob. Langsam und keuchend brachten auch Morgan und Thurleigh ihre Arme in die Höhe; schweigend gingen die vier Männer voran und schritten gemeinsam über die Ziellinie.

Doc war als erster am Mikrofon, das man schleunigst unten auf der Straße vor der Ehrentribüne bereitgestellt hatte. Einen Augenblick lang stand der alte Läufer still da, schloß die Augen und kostete von seinem Triumph. Dann lächelte er und griff sich das Mikrofon.

»Wir sind grad angekommen, aus L.A.«, sagte er in die atemlose Stille hinein.

# Postscriptum

Im September 1931, gerade erst in Hollywood angekommen, stand Kate Sheridan bereits für die erste Folge einer Serie mit dem Titel *Tausendundeine Nacht* als Partnerin von Douglas Fairbanks vor den Filmkameras. Ihr Mann, Michael Morgan, begann im August des gleichen Jahres eine Karriere als Stuntman für die Universal Pictures Company und wurde in den vierziger Jahren einer von Hollywoods berühmtesten Stunt-Regisseuren.

Im Dezember 1931 eröffneten Hugh McPhail, seine Frau Dixie und Doc Cole, der mit seiner Frau Lily das erste der inzwischen berühmten Cole Health Spas ins Leben gerufen hatte, ein gemeinsames Geschäft.

Lord Peter Thurleigh, nun wieder ein reicher Mann, kehrte nach England zurück und gewann für die Liberalen einen Sitz im Unterhaus. Er fiel im Zweiten Weltkrieg als Bataillonskommandeur der Coldstream Guards am 19. August 1942 während des alliierten Angriffs auf das noch von deutschen Truppen gehaltene Dieppe.

Charles C. Flanagan verbrachte die Jahre 1931 und 1932 als Manager einer Burlesque-Show mit dem Titel *Laufen ohne Laster*, die erfolgreich durch die Staaten tourte und in dem Film *Goldgräber von 1933* eine kurze Sequenz hatte. Das für 1932 geplante Trans-Europa-Rennen fand nicht statt. Statt dessen erhielt die Flanagan Food den Verpflegungsvertrag für die Olympischen Spiele von 1932 in Los Angeles, und 1935 wurde Charles C. Flanagan Mitglied des Amerikanischen Olympischen Komitees, in dem Avery Brundage den Vorsitz hatte.

1960 bekam Doc Cole in Amerikas Hall of Fame der Leichtathleten einen Platz. 1961, im Alter von vierundachtzig Jahren, lief er den Marathon von Denville bis zum Central Park in vier Stunden und acht Minuten – den Weltrekord für seine Altersgruppe.

# Erläuterungen

Der Amerikaner Edward Payson Weston wurde in den 1880er Jahren als Sechstagegeher international bekannt. In dieser Zeit nahm er auch in Großbritannien an verschiedenen Langstreckenwettbewerben teil. 1909 – mit 70 Jahren – legte er die Strecke von New York nach San Francisco in 104 Tagen und 7 Stunden zurück. Da er von Ost nach West scharfen Gegenwind hatte, startete er 1910 in umgekehrter Richtung. Die 3611 Meilen (5811 Kilometer) von Santa Monica nach New York legte er zwischen dem 1. Februar und dem 2. Mai in 76 Tagen, 22 Stunden und 50 Minuten zurück (wobei er jeweils sonntags pausierte). Edward Payson Weston starb 1929 im Alter von 90 Jahren.

C. C. Flanagans historisches Pendant, der Manager des ›2. Annual Transcontinental Foot Race‹ von 1929, war am Ende bankrott; der Fiskus kassierte alle Gelder, und die beiden einzigen Wettkämpfer, die New York laufend erreicht hatten, Pete Gavuzzi und Johnny Salo, gingen leer aus. An diesem zweiten Rennen nahmen etwa 100 Läufer teil. Das Startgeld betrug 300 Dollar, als erster Preis waren 25000 Dollar vorgesehen. Dieser Ultralangstreckenlauf ging über 3500 Meilen (5632 Kilometer) und dauerte 79 Tage. Das erste Rennen dieser Art hatte 1928 Andy Payne gewonnen. Don Shepherd aus Südafrika stellte später auf 3200 Meilen (5150 Kilometer) von Los Angeles nach New York einen Rekord von 73 Tagen und acht Stunden auf. 1969 bewältigte der frühere 5000-m-Europameister Bruce Tulloh die Distanz von 2876 Meilen (4628 Kilometer) in 65 Tagen.

Meilenläufe werden besonders in den englisch sprechenden Ländern als Mittelstreckenwettbewerbe für Männer ausgetragen. Eine englische Meile (1760 Yards) entspricht 1609,30 Metern. Entsprechungen zum 3000-, 5000- und 10000-Meterlauf sind der Zwei-, Drei- und Sechsmeilenlauf. Rekorde werden seit 1792 geführt.

Zu Beginn der dreißiger Jahre, als der Franzose J. Ladoumengue (1931 in Paris) mit 4 Minuten 9,2 Sekunden als erster unter 4 Minuten 10 Sekunden blieb, tauchte besonders in der amerikanischen Presse der Begriff ›Traummeile‹ auf. Dieser Lauf über eine Meile unter 4 Minuten beschäftigte die internationale Sportpresse mehr und mehr, je näher Läufer wie S. Wooderson, G. Hägg und A. Andersson der Vierminutengrenze kamen. Zu einem neuen Abschnitt in der Entwicklung des Meilenlaufs leitete der englische Mittelstreckenläufer R. Bannister 1954 mit dem neuen Weltrekordlauf von 3 Minuten 59,4 Sekunden über. Innerhalb von 21 Jahren wurde diese Höchstleistung durch den Neuseeländer J. Walker auf 3 Minuten 49,4 Sekunden verbessert. 1981 lief der Brite S. Coe die Meile in 3 Minuten 47,3 Sekunden.

Der Marathonlauf geht über eine Distanz von 42195 Metern und wird auf der Straße entschieden. Er hat drei Austragungsformen: als Konkurrenz mit Hin- und Rückweg (d. h. nach halber Strecke an einem Wendepunkt wieder zurück), als Konkurrenz auf einem Rundkurs sowie als Konkurrenz in nur einer Richtung.